Frank Liedtke / Martin Wengeler / Karin Böke (Hrsg.)
Begriffe besetzen

Frank Liedtke / Martin Wengeler / Karin Böke (Hrsg.)

Begriffe besetzen

Strategien des Sprachgebrauchs in der Politik

Westdeutscher Verlag

Der Westdeutsche Verlag ist ein Unternehmen der Verlagsgruppe Bertelsmann International.

Alle Rechte vorbehalten
© 1991 Westdeutscher Verlag GmbH, Opladen

Das Werk einschließlich aller seiner Teile ist urheberrechtlich geschützt. Jede Verwertung außerhalb der engen Grenzen des Urheberrechtsgesetzes ist ohne Zustimmung des Verlags unzulässig und strafbar. Das gilt insbesondere für Vervielfältigungen, Übersetzungen, Mikroverfilmungen und die Einspeicherung und Verarbeitung in elektronischen Systemen.

Umschlaggestaltung: Horst Dieter Bürkle, Darmstadt

ISBN 978-3-531-12221-2   ISBN 978-3-322-92242-7 (eBook)
DOI 10.1007/978-3-322-92242-7

INHALTSVERZEICHNIS

Geleitwort 7

Vorwort 9

1. WAS HEISST "BEGRIFFE BESETZEN"?

Wolfgang Bergsdorf:
Zur Entwicklung der Sprache der amtlichen Politik
in der Bundesrepublik Deutschland 19

Bodo Hombach:
Semantik und Politik 34

Josef Klein:
Kann man "Begriffe besetzen"? Zur linguistischen Differenzierung
einer plakativen politischen Metapher 44

Josef Kopperschmidt:
Soll man um Worte streiten? Historische und systematische
Anmerkungen zur politischen Sprache 70

Fritz Kuhn:
Begriffe besetzen. Anmerkungen zu einer Metapher
aus der Welt der Machbarkeit 90

Reinhard Hopfer:
Besetzte Plätze und "befreite Begriffe". Die Sprache der
Politik der DDR im Herbst 1989 111

Petra Reuffer:
Das Besetzen von Begriffen. Anmerkung zu Ernst Blochs
Theorie der Ungleichzeitigkeit 123

2. AUS DER WERKSTATT DER BEGRIFFSSTRATEGEN

Colin Good:
Über die Schwierigkeit, Begriffe zu räumen: Von *poll tax*
zu *community charge* 135

Synnöve Clason:
Von Schlagwörtern zu Schimpfwörtern. Die Abwertung des
Liberalismus in der Ideologiesprache der *konservativen Revolution* ... 144

Dietrich Busse:
Juristische Fachsprache und öffentlicher Sprachgebrauch.
Richterliche Bedeutungsdefinitionen und ihr Einfluß
auf die Semantik politischer Begriffe 160

Andreas Musolff:
Verwendung von Kriegsterminologie in der Terrorismusdiskussion ... 186

Karin Böke:
Vom *werdenden Leben* zum *ungeborenen Kind*. Redestrategien
in der Diskussion um die Reform des § 218 205

Frank Liedtke:
Wie wählen wir gleich? Argumentationsstrategien zu den
Modalitäten der ersten gesamtdeutschen Bundestagswahl 219

Fritz Hermanns:
Leistung und *Entfaltung*. Ein linguistischer Beitrag zur
Interpretation des Ludwigshafener Grundsatzprogramms (1978)
der Christlich Demokratischen Union Deutschland 230

Werner Holly:
Wir sind Europa. Die Fernsehwerbespots der SPD zur Europawahl 1989......258

Rüdiger Vogt:
Die Karriere *Europas*: Vom Eigennamen zum politischen Schlagwort 276

Rolf Bachem/Kathleen Battke:
Strukturen und Funktionen der Metapher *Unser gemeinsames
Haus Europa* im aktuellen politischen Diskurs 295

Patrick Brauns:
Begriffsbesetzung am Beispiel der Besetzung von *modernisation*
durch die französischen Sozialisten 1983-1986..308

Martin Wengeler:
Modernisierung in der rüstungspolitischen Diskussion
der Jahre 1987-1989 314

Ulrike Haß:
Das Besetzen von Begriffen: Kommunikative Strategien und
Gegenstrategien in der Umweltdiskussion..330

Hardarik Blühdorn:
Entsorgungspark Sprache. Von der linguistischen Beseitigung des Mülls......338

Gesa Siebert-Ott:
Sprachliche Homogenität und kollektive Identität. Der Beitrag
der Geisteswissenschaften zum sprachkritischen Diskurs über
sprachliche, kulturelle und nationale Identität..355

Franz Januschek:
Arbeit und *Arbeitslosigkeit* 374

Namenregister..383

Sachregister..386

AutorInnen 391

GELEITWORT

Georg Stötzel

Was mir bei meinen eigenen Analysen der Diskussion über den öffentlichen Sprachgebrauch immer bewußter geworden ist, ist die Tatsache, daß wir im Grunde alle der ursprünglichen Frage verpflichtet sind, die Journalisten, Schriftsteller und Wissenschaftler unmittelbar nach dem Ende der Nazi-Zeit stellten: Was (oder wie) können wir aus der Geschichte bezüglich des öffentlichen oder politischen Sprachgebrauchs lernen, wie verhüten wir die Wiederkehr des Gleichen in veränderter Gestalt?

Die sprachkritischen Analysen der Wissenschaftler bzw. ihre Analyse der öffentlichen Sprachkritik sind einerseits Beiträge zur Geschichtsschreibung der Gegenwart. Sprachgeschichte als Mentalitätsgeschichte bzw. als Geschichte politisch umstrittener Versuche öffentlicher Interpretation, öffentlicher Meinungskonstitution wird ja inzwischen auch von Geschichtsschreibern wie Dietrich Thränhardt als Teil der "Geschichte der Bundesrepublik Deutschland" anerkannt. Der quasi-objektive Dokumentarismus der Historiographie weicht einem Stil der die Geschichtsherstellung durch Geschichtsschreibung bewußt hält, indem er die Sprachvermitteltheit der sog. Tatsachen verdeutlicht. Ausdrücklich werden Geschichtsvokabeln wie *Zusammenbruch, Wirtschaftswunder, Soziale Marktwirtschaft, Eiserner Vorhang, Kalter Krieg* als Interpretationsvokabeln bzw. als Vokabeln von Leitideologien gekennzeichnet.

Außer den Beitrag zu einer erweiterten Geschichtsschreibung leisten aber unsere Analysen m.E. auch einen Beitrag zur Wesensanalyse der Sprache bzw. des Sprachgebrauchs. Wie schon die Junggrammatiker Prinzipien des Sprachgebrauchs, des Sprachwandels, speziell auch des Bedeutungswandels (z.B. aufgrund des Gebrauchs von Euphemismen) zu eruieren suchten, so zeigen auch die Analysen des öffentlich-politischen Sprachgebrauchs, daß im Grunde mit immer gleichen Strategien Euphemismen - wir sagen heute Verharmlosungsvokabeln - und Diffamierungsvokabeln eingesetzt werden, mit denen z.B. bestimmte Wertorientierungen und Haltungen, wie etwa die pazifistische, bekämpft werden.

Zweifellos ist seit den kritischen Studenten-, Umwelt- und Feminismusbewegungen nach 1968 die Sensibilität für problematischen und persuasiven Sprachgebrauch in einem zweiten Schub nach dem ersten Ansatz nach 1945 gestiegen. Neu ist aber gegenüber dem ersten Sensibilisierungsschub nach 1945, der ausschließlich kritisch war, daß auf der Grundlage von öffentlicher Sprachkritik und wissenschaftlicher Sprachanalyse besonders seit 1972 eine Nutzbarmachung der Kritik als wissenschaftlich fundierte Beeinflussungsstrategie konzipiert wurde, für die die Metapher des "Besetzens von Begriffen" kennzeichnend ist.

Seitdem ist auf beiden Seiten mehr Raffinesse geboten: bei den wissenschaftlichen und journalistischen Analytikern und bei den Semantik-Strategen der Parteien und anderen Gruppierungen. Es droht sich eine semantische Spirale zu entwickeln, die eine sprachliche bzw. kommunikative Kritikfähigkeit des Bürgers bei der Beurteilung von Glaubwürdigkeit verlangt, die von vielen Bevölkerungskreisen nur schwer erreicht werden kann. Der melancholische Wunsch nach Rückkehr zum Einfach-Ursprünglichen, zum "Echten", dreht das Rad der Kommunikationsgeschichte nicht zurück. Jürgen Habermas hat im Schema sozialer Handlungen im Rahmen einer Theorie des kommunikativen Handelns den Typus "verdeckt strategisches Handeln" vorgesehen, aus dem man das Konzept einer zweiten, linguistischen bzw. kommunikativen Aufklärung ableiten kann[1]: wer in unserer Gesellschaft nicht so kritisch geschult ist, daß er strategisches, erfolgsorientiertes, persuasives Reden von kommunikativem, verständigungsorientiertem, informativem Reden unterscheiden kann, der fällt zurück in selbstverschuldete Unmündigkeit bzw. verharrt in ihr, d.h. der ist der realistischen, nur scheinbar unproblematischen Redensweise der Sprache und ihrer Sprecher ausgeliefert.

Dieses Konzept ist ausdrücklich für demokratische Gesellschaften gedacht, in denen die humanste Form gesellschaftlicher Auseinandersetzung - nämlich die mit Sprache statt mit physischer Gewalt - um Legitimation von bzw. Zustimmung zu Politik praktiziert wird. Es geht also nicht um die Bekämpfung oder die Rechtfertigung parteilichen Sprechens überhaupt, sondern um kommunikative Aufklärung über die Mittel der Analyse, die konkrete politische Ziele im semantischen Nebel erkennbar machen.

Sprecher einer zweiten, sprachlich-kommunikativen, in einer massenmedialen demokratischen Gesellschaft notwendigen Aufklärung zu sein, dieses Selbstverständnis bringt die Beiträger dieses Bandes zu Tagungen wie der im November 1989 in Düsseldorf zusammen, deren Vorträge in diesem Sammelband dokumentiert werden.

---

[1] vgl. Jürgen Habermas 1987. *Theorie des kommunikativen Handelns*. Bd. 1. 4. Aufl. Frankfurt/M., 445 f.

VORWORT

Der vorliegende Band faßt die Ergebnisse der 2. Arbeitstagung der AG "Sprache in der Politik" zusammen, die in Düsseldorf vom 8. bis zum 10. November 1989 stattfand.[1] An ihr nahmen Linguistinnen und Linguisten aus der Bundesrepublik Deutschland, aus England, Finnland, Schweden und aus der damaligen DDR teil. Der zeitliche Zusammenfall der Tagung mit dem Fall der Berliner Mauer am 9. November machte es für die DDR-Kollegen erforderlich, ihre Beiträge fließend zu überarbeiten, so daß Analyse und politisches Tagesgeschehen in diesem Fall eng verzahnt waren. Die Herausgabe dieses Bandes wurde von ähnlichen, im Herbst 1989 nicht im entferntesten absehbaren politischen Entwicklungen begleitet, und auf diese Weise spielt die gegenwärtige Entwicklung in viele Beiträge hinein.

Auf das Rahmenthema "Besetzen von Begriffen" nehmen die einzelnen Beiträge in unterschiedlicher Weise Bezug. Die im ersten Teil des Buches zusammengefaßten Arbeiten reflektieren in grundsätzlicher Weise die Strategie und die Technik des Begriffe Besetzens; im zweiten Teil sind vor allem Analysen einzelner Phänomene des Besetzens oder Räumens von Begriffen enthalten. Gemeinsam ist allen Beiträgen das Interesse, eine Strategie politischen Handelns näher zu untersuchen, die am öffentlichen Sprachgebrauch interessierte Linguistinnen und Linguisten geradezu herausfordert: eine Strategie nämlich, die darin besteht, daß man bestimmte allgemein verbindliche Grundwerte begrifflich mit einer politischen Partei oder Gruppierung so verbindet, daß letztlich diese Partei für diesen Grundwert steht.

Beispiele für solche Begriffe sind: *Solidarität, Umwelt, Gleichheit, Eigentum* und andere. Die Leitfrage, die sich angesichts solcher Fälle stellt, ist: Welche Erklärungsansätze sind zu entwickeln, wenn man das Phänomen des Begriffe Besetzens in sprachtheoretisch befriedigender Weise analysieren will? Inwieweit erlaubt die Alltagskategorie vom Besetzen von Begriffen eine sprachwissenschaftlich fundierte Herangehensweise, und wie ist diese Kategorie zu definieren?

Den Auftakt dieses Bandes bilden zwei Beiträge von in der Praxis des politischen Sprachgebrauchs erfahrenen "Strategen" aus den beiden großen Parteien.

---

[1] Bei dieser Gelegenheit möchten wir uns bei Gabriel Falkenberg für die Mitorganisation der Tagung bedanken. Des weiteren danken wir allen, die die Erstellung dieses Bandes hilfreich unterstützt haben, insbesondere den Freunden und Förderern der Heinrich-Heine-Universität Düsseldorf für finanzielle Unterstützung, dem Institut für Internationale Kommunikation für die Bewältigung technischer Probleme sowie Thomas Schouten und Wolfgang Breitbach für ihre geduldige Beratung am PC.

Der Leiter der Abteilung Inneres beim Presse- und Informationsamt der Bundesregierung, Wolfgang Bergsdorf, gibt einen Überblick über die "Entwicklung der Sprache der amtlichen Politik in der Bundesrepublik Deutschland", die er in fünf Phasen einteilt, deren öffentlich herausragende politische Begriffe er skizziert und in ihrer politischen Wirkung analysiert.

Der SPD-Geschäftsführer in Nordrhein-Westfalen und Wahlkampfleiter der nordrhein-westfälischen SPD, Bodo Hombach, betrachtet ebenfalls zunächst historisch erfolgreiche und nicht erfolgreiche Begriffsbesetzungen in der bundesrepublikanischen Geschichte, und zwar aus der Sicht eines SPD-Politikers, der konstatieren muß, daß in den 80er Jahren nicht mehr die SPD, sondern die Ökologiebewegung mit der CDU um Begriffsbesetzungen konkurriert. Er versucht, den Stellenwert von Begriffsbesetzungen für die praktische Politik und Bedingungen für erfolgreiche Begriffsbesetzungen in der modernen Mediengesellschaft zu bestimmen. Die Auseinandersetzung um Worte werde stärker, je weniger die politischen Konzepte der Parteien sich unterscheiden. Deshalb sei das Besetzen von Begriffen in der Politik weiterhin wichtig.

In den fünf folgenden Beiträgen geht es um die theoretische Klärung des Redens vom "Besetzen von Begriffen", was darunter sprachwissenschaftlich sinnvoll verstanden werden soll, wie aktuell und erfolgreich Begriffsbesetzungsstrategien in der Politik sind bzw. sein können, zu welchen Annahmen die Metapher des "Begriffe Besetzens" verleiten kann und wie seit den 70er Jahren in der politischen Auseinandersetzung das Reden vom Begriffe besetzen öffentlich als Vorwurfsinteraktion gegen den politischen Gegner, intern als erfolgversprechende politische Strategie sich entfaltet hat.

Josef Klein zeigt anhand der Rede Kurt Biedenkopfs von 1973 auf, wie das Reden vom "Begriffe besetzen" als kommunikationsstrategischer Akt im politischen Handeln verwendet wird. Er schlüsselt die Vorstellungen, die bei der Redeweise vom "Begriffe besetzen" zu unterscheiden sind, in fünf verschiedene Typen auf. Die ersten beiden Typen, die ausdrucks- wie inhaltsseitige Prägung eines sprachlichen Zeichens durch die eigene Gruppierung (konzeptuell-konzeptionelle Konkurrenz) und die perspektivische Bezeichnung (Bezeichnungskonkurrenz), betreffen dabei das sprachliche Zeichen als ganzes, beim dritten Typ geht es nur um die Bedeutungsseite eines sprachlichen Zeichens, wenn ein politisch wichtiges Wort mit einer bestimmten Bedeutung durchgesetzt werden soll (deskriptive Bedeutungskonkurrenz). Beim vierten Typus geht es darum, die deontische Bedeutungskomponente politischer Schlagwörter aufzugreifen und diese für die eigenen politischen Ziele umzuwerten (deontische Bedeutungskonkurrenz), beim letzten Typ handelt es sich um eine rein symptomfunktionale Operation, bei der ein Wort rein assoziativ mit der eigenen Position oder einer Person verbunden werden soll (Konkurrenz um konnotativen Glanz). Alle diese strategischen Operationen mit Wörtern werden mit Beispielen aus der bundesdeutschen Geschichte illustriert.

Josef Kopperschmidt analysiert in seinen "historischen und systematischen Anmerkungen zur politischen Sprache" die vorhandenen Vorstellungen über die Möglichkeiten und politischen Auswirkungen der Strategie des "Besetzens von Begriffen" und setzt diesen seine Skepsis gegenüber dieser Strategie entgegen. Begriffe können demnach nur erfolgreich sein, wenn sie komplexe Argumentationen, Bewußtseinslagen bzw. Themen "aufsaugen". Aufgrund verschiedener gesellschaftlicher Entwicklungen beurteilt Kopperschmidt aber auch das Thema "Begriffe besetzen" als schon zur Geschichte der politischen Sprache gehörig.

Fritz Kuhn reflektiert in seinem Beitrag "Anmerkungen zu einer Metapher aus der Welt der Machbarkeit" den Gebrauchswert der Metapher "Besetzen von Begriffen" für Politiker, die mit ihr dem Gegner wirkungsvoll gemeines und illegitimes Verhalten vorwerfen, aber für sich selbst die Machbarkeit der politischen Entwicklung durch sprachliche Operationen suggerieren können. Der moralisierende Unterton in der Vorwurfsinteraktion, der politische Gegner habe "Begriffe besetzt", könne durch eine reflexive Sprachtheorie als rein strategisches Verhalten aufgedeckt werden. Darüberhinaus konstatiert aber auch Kuhn die Begrenztheit der Möglichkeit, Begriffe zu besetzen, aufgrund gesellschaftlicher Entwicklungen wie der "Telekratie" und dem Einfluß der Werbewelt.

Reinhard Hopfers Beitrag beschäftigt sich in seiner ersten Hälfte mit der theoretischen Grundlegung einer Analyse des "Begriffe Besetzens" im Rahmen seines "Diskurs"-Begriffs und der Annahme kollektiver politischer (Rede)Subjekte. Der zweite Teil seines Beitrags gehört dann schon zu den konkreten Analysen politischer Sprache, indem er die politische Sprache in der DDR kurz vor und während der Wende untersucht. Dem Diskurs der SED wird der Diskurs der Reformbewegung in der DDR gegenübergestellt, der erstmals in der DDR mehr als eine öffentliche Sprechweise etablierte. Die Konkurrenz der sprachlichen Wirklichkeitsdeutungen wird deutlich durch beiden Diskursen spezifische Wörter, durch Themensetzungs- und Thementabuisierungsversuche sowie durch unterschiedlichen Gebrauch gleicher Ausdrücke.

Die Reflexionen Petra Reuffers über Ernst Blochs Verständnis vom "Besetzen von Begriffen" und seine Kategorie der "Ungleichzeitigkeit" bestätigen zum Abschluß der theoretischen Beiträge des Bandes die Überlegungen zu den Erfolgsaussichten von Begriffsbesetzungen. Nach Blochs Einschätzung führt die

Strategie des Begriffebesetzens erst dann zum "Erfolg", wenn die gleichzeitige Geltung von Denktraditionen vergangener und gegenwärtiger Zeiten in der politischen Argumentation berücksichtigt wird.

Die konkreten Analysen politischer Begriffsbesetzungsstrategien beginnen mit einem historischen und einem internationalen "Ausflug" in die Weimarer Republik und nach Großbritannien.

Synnöve Clason stellt eine bereits in den 60er Jahren durchgeführte und erstveröffentlichte Studie über den Wandel von "Schlagwörtern zu Schimpfwörtern" in der Ideologiesprache der Konservativen Revolution bis zum Jahr 1933 noch einmal vor. Sie weist anhand von Beispielen wie *Aufklärung, liberal* und *Liberalismus, Humanität* und *Demokratie* nach, daß zentrale politisch- weltanschauliche Begriffe vor allem in der Zeit nach 1919 einer systematischen Pejorisierung ausgesetzt waren, die bis zu ihrem polemischen Gebrauch reichte.

Das Scheitern eines Begriffsbesetzungsversuchs und die Schwierigkeit, einen zunächst propagandistisch lancierten Begriff wieder zu räumen, analysiert Colin Good. Mit wenig Erfolg versuchte die Thatcher-Regierung den zuerst lancierten, dann als ungünstig erkannten Begriff *poll tax* durch *community charge* zu ersetzen. Nicht zuletzt auf Probleme mit dieser *poll tax* wurde im Herbst 1990 auch das Scheitern Margret Thatchers zurückgeführt.

Die Bedeutungsentwicklung des Ausdrucks *Gewalt* in der politischen und juristischen Kommunikation zeichnet Dietrich Busse von 1871 bis heute nach. Er konstatiert dabei die zunehmende "Aufweichung", Vergeistigung und Entmaterialisierung des *Gewalt*-Begriffs. Seine Analyse versucht auch, Erkenntnisse über die Beziehungen zwischen juristischer Bedeutungsfestlegung und öffentlichem Sprachgebrauch zu gewinnen.

Zwei in den 70er Jahren große Teile der bundesdeutschen Öffentlichkeit bewegende Debatten untersuchen die beiden folgenden Beiträge in ihrer Terminologie bzw. ihren Begriffsbesetzungsstrategien. Andreas Musolff analysiert die von der RAF verwendete und von der bundesdeutschen öffentlichen Reaktion auf die RAF übernommene Kriegsterminologie. Durch diese Übernahme von Kriegsmetaphorik und Kriegsterminologie zur Bezeichnung von Problemverhalten in der Terrorismusdiskussion wurde das Bewußtsein konstituiert, daß die Bürger und der Staat sich in einem Kriegszustand mit der RAF befänden, einem absurden "Krieg von 6 gegen 60 Millionen" (Heinrich Böll), wovor Heinrich Böll frühzeitig gewarnt hatte, um eine Eskalation des Problems zu vermeiden.

Mit der Diskussion um den § 218 StGB in den 70er Jahren beschäftigt sich Karin Bökes Beitrag "Vom *werdenden Leben* zum *ungeborenen Kind*". Sie analysiert den semantischen Streit, die Begriffsbesetzungsversuche um das Referenzobjekt 'Leibesfrucht'. Umkämpft war vor allem die Wendung *werdendes Leben*, die aufgrund tatsächlicher oder ihr unterstellter Implikationen durch die Wendung *ungeborenes Leben* ersetzt wurde. In den 80er Jahren wird die im letzteren Terminus enthaltene semantische Strategie durch die Bezeichnung *ungeborenes Kind* verschärft.

Mit im engeren Sinne parteipolitischer Sprache beschäftigen sich die nächsten Aufsätze des Bandes. Frank Liedtke untersucht die Argumentationsstrategien der Parteien im Sommer 1990 zur Begründung ihrer Vorstellungen vom geeigneten Zeitpunkt der ersten gesamtdeutschen Wahl und die zentrale Stellung des Begriffs der *Gleichheit* für alle dabei vertretenen Positionen. Gerade diese Diskussion macht deutlich, mit welchen legalistischen Argumenten machtpolitische Strategien öffentlich durchzusetzen versucht werden.

Fritz Hermanns untersucht in Analogie zu seiner Analyse des Godesberger Programms der SPD (in: Klein 1989) das Ludwigshafener Grundsatzprogramm der CDU von 1978. Dabei analysiert er besonders den Stellenwert der Fahnenwörter *Leistung* und *Entfaltung* in diesem Programm. Hermanns kann zeigen, wie in den zentralen Teilen des Programms die CDU-Ideologie des sich frei entfaltenden Unternehmertums, orientiert an jung-dynamisch-erfolgreichen Menschen, in der Verwendung dieser Ausdrücke zum Tragen kommt, während "die andere CDU", die CDU der christlichen Soziallehre, im Grundsatzprogramm nur am Rande zu Wort kommt.

Als "modernste Form der versuchten Begriffsbesetzung" stellt Werner Holly "die Fernsehwerbespots der SPD zur Europawahl 1989" vor, in denen zum ersten Mal in der BRD mit marketing-erprobten Mitteln der kommerziellen Warenwerbung gezielt auf die Gruppe der Jungwähler hin ein Begriff, ein relativ leerer Name (*Europa*) parteipolitisch zu instrumentalisieren versucht worden sei. Die SPD gehe hier konsequent den Weg, Politik nur über den Weg der Unterhaltung an den Wähler zu bringen.

Zwei weitere Beiträge beschäftigen sich mit dem aktuellen Schlagwort *Europa*. Rüdiger Vogt verfolgt dessen Karriere vom geographischen Eigennamen zu einem begrifflichen Konzept, das seit dem 17. Jahrhundert in verschiedenen Epochen verschiedenen Zwecken diente. Während es zuletzt zur Zeit des *Kalten Krieges* praktisch mit der EG identisch war, entsteht mit den Veränderungen in

Osteuropa wiederum ein Konzept für das geographisch gesamte Europa, das seinen populärsten Ausdruck in der Metapher vom *gemeinsamen Haus Europa* findet.

Die Geschichte und die Funktion eben dieser Metapher in den letzten Jahren ist das Thema des Aufsatzes von Rolf Bachem und Kathleen Battke. Es wird gezeigt, wie und warum sich die *Haus*-Metapher als sprachliches Instrument zum Ausdruck zukunftsträchtiger Konzepte und zur Friedensarbeit eignet.

Ein weiteres zusammengehöriges Thema behandeln die Beiträge von Patrick Brauns und Martin Wengeler. Die Analysen der Verwendung des Schlagworts *modernisation* in Frankreich und des Ausdrucks *Modernisierung* in der bundesdeutschen Rüstungsdiskussion in den 80er Jahren stellen aber keinen interkulturellen Vergleich dar, sondern behandeln nur die länderspezifisch unterschiedliche Gebrauchsstrategie und Wirkung des quasi gleichen Wortkörpers.

Die Gründe und Strategien des Erfolgs des Schlagworts *modernisation* im politischen Diskurs der französischen Sozialisten in den Jahren 1984-1986 analysiert Patrick Brauns. Mit der Vereinnahmung des Begriffs *modernisation* erzielten die französischen Sozialisten politische Erfolge, als "verblaßtes Wort" wurde es aber schon 1986 wieder fallengelassen.

In der BRD konnte sich *Modernisierung* in diesem gesellschafts- und wirtschaftspolitischen Bereich nicht als Fahnenwort einer Partei etablieren. In den Jahren 1987-1989 wurde es aber in der rüstungspolitischen Debatte um neue nukleare Kurzstreckenraketen zum zentralen Schlagwort. Durch auch sprachkritische Aufmerksamkeit und entsprechend explizite Ablehnung dieser Legitimationsvokabel gelang es jedoch den Gegnern einer neuen Rüstungsmaßnahme, dem Ausdruck seine legitimatorische Funktion zu entziehen. Dieser Erfolg zeigt sich u.a. in der weitgehenden Vermeidung des Wortes in positiv-werbenden Kontexten gegen Ende der öffentlichen Diskussion im April/Mai 1989.

Ebenfalls sehr unterschiedliche Aspekte behandeln die Aufsätze zur Umweltdiskussion von Ulrike Haß und Hardarik Blühdorn. Ulrike Haß analysiert die wichtigsten kommunikativen Strategien und Gegenstrategien von Sprechern und Sprecherinnen in der Umweltdiskussion, die mit der Strategie des Begriffebesetzens nur teilweise identifizierbar seien. Sie konstatiert ein Niveau der öffentlichen Kommunikation bezüglich sprachlicher Strategien, das noch nie und bei keinem Thema so hoch gewesen sei wie in der Umweltdiskussion der letzten zwei Jahrzehnte.

Einen begrenzteren Ausschnitt der Umweltdiskussion untersucht Hardarik Blühdorn mit Mitteln der quantitativen Semantik. Durch eine qualitative Analyse von Wörterbuch-Einträgen und eine quantitative Analyse des Vorkommens der Lexeme *Abfall* und *Müll* in öffentlichkeitssprachlichen Texten untermauert er seine These, daß *Abfall* häufig als Euphemismus für *Müll* verwendet werde und insofern als "linguistische Beseitigung des Mülls" angesehen werden kann. Aber auch dieser *Abfall* wird neuerdings in Texten der Industrie linguistisch durch die Ausdrücke *Gut* oder *Stoff* beseitigt.

Den Abschluß dieses Sammelbandes bilden zwei ebenfalls mit politisch aktuellen Diskussionen befaßte Beiträge. Gesa Siebert-Ott untersucht vor dem Hintergrund rechtsradikaler Wahlerfolge des Jahres 1989 die Rolle des Begriffs *Sprache*, die dieser in der öffentlichen Diskussion für die Bestimmung einer kollektiven nationalen Identität etwa in dem Sinne "gemeinsame Muttersprache = gemeinsame Identität" spielt. Anhand von sprachkritischen Äußerungen zum Entwurf eines neuen Ausländerrechts vom April 1988, in dem eine solche identitätsstiftende Funktion einer gemeinsamen Muttersprache behauptet wird, zeigt sie, daß und wie die Fachwissenschaft der Germanistik zur Kultivierung einer solchen Sprach- und Ideologiekritik beitragen kann.

Franz Januschek führt vor, wieso die in den letzten Jahren häufig geforderte Erweiterung des Begriffs *Arbeit* über das Verständnis 'Erwerbsarbeit' hinaus trotz veränderter Wirklichkeit ausgeblieben ist. Er begründet dies sowie die Konstanz des Begriffs *Arbeitslosigkeit* mit vorhandenen diskursiven Normen und zeigt anhand eines Gesprächs zweier arbeitsloser Lehrer, daß die Veränderung des Begriffs *Arbeit* im metakommunikativen Diskurs nur kommentiert, aber nicht konstituiert werden kann.

Frank Liedtke
Martin Wengeler
Karin Böke

1. WAS HEISST "BEGRIFFE BESETZEN"?

ZUR ENTWICKLUNG DER SPRACHE DER AMTLICHEN POLITIK IN DER BUNDESREPUBLIK DEUTSCHLAND

Wolfgang Bergsdorf

Ich möchte unser Thema in drei Schritten angehen. Zunächst will ich einige allgemeine und gelegentlich abstrakte Feststellungen über Sprache und Politik treffen, daran anschließend werde ich den Versuch machen, Linien für die Entwicklung der politischen Terminologie in der Bundesrepublik Deutschland zu zeichnen, um abschließend Veränderungen der politischen und mentalen Rahmenbedingungen für die politische Kommunikation zu skizzieren.

1. Ich beginne mit einigen Bemerkungen über Sprache und Politik, die auch mein Motiv als politischer Praktiker und Theoretiker zur Beschäftigung mit diesem Fragenkomplex offenlegen.

Wer mit Hermann Lübbe Politik als "Kunst" begreift, "im Medium der Öffentlichkeit Zustimmungsbereitschaften zu erzeugen" (Lübbe 1975:205), der verfügt mit einem solchen Verständnis zwar noch keineswegs über eine umfassend taugliche Definition von Politik. Aber er verfügt über eine hinreichende Voraussetzung, einen wesentlichen Aspekt moderner Politik analysieren zu können, nämlich den Aspekt der Kommunikation. Denn die Erzeugung von Zustimmungsbereitschaften in der Öffentlichkeit verweist auf jene Darstellungs- und Selbstdarstellungsmethoden der handelnden Politik, unter denen die Sprache die wichtigste, jedenfalls der Analyse am ehesten zugängliche ist. Jeder, der sich analysierend und spekulierend mit dem Verhältnis von Sprache und Politik beschäftigt, kann nur eines mit Bestimmtheit wissen: Jede Politik muß sich - solange sie auf die Anwendung von Gewalt verzichtet - des Symbolwertes der Sprache bedienen, um ihre Ziele zu erläutern, die konkurrierenden Ziele zu kritisieren und für den eigenen Handlungsvorschlag Zustimmungsbereitschaft zu erzeugen. Das ist übrigens der Grund für den affirmativen Charakter der politischen Sprache. Allerdings muß jede Analyse der politischen Sprache in die Irre gehen, falls sie auf der unzutreffenden Annahme beruht, die Sprache sei der beherrschende Faktor der Politik. Die Dämonisierung der politischen Sprache, wie sie gelegentlich auch von sprachwissenschaftlicher Seite betrieben wird, verfehlt die Problematik des politischen Sprechens in ihrem Kern: Nicht die Kunst der Rhetorik und auch nicht die leitenden Begriffe der politischen Terminologie bewirken oder verhindern politische Entwicklungen, sondern die

Menschen, die sich ihrer zum Zwecke der Überredung oder Überzeugung bedienen. Und der Erfolg dieser Bemühungen ist abhängig von den politischen und kommunikativen Rahmenbedingungen, unter deren Herrschaft politische Rhetorik und politische Terminologie entfaltet wird.

Daraus resultiert, daß der Primat der Politik auch für unser Thema gilt, für das Verhältnis von Sprache und Politik. Wenn politische Konstellationen über den Erfolg eines politischen Sprachgebrauchs entscheiden, dann ergeben sich hieraus zumindestens zwei wesentliche Konsequenzen für jede analytische Anstrengung: Die Kritik an dem zu untersuchenden politischen Sprachgebrauch kann die Vermutung nicht restlos widerlegen, daß im Kleid der sprachlichen Kritik auch inhaltliche, also politische Kritik geübt wird. Dies hängt mit dem Gegenstand des zu untersuchenden Sprachgebrauchs zusammen, mit der Politik, deren kontradiktorischer Charakter in der liberalen Demokratie offene oder verborgene Bewertungen unvermeidbar macht. Wenn z.B. Bodo Hombach, der Landesgeschäftsführer der SPD Nordrhein-Westfalens, seinem Vorsitzenden, Ministerpräsident Rau, den dringenden Rat gibt, jede Gemeinsamkeit mit der CDU möglichst zu vermeiden, so ist das für mich keineswegs eine Absage an die vielbeschworene Formel vom Konsens der Demokraten, die Übles verspricht. Ich sehe als Motiv für einen solchen Rat vielmehr die Sorge, die inhaltliche und auch sprachliche Ähnlichkeit der beiden großen Parteien habe in diesem Lande so stark zugenommen, daß sie für manche Wähler verwechselbar geworden sind, daß also die Präsentation von politischen Alternativen mißlingen könnte. Auch ich bin davon überzeugt, daß für eine pluralistische Demokratie fast nichts wichtiger ist als die deutliche und unmißverständliche Artikulation alternativer, also auch kontroverser Positionen, damit der Wähler sich wirklich entscheiden kann. Natürlich geht es nicht um Kontroversen um jeden Preis. Dies dürfte auch sprachlich kaum gelingen. Aber - das ist meine These - es muß kontroverse Inhalte und Formeln geben, die diese kontroversen Inhalte in angemessener, d.h. verständlicher Weise bezeichnen. Waschmittelrhetorik, die die eigene Position marktschreierisch hochjubelt und die Konkurrenz ignoriert, als gäbe es in der Politik das Verbot vergleichender Werbung, verkennt die Notwendigkeit der Polarisierung im politischen Felde.

Und noch etwas sollte den Kritikern am allgemeinen Politikdeutsch nahegebracht werden: Bei jeder Kritik an der politischen Sprache werden unausgesprochen stets auch politische Inhalte mitkritisiert, welche sich in politischen Handlungen und ihrer sprachlichen Form ausprägen. Diese Kritik ist nicht nur legitim, sondern sichert das Überleben der Demokratie. Bei der Sprache der Politik gewinnt also die Sprachkritik eine politische Dimension, zu der sie sich bekennen sollte. Die politische Dimension der Sprachkritik wendet sich vor allem den Politikern zu. Sicherlich sind die Politiker in der parlamentarischen Demokratie auch verantwortlich für die Sprache, in der sich demokratische Politik präsentiert. Sie sind aber nicht alleine verantwortlich. Verantwortung für unsere politische Sprachkultur tragen die Bildungseinrichtungen und Medien und jeder, der über Politik - wo und wie auch immer - spricht.

Eine zweite, für jede Analyse wesentliche Schlußfolgerung aus dem behaupteten Primat der Politik auch für das Verhältnis von Politik und Sprache ist darin zu sehen, daß eine Beschränkung allein auf das Sprachmaterial die wesentliche Dimension politischen Sprechens verfehlt. Wenn der politische Zweck des Sprechens nicht berücksichtigt wird, bleibt die Handlungsdimension der politischen Sprache ausgespart. Es ist deshalb unzureichend, politische Äußerungen als Texte nur im Kontext von Texten zu verstehen, denn sie gewinnen ihre Bedeutung als Texte nur im Kontext von Handlungen.

Wer Politik als Gestaltungs- und Entscheidungsaufgabe versteht, setzt damit voraus, daß ein großer Teil der Politik sich mit dem Entwurf von Handlungszielen und den Voraussetzungen ihrer Verwirklichung beschäftigt. Handlungsziele sind nicht evident und für jedermann einsehbar, sondern sie gründen auf unterschiedlichen Werten. Unter den Funktionsbedingungen moderner politischer Systeme müssen sie jedoch so formuliert sein, daß sie eine möglichst breite Unterstützung erhalten. Die Sprache der politischen Programmatik, in der die Ziele politischen Handelns ausgedrückt werden, muß deshalb so flexibel sein, daß ihre Überredungs- und Überzeugungskraft nicht am Widerstand von Wirklichkeitsauffassungen scheitert, die von der politischen Konkurrenz aufgebaut wurde.

Eine Gesellschaft bleibt politisch strukturlos und handlungsunfähig, wenn politische Ziele nicht gebündelt und damit wirksam werden. Politische Integration wird von gemeinsamen Wert- und Zielvorstellungen geleistet. Die Integration setzt nicht die totale Identität politischer Werte und Ziele voraus, wohl aber die relative Identität der Wertsysteme der unterschiedlichen politischen Gruppen, die in der politischen Auseinandersetzung einen relativen politischen Gesamtwillen überhaupt erst bilden. Die Sprache leistet dieser für jedes politische System unabdingbaren Integration dadurch ihren Dienst, daß sie die Mittel anbietet, Werte und Ziele zu formulieren.

Für den Erfolg einer politischen Karriere sind gleichwohl nicht rhetorische Höchstleistungen entscheidend, sondern Wertvorstellungen, Grundsatztreue und Flexibilität im Taktischen, Beharrlichkeit und Festigkeit, Unterscheidungsvermögen und Entscheidungskraft, Integrationsfähigkeit und Konfliktbereitschaft, Vorsicht und Mut zu unpopulären Entscheidungen und - als Variante der Rhetorik - die Verständlichkeit der Sprache eines Politikers. Damit meine ich seine Fähigkeit, seine politischen Vorstellungen so zu artikulieren, daß sie von möglichst vielen Bürgern verstanden werden und damit ihre Unterstützung gewinnen können. Und wer sich der in der Demokratie unvermeidlich großen Zahl von Mitbürgern verständlich machen will, der muß in Kauf nehmen, von einer kleinen Zahl nicht verstanden zu werden und eine vielleicht ebenso kleine Zahl von Mitbürgern sprachlich zu unterfordern.

Jeder Politiker muß sich ständig dem schwierigen Bemühen unterziehen, das Gebot der Verständlichkeit seiner politischen Artikulation mit dem oft kontrastierenden Gebot der Genauigkeit zu versöhnen. Dies ist ein schwieriges Unterfangen, nicht nur deshalb, weil Verständlichkeit und Genauigkeit als Gegensatz erscheinen, sondern auch deshalb, weil die antagonistische Grundstruktur pluralistischer Politik die wichtigsten Einheiten der politischen Sprache - die zentralen Begriffe - mit Zwei- und Mehrsinnigkeit ausstattet. Der Mangel an Eindeutigkeit muß geradezu als Voraussetzung ihrer Verwendungsfähigkeit begriffen werden. Man denke an Begriffsschemata wie *Freiheit - Unfreiheit*, *Gerechtigkeit - Ungerechtigkeit* und auch *Frieden - Krieg*.

Alle diese Begriffe funktionieren nach dem Entweder-Oder-Schematismus, obwohl die politische Wirklichkeit nur sehr selten mit der hinreichenden Eindeutigkeit gekennzeichnet werden kann, die es erlauben würde, so abstrakte Formeln wie *Gerechtigkeit* oder *Ungerechtigkeit* ohne ausgesprochenen oder unausgesprochenen Widerspruch jeweils unterschiedlicher Teile der Zuhörerschaft benutzen zu können.

Damit sind wir bei einem wesentlichen Punkt, bei den wichtigsten Unterschieden der Sprache der Politik und der Alltagssprache angelangt, bei dem Stellenwert und der Gebrauchshäufigkeit von Begriffen.

Die Sprache der Politik ist eine Sprache der Begriffe. Selbst wenn sie Wörter aus der Alltagssprache entleiht, verleiht sie ihnen oft den Rang von Begriffen. Sie verlieren diesen Rang dann, sobald sie aus dem politischen Kontext entlassen werden. Begriffe sind nicht nur Symbole wie Wörter, die als Namen oder Zeichen für einen Gegenstand, eine Substanz oder eine Handlung stehen. Begriffe sind verdichtete Symbole, die für Zusammenhänge stehen und durch sie bestimmt werden. Erst in diesen Zusammenhängen, die unterschiedlich sein können, erhalten sie ihre Bedeutung. Ohne diese Zusammenhänge sind sie unvollständig, ergänzungsbedürftig oder "ungesättigt". Die Bedeutung von Wörtern wird durch den allgemeinen Sprachgebrauch geregelt, während Begriffe Sprachgebrauch mit normierter oder normierender Bedeutung sind.

Die wichtigste Art politischer Begriffe ist der Idealtyp: Seine Eigenschaften prägen den Charakter der politischen Sprache in besonderer Weise. Idealtypen sind gedankliche Konstrukte, gewonnen aus der einseitigen Steigerung eines oder mehrerer Gesichtspunkte und durch Zusammenschluß einer Fülle diffuser und diskreter, hier mehr, dort weniger, stellenweise gar nicht vorhandener Einzelerscheinungen, die in ein Gedankenbild gefügt werden. In seiner begrifflichen Reinheit ist der Idealtyp empirisch nicht vorfindbar, er ist, wie Carl G. Hempel sagt, "eine Utopie, ein Grenzbegriff, mit dem konkrete Phänomene nur verglichen werden können, um einige ihrer bedeutsamen Bestandteile herauszuarbeiten".

Es ist vor allem ihre idealtypische Verwendung, die Schlüsselwörter in Geschichte und Politik erfolgreich macht. Mit ihrer Hilfe kann die unzulängliche Gegenwart vor der Instanz der Zukunft angeklagt werden. Begriffe wie *Freiheit*, *Gerechtigkeit* und *Solidarität*, die drei obersten Programmvokabeln der beiden großen Volksparteien, aber auch *Demokratie* und *Sozialismus* sind Idealtypen, die Parteinahme verlangen, welche der Adressat kaum verweigern kann. Sie sind an einem Begriff festgemachte Zukunftsentwürfe mit Vergangenheitsdeutungen. Sie suggerieren politische Programme, ohne sie deutlich zu explizieren. Diese Schlüsselwörter tendieren zu Utopien und geben sich aus als Realitäten, zumindest als realisierbare Projektionen. Sie vereinheitlichen Abstufungen, Unterschiede und Widersprüche und verzichten so auf Konturen. Sie erheben den Anspruch von Gesamtlösungen und erschweren oft Teillösungen. Sie setzen auf Gesetzesmäßigkeiten und Strukturen und sprechen sich so gegen Einzelfaktoren, Individuelles und Zufall als Beweggründe für politische Entwicklungen aus. Sie erwecken so den Anschein von Voraussehbarkeit und Planbarkeit und damit auch von Rationalität, und dafür wollen sie ihre irrationale Faszinationskraft einsetzen.

Dennoch kann Geschichte und Politik ohne sie nicht verstanden werden. Für Idealtypen ist kennzeichnend die nicht auflösbare Spannung zwischen breiter lexikalischer und damit im sprachlichen Kontext unbestimmter Bedeutung und ausgeschnittener Meinung, wobei die Intention des Sprechers und die Interpretation des Hörers im Normalfall keineswegs identisch sein müssen. Die Charakteristika der Idealtypen und ihre von der Geschichte herrührende emotive Ausstrahlung verleihen ihnen eine Dynamik, die sie sowohl zu Indikatoren wie zu Faktoren politischer Entwicklungen werden läßt. Ihre Hauptleistung besteht in der Bündelung von Zielen und Werten, in der politischen Integration. Dies macht diese Begriffe zu wichtigen Instrumenten in der politischen Auseinandersetzung.

Die Integrationsleistung der politischen Sprache erfordert einen hohen Preis: den Preis einer mangelnden Präzision ihrer Begriffe. Gerade weil die Sprache der Politik eine Sprache der Begriffe ist, wird ihre mangelhafte Präzision offensichtlich. Man kann diesen Gedanken allerdings auch in umgekehrte Richtung bringen: Je höher die Präzision der politischen Begrifflichkeit, je detaillierter sie eine politische Vision oder eine gegebene Lage auf einen Begriff bringt, desto geringer wird ihre Integrationsleistung, desto begrenzter ihre Fähigkeit, für dieses Erklärungskonzept Unterstützung zu gewinnen. Die Kritik an der mangelnden Präzision der politischen Sprache kann so als Kompliment für ihre Integrationsleistung verstanden werden. Dies gilt allerdings nur dann - und das ist eine sehr wichtige Einschränkung meiner ziemlich kühnen Behauptung - wenn es der Politik inhaltlich gelingt, materielle Anknüpfungspunkte für ihre Terminologie zu schaffen; wenn die Politik es leistet, ihre notwendige abstrakte Terminologie durch hinreichend konkrete Maßnahmen glaubwürdig zu halten. Hierfür liefern vor allem die politischen Terminologien Konrad Adenauers und Willy Brandts interessante Hinweise, denen ich mich jetzt zuwende.

2. Am Anfang der politischen Terminologie der Bundesrepublik Deutschland steht Konrad Adenauer. Er fand zu Beginn seiner Kanzlerschaft einen antitotalitären Konsens der demokratischen Parteien in der Bundesrepublik Deutschland vor und entwickelte aus ihm eine Terminologie der Integration. Adenauer hat sein Politikkonzept auf den für ihn weltanschaulich unüberbrückbaren Gegensatz von personaler Freiheit und Totalitarismus gegründet. Er sicherte es ab durch die Entfaltung einer freiheitlichen Terminologie. Innenpolitisch schuf sie mit dem Rückgriff vor allem auf die Begriffsfelder *Partnerschaft* und *Ausgleich* neue Schlüsselwörter, die darauf abzielten, die sozialen Gegensätze abzubauen. In der Außenpolitik dienten die Begriffe *Freiheit* und *Sicherheit* dazu, traditionelle Gegensätze zu versöhnen und als übergreifende Gemeinsamkeit des Westens die Idee der Freiheit hervorzuheben. Adenauer benutzte diese Begriffe sehr häufig und erfolgreich.

Nach der Selbstdenunziation des Nationalismus im NS-Regime bot der Begriff der *europäischen Integration* für die Terminologie Konrad Adenauers die Chance, die transnationalen Elemente - wie man heute sagen würde - seiner außenpolitischen Vorstellungen zu verdeutlichen. Die positiven Schlüsselwörter seiner integrativen Terminologie gewannen semantische Konturen durch negativ aufgeladene Begriffe, mit denen der Totalitarismus jeder Prägung unmißverständlich abgewertet werden sollte.

Als Konrad Adenauer sein Amt räumte, verfügte die Bundesrepublik über ein Parteiensystem, dessen Stabilität auch durch einen verbreiteten Konsens in der politischen Terminologie getragen wurde. Der von ihm herausgearbeitete Gegensatz von Freiheit und Totalitarismus wurde in seiner Überzeugungskraft durch die Deutschland negativ betreffende Politik der Sowjetunion unabläßlich gestärkt. Dadurch konnte ein starker Harmonisierungseffekt wirksam werden. Aus ihm gewannen die Europaidee, das Verteidigungsbündnis des Westens und auch die Soziale Marktwirtschaft ihre Werbekraft.

Dennoch zeigten sich am Ende der Ära Adenauer deutliche Verschleißerscheinungen der politischen Terminologie. Gerade die von Adenauer und seiner Politik hergestellte Verbindung zwischen der Imaginationskraft der Schlüsselwörter und ihrer institutionellen Absicherung in der Außen- und Innenpolitik dürfte hierzu beigetragen haben. Mit dieser institutionellen Verankerung der Schlüsselbegriffe gelang zwar eine Verstetigung der politischen Entwicklung, die mit zunehmender Zeit jedoch zu Erstarrungen führte, nicht zuletzt auch deshalb, weil die Terminologie nicht erneuert wurde.

Dies zeigte sich vor allem in jenem Sektor der Politik, in dem die Verankerung der leitenden Begriffe in konkreter Politik nur selten möglich war, in der Deutschlandpolitik. Je länger die Teilung Deutschlands andauerte, desto blasser wurden die Ausstrahlungskraft und die semantische Bedeutung von Begriffen wie *Wiedervereinigung* und *Selbstbestimmungsrecht,* umso mehr verkürzte sich die deutschlandpolitische Terminologie der Adenauerschen Politik zur bloß flankierenden Maßnahme der westlichen Integrationspolitik. Die Entwicklung in der DDR 1989 brachte allerdings manches, längst in den Akten verschwundene Argument der Adenauer'schen Politik auf die Transparente der Demonstranten, wie jenes, nach der sich Freiheit nicht dauerhaft unterdrücken läßt, oder *Freie Wahlen jetzt.*

Unter den Regierungen Erhard und Kiesinger wurde die von Adenauer geprägte Terminologie der Integration unter Beibehaltung ihrer antitotalitären Fundamente allmählich in eine Terminologie der Entspannung umgeformt. Nach der Kuba-Krise von 1962 begann eine Phase der Entspannung zwischen den Supermächten, die sich bald auch auf die politische Sprache in der Bundesrepublik Deutschland auswirkte. Weil die Politik und die Terminologie Konrad Adenauers ihre Überzeugungskraft aus dem Gegensatz von Totalitarismus und Freiheit geschöpft hatten, mußte jede Veränderung der internationalen Frontstellung, jedes Aufkommen von Harmonisierungsbestreben unmittelbare Folgen für die deutsche Politik und ihre Terminologie haben.

Diese Folgen bestanden in einer schrittweisen Eliminierung der deutschlandpolitischen Termini, mit denen Adenauer seine Politik der Nichtanerkennung der DDR kenntlich gemacht hatte. Mit der Aufgabe wesentlicher Bestandteile der traditionellen Terminologie in der Deutschlandpolitik verschwand die politische Begründung, der DDR auch weiterhin ihre Selbstbezeichnung zu verweigern. In das Zentrum der außenpolitischen Terminologie und der amtlichen Politik drängten nun Schlüsselbegriffe der Entspannungspolitik, nämlich *Frieden, Entspannung, Abrüstung, Zusammenarbeit*.

In den sechziger Jahren hatten sich in der deutschen Innenpolitik Probleme angehäuft, die gesellschaftliche Spannungen entstehen ließen. Die amtliche Politik bemühte sich auch im Innern, diese Spannungen mit Hilfe einer Terminologie der Harmonie abzubauen. Bundeskanzler Erhard benutzte dafür Formeln wie *Gemeinschaftsaufgaben, Gemeinwohl, Zusammenarbeit* sowie die Neuschöpfungen *Formierte Gesellschaft* und *Deutsches Gemeinschaftswerk*.

Erst die Große Koalition unter Bundeskanzler Kiesinger war mit ihrer breiten Mehrheit fähig, Formulierungen wie *Konzertierte Aktion* und *Gemeinschaftsaufgaben* konkrete Inhalte zu geben. Hatte die Terminologie der Entspannung in der Außenpolitik neue politische Ziele angestrebt und dabei die Bedeutung ihrer zentralen Begriffe erweitert, so gerieten auch Schlüsselwörter der inneren Politik in der Schlußphase der Großen Koalition in einen Trend der Bedeutungsausdehnung und begannen so in ihrer Verwendung durch die Parteien kontrovers zu werden. Dies galt vor allem für die Begriffe *Demokratie* und *Reform*. Beide wurden einer Dynamisierung unterworfen. Der *Demokratie*-Begriff wurde von der SPD nicht mehr länger in erster Linie auf die politische Ordnung bezogen, sondern als *Demokratisierung* auf weitere Lebensbereiche ausgedehnt. Der *Reform*begriff wurde ähnlich aus konkretisierenden Zusammenhängen herausgelöst, er machte sich semantisch selbständig und diente als Richtungsanzeiger der Politik.

Bundeskanzler Brandt konnte auf diese Vorgänge aufbauen, um seine Terminologie der Bewegung zu entfalten. *Erneuerung, Wandel, Reform* und *Fortschritt* wurden nun zu Schlüsselwörtern einer Politik, die Bewegung in die Verhältnisse bringen wollte. Die Lösung der Bedeutung der Begriffe aus ihrer institutionellen Voraussetzung wurde vorangetrieben. Der zentrale Begriff der fünfziger Jahre, *Freiheit*, wurde nun nicht länger primär auf die personal verstandene Freiheit bezogen, die sich in der Garantie der bürgerlichen Freiheiten manifestiert, sondern der *Freiheits*begriff wurde um eine gesellschaftliche Dimension erweitert, die ein grundsätzlich konfliktbeladenes Verhältnis zwischen *Gesellschaft* und *Einzelnem* anzeigte. Mit Hilfe des *Demokratie*begriffes wurde der notwendigerweise gestaltlose *Gesellschafts*begriff gegen den *Staat* in Stellung gebracht. Dieser *Staat* wurde aber dennoch stärker zur Regelung von Interessenunterschieden und -gegensätzen in Anspruch genommen.

Die regierende SPD weist dem *Staat* überwiegend die Bedeutung eines Großapparates zu, dessen Funktion darin gesehen wird, als zentrales Instrument zur Lösung vielfältiger - vor allem sozialer und wirtschaftlicher - Aufgaben Wirksamkeit zu entfalten. Er soll die Schwachen unterstützen, die Starken im Zaume halten und die Wirtschaft steuern. Diese Konzeption des *Staats*begriffes ähnelt einem kybernetischen Modell, der *Staat* als Begriff verliert jegliche emotive Konnotation. Die Union hingegen bevorzugt in ihrem Begriff vom *Staat* eine weit weniger technische Konzeption, gleichwohl auch sie dem Staat als Apparat eine Vielzahl von Regelungsaufgaben überträgt, wobei ihre Sorge um die Überschreitung der Grenzen im Spannungsverhältnis von Bürger und Staat zu Lasten des Bürgers immer mitausgedrückt wird. Gleichzeitig entwirft die Union ein positiv gefaßtes Parallelkonzept, das dem Staat wichtige Schutzfunktionen zuweist und um Vertrauen wirbt.

Diese in ihren politischen Folgen polarisierende Terminologie der Innenpolitik wurde mit einem außenpolitischen Sprachgebrauch verknüpft, der die Gegensätze und Unterschiede der Interessen einebnen wollte, um so Bewegung zwischen den Fronten zu ermöglichen. Diesem Zweck diente vor allem die semantische Ausdehnung der um *Frieden* und *Entspannung* gruppierten Begriffsfelder, die zwar nicht aus ihrem traditionellen Bezug zum *Freiheits*begriff herausgelöst, aber doch voneinander entfernt wurden. Sie wurden seitdem häufig ohne präzisierenden Zusammenhang benutzt.

Der politische Zweck, welcher hiermit verfolgt wurde, bestand darin, ein in der Vergangenheit entstandenes ostpolitisches Defizit zu beseitigen, um die *Deutsche Frage* unter den durch Entspannungspolitik veränderten Bedingungen mit neuen Schwerpunkten thematisieren zu können. Traditionelle Rechtspositionen wurden geräumt, um vom *Nebeneinander zum Miteinander* zu kommen. Ziele waren *menschliche Erleichterungen* und die Erneuerung des Zusammengehörigkeitsgefühls der Deutschen in der Bundesrepublik wie in der DDR. Die Selbstetikettierung dieser Politik als *Friedenspolitik* hatte enorme innenpolitisch polarisierende Wirkungen, weil die Opposition darin einen Angriff auf ihren Friedenswillen erblicken mußte.

Ähnliches galt auch für die *Reformpolitik*. Allerdings hatte sich die oppositionelle CDU in der Anfangsphase der sozialliberalen Regierung der semantisch ausgedehnten *Reform*vokabel bedient, um ihre Bereitschaft zur Modernisierung zu verdeutlichen. Mit steigender Gebrauchshäufigkeit des *Reform*-Begriffes durch die Regierungspolitik und mit zunehmender Ausgrenzung der Bedeutung benutzte sie diesen Begriff jedoch zurückhaltender und überließ ihn schließlich der Regierung, die diesen zum Etikett ihrer Innenpolitik machte. Die Opposition hatte so der *Reform-* und *Friedenspolitik* der Regierung Brandt nichts entgegenzusetzen. Dies änderte sich erst dann, als beide Etiketten ihre Faszinationskraft eingebüßt hatten.

Mit dem Inhalt geriet auch der Begriff *Reformpolitik* in die Schere des hochgezogenen Erwartungshorizontes und der enttäuschenden politischen Konkretisierung. Zunehmend offenkundig wurde der leerformelhafte Gebrauch der Vokabel *Reform*, als sie auch innerhalb der Regierungsparteien mit Theorie-Debatten über *Systemüberwindung* in Verbindung gebracht wurde. Das Etikett *Friedenspolitik* verlor aus ähnlichen Gründen an politischem Kurswert, als die Bemühungen um Entspannung Mitte der siebziger Jahre ins Stocken gerieten und deutlicher wurde, daß der politische Ertrag des deutschen Entspannungsbeitrages spärlicher ausgefallen war, als die amtliche Politik prophezeit hatte.

Die Verabschiedung hochgespannter Erwartungen half Bundeskanzler Schmidt, eine Terminologie der Ernüchterung zu entwickeln. Seine erste Regierungserklärung am 17.5.1974 stellte er unter die Leitbegriffe *Kontinuität und Konzentration*. In ihr verzichtete er auf die Mobilisierung der Vorstellungskraft durch die Schlüsselwörter seines Vorgängers und bemühte sich, die Erwartungshaltung an die Politik abzusenken. Schmidt benutzte deshalb immer wieder Formulierungen wie *wachsende Probleme* und *steigende Risiken*, um die Notwendigkeit zu unterstreichen, die *Funktionstüchtigkeit* wiederherzustellen und die *Leistungsstärke* zu erhalten. Die Terminologie Schmidts war problemorientiert: Sie zentrierte ihre Schlüsselbegriffe auf die Analyse der Schwierigkeiten und die Ursachen ihrer Entstehung. Sie versäumte es gleichzeitig, Perspektiven aufzuzeigen.

Die funktionalistische Einfärbung der Terminologie Schmidts erlaubte zwar, daß der unter Brandt aufgebrochene Dissens zwischen Regierung und Opposition über wesentliche Begriffe der amtlichen Politik wieder verringert werden konnte. Dies traf aber keineswegs auch für das unterschiedliche Verhältnis von Schlüsselwörtern zwischen den beiden großen Parteien zu. Hier zeigte sich während der zweiten Hälfte der siebziger Jahre, als sich alle Bundestagsparteien um eine Fortentwicklung ihrer Programmatik bemühten, daß SPD und CDU zwar gleiche Schlüsselbegriffe wie *Freiheit, Gerechtigkeit* und *Solidarität* als Grundwerte ihres politischen Wollens benutzten. Allerdings stimmten sie in den ihnen zugewiesenen Bedeutungen nicht überein. Während die CDU an ihrem personal verstandenen *Freiheits*begriff festhielt, um ihn allerdings mit sozialen Inhalten anzureichern, projizierte die SPD ihn in ihrer Programmatik deutlicher als früher auf *Gesellschaft* und lockerte so seine institutionellen Fundamente. Sie wies der *Freiheit* nicht länger jene zentrale Stellung in der politischen Terminologie zu, die dieser Begriff in den fünfziger Jahren mit Hilfe der innen- und außenpolitisch wirksamen Gegensätzlichkeit *Totalitarismus* und *Freiheit* unstritig hatte. Dieser Gegensatz war weder für die Terminologie der SPD und schon gar nicht für die Terminologie von CDU, CSU und FDP unwirksam geworden. Aber: Er war nicht länger die tragende Achse der politischen Terminologie, er wies nicht länger den wichtigen Schlüsselbegriffen Bedeutungselemente zu.

Das war die terminologische Gefechtslage, als Helmut Kohl Bundeskanzler wurde. Schon in seiner ersten Regierungserklärung verdeutlichte er auch durch die Wahl seiner Begriffe, wie er sich die Erneuerung der Bonner Politik vorstellte: Der Begriff *Frieden* wurde wieder in einen engen, unauflösbaren Zusammenhang mit dem Begriff *Freiheit* gestellt. Das unmißverständliche Bekenntnis zum *Westen*, zum *westlichen Verteidigungsbündnis*, sollte allen Bemühungen um Äquidistanz und Neutralismus eine Absage erteilen. Kohls Terminologie knüpft außenpolitisch an die Begrifflichkeit Konrad Adenauers an, modernisiert sie und befreit die deutsche Außenpolitik von jedem Zweifel an ihrer Berechenbarkeit.

Auch in der innenpolitischen Terminologie Kohls wird dem Begriff *Freiheit* eine Bedeutungspräzisierung gegeben. *Freiheit* wird wieder unzweideutig auf die *Person* bezogen: die *Gesellschaft* als Subjekt von Freiheit bleibt unerwähnt. Allerdings wird einer Mythologisierung des *Freiheits*begriffes entgegengewirkt, indem immer wieder ein enger Bezug zur *Verantwortung* hergestellt wird. Dem entspricht, daß auch die *Rechte* des Bürgers stets zusammen mit seinen *Pflichten* erwähnt werden. *Gesellschaft mit menschlichem Gesicht* und *Mitmenschlichkeit* sind Begriffe aus den ersten Regierungserklärungen Kohls, welche die Aufgabe haben, den gesellschaftlichen Zukunftsentwurf seiner Politik signalhaft aufleuchten zu lassen.

In seiner Regierungserklärung vom 18. März 1987 hat Bundeskanzler Kohl seine Terminologie weiter entfaltet. Er stellte sie unter die Überschrift: *Die Schöpfung bewahren - die Zukunft gewinnen*. Die Leitgedanken als Richtungsanzeiger der Politik wurden mit Begriffen markiert wie *Freiheit verantworten, Leben und Menschenwürde schützen* sowie *den inneren Frieden sichern*. Die Aufgaben der Erneuerung der Sozialen Marktwirtschaft wurden mit den Formulierungen gekennzeichnet: *Wirtschaftskraft entfalten, sozialen Halt geben* und *menschengerecht modernisieren*. Als Bezeichnung für das Ganze wählte Kohl den Begriff *humane Industriegesellschaft*, bei der es nun darauf ankomme, "menschliche Geborgenheit wachsen (zu) lassen, die Umwelt (zu) schützen und die Chancen der Freiheit (zu) mehren". Ziel dieser neuen Terminologie ist, die Selbstbeschränkung der Politik zu markieren, die die Voraussetzung für die Entfaltung konkreter Handlungsfreiheiten des Bürgers ist, an dessen Verantwortung für die Folgen seiner Handlungen appelliert wird.

In der Deutschlandpolitik wurde der in den letzten zwanzig Jahren in den Hintergrund gedrängte Begriff der *Wiedervereinigung* nicht in den Vordergrund zurückgeholt, allerdings auch nicht durch andere Formeln wie Neuvereinigung ersetzt. Seine zentrale Funktion übernahm der Begriff der Selbstbestimmung, der in der Überzeugung benutzt wurde, daß - so Kohl - Freiheit der Kern der deutschen Frage ist.

Ob diese Terminologie dauerhaft erfolgreich sein wird, werden künftige Historiker und vor ihnen die Wähler entscheiden, wobei deren Maßstäbe für das Prädikat "erfolgreich" durchaus unterschiedlich sein dürften.

3. Nach dieser kurzen Darlegung der Schlüsselbegriffe, mit denen sich die amtliche Politik seit Konrad Adenauer dargestellt hat, möchte ich einige Bemerkungen in äußerst geraffter Form über die ziemlich gründlich veränderten Rahmenbedingungen politischer Kommunikation seit 1949 einfügen.

Der Freiburger Politikwissenschaftler Wolfgang Jäger hat kürzlich eine viel zu wenig beachtete Abhandlung über diese Veränderungen vorgelegt. Er bringt die Entwicklung von Adenauer zu Kohl auf die Formel *Von der Kanzlerdemokratie zur Koordinationsdemokratie*.

Die Deutschen, das wissen wir aus der Demoskopie, sind erheblich politischer geworden im Vergleich zu den 50er und 60er Jahren. Allerdings handelt es sich - auch dies ist eine wichtige Hinzufügung - keineswegs um den Prozeß einer wachsenden politischen Bildung, der die politischen Kenntnisse angehoben und die Rationalität der Urteilskriterien geschärft hätte. Vielmehr interessiert "man" sich heute stärker für Politik, es ist unschicklich geworden, über politische Vorgänge welcher Art auch immer "keine Meinung" zu besitzen.

Dies hat dazu geführt, daß immer mehr Lebensbereiche politisiert wurden, daß von einem Absterben der Ideologien keine Rede sein kann, sondern im Gegenteil ideologisches Denken stärker geworden ist, nicht zuletzt jenes, dem Staat immer mehr Hilfe bei immer mehr individuellen Sorgenbereichen abzuverlangen. Hier ist die Quelle für eine neue Betrachtungsweise der Politik auszumachen, die immer stärker den Staat als Produzenten von Dienstleistungen begreift und den Bürger als Konsumenten von Politik versteht.

Eine weitere wichtige Veränderung der Rahmenbedingunen ist die verstärkte Macht organisierter Interessen, das wachsende politische und quasi-politische Engagement des Einzelnen und sein zunehmendes Selbstbewußtsein, die Ausweitung und verstärkte Nutzung der politischen Mitbestimmungsmöglichkeiten, das zunehmende politische Selbstbewußtsein der Basis gegenüber der Spitze in jeder politischen Organisation und damit die Verringerung der Durchsetzungskraft der obersten Ebene, sei es im Bund gegenüber den Ländern, sei es in der Parteiführung gegenüber Landesorganisationen, sei es in der Verbandsspitze gegenüber Mikroorganisationen. Das gleiche gilt im Verhältnis von der Landesebene zur lokalen Organisationsstufe.

Das nicht mehr so spektakulär steigende Wirtschaftswachstum verringert die Gestaltungs- und Umverteilungsmöglichkeiten der Politik. Überhaupt macht sich bei dem hohen Standard an Freiheit, sozialer Sicherheit, Wohlstand und auch Frieden das ökonomische Theorem des abnehmenden Grenznutzens bemerkbar. Ein zusätzliches Plus an Wohlstand, Sicherheit wird der handelnden Politik kaum noch gutgeschrieben.

Die großen Fragen der Politik sind bei uns weitgehend geklärt. Die politische Ordnung ist weitestgehend unstrittig, weil erfolgreich. Das gleiche gilt für die Wirtschaftsordnung und die Sozialordnung. Auch die sicherheitspolitische Grundorientierung ist durch das westliche Verteidigungsbündnis weitestgehend außer Dissens.

Die Attraktivität der Politik als Herausforderung zum Engagement verblaßt zusehends. Nicht nur das Ansehen der Parteien, der Parlamente sinkt, auch die Bereitschaft qualifizierter Mitbürger, politische Ämter zu übernehmen. Die öffentliche Behandlung und Mißhandlung der Politiker provoziert nicht nur eine gewisse Abscheu vor dem Beruf des Politikers, sondern sie verstärkt den Reiz von Freizeit und selbstbestimmter Erwerbsarbeit. Die Leistungseliten werden ausgedünnt. Immer mehr Mitbürger arbeiten immer weniger, immer weniger Mitbürger werden immer mehr in die Fron genommen.

Mein vorletztes Stichwort gilt dem Wahlrecht. Dies mag Sie in diesem Zusammenhang verblüffen. Seien Sie auch nicht besorgt, ich könnte hier mit revolutionären Vorschlägen zur Umgestaltung des Wahlrechts aufwarten. Mir kommt es hier lediglich darauf an, daß unser Wahlrecht (wie jedes andere natürlich auch) als Rahmenbedingung für die politische Kommunikation enorm auf die

Art und Weise der öffentlichen Auseinandersetzung über Politik einwirkt. Die Herrschaft des Verhältniswahlrechts mit der Sperrklausel bewirkt, daß Regierungen regelmäßig nur durch Bündnisse von Parteien gebildet werden können. Mit dem faktischen Zwang zur Koalition entsteht ein ebenso faktischer Zwang zum Kompromiß. Und hier stoßen wir an einen der Pawlowschen Reflexe der deutschen Psyche. Kompromisse, auch sprachliche Kompromisse, haben für uns Deutsche einen äußerst schlechten Beigeschmack. Die Assoziation "fauler Kompromiß" steht abrufbereit zur Verfügung. In der Tat erschwert der Zwang zum Kompromiß innerhalb der Volkspartei und zwischen den Regierungsparteien die kristallklare Konturierung der Politik, wie sie aus der Sicht ihrer Kommunikationsfähigkeit wünschenswert wäre. Anders gesagt: Die kompromißlose Klarheit der Thatcherschen Politik und ihrer Terminologie ist nur unter dem Regime des Mehrheitswahlrechts möglich, das allerdings die Hypothek mitbringt, daß von Regierungswechsel zu Regierungswechsel ein bei uns unbekanntes Maß an Diskontinuität zu verkraften ist.

Schließlich - mein letztes Stichwort - ist der gewachsene Einfluß der Medien zu erwähnen. Die explosionsartige Verwendung der politisch relevanten Medien und ihre insgesamt wachsende Bedeutung für den politischen Entscheidungsprozeß vergrößert die Abhängigkeit der Politik wie auch der Bürger von der Vermittlungsleistung der Medien. Vor allem das Fernsehen mobilisiert und verstärkt populistische Strömungen, die mit Nachdruck einfachste Antworten auf immer komplexere Fragestellungen verlangen.

Diese veränderten Rahmenbedingungen politischer Kommunikation sind auch als Hinweise dafür zu verstehen, daß sich das Selbstverständnis der liberalen Demokratie unmerklich transformiert, sie stellen die politische Kommunikation vor neue Herausforderungen; denn die Gewährleistung eines hohen materiellen Standards wird mittlerweile als so selbstverständlich genommen, daß mit seiner Verbesserung längst keine Steigerung der Zufriedenheit bewirkt wird. Wir haben es mit einem klassischen Dilemma zu tun. Hierzu ein abschließendes Zitat, es stammt von Josef Kopperschmidt:

Die Chancen der Politik, Zustimmungsbereitschaft zu erzeugen, nehmen kontinuierlich ab, weil die Ressourcen offensichtlich erschöpft sind, aus denen politische Meinungsbildung noch verläßliche normative Orientierungen gewinnen kann. Gleichzeitig aber ... nimmt der Verständigungsbedarf aufgrund zunehmender Vernetzung von Handlungsabläufen und den daraus folgenden Koordinationszwängen in der Gesellschaft in gleichem Maße zu wie die Verständigungschancen schwieriger werden. (Kopperschmidt 1988:252)

Ich stelle dieses Zitat von Josef Kopperschmidt an den Schluß meiner Ausführungen, nicht deshalb, weil ich mich von der Skepsis seiner Diagnose überwältigen lasse, sondern weil dieses Zitat in eindringlicher Weise die Notwendigkeit verdeutlicht, das politische Gespräch der Gesellschaft über sich selbst noch stärker als politische und als wissenschaftliche Herausforderung zu begreifen. Und dies gilt natürlich auch für das wissenschaftliche Gespräch über die politische Sprache.

Literatur

Kopperschmidt, J. 1988. Politische Rede unter Bedingungen erschöpfter Konsensressourcen. In: *Politische Vierteljahresschrift* 29/2, 252-270.

Lübbe, H. 1975. Der Streit um Worte. In: G.-K. Kaltenbrunner (Hg.). *Sprache und Herrschaft*. München.

SEMANTIK UND POLITIK

Bodo Hombach

Einige Journalisten entdeckten in den letzten Jahren die Sprache als Politikum. Virtuos gehandhabt von Begriffsbesetzern und Sprachreglern, sei die Sprache der Politik zu einem übermächtigen Herrschaftsinstrument geworden. Es ist aber inzwischen zu einem Gemeinplatz geworden, daß für den Politiker Formulierung und Kommunikation der politischen Entscheidungen zwei Seiten einer Medaille sind.

Der Bundesgeschäftsführer und Wahlkampfmanager der CDU, Peter Radunski, hat dies in seinem Buch "Wahlkämpfe" so formuliert:

Politische Strategien ohne Kommunikationsstrategien sind in der modernen Demokratie undenkbar. Wer eine Politik entwirft, muß auch ihre Kommunikation mit einbeziehen ... Die politische Kommunikation hat es mit beiden zu tun: mit Ereignissen und selbst geschaffenen Ereignissen, mit den Handlungen der Politiker und ihren Absichten, mit Zeitströmungen und politischen Programmen, mit politischen Überzeugungen und mit Werbung, mit Polarisierung und Konsens. ... In der Regel kennt der Wähler nur das Image, das Bild vom Politiker. Er wählt nicht den Politiker, wie er tatsächlich ist, sondern wofür er ihn hält.

Die Einsichten über die Sprache und ihre Bedeutung für Politik und Gesellschaft sind allerdings nicht neu, sondern werden seit Jahrtausenden diskutiert. Die 'alten Griechen' hatten nicht nur den Begriff *Rhetorik* entwickelt (wie auch *Demokratie* und *Demagogie*), sondern diese auch zu großer Virtuosität entwickelt. In der oft zitierten Schrift von Max Weber "Politik als Beruf" heißt es schon, Politik werde nun einmal in hervorragendem Maße in der Öffentlichkeit mit den Mitteln des gesprochenen oder geschriebenen Wortes gemacht.

Sprache ist oft politisch mißbraucht worden. Insbesondere der Nationalsozialismus lieferte schlimme Beispiele von Sprachmanipulation und Propaganda. Viele autoritäre Regime hatten sich mit Zensur, mit dem Verbot von Begriffen und Darstellungen 'begnügt'. Die Nazis aber haben die Sprachherrschaft, die Sprachregelung weiter entwickelt als je zuvor bekannt und die Massenmedien systematisch zu ihren Gunsten eingesetzt. Nicht umsonst nannte man den Rundfunkempfänger damals einen "kleinen Goebbels". Diese Art von Einwegkommunikation der politischen Eliten ist allerdings inzwischen überholt und auch die Massenmedien sind anders (konkret: demokratischer) strukturiert.

Die Medien sind heute in der politischen Kommunikation nicht in erster Linie Sprachrohr der Politiker. Sie haben in demokratischen Gesellschaften vielmehr die Aufgabe, einerseits mit Berichten über Regierung und Opposition dafür zu sorgen, daß sich nicht eine Seite ohne weiteres mit ihren Sprachregelungen durchsetzt, und andererseits sind die Journalisten selbst Sprachschöpfer, können und sollen also selbst den Dingen, den Problemen Namen geben, die nicht mit denen der Politiker übereinstimmen.

Die Politiker sind nicht im Medienzeitalter zu bedeutenden Rhetorikern geworden - ganz im Gegeneil: Gegenüber den großen freien Reden in den Parlamenten des 19. Jahrhunderts oder den Aufrufen und Ansprachen der frühen Demokraten auf Straßen und Plätzen, gegenüber noch früheren Predigern, Volkstribunen und Demagogen sind viele Politiker heute wahre Waisenknaben des Wortes. Der amerikanische Professor für Media Ecology, Neil Postman, beschreibt in "Wir amüsieren uns zu Tode" eindringlich den Verfall der Fähigkeit zur öffentlichen und freien Rede im TV-Zeitalter.

"Wer die Dinge benennt, beherrscht sie" erkannte Martin Greiffenhagen, der sich ausführlich wissenschaftlich mit dem 'Kampf um Wörter' befaßt hat. Definitionen bringen Realitäten auf den Begriff. Oft ist es die erste Definition eines Problems, die von den Menschen bewahrt wird.

Schließlich ist derjenige politisch im Vorteil, der eine Alternative formuliert. Mit ihr können alle anderen Möglichkeiten, ein Problem zu sehen oder zu lösen, abgeblendet werden. Diese Art Komplexitätsreduktion ist in der Politik stets sehr erfolgreich gewesen. Die großen revolutionären Ideologien leben alle von einfachen Alternativen. Sie werden leicht verstanden, prägen das Bewußtsein und können hohe Handlungsmotivation liefern: Wenn es um alles oder nichts, Ende oder Wende, rot oder tot geht, wächst mit der Entschiedenheit der Alternative auch die Kraft zur Entscheidung. (Greiffenhagen 1980)

Daß man nach einem solchen Zitat an den Wahlkampfslogan *Freiheit oder Sozialismus* denkt, liegt nahe. Greiffenhagen weist noch darauf hin, wie schwer die Grenzziehung zwischen notwendiger Orientierung und politischem Mißbrauch der Sprache zur Sicherung der politischen Herrschaft ist.

Schaut man sich die jüngsten Wahlerfolge der Republikaner an, so wird man wohl feststellen können, daß diese vor allem in Bayern auch auf der Medienpopularität und der demagogischen Potenz von Franz Schönhuber beruhen. Gerade anhand der relativ einfachen Sprache, an der emotionalisierten Demagogie, an den scheinbar einfachen Lösungen für komplexe Probleme, die Schönhuber vorführt, zeigt sich, welch starke Wirkungen von Schlagworten ausgehen können.

Die Amerikaner haben für die politische Kommunikation die Technik des *sound bite* entwickelt. Ein *sound bite* ist mehr als ein gutes Schlagwort, es ist ein plastischer, illustrativer Begriff, eine Kurzbotschaft, die sich einprägt. *Sound bite* bezeichnet jene Botschaft, die ein Politiker oder eine Partei die Wähler lernen lassen will, und die deshalb in vielen Reden und Statements, in Broschüren und auf Plakaten immer wiederholt wird.

Die Parteien in der Bundesrepublik haben in den letzten Jahren gegenüber den USA, dem großen Vorreiter moderner Politkommunikation, aufgeholt: Bei ihnen zeigt sich ein großer Professionalisierungsschub. Beispiele gibt es hierfür viele: Der Auf- und Ausbau von eigenen Kommunikationsstäben bzw. Presseabteilungen, der Einsatz von Semantikspezialisten, die Erforschung der Wählermeinungen und vor allem die Inszenierung der Wahlkämpfe sind eindrucksvolle Belege. Diese Entwicklung zeigt sich bei allen Parteien.

Über das Parteimanagement wird für die Mitglieder und auch darüber hinaus eine eigene kommunikative Vermittlung der Realität angestrebt. Die in diesem Zusammenhang benutzten Begriffe und Interpretationen müssen dabei mindestens drei Funktionen erfüllen:

1. Die eigenen Mitglieder, Sympathisanten und Wähler müssen "bei der Stange gehalten",
2. der politische Gegner muß deutlich getroffen und
3. dem Zeitgeist muß entsprochen werden.

In den 70er Jahren hat sich besonders die CDU in der Modernisierung ihrer Kommunikationstechniken hervorgetan, die als Antwort auf ihre Wahlniederlagen damals die Bedeutung politischer Begriffe im Konkurrenzkampf der Parteien neu entdeckte.

So gemahnte Kurt Biedenkopf auf dem Hamburger CDU-Parteitag im November 1973:

Sprache, liebe Freunde, ist nicht nur ein Mittel der Kommunikation. Wie auch die Auseinandersetzung mit der Linken zeigt, ist Sprache auch ein wichtiges Mittel der Strategie. Was sich heute in unserem Land vollzieht, ist eine Revolution neuer Art. Es ist die Revolution der Gesellschaft durch Sprache. Die gewaltsame Besetzung der Zitadellen staatlicher Macht ist nicht länger Voraussetzung für eine revolutionäre Umwälzung der staatlichen Ordnung. Revolutionen finden heute auf andere Weise statt.

Statt der Gebäude der Regierung werden die Begriffe besetzt, mit denen sie regiert, die Begriffe, mit denen wir unsere staatliche Ordnung, unsere Rechte und Pflichten und unsere Institutionen beschreiben. Die moderne Revolution besetzt sie mit Inhalten, die es uns unmöglich machen, eine freie Gesellschaft zu umschreiben, und es damit auch unmöglich machen, in ihr zu leben

... Deshalb, meine Freunde, ist die Auseinandersetzung mit der politischen Sprache von so großer Bedeutung. Wir erleben heute eine Revolution, die sich nicht der Besetzung der Produktionsmittel, sondern der Besetzung der Begriffe bedient.

Offensichtlich hatte Biedenkopf die Sprachmächtigkeit der Linken deutlich überschätzt und zu einem besonderen Feindbild ausgebaut. Doch er zog aus seiner Auffassung die Konsequenz, eine "Projektgruppe Semantik" aufzubauen, die die CDU im Prozess ihrer Sprachfindung zu unterstützen hatte. Die Grundidee, mit der diese Projektgruppe an ihre Arbeit ging, ist der Aufgabenbeschreibung zu entnehmen.

Da sich Einstellungen und Wahlverhalten durch wertende Informationen ändern lassen, müssen Informationen mit einem wertenden Beiton versehen werden, denn wer in solchem Sinne die politische Sprache prägt, hat gute Chancen, Einstellungen und schließlich Verhalten in seinem Sinne zu beeinflussen.

Und das möchte die CDU schon gerne. Seit jener Zeit führen sie einen absichtsvollen Kampf um die Definitionsmacht von politischen Begriffen. Nach 18 Monaten Arbeit der Projektgruppe glaubte Kurt Biedenkopf sich dem gestellten Ziel schon einen guten Schritt näher: "Eines der Hauptziele, die wir uns gestellt haben, war die Wiedergewinnung der Initiative in der Auseinandersetzung um die zentralen politischen Begriffe. Dieses Ziel ist im wesentlichen erreicht worden."

Ein bemerkenswerter Versuch, beim Wähler Kompetenzvermutung zu ermuntern und zugleich ein Thema neu zu definieren, war Mitte der 70er Jahre das Bemühen der CDU um die sog. *Neue Soziale Frage* als dem Gegensatz zwischen organisierten und nicht organisierbaren Interessen. Einerseits sollten alle sozialen Fragen, die nur im weitesten Sinn mit der Auseinandersetzung zwischen Arbeit und Kapital zu tun haben, als obsolet betrachtet und damit Gewerkschaften wie SPD als vergangenheitsorientierte Organisationen dargestellt werden. Obwohl es der CDU nicht gelang, ihre neue Begrifflichkeit allgemein durchsetzen, gewann sie in den Augen der Wähler meßbar an Kompetenz in sozialen Fragen.

Aber Heiner Geißler hatte 13 Jahre nach den Biedenkopf'schen Ausführungen noch immer dieselben Sorgen. In einem Fernsehgespräch ("Deutsche" mit Günter Gaus) ließ er sich zu folgender Erläuterung hinreißen:

Es geht heute nicht mehr darum, Bahnhöfe, sondern darum, Begriffe zu besetzen ... Nicht die Taten bewegen die Menschen, sondern die Worte über die Taten. Derjenige, der die Ideen hat und der für sie auch die richtigen Begriffe wählt, hat die Macht über das Denken der Menschen. Dies dürfen wir nicht den Sozialisten überlassen, auch nicht den Kommunisten oder den radikalen Parteien. Wir müssen uns der Auseinandersetzung stellen ... .

Wahlkampf ist öffentliches Ringen um demokratische Mehrheiten mit den Mitteln der politischen Rhetorik und der politischen Werbung. Wahlslogans sind politische Botschaften, die ganze Programme bündeln, Absichten und Alternativen signalisieren sollen.

Das Bemühen um Sprachregelung in der Politik wird insbesondere bei den teilweise grotesken Verrenkungen deutlich, die manche Politiker an den Wahlsonntagen und danach unternehmen, um eine Niederlage als Erfolg umzuinterpretieren.

Aber der Vorwurf an Politiker, "Worthülsen" zu benutzen, greift fehl. Sie dienen in der Politik zur Be-Wertung, zur Auf-Wertung der eigenen Panei und Ihrer Vorhaben, zur Ab-Wertung der politischen Gegner und ihrer Konzepte, auch wenn die Bevölkerung, und das ist gut so, sich diese Bewertungen nicht immer zueigen macht.

Der Sprachwissenschaftler Josef Klein weist darauf hin, daß politische Schlagwörter mehr seien als leere Worthülsen: "Politische Schlagwörter ziehen ihr Wirkungspotential oft aus reinem Raffinement einer komplexen Bedeutungsstruktur." Der semantische Stratege, der solche Zuspitzungen kreiert und nutzt, entwickle

> Hypothesen über Einstellungen, Wissen und Inormationsdefizite seiner Adressaten ... Schlagwörter dienen als Instrumente der politischen Beeinflussung. Mit ihnen wird versucht, Denken, Gefühle und Verhalten zu steuern, soweit sie politisch relevant sind. Sie sind eine Hauptwaffe der politischen Auseinandersetzung. Daher sind sie oft selbst umkämpft. Um in der Kampfmetaphorik zu bleiben: Wer dem Gegner die Waffe entwendet, wer sie ihm stumpf macht, oder wer selbst eine spezielle Abwehrwaffe zur Zerstörung eines gegnerischen Waffentyps entwickelt, hat Vorteile im politischen Kampf. Darum ist politische Auseinandersetzung nicht nur Kampf mit Wörtern, sondern auch oft Kampf um Wörter, meist um Schlagwörter. (Klein 1989)

Das hört sich zwar martialisch an, doch beschreibt es im Grunde, worum es geht.

Die Auseinandersetzung geht darum, welche der großen "Volksparteien" ihr Verständnis der begrifflichen politischen Grundorientierungen dieser Gesellschaft, *Freiheit, Solidarität, Gerechtigkeit* und *Demokratie* als allgemeinen Konsens durchsetzen kann. Dazu gehört die Frage, wer sein Verständnis von *Fortschritt*, von *Zukunft*, von *Moderne* im politischen Wettstreit behauptet. Diese positiv bewerteten Begriffe gehören zum allgemeinen Standard, der Wettbewerb geht darum, wer sie politisch-inhaltlich ausfüllt.

Zur Auseinandersetzung darum, wer nun das richtige Begriffsverständnis habe, gehört das Grundmuster von Unterstellungen, die anderen sagten zwar X, meinen aber in Wahrheit Y oder Z.

Die CDU unterstellt der SPD, sie sage *Solidarität*, meine jedoch 'Klassenkampf', sage *Gerechtigkeit*, meine jedoch 'Gleichmacherei'. Umgekehrt unterstellt die SPD der CDU, sie sage *Freiheit*, meine in Wahrheit jedoch 'Manchester-Kapitalismus' und den Erhalt bzw. Ausbau von Privilegien. Im politischen Kampf um Worte sollen Etikettierungen Allgemeingut werden.

Meine These ist: Je ähnlicher die politischen Konzepte der großen Parteien, je geringer die tatsächlichen Handlungsspielräume der Regierenden, desto erbitterter wird die Auseinandersetzung um Worte geführt.

Sprache ist eng an gesellschaftliches Leben geknüpft, sie lebt und verändert sich ständig mit. Sprache gehört den Menschen, gehört dem Volk, und das macht mit ihr, was es will. Mit dem Wandel an Bewertung, mit der Veränderung von Ansichten und Lebensweisen, ändern sich auch Inhalte und Konnotationen vieler Wörter. Dagegen kann sich selbst der Duden nur kurze Zeit stemmen.

Manche politischen Begriffe haben im Lauf der Zeit ihre Bedeutung gewandelt: *Liberal* war einst ein Schimpfwort, mit unterschiedlichem Sinngehalt von Kirchen und Gewerkschaften verwandt - heute sind wir alle *liberal*, ohne daß schon zum Konsens geronnen wäre, was das denn praktisch heißt, was daraus folgt.

Wer Geld vom Staat will, sagt nicht, er wolle subventioniert werden, denn *Subventionen* sind inzwischen negativ stigmatisiert; er beantragt, aus welchen vernünftigen Gründen auch immer, *dringend gebotene Förderung*.

Es macht einen großen Unterschied, ob wir besonderen Wert darauf legen, wesentliche Grundprinzipien unserer Gesellschaft als *Leistungsgesellschaft* oder als *Sozialstaat* zu bezeichnen. *Soziale Marktwirtschaft* hat sich als Bezeichnung für unsere Gesellschaftsordnung so wirksam durchgesetzt, daß sie heute kaum noch mit der CDU identifiziert wird. Gleichwohl sind mit diesem Begriff Wertorientierungen verbunden, die sich mit der christdemokratischen Sicht der Dinge weitgehend decken, andere jedenfalls als mit Begriffen wie *Kapitalismus* oder gar *Klassengesellschaft*.

Viele Sozialdemokraten haben sich der christdemokratischen Bezeichnung unserer Wirtschaftsordnung angeschlossen, ohne dem Begriffsverständnis der CDU ein eigenes, anderes, entgegenzusetzen. Seit Godesberg hat die SPD keinen eigenen Begriff mehr für unsere Gesellschaftsordnung, der eine wirkliche Chance hätte, mit *Soziale Marktwirtschaft* zu konkurrieren.

Die Brandt-Regierung war angetreten, um längst fällige *Reformen* ins Werk zu setzen, um *mehr Demokratie (zu) wagen*. Diese Parole war ein semantisches Glanzstück, verband den von weiten Bevölkerungskreisen empfundenen Unmut über die Erstarrung christdemokratischer Politik und über die Machtzusammenballung der großen Koalition mit der positiv erlebten Vorstellung, die Ärmel aufzukrempeln und zu neuen Herausforderungen aufzubrechen. Die Grundalternative war angelegt zwischen alt, verstaubt, eng einerseits und neu, aktiv, zukunftsorientiert andererseits.

Seit die *Rechtskoalition* oder *Wenderegierung* bzw. *Koalition der Mitte* (auch Beispiele für den Streit um Begriffe) in Bonn am Ruder ist, scheint die SPD im Bund aus dem Streit um Begriffe weitgehend ausgestiegen. Die Konkurrenz um Bezeichnungen spielt sich weitgehend zwischen der Union und der Ökologiebewegung ab. (Wie in der späteren Phase der Schmidt-Regierung zwischen der SPD und der Friedensbewegung).

Die SPD droht sprachlos zu werden, da das gewerkschaftlich-sozialdemokratische Grundthema *Soziale Sicherheit/Gerechtigkeit* aus dem öffentlichen Diskurs zurückgedrängt wurde.

Ein der SPD zugerechnetes dominantes Wortfeld hat es seit der Kanzlerzeit von Willy Brandt nicht mehr gegeben. Unzufriedenheit mit diesem Zustand signalisieren die immer wieder beschworenen Bemühungen, die 'Themen' und 'Stichworte' der Politik zu bestimmen. (Klein 1989)

Die Parole *versöhnen statt spalten* ist von vielen Sozialdemokraten als harmoniesüchtig mißverstanden worden. Sie war aber nicht nur Teil der Bemühung, die innerparteiliche Kontroverse Ökonomie gegen Ökologie aufzulösen und das *Bündnis der Vernunft* (ein politisches Schlagwort der SPD in NRW) zwischen den Betriebsräten und ihren ökologisch orientierten und studierten Kindern, sowie auch zwischen jenen, die Sozialpolitik brauchen und den Wohlversorgten, die sie gleichwohl wollen, mit einer sprachlichen Klammer zu versehen und zum Bestandteil einer größeren politischen Idee zu machen.

Vielmehr steckte hinter diesem Aufruf zur Versöhnung der Anspruch, für eine große Mehrheit der Bevölkerung zu sprechen und die CDU als jene Partei zu brandmarken, die wirtschaftliche Partialinteressen begünstigt und damit eigentlich das Recht verwirkt habe, sich im Ernst *Volkspartei* zu nennen.

Das Problem mit dieser Rau-Parole im Wahlkampf 1985 war, daß vielen Sozialdemokraten der Hegemonieanspruch, der mit ihr verbunden war, nicht deutlich wurde, daß *versöhnen* also nicht zum positiv empfundenen Schlüsselbegriff wurde.

Die Linke in unserer Republik beschäftigt sich gerne und ausführlich wissenschaftlich mit dem 'Sprachmißbrauch'der Rechten und mit deren Demagogie -

und relativ selten mit der eigenen Begrifflichkeit. Obwohl sie, wie z.B.in der gegenwärtigen Programmdiskussion der SPD, heftige innerparteiliche Debatten um begriffliche Normierungsversuche führt.

Daß die Vermittlung von Politik einen hohen Stellenwert innerhalb der Aufgaben der politischen Parteien bekommen hat - manche Politikwissenschaftler (z.B. Sarcinelli 1987) sprechen gar von einem "kommunikativen Kunstprodukt" - liegt ganz wesentlich darin begründet, daß für viele Bürger die einzelnen politischen Entscheidungen gar nicht mehr adäquat wahrgenommen und in ihren jeweiligen Auswirkungen erfaßt werden können.

Hieraus erklärt sich auch, daß ein (vielleicht zu großer) Teil der Zeit von Politikern, Pressereferenten und anderen damit verbraucht wird, das eigene Image in den Medien zu studieren. Wenn politische Kommunikationsstrategien mehr und mehr zur zentralen Organisationsaufgabe der Parteien werden, so ist es auch nicht verwunderlich, daß die Zahl der für die Parteien tätigen Kommunikationsexperten, Meinungsforscher und anderer "brain trusts" weiter wächst. Max Weber hat dies bereits in der schon zitierten Schrift von 1919 vorhergesehen, wo er die Gefahr für Politiker beschrieb, "sowohl zum Schauspieler zu werden, wie die Verantwortung für die Folgen seines Tuns leicht zu nehmen und nur nach dem 'Eindruck' zu fragen, den er macht".

Wenn die Politik derartig an Bodenhaftung verliert, und dies ist sicherlich in Bonn auch zu beobachten, verfängt sie sich allerdings in Widersprüche und Ungereimtheiten. Nicht umsonst hat z.B. in den letzten Jahren der Begriff *Bürgernähe* eine so große Bedeutung erlangt, wenngleich er eher das Problem benennt als Lösungen für die Überwindung der Kluft zwischen politischer Elite und der Gesellschaft anzugeben - eine Kluft, die ja nicht zuletzt auch zu den aktuellen rechtspopulistischen Protesten beigetragen hat.

Eine nur rhetorische Annäherung an den Bürger kann Probleme nicht lösen. Gefragt ist vielmehr nach neuen politischen Konzepten und nach der praktischen Umsetzung, d.h. nach der Fähigkeit, den Menschen konkreten Zugang zur Politik zu ermöglichen.

In einem Land wie Nordrhein-Westfalen kommt es darauf an, die sich auch in den sozialen Bewegungen manifestierenden Auflösungserscheinungen der klassischen Autoritätsmonopole (wie Wissenschaft und Technik, Religion und Familie etc.) mit den Traditionsbeständen und eingefahrenen politischen Handlungskanälen (z.B. über Gewerkschaften) zu vermitteln. Eine zeitgemäße Politik muß also Bündnisse organisieren und Synthesen bilden (*versöhnen*) und diese dann einer breiten Öffentlichkeit auch durch prägnante Begrifflichkeiten deutlich machen.

Angesichts der wachsenden Individualisierung von Lebensstilen, der tendenziellen Auflösung von traditionellen sozialen Milieus, sowie der babylonischen Vielfalt von Slogans, denen der einzelne Mensch heute u.a. mit immer mehr Fernseh- und Rundfunkkanälen ausgesetzt ist, wird das Besetzen von Begriffen einerseits wichtiger, andererseits aber schwinden die Erfolgsaussichten, wenn dieser Formulierungsprozeß zu weit von der Realität abhebt.

Der Erfolg von Begriffen in der politischen Kommunikation hängt also wesentlich davon ab, ob sie in der Bevölkerung bzw. gewissen subkulturellen Gruppen verankert sind. Wir wissen zwar durch ausgefeilte demoskopische Untersuchungen, was bei welchen Gruppen wie ankommt, wichtig ist aber das Aufspüren von neuen Ideen und Konzepten.

In diesem Zusammenhang haben die sog. "neuen sozialen Bewegungen" für alle "politischen Profis" (in den Stäben der Parteien, Ministerien und Verbände) eine wichtige Rolle als Zulieferer gespielt. Die Impulse dieser Bewegungen haben so gesehen Innovationen bei den etablierten politischen Instanzen ausgelöst, wenngleich nicht immer in dem Sinne, wie es die Protagonisten der Bewegungen im Auge hatten.

Politische Deutungen und darauf bezogene Begriffe etc. müssen zwar wissenschaftlich untermauert sein, sie müssen die soziokulturellen Veränderungen sowie die Stimmungslage in der Bevölkerung auch begrifflich auf den Punkt bringen. Sie werden erst dann zu einer Bindung an die politischen Parteien führen, wenn sie Probleme der Wähler wirklich ernst nehmen. Aus Einsicht muß politische Praxis werden. Politik, die glaubwürdig sein will, darf nicht mehr versprechen, als sie tatsächlich zu leisten vermag. Was Politik aber kann und verspricht, muß sie dann auch tun. Nur so kann sie Vertrauen gewinnen - die gelungenen Parolen allein reichen nicht aus.

Literatur

Biedenkopf, K.H. 1973. Mitgestaltung - Mitverantwortung. In: *Union in Deutschland* 45, 9 ff.

Greiffenhagen, M. 1980 (Hg.). *Kampf um Wörter?* München/Wien.

Klein, J. 1989. Wortschatz, Wortkampf, Wortfelder in der Politik. In: Ders. (Hg.). *Politische Semantik*. Opladen.

Postman, N. 1985. *Wir amüsieren uns zu Tode*. Frankfurt.

Radunski, P. o.J. *Wahlkämpfe*. Opladen.

Sarcinelli, U. 1987. *Symbolische Politik*. Opladen.

Weber, M. 1973. Der Beruf zur Politik. In: Ders. *Soziologie, Universalgeschichte. Analysen, Politik.* Stuttgart, 167-185.

KANN MAN "BEGRIFFE BESETZEN"?
Zur linguistischen Differenzierung einer plakativen politischen Metapher

Josef Klein

Einleitung
1. "Begriffe besetzen" als kommunikationsstrategische Prägung
2. Typen des politischen Kampfes
2.1 Zeichentheoretische Kategorien
2.2 Typologie
2.2.1 Begriffsprägung - konzeptuell-konzeptionelle Konkurrenz
2.2.2 Parteiliches Prädizieren - Bezeichnungskonkurrenz
2.2.3 Umdeuten - deskriptive Bedeutungskonkurrenz
2.2.4 Umwerten - deontische Bedeutungskonkurrenz
2.2.5 Ausbeuten von Konnotationen - Konkurrenz um konnotativen Glanz
2.3 Schlußbemerkung

Einleitung

Seit am 18.11.1973 zum Auftakt des 22. Bundesparteitags der CDU in Hamburg der damalige CDU-Generalsekretär Biedenkopf im Rahmen seines Rechenschaftsberichtes die Formulierung vom "Besetzen der Begriffe" kreierte, ist diese Prägung zum festen Bestandteil sprachkritischer und linguistischer Erörterungen zum Thema 'Politik und Sprache' geworden. Die Griffigkeit der Formulierung und die in ihr steckende Suggestion vom hohen politischen Macht- und Kampfwert der Sprache hat selbst dazu beigetragen, das Interesse von Politikern, Publizisten und Linguisten an diesem Themenkomplex zu wecken oder zu verstärken. Nimmt man das Analyseinstrumentarium der heutigen Linguistik, insbesondere der linguistischen Wort-Semantik zum Maßstab, so entpuppt sich diese Prägung allerdings als unscharf und/oder mehrdeutig. Linguisten meinen keineswegs immer dasselbe, wenn sie die Biedenkopf-Metapher als Beschreibungsbegriff verwenden.

Biedenkopf hat seine Metapher übrigens nicht als Beschreibungsbegriff mit sprachanalytischem oder linguistischem Anspruch geprägt. Dies geht aus dem Kontext eindeutig hervor. Ehe ich mich einer linguistischen Differenzierung der unscharfen Metapher zuwende, möchte ich diesen Kontext kurz skizzieren - vor allem, damit man sie linguistisch nicht ernster nimmt, als sie es verdient.

1. "Begriffe besetzen" als kommunikationsstrategische Prägung

Nach dem Tiefpunkt, den die CDU mit der Wahlniederlage 1972 in der Wählergunst erreicht hatte, in einer Situation, in der Brandt als Bundeskanzler auf der Höhe seines Ansehens stand und das intellektuelle Klima von den 68er-Nachwirkungen geprägt war, insbesondere auch im Bildungswesen und in den öffentlich-rechtlichen Medien, hatte die CDU im Juni 1973 ihre Führung gewechselt: Kohl hatte Barzel als Bundesvorsitzenden abgelöst und mit Biedenkopf einen Generalsekretär gewonnen, der als ehemaliger Gründungsrektor der Bochumer Ruhr-Universität, als Vorsitzender der Mitbestimmungs-Enquête-Kommission und als Spitzenmanager des Henkel-Konzerns in Tätigkeiten außerhalb der Parteipolitik Ansehen erworben hatte - auch unter Intellektuellen. Zu den Aufgaben gerade dieses Generalsekretärs gehörte es, der Union Einfluß auf den gehobenen politischen Diskurs jenseits der Diskussion tagespolitischer Einzelfragen zurückzugewinnen.

Als erste große Bewährungsprobe für die neue Führung galt der für November 1973 angesetzte Hamburger Bundesparteitag, bei dem über mehrere kontroverse innenpolitische Reformthemen, insbesondere die Mitbestimmung, entschieden werden sollte. Der Aufgabe, dazu beizutragen, auf den intellektuellen Diskurs Einfluß zu nehmen, entledigte sich Biedenkopf gleich am Anfang des Parteitages im Rahmen des Rechenschaftsberichts des Generalsekretärs. Er wählte dafür das Thema politische Sprache. Um zu verdeutlichen, welche Bedeutung und welchen Stellenwert die offenbar mit Bedacht gleich viermal verwendete Metapher vom Besetzen der Begriffe hier hat, sei die gesamte Passage aus dem Wortprotokoll des Parteitages zitiert (22. Bundesparteitag der Christlich Demokratischen Union Deutschlands, Hamburg, 18. - 20. November 1973. Niederschrift. Bonn o.J., 60 - 62):[1]

Erste Aufgabe der Bundesgeschäftsstelle und des Generalsekretärs wird es nach dem Parteitag sein, die Ergebnisse unserer Beratungen der breiten Öffentlichkeit bekanntzumachen. Die Bewältigung dieser Aufgabe ist nicht nur ein technisches, sondern auch ein Problem unserer politischen Sprache.

(Beifall)

In vielen Gesprächen in Landes- und Kreisverbänden bin ich immer wieder auf die Frage gestoßen, ob es nicht möglich sei, unsere Politik so darzustellen, daß unsere politischen Aussagen auch ohne umfangreiche Kommentare verständlich sind.

(Beifall)

---

[1] Hervorhebungen im zitierten Text von J. Klein

Nicht nur die Berichte unserer Kommissionen, sondern auch die Anträge der Gliederungen unserer Partei zu diesem Parteitag zeigen, wie schwierig es ist, politische Aussagen zu komplizierten Sachverhalten so klar und eindeutig zu machen, daß sie sich gewissermaßen selbst erklären. Der politische Erfolg unserer Partei wird entscheidend davon abhängen, ob es uns gelingt, eine Sprache zu finden und zu praktizieren, die unsere Sprache ist.

(Beifall)

Sprache, liebe Freunde, ist nicht nur ein Mittel der Kommunikation. Wie die Auseinandersetzung mit der Linken zeigt, ist Sprache auch ein wichtiges Mittel der Strategie. Was sich heute in unserem Land vollzieht, ist eine Revolution neuer Art. Es ist die Revolution der Gesellschaft durch die Sprache. Die gewaltsame Besetzung der Zitadellen staatlicher Macht ist nicht länger Voraussetzung für eine revolutionäre Umwälzung der staatlichen Ordnung. *Revolutionen finden heute auf andere Weise statt. Statt der Gebäude der Regierungen werden die Begriffe besetzt, mit denen sie regiert,*

(Beifall)

die Begriffe, mit denen wir unsere staatliche Ordnung, unsere Rechte und Pflichten und unsere Institutionen beschreiben. Die moderne Revolution *besetzt sie* mit Inhalten, die es uns unmöglich machen, in ihr zu leben.

Die neuen Begriffe verlieren die Fähigkeit, Lebenssachverhalte als Sachverhalte menschlicher Solidarität zu beschreiben. Die hessischen Rahmenrichtlinien in der Gesellschaftskunde sind ein hervorragendes Beispiel dafür, daß man "mütterliche Liebe" in "klassenkämpferische Konflikte" umdeuten kann.

(Beifall)

Wenn wir dieser Sprache folgen, dann verlieren wir die Fähigkeit, unsere Solidarität auszudrücken, und damit die Möglichkeit, unsere Probleme solidarisch zu lösen. Was dies angesichts neuer Konflikte bedeuten kann, kann nur derjenige ermessen, der sich daran erinnert, wie sehr wir vor 25 Jahren auf Solidarität angewiesen waren, als wir dieses Land wiederaufbauten.

(Beifall)

Deshalb, meine Freunde, ist die Auseinandersetzung mit der politischen Sprache von so großer Bedeutung. Wir erleben heute eine Revolution, die sich nicht der Besetzung der Produktionsmittel, sondern der *Besetzung der Begriffe* bedient. Sie *besetzt Begriffe* und damit die Information in der freien Gesellschaft, indem sie die Medien besetzt, die Stätten also, in denen das wichtigste Produkt einer Freiheit hergestellt wird: die politische Information. Wir müssen wieder den Mut haben, auch in der Politik deutsch zu sprechen.

(Lebhafter Beifall)

Wer unklar spricht, hat entweder nichts zu sagen oder etwas zu verheimlichen.

(Beifall)

Unsere Argumente sind gut; sie vertragen eine klare Sprache.

(Beifall)

Wer klar spricht, braucht keine Räte, die mitbestimmen, was er wirklich sagen will.

(Beifall)

Konrad Adenauer hatte die einfache Sprache.

(Beifall)

Die Verwalter der politischen Sprache haben sich über ihn mokiert. In Wirklichkeit waren sie verzweifelt, weil Adenauer sie nicht als Übersetzer brauchte.

(Heiterkeit und lebhafter Beifall)

Eingebettet in die wohlfeile, aber beifallsträchtige Forderung, sich einfach und verständlich auszudrücken - etwas für das Herz des Durchschnittsdelegierten, vor allem wenn in diesem Zusammenhang auch noch an Konrad Adenauer, das Symbol bester CDU-Zeiten, erinnert wird -, soll das intellektuell anspruchsvollere Zentrum dieser Passage vor allem die Öffentlichkeit aufhorchen lassen: Da wird ein Kampf mit der Linken um die politischen "Begriffe" angekündigt, d.h. eine Auseinandersetzung auf 'höherem' Niveau als die üblichen Kontroversen um tagespolitische Einzelfragen. Viermal wird die martialische Metapher bemüht - beim ersten Mal im Rahmen einer griffig komprimierten Revolutionstheorie. Das sollte dem intellektuellen Teil der Öffentlichkeit imponieren, den politischen Gegner verunsichern, die Union zu vermehrter begrifflicher Anstrengung motivieren und auch das eigene Biedenkopfsche Image als Vordenker **und** Stratege festigen. Diese Intentionen sind deutlich erkennbar - und die öffentliche Resonanz auf den Auftritt entsprach dem ziemlich genau. Daß hier auch - und nicht zuletzt - die argumentative Grundlage für eine systematische Personalpolitik der Union in den öffentlich-rechtlichen Medien gelegt werden sollte (die dann ja auch tatsächlich einsetzte), ist in der Öffentlichkeit nicht erkannt worden - zumindest fehlen in den vielfältigen Kommentaren zu dieser Rede Hinweise darauf. Dabei stellt Biedenkopf diesen Zusammenhang expressis verbis her, allerdings indirekt, nämlich als Praxis des Gegners:

Sie (= "die Revolution neuer Art") besetzt Begriffe und damit die Information in der freien Gesellschaft, indem sie die Medien besetzt, die Stätten also, in denen das wichtigste Produkt einer Freiheit[2] hergestellt wird: die politische Information.

Die "indem"-Relation ist unmißverständlich: Das Besetzen der Begriffe läuft über die personelle Besetzung der Medien - und die für Parteileute eindeutige Suggestion lautet: Das Feld dürfen wir dem politischen Gegner nicht mehr allein überlassen! Dieser intellektuell weniger imponierende Aspekt des Entwurfs

---

[2] In der später veröffentlichten schriftlichen Fassung heißt es statt der wenig sinnvollen Formulierung "Produkt einer Freiheit": "Produkt einer freien Gesellschaft". Hier scheint entweder Biedenkopf ein Versprecher oder dem Protokollanten ein Transkriptionsfehler unterlaufen zu sein.

einer politischen Kommunikationsstrategie für die Union ist im Text unauffällig nachgeschoben, syntaktisch als Nebensatz und pragmatisch im Ton einer bloß zusätzlichen Erklärung. Das Thema 'Besetzen der Medien' läuft quasi am Rande mit, nachdem die plakative Metapher vom Besetzen der Begriffe in vierfacher Variation die ganze Aufmerksamkeit der (oberflächlichen) Hörer auf sich gezogen hat. Die Entfaltung des Motivs 'Begriffe besetzen' dient nicht nur, aber auch dem Zweck, eine die Öffentlichkeit beeindruckende Kulisse vor die parteiintern gerichtete Ankündigung einer entschlossenen Medienstrategie zu schieben. Daß Biedenkopf das Thema Medien(personal)politik zwar ansprechen, aber keinesfalls die Aufmerksamkeit der öffentlichen Rezeption darauf lenken wollte, zeigt folgendes Detail. Im realisierten Redetext, den das Parteitagsprotokoll ausweist, fehlt ein Satz, den die knapp eine Woche später im Rahmen eines parteiinternen Informationsdienstes verbreitete Schriftfassung der Rede als (fettgedruckten!) Anschlußsatz enthält:

> Die Schaltstellen der politischen Sprache sind besetzt von Leuten, die davon leben, daß wir uns nicht mehr direkt verstehen. (Informationsdienst der Christlich Demokratischen Union Deutschlands 45/1973. Bonn, 15)

Dieser direkte Angriff auf mächtige Medienleute hätte der Medienresonanz auf die Rede nicht gut getan. Darum bleibt er auf dem Parteitag ungesagt. In der später verbreiteten Schriftfassung, über die kein Journalist mehr berichtet und die primär der parteiinternen Lektüre dient, liest sich diese indirekte Aufforderung, darauf hinzuwirken, die "Schaltstellen" in den Medien mit anderen "Leuten" zu besetzen, wie die eigentliche Quintessenz aus der ganzen - auf den ersten Blick ausschließlich sprachkritischen - Passage. Durch Fettdruck des Satzes wird dies auch graphisch hervorgehoben.

Die Rede vom "Begriffe besetzen" ist also selbst primär ein kommunikationsstrategischer Akt und nicht der Versuch, einen sprachwissenschaftlich brauchbaren Beschreibungsbegriff für die Analyse politischer Sprache und Texte zu kreieren.[3]

---

[3] Wie wenig linguistisches know how zunächst hinter diesem Programm stand, zeigte sich auch daran, daß die von Biedenkopf im Anschluß an den Parteitag gegründete 'Projektgruppe Semantik' zwar für längere Zeit den Mythos sprachstrategischer Kompetenz der Union begründete - aber nicht aufgrund von Leistung, sondern aufgrund ihrer bloßen Existenz vor dem Hintergrund der Biedenkopfschen Parteitagsrede. Die Ergebnisse der Arbeit dieser Gruppe sind in Wahrheit noch magerer, als sie nach den Ausführungen von Behrens/Dieckmann/Kehl 1982, S. 220 Anm. 9 und S. 223 f. sind; denn die ab 1977 einsetzenden Veröffentlichungen Bergsdorfs zum Thema 'Politik und Sprache' können ihr nicht zugerechnet werden. Kein Mitglied der Gruppe besaß eine sprachwissenschaftliche oder philologische Ausbildung, und sie waren lediglich für einige Stunden wöchentlich für die Semantik-Arbeit abgestellt. Erst nach etlicher Zeit hat man, wie ich nachher

Beachtet man den gerade analysierten Kontext, so braucht man sich nicht zu wundern, daß der sprachwissenschaftliche Laie Biedenkopf sich bei der Verwendung seiner plakativen Metapher keine präzisierenden zeichentheoretischen Gedanken darüber gemacht hat, ob er mit "Begriff" auf das sprachliche Zeichen als Einheit von Ausdruck und Bedeutung referiert oder lediglich auf eine dieser beiden Seiten.[4] Ihm geht es um die Bedeutung der Sprache als "ein wichtiges Mittel der Strategie" in der ganzen Breite der gegebenen Möglichkeiten, wobei die Aufmerksamkeit allerdings ausschließlich auf die Wortebene konzentriert ist.

Ähnlich unklar verhält es sich mit dem "Besetzen". Zwar scheint deutlich, daß hiermit offenbar sowohl Besetzung durch Vertreibung des Gegners als auch Okkupation von politisch bisher noch nicht vereinnahmtem Begriffsgelände gemeint ist - aber welche sprachlichen Operationen mit und an Wörtern dies im Einzelnen bedeutet, bleibt offen. Abgesehen davon bedeutet die Konzentration auf das "Besetzen" eine Verengung des Spektrums sprachstrategischer Möglichkeiten. Um in der Kriegs-Metaphorik zu bleiben: Es gibt nicht nur das Besetzen. Auch das Sich-Absetzen aus bisherigen Stellungen kann wichtig sein oder auch das Nicht-Entkommen-Lassen des Gegners aus einer für ihn ungünstigen Position.[5]

---

erfuhr, aus dem fachlichen Dilemma der Gruppe die Konsequenz gezogen, linguistischen Sachverstand systematisch von außerhalb des Konrad-Adenauer-Hauses einzubeziehen und mit H. Messelken einen gut ausgewiesenen Sprachdidaktiker zum Leiter der Gruppe zu bestellen (vgl. auch Behrens/Dieckmann/Kehl 1982:220). Doch mit dem Abgang Biedenkopfs als Generalsekretär und mit der trotz Stimmengewinn verlorenen Bundestagswahl 1976 erlahmten Interesse und Finanzierungsbereitschaft, so daß die Semantik-Gruppe irgendwann 1977 sanft entschlief. Heiner Geißler, der Nachfolger Biedenkopfs als CDU-Generalsekretär, nahm - stärker als Biedenkopf - die sprachstrategische Arbeit selber in die Hand, soweit die von vielen divergierenden Interessen und Traditionen geprägte Union solche sprachstrategischen Steuerungsbemühungen überhaupt zuließ.

[4] Im Redetext könnte mit "Begriff" vor allem entweder das Zeichen als ganzes oder lediglich die Bedeutungsseite gemeint sein. In dem 1975 erschienenen Aufsatz "Politik und Sprache", einer Erweiterung der sprachbezogenen Ausführungen der Parteitagsrede von 1973, wird "Begriff" dann auch im Sinne von 'Ausdruck' verwendet: "Wir können nicht mehr sicher sein, daß wir dasselbe meinen, wenn wir die gleichen Begriffe benutzen" (189). Die zeichentheoretische Mißverständlichkeit der Formulierung zeigt sich nicht zuletzt darin, daß der Protokollant der Parteitagsrede die Formulierungen "mütterliche Liebe" und "klassenkämpferische Konflikte" in Anführungszeichen setzt - also als wörtliche Zitate verstanden hat -, während Biedenkopf damit wohl Formulierungen aus den Hessischen Rahmenrichtlinien für Gesellschaftskunde meinte, die er nicht wörtlich zitierte; in der Schriftfassung der Rede fehlen dann die Anführungszeichen.

[5] Vgl. hierzu C. Goods Beitrag in diesem Band.

2. Typen des politischen Kampfes um Wörter

2.1 Zeichentheoretische Kategorien

In Zeiten größerer sprachtheoretischer Naivität hätten sich Sprachwissenschaftler(innen) angesichts einer so erfolgreichen und gleichzeitig unscharfen Metapher möglicherweise in eine Diskussion des Typs gestürzt 'Was heißt 'Begriffe besetzen' e i g e n t l i c h ?' Eine solche Fragestellung hätte die Tendenz, Vagheiten künstlich wegpräzisieren zu wollen und das, was der Schöpfer der Metapher breit, aber unscharf im Blick hatte, zu verengen auf eine einzige - eben die angeblich 'eigentlich gemeinte' - Möglichkeit. Statt dessen soll im folgenden die Frage beantwortet werden: Welches sind die Haupttypen des politischen Kampfes um Wörter?[6]

Das Kriterium zur Unterscheidung der Typen ist linguistisch. Die Differenzierung wird danach vorgenommen, auf welche zeichentheoretischen Aspekte des Wortes sich die strategische Operation primär bezieht:

a) Ausdruck: Das ist die (meist als Bezeichnung für einen Sachverhalt verwendete) Wort**form**.

b) deskriptiver Bedeutungsaspekt: Das sind die inhaltlichen Merkmale, die mit der Verwendung des Wortes an dem bezeichneten Sachverhalt hervorgehoben werden.

c) deontischer Bedeutungsaspekt: Das ist die Bewertung, die mit der Verwendung des Wortes gegenüber dem von ihm bezeichneten Sachverhalt vorgenommen wird, und zwar mit normativem Anspruch.[7]

d) konnotativer Bedeutungsaspekt: Das ist das assoziative, u.U. emotional wirkende Flair, das mit der Verwendung des Wortes verknüpft ist.

e) Referenzobjekt: Das ist der mit dem Wort jeweils bezeichnete Gegenstand oder Sachverhalt.

Jeder Typ wortstrategischen Operierens ist als Teil der politischen Auseinandersetzung fast immer Aktion und Reaktion zugleich. Er fordert selbst wiederum zur Reaktion anderer, insbesondere der politischen Gegner, heraus: Die

---

[6] Gegenüber dem Kapitel "Typen des Kampfes um Wörter" aus dem Aufsatz "Wortschatz, Wortkampf, Wortfelder in der Politik" (1989b:17 ff.) stellt das Folgende eine zeichentheoretische Komplettierung und Präzisierung dar.

[7] Den Terminus "deontische Bedeutungskomponente" hat Fritz Hermanns 1986 eingeführt. Zur Begründung, warum ich diesen Terminus konkurrierenden Termini wie 'evaluativ', 'expressiv', 'appellativ' oder 'präskriptiv' vorziehe, vgl. Klein 1989b:13.

kann in bewußtem Ignorieren und thematischem Ablenken bestehen oder in direkter, u.U. sarkastischer Sprachkritik, vor allem aber auch in analogen lexematischen Konkurrenz-Operationen. Linguistisch ist vor allem letzteres interessant. Ich werde daher zu jedem Typus mindestens ein Beispiel anführen, in dem die Auseinandersetzung von den politischen Konkurrenten mit analogen Operationen, d.h. in Form lexematischer Konkurrenz ausgetragen wird.

2.2 Typologie

Die grundlegenden Typen des strategischen Operierens mit Wörtern und des lexematischen Konkurrenzkampfes sind:

1. Begriffsprägung - konzeptuell-konzeptionelle Konkurrenz
2. Parteiliches Prädizieren - Bezeichnungskonkurrenz
3. Umdeuten - deskriptive Bedeutungskonkurrenz
4. Umwerten - deontische Bedeutungskonkurrenz
5. Ausbeuten von Assoziationen - Konkurrenz um konnotativen Glanz

Im folgenden werden die Typen wortstrategischer Operationen und Konkurrenzen im einzelnen erläutert und exemplifiziert. Diese Beispiele sollen Varianten des jeweiligen Typs zeigen; sie sind im wesentlichen der Politik der Jahrzehnte nach dem Zweiten Weltkrieg in Deutschland entnommen. Unter den Beispielen sind auch solche, in denen es, metaphorisch gesprochen, um Sich-Absetzen aus oder um Festnageln des Gegners auf lexematische Positionen geht. Mindestens ein Beispiel pro Typ bezieht sich auf die deutsch-deutschen Entwicklungen seit Herbst 1989 bis heute (Ende August 1990), die am 9. November, also während der Düsseldorfer Tagung, aus der dieser Band hervorgegangen ist, mit der Öffnung der Berliner Mauer einen entscheidenden Durchbruch erfuhren.

2.2.1 Begriffsprägung - konzeptuell-konzeptionelle Konkurrenz

"Begriff" wird hier verwendet als Bezeichnung für die komplexe Einheit **aller** zeichentheoretischen Aspekte eines Lexems - einschließlich des Aspektes 'Referenzobjekt'. Dieser Aspekt ist dann in die Konstitution des sprachlichen Zeichens eingeschlossen, wenn die Prägung eines neuen Begriffs bzw. Systems von Begriffen notwendige - wenn auch niemals hinreichende - Bedingung dafür ist, daß entsprechende Sachverhalte (Referenzobjekte) in der realen Welt Existenz gewinnen. Die Referenzobjekte gehören in solchen Fällen (zunächst) einer 'Welt des Entwurfs' und damit ausschließlich der Ebene der Begriffe an - nicht als selbstgenügsame Phantasien, sondern mit dem Impetus der Schaffung von Sachverhalten in der realen Welt 'nach dem Bilde' der politischen Konzepte. Es handelt sich um konzeptuelle Prägungen mit politisch-konzeptionellem Anspruch. Der Begriff als notwendige Bedingung für die Existenz entsprechender Referenzobjekte in der realen Welt - das schließt nicht aus, daß auf dem Weg vom Entwurf zur Realität vieles schief gehen kann. Die Kluft zwischen marxistisch-leninistischem *Sozialismus* als Utopie-Begriff mit nachgeordnetem ideologischem Begriffsnetz und dem, was als 'real existierender Sozialismus' daraus geworden ist, ist ein besonders drastisches Beispiel dafür. Politische Umbruchsituationen, Phasen, in denen bekannte Konzepte keine Zukunft mehr haben - oder zu haben scheinen - sind ein günstiger Nährboden für grundlegende begriffliche Neuprägungen: Was in der politischen Rhetorik gern als "Vision" bezeichnet wird, ein theoretisch und programmatisch mehr oder weniger durchstrukturiertes neues Konzept zur Bewältigung der politischen, gesellschaftlichen oder wirtschaftlichen Probleme, wird kondensiert in einer neuen Wortverbindung oder in einem Wort, das bisher noch nicht in politischer Bedeutung verwendet wurde.

So spannten Ende der 40er Jahre - nach Ende der von staatlicher Lenkung, von Bezugsschein- und Zuteilungswesen gekennzeichneten Kriegswirtschaft und angesichts der stalinistischen Planwirtschaft in Osteuropa - Müller-Armack, Erhard und als Partei die CDU in ihrem Programm zur ersten Bundestagswahl 1949 ('Düsseldorfer Leitsätze') die bis dahin konträren Kontexten zugeordneten Wörter *sozial* und *Marktwirtschaft* zum Begriff *Soziale Marktwirtschaft* zusammen. Dies war nicht nur neu als Ausdruck, sondern auch als politisch ökonomisches Konzept - neu oder zumindest mit deutlichen Differenzen gegenüber dem, was Sozialisten bis dahin als *Kapitalismus* und Liberale als *(freie) Marktwirtschaft* bezeichnet hatten.[8] Damals war es ein Programmbegriff, dessen Referenzobjekt(e) in der politischen Realität der künftigen Bundesrepublik erst hergestellt werden mußte(n).

Der deontische Bedeutungsaspekt ist bei Neuprägungen natürlich noch nicht gefestigt, sofern ihre Bestandteile nicht schon einen stabilen deontischen Wert in die Neuprägung einbringen. Der Begriff *Soziale Marktwirtschaft* wurde von denen, die die Politik, die unter dieser Formel gemacht wurde, unterstützten, natürlich positiv wertend verwendet: *Soziale Marktwirtschaft* - das war für sie das Wirtschaftssystem, das verwirklicht werden sollte/mußte. Daß in politischen Kontexten der positive deontische Wert seit langem als Teil der Bedeutung von *Soziale Marktwirtschaft* behandelt wird, erklärt, warum Gegner oder Kritiker dieses Wirtschaftssystems gern vermeiden, es *Soziale Marktwirtschaft* zu nennen, sondern z.B. von *Marktwirtschaft, marktwirtschaftlichem System, sogenannter So-

---

[8] Zu den inhaltlichen Merkmalen und Differenzen zur sog. *freien Marktwirtschaft* vgl. jedes größere Konversationslexikon oder wirtschaftswissenschaftliche Nachschlagewerk.

zialer Marktwirtschaft, Wirtschaftssystem der BRD, Kapitalismus etc. sprechen - offenbar in der Absicht, mit der Wortverbindung *Soziale Marktwirtschaft* nicht gleichzeitig positiv Stellung zu beziehen zu dem damit bezeichneten Wirtschaftssystem. Die meisten Kritiker wollen so primär eine Positivbewertung durch Anerkennung dieser Wirtschaftsform als 'sozial' vermeiden.

Sein spezifisches Flair, seine Konnotation zog - zumindest Ende der 40er Jahre - der neue Begriff *Soziale Marktwirtschaft* aus der eben erwähnten Gegensätzlichkeit seiner Herkunftskontexte: Versöhnung zwischen der ökonomischen und der sozialen Dimension von Politik, Ausgleich zwischen den Interessen von 'Kapital' und 'Arbeit', zwischen 'Wirtschaft' und 'kleinen Leuten' o.ä. sollte mit der Neuprägung assoziiert werden. Später wurde sie in weiten Kreisen wohl überlagert durch die mit dem wirtschaftlichen Aufstieg verknüpfte Konnotation von 'Wohlstand'.

Ende der 60er, Anfang der 70er Jahre sahen sich Konservative durch neuartige partizipatorische Forderungen in vielen Bereichen von Staat und Gesellschaft herausgefordert, die in der Neuprägung *Demokratisierung* eine begriffliche Kondensierung von großer Mobilisierungskraft fanden. Diese Neuprägung durch Derivation von *Demokratie* enthält gegenüber dem Stammwort mit seiner statischen Bedeutung eine Dynamisierung (Prozeß statt Form/Zustand) und eine Ausweitung des Referenzbereichs (über den Staat hinaus auf die Gesellschaft). Nicht zuletzt die politische Wirksamkeit des Begriffs *Demokratisierung* hat die sog. 'konservative Sprachkritik' auf den Plan gerufen, in deren Zusammenhang ja auch die Formel 'Besetzen von Begriffen' entstanden ist. Denn die erste - durchaus scharfsinnige, wenn auch linguistisch unsystematische - Sprachanalyse aus dem konservativen 'Lager' von Hans Maier aus dem Jahre 1973 (aus der auch Biedenkopf bei seiner Parteitagsrede geschöpft hat) setzt u.a. bei dieser Begriffsprägung an (vgl. Maier 1973, 182). Weder vermochten es die SPD, während der Adenauer/Erhard-Ära dem Begriff der *Sozialen Marktwirtschaft*, noch Ende der 60er/Anfang der 70er Jahre die konservativen Kräfte[9] dem Begriff der *Demokratisierung* wirksame konzeptuell-konzeptionelle Konkurrenzprägungen entgegenzusetzen.[10]

---

[9] Hier wie auch an weiteren Stellen ist nicht von "CDU/CSU" oder "Union", sondern von "konservativen Kräften" o.ä. die Rede. Das hat seinen Grund darin, daß die Kontroverse um Begriffe wie *Demokratisierung* und *Chancengleichheit* quer durch die Union ging, in der die "Konservativen" allerdings die Oberhand gewannen.

[10] Auch politische Leitbegriffe wie *Soziale Marktwirtschaft* und *Demokratisierung* werden nur wirksam im größeren paradigmatischen Kontext politischer Wortfelder. Das muß in diesem Aufsatz ausgeblendet bleiben. Dazu Näheres in Klein 1989a, insbesondere 29 ff.

Neuprägung als Versuch, mit einer attraktiven Prägung des politischen Gegners (bzw. einer, die dem politischen Gegner primär zugeschrieben wird) lexematisch konkurrieren zu können, lag z.B. vor, als Anfang der 70er Jahre konservative Bildungspolitiker dem - primär der SPD zugeordneten - Begriff *Chancengleichheit* die Neuprägung *Chancengerechtigkeit* entgegensetzten. Eng auf den vorgegebenen Konkurrenzbegriff bezogen, hebt *Chancengerechtigkeit* sich unter allen semiotischen Aspekten doch deutlich von ihm ab:

- im zweiten Bestandteil der Ausdrucksform,
- im konzeptionellen Hintergrund der deskriptiven Bedeutung: durch Betonung der Unterschiedlichkeit von Begabungen,
- im normativen Hintergrund der deontischen Bedeutung: durch die Forderung, diese Unterschiedlichkeit in den bildungspolitischen Maßnahmen zu berücksichtigen,
- im konnotativen Flair des Begriffs der *Gerechtigkeit*, dessen Attraktivität vor allem erzeugt werden sollte durch Kontrastierung mit dem Ruch der 'Gleichmacherei', mit dem man den Begriff der *Chancengleichheit* systematisch zu behaften trachtete,
- auf der Ebene der Referenz, wo beide Begriffe zwar derselben Domäne (Bildungswesen) zugeordnet sind, wo aber im einzelnen die Maßnahmen, mit denen Chancengleichheit verwirklicht werden soll, durchaus andere sind bzw. sein können als solche, die das Prinzip der Chancengerechtigkeit konkretisieren.

Bisher haben wir Beispiele konzeptuell-konzeptioneller Neuprägungen durch Wortverbindungen (*Soziale Marktwirtschaft*), durch Derivation (*Demokratisierung*) und durch Wortkomposition (*Chancengerechtigkeit*) behandelt. Demgegenüber stellen *Glasnost* und *Perestroika* als Leitbegriffe des primär mit dem Namen Gorbatschow verknüpften Umbruchs in der UdSSR seit Mitte der 80er Jahre Beispiele dafür dar, wie gemeinsprachliche Wörter, die bis dahin ohne spezifische politische Bedeutung verwendet wurden, im politischen Wortschatz als Neuheiten auftauchen. Hier gewinnen sie eine politisch-konzeptionelle Bedeutung - deskriptiv, deontisch und konnotativ - mit der zentralen pragmatischen Funktion, als Imperative zu wirken, das zunächst vag und global Gedachte (und bis dahin Unerhörte) als Realität zu konkretisieren.

Neuprägung als Form des ostentativen Sich-Absetzens aus bisherigen Positionen war die Umwandlung/Umbenennung der *Sozialistischen Einheitspartei Deutschlands* (*SED*) in *Partei des Demokratischen Sozialismus* (*PDS*): Der Name ist ostentativ neu. Das Parteiprogramm - kondensiert in dem Namensbestandteil *demokratischer Sozialismus*, also genau dem Ausdruck, den auch die SPD als

Leitbegriff ihrer Politik verwendet - ist ebenso ostentativ neu. Mit dem Referenzobjekt, also vor allem der Mitgliederschaft, verhält es sich allerdings anders: Das sind im wesentlichen die übrig gebliebenen ehemaligen SED-Mitglieder. Das Ostentative auf dieser Ebene bestand primär darin, Honecker und die meisten Mitglieder des von ihm geführten Politbüros aus der Partei (noch als sie den alten Namen trug) auszuschließen. Ob angesichts dessen die Konnotationen, die weite Teile der Öffentlichkeit mit dem Namen *PDS* primär verbinden (SED-Staat, sein Scheitern und seine Verbrechen) jemals in den Hintergrund treten werden, ist zu bezweifeln, zumal die politischen Gegner wohl noch lange nicht aufhören werden, die Partei trotz - oder wegen - des neuen Namens an ihre Vergangenheit als SED zu erinnern und damit auch auf Begriffe festzunageln, die diskreditiert sind.

2.2.2 Parteiliches Prädizieren - Bezeichnungskonkurrenz

Anders als beim eben erläuterten Typus geht es hier nicht darum, qua Begriff Sachverhalte zu schaffen, sondern darum, vorhandene Sachverhalte oder Themen der politischen Diskussion so zu bezeichnen, daß damit diejenigen Aspekte am Sachverhalt hervorgehoben werden, die aus der jeweiligen Perspektive als wichtig markiert werden sollen, und zwar meistens im Hinblick auf Zustimmung oder Ablehnung. So existiert die Rote Armee Fraktion unabhängig davon, ob man sie - was in den 70er Jahren Gegenstand öffentlicher Kontroversen war[11] - als *Baader-Meinhof-Bande* oder als *Baader-Meinhof-Gruppe* bezeichnete.[12] Dieser Operationstyp betrifft mindestens die zeichentheoretischen Aspekte Ausdruck und deskriptive Bedeutung, meist auch deontische Bedeutung und Konnotation: Die Bezeichnungen werden so gewählt, daß gerade solche inhaltlichen Momente am Referenzobjekt akzentuiert werden, die geeignet erscheinen, bei den jeweiligen Zielgruppen neben inhaltlichen Vorstellungen auch Assoziationen und Emotionen (=konnotativer Aspekt) zu wecken, die in besonders starker Weise Zustimmung oder Ablehnung provozieren, so daß in der Verwendung der Bezeichnung selbst schon die positive oder negative oder - wie im Falle *Baader-Meinhof-Gruppe* - ostentativ neutrale Stellungnahme liegt

---

[11] Eine Darstellung dieser Kontroverse mit gleichzeitiger linguistisch argumentierender Einmischung in sie findet sich in W. Betz 1975.

[12] Eine andere Frage ist es, ob die hier bewertungsneutral als Name verwendete Selbstbezeichnung *Rote Armee Fraktion* bei der Bildung dieser Gruppe mit terroristischem Programm eine konstitutive Rolle gespielt hat. Wenn dies so gewesen sein sollte - was ich aufgrund mangelnder Informationen darüber nicht beurteilen kann - dann hätte es sich bei *Rote Armee Fraktion* auch um eine Neuprägung im oben erläuterten Sinne gehandelt.

(=deontischer Aspekt). Daß die Möglichkeiten dieses wortstrategischen Operationstyps als Schwungrad der Polarisierung in der politischen Auseinandersetzung genutzt werden, liegt auf der Hand.

In der Diskussion um die Neugestaltung des Verhältnisses der beiden Teile Deutschlands nach Zusammenbruch der SED-Herrschaft in der DDR kam es zur Konkurrenz zwischen den Wörtern *Beitritt* (der DDR zur Bundesrepublik) und *Anschluß* (der DDR zur Bundesrepublik). Die Anhänger einer Vereinigung auf der Basis des Grundgesetzartikels 23 favorisierten die dort benutzte Bezeichnung *Beitritt*, die Gegner die Bezeichnung *Anschluß*. Der Kontrast der Bezeichnungen liegt primär im Bereich der Konnotationen: *Beitritt* assoziiert mehr freien Entscheidungsspielraum und mehr würdevoll-'aufrechten Gang' als *Anschluß*. *Anschluß* - das läßt alltagsweltlich an Leute denken, die sich - u.U. kopf- und würdelos - abhetzen, um den 'Anschluß nicht zu verpassen', oder historisch an außengesteuerte Überwältigungsakte wie den 'Anschluß' Österreichs an das Dritte Reich.[13]

Setzt sich eine Bezeichnung gegen eine konkurrierende schließlich breit durch, so liegt es für diejenigen, die die unterlegene Bezeichnung favorisiert haben und mit ihr mehr oder weniger identifiziert wurden, nahe, sich von ihr abzusetzen - und umgekehrt für die Sieger im Konkurrenzkampf der Bezeichnungen, die Verlierer so lange wie möglich auf die unterlegene Bezeichnung festzunageln, sei es in Sieger-, sei es in Sorgepose. Die Bezeichnungskämpfe verlagern sich dann gern ins Lager derer, die den Kampf verloren haben. So setzte sich in der zweiten Hälfte der 60er Jahre in der Bundesrepublik immer mehr die Auffassung durch, daß die Bezeichnung *Sowjetisch besetzte Zone* (*SBZ*) einer aktiven Ostpolitik im Wege stand. Als SPD und FDP sowie der größte Teil der Publizistik schließlich ohne Wenn und Aber die Bezeichnung *DDR* verwendeten, hatte die Union zusätzlich zum Spott von außen über die von ihr verwendeten obsoleten Bezeichnungen die interne Auseinandersetzung zwischen denen, die weiterhin an *Sowjetzone* und *SBZ* festhielten, denjenigen, die sich trauten, die Tabu-Vokabel *DDR* zwar auszusprechen oder zu schreiben, aber nur mit dem distanzierenden Vorsatz von *sogenannte* bzw. eingefaßt in Gänsefüßchen, und denjenigen, die sich dem neuen Sprachgebrauch anschließen wollten. Letzteren wurde das Argument entgegengehalten, die Bezeichnung *Deutsche Demokratische Republik* bzw. *DDR* impliziere mindestens zwei Unwahrheiten: Denn hier handele es sich weder um eine **deutsche** Republik, sondern um ein auf fremder (sowjetischer) Militärpräsenz beruhendes Herrschaftsgebilde, noch um eine

---

[13] Eine Liste prominenter Bezeichnungskonkurrenzen aus den Jahrzehnten seit der Gründung der Bundesrepublik und der DDR ist zusammengestellt in J. Klein 1989b:19 ff.

Demokratie, sondern um eine Parteidiktatur leninistischer Prägung. Man konnte diese Argumente anerkennen und sich trotzdem für den neuen Sprachgebrauch entscheiden, indem man *DDR* als bloßen Eigennamen verwendete, ohne das Wort als inhaltlich zutreffend charakterisierende Bezeichnung zu akzeptieren.

Aktuelle Beispiele, wie sich eine Gruppierung, die mit ihrer Politik und ihrer ideologischen Deutung der politisch-sozialen Welt gescheitert ist, aus zentralen Bezeichnungstraditionen abzusetzen versucht, liefert auch bei diesem Operationstyp wiederum die PDS. So vermieden PDS-Politiker in der Transformationsphase von *SED* zu *PDS* es möglichst, das wirtschaftliche System der Bundesrepublik mit der SED-Traditionsvokabel *Kapitalismus* zu bezeichnen. Ostentativ wurde es *Marktwirtschaft* genannt - seit im Laufe des Jahres 1990 die wirtschaftlichen Probleme in der DDR wuchsen, hörte man aus den Reihen der PDS allerdings auch wieder öfter die Negativ-Vokabel *Kapitalismus* für das System, das man aus dem Westen auf sich zukommen sah.

2.2.3 Umdeuten - deskriptive Bedeutungskonkurrenz

Dabei handelt es sich um Phänomene, die in der neueren Literatur oft als 'semantische Kämpfe' bezeichnet werden: Gegen eine vorgegebene, meist dem Gegner zugeschriebene deskriptive Bedeutung eines Wortes wird - bei Konstanthaltung des Ausdrucks und meist auch der deontischen Bedeutung - versucht, inhaltlich-deskriptive Bedeutungselemente zu tilgen und/oder hinzuzufügen. Oft geht es auch darum, einem politischen Traditionswort neue, 'zeitgemäße' (Teil-)Inhalte zu geben. So wird der Kette der (Be-)Deutungsgeschichte des jeweiligen Ausdrucks ein weiteres Glied hinzugefügt.[14] Bei diesem wortstrategischen Operationstyp sind neben der deskriptiven Bedeutung durchweg auch die Aspekte Konnotation und Referenz betroffen. Die Veränderung von Konnotationen ist dabei häufig das primäre Ziel: Mit Hilfe der Umdeutung vor allem politischer Zentralbegriffe mit starker und stabiler positiver deontischer Bedeutung soll dem Wort im Bewußtsein der Öffentlichkeit - oder zumindest im Bewußtsein relevanter Zielgruppen - seine assoziative Zuordnung zum politischen Gegner genommen und eine Identifizierung der attraktiven Vokabel mit der eigenen Politik erleichtert werden. Der Aspekt der Referenz ist bei

---

[14] Zum sprachhistorischen Status von Umdeutungen und semantischen Kämpfen sowie zum sprachtheoretischen Hintergrund ihres Verständnisses als konfliktentsprungene Deutung von Ausdrücken ('Ausdruck' verstanden als 'Zeichengestalt', als 'Aposème' im Saussureschen Sinne) vgl. Jäger 1983.

diesem Operationstyp betroffen, insofern man mit dem Wort in veränderter Bedeutung Bezug nimmt auf andere politische Maßnahmen und Sachverhalte.

Seit Dieckmanns Arbeit "Sprache in der Politik" (1969, insbesondere 70 ff.) ist für den Sachverhalt, daß ein Ausdruck von unterschiedlichen politischen Gruppierungen in unterschiedlichen Bedeutungen verwendet wird, der Terminus 'ideologische Polysemie' üblich geworden. In politischen Systemen, in denen konkurrierende politische Kräfte und Ideologien in öffentlichen Auseinandersetzungen um Zustimmung ringen, ist ideologische Polysemie durchweg identisch mit offenem oder latentem semantischem (Konkurrenz-)Kampf. Das gilt zumindest für politische Zentralvokabeln. Sobald sie in unterschiedlicher Bedeutung benutzt werden, wird auch versucht, die jeweils eigene Bedeutung im Sprachgebrauch - und damit, wie man meint, in den Köpfen - der Bürger(innen) durchzusetzen und die Bedeutungen, in denen der jeweilige Ausdruck vom politischen Gegner verwendet wird, als "falsch", "gefährlich" o.ä. zu brandmarken. Das geschieht häufig mit dem objektivistischen Anspruch, die eigene Verwendungsweise sei die einzig richtige, nämlich die einzig wahre (weil an der Realität orientiert) und/oder die einzig ethisch vertretbare (weil an der gültigen Wertordnung orientiert). Naiv vernachlässigt, halbbewußt verdrängt oder bewußt unterschlagen wird dabei die Tatsache, daß genau dies, nämlich was Realität und was gültige Wertordnung ist, gerade im politisch-gesellschaftlichen Bereich nicht objektiv (im Sinne des traditionellen wissenschaftlichen Objektivitätsbegriff) vorfindbar oder nachweisbar ist. Selten (noch) lassen sich Politiker(innen) im semantischen Kampf darauf ein, die Relativität der Standpunkte wenigstens anzudeuten. Eines der wenigen mir bekannten Beispiele dafür lieferte CDU-Generalsekretär Geißler, als er es, zeitlich in unmittelbarem Anschluß an die Verabschiedung des Grundsatzprogramms der CDU (1978), in einem Aufsatz unternahm, zentrale politische Begriffe aus CDU-Sicht zu definieren. Dort (Geißler 1979:30) heißt es u.a.:

Familie ist für uns kein Hindernis bei der Emanzipation der Frau, sondern der wichtigste Ort individueller Geborgenheit, Sinnvermittlung und freier Entfaltung in der Gemeinschaft...

Gerechtigkeit ist für uns nicht die Gleichbehandlung der Menschen ungeachtet ihrer verschiedenen Anlagen und unterschiedlichen Bedürfnisse, sondern die Chance für alle Menschen, sich ihrer Unterschiedlichkeit entsprechend zu entfalten...

Solidarität ist für uns nicht der Kampfaufruf, mit Gleichgesinnten die eigenen Interessen durchzusetzen, sondern die Aufforderung, füreinander einzustehen.

Die stete Wiederholung des "für uns" zeigt, daß die perspektivische Gebundenheit der favorisierten Begriffsfassung zumindest nicht ignoriert wird. Die semantische Auseinandersetzung wird hier geführt, indem Kontraste auf der Ebene der deskriptiven Bedeutung gebildet werden. Bei *Familie* zielt das übrigens nicht auf den politischen Gegner, insbesondere die SPD, wie das bei den anderen Begriffen der Fall ist. Es handelt sich vielmehr um einen semantischen Modernisierungsversuch, der gleichzeitig bedeutet, sich abzusetzen von einer politisch obsolet werdenden Begriffsfassung. Ein im Zuge der Frauenbewegung immer weniger zustimmungsfähiger konservativer Begriff von *Familie* soll dadurch neue Überzeugungskraft gewinnen, daß ihm das Merkmal der Emanzipationsverträglichkeit hinzugefügt wird.

Typisch für offen ausgetragene semantische Kämpfe sind unvollständige oder verzerrte Wiedergaben der angegriffenen Begriffsfassungen des politischen Gegners. Das ist für Geißler primär die SPD. Wenn man z.B. die von ihm abgelehnte, aus der Arbeiterbewegung stammende Fassung des Begriffs *Solidarität* (mit den Merkmalen 'Klassenbezogenheit' und 'Kampfbezogenheit') vergleicht mit der Fassung, die die SPD dem Begriff im 1975 beschlossenen "Ökonomischpolitischen Orientierungsrahmen für die Jahre 1975-1985" - dem für Geißler zeitlich nächstliegenden theoretisch-programmatischen Dokument der SPD - gibt, dann liegt die Selektivität des Bezugs auf der Hand:

Solidarität kommt besonders im Zusammenhalt von Gruppen zum Ausdruck, deren Angehörige gemeinsam gegen Abhängigkeiten und Benachteiligungen zu kämpfen haben. Solidarität ist jedoch mehr als die Summe von Einzelinteressen und auch nicht nur eine Waffe im sozialen Kampf. Solidarität drückt die Erfahrung und die Einsicht aus, daß wir als Freie und Gleiche nur dann menschlich miteinander leben können, wenn wir uns füreinander verantwortlich fühlen und einander helfen." (SPD 1975:8).

Die von Geißler abgelehnte Bedeutung von *Solidarität* findet sich hier in der Tat im ersten Satz. Was dann kommt, bildet keinen Kontrast zum Solidaritätsbegriff, den Geißler für die CDU reklamiert - im Gegenteil. Aber das deutet Geißler natürlich nicht einmal an.

Die Erläuterung zu *Solidarität* im 'Orientierungsrahmen' der SPD liefert Anschauungsmaterial für eine weitere wortstrategische Operation. Hier wird versucht - um in der Metaphorik zu bleiben - einen attraktiven Platz gleich zweimal zu besetzen. Die mit der Tradition der 'Klassenpartei' behaftete heutige 'Volkspartei' SPD unternimmt es, bei einem zentralen "Grundwert" parteiinterne Polysemie zu kreieren, indem sie - mit Blick auf die unterschiedlichen Orientierungen ihrer Mitglieder und Anhänger - sich nicht für eine der beiden traditionell widerstreitenden Bedeutungen von *Solidarität* entscheidet, sondern versucht, beide Begriffsfassungen durch additive Verknüpfung für sich zu vereinnahmen. Im neuen 'Grundsatzprogramm', mit dem die SPD am 20.12.1989 in Berlin das 'Godesberger Programm' ablöste, hat sich daran übrigens nichts geändert.

Der Kampf um die deskriptive Bedeutung wird oft geführt, um es zu erleichtern oder zu erschweren, mit dem jeweiligen Wort auf bestimmte Sachverhalte regulär referieren zu können. Kann man z.B. das Wort *Linke* regulär verwenden, um damit auch auf Gruppierungen Bezug zu nehmen, die üblicherweise als *Terroristen* bezeichnet werden, so besteht für die parlamentarische Linke natürlich die Gefahr, aufgrund dessen von interessierter Seite als Linke assoziativ in die Nähe von Terroristen gerückt zu werden. Ein Beispiel dafür, wie versucht wurde, dem entgegenzuwirken, stellt eine von Wimmer analysierte Bundestagsrede Willy Brandts dar, in der dieser versucht, die deskriptiven Bedeutungen von *Terroristen* und *Linken* so zu fassen, daß mit dem Wort *Linke* nicht mehr regulär auf Terroristen zu referieren war (R. Wimmer in: Heringer u.a. 1977:24 ff.).

Eine Form möglichst verdeckten Operierens auf der Ebene der deskriptiven Bedeutung stellen die 'Vexierwörter' dar. So nennt Teubert "Wörter, die bewußt dazu gebraucht werden, Absichten zu verschleiern und Adressaten zu täuschen, indem sie mit einer anderen Bedeutung als der etablierten verwendet werden" (Teubert 1989:52). Vexierwörter werden mit dem Ziel benutzt, andere Sachverhalte unter den Begriff fallen zu lassen, als die meisten Adressaten ahnen - so z.B. wenn das Wort *Subventionen*, intern ausgeweitet auch auf staatliche Sozialleistungen, nach außen hin so verwendet wird, daß die Masse der Bürger(innen) glaubt, damit seien ausschließlich Subventionen im Sinne der etablierten Bedeutung gemeint, nämlich staatliche Finanzhilfen für Wirtschaftszweige und Unternehmen. So wurde z.B. versucht, die Finanzierungen der Steuerreform durch *Subventionsabbau* dem Publikum schmackhafter zu machen, als wenn man gesagt hätte, es müßten *Sozialleistungen* gekürzt werden (vgl. 61 ff.). Dieselbe "Doppelstrategie" hat Hans Maier in dem erwähnten Aufsatz von 1973 der Neuen Linken vorgeworfen: Sie habe sich Zustimmung für den - von ihr inhaltlich neu gefüllten - Begriff der *Emanzipation* (als "Vorgang des Sich-Befreiens (von Institutionen, Verhaltensweisen, sozialen Zwängen)") dadurch erschlichen, daß sie darauf baute, daß der Begriff "im Bewußtsein vieler, die ihn verwenden, noch in der alten Wortbedeutung gegenwärtig" gewesen sei (als "Freisetzung (einer Person, einer Gruppe) zu etwas", insbesondere zur aktiven Nutzung "staatsbürgerlicher Gestaltungsfreiheit") (184 f.).

Auf die Ziele und Folgen, die mit Operationen an der deskriptiven Bedeutung auf der Ebene der Referenz verbunden sind, beziehen sich auch noch zwei weitere Kritikpunkte Maiers an der Sprachstrategie der Neuen Linken: Da sei einmal die Ausdehnung der Bedeutung des Wortes *Gesellschaft* "auf die gesamte Breite des politischen Lebens", seine Karriere "zu einem allumfassenden Schematismus", der einen Referenzbereich umfaßt, den sich der Begriff *Gesellschaft* früher mit dem Begriff *Staat* teilte (181 f.); und da sei zum anderen die "puristische Überforderung von Begriffsinhalten": "Man bringt Worte der politischen Alltagssprache, die gerade wegen ihrer Alltagsnähe unscharf sind, deutsch-gründlich 'auf den Begriff', um dann die schlechte Wirklichkeit am puristischen Seminaranspruch scheitern zu lassen." (182 f.)

Ich will das Kapitel zum semantischen Kampf auf der Ebene der deskriptiven Bedeutung schließen mit einem prominenten Beispiel aus der politischen Entwicklung in der DDR im Jahr 1989: Bei den Demonstrationen, vor allem den Leipziger 'Montagsdemonstrationen', wurde die Parole *W i r   s i n d   d a s   V o l k* im Laufe des Winters 89/90 mehr und mehr abgelöst durch die Parole *Wir sind e i n   Volk*. Hier findet die Verdrängung einer deskriptiven Bedeutung des politisch polysemen Wortes *Volk* durch eine andere statt. Die ursprüngliche Parole enthält einen verfassungspolitischen Begriff von *Volk*: Volk als Souveränitätsträger, der hier seinen Anspruch als Souverän gegen eine Diktatur geltend macht, die bis dahin der Fiktion frönte, daß in ihr die "Arbeiter- und Bauernmacht" - und damit das Volk selbst - die Herrschaft ausübe. Referenzobjekt von *Volk* ist in diesem Kontext die Bevölkerung der DDR, abzüglich der Machthaber. *Wir sind   e i n   Volk* enthält dagegen einen nationalpolitischen Begriff von *Volk*: Volk als historisch-kulturelle Gemeinschaft mit dem Anspruch auf staatliche Einheit. Das Referenzobjekt ist erheblich größer: Knapp 80 Millionen Bürger(innen) in beiden Teilen Deutschlands.

2.2.4 Umwerten - deontische Bedeutungskonkurrenz

Politische Schlagwörter enthalten neben der deskriptiven Bedeutung meist eine deontische Bedeutungskomponente, durch die der bezeichnete Sachverhalt gleichzeitig als zu befürwortender oder als abzulehnender bewertet wird. Bei manchen Wörtern gehört die deontische Komponente zur Lexikon-Bedeutung, z.B. bei *Bande*. Wenn man eine Gruppe unironisch als *Bande* bezeichnet, wird damit nach den semantischen Regeln des heutigen Deutsch eine starke Abwertung vorgenommen. *Bande* ist geradezu ein Schimpfwort. Andere Wörter gewinnen deontische Bedeutung erst in **bestimmten** Verwendungskontexten. Dies gilt z.B. für die meisten Bezeichnungen politischer Strömungen, Ideologien und Gruppierungen. Wörter wie *konservativ*, *Sozialismus* oder *Faschisten* können z.B. in wissenschaftlichen Kontexten als rein deskriptive Begriffe verwendet werden. Das Wort *konservativ* beispielsweise ist in diesem Beitrag oben mehrfach so benutzt worden. Wer etwa als Politologe von *Sozialismus* spricht, wenn er bestimmte politische Konzeptionen im Umkreis der Arbeiterbewegung untersucht, der bezieht (normalerweise) nicht schon dadurch befürwortend oder ablehnend Stellung zu seinem Untersuchungsobjekt, daß er es *Sozialismus* nennt. Und wer in historisch-referierender Weise das Wort *Faschisten* für die Bewegung Mussolinis verwendet, tut das qua Wort ebensowenig. (Würde er hingegen ohne Anführungszeichen oder sonstige Distanzmarkierungen von der *Bande Mussolinis* sprechen, so würde er sie damit scharf abwerten.) Im Rahmen politisch-ideologischer Diskurse werden unsere Beispielwörter dagegen regelmäßig mit einer deontischen Komponente verwendet. Sie gehören zu den Selbst- und Fremdbezeichnungen für umstrittene politische Einstellungen, Systeme und Gruppierungen, für die das in besonders hohem Maße gilt.

Politische Gruppierungen verwenden die Wörter, die ihre zentralen politischen Positionen und Werte markieren und die sie eventuell als Selbstbezeichnung benutzen, normalerweise mit positiver Deontik. Sie fungieren vorrangig als 'Fahnenwörter', d.h. "daß an ihnen Freund und Feind den Parteistandpunkt, für den sie stehen, erkennen sollen" (Hermanns 1982:91). Im semantischen Kampf um die deontische Bedeutungskomponente solcher Wörter bemühen sich die einen - um in der Metaphorik zu bleiben - ihrer Fahne solchen Glanz zu verleihen und sie so imponierend hochzurecken, daß sich möglichst viele Menschen um sie scharen und sich mit ihr identifizieren. Und die Gegner versuchen, die Fahne zu zerfetzen oder zu beschmutzen, jedenfalls ihr die Leuchtkraft zu nehmen. Wo ein politisches System sich so desavouiert hat wie etwa der Faschismus, da wird außerhalb historisch-referierender Kontexte die (ehemalige) Selbstbezeichnung leicht zum stigmatisierenden politischen Schimpfwort, z.B. *Faschist*, *Nazi*.

Oft sind Fahnenwörter der einen die Stigmawörter der anderen.[15] Der Kampf auf der Ebene der deontischen Bedeutung geht dann darum, ob bei den Adressaten der politischen Werbung sich eine Wortverwendung mit positiver oder eine mit negativer Deontik durchsetzt. Das Kalkül dahinter ist: Wenn z.B. das Wort *konservativ* in möglichst vielen Kontexten deontisch positiv verwendet wird, haben es politische Kräfte, die sich (glaubwürdig) als *konservativ* bezeichnen, leichter, Zustimmung oder zumindest einen Sympathievorschuß zu gewinnen, als wenn das Wort weithin 'negativ besetzt' ist, so daß es sich als Sympathieblockade für die *Konservativen* auswirken kann.

---

[15] Zum Terminus 'Stigmawort' vgl. Hermanns 1982:92

Die Änderung des deontischen Wertes läuft in erheblichem Maße über die Änderung der Konnotationen: darum versuchen z.B. Gegner konservativer Politik durchzusetzen, daß mit *konservativ* primär Engstirnigkeit, Verkrustung, Beeinträchtigung geistiger oder persönlicher Freiheit u.ä. assoziiert wird, während "Konservative" sich bemühen, Assoziationen von Seriosität, Zuverlässigkeit, geordneten Bahnen u.ä. zu etablieren.

Der prominenteste, seit dem 19. Jahrhundert deontisch zwiespältige Begriff - man könnte hier auch von 'deontischer Polysemie' sprechen - ist *Sozialismus*. Er ist ein Beispiel dafür, daß die Konkurrenz gegenläufiger deontischer Bedeutungen nicht parallel zur Konkurrenz deskriptiver Bedeutungsvarianten verlaufen muß. Auf der Ebene der deskriptiven Bedeutung kann vor allem der sozialdemokratische *Sozialismus*-Begriff von dem marxistisch-leninistischen unterschieden werden. Politische Kräfte, die *Sozialismus* als Stigmawort benutzen, zeigen aber immer wieder die Neigung - in der Bundesrepublik vor allem in Wahlkampagnen gegen die SPD - die negative Deontik, die *Sozialismus* vor allem dem schlechten Ansehen des 'real existierenden' marxistisch-leninistisch-stalinistischen Sozialismus verdankt, unter der Ausnutzung der Homonymie von *Sozialismus* auszudehnen auf die Sozialdemokratie, die sich in ihren Programmen ja zum *demokratischen Sozialismus* bekennt (vgl. hierzu Liedtke 1989). Bekanntestes, linguistisch mehrfach analysiertes (insb. Heringer u.a. 1977:86 ff. und Hannappel/Melenk 1979:281 ff.) Beispiel sind die Unions-Slogans aus dem Bundestagswahlkampf 1976 (CDU: *Freiheit statt Sozialismus*; CSU: *Freiheit oder Sozialismus*).

Eine - wie das Wahlergebnis zeigte: erfolglose - Neuauflage dieser semantischen Strategie unternahm die nordrhein-westfälische CDU im Landtagswahlkampf 1990. In deutlicher Anspielung auf den Zusammenbruch der SED-Herrschaft und den Gewinn der DDR-Volkskammerwahlen durch die CDU wurde in Nordrhein Westfalen der Slogan plakatiert: "Der Sozialismus geht. Wir kommen." Dieser Spruch macht im NRW-Wahlkampf-Kontext nur Sinn als Unterstellung und Empfehlung zugleich: In NRW analog zur DDR zu handeln, und die "sozialistische" Regierung Rau ins Abseits zu stellen. Daß mit *Sozialismus* die SED konnotiert, aber auf die SPD-Regierung referiert wird, zeigt eine Variante des Slogans, die auf einem Plakat zu lesen war, in dem ein Bleistift abgebildet ist, der gerade ein Wahlkreuz hinter dem Namen CDU auf einem Stimmzettel macht. Dort heißt es kommentierend zum Stimmkreuz für die CDU: "Damit der Sozialismus geht."

Das Wahlergebnis der CDU war allerdings ausgesprochen schwach. Die Kluft zwischen der Vorstellung der (meisten) Wähler von SED-Herrschaft und DDR-Verhältnissen einerseits und ihrer Erfahrung der politischen und ökonomischen Realität in Nordrhein-Westfalen andererseits war offenbar so tief, daß jeder Versuch scheitern mußte, mit Hilfe der *Sozialismus*-Homonymie wahlentscheidende Assoziationen von Staats- und Parteiallmacht, Bürokratismus und wirtschaftlichem Niedergang auf die Regierung Rau zu übertragen. Vieles spricht dafür, daß solche - man kann es kaum anders nennen - propagandistischen Holzhammer-Methoden eher kontraproduktiv wirken, weil (um bei NRW zu bleiben) nicht nur SPD-Stammwähler es höchst unfair fanden, eine demokratisch gewählte und parlamentarisch kontrollierte Regierung mit einem Ministerpräsidenten an der Spitze, der als ausgesprochen 'menschlich' gilt (vgl. unten Kap. 2.2.5), mit Hilfe durchsichtiger semantischer Tricks assoziativ in die Nähe von Diktatur und Unmenschlichkeit zu rücken.

Der deontische Wert von Wörtern, die nicht qua Lexikon-Bedeutung einen kontextübergreifenden deontischen Wert haben, ist abhängig von der Stabilität der Einstellungen, die die Menschen zu den Sachverhalten haben, auf die sie mit den Wörtern referieren. Die Änderung stabiler, situationsübergreifender Grundeinstellungen ist meist ein langfristiger Prozeß, der von sprachstrategischen Einzelmaßnahmen z.B. vor einer Wahl wenig beeinflußbar ist. Beispiel für die Auswirkung solcher Prozesse auf die deontische Bedeutungskomponente ist das Wort *liberal*. Die FDP hat sich intern immer als *liberale* Partei verstanden. Aber schon bei ihrem Heppenheimer Gründungsparteitag am 12.12.1948 verzichtete sie - mit Rücksicht auf Befürchtungen vor allem süddeutscher Delegierter, in ländlichen und katholischen Bereichen Anstoß zu erregen - darauf, *liberal* in den Parteinamen aufzunehmen. *Liberal* war bis in die 60er Jahre hinein in weiten Kreisen ein Stigmawort. Es zog seinen negativen deontischen Wert in verschiedenen Gruppen aus unterschiedlichen, Abwehr-Emotionen mobilisierenden Konnotationen: Kirchliche, vor allem katholische Kreise assoziierten mit *liberal* vor allem 'Libertinage' und 'Gottlosigkeit', für Konservative auch ohne kirchliche Bindung ließ *liberal* an Gefährdung von Wert- und Staatsordnung denken. Gewerkschafter assoziierten bei *liberal* vor allem 'Manchester-Liberalismus'. Es war nicht sprachstrategische Arbeit der FDP, sondern die allgemeine gesellschaftliche, ökonomische und kulturelle Entwicklung in der Bundesrepublik, die solche Konnotationen und die mit ihnen verbundenen Ängste zurückdrängte. *Liberal* wurde in immer breiteren Kreisen zu einem deontisch positiv verwendeten Wort, so daß die FDP das Wort schließlich wie eine bis dahin versteckte Fahne herausholen konnte: Seit Anfang der 70er Jahre verwendet sie es als eine Art Namenserweiterung. Es gibt heute keinen

Werbetext der FDP, der nicht mit der Doppelform *F.D.P. Die Liberalen* überschrieben oder unterzeichnet ist.

Zum Schluß auch hier ein Beispiel aus der Schlußphase der DDR: Seit ihrer Transformation von SED zu PDS bekennt sich diese Partei zur *Marktwirtschaft*, allerdings einer *sozialistischen*. Hier wurde der Versuch vorgenommen, das Fahnenwort des siegreichen gegnerischen Systems zu übernehmen, das man bis dahin - in der distanzierenden Form *sogenannte Soziale Marktwirtschaft* - selber stigmatisierend verwendet hatte. Das Attribut *sozialistisch* hat dabei eine dreifache Funktion: Es soll erstens eine klangliche Anlehnung an *Soziale Marktwirtschaft* leisten. Zweitens soll der 'kleine Unterschied' (das Morphem *-istisch-*) die Umpolung der Deontik von *Marktwirtschaft* mit der eigenen Tradition verträglicher machen, indem damit drittens signalisiert wird, daß hier an eine Wirtschaftsordnung gedacht ist, die der westlichen lediglich ähnlich, aber nicht mit ihr identisch sein soll.

2.2.5 Ausbeuten von Konnotationen - Konkurrenz um konnotativen Glanz

Bei allen bisher behandelten wortstrategischen Operationstypen konnten auch die Konnotationen betroffen sein. Es handelte sich dabei immer um Operationen **an** den Wörtern mit dem Ziel, aus den Ergebnissen dieser lexematischen Operation - auch auf der Ebene der Konnotationen - möglichst hohen politischen Nutzen zu ziehen. Hier wenden wir uns nun einem Operationstyp zu, bei dem weder **an** den Wörtern, um die gekämpft wird, etwas verändert wird noch neue Begriffe geprägt werden. Es geht vielmehr darum, die eigene Position mit 'attraktiven' Wörtern assoziativ so eng zu verknüpfen, daß möglichst viel vom konnotativen Glanz dieser Wörter auf die eigene Position fällt, d.h. daß sich im Bewußtsein der relevanten Zielgruppen die auf Konnotationen gegründete positive Einstellung zu den jeweiligen Begriffen überträgt auf die Partei, die sich mit ihnen identifiziert.

So hat Johannes Rau in zehn großen Reden zwischen Juni 1985 (Regierungserklärung als NRW-Ministerpräsident) und Ende August 1986 (Rede beim Nürnberger SPD-Parteitag zur Eröffnung des Hauptwahlkampfs zur Bundestagswahl am 25.1.1987), also in der Zeit, in der er - zunächst als inoffizieller, dann offizieller - Kanzlerkandidat der SPD sein spezifisches Image bundesweit profilieren mußte, das Lexem *Mensch* in derart hoher Frequenz verwendet, daß Ungeplantheit nicht zu vermuten ist: 249 mal kommt es vor und liegt damit auf dem ersten Rangplatz einer von H. Berschin aufgestellten Frequenzliste der von Rau verwendeten (Inhalts-)Wörter (Berschin, ungedrucktes Manuskript 1986). Der Abstand zu den drei nächstplazierten Lexemen, Wörter aus dem politischen Institutionenvokabular (*(Bundes-/Länder-)Regierung* 182, *Politik* 144, *(Bundes-)Land* 142) ist groß - und noch größer zu der dann folgenden Gruppe mit mehr problem- und sachspezifischen Vokabeln (*Arbeit* 83, *Bürger/-innen* 76, *Gesellschaft* 73, *Partei* 73, *Arbeitnehmer/-innen* 67, *Zukunft* 63). Damit, daß er *Mensch(en)* so überaus häufig in den Mund nimmt, prägt Rau keinen neuen Begriff, damit verändert er weder eine deskriptive noch eine deontische Bedeutung - damit fördert er lediglich seine Chance, in weiten Kreisen Assoziationen zu wecken, die sein Image verstärken, ein besonders 'menschlicher' Politiker zu sein und einer, der nicht in 'sozialistischen' Klassen(kampf)-Kategorien denkt, sondern 'Menschen(!) zusammenführt' und versöhnlich zwischen den verschiedenen Gruppen und Interessen wirkt. (*Versöhnen statt spalten!* war Raus gleichzeitiger Vorwahlkampf-Slogan.)

Die Geschichte - nicht nur der bundesdeutschen - Wahlkämpfe ist eine Geschichte des Gedränges um den Glanz der Konnotationen 'positiv besetzter' Abstrakta mit vager deskriptiver Bedeutung, aber mit einem Potential von Konnotationen, auf deren emotionale Wirksamkeit die Wahlwerber hoffen (*Freiheit, Sicherheit, Zukunft* etc.)[16]. Dabei wird es gerade im Wahlkampf - anders als z.B. bei parteiinternen Programmdiskussionen - gern unterlassen, darüber aufzuklären, wie die vagen Begriffe parteispezifisch inhaltlich gefüllt werden - möglichst viele sollen sich das Ihre darunter vorstellen können.

Werner Holly hat mich darauf aufmerksam gemacht, daß die von ihm bei der Düsseldorfer Tagung analysierten Fernsehspots der SPD zur Europawahl 1989 eine Variante dieses wortstrategischen Operationstyps darstellen: Der SPD-Slogan hieß: *Wir sind Europa*. Mit dem doppeldeutigen *Wir* wird einerseits auf die Wähler(innen) referiert - insofern bedeutet der Slogan einen Appell an sie, sich mit **Europa** zu identifizieren -, andererseits auf die SPD, die sich so ihrerseits mit Europa als politischer Aufgabe identifiziert. Nun bestand für die SPD das Dilemma, daß sie einerseits diese zweifache Identifikation mit Europa 'rüberbringen' wollte, daß aber andererseits weder die Lexikon-Bedeutung von *Europa* noch die politische Primär-Verwendung des Wortes (für EG-Raum und EG-bezogene Politik) ein ausreichendes Potential positiv stimmender Konnotationen 'mitbringt', um daraus qua Identifikation für die SPD Nutzen zu ziehen. Um diesem Dilemma zu entgehen, wird im Spot versucht, den "relativ 'leeren' Namen ... *Europa*" emotional aufzuladen. "Für ... Emotionalisierung eignet sich besonders gut die mehrkanalige Kontextgebung der Fernsehspots, die durch die

---

[16] Darauf, daß Parteien mit solchen Strategien zunehmend in Konkurrenz mit der Warenwerbung, die ja auch *Freiheit, Sicherheit* etc. 'verkauft', geraten und dabei das Nachsehen haben könnten, hat Fritz Kuhn in seinem Beitrag in diesem Band hingewiesen.

Verbindung von Sprache, Bild und Ton besonders gefühlshaltig sein kann."
(Hand-out zu W. Hollys Düsseldorfer Vortrag '"Wir sind Europa' - Die Fernsehwerbespots der SPD zur Europawahl 1989'" am 8.11.1989) Der Name *Europa* wird gefüllt mit Assoziationen von 'Jugend', 'Optimismus', 'Dynamik' und 'Natur' - in der Hoffnung, daß die dabei geweckten 'positiven' Emotionen zumindest ein wenig übertragen werden auf die Partei, die sich mit einem so angenehmen Europa-Begriff identifiziert.

Den Kontrast zum Gedränge um Wörter mit konnotativem Glanz bildet Flucht vor Wörtern, an die sich der Ruch abstoßender Konnotationen geheftet hat. Ein Beispiel dafür stellt der öffentliche Umgang der SED in der Schlußphase ihrer Herrschaft in der DDR mit der Wortverbindung *führende Rolle (der SED)* dar. So pochte der Honecker-Nachfolger Krenz in einer vielbeachteten Pressekonferenz nach einem Moskau-Besuch darauf, daß "der Sozialismus in der Verfassung der DDR verankert" sei, er plädierte dafür, daß die SED den Prozeß "der notwendigen Reformen leitet und alle Menschen einbezieht" und daß sie anbiete, "jeden auf unserem Wege mitzunehmen, der auf der Grundlage der Verfassung steht." (vgl. FAZ vom 2.11.1989) Die bis dahin übliche Standardbezeichnung für alles dies - *führende Rolle der SED* - vermeidet Krenz, in den Mund zu nehmen. Sie konnotiert ihm offenbar zu sehr die desavouierte 'alte' SED-Herrschaft. Das Reizwort aus dem Verkehr ziehen, um hinter der Fassade euphemisierender, gleichwohl verräterischer Formulierungen an der Sache festhalten zu können, das blieb (auch hier) letzlich eine vergebliche Strategie.

2.3 Schlußbemerkung

Dieser Beitrag stellte den Versuch dar, Typen des politischen Kampfes um Wörter danach zu unterscheiden, an welchen zeichentheoretischen Aspekten des Wortes die strategische Operation ansetzt. Es zeigte sich, daß Operationen an einem Aspekt durchweg Konsequenzen bei anderen Aspekten haben - und daß dies oft das primäre Ziel der Operationen ist. Dieses Interagieren der Aspekte wäre noch genauer zu untersuchen, als hier möglich war. Leider nicht erörtert werden konnten im Rahmen dieses Beitrags, wieweit die wortstrategischen Operationen in der paradigmatischen Dimension mit politischen Wortfeldern und in der syntagmatischen Dimension mit Vertextungstypen und Textsorten zusammenhängen.

Literatur

Behrens, M./Dieckmann, W./Kehl, E. 1982. Politik als Sprachkampf. Zur konservativen Sprachkritik und Sprachpolitik seit 1972. In: H.J. Heringer (Hg.), 216-265.

Bergsdorf, W. 1978. *Politik und Sprache*. München.

Bergsdorf, W. 1983. *Herrschaft und Sprache. Studie zur politischen Terminologie der Bundesrepublik Deutschland*. Pfullingen.

Betz, W. 1975. "Gruppe" oder "Bande"? Politik und Semantik in der deutschen Gegenwartssprache. In: H.J. Heringer 1982 (Hg.), 198 - 202.

Biedenkopf, K. 1973. Bericht des Generalsekretärs. In: CDU (Hg.). 22. Bundesparteitag der Christlich Demokratischen Union Deutschlands. Niederschrift. Hamburg 18.-20. Nov. 1973. Bonn.

Biedenkopf, K. 1975. Politik und Sprache. In: H.J. Heringer 1982 (Hg.), 189-197.

Bolten, J. 1989. Zum Umgang mit dem Begriff 'konservativ' in der politischen Diskussion der Bundesrepublik. In: J. Klein 1989a (Hg.), 277-296.

Brunner, O./Conze, W./Kosseleck, R. 1972-84 (Hg.). *Geschichtliche Grundbegriffe. Historisches Lexikon zur politisch-sozialen Sprache in Deutschland* Bd. 1-5. Stuttgart.

CDU o.J.(Hg.). *Die Programme der CDU. Auf dem Weg zum Grundsatzprogramm*. Bonn.

CDU 1973 (Hg.). *22. Bundesparteitag der Christlich Demokratischen Union Deutschlands*, Hamburg 18-20. Nov. 1973. Niederschrift. Bonn.

CDU 1978 (Hg.). *Grundsatzprogramm der Christlich Demokratischen Union*. In: Protokoll 26. Bundesparteitag Ludwigshafen 23.-25. Oktober 1978. Bonn.

Dieckmann, W. 1969. *Sprache in der Politik*. Heidelberg.

Geißler, H. 1979. Generationskonflikt - Neue Dimensionen gesellschaftlicher Auseinandersetzung. In: H. Geißler/M. Wissmann 1979 (Hg.). *Zukunftschancen der Jugend*. Stuttgart.

Greiffenhagen, M. 1980 (Hg.). *Kampf um Wörter? Politische Begriffe im Meinungsstreit*. München/Wien.

Hannappel, H./Melenk, H. 1979. *Alltagssprache. Semantische Grundbegriffe und Analysebeispiele*. München.

Heringer, H.J. u.a. 1977. *Einführung in die praktische Semantik*. Heidelberg.

Heringer, H.J. 1982 (Hg.). *Holzfeuer im hölzernen Ofen. Aufsätze zur politischen Sprachkritik*. Tübingen.

Hermanns, F. 1982. Brisante Wörter. Zur lexikographischen Behandlung parteisprachlicher Wörter und Wendungen in Wörterbüchern der deutschen Gegenwartssprache. In: H.E. Wiegand (Hg.). *Studien zur neuhochdeutschen Le-*

xikographie II (=Germanistische Linguistik 3-6/1980) Hildesheim/Zürich/New York 1982, 87-102.

Hermanns, F. 1986. Appellfunktion und Wörterbuch. Ein lexikographischer Versuch. In: H.E. Wiegand (Hg.). *Studien zur neuhochdeutschen Lexikographie* VI.1 (=Germanistische Linguistik 84-86). Hildesheim/Zürich/New York 1986, 151-182.

Hermanns, F. 1989. Deontische Tautologien. Ein linguistischer Beitrag zur Interpretation des Godesberger Programms 1959 der Sozialdemokratischen Partei. In: J. Klein 1989a (Hg.), 69-154.

Jäger, L. 1983. Notizen zu einer Theorie des Zeichenwandels. In: *SuL* 52, 59-68.

Klein, J. 1989a (Hg.). *Politische Semantik. Bedeutungsanalytische und sprachkritische Beiträge zur politischen Sprachverwendung.* Opladen.

Klein, J. 1989b. Wortschatz, Wortkampf, Wortfelder in der Politik. In. J.Klein 1989a (Hg.), 3-50.

Kunz, R./Maier, H./Stammen, T. 1979. *Programme der politischen Parteien in der Bundesrepublik Deutschland.* München.

Liedtke, F. 1989. *Sozialismus* - ein Reizwort. In: *SuL* 64, 23-38.

Lübbe, H. 1967. Der Streit um Worte. Sprache und Politik. In: H.J. Heringer 1982 (Hg.), 48-69.

Maier, H. 1973. Aktuelle Tendenzen der politischen Sprache. In. H.J. Heringer 1982 (Hg.), 179-188.

Radunski, P. 1980. *Wahlkämpfe. Moderne Wahlkampfführung als politische Kommunikation.* München.

Schneider, F. 1985. *Der Weg der Bundesrepublik. Von 1945 bis zur Gegenwart.* München.

Schwarze, C. 1982. Stereotyp und lexikalische Bedeutung. In: *Studium Linguistik* 13, 1-16.

SPD 1959. *Grundsatzprogramm der SPD.* Bonn.

SPD 1975. *Ökonomisch-politischer Orientierungsrahmen für die Jahre 1975-1985.* Bonn.

SPD 1989. *Grundsatzprogramm der Sozialdemokratischen Partei Deutschlands. Beschlossen vom Programm-Parteitag der Sozialdemokratischen Partei Deutschlands am 20. Dez. 1989 in Berlin.* Bonn.

Strauß, G./Haß, U./Harras, G. 1989. *Brisante Wörter von Agitation bis Zeitgeist. Ein Lexikon zum öffentlichen Sprachgebrauch.* Berlin/New York.

Teubert, W. 1987. Sprache als Waffe. In: *Sprachreport* 4.

Teubert, W. 1989. Politische Vexierwörter. In: J. Klein 1989a (Hg.), 51-68.

Wimmer, R. 1982. Überlegungen zu den Aufgaben und Methoden einer linguistisch begründeten Sprachkritik. In: H.J. Heringer 1982 (Hg.), 290-313.

SOLL MAN UM WORTE STREITEN?

Historische und systematische Anmerkungen zur politischen Sprache

Josef Kopperschmidt

> "Kampf um terminologische Prämien ist nicht nur Streit um Worte, denn Worte sind Handlungsmandate" (Strauss 1968:25).

0. "Wer in unserer Zeit statt Volk Bevölkerung und statt Boden Landbesitz sagt, unterstützt schon viele Lügen nicht. Er nimmt den Wörtern ihre faule Mystik." Das schrieb B. Brecht 1934 in der anti-faschistischen Zeitschrift UNSERE ZEIT unter dem Titel "Fünf Schwierigkeiten beim Schreiben der Wahrheit" (1956:94). Es gibt mithin - so die implizite Unterstellung dieser Empfehlung - nicht nur ein Lügen, das **mit** Wörtern geschieht, sondern auch ein Lügen, das bereits in den Wörtern steckt und das den zum Mitlügen nötigt, der sich ihrer bedient. "Es besteht kein Zweifel, daß Wörter, mit denen viel gelogen worden ist, selber verlogen werden" (Weinrich 1966:35).

Gegenüber solchen Wörtern wird die Insistenz auf die linguistische Unterscheidung zwischen der "Sprache", die nicht lügen kann, und dem "Sprecher", der sie in lügenhafter Absicht verwendet[1], zur verharmlosenden Verkennung der Tatsache, daß sich in Sprache die Spuren ihrer Verwendung eingraben und daß entsprechend die Bedeutungsprofile ihrer Wörter nicht unbeeinflußt bleiben von dem Richtungssinn ihres öffentlichen Gebrauchs, zumal wenn er politisch kontrollierbar oder gar dekretierbar ist. "Die Bedeutung eines Wort ist sein Gebrauch in der Sprache" (Wittgenstein 1971:35). Wer aber in Wörtern die in sie eingegrabenen Spuren ihrer lügenhaften Verwendung erkennt (was freilich keine linguistische, sondern eine moralische bzw. ideologiekritische Feststellung ist), der kann sich vor dem Mitlügen nur schützen, indem er die entsprechend infizierten Wörter meidet, um nicht ein "Leben in der Lüge" leben zu müssen (Havel 1989:28 u.ö.); denn "eine Therapie für die verdorbenen Wörter gibt es nicht " (Weinrich 1966:35).

Die epidemiologische Metapher "infizieren" beschreibt einen Sachverhalt, der zwar an totalitärer Sprachpolitik jeder Couleur exemplarisch ablesbar ist,

---

[1] Vgl. Betz, W. 1964. Nicht der Sprecher, die Sprache lügt? In: Handt (Hg.). *Gefrorene Sprache in einem gefrorenen Land*. Berlin, 28ff; Weinrich 1966:34 ff.

gleichwohl aber kein exklusives Merkmal totalitärer Sprachpolitik ist. Auch in pluralistischen Massendemokratien gibt es Wörter, die ideologisch so infiziert sind, daß sie für Andersdenkende schlechterdings unbenutzbar geworden sind, weil sie ihnen die Chance des Andersredens nehmen, sie im strengen Wortsinn **sprachlos** machen. Doch "ein stummer Gedanke ist ein toter (Gedanke)" (Jochmann 1837:21), zumindest für den Prozeß öffentlicher Meinungsbildung. Wie sehr deren Dynamik von Sprachfähigkeit und Sprachbereitschaft abhängt, hat E. Noelle-Neumann unter dem selbstredenden Titel "Schweigespirale" beschrieben (1980). Wenn man die epidemiologische Metapher der Infizierung von Wörtern durch die paramilitärische Metapher der "Besetzung" von Wörtern bzw. "Begriffen" eintauscht (vgl. Küster 1989:81 ff.) und statt von "pluralistischen Massendemokratien" von "Bundesrepublik Deutschland" spricht und "ideologisch" durch "links-ideologisch" präzisiert, dann erkennt man in der leicht veränderten Terminologie unschwer die begriffliche Architektonik einer programmatischen Rede, die K.H. Biedenkopf 1973 auf dem Hamburger Parteitag der CDU gehalten hat:

Die gewaltsame Besetzung der Zitadellen staatlicher Macht ist nicht länger Voraussetzung für eine revolutionäre Umwälzung der staatlichen Ordnung. Revolutionen finden heute auf andere Weise statt. Statt der Gebäude der Regierungen werden die Begriffe besetzt, mit denen sie regiert, die Begriffe, mit denen wir unsere staatliche Ordnung, unsere Rechte und Pflichten und unsere Institutionen beschreiben. (1973:15)

Diese Rede ist aufgrund ihrer einprägsamen Bildsprache als Schlüsseltext in die sogenannte "konservative Sprachkritik" der frühen 70er Jahre eingegangen[2] und so oft zitiert worden, daß sie als bekannt vorausgesetzt werden kann. Ich möchte daher ihre Diagnose weder über die zitierte Kernthese hinaus entfalten noch ihre Haltbarkeit untersuchen, sondern mich auf die von Biedenkopf gewählte und seither weithin konventionalisierte Besetzungsmetaphorik beschränken. Unter dem Aspekt ihrer polit-argumentativen Funktion möchte ich sie im folgenden in 7 Schritten zu rekonstruieren versuchen.

1. Der Bildspender ist im Fall der Metapher "Besetzen von Begriffen" noch wirksam genug, um sowohl den Gewaltcharakter dieser Besetzung unmißverständlich einzuklagen wie aus ihm ein Widerstandsrecht abzuleiten, das stellvertretend auch von denen beansprucht werden darf, die sich als Hüter der Begriffe fühlen und den "besetzten" bzw. "usurpierten" Begriffen zu Hilfe kommen, um sie von ihren Besetzern und illegitimen Besitzern zu "befreien" (Biedenkopf 1982:195). Wie stark diese Sinn-Implikate der Besetzungsmetaphorik die Selbst-

---

[2] Vgl. hierzu neben Heringer 1982 und Behrens u.a. 1982 Beutin, W. 1976. *Sprachkritik-Stilkritik*. Stuttgart, 58 ff.

beschreibung der sprachpolitischen Reaktionen bestimmen, ist an den einschlägigen Texten exemplarisch ablesbar: Die sprachpolitische Gegenoffensive der Konservativen verstand sich als "Rückeroberung" der besetzten Begriffe, als deren "Befreiung" von "ideologischer Verfälschung", als Rückführung ihres semantischen Richtungssinns auf den "unverstellten common sense" ihrer normalsprachlichen Bedeutung, als Einreißen von "Sprachbarrieren", die den "Zugang zur politischen Wirklichkeit verstellen", als Restitution der politischen Sprache im Sinne eines "gemeinsamen" Mittels politischer Verständigung und Willensbildung, als Aufdecken des "semantischen Betrugs" linker "Sprachherrschaft" usw.[3]

Die metaphorisch insinuierte trennscharfe Unterscheidungschance zwischen Begriffsbesetzern und Begriffsbefreiern, zwischen Wortverfälschern und Wortrettern bot dabei ersichtlich den argumentationsstrategischen Vorteil, das eigene sprachkritische Engagement nicht als das durchschaubar werden zu lassen, was es in Wahrheit war: nämlich eine sich als Sprachkritik empfehlende Form konservativer Sprachpolitik[4]. Daß recht bald aus der Verschwörungsformel "Begriffsbesetzung", die zunächst exklusiv für sogenannte linke Sprachverfälschungsstrategien verwendet wurde, eine neutrale Beschreibungsformel wurde, mit der auch die eigene sprachpolitische Gegenoffensive benennbar wurde, mag als Indiz gelten, daß zumindest bei den konservativen Sprachstrategen das operative Interesse an der eigenen Sprachpolitik das Übergewicht über terminologische Feindifferenzierung zwischen linker Sprachpolitik und eigener Sprachkritik erhielt. In der Erfolgsmeldung des CDU-Generals auf dem Mannheimer Parteitag von 1975 spielt jedenfalls diese terminologische Differenzierung keine Rolle mehr: "In der Auseinandersetzung um die politischen Begriffe waren wir erfolgreich. Wir haben wichtige Begriffe für uns (!) besetzt" (Biedenkopf 1975:60).[5] Der Kampf **gegen** die ideologische Besetzung von Begriffen gibt sich endlich als das zu erkennen, was er von Anfang an war: Ein Kampf **um** die ideologische **Neubesetzung** von Begriffen (vgl. Behrens u.a. 1982:216 ff.).

2. Kampf um die ideologische Neubesetzung von Begriffen: In diesem Rekonstruktionsversuch des sprachpolitischen Interesses konservativer Sprachkritik soll bewußt ein Buchtitel anklingen, unter dem M. Greiffenhagen 1980 den

---

[3] Die einzelnen Zitate sind Texten von Biedenkopf 1973, 1975, 1982, Schelsky 1975, 1975/1, Maier 1975 und Kaltenbrunner 1975 entnommen.
[4] Zu diesen Strategien vgl. Behrens u.a. 1982:226 ff.
[5] Vgl. Mahler, G. 1975. Politik und Sprache. In: *Sonde* 8, 34 ff.

"Kampf um Wörter" fast schon aus distanzierter Rückschau dokumentiert hat.[6] Die methodische Anlage dieser Dokumentation - es handelt sich um 24 politische Schlüsselbegriffe, die jeweils von verschiedenen politischen Standpunkten aus durchbuchstabiert werden - läßt bereits implizit das Resümee über diesen "Kampf um Wörter" erkennen: Er ist so wenig zu verhindern, wie er theoretisch entscheidbar ist. Dieser Kampf wird allein praktisch - politisch entschieden. Ob für den Erfolg dieses semantischen Kampfes die nicht gerade aufregende Entdeckung ausreicht, daß "Sprache nicht nur ein Mittel der Kommunikation ist, (sondern) auch ein wichtiges Mittel der Strategie" (Biedenkopf 1973:14), wird noch zu fragen sein (s. unter 6).

Und noch an einen anderen Titel soll mein Rekonstruktionsversuch konservativer Sprachkritik erinnern: An H. Lübbes brillante Analyse der politischen Sprache, die erstmals 1967 unter dem Titel "Der Streit um Worte" erschien und als Gegenstück zu Greiffenhagens rückschauender Dokumentation konservativer Sprachkritik gleichsam deren Beginn einläutet. Jedenfalls ist Lübbes Analyse von den Protagonisten konservativer Sprachkritik so verstanden worden, und diesem Verständnis verdankt es Lübbe wohl, daß sein Aufsatz in G. Kaltenbrunners Aufsatzsammlung über "Sprache und Herrschaft" aus dem Jahre 1975 aufgenommen wurde (1975:87 ff.). Und das macht durchaus Sinn! Denn mit der ihm eigenen Entschiedenheit widersprach Lübbe der Aristotelischen Empfehlung, sich doch um Worte nicht zu streiten (Topica I 18), mit dem Argument, daß diese Empfehlung zwar für entpolitisierte, esoterische Theoriediskussionszirkel innerhalb der Wissenschaft nützlich sein könne, nicht aber für die Exoterik öffentlich-politischer Auseinandersetzung zu gelten habe. "Wer hier nachgibt, ist nicht immer der Klügere"; denn er räumt dem "politischen Gegner einen Alleinvertretungsanspruch bezüglich der hohen Zwecke ein, die in (den umkämpften) Worten Parole sind" (108 f.). Mögen "politisches Wortverbot" und "politische Sprachverfolgung" auch exklusive Mittel totalitärer Sprachpolitik bleiben, der "politische Wortstreit" ist in Demokratien ein Gebot zwingender politischer Logik, weil über diesen politischen Wortstreit die "ideologische Integration der Gesellschaft" erfolgt, ohne die sich keine "stabilen Bewußtseinslagen" und kein politisch handlungsfähiger Wille bilden kann (84).

Das ließ sich Ende der 60er, Anfang der 70er Jahre von Konservativen durchaus als Aufruf lesen, endlich Flagge zu zeigen und sich gegen linken "Sprachraub" zu wehren. Und wenn man Lübbes Position in dieser Auseinandersetzung berücksichtigt, geht man wohl nicht fehl in der Annahme, daß ihm diese Interpretation

---

[6] Zu den verschiedenen "Typen des Kampfes um Wörter" vgl. Klein 1989:17 ff.

seines programmatischen Aufsatzes nicht mißfiel und daß er gegen seine Aufnahme in Kaltenbrunners radikale Abrechnung mit linker Sprachverschwörung nichts einzuwenden hatte[7].

Doch für eines war und ist dieser Aufsatz nicht zu beanspruchen - und das macht sein latentes Spannungsverhältnis zu den anderen Beiträgen in Kaltenbrunners Sammelband aus: mit ihm läßt sich nicht die implizite Selbstdeutung des konservativen Kampfes gegen linke Sprachusurpation als uneigennützige Sprachrettungsaktion abstützen, der es um nichts anderes ging als darum, die instrumentelle Unschuld des politischen Vokabulars zu retten bzw. wieder herzustellen. Diese irenische Selbstdeutung ist - so Lübbe - selbst bereits ein strategisches Mittel innerhalb des politischen Wortstreits, insofern er sich als "Kampf um die Rettung der Worte vor dem Feind" ausgeben muß, "wobei es stets darum zu tun ist, die Worte bei ihrer 'wahren Bedeutung' festzuhalten" (1975:104). Der Ausdruck "wahre Bedeutung" ist von Lübbe in Anführungsstriche gesetzt, d.h.: Er ist mit dem geläufigsten Mittel der "Illegitimitätserklärung von Wortgebräuchen" markiert (108) oder anders gesagt: Für die theoretische Klärung des Streits um Worte ist die Selbstbeschreibung der an diesem Streit Beteiligten in dem Maße wertlos, als sie selbst noch Teil dieses Streites ist.[8] Die analytische Fremdbeschreibung dieser Strategie bestreitet ihr nicht ihre pragmatische Funktionalität, sondern macht allenfalls ihre Methodik durchsichtig: Nämlich den je eigenen Gebrauch des politischen Vokabulars als Selbstexplikation seines wahren, richtigen, eigentlichen, wesenhaften usw. Richtungssinns zu empfehlen bzw. durch "synonymische Unterscheidung" vor seiner Entstellung durch konkurrierende Verwendungsweisen zu schützen (vgl. Dieckmann 1964:133 ff.). Diese Methodik ist insofern pragmatisch plausibel, als "Zustimmungsbereitschaft" - der Endzweck jeder Politik - nur erzeugt werden kann, wenn die eigenen politischen Zielsetzungen zumindest die "Prätention" glaubhaft aufrechterhalten können, eben das einlösen zu wollen, wovon in den Hochwertwörtern des politischen Vokabulars die Rede ist und worauf sie ihre Wertschätzung allemal beziehen (Lübbe 1975:93). D.h.: Erfolgreich ist der Kampf um solche politischen Begriffe, wenn die eigene politische Programmatik bloß deren Melodie nachzusingen scheint (vgl. Hermanns 1989).

3. Lübbes nüchterne, primär funktionalistisch orientierte Analyse des politischen Wortstreits ist zwar häufig zustimmend zitiert worden, doch ihre Kernthese, daß dieser politische Wortstreit völlig legitim und in demokratischen Ge-

---

[7] Anders freilich Behrens u.a. 1982:251, Anmerk. 36
[8] Zur möglichen Spannung zwischen Fremd- und Selbstbeschreibung vgl. Koselleck 1989:211 ff.

sellschaften unumgänglich sei, ist von der konservativen Sprachkritik ebenso geflissentlich überlesen worden wie die implizite Enttarnung ihrer eigenen sprachpolitischen Ambitionen und Strategien. Sie empfand diesen Wortstreit - zumindest außerhalb der von Biedenkopf initiierten Projektgruppe Semantik (vgl. Behrens u.a. 1982:209) - weit mehr als einen politisch aufgedrängten Wortstreit, dem sie sich allenfalls auszusetzen habe im Interesse der Abwehr einer tendenziellen "Sprachherrschaft" als der "vorläufig letzten Form der Versklavung durch Menschen" (Schelsky 1975/1:176, 1975:233 ff.). Die griffige Formel, die Schelsky für diesen späten Typ von Herrschaft über die Abwandlung eines berühmten Zitats von C.Schmitt geprägt hat, lautet: "Souverän ist, wer den Sachverhalt definiert" (1975/1; vgl. Greiffenhagen 1980:12 ff.) Die Basis dieses Herrschaftstyps ist mithin nicht mehr "physische", sondern symbolische "Gewalt", Gewalt über das Medium möglicher Selbstverständigung und gesellschaftlicher Kommunikation: "Unüberbietbare Herrschaftsmittel gewinnt, wer die Schlüsselbegriffe für die großen Sehnsüchte der Zeiten oder nur der Generation zu finden und auszubeuten vermag" (1975:177).

Daß Schelsky diese These mit "Sprachraub", "Wortdiebstahl" und "Sprachverfälschung" der Linken zu belegen versuchte, grenzt deren Geltungsbereich nicht notwendig auf diese konservative Feindgruppe ein. Politstrategische Ausbeutung hochwertiger Schlüsselworte einer Gesellschaft gehört zum politischen Machtkampf aller Zeiten. "Freiheit und andere blendende Worte sind nur ein Vorwand, noch niemand hat je nach Unterjochung anderer und Herrengewalt gestrebt, ohne sich dieser Worte zu bedienen", heißt es bei Tacitus[9]. V. Havel hat in seinem Essay "Versuch in der Wahrheit zu leben" einen ganzen Katalog solcher Schlüsselbegriffe aufgelistet, die ein von ihm als "posttotalitär" spezifiziertes, weil ideologisch sich legitimierendes Regime ausbeuten mußte, um seinen Machtanspruch abzusichern:

Die Macht der Bürokratie wird Macht des Volkes genannt; im Namen der Arbeiterklasse wird die Arbeiterklasse versklavt; die allumfassende Demütigung des Menschen wird für seine definitive Befreiung ausgegeben; Isolierung von Information wird für den Zugang zur Information ausgegeben; die Manipulierung durch die Macht nennt sich öffentliche Kontrolle der Macht, und die Willkür nennt sich die Einhaltung der Rechtsordnung; die Unterdrückung der Kultur wird als ihre Entwicklung gepriesen; die Ausbreitung des imperialen Einflusses wird für Unterstützung der Unterdrückten ausgegeben; Unfreiheit des Wortes für die höchste Form der Freiheit; die Wahlposse für die höchste Form der Demokratie; Verbot des unabhängigen Denkens für die wissenschaftliche Weltanschauung; Okkupation für brüderliche Hilfe ... . (1989:17 f.)

---

[9] Zitiert bei Burckhardt, C.J. 1967. Das Wort im politischen Geschehen. In: *Sprache und Wirklichkeit*. München, 79.

Unter dem diagnostischen Titel "falsa nomina" ist diese Form von Sprachverfälschung immer wieder beschrieben worden, von Thukydides über Sallust und Tacitus bis zu Orwell und bis in einschlägige Analysen politischer Tarnsprachen, Euphemismen und begrifflicher Falschmünzerei[10]. Die pragmatische Wirksamkeit dieser Strategie endet freilich dort, wo Sprache sich so sehr "von dem semantischen Kontakt mit der Wirklichkeit löst und in ein System ritueller Zeichen verwandelt" (Havel 1989:19), daß die Kluft zwischen Wirklichkeit und ihrem ideologischen Konstrukt ebenso abgrundtief ist wie die Angst der Mächtigen vor dem Wort, das diese Kluft zu benennen wagen könnte. "Ja, ich lebe wirklich in einem System, wo das Wort alle Machtapparate erschüttern kann", so noch einmal V. Havel in seiner Frankfurter Paulskirchenrede "Ein Wort über das Wort" (1989/1). Eben dies ist nach Havel die Achillesferse "posttotalitärer" Gewaltregime: Sie kennen keine un- oder "vorpolitischen" Räume, die sich aus dem "Leben in der Lüge" sektoral ausgrenzen ließen. Darum wird jeder Versuch, einzeln oder in Gruppen "ein Leben in der Wahrheit" zu leben, "zwangsläufig (zur) Bedrohung des politischen Systems und somit (zum) Politikum par exellance" (Havel 1989:37). Zur Bedrohung wird es besonders dann, wenn die normativen Impulse dieses "Lebens in der Wahrheit" von den Herrschenden nicht als politisch oppositive Programmatik denunzierbar sind, sondern nur "beim Wort nehmen", was der Ideologie strategisch bloß zur Selbstlegitimation dient (67)[11]. Solange "posttotalitäre" Systeme auf diese ideologische Selbstlegitimation nicht verzichten können, sind die strategischen Mittel ihrer Stabilisierung nicht davor geschützt, zu Instrumenten ihrer tendenziellen Destabilisierung umfunktionalisiert zu werden; denn der lügenhafte Mißbrauch der politischen Hochwertwörter kann die Wahrheit des in ihnen Gemeinten nicht verleumden, sondern muß sie wider Willen bestätigen. Ohne ihre innere Wahrheit, die sie der Zustimmungsfähigkeit ihrer symbolisch verdichteten Sinngehalte verdankt, verlören diese Worte ihre legitimatorische Kraft und ineins damit ihre notorische Anfälligkeit für strategische Beerbungsversuche. Eben dies nannte A. Glucksmann in seiner Laudatio auf V. Havel die Dialektik der "Macht der Ohnmächtigen", die sich aus der "Ohnmacht der Mächtigen" nährt (1989).Was im Oktober 1989 noch als bloße Hoffnung eines Bewunderers der "Charta 77" und ihres Initiators und Sprechers verrechenbar war, wird aus der Rückschau als Zeitdiagnose von großer empirischer Validität lesbar.

---

[10] Vgl. Gründler, H. 1982. Kernenergiewerbung. In: Heringer (Hg.), 203 ff.; Schwenger, H. 1983. *Im Jahr des großen Bruders*. München; Kopperschmidt, J. 1987. Lieber theorielos als leblos. In: *Muttersprache* 97, 129 ff., bes. 135 f.

[11] Zum Wörtlich-Nehmen als aufklärende Waffe der Ohnmächtigen vgl. Erckenbrecht 1975:111 ff. und Pasierbsky 1983:204 ff.

4. Es reicht offensichtlich nicht, bloß "den Sachverhalt zu definieren"; man muß diese Definition auch durchsetzen können und ihr außerhalb des Geltungsbereichs politisch kontrollierbarer öffentlicher Sprache Plausibilität verschaffen können. Und es reicht offensichtlich nicht, mit G. Rohrmoser die Machtfrage auf die Frage zu reduzieren: "Wer interpretiert die Gesellschaft?" (1974:48); man muß die eigene Interpretation auch zustimmungsfähig machen können. Plausibel sind Definitionen und zustimmungsfähig sind Interpretationen aber nur, wenn sich in ihnen und mit ihnen die konkrete Wirklichkeitserfahrung gesellschaftlich lebender Subjekte auf den Begriff bringen und kommunikativ mitteilen läßt. Solange sprachpolitisch dekretierte Definitionen und Interpretationen am Einspruch konkreter Wirklichkeitserfahrung scheitern und als Lüge enttarnt werden können, sind sie als Mittel der Sprachherrschaft ebenso ohnmächtig wie wirkungslos.

Das weiß auch Schelsky; darum dokumentiert er diesen Typ von Sprachherrschaft auch nicht an den Sprachregelungsversuchen totalitärer oder posttotalitärer Systeme, deren Plumpheit sie als Lüge allzu leicht durchschaubar macht. Sprachherrschaft kommt nach Schelsky erst dann zur vollen Entfaltung und ihre Definitionen und Interpretationen sind erst dann erfolgreich durchsetzbar, wenn die konkrete Wirklichkeitserfahrung ihr Einspruchsrecht gegen deren Gültigkeit eingebüßt hat. Eingebüßt hat sie es, sobald die "Kluft zwischen Realität und Sprache" (Maier 1975:87) nicht mehr einer falschen Sprachverwendung anzulasten ist, sondern sich als Anklage gegen eine **falsche Realität** umfunktionalisieren läßt. Eben dies ist nach Schelsky das Geheimnis erfolgreicher Sprachherrschaft und eben dies ist das Erfolgsrezept linker Sprachpolitik: Es ist ihr gelungen, aus Sprache als einem Mittel der Beschreibung von gesellschaftlicher und politischer Realität ein Mittel der Kritik und Denunziation eben dieser Realität zu machen; es ist ihr gelungen, die Angemessenheit ihrer sprachpolitischen Definitionen und Interpretationen nicht mehr an der Realität bemessen zu lassen, die sie benennt, sondern an der Wahrheit der "Sehnsüchte", die diese Realität nur als unwahr verklagen können; es ist ihr m.a.W. gelungen, aus "falsa nomina" Denunziationsmittel der "falsae res" zu machen. Damit macht sich aber Sprachherrschaft unangreifbar: Jeder Sprachverfälschungsvorwurf stößt ins Leere, weil er der politischen Sprachverwendung als falsch anlastet, was nur die Wahrheit einer falschen Wirklichkeit für sich reklamiert. Als Sprache des großen Versprechens (vgl. Bergsdorf 1978:111) bleibt eine solche sprachpolitisch umfunktionierte Sprache in dem Maße falsifikationsresistent, als die Realität den Sehnsüchten die Erfüllung versagt, die diese Sprache gegen sie emphatisch einklagt. Operativ bestimmt Schelsky diese prinzipielle Umfunktionalisierung der politischen Sprache als "Umwandlung politisch neutraler Sinnbegriffe zu politischen Kampfbegriffen" (1975:244).

Die fraglos scharfsinnigste Analyse dieser "Umwandlung" stellt freilich nicht Schelskys Regelkatalog einer "modernen Rhetorik" bzw. "Sprachherrschaft" dar (242 ff.), sondern H. Maiers Rekonstruktionsversuch linker Sprachpolitik, erstmals 1972 unter dem Titel "Können Begriffe die Gesellschaft verändern?" im Bergedorfer Gesprächskreis vorgetragen (1975:55 ff.; vgl. Biedenkopf 1982; dazu Ivo 1976:32 ff.). "Umwandlung politisch neutraler Sinnbegriffe zu politischen Kampfbegriffen" heißt nach Maier genauerhin: Politische Begriffe aus ihrer "Normallage", aus ihrer normalsprachlichen Verankerung zu lösen, sie als "Ordnungsbegriffe" zu entwerten und stattdessen zu "eschatologischen" Versprechen so aufzuladen bzw. zu "Kampfbegriffen" so zu "dynamisieren", daß sich mit ihnen gesellschaftliche und politische Wirklichkeit nicht mehr "beschreiben", sondern nur noch als veränderungsbedürftig verklagen läßt. Wie durch solche "Dynamisierung der politischen Begriffe" und durch solche "puristische Überforderung (ihres) Bedeutungsgehalts" eine "Kluft zwischen Realität und Sprache" aufgerissen wird, versucht Maier exemplarisch am Freiheitsbegriff zu belegen bzw. an seiner Umfunktionalisierung aus einer Beschreibungsvokabel staatsbürgerlicher Partizipationsrechte zu einer "negatorischen" Programmformel einer auf Dauer gestellten "Befreiung" und "Emanzipation" von situativ jeweils neu zu spezifizierenden Zwängen (62 ff.). Dadurch "schlägt" aber - so Maier - ein Ordnungsbegriff "um in einen pauschalen Verdacht gegen das Bestehende" (63). Und dann folgt eine erstaunliche Begründung für die Illegitimität dieser veränderten Begriffsfunktion: "Damit aber enthält der Begriff einen anderen historisch-politischen Richtungssinn als in seiner Ursprungszeit" (ebd.).

Erstaunlich ist diese Begründung, weil sie zwar die Wahrheit des semantischen Richtungssinns von "Freiheit" begriffsgeschichtlich verankert, zugleich aber die begriffsgeschichtliche Dynamik dieses Richtungssinns begriffsdogmatisch zu normieren versucht. Diese Inkonsequenz ist der Preis für eine Sprachkritik, die zwar der Naivität einer abbildtheoretischen Sprachauffassung nicht erliegen will (vgl. Heringer 1982:114 ff.), auf die argumentationsstrategischen Vorteile dieser obsoleten Theorie aber auch nicht verzichten will; die noch zu wissen vorgab, wie die Dinge bei ihrem wahren Namen heißen[12]. Selbst wenn man "Geschichte" nicht mit Leuenberger (1975) auf bloßen "Sprachkampf" reduzieren will, - die "Sprachkampf"- Metapher kann zumindest einer Krypto - Ontologie den Boden

---

[12] Vgl. Behrens u.a. 1982:253 ff.; Pörksen, U. 1979. Platons Dialog über die Richtigkeit der Wörter und das Problem der Sprachkritik. In: *Germanistische Linguistik* 1/2 (Varia VI), 37 ff.

zu entziehen helfen, die in der Wahrheit der Wörter die Wahrheit der Dinge noch vernehmen zu können glaubt. Erst eine radikale Entschlackung der Begriffsgeschichte von begriffsdogmatischen Relikten kann in ihr die geschichtlichen Spuren handelnder Subjekte im Kampf um eine angemessene Selbstdefinition ihrer gesellschaftlichen und politischen Existenz erkennen und kann solche Begriffsgeschichte im Sinn von R. Koselleck (1989) methodisch für die Analyse der Sozialgeschichte beerben.

5. Was H. Maier in der o.g. Analyse linker Sprachpolitik als "Dynamisierung der politischen Begriffe" und als "puristische Überforderung (ihrer) Bedeutungsinhalte" anprangerte, das hatte H. Marcuse gegenläufig bereits 1967 in "Der eindimensionale Mensch" bzw. 1969 im "Versuch über die Befreiung" (!) als "transzendierendes" Bedeutungspotential von Begriffen allgemein wie von politischen Begriffen im besonderen gegenüber seiner "operationellen" Wegdefinition verteidigt (1967:109 ff., 139 ff.); denn deren "ideologischer Empirismus" nimmt - so Marcuse - den Begriffen gerade ihre kritisch -"negatorische" Kraft und zwingt das Denken "repressiv" in die Grenzen "funktionaler Sprache", wodurch "oppositives Denken" tendenziell sprachlos wird: "Das etablierte Vokabular diskriminiert die Opposition von vornherein" (1969:115). Sprache gewinnt solch oppositives Denken erst für sich zurück, wenn es in den Begriffen die unterdrückte Erinnerung an ihre "subversiven Inhalte" wachruft (1969:117) und sie so für die legitimatorische "Selbstbestätigung" faktischer Gesellschaften untauglich macht. Marcuse nennt dies "linguistische Therapie" (1969:22). Die "Abstraktheit" der solchermaßen therapierten Begriffe ist dabei der Garant, die genuine "Spannung zwischen Denken und Wirklichkeit" nicht "eindimensional" einschleifen, sondern die "Wahrheit" des Denkens sich darin bezeugen zu lassen, daß sie die Wirklichkeit zum Eingeständnis ihrer "Falschheit" nötigt (123 bzw. 147).

Man merkt, worin linke und rechte Sprachkritik trotz aller Unterschiede einig sind: Die herrschende Sprache macht als Sprache der Herrschenden[13] Andersdenken sprachlos und damit politisch ohnmächtig. "Sprachherrschaft" nennen das die einen, "politische Linguistik (als) eine der wirksamsten Geheimwaffen von Herrschaft" die anderen (Marcuse 1969:110). Und auch darin besteht Übereinstimmung: Aus dieser Sprachlosigkeit herauszukommen heißt, Einfluß auf die Begriffe zu nehmen, in denen eine Gesellschaft sich definiert und interpretiert, ob man das nun "semantischen Krieg", "Begriffsbesetzung", "sprachliche

---

[13] Dieser linken These stimmt Schelsky explizit zu, wenn er ihre Stoßrichtung auch gegenläufig interpretiert(1975/1:177).

Rebellion" (Marcuse 1969:58) nennt oder mit A.Gramsci vom Kampf um die "kulturelle Hegemonie" spricht[14] oder mit Maas von "Sprachpolitik" im prägnanten Sinn einer gezielten Veränderung der "Deutungsbasis" gesellschaftlicher Selbstinterpretation und das heißt der "Aneignungsweise sozialer Wirklichkeit" (1989:282). Seit den Arbeiten von M. Edelman (1976) und U. Sarcinelli (1987) über die "expressive" bzw. "symbolische" Dimension von Politik dürfte die strategische Relevanz solcher "Deutungsbasen" für die Aneignungsweise sozialer Wirklichkeit und damit für die "reale Vergesellschaftung" von Subjekten (Maas 1989:277) unstrittig sein. Strittig dürfte allenfalls sein - und das markiert das Ende der Gemeinsamkeit zwischen linker und rechter Sprachkritik - "wie die Realität einer verkehrten Realitätsdeutung begriffen werden kann"(C. Offe. In: Edelman 1976:IX): manipulationstheoretisch im Sinne von Schelskys Priesterbetrugstheorem (1975:39 ff.) oder kompensationstheoretisch im Sinne von Edelmans These politischer Realitätsdoppelung, nach der die Dramaturgie öffentlicher Polit-Inszenierung das Spiel der politisch Agierenden sowohl ermöglicht wie deren wirkliche Interessen unkenntlich machen soll (Edelman 1976:1677 ff.; vgl. Marcuse 1969:109 f.).

In dieser antithetischen Zuspitzung scheinen beide Positionen unvermittelbar zu bleiben. Sind politische Begriffe also "Ordnungsbegriffe" im Sinne H. Maiers, in denen sich eine Gesellschaft wie im Spiegel wiedererkennen muß, oder sind sie primär kritische Begriffe, die eben das einklagen, was H. Maier als "Kluft zwischen Sprache und Realität" verklagt, indem sie nämlich Realität normativ an ihrer wahren Gestalt messen, wie sie die abstrakten Begriffe in Erinnerung halten und "imperativisch" einklagen? (Marcuse 1967: 147 ff.) Aus R. Kosellecks großartigen Arbeiten zur historischen Semantik politischer und geschichtlicher Begriffe ist zu lernen, daß politische Begriffe "für die sprachlichen Zeiterfahrungen" (1989:13) immer beides waren; daß sie aber spätestens seit der Französischen Revolution[15] und der industriellen Revolution der Gesellschaft zunehmend ihre Rolle als Beschreibungsbegriffe bzw. "Erfahrungsregistraturbegriffe" verloren haben zugunsten ihrer Rolle als "Erwartungsbegriffe", die "die Differenz zwischen Erfahrung und Erwartung" sowohl abbilden wie ihrerseits verstärken (369 ff.), wodurch sie den Status von "Epiphänomenen der sogenannten wirklichen Geschichte" verlieren (301). Dieser historische Funktionswandel politischer Grund- bzw. Schlüsselbegriffe macht durchaus Sinn; denn seitdem Zukunft nicht mehr asymptotisch in Eschatologie ausfranst, sondern zur Chance "irdischer Progression" statt bloß "geistlicher Profektion" wurde, seitdem mithin Zukunft einzulösen versprach,

---

[14] Zu Gramsci vgl. Maas 1989:165ff, 274 ff.

was Ende des 18. Jahrhunderts "Fortschritt" heißt, verändert sich auch die "temporale Binnenstruktur" der politischen Begriffe: Sie "versammeln" nicht mehr nur "Erfahrungen", sondern "bündeln" zugleich "Erwartungen", d.h. sie werden zu "Bewegungsbegriffen" bzw. aufgrund ihres prospektiven "Bedeutungs- überhangs" zu "Vorgriffen", die in dem Maße "perspektivisch besetzbar" werden, ja einen "**Besetzungszwang**" ausüben, als erst jetzt der "Kampf um Begriffe" überhaupt als "Wettstreit um die wahre politische Interpretation" von Wirklich- keit entbrennen kann (346 ff.). Gerade der "steigende Abstraktionsgrad" der politischen Begriffe impliziert als "semantische Folgenlast" die Nötigung zu einem "Konkurrenzkampf um ihre rechte Auslegung" (346) bzw. zu dem, was H.Lübbe "politische Hermeneutik' nennt (1975:95). Sie muß die politischen Begriffe wie "Hohlformen" möglicher semantischer Besetzungen benutzen, die zugleich "Indikatoren" gesellschaftlichen und politischen "Wandels" sind wie eigenständige "Faktoren" sprachpolitischer "Verhaltenssteuerung" und "Bewußtseinsbildung" (Koselleck 1989:347 f.).

Die von Koselleck eingeklagte Dialektik zwischen "Indikator"- und "Faktor"- Rolle des politischen Wortstreits ist freilich in der konservativen Sprachkritik weitgehend undialektisch aufgelöst worden zugunsten der Verabsolutierung seiner "Faktor"- Rolle. H. Maiers Frage "Können Begriffe die Gesellschaft ver- ändern?" ist immer als rhetorische Frage verstanden worden, und dieses Ver- ständnis hat die Frage nach den in den veränderten Begriffen sich "indikatorisch" zur Geltung bringenden veränderten Bewußtseinslagen, mit der Subjekte auf eine sich verändernde Gesellschaft reagieren, erst gar nicht auf- kommen lassen (Koselleck 1989:373 f.). Für eine Deutung von "Sprachherrschaft" als evolutionär entwickeltster Form politischer Herrschaft ist diese Frage bereits vorentschieden: "Wer ... den anderen die Worte vorschrei- ben oder vorreden kann, hat schon gesiegt" (Schelsky 1975/1:177). "Ist das Reich der Vorstellung erst revolutioniert" - so beglaubigt Biedenkopf diese Ein- sicht mit einem beziehungsreich adoptierten Hegel-Zitat (1982:19) - "so hält die Wirklichkeit nicht stand". Veränderte Interpretationen von Wirklichkeit sind dieser Lesart zufolge nicht bloß, wie Marx wollte, Verzögerungen ihrer fakti- schen Veränderung, sondern bereits deren postrevolutionärer Vollzug.

6. Läßt sich der Marxsche Versuch, Hegel vom Kopf auf die Füße zu stellen, doch noch revozieren? Können Begriffe wirklich die Gesellschaft verändern? Koselleck warnt ebenso vor einem "Kurzschluß" zwischen "Begriffssprache" und "politischer Geschichte" (1989:121, 214 ff.), wie Lübbe gleichlautend vor einem

---

[15] Vgl. dazu Guilhaumou, J. 1989. *Sprache und Politik in der Französischen Revolution*. Frankfurt.

"Kurzschluß" zwischen "Sprache und Politik" (1975:103). Ihm erliegt man in der Hitze des sprachpolitischen Kampfes nur allzu leicht, wenn man die Erfolge des politischen Gegners allein seinem sprachpolitischen Strategievorteil zuzuschreiben versucht, anstatt in diesem Erfolg auch den Erfolg eines Sprachangebots zu erkennen, das es Subjekten offensichtlich erlaubt, ihre gesellschaftlichen Erfahrungen authentischer zu beschreiben und ihre gesellschaftspolitischen Erwartungen prägnanter zu bestimmen. "Worte (allein) machen noch keine Politik" - das war das äußerste Zugeständnis, wozu sich wenigstens eine Seite in diesem politischen Wortstreit seinerzeit noch bereit fand (Fetscher u.a. 1976). Was statt dessen empfohlen wurde, klingt zwar etwas altfränkisch, ist aber dennoch bedenkenswert: "Glaubhafte Deutung der Realität und Vertrauenswürdigkeit bei der Darstellung dessen, was notwendig erscheint" (41). Doch wie gewinnt politische Sprache solche "Vertrauenswürdigkeit"?

"Ich habe nie verstanden" - so J. Habermas (1979:21) - "wie man im Ernst glauben kann, daß sich politisch-theoretische Grundbegriffe langfristig anders als dadurch verändern, daß sie komplexe Argumentationen aufsaugen, daß sich in ihnen Innovationen und Lernprozesse niederschlagen. Der objektive Geist läßt sich schwerlich über sprachpolitische Werbeagenturen auf links oder rechts trimmen". Recht hat er - wieder einmal! Wenn man der Reizvokabel "objektiver Geist" ein wenig von ihrer geschichtsphilosophisch ererbten Überheblichkeit nimmt und sie auf den evolutionären Richtungssinn gesellschaftspolitischer Entwicklungsprozesse heruntersimmt, dann läßt sich der Habermassche Text als eine gewichtige Kritik der politischen Sprachkritik nutzen, insofern er in sinnfälliger Bildsprache formuliert, wovon diese Sprachkritik nur selten spricht. Ich meine damit das, was Koselleck in seiner historischen Semantik terminologisch die "Indikator"-Rolle der Bedeutungsverschiebung von Begriffen für innergesellschaftliche Krisenzeiten und Veränderungsprozesse nennt: Politische Begriffe lassen sich m.a.W. nicht besetzen wie anno 1939 der Gleiwitzer Sender - zumindest nicht außerhalb totalitärer Systeme; und auch dort lassen sie sich nur so lange besetzen, wie nackte Gewalt, Gestapo, KGB, Securitate oder Stasi ihre zumindest öffentliche Besetzung abzusichern vermögen. "Die Mauer wankt, und mit ihr wanken die Begriffe" schrieb U. Greiner im November 1989 in DIE ZEIT ("Keiner weiß mehr". In: DIE ZEIT 46/1989:73). An dieser Synchronizität läßt sich exemplarisch ablesen, was nicht nur für mittel- und osteuropäische Gesellschaftssysteme gilt: Begriffe lassen sich nicht gegen den Einspruch einer sie enttarnenden Wirklichkeitserfahrung dauerhaft immunisieren bzw. positiv reformuliert: Begriffe lassen sich nur erfolgreich besetzen, wenn sie mit den konkreten Erfahrungen gesellschaftlich lebender Subjekte so vermittelbar sind, daß sich mit ihnen "soziale Wirklichkeit aneignen" läßt. Plausibler als in der Besetzungsmetaphorik freilich sind diese Erfolgsbedingungen mit Hilfe der Habermasschen Alternativmetaphorik zu bestimmen: Begriffe lassen sich als Interpretationsangebote sozialer Wirklichkeit mit impliziten Handlungsfolgen nur dann erfolgreich durchsetzen, wenn sie so tief in innergesellschaftliche Argumentationsprozesse eingetaucht sind, daß sie sich gleichsam in ihnen vollsaugen, so daß diese Argumentationsprozesse aus den Begriffen jederzeit wieder verflüssigbar werden. Begriffe lassen sich m.a.W. nur erfolgreich durchsetzen, wenn sie den jeweils aktuellen innergesellschaftlichen Diskussionsprozessen eine Sprache anbieten können, die ihnen kategorial zur Selbstklärung verhilft. Daß diese kategorial ermöglichte Selbstklärung innergesellschaftlicher Diskussionsprozesse ihrerseits diese Prozesse stabilisieren wie deren Richtungssinn fokussieren kann, versteht sich von selbst und macht eben die Dialektik aus, die Koselleck mit den Komplementärbegriffen "Indikator" und "Faktor" beschreibt. Begriffe, die derzeitig nach meinem Eindruck entsprechende Argumentationsprozesse "aufzusaugen" beginnen und so ihr Bedeutungsprofil präzisieren, sind *Arbeit, Nation, Patriotismus, Heimat, Natur* und besonders *Schöpfung*. An diesen Begriffen und der tentativen Profilierung ihres semantischen Sinns läßt sich beispielhaft ablesen, daß begriffliche Sachverhaltsdefinitionen nicht Souveränitätsakte im Schelskyschen Sinne sind, sondern dem Definitionsstreit so wenig zu entziehen sind wie sie ihn nicht-argumentativ für sich entscheiden können. Damit soll die asymmetrische Machtverteilung in "Definitionsfragen" nicht verharmlost werden, deren "Demokratisierung" U.Beck für Gesellschaften in einer reflexiv werdenden Moderne einklagt (1988:24 und 256 ff.); allenfalls soll einer Simplifizierung des politischen Wortstreits widersprochen werden, als ließen sich Sachverhaltsdefinitionen losgelöst von den Diskussionszusammenhängen durchsetzen, aus denen sie allein ihre Plausibilität beziehen. Arbeit an der politischen Sprache, als welche man in lockerer Anlehnung an A. Gramsci und F. Januschek (1986) Sprachpolitik zusammenfassend bestimmen könnte, ist dagegen nur erfolgreich, wenn sie Arbeit an der gelingenden Einpassung politischer Sprache in diese Diskussionszusammenhänge ist. Für ihre bildsprachliche Explikation steht in der Habermasschen Metaphorik des "Aufsaugens" ein sinnfälliger Bildspender zur Verfügung (vgl. auch Koselleck 1989:119).

Einen Mangel freilich hat diese Alternativmetaphorik, den ich nicht verschweigen möchte: Sie kann zum Irrtum verführen, als seien politische Begriffe gleichsam trockene Schwämme, die erst in und durch Argumentationen ihr jeweiliges Bedeutungsprofil gewännen. Dagegen ist festzuhalten: Politische Begriffe sind immer schon ideologisch getränkte Begriffe, die man - um im Bild zu bleiben - vorher erst auswringen muß, damit sie wieder saugfähig werden. Diese umständliche Arbeit ist nötig, weil politische Begriffe - und dieses Merkmal fehlt in Dieckmanns Katalog politischer Sprachmerkmale (1969:58 ff.) - eine knappe Ressource sind. Wenn politische Begriffe aber in der Regel weder ideologisch neutrale Begriffe sind noch vermittels synonymischer Unterscheidung vor der politischen Konkurrenz geschützt werden können, dann entbrennt notwendig ein Kampf um ihre legitimen Besitzansprüche.

Das Auswringen und Reinigen ideologisch getränkter Begriffe ist freilich keine unriskante Sache, wie der mißlungene Versuch der CDU belegt, die "Neue soziale Frage" sprachpolitisch als Programmformel konservativer Sozialpolitik zu reklamieren (Biedenkopf 1975:87 ff.). Erfolgreicher ist da schon, was H.Lübbe "Politische Hermeneutik" nennt, und was ich in Anlehnung an den gängig gewordenen Begriff "Geldwäsche" als "Begriffswäsche" kennzeichnen möchte. Am Beispiel des Begriffs *Solidarität* ließe sich der Versuch der SPD illustrieren, den seinerzeit gelungenen konservativen Begriffsraub rückgängig zu machen, ohne das zwischenzeitlich veränderte Bedeutungsprofil dieses Schlüsselbegriffs anzutasten[16]. Was politische Hermeneutik in solchen Fällen leistet, beschränkt sich in der Regel auf den Nachweis, daß die eigene ideologische Position das konventionalisierte Bedeutungsprofil des jeweiligen Begriffs am authentischsten abzubilden vermag. Wenn politische Hermeneutik ihr Fundamentum in re aber nicht mehr in der ideologischen Polysemie (vgl. Dieckmann 1969:70 ff.; 1964:133 ff.) politischer Sprache besitzt, sondern wenn sie zur sprachpolitischen List wird, die latente Monosemie eines Schlüsselbegriffs unkenntlich zu machen, dann wird politische Hermeneutik zu dem, was man in der Werbung Produktdifferenzierung durch Warenästhetik nennt[17]. Ich behaupte nicht, daß alle politischen Begriffe Monosemietendenzen aufweisen; ich glaube aber, bemerken zu können, daß es angesichts ihrer sich stabilisierenden Bedeutungsprofile zunehmend schwerer wird, sie noch ideologisch für eine bestimmte Partei plausibel zu beanspruchen. Schon die "Sprache der Wende" gab es eigentlich nur in den Köpfen ihrer Erfinder.[18]

7. Damit komme ich zum letzten Punkt meiner Überlegungen, nämlich zur Frage, ob der politische Wortstreit - gemessen an seiner hochkonjunkturellen Phase in den 70er Jahren - nicht merklich an Virulenz verloren hat (vgl. Beh-

---

[16] Vgl. Roth, W.1980. *Solidarität*. In: Greiffenhagen (Hg.): 407 ff.; vgl. dazu Klein 1989: 22 f.; Bergsdorf 1983: 259 ff. und 269 ff.
[17] Haug, W. 1981. *Kritik der Warenästhetik*. Frankfurt.
[18] Vgl. Uske, H. 1986. *Die Sprache der Wende*. Berlin/ Bonn; dazu Klein 1989:40 ff.; Leggewie, C. 1980. *Der Geist steht rechts*. Berlin.

rens u.a. 1982:229, 265). Ich möchte diese Frage, ohne die feministische Variante dieser Sprachkritik zu unterschätzen[19], bejahen und diese Antwort mit einigen vorläufigen Anmerkungen kommentieren:

Politische Rede leidet derzeitig unter einem Vertrauensverlust, der weniger eine Spätfolge ihrer braunen Hochschätzung ist als Konsequenz eines prinzipiellen Unbehagens an Politik, das sich in H.-E. Richters Zynismus bereits seine eigene Sprache geschaffen hat (1989). Politik als Medium, in dem sich eine Gesellschaft über die normativen Bedingungen menschlichen Zusammenlebens verständigt bzw. über das, was bei Aristoteles "vollkommenes Leben" heißt (Politik III 9), ist angesichts dieses Unbehagens zu einer realitätsfernen Beschreibung geworden, die der konkreten Erfahrung mit politischer Praxis kaum noch zu widersprechen vermag. Wer über unsere Zeit und die sie wirklich bewegenden Fragen etwas lernen will, der frage nicht bei den Politikern, sondern bei den Literaten an - so A. Glucksmann in seiner bereits zitierten Laudatio auf V. Havel: "Beckett und Kafka haben eher recht als Marx" (1989). Die Biographie vieler derzeitiger politischer Mandatsträger in Mittel- und Osteuropa scheint die Richtigkeit dieser Diagnose zu stützen.

Politische Rede ist - abgesehen von Gedenktagsrhetorik - so abstrakt und technokratisch geworden, daß sie mit der Lebenspraxis gesellschaftlich lebender Subjekte kaum noch vermittelbar ist. Aus dem verbreiteten Widerwillen gegen die politische Funktionärssprache erklärt sich m.E. die enorme Hochschätzung unseres Bundespräsidenten als öffentlichem Redner, besonders seit dem 8. Mai 1985: Er spricht eine andere Sprache als die Politprofis. Er kann aber eine andere Sprache nur sprechen, weil die politische Ohnmacht seines Amtes ihm dies erlaubt. Daß diese andere Sprache zur kompensatorischen Entlastung einer immer sprachloser werdenden Politik sich empfehlen könnte, ist mit Recht als Gefahr erkannt worden ("Kluge Reden zum Ausgleich für krude Politik", "Sinnstiftung als Politik-Ersatz").[20]

Die Pluralisierung der bundesrepublikanischen Parteienlandschaft hat außerdem fraglos Folgen für die politische Sprache. Ihre Schlüsselbegriffe lassen sich immer weniger ideologisch binär differenzieren (*Freiheit oder/statt Sozialismus*[21]). Und das mindert die Chance ihrer parteilich eindeutigen Besetzung ganz entschieden. Die heute von allen Parteien fast bedeutungsgleich verwendeten Begriffe *Solidarität* oder *Schöpfung* belegen dies beispielhaft.

---

[19] Vgl. dazu Dyck, J.,Männerherrschaft als Sprachherrschaft? In: *Rhetorik* 8/ 1989: 95 ff.
[20] Leicht, R.,Erste Frau und Zweiter Mann. In: DIE ZEIT Nr.43/1988:1; vgl. dazu Kopperschmidt 1989:112 ff.
[21] Zu dieser seit 1972 virulenten Parole vgl. Behrens u.a. 1982:231 ff.

Es kommt hinzu, daß die gegenwärtig ausgereiften (bes. ökologischen) Problemlagen sich in einem Maße fundamentalisiert und elementarisiert haben, daß es politischer Hermeneutik immer weniger gelingt, die traditionellen politischen Kampfbegriffe in die fällige Auseinandersetzung noch erfolgreich hineinzuziehen. Diese Begriffe sind strukturell zu eng dimensioniert, als daß sich in ihnen die Elementarität ebenso globaler wie existentieller Selbstgefährdung des Menschen noch reflexiv einholen ließe (zur "Sprache der Apokalypse" vgl. Klein 1989:38 ff.):

Damit zusammenhängend ist neben der schon erwähnten Monosemietendenz politischer Begriffe sogar eine Synonymieanfälligkeit traditioneller Antonyme zu beobachten, so daß z.B. Begriffspaare wie *progressiv/konservativ*[22] ihren binären Charakter einzubüßen beginnen und zu wechselseitigen Interpretationsbegriffen mit je eigener Subdifferenzierungsdynamik werden.

Gleichwohl werden nach systemtheoretischer Einsicht Probleme in funktional differenzierten Gesellschaften erst lösbar, wenn sie in den je spezifischen Codes gesellschaftlicher Subsysteme reformulierbar sind und so die Subsysteme zur "Resonanz" bringen können (Luhmann 1986). Die o.g. Funktionärssprache der Politiker ist Symptom dieses codespezifischen Reformulierungszwangs, dem Problemlagen unterliegen, sollen sie methodisch bearbeitbar werden. Die Pluralität der einschlägigen Codes erschwert aber nicht nur die Ausbildung einer einheitlichen Sprache öffentlicher Problemreflexion, sondern nährt auch den Verdacht, daß genuin politische Fragen längst außerhalb der Politik entschieden werden: "Die Politik macht die Rhetorik, die Wirtschaft die Realität" - so ein inzwischen geflügeltes Wort aus dem Hause Daimler Benz.[23]

Schließlich bleibt zu bedenken, daß solche codespezifische Ausdifferenzierung von Problemfragen gegenläufig Konfliktpotentiale schafft, weil sie zur Spannung zwischen systemspezifischen Funktionsimperativen und lebensweltlichen Sinnansprüchen führt - so J.Habermas' bekannte Diagnose (1981/2:171 ff.). Was U.Beck als tendenzielle "Entgrenzung der Politik" beschreibt (1986:357 ff.), benennt bereits eine Gegenbewegung, die Politik nicht mehr den Politikern überlassen will, sondern über Bürgerinitiativen, Netzwerke, Basisgruppen, Selbsthilfeorganisationen usw. politische Willensbildung zu beeinflussen versucht. Eine solchermaßen "zentrumslos" gewordene Politik (368) schwächt aber tendenziell die Konturiertheit einer politischen Sprache, zumal sie einen Typ

---

[22] Vgl. dazu Luhmann, N.. Der politische Code. In: *Zeitschrift für Politik* 21/ 1974:253 ff.; Bolten, J. 1989. Zum Umgang mit dem Begriff "konservativ" in der politischen Diskussion der Bundesrepublik. In: Klein (Hg.): 277 ff.; Greiffenhagen 1980 (Hg.):305 ff.

[23] Das Zitat stammt von M. Kleinert; vgl. Grunenberg, N.. Die Chefs. In: DIE ZEIT Nr.43/1989:3

von politischer Sprache favorisiert, der seit dem "Strukturwandel der Öffentlichkeit" (Habermas 1969) bereits totgesagt war: die deliberative Rede. Begriffsbesetzungen gelingen ihr in dem Maße schwer, als sie strukturell für ideologische Zugehörigkeitsappelle relativ ungeeignet ist.

8. "Was stört Sie am Zustand politischer Rede?" So lautet die jüngst von der Deutschen Akademie für Sprache und Dichtung einer Podiumsdiskussion gestellte Frage. So lange sich über politische Rede noch in Kategorien des Geschmacksurteils sprechen läßt, dürfte deren Existenz nicht ernstlich gefährdet sein. Allenfalls könnte diese Fragestellung den Verdacht aufkommen lassen, daß man über die faktische Relevanz der politischen Rede in unserer Gesellschaft erst gar nicht zu sprechen wagt. Man muß kein Anhänger der Luhmannschen Gesellschaftstheorie sein, um deren Diagnose gleichwohl für bedenkenswert zu halten, daß nämlich die traditionelle politische Rede prinzipiell überfordert sei, einer modernen Gesellschaft als Medium ihrer reflexiven Selbstrepräsentation und als Instrument politischer Willensbildung zu dienen[24]. Was Luhmann freilich als deren Substitut ausfindig zu machen glaubt und als "öffentliche Angstrhetorik" karikiert (1986:237 ff.), das muß nicht die einzige Befriedigungschance eines Kommunikationsbedürfnisses bleiben, das sich weder subsystemisch sektoralisieren noch codespezifisch kanalisieren lassen will. Für die Bewältigung der aktuellen Probleme hochkomplexer moderner Gesellschaften kann solche Angstrhetorik sicher nicht ausreichen; doch für die gelingende Rückgewinnung dieser Probleme als politische Probleme ist Angstrhetorik derzeitig wohl ein unersetzbarer Impuls. Bis sie einen politischen Wortstreit im oben erläuterten Sinne wieder freigibt, der manchen zur nostalgischen Verklärung dient (Hofmann 1986), dürfte die Gefahr definitorischer Sachverhaltsdiktate gebannt sein, wenn es denn jemals diese reale Gefahr gab.

Literatur

Arendt, H. 1972. *Wahrheit und Lüge in der Politik*. München.
Beck, U. 1986. *Risikogesellschaft*. Frankfurt.
Beck, U. 1988. *Gegengifte*. Frankfurt.
Behrens, M./Dieckmann, W./Kehl, E. 1982. Politik als Sprachkampf. In: Heringer (Hg.), 216 ff.
Bergsdorf, W. 1978. *Politik und Sprache*. München/Wien.
Bergsdorf, W. 1983. *Herrschaft und Sprache*. Pfullingen.

---

[24] Vgl. dazu Göttert, K.-H.. Rhetorik und Kommunikationstheorie. In: *Rhetorik* 7/ 1988:79 ff.

Biedenkopf, K.H. 1973. Mitgestaltung-Mitverantwortung. In: *Union in Deutschland* 45, 9 ff.
Biedenkopf, K.H. 1975. Die Politik der Union. In: *Union in Deutschland* 26/27, 57 ff.
Biedenkopf, K.H. 1982. Politik und Sprache. In: Heringer (Hg.), 189 ff.
Brecht, B. 1956. Fünf Schwierigkeiten beim Schreiben der Wahrheit. In: *Versuche* 20/21. Berlin.
Burkhardt, A./Hebel, F./Hoberg, R. 1989 (Hg.). *Sprache zwischen Militär und Frieden: Aufrüstung der Begriffe?* Tübingen.
Dieckmann, W. 1984. *Information oder Überredung?* Marburg.
Dieckmann, W. 1969. *Sprache in der Politik.* Heidelberg.
Dieckmann, W. 1981. *Politische Sprache. Politische Kommunikation.* Heidelberg.
Dietz, H. 1975. Rote Semantik. In: Kaltenbrunner (Hg.), 20 ff.
Edelman, M. 1976. *Politik als Ritual.* Frankfurt/New York.
Erckenbrecht, U. 1975. *Politische Sprache.* Gießen.
Fetscher, I./Richter, H.-E. 1976 (Hg.). *Worte machen keine Politik.* Reinbek.
Glucksmann, A. 1989. Die "Macht der Ohnmacht". Laudatio auf V. Havel. In: *Börsenblatt des Deutschen Buchhandels* 83, 3217 ff.
Greiffenhagen, M. 1980 (Hg.). *Kampf um Wörter?* München/Wien.
Habermas, J. 1969. *Strukturwandel der Öffentlichkeit.* Neuwied/Berlin.
Habermas, J. 1979. Einleitung zu: Ders. (Hg.). *Stichworte zur "Geistigen Situation der Zeit".* Bd.1. Frankfurt, 7 ff.
Habermas, J. 1981. *Theorie des kommunikativen Handelns.* 2 Bde. Frankfurt.
Havel, V. 1989. *Versuch, in der Wahrheit zu leben.* Reinbek.
Heringer, H.J. 1982 (Hg.). *Holzfeuer im hölzernen Ofen. Aufsätze zur politischen Sprachkritik.* Tübingen.
Heringer, H.J. 1982. Sprachkritik - die Fortsetzung der Politik mit besseren Mitteln. In: Ders. (Hg.), 3 ff.
Hermanns, F. 1989. Deontische Tautologien. In: Klein (Hg.), 69 ff.
Hofmann, G. 1986. Die Worte und die Dinge. In: *Kursbuch* 84, 126 ff.
Ivo, H. 1976. Der verweigerte Dialog. In: Fetscher u.a. (Hg.), 20 ff.
Januschek, F. 1986. *Arbeit an der Sprache.* Opladen.
Jochmann, D.G. 1837. *Reliquien. Aus seinen nachgelassenen Papieren.* Gesammelt von H.Zschokke. 2 Bde. Hechingen.
Kaltenbrunner, G.-K. 1975 (Hg.). *Sprache und Herrschaft.* München.
Klein, J. 1989 (Hg.). *Politische Semantik.* Opladen.
Klein, J. 1989. Wortschatz, Wortkampf, Wortfelder in der Politik. In: Ders. (Hg.), 3 ff.

Kopperschmidt, J. 1988. Politische Rede unter Bedingungen erschöpfter Konsensressourcen. In: *Politische Vierteljahrsschrift* 29, 252 ff.

Kopperschmidt, J. 1989. Öffentliche Rede in Deutschland. In: *Muttersprache* 99, 213 ff.

Kopperschmidt, J. 1990. Rhetorik - gestern und heute. In: *Jahrbuch des Instituts für Deutsche Sprache* 1989. Berlin, 255 ff.

Kopperschmidt, J 1990. Gibt es Kriterien politischer Rede? (erscheint in: *Diskussion Deutsch*).

Koselleck, R. 1989. *Vergangene Zukunft*. Frankfurt.

Küster, R. 1989. Mythische Aspekte paramilitärischer Metaphorik. In: Burkhardt u.a. (Hg.), 81 ff.

Leuenberger, T. 1975. Geschichte als Sprachkampf. In: Kaltenbrunner (Hg.), 44 ff.

Lübbe, H. 1975. Streit um Worte. In: Kaltenbrunner (Hg.), 87 ff.

Luhmann, N. 1986. *Ökologische Kommunikation*. Opladen.

Maas, U. 1989. *Sprachpolitik und politische Sprachwissenschaft*. Frankfurt.

Maier, H. 1975. Können Begriffe die Gesellschaft verändern? In: Kaltenbrunner (Hg.), 55 ff.

Noelle-Neumann, E. 1980. *Die Schweigespirale*. München/Zürich.

Paierbsky, F. 1983. *Krieg und Frieden in der Sprache*. Frankfurt.

Richter, H.-E. 1989. *Die hohe Kunst der Korruption*. Hamburg.

Rohrmoser, G. 1974. *Revolution - unser Schicksal?* Stuttgart.

Sarcinelli, U. 1987. *Symbolische Politik*. Opladen.

Schelsky, H. 1975. *Die Arbeit zu die anderen*. Opladen.

Schelsky, H. 1975/1. Macht durch Sprache. In: Kaltenbrunner (Hg.), 176 ff.

Straßner, E. 1987. *Ideologie-Sprache-Politik*. Tübingen.

Strauss, A. 1968. *Spiegel und Masken*. Frankfurt.

Weinrich, H. 1966. *Linguistik der Lüge*. Heidelberg.

Wittgenstein, L. 1971. *Philosophische Untersuchungen*. Frankfurt.

"BEGRIFFE BESETZEN"
Anmerkungen zu einer Metapher aus der Welt der Machbarkeit

Fritz Kuhn

1. Einleitung

Metaphern können Sachverhalte und Zusammenhänge erhellen. Mit ihnen schaffen wir uns meist bildhafte Übertragungen, die einprägsam sind und die uns helfen können, klarer, pointierter und anschaulicher zu reden. Besonders innovative und gelungene Metaphern ermöglichen es uns, durch die Hervorhebung eines bestimmten Aspektes, durch die Überbetonung einer Nuance, die zu metaphorischem Vergleich herangezogen wird, den Bereich des Sagbaren zu erweitern. Metaphern sind oftmals Visualisierungen in der Sprache, und gerade in Bereichen, wie in der Wissenschaft oder in Teilen der Politik, in denen eher abstrakte, trockene und analytische Sprechweisen dominieren, sind solche Visualisierungen durch den Kontrast, den sie hervorrufen, von besonderer Bedeutung.

Die Rede vom Begriffebesetzen ist eine populäre politische Metapher. Sie liefert ein Bild für Vorgänge komplexerer Art, die wir ohne die Metapher umständlich beschreiben müßten. Die Begriffbesetzungsmetapher liefert uns ein Modell, wie es laufen könnte und wie es die Macher machen: Sie besetzen Begriffe, so wie man Häuser besetzt und Stammplätze im örtlichen Freibad.

Ich möchte im folgenden meiner Skepsis über den Gebrauchswert dieser Metapher im Rahmen einer linguistisch begründeten Sprachkritik Ausdruck geben. Kann man Begriffe besetzen?[1] Ist das ein Handlungmuster, dem politische Macher, ob Politiker oder deren Semantikberater, folgen könnten?

Neben den Einschränkungen, die es in bezug auf Plan- und Durchführbarkeit von Begriffsbesetzungen gibt, werde ich auch auf einige der Hindernisse eingehen, die eine Fernsehdemokratie, eine Demokratie der Bilder, den allzu forschen Begriffbesetzungsstrategen entgegenstellt. Dabei sollen auch Fragestellungen angesprochen werden, denen sich die linguistische Sprachkritik in der Zukunft stärker zuwenden müßte.

---

[1] Ich verwende in diesem Aufsatz den Ausdruck *Begriff* in der Regel umgangssprachlich, jedenfalls solange, wie eine nähere linguistische Differenzierung nicht nötig erscheint.

2. Vom politischen Gebrauchswert der Metapher

Manchmal lohnt sich ein Blick auf den Bereich, aus dem die metaphorische Übertragung gewonnen ist. Eines von vielen Beispielen des damaligen CDU-Generalsekretärs Biedenkopf aus dem Jahre 1973:

> Was sich heute in unserem Land vollzieht, ist eine Revolution neuer Art. Es ist die Revolution der Gesellschaft durch die Sprache. Die gewaltsame Besetzung der Zitadellen staatlicher Macht ist nicht länger Voraussetzung für eine revolutionäre Umwälzung der staatlichen Ordnung. Revolutionen finden heute auf andere Weise statt. Statt der Gebäude der Regierungen werden die Begriffe besetzt, mit denen sie regiert, die Begriffe, mit denen wir unsere staatliche Ordnung, unsere Rechte und Pflichten und unsere Institutionen beschreiben. ... Wir erleben heute eine Revolution, die sich nicht der Besetzung der Produktionsmittel, sondern der Besetzung der Begriffe bedient. (Biedenkopf 1982:191)

Die Metapher stammt also aus einem kriegerischen, revolutionären und aggressiven Kontext. Nicht mehr die Zitadellen und die Gebäude der Regierung - so der damalige Generalsekretär einer von schweren Wahlniederlagen zermürbten Partei - sondern die Begriffe, mit denen sie regiert, werden besetzt. Die Metapher des Begriffebesetzens hat nach meiner Beobachtung aus diesem Übertragungskontext heraus so etwas wie einen negativen deontischen Bedeutungsgehalt, weil in ihr - wenn auch schwach - eine negative moralische Wertung mitklingt. Ich folge hier einer Begrifflichkeit, die Fritz Hermanns in seinem Aufsatz "Deontische Tautologien" vorgeschlagen hat (vgl. Hermanns 1989). Bei Biedenkopf ist noch deutlich zu spüren, wie negativ das Begriffebesetzen der Linken gesehen wird. Wie immer bei Revolutionen, so stellt sich auch beim Begriffebesetzen die Frage der Legitimität. Und Biedenkopf läßt keinen Zweifel daran, für wie illegitim er die Begriffsbesetzungen der außerparlamentarischen Linken und vor allem der Sozialdemokraten hält. Es werden durch die SPD - so Biedenkopf - die Begriffe besetzt, um "der CDU den Zugang zu den politischen Schlüsselbegriffen zu versperren." (Biedenkopf 1982:196)

> Indem die SPD positiv besetzte politische Begriffe (Freiheit, Friede, Reform, Solidarität, Mitbestimmung, Mündigkeit, Emanzipation) für sich beschlagnahmt, indem sie bestimmte politische Schlüsselwörter für sich usurpiert, läßt sie den politischen Gegner nicht nur bar jeder Konzeption erscheinen, sie macht ihn im wahrsten Sinne des Wortes sprachlos, d.h. er ist nicht mehr in der Lage, ohne ständige Übernahme auch der geistigen Konzeption des politischen Gegners sich auszudrücken und wird so als mögliche politische Alternative gar nicht mehr wahrgenommen. (194)

Das ist deutlich. Man wird beraubt, enteignet, bleibt sprachlos zurück. Der politische Gegner hat etwas Betrügerisches, Illegitimes, Manipulatives getan. In den meisten Belegen, die ich für die Metapher des Begriffebesetzens gefunden habe, wirkt sich der negative deontische Gehalt auf die Perspektive ihrer Verwendung direkt aus: Es sind die anderen, die illegitimerweise die Begriffe besetzt haben. Und wenn man selbst einmal zum Begriffebesetzen schreiten muß, dann handelt es sich um ein Wir-können-nicht-anders, legitimiert durch das Unrecht, das die Gegenseite in die Welt gesetzt hat. In diesem Sinne war die semantische Kampftruppe Biedenkopfs ausschließlich eine Verteidigungsarmee, allerdings mit einer unüberhörbaren Tendenz zur Vorneverteidigung.

Bei vielen Verwendungen der Begriffsbesetzungs-Metaphorik dominiert der Gestus der Entlarvung eines nicht für legitim gehaltenen, durch den politischen Gegner hervorgerufenen, sprachlichen Befundes. Biedenkopf und andere reden so über die Sprache der Brandt-Ära (vgl. dazu Behrens u.a. 1982). In seiner Rede auf dem Germanistentag 1984 wirft Glotz dann wiederum Biedenkopf und dessen Mitstreitern vor, einen "militärischen Kampf um Stellungen im Gelände" (Glotz. Zitiert nach: FR 22.11.1984) betrieben zu haben. Im Oktober 1984 beschwert sich Helmut Kohl über die Begriffsbesetzungen der Friedensbewegung, und auch er hat die Sorge, daß "wir eines Tages alle sprachlos sein" könnten. (Kohl in der Eröffnungsrede zur Frankfurter Buchmesse 1984. Zitiert nach: FR 3.10.1984)

Barbara Sichtermann schließlich macht in einem Artikel in der ZEIT, der sich gegen die "Lebensschützer und das Elend des Fundamentalismus" wendet, die Begriffsbesetzungsstrategien der selbsternannten Lebensschützer für deren Erfolge verantwortlich. Das klingt dann so: "Die Gegner des reformierten Paragraphen 218 sind zur Sammlung und Offensive übergegangen. Ihr erster strategischer Erfolg: Sie haben die 'Begriffe besetzt'. Intoleranz und vor-kritisches Denken breitet sich aus." (Vgl. DIE ZEIT 23.6.1989:73)

Die Rede vom Begriffebesetzen wird also meist von wehklagenden, entlarvenden und anklagenden Tonlagen begleitet. Das ist ihr Umfeld, ihr Gestus, ihre Art des Gegebenseins. Man steht unter dem Zwang, den Erfolg eines Gegners und den eigenen Mißerfolg erklären zu müssen.

Die Metapher hat also für Politiker und für ihre PR-Leute einen enorm hohen Gebrauchswert. Sie erklärt die eigene Niederlage durch einen Erfolg des anderen, der nicht legitim, sondern durch sprachstrategische Gemeinheiten zustande kam. Wir sind in einer für die Sprache der Politik wie für die Wissenschaft nicht gerade seltenen Erkenntnis- und Diskursform. Die Verwendung unserer Metapher sichert dem Sprecher den Überlegenheitsgewinn des Feststellenden. Das entspricht dem Muster, das Foucault, bezogen auf die Art, wie wir über sexuelle Unterdrückung sprechen, "den Gewinn des Sprechers" genannt hat. (Foucault

1977:26) In der öffentlichen Kommunikation, in politischen Zusammenhängen oder bei Diskussionen auf wissenschaftlichen Tagungen werden immer wieder solche Entdeckungen mit Distanzierungsabsicht vollzogen.

Tabus, um ein weiteres Beispiel zu nennen, sind immer Tabus, die man bei anderen entdeckt, ja es gehört geradezu zur Bedeutung des Wortes *Tabu*, daß sie die anderen haben (vgl. F. Kuhn 1987). Wer sie bei anderen feststellt, sichert sich diesen Überlegenheitsgewinn des Feststellenden. Auch der Rhetorikvorwurf in der politischen Auseinandersetzung folgt diesem Muster: Wer in der Rede des anderen Rhetorik - meist näher bestimmt als bloße Rhetorik - entdeckt, suggeriert einen über der Rhetorik stehenden Standpunkt, kassiert - wenn die Leute das nicht merken - als Gewinn des Sprechenden, daß er selbst ein stückweit der Verdachtsgefahr entrückt ist, wonach möglicherweise auch seine eigene Rede rhetorisch sein könnte.

Die Metapher des Begriffebesetzens verdankt ihre Beliebtheit in den Reden der politischen Klasse der Bundesrepublik (zu der ja auch die Journalisten gehören) nicht allein dem beschriebenen Entlarvungsgestus. Unsere Metapher liefert im Sprachspiel der Mach- und Planbarkeit ein attraktives Versprechen: Wenn die Lage auch katastrophal ist, Freunde, es sei Euch gesagt, wir können etwas tun. Wir erobern die Begriffe zurück oder versuchen, mit neuen Begriffen das Geschäft zu machen. Sehr häufig wird die Metapher des Begriffebesetzens nach einer politischen Niederlage und in der Situation des Sammelns der aufgeriebenen Truppe verwendet.

Macher leben von Machbarkeitsversprechungen, und sie sind in hohem Maße darauf angewiesen, Niederlagen so zu erklären, daß der eigene Sieg am Horizont als Silberstreif erscheint. Die Legitimation für eigene Begriffsbesetzungen - falls man überhaupt in diesen Ausdrücken über das eigene politische Handeln redet[2] - läßt sich jedenfalls leicht aus den für illegitim gehaltenen Sprachstrategien des Gegners ableiten.

Unsere Metapher eignet sich hervorragend zur Selbstlegitimation der Experten im schwierigen Geschäft der Politik. Und es macht dabei keinen Unterschied, ob der Generalsekretär einer politischen Partei eine semantische Kampftruppe einrichtet, oder ob ein Dorfbürgermeister auf der Schwäbischen Alb seinen

---

[2] Es gibt allerdings einige wenige Beispiele, wo Begriffsbesetzer von eigenen erfolgreichen Begriffsbesetzungen berichten und dabei die Metapher des Begriffebesetzens verwenden; so zum Beispiel Biedenkopf im Jahre 1975. Vgl. dazu Behrens u.a. 1982:229.

Mannen von der Mehrheitspartei nahelegt, zur Bekämpfung der Bürgerinitiative müsse man nunmehr den Begriff der *innerörtlichen Verkehrsberuhigung* besetzen, während der Ausdruck *Ortsumgehung* fürderhin zu vermeiden sei.

Ich habe versucht aufzuzeigen, welchen Gebrauchswert die Metapher vom Begriffebesetzen in bestimmten Diskursen von Politikern, Politikberatern und Journalisten hat.

Metaphern können unsere Erkenntnis bereichern, aber sie können auch unseren Verstand verhexen. Deswegen ist die Metaphernkritik ja auch immer wieder Gegenstand der philosophischen Sprachkritik (vgl. etwa Mauthner 1982). Gerade bei starker Konventionalisierung einer Metapher besteht in der Tat die Gefahr, daß ihre Verwendung die Verwender zu bestimmten Sichtweisen und Konsequenzen verführt, die sie bei klarem Blick nicht hätten oder ziehen würden. Metaphern können trunken machen. Im Falle unserer Metapher bestünde der Rausch darin, die Machbarkeit des Begriffebesetzens zu überschätzen.

3. Zur Sprachauffassung der Begriffsbesetzer

Oftmals haben diejenigen, die ihren politischen Gegnern Mißbrauch der Sprache durch Begriffsbesetzung vorwerfen, eine Sprachauffassung, die Rudi Keller "alttestamentarisch" genannt hat (Keller 1985:274). Am deutlichsten tritt diese Sprachauffassung vielleicht bei Helmut Kuhn zu Tage, der in einem Aufsatz unter dem Titel "Despotie der Wörter" geschrieben hat: "Worte sind dazu da, Dinge zu bezeichnen. Sie sollen sagen, was ist; und insofern ihnen das gelingt, sagen sie die Wahrheit." (H. Kuhn 1975:11) Es ist dies eine Sprachauffassung, die, ausgehend von einem objektivierten Wahrheitsbegiff, den Worten die Aufgabe zuweist, die Dinge zu bezeichnen. Wer Begriffe besetzt, der besetzt nach dieser Sprachauffassung den Zugang zu den Dingen bzw. die Dinge selbst, der macht es den anderen unmöglich die Wahrheit zu sagen. Wenn also die SPD den Begriff der *Freiheit* besetzt hat, so ist es nach dieser Sprachauffassung für die CDU nicht möglich, mit Wahrheitsanspruch von der *Freiheit* zu reden. Sie wird sprachlos - ein offensichtlicher Akt sprachlicher Enteignung.

Eine sprachreflexive Position, die von der Sprachvermitteltheit der Wirklichkeit und der Wahrheit ausgeht und die den Wörtern die Aufgabe des Kommunizierens zuweist, würde weit weniger dramatisch über Begriffsbesetzung räsonieren. Wer der Überzeugung ist, daß es nicht außersprachlich festliegt, was Freiheit ist, sondern Freiheit als etwas durch sprachliche Konventionen einer Sprachgemeinschaft Vermitteltes ansieht, wird weit gelassener mit den Versuchen einer Gruppe von Sprachteilnehmern umgehen, ihre Auffassung von Freiheit zum allgemeinen Sprachgebrauch werden zu lassen. Gerade bei Hochwertwörtern wie *Freiheit*, die von allen positiv bewertet sind, die eine positiv bewertete deontische Bedeutung aufweisen, geht es natürlich gerade darum, die deskriptive Bedeutung dieses Wortes, die ja historisch offen ist, in der politischen Auseinandersetzung zu bestimmen. Aus diesem Grunde ist der Streit um Wörter nichts politisch Überflüssiges, sondern er macht das Wesen der Politik aus. Was ist Freiheit, was wollen wir unter *Freiheit* verstehen? Dies ist eine zentrale Frage, die jede politische Gemeinschaft immer wieder neu zu klären versucht.

Rudi Keller hat richtig gesagt, daß eine Sprachauffassung, die immer vom Begriffebesetzen der jeweilig anderen redet, auf einer "Interpretationshegemonie" (Keller 1985:275) der Wirklichkeit beruht, auf einem privilegierten Zugang zur objektiven Wahrheit. Eine solche Sprachauffassung stellt eigentlich eine kommunikative Zumutung dar. Sie ist übrigens auch eine Zumutung für die politische Kultur einer demokratischen Gesellschaft. In der Demokratie kann niemand sagen, was man unter *Freiheit* zu verstehen hat. Jeder kann sagen, was er unter *Freiheit* versteht und aus welchen Gründen. Mehr aber auch nicht. Natürlich wäre es vermessen, zu sagen, es gäbe eine demokratische Sprache oder eine demokratische Sprachauffassung. Ich halte allerdings den Gedanken für diskutabel, daß eine Sprachauffassung, die von der Sprachvermitteltheit der Realität und damit auch von der Sprachvermitteltheit der Politik ausgeht, besser zum diskursiven Charakter der Demokratie paßt als eine ontologisierende Sprachauffassung, die von einer außersprachlich gegebenen Realität ausgeht und für sich selbst dabei unhinterfragt ein Erkenntnisprivileg unterstellt. Es gehört zu den vornehmeren Aufgaben der linguistischen Sprachkritik, auf diesen Zusammenhang hinzuweisen und, Georg Stötzel hat dies im Zusammenhang mit der "sprachreflexiven Diktion" Heinrich Bölls auch getan (vgl. Stötzel 1978).

Die Metapher des Begriffebesetzens ist für einen Teil ihrer Benutzer sicherlich gefährlich, gerade weil sie zu einer Zementierung einer ontologisierenden Sprachauffassung beiträgt, einer Sprachauffassung, die die Arbitrarität des sprachlichen Zeichens unterschlägt.

Das liegt an der Räumlichkeit der Bilderwelt, die diese Metapher transportiert. Wir besetzen ja normalerweise Räume, Orte. Die Vorstellung des Raumes ist fester Bestandteil des metaphorischen Vergleichs. Die Metapher legt aus diesem Grunde nahe, daß der Begriffsbesetzer einen Raum oder ein Ding besetzt hat und damit den Zugang zu diesem Raum oder zu diesem Ding.

Wie empört oder gelassen man mit der Metapher der Begriffsbesetzung umgeht, ist also nicht zuletzt eine Frage der Sprachauffassung, der man explizit oder implizit zuneigt. Was dem einen als moralischer Skandal erscheint, ist für den anderen eine Normalität des sprachlichen und politischen Lebens.

4. Verschiedene Arten des Kampfs um Wörter

Josef Klein hat gezeigt, auf welche Bereiche sich der Kampf um Wörter beziehen kann. (Klein 1989 und in diesem Band) So kann es sich um bloße Bezeichnungskonkurrenz handeln, d.h. der Streit geht darum, wie ein bestimmter Sachverhalt bezeichnet werden soll (*Arme* oder *sozial Schwache*). Oder aber der Streit um Wörter bezieht sich auf Bedeutungskonkurrenz, wobei entweder die deskriptive Bedeutungskomponente oder aber die deontische Bedeutungkomponente eines Lexems in der politischen Auseinandersetzung umstritten ist. Beim Streit um Wörter kann es sich auch einfach um die Frage drehen, mit welchen Gruppen von Sprachteilnehmern, z.B. mit welcher Partei, ein bestimmter sprachlicher Ausdruck am ehesten assoziiert wird. Man könnte die Konflikte um diese Frage Zurechnungskonflikte nennen.

Der wohl dominanteste Fall der politischen Sprachauseinandersetzung der letzten 20 Jahre in der Bundesrepublik ist der Streit um die Bedeutung und die Zurechnung von Hochwertausdrücken wie *Freiheit, Gerechtigkeit, Solidarität* etc. Es geht hier also darum, wie ein deontisch positiv geladenes Wort verwendet werden soll und welcher Gruppe von Sprachbenutzern es in dieser Verwendung zugerechnet wird.

Kann man unter den Bedingungen einer modernen parlamentarischen Demokratie, also einer fernsehdominierten Demokratie, Begriffe besetzen? Man wird leicht einsehen können, daß dies kein Handlungsmuster sein kann, nach dem einzelne Individuen handeln könnten. Auch wenn Redeweisen wie "Willy Brandt hat den Begriff der *Reform* besetzt" das Gegenteil suggerieren könnten, wird man das Besetzen von Begriffen doch wohl eher in den Bereich des institutionellen Handelns verlegen müssen.

Können also Institutionen, können Parteien, Regierungen, Kirchen Begriffe besetzen? Will man der Komplexität der politischen Kommunikation in unserer heutigen Mediendemokratie Rechnung tragen, so muß man eher eine skeptische Antwort geben. Politisches Handeln in einer so unübersichtlich gewordenen Gesellschaft ist zu komplex. Wir leben in einer Gesellschaft, die immer mehr in Teilgruppen zerfällt, d.h. man kann sinnvollerweise schon nicht mehr von der Öffentlichkeit sprechen. Öffentlichkeit heißt heute Öffentlichkeiten.

Der Versuch der Besetzung von Begriffen oder gar von ganzen Begriffs- oder (genauer) Wortfeldern ist gebunden an ein komplexes Netz von Rahmenbedingungen, die die politischen Planer nur in den seltensten Fällen auch nur überschauen können, geschweige denn in der Hand haben. Wie reagieren die Medien? Übernehmen die Journalisten die Veränderungen im Sprachgebrauch? Wie reagiert der politische Gegner? Welche Entwicklungen an der Basis der Gesellschaft fördern oder unterlaufen die Strategie der Begriffsbesetzung? Gibt es in anderen Bereichen unserer Kultur - z.B. in der Literatur, der Musik, der Werbung - Entwicklungen, die eine Begriffsbesetzung verunmöglichen oder gar lächerlich machen? Welche gesellschaftlichen Veränderungen wirken sich auf die Glaubwürdigkeit einer Begriffsbesetzungsstrategie aus? Wird das Manöver der Begriffsbesetzung durch seine Komplexität zerrieben? Welche Teile der Bevölkerung können die Begriffsbesetzung nachvollziehen? Wird die Strategie der Begriffsbesetzung in der eigenen Partei in der Breite nachvollzogen oder handelt es sich um eine kurzfristige Sprachnormierung, die dazu bestimmt ist, im Sande zu verlaufen? Dies sind Fragen, die auch von den mutigsten Planern mit einiger intellektueller Seriosität nur in den seltensten Fällen überschaut und beantwortet werden können.

Vielleicht sollte man sagen, daß sich Parteien letztlich nicht aufmachen können und beliebige Begriffsbesetzungs- oder Begriffsnetzbesetzungsstrategien erfolgversprechend verwirklichen können. Es scheint mir realistischer zu sein, wenn man annimmt, daß sie versuchen können, die sprachliche Landschaft graduell zu ihren Gunsten und zu Ungunsten der Gegner zu beeinflussen.

Was wäre, um am Beispiel der Besetzung von Hochwertausdrücken zu bleiben, eigentlich das Erfolgskriterium einer sprachlichen Begriffsbesetzungsstrategie? Wann hält eine Partei ein Hochwertwort wirklich für sich besetzt?

Ich denke, daß man von einer Besetzung in diesem Sinne dann sprechen kann, wenn die folgenden Bedingungen erfüllt sind:

(i) Der Begriff wird einer Partei in den bekannten demoskopischen Tests mehrheitlich zugerechnet.
(ii) Das Verständnis, das die Partei mit einem Hochwertbegriff verbindet (d.h. seine deskriptive Bedeutungszuschreibung), wird von einer möglichst großen Zahl von Menschen geteilt.
(iii) Anhänger und Gegner der Partei, wenn auch mit unterschiedlicher Verteilung, ordnen ihr in bezug auf diesen Begriff eine höhere Kompetenz zu.

Die Frage des Begriffebesetzens wird durch einen solchen Ansatz der Erfolgsdefinition von einer Ja/Nein-Frage zu einer Frage der Relationen, der Prozentpunkte, zu einer Frage der Demoskopie verschoben. Dennoch ist eine gewisse

Vorsicht angesagt. Veränderungen des Sprachgebrauchs - und darum handelt es sich bei Begriffsbesetzungen - sind natürlich nur sehr schwer quantitativ meßbar. Diese Illusion sollte man auch nicht schüren. Obendrein sind demoskopische Umfragen in vielen Fällen nicht genau genug. Sehr oft wird bei den bekannten Umfragen der Punkt (ii), d.h. die Frage, was nun deskriptiv etwa unter *Steuergerechtigkeit* genau verstanden werden soll, gar nicht mit abgefragt oder sie wird unter Verwischung der Alternativen willkürlich (d.h. nach dem jeweiligen Verständnis des Fragenden) in die Fragestellung einbezogen.

Trotz dieser Vorbehalte halte ich es für sinnvoll, die Frage des Erfolgskriteriums in der von mir vollzogenen Art und Weise zu beantworten. Immerhin lassen sich so bestimmte Veränderungen, was immer sie im einzelnen genau bedeuten, auch wirklich festhalten. Allerdings muß man sehen, daß der Beweis, solche Veränderungen zugunsten einer Partei hätten mit deren Begriffsstrategie oder deren Sprachpolitik zu tun, letzten Endes nicht zu erbringen sein wird. Hier befinden wir uns im Bereich der Plausibilität und nicht der empirisch gesicherten Zuordnung.

Bei Begriffsbesetzungen im oben beschriebenen Sinne gibt es übrigens einen Punkt, der für die Begriffsbesetzer selbst unangenehm ist. Wenn ein Begriff so erfolgreich von einer Partei besetzt gehalten wird, daß niemand mehr um andere deskriptive Bedeutungszuschreibungen ringt, dann wird die Bedeutungsveränderung allgemeiner Sprachgebrauch.

Man könnte - um in der Metaphorik zu bleiben - vielleicht sagen, die Alltagssprache expropriiert die Expropriateure. Sie holt sich den besetzten Begriff wieder zurück, freilich um den Preis der Bedeutungsveränderung. Ebenso wie die Idee des sprachlichen Kommunismus in gewisser Hinsicht eine Illusion sein mag[3], so ist auch die Idee des sprachlichen Privatbesitzes mit den Gesetzen einer Ökonomie der Sprache nicht vereinbar. Aus diesem Grund sind im Streit um Wörter im Sinne eines Streites um die Bedeutung eines Hochwertausdrucks letzlich auch Assimilationsstrategien, d.h. Umarmungsstrategien oft sehr erfolgreich. (Vgl. Hermanns 1989:80)

---

[3] vgl. dazu Mauthner 1982 und im Gegensatz Bourdieu 1989. Bourdieu spricht von der "Illusion des sprachlichen Kommunismus" (39). Er vertritt die Auffassung, daß in einer Gesellschaft der feinen Unterschiede die Sprache eine Rarität und ein knappes Gut sei. Die Teilhabe am sprachlichen Leben geschieht für ihn unter völlig ungleicher Verteilung der Zugangschancen.

5. Was in der Luft liegt

Eine erste Einschränkung der beliebigen Machbarkeit kommt aus den Inhalten der Politik. Inhaltliche Veränderungen und Entwicklungen müssen in der Luft liegen, wenn die politische Sprache bzw. deren mögliche Veränderung tatsächlich wirksam werden soll. Das inhaltliche Feld muß bereitet sein, ehe der berühmte Hegelsche "große Mann" kommen und "das Wahre, das was seine Zeit will" aussprechen und durchsetzen kann. Auch Bodo Hombach, der Landesgeschäftsführer der SPD in Nordrhein-Westfalen, sieht das, wenn er sagt, "... wird das Besetzen von Begriffen einerseits wichtiger, andererseits aber schwinden die Erfolgsaussichten, wenn dieser Formulierungsprozeß zu weit von der Realität abhebt" (Hombach. In diesem Band, 42). Allerdings hatten auch Rau und Hombach Probleme mit der Einschätzung der Realität, als sie im letzten Bundestagswahlkampf glaubten, mit der Parole "Versöhnen statt Spalten" das zu verkünden, was die Zeit will. Schon die eigenen Anhänger wollten sich mit dem Part der Versöhner nicht identifizieren - ein schönes Beispiel einer sprachstrategischen Pleite.

Ich möchte ein weiteres Beispiel aus der Vergangenheit hinzufügen. Die CDU hat in den 70er Jahren versucht, der SPD die Hegemonie der legitimen Verwendung des Ausdrucks *Solidarität* abspenstig zu machen. Sie versuchte dies mit einer Bedeutungsverschiebung von der Solidarität des politischen Kollektivs hin zu einer privaten und gänzlich unklassenkämpferischen Solidarität der Familie. Dabei ist einschränkend hinzuzufügen, daß es nicht um die Besetzung eines einzelnen Begriffes, sondern um die Besetzung eines ganzen Begriffsnetzes ging (vgl. dazu auch Klein 1989 und Behrens u.a.1982.). Es ist aus heutiger Perspektive nicht leicht zu entscheiden, ob es der CDU gelungen ist, diese Begriffsbesetzung mit nachhaltigem Erfolg durchzusetzen. Wahrscheinlich ist es ihr lediglich gelungen, die Hegemonie, die die SPD in bezug auf die Zurechnung des Ausdrucks *Solidarität* genossen hat, aufzuweichen. Dies war jedoch nicht allein der Strategie Biedenkopfs oder Geißlers zu verdanken. Solche Verschiebungen, sei es in der Bedeutung eines Ausdrucks, sei es in der Zurechnung zu einer politischen Partei, sind nur möglich, wenn in vielen Einzelsituationen über Jahre hinweg immer wieder Präzedenzen für Veränderungen offensichtlich geworden sind, die den Sprachwandel ermöglicht und begleitet haben. Im vorliegenden Fall waren dies u.a. die folgenden Sachverhalte:

- Das Solidaritätsversprechen vieler politischer Kollektive ist brüchig geworden. Die Gewerkschaften haben sich z.B. durch die Politik prozentualer Tarifabschlüsse dem Verdacht ausgesetzt, die weniger Verdienenden gegenüber den besser Verdienenden zu benachteiligen.

- Bestimmte kontraproduktive Elemente des Sozialstaats - Unmenschlichkeit in der Altenbetreuung, entwürdigende Bedingungen des Beantragens und Beziehens von Sozialhilfe etc. - haben deutlich zugenommen.

Vor diesem Hintergrund lag es freilich in der Luft, daß man mit gewissem Erfolg, selbstverständlich unter Ausblendung negativer Probleme der Familien, nun deren Solidarität als die wahre Solidarität darstellen konnte. Daß die CDU in dieser Begriffsbesetzungsstrategie nicht nachhaltiger erfolgreich war, liegt natürlich auch an der realen Situation der Familie in der Bundesrepublik. Viele Familien können das, was ihnen die konservative Familienideologie zuschreibt, einfach faktisch nicht leisten, so daß doch immer wieder die kollektiven Lösungen bei all dieser Kritik noch als die besseren dastehen.

Man kann auch ein Beispiel aus der Gegenwart diskutieren. Selbstverständlich versucht auch die CDU den Ausdruck *Umweltschutz*, den die Grünen besetzt halten, zu erobern. Doch man kann deutlich spüren, daß ihr das nicht gelingen kann. Einzelne Politiker in der CDU können ein bißchen mehr für Umweltschutz einstehen. Doch wenn man die SPIEGEL-Umfragen sieht, wird man feststellen, daß Umweltschutz einfach den Grünen zugerechnet wird. Begriffsbesetzungen können nur erfolgreich sein, wenn beständig genügend empirische Belege für die Glaubwürdigkeit der Besetzung produziert werden bzw. wenn nicht ständig Evidenzen für deren Unglaubwürdigkeit mitgeliefert werden.

Die hier formulierten Einschränkungen in bezug auf die Plan- und Machbarkeit beziehen sich auf Fragen der Glaubwürdigkeit und der politisch-gesellschaftlichen Relevanz. Kommunikationstheoretisch betrachtet geht es um die Griceschen Maximen der Wahrhaftigkeit und der Relevanz. Die Griceschen Maximen, Grundgerüst einer bindenden kommunikativen Ethik, greifen auch hier: Politische Strategien, die gewollt oder ungewollt gegen die kommunikativen Maximen verstoßen, können nicht erfolgreich sein.[4] Bei der Maxime der Verständlichkeit ist das nicht minder evident. Politische Sprache lebt von ihrer Verständlichkeit. Wo einzelne politische Gruppen über längere Zeit für die breitere Öffentlichkeit unverständlich kommunizieren, kann das nicht folgenlos bleiben. Diese Gruppen werden zu Sekten, ihre unverständliche Sprache zu einem die Sekte stabilisierenden Ritus.

---

[4] zum Thema "Wortfeldwechsel und Kommunikationsmaximen" s. auch Klein 1989:43-46.

6. Inflationsprobleme

Eine weitere Einschränkung für die beliebige Plan- und Durchführbarkeit von Begriffsbesetzungsstrategien läßt sich durch die Gricesche Maxime der Informativität erklären. Wir sind in der Kommunikation gezwungen, informativ zu sein. Überinformativität und Unterinformativität werden von unseren Partnern negativ sanktioniert. Sie werden dem Sprecher als unkooperatives Verhalten. Häufen sich Verletzungen dieser Maxime, dann steigen wir aus der Kommunikation aus, d.h. beim Fernsehen nehmen wir dankbar die Gnade der Fernbedienung in Anspruch.

Aus diesem Grund haben Begriffsbesetzer strategische Probleme. Im Falle der Besetzung eines Hochwertwortes (oder gar eines ganzen Wortfeldes), mit einer entsprechenden dekriptiven und zurechenbaren Belegung, wäre der Begriffsbesetzer darauf angewiesen, den oder die Ausdrücke immer wieder zu wiederholen. Nur dann bestünde eine Chance, daß der Ausdruck in seiner Deutung und in seiner entsprechenden Zuordnung bei einer hinreichenden Zahl von Menschen überhaupt ankommt und hängenbleibt. Weil Aufmerksamkeit[5] in unserer Gesellschaft der Informationsüberflutung eine in hohem Maße knappe Ressource ist, muß man versuchen, durch Steigerung der Verwendungsfrequenz die Trefferwahrscheinlichkeit zu erhöhen, gerade wenn unterschiedliche Einschätzungen bezüglich der Relevanz eines Themas vorliegen.

Es gibt also viele Gründe für Begriffsbesetzer zu wiederholen, zu variieren und wieder zu wiederholen..., und man hat den Eindruck, daß dies auch geschieht, wobei unverkennbar ist, daß einfältigere Gemüter sich mit dem Geschäft des Wiederholens leichter tun als Menschen, die stärker der Abwechslung zuneigen.

Je mehr nun Politiker und Parteien sich wiederholen, umso mehr entsteht jedoch kommunikativer Überdruß als Verletzung der Informativitätsmaxime. Das wird verschlimmert, wenn gleichzeitig die politische und damit kommunikative Relevanz des Themenbereichs, zu dem der Begriff gehört, nachläßt. Begriffsbesetzer befinden sich also in einem strategischen Dilemma: einerseits ist es wichtig, die Begriffe fortwährend zu wiederholen, und andererseits ist genau dies gefährlich.

In diesem Bereich der öffentlichen Kommunikation herrscht ohne Zweifel das Gesetz der Inflation. Mit der Steigerung der Frequenzen der Verwendung be-

---

[5] vgl. dazu den lesenswerten Aufsatz von Georg Franck 1989.

stimmter sprachlicher Ausdrücke sinkt die kommunikative Kaufkraft. Bei Hochwertwörtern bedeutet Inflation eine Abschwächung der positiven deontischen Bedeutungskomponente.

Dieses Dilemma ist schwer aufzulösen, und viele der stereotypen Klagen über die Politik verdanken sich ja solchen Maximenverletzungen. "Die sagen doch immer das Gleiche!" oder "Das sind doch alles nur Sprüche!" Dazu kommt, daß die Zahl der Hochwertwörter, die der sprachliche Markt zu einem bestimmten Zeitpunkt zu bieten hat, natürlich begrenzt ist. Die Karten sind weitgehend verteilt, neue Karten können nur aus neuen Relevanzen gezogen werden, was selten genug geschieht.

Eine politische Entwicklung vergrößert die Komplikationen im Kampf um die beschränkten warmen Plätzchen der Hochwertwörter: Da sich die großen Parteien immer ähnlicher werden, geht es immer enger zu. Bodo Hombach hat zurecht gesagt: "Je ähnlicher die politischen Konzepte der großen Parteien, je geringer die tatsächlichen Handlungsspielräume der Regierenden, desto erbitterter wird die Auseinandersetzung um Worte geführt" (Hombach. In diesem Band, 39). In der Mitte wird's verdammt eng, und wenn die Leute spüren, daß die meisten Politiker irgendwie das Gleiche wollen, wird natürlich der Versuch einer Begriffsbesetzung umso unmöglicher.

So wäre es z.B. nicht ausgeschlossen, daß der Versuch eines SPD-Politikers, den Begriff der *sozialen Marktwirtschaft* unter Betonung von *sozial* für die SPD neu zu besetzen, nicht gelingt, weil die CDU den Begriff oft verwendet und Umbesetzungsversuche als weitere Verletzungen der Informativität gedeutet werden.

Möglicherweise gehen Politiker, aber vielleicht auch Linguisten, in ihren Analysen politischer Sprache viel zu sehr von Äußerungen und Kommunikationen einzelner Sprecher aus. Bei Diskursformen wie der Sprache der Politik ist es m.E. nötig, einzelne Äußerungen, Handlungen und Strategien in einem gewissen Zusammenhang mit denen anderer politischer Sprecher zu sehen. Ich verletze also gar nicht die Informativitätsmaxime, weil ich oder mein Verein das schon besonders oft gesagt hätten, sondern ich verletze sie, weil andere, z.B. der politische Gegner, das schon getan haben. Vielleicht meinen Politiker, wenn sie vom Sprachloswerden reden, genau diesen Zustand. Das schöne und bewährte linguistische Analysemodell: "A kommuniziert mit B", ist für viele Fälle öffentlicher, massenmedial vermittelter Kommunikation in dieser Weise nicht adäquat. Politische Texte in den Massenmedien sind nur zu einem Teil Texte einzelner Autoren. Zurechnungen betreffen oftmals das gesamte Sprachspiel der Politik.

Gerade weil der Tanz um die Hochwertwörter auf einem so engen Tanzboden stattfindet, gewinnen Strategien der feinen Unterschiede natürlich an Bedeutung. Die *soziale Marktwirtschaft* wird zur *ökosozialen Marktwirtschaft*. *Umweltschutz* wird zu *wirklichem Umweltschutz* im Unterschied zu einem *rein technokratischen Umweltschutz*. Der Kampf um die Hochwertwörter wird also auf die attributive Ebene verlagert, oft nach dem Mechanismus, durch entsprechende Erweiterungen ein Hochwertwort zum eigenen Fahnenwort oder durch Abwertungen fast schon zum Stigmawort des Gegners zu machen.

Das sind komplexe Manöver, die sicherlich kurzfristige Aufmerksamkeitsgewinne versprechen. Doch es ist sehr unwahrscheinlich, daß mit solchen Diversifikationsstrategien langfristige Begriffsbesetzungen gelingen könnten.

Statt dessen geht der politische Kampf immer mehr um solche kurzfristigen Aufmerksamkeitsgewinne. Der Kampf um Wörter erfährt Beschleunigungen, ohne jedoch übertrieben nachhaltig zu wirken.

7. Diskurse besetzen

Es ist also festzuhalten: Die Griceschen Maximen gelten auch für die politische Kommunikation. Sie schaffen einen kommunikativen Rahmen für das, was geht, und was nicht geht. Die Machbarkeitsschranken für Begriffsbesetzer werden durch die Griceschen Maximen besser erklärbar. Man wird also sinnvollerweise eher sagen, eine Partei halte einen Begriff besetzt, und darin die Folge einer Gemengelage von Handlungen, Ereignissen und vielleicht sogar Zufälligkeiten sehen. Begriffebesetzen sollte man nicht als Handlungsmuster institutionellen politischen Handelns auffassen.

Dennoch bleibt Politik Streit und Auseinandersetzung um Wörter. Man nehme nur den Fall von Bedeutungskonkurrenz (*atomares Giftmülllager* oder *Entsorgungspark*), der ja immer sehr direkt ein Kampf um Politik und ihre Konsequenzen ist.

Insgesamt erscheint es mir jedoch sinnvoller, vom Besetzen von Themen zu sprechen und dies als ein Besetzen von Diskursen zu verstehen. Ökonomisch betrachtet geht es dabei um Chancen, Aufmerksamkeit zu ergattern. Denn das prägt ja die Auseinandersetzung in einer die Öffentlichkeit zersplitternden Fernsehdemokratie: Wer ist in aller Munde, wer beherrscht die Diskussion bei Themen, die für relevant gehalten oder es durch die Diskussion auch erst werden, an wem kommt man nicht vorbei, wenn man etwas zu einem bestimmten

Thema sagen will, an wem lassen einen die Journalisten nicht vorbei? Es geht also darum, wer möglichst große Stücke der knappen Ressource Aufmerksamkeit erbeuten kann.

Ich glaube, daß die Linguistik als Teil der Gesellschaftswissenschaften sich dieser Fragestellung annehmen muß. Es ist auch eine sprachliche Frage, wie und wann die Präsenz in medial vermittelten Diskursen jeweils verteilt wird.

Diskurse lassen sich steuern, jedenfalls zum Teil. Ich möchte auf ein Phänomen eingehen, das in der Diskussion im Kampf um Wörter auch eine gewisse Rolle gespielt hat. Ich meine die Steuerung oder Beeinflussung politischer Diskurse durch Etablierung polarer Ausdrücke (Greiffenhagen 1980:13): *Freiheit oder Sozialismus, alternativ oder etabliert, rechts oder links, Markt oder Plan, Fundis oder Realos.* Ausdruckspaare dieser Art, seien sie nun von politischen Planern in bewußtem Kalkül etabliert bzw. versucht worden zu etablieren, oder seien sie durch Journalistenwiederholungen u.ä. faktisch durchgesetzt, steuern, ja man kann fast sagen: determinieren die politischen Diskurse und damit in vielen Fällen die Politik selbst. Der Mechanismus ist einfach: Die Alternative gestattet nichts Drittes: *Markt oder Plan.* Die planwirtschaftlichen Züge unserer Marktwirtschaft (Konzentrationmechanismen oder direkte und indirekte staatliche Eingriffe ins Marktgeschehen) fallen in dieser Gegenüberstellung unter den Tisch. *Fundis oder Realos.* Wahrscheinlich rechnen sich 80% der grünen Mitglieder keiner dieser beiden Gruppen zu - in dem Medien- und im Parteidiskurs der Grünen selbst sind jedoch alle Grünen entweder Fundis oder Realos.

Die Journalisten verstärken die Gefangenschaft der politischen Diskurse und damit der Politik in solchen Ausdruckspolaritäten, da sie ein berufliches Interesse an solchen Oppositionen haben. Die Berichterstattung - schon die Arbeit der Recherche - erleichtert sich durch diese Komplexitätsreduzierung doch mächtig.

Die Logik von Diskurssteuerungsstrategien mittels solcher sprachlicher Oppositionen besteht darin, für sich einen Ausdruck zu reservieren und zu behaupten bzw. zu unterstellen, der Gegner stünde für den Gegenausdruck (nach dem Muster von Fahnen- und Stigmawort). Die Ausdrucksalternative wird dabei jedoch so gewählt, daß der politische Gegner den für ihn reservierten Ausdruck im Rahmen der gebotenen Alternative zwar ablehnen muß, ohne sich jedoch ganz dem Gegenausdruck zuordnen lassen zu können. Er ist ja auch für den Ausdruck der Gegenseite, allerdings mit Einschränkungen oder mit anderen deskriptiven Bedeutungszuschreibungen. Der strategische Gewinn eines solchen Manövers kann immens sein, v.a. wenn man den Gegner damit zu komplexen einerseits-andererseits-Darlegungen seiner Position zwingt. Das hat auch mit den Zeitverhältnissen in unseren Medien, v.a. im Fernsehen zu tun. Komplexere Darlegungen sind meist den 30-Sekundenbotschaften unterlegen. Alexander Kluge sagt richtig: "Ein Teil der Kämpfe um Öffentlichkeit bewegt sich um die Frage: Wie können wir dem Gegner die komplexe Darlegung zuschieben, selber aber den Gemeinplatz okkupieren?" (Kluge 1985:63 f.)

Nach diesem Muster war die Alternative *Freiheit oder Sozialismus* aufgebaut. Daß die Rechnung 1976 dennoch nicht ganz aufging, hängt wohl auch damit zusammen, daß die unterstellten Zuordnungen *Freiheit* (CDU) und *Sozialismus* (SPD) überzogen waren, was sich direkt auf die Glaubwürdigkeit des Slogans *Freiheit oder/statt Sozialismus* auswirkte.

Das Aufbrechen polarer Ausdrucksgegensätze, wenn sie erst einmal gewohnheitsmäßiges Deutungsschema des politischen Geschehens durch die Journalisten und die politischen Akteure selbst geworden sind, gehört zum Schwierigsten in der politischen Auseinandersetzung. Man denke an die enormen Schwierigkeiten der Grünen, das Rechts-Links-Schema zu überwinden. Auch der Gegensatz zwischen *progressiv* und *konservativ* war gerade für die Ökologiebewegung eine harte Nuß. Wahrscheinlich kann man Ausdruckspaare der beschriebenen Art am ehesten auflösen, indem man neue einführt. Erhard Eppler hat dies mit einem gewissen Erfolg getan, als er *konservativ* in *wertkonservativ* und *strukturkonservativ* zu differenzieren versuchte.

8. Werbung

In aller Kürze möchte ich auf ein Problem hinweisen, das in der Diskussion um politische Sprache, jedenfalls in der Lingusitik bislang nicht allzu viel beachtet wird. Die Sprache der Politik ist ja keineswegs ein konkurrenzloses Sprachspiel. Im Rahmen der öffentlichen Kommunikation, v.a. natürlich im wichtigsten Medium unserer Demokratie, konkurrieren politisches Sprechen und politische Sprachstrategien mit einer Vielzahl anspruchsvollerer oder weniger anspruchsvoller Kommunikationsformen (vgl. dazu Postman 1985). Bezogen auf das Thema Begriffebesetzen heißt dies, daß viele der Hochwertausdrücke, um die Politiker konkurrieren, längst besetzt sind, beispielsweise und im besonderen von der Werbung, die ja das positive deontische Potential von Hochwertausdrücken durch mehr oder weniger lockere assoziative Verbindungen zu den beworbenen Produkten auszunützen versucht. (Freiheit, die man sich kaufen kann.) Wenn auch theoretisch nicht klar ist, wie diese Verbindung erfolgreich zustandekommt, so ist doch klar, daß die Werbung in gewissem Sinne bereits Begriffe besetzt hat: Camel und Marlboro die *Freiheit*, Schwäbisch Hall das *fa-*

miliäre Glück, Allianz und o.b. die *Sicherheit* etc. Wenn man sich an die Zeit unmittelbar nach dem Fall der Mauer zurückerinnert, so gab es einige Wochen, in denen man sehr genau sehen konnte, wie konkret bestimmten Hochwertausdrücken aus dem politischen, gesellschaftstheoretischen Bereich kommerzielle und vielbeworbene Produkte zugeordnet worden sind. *Freiheit* hieß für viele DDR-Bürger nun endlich ein bestimmtes Auto oder eine bestimmte Zigarettenmarke kaufen zu können. Nimmt es wunder, daß in einer solchen Situation gerade solche Parteien das Rennen gemacht haben, die ihre Freiheitsdefinition schon immer mit dem ungehinderten Zu- und Umgang mit Waren verbunden haben? "Freie Fahrt für freie Bürger" - dieser Spruch ist ja auch ein politischer Beitrag zur Normierung der Regel, nach der wir das Wort *Freiheit* verwenden.

Ich sage dies nicht in der Absicht des kulturkritischen Feuilletons. Ich betone dies, weil ich glaube, daß sprachwissenschaftliche Betrachtungen zum Thema Begriffebesetzen, die so tun, als gäbe es nur dieses relativ isolierte Sprachspiel der Politik, reichlich naiv sind. Wer über das Begriffebesetzen in der Politik redet, kommt an den real existierenden Begriffsbesetzungen der Werbung und anderer Bereiche nicht vorbei. Die politische Kultur ist mit anderen Bereichen unserer Kultur untrennbar verwoben. Dies hat wahrscheinlich Auswirkungen auf den gesamten Bestand der Hochwertausdrücke einer bestimmten Sprachgemeinschaft. Möglicherweise leidet unsere Sprachgemeinschaft, d.h. unsere Kultur ja bereits an inflationär bedingter Entwertung von Hochwertausdrücken und den damit verbundenen Werten. Wer über den Wertzerfall in unserer Gesellschaft lamentiert, der muß sich mit dem Treiben und Wirken der Unterhaltungsindustrie auseinandersetzen.

9. Welt der Bilder

Der Kampf um Wörter wird ausgetragen in einer Welt der Bilder. Die Begriffsbesetzungen der Werbung arbeiten ja in hohem Maße mit der Besetzung von Bilderwelten: *Freiheit* ist verknüpft mit bestimmten Bildern, mit Naturbildern und einem bestimmten Modus des Sich-in-dieser Natur-Bewegens (Marlboro-Pferde, Camel-Flugzeug im Urwald etc.).

Die Metapher des Begriffebesetzens stammt ohne Zweifel aus einer Zeit des Buchdrucks und der Dominanz der Printmedien. Doch seit dem ersten wirklichen Fernsehwahlkampf zwischen Nixon und Kennedy im Jahre 1960 hat sich die Demokratie des gedruckten Wortes Schritt für Schritt in eine Fernsehdemokratie verwandelt (vgl. dazu Postman 1985). Die Konsequenzen dieser Entwicklung sind weder von der Demokratie- noch von der Verfassungstheorie nach meiner Auffassung bisher wirklich ausreichend bedacht und diskutiert worden. Ausdrücke wie *Telekratie* oder *Zuschauerdemokratie* (vgl. Rudolf Wassermann 1986) versuchen wenigstens diesen Veränderungen einen Namen zu geben. Auch die linguistische Sprachkritik müßte sich diesen Problemen in stärkerem Umfang widmen (vgl. dazu v.a. Holly u.a. 1986 und Holly 1989).

Die Entwicklung einer Demokratie des gedruckten Wortes hin zu einer Telekratie der technischen Bilder relativiert den Gebrauchswert der Metapher des Begriffebesetzens um ein Weiteres. Natürlich spielt die Sprache auch in einer Fernsehdemokratie eine immense Rolle. In einer politischen Kultur mit hoher Dominanz der Bilder und immenser Stilisierung und Inszenierung der politisch Agierenden zu Staatsschauspielern wird die Bedeutung politischer Sprache allerdings insofern verändert, als sie in einer unauflösbaren Beziehung zu den Bildern und zu den Personifizierungen der Politik steht.

Aus diesem Grunde haben noch so kluge linguistische Analysen von Debatten im Fernsehen, die ausschließlich auf Transkriptionen beruhen, in meinen Augen etwas rührend Naives. Auch die schlichte Analyse eines Zeitungstextes und seiner Sprache bedarf eines Verständnisses und der Berücksichtigung der Bildwelten, die heute Geschriebenes umgeben. Dies alles müßte im übrigen Auswirkungen auf einen vernünftigen Begriff der Pragmatik oder der praktischen Semantik haben. In der Linguistik gibt es zu diesem Zusammenhang wichtige Überlegungen bei Muckenhaupt 1985, sowie bei Holly u.a. 1986.

Was heißt dies nun in bezug auf das Thema Begriffebesetzen? Ich möchte hier nur einen Aspekt der komplexen Fragestellung nach dem Verhältnis von Text und Bild hervorheben.

Meine These lautet: Wer in einer bilderdominierten Demokratie erfolgreich kommunizieren will (z.B. indem er im Streit um Wörter Punkte macht), der muß auch die entsprechenden Bilder haben, die authentisch und glaubwürdig diese Wörter vor einem Raster kulturell geprägter Sehgewohnheiten visualisieren, d.h. auf eine nicht mittelbar verbalsprachliche Art und Weise zum Ausdruck bringen. Aus diesem Grunde spielt ja auch das Aussehen von Politikern, ihre Körpersprache und ihre Fähigkeit, Auftritte zu inszenieren, eine so entscheidende Rolle für die politische Kommunikation. Der Kampf um Wörter ist aufs engste mit einem Kampf um Bilder verwoben. Und auch hier sind die richtigen Bilder knappe Ressourcen mit z.T. monopolartig geregelten Zugängen. Man denke etwa an Bilder wie Genscher auf dem Balkon der Prager Botschaft. Ein Bild, das Helmut Kohl sicher einige schlaflose Nächte gekostet haben wird.

Bilder und Personen (Personenbilder) haben engste Auswirkungen auf die Gricesche Maxime der Glaubwürdigkeit. Die Authentizität und Glaubwürdigkeit von Bildern befördern oder verhindern die Glaubwürdigkeit des verbalsprachlichen Handelns. Bilder können die Glaubwürdigkeit sprachlicher Äußerungen unglaubwürdig machen oder sie können deren Glaubwürdigkeit erhöhen. Muckenhaupt hat gezeigt, daß man bei Text-Bild-Kommunikationen einen erweiterten bzw. modifizierten Begriff des kommunikativen Handelns zugrundelegen muß. Und er verweist darauf, daß dem Bildteil einer Text-Bild-Kommunikation im allgemeinen ein höheres Maß an Glaubwürdigkeit zugesprochen wird.[6]

Bilder und Personenbilder sind also in Text-Bild-Zusammenhängen Prüfsteine auf die Glaubwürdigkeit der Text-Bild-Kommunikation. Die Auswirkungen auf das Besetzen von Begriffen sind gravierend.

Weitere Beispiele, wo Bildrealitäten Sprach- und Kommunikationsstrategien unterlaufen bzw. unterlaufen würden: Mit Lafontaine kann die SPD, selbst wenn sie das wollte, nicht Ausdrücke wie *Familie* oder *Treue* besetzen. Mit Vogel wird sie sich schwertun, weltoffene Jugendlichkeit zu verbinden. Herr Möllemann wird schwer Genscher an außenpolitischer Seriosität beerben können, und Helmut Kohl ist und bleibt die glaubwürdigste Visualisierung des Ausdrucks *Deutschland*, wobei ich mich nicht zu der Behauptung hinreißen lassen werde, dies sei ein Hochwertausdruck.

Die CDU kann nach Lage der Dinge als Regierungspartei Ausdrücke wie *Umweltschutz* oder *Ökologie* nicht besetzen, so oft Umweltminister Töpfer auch immer in den Rhein springen mag, denn es entstehen täglich neue Bilder, die Umweltverschmutzung in Kontexten zeigen, die der CDU bzw. der verantwortlichen Regierungspartei zugeordnet werden. Übrigens wirken aus diesem Grunde die Bilder von umweltzerstörten Regionen aus der CSFR oder der DDR für die CDU und jedwede Regierungspartei eher entlastend bzw. glaubwürdigkeitssteigernd.

In diesem Sinne sind, so sehr das vielleicht auf den ersten Blick überraschen mag, die Grünen und eine Organisation wie Greenpeace in einem bestimmten Sinne sogar Konkurrenten. Greenpeace liefert die Bilder, die den Grünen fehlen.

Anders als viele glauben, bin ich der Überzeugung, daß Kohls Körpersprache, diese unbeholfene, ungeduldige Verlorenheit in Körpermasse, seine Glaubwür-

---

[6] Muckenhaupt 1985:243. Vgl. in diesem Zusammenhang auch Meyrowitz 1987.

digkeit wesentlich erhöht. Man sieht, daß es manchmal anstrengend ist in der Politik und daß es manchmal auch Freude macht, Bundeskanzler zu sein. Und man sieht (man hört nicht nur), wie schwer es ist zu sprechen oder Fragen zu beantworten, die man gar nicht beantworten will (vielleicht auch nicht kann) oder die nur gestellt sind, um einen hereinzulegen.

Die Körpersprache und die Inszenierung der Auftritte werden also immer mehr zu einem entscheidenden Faktor für die Glaubwürdigkeit sprachlicher Äußerungen. Es ist wichtig zu betonen, daß die Bilder, die der Körper liefert, keineswegs objektive Tests auf Wahrheit sind. Vielmehr handelt es sich um eine soziale Konvention unserer Kultur, den Körper als Lieferanten von Botschaften zu sehen, die dieser vielleicht gar nicht kommuniziert haben will (vgl. dazu Hahn 1988).

Hahn sagt richtig: "Aber niemals 'spricht' der Körper selbst. Vielmehr wählt das soziale System aus der virtuell unendlichen Menge körperlicher Veränderungen bestimmte aus und behandelt sie als bedeutungsträchtig." (Hahn 1988:670)

Diese konventionellen Zuordnungen sind natürlich gut begründet, weil die völlige Beherrschung des Körpers, also die perfekte Fähigkeit mit dem Körper zu lügen, im Normalfall mehr oder weniger eine Utopie ist. In diesem Sinne gibt es zwei Möglichkeiten: Schauspieler (Reagan) oder selbstzufriedener Laie (Kohl). Der Mittelweg ist hier das Normalmaß politischer Langeweile und öder Glattheit. Die Vertreter dieses Mittelweges sind Legion in unserer politischen Kultur. Viele von ihnen sind in schlechten Rhetorikkursen ein bißchen auf Körpersprache getrimmt worden und wenden diese dann unglücklicherweise auch noch an, im Irrglauben, sich die Mühe für eine jahrelange und harte Schauspielausbildung ersparen zu können.

Literatur

Behrens, M./Dieckmann, W./ Kehl, E. 1982. Politik als Sprachkampf. In: H.J. Heringer (Hg.), 216-265.
Biedenkopf, K.H. 1982. Politik und Sprache. In: H.J. Heringer (Hg.), 189-197.
Bourdieu, P. 1989. *Über die Verantwortung des Intellektuellen*. Berlin.
Foucault, M. 1977. *Sexualität und Wahrheit*. Bd. 1. Frankfurt/M.
Franck, G. 1989. Die neue Währung: Aufmerksamkeit. Zum Einfluß der Hochtechnik auf Zeit und Geld. In: *Merkur* 8, 688-701.
Greiffenhagen, M. 1980 (Hg.). *Kampf um Wörter*. München/Wien.
Hahn, A. 1988. Kann der Körper ehrlich sein? In: H.U. Gumbrecht/K.L. Pfeiffer (Hg.). *Materialität der Kommunikation*. Frankfurt a.M., 666-679.

Heringer, H.J. 1982 (Hg.). *Holzfeuer im hölzernen Ofen*. Tübingen.
Hermanns, F. 1989. Deontische Tautologien. Ein linguistischer Beitrag zur Interpretation des Godesberger Programms (1959) der Sozialdemokratischen Partei Deutschlands. In: J. Klein (Hg.), 69-149.
Holly, W./Kühn, P./Püschel, U. 1986. *Politische Fernsehdiskussionen. Zur medienspezifischen Inszenierung von Propaganda als Diskussion*. Tübingen.
Holly, W. 1989. Medien und politische Sprachkultur. In: *Sprachreport* 1, 9-13.
Kaltenbrunner, G.-K. 1975 (Hg.). *Sprache und Herrschaft*. München.
Keller, R. 1985. Was die Wanzen tötet, tötet auch den Popen. Ein Beitrag zur politischen Sprachkritik. In: G. Stötzel (Hg.). *Germanistik, Forschungsstand und Perspektiven 1. Teil. Vorträge des deutschen Germanistentages 1984*, 264-277.
Klein, J. 1989. Wortschatz, Wortkampf, Wortfelder in der Politik. In: ders. (Hg). *Politische Semantik*, 3-50.
Kluge, A. 1985. Die Macht der Bewußtseinsindustrie und das Schicksal unserer Öffentlichkeit. Zum Unterschied von *machbar* und *gewalttätig*. In: K.v. Bismarck/G. Gaus/A. Kluge/F. Sieger (Hg.). *Industrialisierung des Bewußtseins*. München.
Kuhn, F. 1987. Tabus. In: *Sprache und Literatur* 60, 17-35.
Kuhn, H. 1975. Despotie der Wörter. In: G.-K. Kaltenbrunner (Hg.), 11-19.
Mauthner, F. 1982. *Beiträge zu einer Kritik der Sprache*. 3 Bde. Frankfurt a.M./Berlin/Wien.
Meyrowitz, J. 1987. *Die Fernsehgesellschaft. Wirklichkeit und Identität im Medienzeitalter*. Weinheim/Basel.
Muckenhaupt, M. 1985. *Text und Bild*. Tübingen.
Postman, N. 1985. *Wir amüsieren uns zu Tode. Urteilsbildung im Zeitalter der Unterhaltungsindustrie*. Frankfurt a.M.
Stötzel, G. 1978. Heinrich Bölls sprachreflexive Diktion. In: *LuD* 33, 54-74.
Wassermann, R. 1986. *Die Zuschauerdemokratie*. Düsseldorf/Wien.

BESETZTE PLÄTZE UND "BEFREITE BEGRIFFE"
Die Sprache der Politik der DDR im Herbst 1989

Reinhard Hopfer

1. Revolutionen haben immer auch etwas mit Sprache zu tun. Eine Linguistik der Sprache in der Revolution ist wohl gegenwärtig noch ein Desiderat. Insofern verstehen sich die folgenden Ausführungen als Vorarbeiten für eine solche noch zu schaffende Linguistik.

Gerät die Welt der Begriffe in Bewegung, kann dies für die begriffene Welt nicht folgenlos bleiben. Und umgekehrt können diejenigen, die etwas verändern wollen, die Begriffe nicht unverändert lassen. Für das Ancien regime in der DDR war schon der Begriff der Veränderung suspekt. Da es ihn jedoch nicht abschaffen konnte, versuchte es wenigstens, die ganze Begrifflichkeit der Veränderung von der gesellschaftlichen Misere fernzuhalten. Es war daher nicht zufällig, daß solche Begriffe wie Reform, Veränderung, Erneuerung, Wende usw. zum Gegenstand diskursiver Auseinandersetzung im Herbst 1989 wurden. Aber zunächst gingen die oppositionellen Kräfte davon aus, daß Begriffe nur "befreit" werden können, wenn zuvor die öffentlichen Straßen und Plätze besetzt werden. Die Revolution in der DDR zeigte sich nicht zuletzt in dem massiven Protest gegen die Orwellschen Verhältnisse in der Sphäre gesellschaftlicher Kommunikation. In früheren Zeiten mag es so etwas wie Hungerrevolten gegeben haben. In der DDR revoltierte auch die Sprache. Sie sprang "aus dem Ämter- und Zeitungsdeutsch heraus, in das sie eingewickelt war".[1]

Für die DDR des Jahres 1989 galt nicht der Satz, daß es für eine revolutionäre Umwälzung ausreichend sei, die politischen Begriffe zu besetzen. Das durch das metaphorische *Besetzen* Gemeinte ist an eine elementare Voraussetzung gebunden. Damit oppositionelle politische Kräfte den Regierenden die Welt ihrer politischen Begriffe streitig machen können, müssen sie in der Lage sein, sich in der Öffentlichkeit zu artikulieren und eine alternative politische Begrifflichkeit anzubieten. Das ist nicht durch einen einzelnen und womöglich illegal verbreiteten Text zu erreichen, sondern erst durch eine Folge von öffentlichen Texten, die sich durch übergreifende strategische Kommunikationsziele, durch eine durchgängige thematisch-begriffliche Basis und durch ein sprachliches Instrumentarium als das auszeichnet, was wir im folgenden als politischen

---

[1] Christa Wolf. Rede am 4. November 1989 in Berlin auf dem Alexanderplatz. Zitiert nach: Schüddekopf 1990:214.

Diskurs bezeichnen wollen. Um in die Gesellschaft hinein wirken zu können, mußten die revolutionären Kräfte ihrer Stimme in der Öffentlichkeit Gehör verschaffen. Genau dies zu unterbinden, war das Ziel des alten Regimes. Solange die neue Begrifflichkeit der Veränderung nicht öffentlich war, blieb sie für das System ungefährlich. Die Sprachlosigkeit der Politbüro-kratie im Spätsommer 1989 erleichterte es der Opposition, die Initiative zu ergreifen und über die Krise endlich offen und in aller Öffentlichkeit zu sprechen. Das war nicht anders möglich, als durch Besetzen der öffentlichen Plätze. Die Demonstration am 4. November auf dem Alexanderplatz in Berlin als Höhepunkt dieser Anstrengungen galt der Herstellung demokratischer Verhältnisse in der politischen Kommunikation, ohne die sich der politische Diskurs der Revolutionäre nicht hätte entfalten können. Wenn man Begriffe in der politischen Kommunikation "besetzen" will, muß man über einen eigenen politischen Diskurs verfügen, mit dem und in dem dies möglich ist. Erst er stellt das notwendige sprach-liche Instrumentarium und den Interpretationshintergrund zur Verfügung, um einen Begriff mit einer stabilen Re- und Neuinterpretation zu versehen. Politische Diskurse werden revolutionären Kräften nicht als Morgengabe geschenkt, sondern das Recht für deren Konstituierung müssen sie sich auf den öffentlichen Plätzen und Straßen erstreiten. Zumindest war das die Situation in der DDR und in den anderen osteuropäischen Ländern.

2. Es liegt in der Ontologie der politischen und Massenkommunikation, daß nicht der Text - und noch weniger der einzelne Begriff - sondern der **Diskurs** die eigentliche funktionale und strukturelle Einheit des Sprechens auf der sozialen Makroebene ist.[2]

Zunächst kann man davon ausgehen, daß der politische Diskurs die sprachliche Seite der Existenz kollektiver politischer Subjekte darstellt. D.h., kollektive Rede-Subjekte besitzen erstens ein Inventar gesellschaftlich relevanter Themen und eine Menge strategischer Kommunikationsziele. Diese Themen und Ziele werden zweitens mit einem eigenen sprachlichen Instrumentarium bearbeitet bzw. realisiert. Dabei wird drittens ein geordnetes Ganzes textgewordener Bewußtseinsinhalte und sprachlicher Handlungsabsichten hervorgebracht, das sowohl als eine Menge aufeinanderfolgender als auch paralleler Texte aufzufassen ist.

---

[2] Zur Abgrenzung des hier benutzten Diskursbegriffes von anderen Verwendungsweisen vgl. Erfurt/Hopfer 1989; für eine ausführliche Darstellung der Veränderungen von Diskussionen in der DDR vgl. Hopfer 1990.

Für die Annahme kollektiver politischer Subjekte und damit auch kollektiver Rede-Subjekte spricht die Tatsache, daß es in der Politik nicht zuletzt um Machterringung und -ausübung geht. Das Phänomen Macht in der Politik setzt voraus, daß es große Gruppen von Menschen gibt, die mit ihren unterschiedlichen Interessen widersprüchlich verbunden sind, diese nicht gleichzeitig und im gleichen Maße realisieren können. Wie in einer gegebenen historischen Situation die jeweiligen politischen Kräfte aufeinander bezogen sind, so auch deren Diskurse in einer Diskurskonstellation. Analog zur Erringung der politischen Macht geht es in der Diskurskonstellation darum, wessen Diskurs die anderen dominiert. Das ist u.E. der Hintergrund, vor dem sich das "Besetzen" von Begriffen abspielt. Politische Diskurse benötigen geeignete Orte und Gelegenheiten, wo sie sich entfalten, einander begegnen und natürlich miteinander konkurrieren können. Parlamente, Wahlen, Massenmedien usw. sind solche Orte und Gelegenheiten. Gelingt es einzelnen politischen Kräften, diese für sich zu okkupieren, dann verstummen früher oder später die anderen politischen Diskurse. Politische Kommunikation wird zum Monolog und Selbstgespräch der Herrschenden. Den Monolog und das Selbstgespräch der Politbüro-kratie in der DDR zu beenden, war ein zentrales Ziel der oppositionellen Kräfte.

In der o.g. Definition wurde der Begriff des kollektiven Rede-Subjektes erstens über die Begriffe "Thema" und "strategisches Kommunikationsziel" bestimmt. Unter Thema wollen wir in unserem Zusammenhang einen Realitätsbereich verstehen, der ein erlaubtes oder erwünschtes Objekt gesellschaftlicher Erkenntnis ist, in Texten dargestellt wird und mit dessen sprachlicher Repräsentation kommunikative Ziele realisiert werden können.[3] Öffentlichkeit ist in Anlehnung an Luhmann die Menge der institutionalisierten (politischen) Themen (vgl. Luhmann 1971). Politische Subjekte besitzen dann entweder allein oder gemeinsam mit anderen eine Menge von Themen, die sie entsprechend ihren Zielen bearbeiten und zu denen sie ihre spezifischen Meinungen entwickeln. Ein (Diskurs-) Thema wird in der Regel in einer ganzen Folge von Texten bearbeitet, wie umgekehrt in einem einzelnen Text gleichzeitig mehrere Diskursthemen enthalten sein können. (Themen des entstehenden oppositionellen Diskurses waren z.B. im September die Massenflucht, die Umweltzerstörung, die Kritik der offiziellen Informations- und Medienpolitik).

Strategische Kommunikationsziele politischer Subjekte bestehen vor allem in der Herstellung von Konsens, dem Erreichen von Akzeptanz und dem Nachweis der Legitimation. Konsens muß zuerst unter den Mitgliedern kollektiver Sub-

---

[3] Im vorliegenden Zusammenhang wird vor allem der soziologische Aspekt des Textbegriffs akzentuiert.

jekte erreicht werden, dann entsprechend den angestrebten Koalitionen und Bündnissen zwischen verschiedenen politischen Kräften und schließlich partiell mit Konkurrenten und Gegnern. Denn selbst politische Gegner reden und agieren auf der Grundlage eines Minimalkonsenses. Ansonsten wäre so etwas wie eine Parlamentsdebatte unmöglich. Nur in Revolutionen oder Kriegen wird dieser Konsens aufgekündigt. Das Streben nach Akzeptanz ergibt sich als Kommunikationsziel vor allem auf Grund der Tatsache, daß kollektive Subjekte arbeitsteilig politisch handeln und daß aktive politische Tätigkeit in der Gesellschaft sehr ungleichmäßig verteilt ist. So werben Parteien um Wähler. Regierungen oder andere politische Repräsentanten bemühen sich um den Nachweis der Legitimation für ihr Handeln. Diese für sich nachzuweisen und dem politischen Konkurrenten abzusprechen, prägt das Verhältnis konkurrierender Diskurse zueinander in einer Diskurskonstellation. Aus den strategischen Kommunikationszielen leiten sich eine Reihe von Intentionen ab, die wir im einzelnen politischen Text finden können wie z.B. Aufrufe, Appelle, Warnungen, Versprechungen, Rechtfertigungen, Kritiken, Polemiken. Meistens kommen mehrere Intentionen gleichzeitig in einer bestimmten Konfiguration vor.

Das zweitens in der Definition angenommene sprachliche Instrumentarium, das für den Diskurs einzelner kollektiver Rede-Subjekte charakteristisch ist, stellt die empirische Beschreibung und theoretische Erklärung vor z.T. noch ungelöste Probleme. Offensichtlich können ganz unterschiedliche sprachliche Phänomene zu einem diskursspezifischen sprachlichen Instrumentarium gebündelt werden. Wahrscheinlich kann man davon ausgehen, daß über einer historisch gegebenen Menge sprachlicher Ausdrucksmöglichkeiten eine Reihe von Kriterien der Selektion, der Differenzierung, Modifikation und Bearbeitung operieren. Selektiert werden Einheiten des Wortschatzes, syntaktische Strukturen, Textsorten, Stilfiguren, Topoi, Bewertungsmuster, argumentative Strukturen, Formen des Zitierens usw. Um Selektion handelte es sich beispielsweise bei dem byzantinischen Umgang mit den Funktions- und Titelbezeichnungen ehemaliger DDR-Politiker insbesondere in journalistischen Texten ("Der Vorsitzende des Staatsrates der Deutschen Demokratischen Republik und Generalsekretär der Sozialistischen Einheitspartei Deutschlands, Erich Honecker, empfing heute ..."). Die exzessive Verwendung dieser Distanz und Hierarchie konnotierenden Funktions- und Titelbezeichnungen stand ganz im Gegensatz zur offiziell verkündeten "Massenverbundenheit" der Parteiführung und hatte eher etwas mit feudalistischen als mit sozialistischen Verhältnissen zu tun.

Ein Beispiel für die Bearbeitung einer Textsorte, die dem gegebenen Ausdruckspotential entnommen wurde, war im Diskurs des Ancien régime der "öffentliche Brief an den Generalsekretär". Hier wurde die Textsorte Brief mit dem Sprechakt des Versprechens und dem Merkmal öffentlich in einer Art und Weise amalgamiert, daß so etwas wie ein "sozialistischer Vasallenschwur" entstand. *Werktätige* und *Bestarbeiter* waren z.B. die Absender im NEUEN DEUTSCHLAND veröffentlichter Briefe an den *Generalsekretär*, in denen sie über ihre *Erfolge im sozialistischen Wettbewerb* berichteten und sich zu neuen Taten zur *Stärkung des Sozialismus* vepflichteten. Selbstverständlich gehörten auch *Bestarbeiter, Werktätige, Generalsekretär, Erfolge im sozialistischen Wettbewerb* und *Stärkung des Sozialismus* zum sprachlichen Instrumentarium des alten Diskurses.

Die Phänomenologie des jeweils diskursspezifischen sprachlichen Instrumentariums ist die eine Sache. Wesentlich schwieriger ist es, die Kriterien selbst aufzuhellen, die kontinuierlich den Habitus der einzelnen politischen Kräfte in die für sie charakteristische Art und Weise des Sprechens transformieren. Wir können u.U. erklären, welche Funktion eine selektierte, modifizierte usw. Ausdrucksmöglichkeit im Rahmen eines politischen Diskurses und für das ihn tragende politische Subjekt hat, aber das umgekehrte Vorgehen macht wesentlich mehr Schwierigkeiten. Warum wird ein bestimmtes Merkmal des politischen Habitus gerade auf die vorgefundene Weise ausgedrückt? Zu fragen ist nach den Gesetzmäßigkeiten der diskursspezifischen Instrumentalisierung zunächst freier sprachlicher Ausdrucksmöglichkeiten. So wurden vom alten Diskurs z.B. der Komparativ, bestimmte Adverbien (immer, noch), Verben mit der Bedeutung des kontinuierlichen Fortschreitens (weiterlernen, fortsetzen), Derivate von Adjektiven (verbessern, vergrößern) und Partizipialformen (wachsende Initiative) mit hoher Signalwirkung zum Ausdruck des Entwicklungs- und Wachstumstopos genutzt, hinter dem die politische Überzeugung von der historischen Perspektive des Sozialismus stand.[4] Trotz einer Reihe von Einzelvorschlägen sind die allgemeinen Voraussetzungen für die Kodierung sozialer Realität in Diskursen noch weitgehend ungeklärt.[5]

Von dem unter drittens in der Definition erwähnten geordneten Ganzen textgewordener Bewußtseinsinhalte und sprachlicher Handlungsabsichten, das kollektive Rede-Subjekte hervorbringen, interessiert im Hinblick auf die Konkurrenz zwischen Diskursen und auf den "Kampf um Begriffe" der Aspekt der Interdiskursivität. Das genaue zeitliche wie semantische und pragmatische Profil des

---

[4] Typisch für das "sprachliche Entwicklungs- und Wachstumssyndrom" waren Formulierungen wie *bessere Nutzung der realen Möglichkeiten; umfassender und erlebbarer gestalten; weiterer Ausbau; Triebkräfte der Gesellschaft noch stärker freisetzen.*
[5] Hier sind z.B. die Arbeiten von U.Maas 1984 und F. Januschek 1986 zu nennen.

Diskursverlaufs hängt nicht nur von dem fortlaufenden Sprechen des einzelnen kollektiven Rede-Subjekts ab, sondern ebenso von den Rede- und Handlungszügen anderer politischer Kräfte. Miteinander verzahnt sind die einzelnen Diskurse einmal durch die übergreifenden gesellschaftlich relevanten Themen. Es steht den einzelnen Redesubjekten nicht völlig frei, welche Themen sie bearbeiten und in welcher Weise. Daher ist schon die Festlegung der als relevant anzusehenden Themen umstritten. Gegenstand der Auseinandersetzung ist ferner das zu einem gegebenen Zeitpunkt vorhandene sprachliche Ausdruckspotential (Wortschatz, Schlagwörter, Metaphern, Topoi, Argumentationsmuster, Textsorten usw.). Denn es trifft nicht zu, daß sich verschiedene Redesubjekte eines nur ihnen zugehörenden Wortschatzes bedienen könnten. Vielmehr müssen sie ihn (wie auch die anderen Ausdrucksmöglichkeiten) für ihren Diskurs in Konkurrenz zu anderen instrumentalisieren z.B. durch die Präferenz einzelner lexikalischer Elemente, durch Kollokationen usw. In diesem Sinne ist auch die diskursspezifische Instrumentalisierung politischer Begriffe ein Spezialfall der Auseinandersetzung um das allen zugängliche Ausdruckspotential.

Dieses Aufeinanderbezogensein der Diskurse führt häufig dazu, daß in vielen Texten des einen Diskurses die Texte anderer präsent sind und in einem Text zwei unterschiedliche Rede-Subjekte polyphon sprechen.

Bei den folgenden Momentaufnamen aus dem Herbst 1989 wollen wir uns auf diesen interdiskursiven Aspekt konzentrieren, wenn wir uns dem Untergang des alten offiziellen Diskurses und den entstehenden neuen Diskursen zuwenden.

3. *Flüchtling* oder *Verräter* - das war im Herbst 1989 allerdings nicht nur ein sprachlicher Streit zwischen der noch herrschenden alten Partei- und Staatsbürokratie und den politischen Trägern des oppositionellen Diskurses. Nach der Öffnung der ungarischen Grenze zu Österreich versuchten viele DDR-Bürger, über Ungarn in die Bundesrepublik zu fliehen. Außerdem gab es in Budapest, Prag und Warschau die sogenannten *Botschaftsflüchtlinge*, die hofften, auf diesem Wege in die Bundesrepublik ausreisen zu können. Die Fluchtwelle im Sommer und Herbst 1989 war eine Folge der gesellschaftlichen Krise und verschärfte sie zugleich. Dieser Vorgang konnte nicht geheimgehalten werden. Trotzdem gab es in der Diskurs-Welt des real existierenden Sozialismus keine *Flüchtlinge*. Diejenigen, die trotzdem flohen, konnten daher nur *Verführte* oder *Verräter* sein. Das Wort *Flüchtling* kam den Herrschenden nicht über die Lippen. In den offiziellen Nachrichtentexten jener Zeit war es tabu. Der alte Diskurs konnte die selbstgewählten Grenzen des Sagbaren nicht überschreiten. Er war nicht in der Lage, selbst die offensichtlichsten Krisensymptome nur zu benennen. Die folgenden Beispiele, die das Reden wider Willen über ein unerwünschtes Thema dokumentieren sollen, sind ein Lehrbeispiel für die Macht eines Diskurses, der seine Träger zu Gefangenen im Reden, Denken und Handeln macht.

Charakteristisch für die Behandlung dieses unerwünschten Themas ist z.b., daß Propositionen, die den Fakt des Vorhandenseins von Flüchtlingen repräsentieren, nach Möglichkeit auf einer unteren Ebene der Makrostruktur des Textes plaziert werden, bzw. der Fakt selbst wird als Präsupposition behandelt.

Seit einigen Tagen führen bundesdeutsche Medien eine lautstarke Kampagne um einige DDR-Bürger, denen in der BRD-Botschaft in Budapest widerrechtlich Aufenthalt gewährt wird und die auf illegalen Wegen in die BRD gelangen wollen.(ND 8.8.1989)

Die ungarische Nachrichtenagentur MTI hat am Montag abend eine Mitteilung der Konsularabteilung der Botschaft der DDR in der Ungarischen Volksrepublik verbreitet. Danach bestätigt die Konsularabteilung, daß der Aufenthalt von Bürgern der DDR in der Budapester Botschaft der BRD für diese bei einer Rückkehr in die DDR keine Folgen haben wird. (ND 16.8.1989)

Nur wenn man wußte, daß sich DDR-Flüchtlinge in der BRD-Botschaft aufhielten und daß damit der Straftatbestand des illegalen Verlassens der DDR erfüllt war, konnte man die Meldung verstehen. Der Text enthält noch ein weiteres Merkmal, das man als **Delegierung der Redeverantwortung** bezeichnen könnte. Nicht die DDR-Regierung spricht, sondern die DDR-Botschaft mit Hilfe einer ausländischen Nachrichtenagentur. Die Delegierung der Redeverantwortung war auch über (bestellte) Meinungsäußerungen und Leserbriefe möglich.

Eindeutig ist, daß die Bürger, die zur Zeit die Ausreise erzwingen wollen, der westlichen Propaganda von der 'heilen Welt' erlegen sind. (ND 7.9.1989)

... Bürger der DDR mit scheinheiligen Versprechungen und Werbekampagnen zu veranlassen, ihre Heimat auf Schleichwegen zu verlassen ... . (ND 7.9.1989)

Da man das Wort *Flüchtling* oder andere Synonyme nicht verwenden will, kommt es zu umständlichen Umschreibungen für Flüchtlinge und Ausreisewillige, wenn man auf sie in Texten referieren muß:

in Ungarn befindliche DDR-Bürger; sich in der UVR aufhaltende DDR-Bürger; Bürger der DDR, denen man in BRD-Botschaften widerrechtlich Aufenthalt gewährt; DDR-Bürger, die einen illegalen Grenzübertritt via UVR beabsichtigen; DDR-Bürger, die als Touristen einreisen und versuchen, die Grenze zu Österreich illegal zu überschreiten. (Vgl. ND 8.9.1989)

Nach Möglichkeit wird überhaupt nicht auf die Flüchtlinge referiert, sondern auf Tatsachen, die die Folge ihrer Flucht sind.

... legte gegenüber Dr. Bertele entschieden Verwahrung gegen völkerrechtswidrige Aktivitäten der Botschaft der BRD in der Ungarischen Volksrepublik gegenüber Bürgern der DDR ein. (ND 17.8.1989)

Es wurden Fragen im Zusammenhang mit dem Aufenthalt von DDR-Bürgern in Auslandsvertretungen der BRD erörtert. (ND 19./20.8.1989)

Die Flucht von Tausenden konnte im alten Diskurs nur erklärt werden, indem man Verführung oder (vor allem später) Verrat annahm:

... wurde ... begonnen, Bürger der DDR illegal und unter Verletzung völkerrechtlicher Verträge und Vereinbarungen in die BRD zu verbringen.; Abwerbung und Irreführung von Bürgern unseres Staates; sie zum illegalen Verlassen unserer Republik zu verleiten; treiben Menschen in ein ungewisses Schicksal. (ND)

Als man Anfang Oktober der Ausreise der Prager Botschaftsflüchtlinge zustimmen muß, läßt man die Verführungsthese fallen und gebraucht die These vom Verrat.

Sie alle haben durch ihr Verhalten die moralischen Werte mit Füßen getreten und sich selbst aus unserer Gesellschaft ausgegrenzt. Man sollte ihnen deshalb keine Träne nachweinen. (ND 2.10.1989)

Die Konzepte *Verführung* und *Verrat* schließen sich keineswegs gegenseitig aus. Sie besitzen ein gemeinsames Merkmal, das aus der Perspektive des befugten (politischen) Sprechers bedeutsam ist. Die Verantwortung des Handelns liegt in beiden Fällen nicht bei ihm. Dagegen ist der Unterschied zwischen Opfer (Verführter) und Täter (Verräter) zunächst sekundär. Erst in dem Moment, wo der Sprecher selbst handeln muß (Zustimmung zur Ausreise der Prager Botschaftsflüchtlinge), erfolgt der Übergang von der Opfer- zur Täterbeschreibung, werden die Ausreisenden allein für ihr Handeln verantwortlich gemacht.

Während bei der Darstellung des Flüchtlingsthemas im offiziellen Diskurs die Konzepte *Verführung* und *Verrat* dominieren, sind es dagegen im oppositionellen Diskurs die Konzepte *Trauer*, *Verlust* und *Krise*.

Krisensymptom: In unserem Lande ist die Kommunikation zwischen Staat und Gesellschaft offensichtlich gestört. Belege dafür sind die weitverbreitete Verdrossenheit bis hin zum Rückzug in die private Nische oder zur massenhaften Auswanderung. (Neues Forum, 10.9.1989. Zitiert nach: Schüddekopf 1990:29)

Krisensymptom: Viele verlassen das Land, weil Anpassung ihre Grenzen hat. (Demokratie jetzt, 12.9.1989. Zitiert nach: Ebd., 32)

Trauer und Verlust: Wir, die Unterzeichner dieses Schreibens, sind besorgt über den augenblicklichen Zustand unseres Landes, über den massenhaften Exodus vieler Altersgenossen, ... (Erste Resolution der Rockkünstler, 18.9.1989. Zitiert nach: Schüddekopf 1990:39)

Verlust: Die Folgen der Abwanderung betreffen alle in diesem Land. Familien und Freundschaften werden zerrissen, alte Menschen fühlen sich im Stich gelassen, Kranke verlieren ihre Pfleger und Ärzte, Arbeitskollektive werden dezimiert, ... die Folgen für die Volkswirtschaft sind unübersehbar. Auch Kirchengemeinden werden kleiner. (Synode des Evangelischen Kirchenbundes in der DDR, 19.9.1989)

Verlust: Inzwischen sind auch aus unseren Reihen schmerzliche Verluste zu beklagen. ... Abkehr so vieler unserer Menschen ... Weggang unserer Bürger. (Brief von Gewerkschaftsmitgliedern des VEB Bergmann-Borsig an Harry Tisch, 29.9.1989. Zitiert nach: Ebd., 46)

Krisensymptom: Ein Land, das seine Jugend nicht halten kann, gefährdet seine Zukunft. (Erklärung des Staatsschauspiels Dresden, Anfang Oktober 1989. Zitiert nach: Ebd., 54)

Auch wenn die Konzepte *Verlust, Trauer* und *Krise* nicht in jedem Falle als lexikalische Einheiten an der Textoberfläche zu finden sind, können sie trotzdem in der propositionalen Basis der Texte nachgewiesen werden. Diese alternative Begrifflichkeit zu der des (noch) offiziellen Diskurses ermöglicht es auch, auf das Flüchtlingsthema offensiv zu reagieren. Dies schlug sich u.a. in der Demonstrationslosung nieder: *Wir bleiben hier!* Das Hierbleiben war nur über solche Konzepte wie *Verlust, Trauer, Krise* zu begründen und nicht mit Begriffen wie Verführung und Verrat. Unabsichtlich wurden im alten Diskurs Argumentationen aufgebaut, die von vornherein eine Lösung des Flüchtlingproblems blockierten. Mit der Verführer- und Verräterthese hat der alte Diskurs sich selbst abgeschafft. Diskurs-Welt und reale Welt hatten nichts mehr miteinander zu tun.

4. In der DDR wie auch in den anderen sozialistischen Ländern waren schon seit längerer Zeit tiefgreifende gesellschaftliche Reformen überfällig. Zugespitzt wurde die Situation noch dadurch, daß die beiden Schlüsselbegriffe für den gesellschaftlichen Umbruch in der Sowjetunion, *Perestroika* und *Glasnost*, fast nur konspirativ in der DDR gebraucht werden konnten. Da auf Dauer für den offiziellen Diskurs der Reformbegriff nicht mehr zu umgehen war, bemühte man sich, ihn mit ungefähren Interpretationen zu versehen. Es lassen sich zwei Formen der Instrumentalisierung für den alten Diskurs unterscheiden. Erstens wurden mit *Reformen* eine Reihe von gesellschaftlichen Veränderungen bezeichnet, die schon Jahre zurücklagen. Durch diese Historisierung war er gerade kein Begriff mehr, um Gegenwartsaufgaben abzubilden. So wurde die "weitere Gestaltung der entwickelten sozialistischen Gesellschaft" aufgefaßt als "ein historischer Prozeß tiefgreifender politischer, ökonomischer, sozialer und geistig-kultureller Wandlungen". Auf diese Weise konnte die akute Krise durch die Abstraktion des "historischen Prozesses" begrifflich zugedeckt werden. Indem man allgemein von Wandlungen sprach, mußte man nicht über notwendige

Veränderungen der DDR-Gesellschaft im Jahre 1989 reden. Die immer wieder zu beobachtende Flucht in die Geschichte offenbart sich auch in der folgenden Passage: "Wir sind eine Partei der Neuerer, die schon auf eine 140jährige Tradition zurückblicken kann." (7. Tagung des Zentralkommitees der SED, 1./2.12.1988, Berlin, S.13)

Um zweitens über die Zukunft reden zu können, wurde ein anderes Schlagwort in Umlauf gebracht. Man sprach von *der Politik der Kontinuität und Erneuerung*. Dafür gab es auch solche Varianten wie *neue Anforderungen verlangen neue Lösungen, wir bleiben nicht beim Erreichten stehen, erhalten Bewährtes, trennen uns von dem, was überholt ist und uns hemmt*. Solchen Aussagen lag ein Geschichtsbegriff zugrunde, der Diskontinuitäten, Brüche und Revolutionen ausschloß. Mit den immer wieder benutzten Konzepten des stetigen Fließens, Wachsens und Reifens sollte das im Reformbegriff enthaltene Merkmal des kritischen Zustandes, der zu überwinden ist, ausgeblendet werden. Daß die Anwendung des Reformbegriffs auf die unmittelbare Gegenwart tabuisiert worden war, zeigt sich selbst in Äußerungen, die noch Ende Oktober im NEUEN DEUTSCHLAND veröffentlicht werden: "Berührungsängste mit dem Reformbegriff auf ökonomischem Gebiet sollten wir nicht haben. Wir hatten in der Vergangenheit solche Entwicklungsphasen, und wir werden sie auch weiter benötigen."

Nach dem Eingeständnis der Tabuisierung wird auch hier sofort die Gegenwart verlassen. Ziel der Instrumentalisierung des Reformbegriffs für den alten Diskurs war es, all jene Merkmale zu neutralisieren, die auf eine aktuelle Situationsanalyse (und -veränderung) zielten. Denn eine solche Analyse hätte zum Eingeständnis der Krise und zu der Frage nach den dafür verantwortlichen Personen und Strukturen geführt. Der Reformbegriff wurde seines aktuellen Handlungsbezugs beraubt und dadurch entpolitisiert. Für den neuen oppositionellen Diskurs und seine Protagonisten ist es kennzeichnend, daß sie die Historisierung und Entpolitisierung des Reformbegriffs wieder aufheben. Das geschieht nicht durch eine völlig andere Begrifflichkeit. Auch sie sprechen von Reformen, Veränderungen, Wandlungen usw. Aber sie stellen diese Begriffe in einen anderen Kontext. Die im September 1989 veröffentlichten Texte der Opposition gehen im Gegensatz zum (noch) offiziellen politischen Diskurs von einer Analyse und Bewertung der aktuellen Situation aus. Der Reformbegriff wird aus dem begrifflichen Kontext herausgenommen und in den neuen Zusammenhang der Krise gestellt. Damit gewinnt er seine aktuelle handlungsorientierte Komponente zurück. Die folgenden Textbeispiele sollen diesen alternativen Gebrauch des Reformbegriffs dokumentieren.

Angesichts der anhaltenden wirtschaftlichen *Stagnation* und der sich verschärfenden politischen *Krise* in unserem Lande werden wir uns .... Ein linkes, alternatives Konzept für eine *Wende* wird immer dringlicher!" ("Böhlener Plattform", Anfang September 1989. Zitiert nach: Schüddekopf 1990:19)

In unserem Lande ist die Kommunikation zwischen Staat und Gesellschaft *gestört* ... In Staat und Wirtschaft funktioniert der Interessenausgleich ... nur *mangelhaft*. ..., ob wir in absehbarer Zeit Wege aus der gegenwärtigen *krisenhaften* Situation finden. ..., daß eine größere Anzahl von Menschen am gesellschaftlichen *Reformprozeß* mitwirkt." (Neues Forum, 10.9.89. Zitiert nach: Ebd., 29)

Unser Land lebt in innerem *Unfrieden*. Menschen reiben sich *wund* an den Verhältnissen, andere *resignieren*. ... ist es heute offenkundig, daß die Ära des Staatssozialismus *zu Ende* geht. Er bedarf einer friedlichen demokratischen *Erneuerung*. ... Entgegen aller Schönfärberei sind die politischen, ökonomischen und ökologischen *Krisenzeichen* des Staatssozialismus ... unübersehbar." (Demokratie jetzt, 12.9.89. Zitiert nach: Ebd., 32)

Wir, die Unterzeichner dieses Schreibens, sind besorgt über den augenblicklichen *Zustand* unseres Landes, über den massenhaften *Exodus* vieler Altersgenossen, über die *Sinnkrise* dieser gesellschaftlichen Alternative und über die unerträgliche *Ignoranz* der Partei- und Staatsführung, die vorhandene Widersprüche bagatellisiert und an einem *starren Kurs* festhält. Es geht nicht um *Reformen*, die den Sozialismus abschaffen, sondern um *Reformen*, die ihn weiterhin in diesem Land möglich machen. (Erste Resolution der Rockkünstler, 18.9.89. Zitiert nach: Ebd., 39)

So kann es nicht weitergehen! Viele warten darauf, daß sich etwas *ändert*. ... Wir brauchen eine offene geistige Auseinandersetzung über den *Zustand* unseres Landes und seines künftigen *Weges*. (Sozialdemokratische Partei in der DDR, 26.9.89. Zitiert nach: Ebd., 41)

Die Beispiele zeigen, daß Reform und Krise als Komplementärbegriffe benutzt werden. Im alten Diskurs fehlte dem Reformbegriff genau dieser Komplementärbegriff. Denn der Reformbegriff beinhaltet, daß es zu verändernde Zustände, Verhältnisse, Strukturen usw. gibt.

Literatur

Erfurt, J./Hopfer, R. 1989. Sprache und Frieden. In: *Z.f. Germanistik*, 10.Jg., H.3, 303-322.
Hopfer, R. 1991. Der Untergang des Orwellschen Diskurses oder die Demokratie fängt an zu sprechen. In: Klein (Hg.) (erscheint demnächst).
Januschek, F. 1986. *Arbeit an Sprache*. Opladen.
Klein, F. 1991 (Hg.). *Friedensdiskurse im 20.Jahrhundert*. Berlin (erscheint demnächst).
Luhmann, N. 1971. Öffentlichkeit. In: *Politische Planung. Aufsätze zur Soziologie von Politik und Verwaltung*. Opladen.

Maas, U. 1981. *"Als der Geist der Gemeinschaft eine Sprache fand." Sprache im Nationalsozialismus*. Opladen.

Schüddekopf, C. 1990 (Hg.). *"Wir sind das Volk". Flugschriften, Aufrufe und Texte einer deutschen Revolution*. Reinbek.

DAS BESETZEN VON BEGRIFFEN

Anmerkung zu Ernst Blochs Theorie der Ungleichzeitigkeit

Petra Reuffer

I. Besetzen

1935 veröffentlicht der Philosoph Ernst Bloch - ein vehementer, aber kritischer Vertreter des Marxismus, der wenige Jahre später eine umfassende Bestandsaufnahme des "Prinzip Hoffnung" machen wird, - eine ideologiekritische Untersuchung der aktuellen Zeittendenzen unter dem Titel "Erbschaft dieser Zeit" (Bloch 1977)[1]. Bloch brennt die Frage unter den Nägeln, was eigentlich am Nationalsozialismus so verführerisch ist, und welcher Mechanismen er sich bedient, um sich den Menschen als Garant für eine bessere Zukunft glaubhaft zu machen. Blochs zentrale These besagt, daß die faschistischen Verführer es meisterhaft verstehen, Vergangenheit zu beerben und damit uralte Menschheitssehnsüchte und Hoffnungen für sich zu mobilisieren.

Für das, was da beerbbar ist, führt Bloch die Kategorie der Ungleichzeitigkeit ein: soziale und ideologische Anachronismen gleichsam, die aber als Widerstandspotential gegen bestehende Verhältnisse aktiviert werden können, da sie ein dynamisches Reservoir an Wünschen, Phantasien, Gefühlen und Energien abgeben. "Heute," so konstatiert Bloch im Vorwort, "dienen die Widersprüche dieser Ungleichzeitigkeit ausschließlich der Reaktion" (16). Sein erklärtes Ziel ist es, auf der Basis der Freilegung dieser "Erbstücke" (18) "der Reaktion diese Waffen aus der Hand zu schlagen" (16).

Bloch versteht sein Buch als "Handgemenge ... mitten im Feind, um ihn gegebenenfalls auszurauben"(18); es ist ein "Feldzug, der den Gegner nicht unterschätzt, der vor allem auf Beute ausgeht ..."(19). Innerhalb dieser Kampf-Metaphorik spielt der Begriff des *Besetzens* eine zentrale Rolle:

Aufgrund elementarer Versäumnisse der kommunistischen Partei vor dem Hitlersieg sei es den Nazis nämlich gelungen, "ungestört in große, ehemals sozialistische Gebiete" einzubrechen (16). Das sei deshalb möglich geworden, weil diese Gebiete emotional-irrationales Terrain seien und die kommunistische Partei seiner Zeit ein äußerst gestörtes Verhältnis zur "Irratio" habe. Um diese

---
[1] Alle weiteren Zitate im Folgenden beziehen sich - sofern nicht anders angegeben - auf dieses Buch.

Gebiete zurückzuerobern, dürfe aber die Irratio "nicht in Bausch und Bogen verlacht" werden, sondern müsse "besetzt" werden (16). Selbst die großbürgerlichen Kategorien des Irrationalen, wie: "Leben, Seele, Unbewußtes, Nation, Ganzheit, Reich ... wären" - so Bloch - "nicht so hundertprozentig reaktionär verwertbar, wollte die Revolution hier nicht bloß ... entlarven, sondern ... konkret überbieten und sich des alten Besitzes gerade dieser Kategorien erinnern" (18). Noch "besetzt" das Kapital diese Kategorien "mit armierten Kleinbürgern im Kampf gegen das Proletariat; sie könnten, richtig besetzt, Breschen sein oder mindestens Schwächungen der reaktionären Front" (17 f.). Folglich: "die Pflicht zur Prüfung und Besetzung möglicher Gehalte besteht auch hier" (18).

Es sei dahingestellt, ob Ernst Bloch der erste ist, der die Metapher des *Besetzens* von Begriffen verwendet. In einer Zeit der einschneidensten politischen Veränderungen, in einer Zeit aber auch, als der Ausgang des Machtkampfes in Deutschland noch nicht endgültig entschieden war, erscheint Bloch das Besetzen von Begriffen als die Waffe im Kampf um die Herzen des Volkes, und die Analyse der von den Nazis besetzten Begriffe als Voraussetzung für die Wiederaneignung solcher Begriffe durch die fortschrittlichen, linken Kräfte: "Nichts befreit daher vom Untersuchen der Begriffe, die der Nazi zum Zweck des Betrugs ... so verwendet wie entwendet hat" (126).

Bloch unterfüttert diesen Kampfbegriff des *Besetzens* aber mit einer geschichtsphilosophischen Theorie; und das ist das Besondere, das hier vorgestellt werden soll. Bloch ist kein Sprachphilosoph - er ist Geschichtsphilosoph, Teleologe, wenn man so will. Die zentrale Kategorie, von der auch die Metapher *Besetzen* getragen wird, ist dabei die der Ungleichzeitigkeit.

II. Ungleichzeitigkeit

Bloch unterscheidet zwischen "gleichzeitigen" und "ungleichzeitigen" gesellschaftlichen Widersprüchen. Die gleichzeitigen Widersprüche sind diejenigen, die sich aus der "Negativität des heutigen Zustandes" (120) ergeben, aus dem "Mißverhältnis zwischen den kapitalistisch entfesselten Produktivkräften zu den kapitalistischen Produktionsverhältnissen" (119): aus der Erfahrung von Verdinglichung und Entfremdung, "Verelendung, Zersetzung, Entmenschung" (118). Diese gleichzeitigen Widersprüche treiben aus der Sicht des marxistischen Theoretikers nach revolutionärem Umbruch, dessen Ziel eine bessere Zukunft und dessen Subjekt das Proletariat ist. Sie gewinnen aber ihre Utopie des Anderen, Besseren, ihr Positives aus einer "rebellischen Vermissung: nämlich des ganzen Menschen, der unentäußerten Arbeit, des Paradieses auf Erden", sie enthalten "die Materie des Widerspruchs, der ... aus Intentionsinhalten immer noch ungleichzeitiger Art rebelliert" (121). Die ungleichzeitigen Widersprüche rühren her aus der Vergangenheit in doppelter Weise: sie sind einerseits aus der Vergangenheit ins kapitalistische Jetzt mitgeschleppte vorkapitalistische Produktionsverhältnisse und Ideologien (wie sie Bloch 1935 noch beispielsweise in den bäuerlichen Produktionsverhältnissen oder Handwerker-Ideologien finden konnte), es sind somit "Elemente alter Gesellschaft und ihrer relativen Ordnung und Erfüllung" (117), das "relativ Lebendigere und Ganze früherer Beziehungen von Menschen" (120), also das, was im Heute "wachsend zerstört und nicht ersetzt worden" ist (117).

Die ungleichzeitigen Widersprüche sind aber andererseits auch solche Intentionsinhalte - sprich Wünsche, Sehnsüchte, Hoffnungen -, die auch in der Vergangenheit aus Ungenügen am Bestehenden sich artikulierten, die auch in der Vergangenheit unerfüllt geblieben sind,

dem noch zu keiner Zeit Erfüllung wurde, und das daher der letzte Stachel jeder Revolution, ja, noch der breite Glanzraum jeder Ideologie ist: es berührt sich ... auch mit solchen Positivitäten, welche ... sehr früh schon gegen den Kapitalismus erinnert worden sind. Dazu gehören nicht nur bürgerlich-revolutionäre Positiva, wie Rousseaus arkadische "Natur", sondern ebenso restaurativ gemischte ...: wie das Mittelalter der Romantik (121).

Der Begriff "ungleichzeitige Widersprüche" umfaßt also zweierlei: "untergehende Reste" und "unaufgearbeitete Vergangenheit" (117), die noch immer in die Zukunft verweist.

III. Sprache der Nazis und Kommunisten

So gärt das Ungleichzeitige weiter im Gleichzeitigen und als Widerspruch gegen es. Subjektiv mag es sich in den verschiedensten Formen äußern: als Verklärung der Vergangenheit, als Beschaulichkeit und Rückzug in die Innerlichkeit, als Verbitterung und Resignation oder als gestaute Wut, als Gewalt und Maschinenstürmerei, als Heilserwartung ... Dieses irrationale Festhalten am historisch längst Überholten, ökonomisch Überrollten, bildet aber das psychische Substrat, das emotionale Energiepotential, an das die Politik (und heute würden wir hinzufügen: die Werbung und die Kulturindustrie) appelliert, das die Propaganda ausnutzt und ausbeutet, um es für die jeweils angepeilten Ziele zu aktivieren. "Wenn ich nun Propaganda treibe", so sagt Bloch noch 1974 in einem Interview (Bloch 1974), "dann muß ich die vorhandene Ideologie in den Köpfen der Menschen erst einmal ernstnehmen und zum Ausgangspunkt der Propaganda machen" (197).

Wenn nun von der Höhe der Zeit her gesprochen wird, kann die nicht auf der Höhe der Zeit befindliche, sondern von Natur aus ... romantische Beziehung zur Vergangenheit nicht ausgenutzt werden, sie kann dann keine Sprache finden und folglich auch keinen Adressaten. Die Nazis aber haben an die Vergangenheit appelliert ... (201), die Grundlage ihrer Wirkung ist die Ungleichzeitigkeit (199).

In "Erbschaft dieser Zeit" bringt Bloch den Gegensatz zwischen der Wirkungskraft der Nazi-Propaganda und der Wirkungslosigkeit der aufklärerischen Propaganda der kommunistischen Partei auf den Punkt: "Nazis sprechen betrügend, aber zu Menschen, die Kommunisten völlig wahr, aber von Sachen" (Bloch 1977:153).

Wie können aber Menschen, die ohnehin an der Verdinglichung und Entfremdung aller menschlichen Beziehungen, an der Bindungslosigkeit und Negativität leiden - an den gleichzeitigen Widersprüchen also -, emotional angesprochen und mobilisiert werden, wenn sie in einer ebenso verdinglichten Sprache angesprochen werden: wenn ihnen ökonomische Zusammenhänge, Statistiken, abstrakte Entwicklungstendenzen angeboten werden: Zahlen, Fremdwörter, Parteichinesisch?

So macht Bloch die "Nüchternheit, Phantasielosigkeit, Armseligkeit" (1974:201) der damals fortschrittlichsten Partei und ihrer Sprache mitverantwortlich dafür, daß von den Nazis mit den Begriffen auch die Bedürfnisse besetzt werden konnten: Bedürfnisse, die doch gemäß den 'objektiven Tendenzen der Geschichte' eigentlich für die revolutionäre Überwindung des Kapitalismus und die Errichtung der klassenlosen Gesellschaft hätten mobilisiert werden müssen. Aber: die Kommunisten "hatten ihr Ohr nicht auf der Wunde oder besser dem Herzschlag einer Zeit, in der es dem Kapitalismus doch sehr schlecht ging" (201), resümiert Bloch noch einmal in dem Interview. Und: indem Begriffe wie "Volk, Nation, Führer, Blut und Boden" ("die für jeden Sonntagsausflügler einen Klang haben",200) von den Kommunisten nicht besetzt wurden, waren solche Parolen "frei für den Einmarsch des Nationalsozialismus" (200).

Welch ein Magnet liegt für das Volk in dem Wort 'Blut und Boden', in dem Wort 'Führer', in der Unterscheidung der Menschen nach Rang, nicht allein nach dem Kapital, denn das hat keinen Rang, sondern ist bloß durch Zahlen ausgedrückte Profitmaximierung (200 f.).

Bloch erzählt in dem Interview, wie ein Nazi-Redner den Stromkreis zu seinen Zuhörern sofort schließen konnte, nachdem er einem kommunistischen Redner den Vortritt gelassen hatte, ohne daß dieser mit seiner Rede über den "Grundwiderspruch und die Durchschnittsprofitrate" sein Publikum hätte begeistern können. Der Nazi bedankte sich beim Vorredner für seine "lichtvollen Ausführungen" und wandte sich dann mit folgenden Worten an die Versammelten:

Was tun Sie denn, soweit Sie zum Mittelstand, zum kleinen Mittelstand gehören, in Büros arbeiten, z.B. als Buchhalterinnen und Buchhalter - was tun Sie denn den ganzen Tag? Sie schreiben Zahlen, addieren, subtrahieren usw., und was haben Sie heute gehört von dem Herrn Vorredner? Zahlen, Zahlen und nichts als Zahlen. ... Ich aber spreche zu Euch in höherem Auftrag! (198).

IV. Tausendjähriges Reich

Wie es die Nazis verstanden, gerade diese Aura des 'höheren Auftrags', die mythisch-religiöse Überhöhung purer Machtpolitik zu suggerieren, indem sie Begriffe "verwendeten und entwendeten" (1977:126), die aus völlig ungleichzeitigen heilsgeschichtlichen Erwartungen erwachsen waren, weist Bloch in dem Kapitel "Zur Originalgeschichte des deutschen Reiches" nach. Er zeigt, daß die Begriffe *Drittes Reich* und *1000jähriges Reich*, die ja zur Selbst-Mystifikation der Naziherrschaft dienten, ihrem Ursprung nach aus eschatologischen und ketzerischen Quellen stammen.

Denn im Original hatte das Dritte Reich den sozialrevolutionären Idealtraum der christlichen Ketzerei bezeichnet: den Traum von einem dritten Evangelium und der Welt, die ihm entspricht. (127)

Der biblische Mythos vom Tausendjährigen Reich gibt den Hintergrund der Idee des Dritten Reiches ab. Der utopische Inhalt einer glücklichen Endzeit wird schon im Alten Testament in der Prophezeiung des Jesaias ausphantasiert als Bund zwischen "Gott, Mensch, Tier und allem Dasein" (142), als eine Zeit des Überflusses, des Friedens mit der Obrigkeit und der Gerechtigkeit des Herrn. In der Offenbarung des Johannes wird der heilsgeschichtliche Weg dorthin beschrieben als archaischer Kampf zwischen Gut und Böse: der Drache, der Satan, wird vom Engel ergriffen, gebunden und tausend Jahre lang in den Abgrund gesperrt, die Gerechten kommen wieder von den Toten und regieren mit Christus tausend Jahre. Nach dieser ersten Auferstehung jedoch wird der Satan wieder losgebunden, und er verführt die heidnischen Völker zum Krieg; Leid und Elend herrschen ein letztes Mal, bis Gott Feuer auf die Erde wirft, der Jüngste Tag und das Jüngste Gericht anbrechen, die Hölle für die Sünder bereitet wird und für die Gerechten das Neue Jerusalem aus dem Himmel niederfährt und den Kindern Gottes Heimat wird.

Bloch weist nach, wie diese Mythen vom Himmel auf Erden von frühchristlichen Sekten aufgegriffen und ausgemalt werden, die chiliastischen Diesseitshoffnungen von der offiziellen kirchlichen Lehre aber bald verworfen und gegen Ende des 4. Jahrhunderts als Ketzerei verdammt werden. Sie seien aber in der Geschichte von aufrührerischen Bewegungen - wie Hussiten und Wiedertäufern - immer wiederbelebt worden, um der Rebellion gegen bestehendes Elend die utopische Zielvorstellung und dem revolutionären Bewußtsein die nötige Sprengkraft zu verleihen,

bis allerdings auch hier ein Rattenfänger erschien, 'in zwölfter Stunde', und ebenso herrlichen Zeiten entgegenführt wie sein Vorgänger, nämlich dem Krieg. Keine Schwerter werden von Hitler zu Sicheln, keine Lanzen zu Pflugscharen geschmiedet; eher umgekehrt. ... ein riesiges Maul, ein Maul wie eine Blutschüssel, trinkt den Behälter der gesamten Zukunft leer (145).

Die Friedens- und Gerechtigkeitsutopie spielt auch in der Geschichte des Begriffs *Drittes Reich*, dieses "so höllisch mißbrauchten Terminus" (133), eine wesentliche Rolle. Diese aus der mystischen Lehre von den drei Erkenntnisstufen der Seele stammende Vorstellung wird Ende des 12. Jahrhunderts von dem Abt Joachim von Fiori zu einer Lehre vom dreigliedrigen Stufengang der Geschichte umgedeutet, wobei das Ideal des dritten Zeitalters eben auch nicht ins Jenseits projiziert, sondern als kurz vor der Geburt stehend antizipiert wird: es ist das Zeitalter der "Freiheit des Geistes, der mönchischen Bruderschaft, der Liebe und Erleuchtung, der Lebensfreude, der Ausgießung des Heiligen Geistes" (135). Bloch zeigt, wie dieser Traum vom Reich Christi auf Erden bis in die Bauernkriege hinein revolutionär inspirierend wirkte und daß sogar der Aufklärer Lessing noch explizit darauf rekurriert. Die Nazis, so Bloch, übernehmen den Begriff von Dostojewski, der das 'Gott tragende russische Volk' zum Vollender des Dritten Reiches mystifizierte, bzw. von dessen deutschem Herausgeber, Moeller van den Bruck, der das einflußreiche Buch "Das Dritte Reich" geschrieben hatte, worin die Rolle des Erlöservolkes natürlich vom russischen aufs deutsche Volk übertragen wurde.

Einzigartig hat der Nazismus sowohl die ökonomische Unwissenheit wie das immer noch wirksame Hoffnungsbild, Chiliasmusbild früherer Revolutionen für sich mobilisiert. ... Zu Luthers Zeiten freilich war der Chiliasmus ein Schlachtgesang der aufrührerischen Bauern, im gekommenen 'Dritten Reich' von heute betäubt ... er - in völlig verschmutzter, pervertierter, preisgegebener Gestalt - die Opfer der Revolution (140).

V. Phantasie

So besetzten die Nazis nicht nur Begriffe, die geschichtlich überholten Produktionsverhältnissen entsprachen und durch emotionale Bindung ans Alte Widerstand gegen Neues manifestierten, sondern sie besetzten vor allem auch das Terrain der Utopien, der heilsgeschichtlichen Hoffnungen und des rebellischen

Aufbegehrens gegen das schlechte Bestehende im Namen einer besseren Zukunft, das eigentlich das Terrain der Linken hätte bleiben sollen. Die Linke jedoch hielt fest an einem borniertren, verkürzten, abstrakten Verständnis von Vernunft, aus dem die irrationalen Komponenten - Phantasie und Emotionen - ausgeklammert wurden; sie unterernährte solcherart die Massenphantasie und verkannte so die psychischen Triebkräfte, die die verändernde Praxis in Gang setzen können.

Die Zeiten sind aber so wunderlich, daß die Revolution nicht unmittelbar in die Verelendung eingreifen kann, sondern ... erst in Gefühls- und irrationale Inhalte, in Gewäsch und Unwissenheit nicht nur, sondern auch in Berauschungen und 'Ideale', welche dem Elend ungleichzeitig widersprechen (154).

Bloch hält 1934 ein radikales Umdenken, damit einhergehend jedoch eine "sprachliche und propagandistische Reform" für das "Gebot der Stunde" (153). Vierzig Jahre später - in dem Interview mit Rainer Traub und Harald Wieser - konstatiert er, daß die Neue Linke immer noch nichts dazugelernt habe: "Die Unterernährung der politischen Phantasie muß aufhören" (1974:203), fordert er noch einmal. Wenn auch - angesichts veränderter Produktions- und Kommunikationsbedingungen - das Maß an Ungleichzeitigkeit nicht mehr dasselbe sei wie in den zwanziger/dreißiger Jahren, so greife doch immer noch rein ökonomistische Aufklärung und Propaganda, die nur auf der Höhe der Zeit spreche, zu kurz:

Aber daß die Ungleichzeitigkeit weiterexistiert, zeigt ja der Rechtstrend, den wir haben: es gibt noch etwas, was vermißt wird, und in dieses Vermißte, das kommunistisch noch nicht einmal gestreift ist, bricht dann der Feind ein, mit einem Schwindel von Erfüllung. Und so kann wieder ein Sieg von Rechtsradikalen denkbar sein. ... (203).

Auch noch nach seiner enttäuschten Abwendung vom DDR-Sozialismus beharrt Bloch auf seiner Grundüberzeugung, daß der Sozialismus längst überfällig sei und nur künstlich verhindert werde "mit Gewalt, mit Lüge, mit Druck, mit falschem Bewußtsein, mit falscher Ideologie" (199) und durch die Unfähigkeit der fortschrittlichen Kräfte, das Widerstandspotential gegen die gleichzeitigen gesellschaftlichen Widersprüche zu nutzen, das in den ungleichzeitigen Widersprüchen gebunden ist und von den Rechten auch immer wieder entfesselt wird. Die Begriffe zu besetzen, an denen die ungleichzeitigen Widersprüche sich festmachen, ist also wichtigstes Gebot für den Kampf um die politische Macht. *Begriffe besetzen* heißt dann aber letztlich: die irrationalen Energien freisetzen, emotionale Bedürfnisse befriedigen, Phantasien anfüllen mit Inhalten, die eine produktive Versöhnung zwischen Zukunftshoffnungen und Bindung an die Vergangenheit versprechen (vgl. 1977:119).

Das Besetzen von Begriffen ist eine strategisch-rhetorische Notwendigkeit, kann aber nur funktionieren auf der Basis der Besetzung von Bedürfnissen. Die semantischen Kämpfe werden letztlich nicht um Begriffe ausgetragen, sondern um die Eroberung dessen, was schon Bloch einmal als den "subjektiven Faktor" (1977:133) bezeichnet: um die irrationalen Antriebskräfte gesellschaftlicher Veränderung.

VI. Ambivalente Bestätigung

Nun hat sich vieles verändert, seit Bloch 1974 die Wiederholung der alten Fehler anprangerte, wodurch seiner Kritik die Spitze genommen wurde, seine grundlegenden Einsichten - auf ambivalente Weise zwar - aber Bestätigung fanden.

Große Teile der Linken und der literarischen Avantgarde besannen sich - enttäuscht von ihrer Wirkungslosigkeit - auf den subjektiven Faktor und hätschelten ihr Seelenleben so innig, daß die Rückbesinnung zu einem Rückzug aus dem öffentlichen Leben in die Privatheit ausartete. 'Aufklärung' und 'Vernunft' wurden immer kritischer betrachtet und fielen schließlich einer radikalen Rationalitätskritik zum Opfer.

Zugleich aber veränderte sich auch das Verhältnis zum Ungleichzeitigen: Vergangenheit wurde nicht länger nur verpönt als das, was vom Fortschritt überwunden werden mußte; sondern mit der Infragestellung des technologischen Fortschrittsbegriffs wurde das Bewahren und Retten, das Wiederentdecken und Wiederaneignen zu einem genuinen Anliegen der Linken, die weiter am politischen Leben teilnahmen. Als ins Bewußtsein rückte, daß mit der fortschreitenden Ausbeutung und Zerstörung der Natur die Grundlage auch des menschlichen Lebens irreparabel bedroht war, wurde der lange Zeit mißachtete oder auch diskreditierte Begriff der *Natur* rehabilitiert und zum positiven Wertbegriff schlechthin - gegen den der *Technik*. In der grünen Bewegung konnten mithin - zumindest am Anfang - ehemalige Linke und Konservative gleichermaßen ihr Betätigungsfeld finden.

Teile der Frauenbewegung begannen ebenfalls, sich aufs Alte, ja Archaische, zurückzubesinnen: die Matriarchats-Gesellschaften, das ungleichzeitige Hegen und Pflegen, wurden zur rückwärtsgewandten Utopie gegen die psychischen, sozialen und ökologischen Verwüstungen, die der patriarchalen Gesellschaft angelastet wurden. Dadurch konnten Begriffe wie *Mutter* und *Mütterlichkeit* tatsächlich der Besetzung durch die braune Mutterschaftsideologie wieder entrungen werden.

Im Zuge der immer schmerzlicher fühlbaren 'Vermissungen', des Leidens an den gleichzeitigen Widersprüchen, gab und gibt es freilich viele Ausflüchte ins Ungleichzeitige, die nichts mit Rebellion, sondern vielmehr mit Eskapismus, nichts mit einem um die Dimensionen der Phantasie und der Gefühle erweiterten Vernunftbegriff, sondern mit Mystizismus und Okkultismus zu tun haben - das meiste davon auch längst profitträchtig vermarktet vom unersättlichen Maul des Kapitalismus. Und schließlich zeigte die 'Tendenzwende' als politische, daß es mit dem Besetzen von ungleichzeitigem Terrain alleine nicht getan ist, daß sich vielmehr in friedlicher oder unfriedlicher Koexistenz auch der 'Feind' darauf genüßlich einrichten kann.

Vielleicht ist die Einsicht in die Ambivalenz der Begriffe und der Sehnsüchte, die sich in ihnen artikulieren, eine Erfahrung, die vor blinder Ignoranz und borniérter Arroganz schützt. Aber damit ist auch das Feld unübersichtlicher geworden, als es zu Blochs Zeiten war.

Literatur

Bloch, E. 1935. *Erbschaft dieser Zeit*. Zürich. Wieder abgedruckt als: Gesamtausgabe IV. Frankfurt 1977 (hiernach zit.)
Bloch, E. 1974. Über Ungleichzeitigkeit, Provinz und Propaganda. In: Traub, R./Wieser, H. 1977. *Gespräche mit Ernst Bloch*. Frankfurt.

2. AUS DER WERKSTATT DER BEGRIFFSSTRATEGEN

ÜBER DIE SCHWIERIGKEIT, BEGRIFFE ZU RÄUMEN: VON "POLL TAX" ZU "COMMUNITY CHARGE"

Colin Good

Es geht im folgenden nicht um die 'Besetzung von Begriffen', sondern um den Versuch, einen - ver-sehentlich besetzten - Begriff zu räumen. Der semantische Konflikt, den der Begriff *poll tax* vor etwa vier Jahren im britischen politischen Diskurs entfachte, setzt sich bis heute fort und ist auch in der (west)deutschen Presse rezipiert worden (so z.B. in der ZEIT vom 20. April 1990).

Die Anregung, das Beispiel der *poll tax* zum Gegenstand meiner Ausführungen zu machen, erhielt ich bei der Lektüre eines Artikels in der ZEIT vom 13.10.1989. Im Kontext einer Beschreibung der Krise, in der sich die Thatcher-Regierung damals befand, war zu lesen:

> Ihr (der Premierministerin - C.G.) ungebrochener Elan, ihr Beharren auf Gesundheitsreform und der unbeliebten *poll tax*, einer sozial nicht gestaffelten Gemeindesteuer, wirkt mehr und mehr als besessene ideologische Prinzipienreiterei.

Was der Journalist in seinem scharfsinnigen Beitrag nicht erwähnte, war, daß es im öffentlichen politischen Diskurs für den gemeinten Sachverhalt (s.u.) neben *poll tax* noch einen zweiten Begriff, den der *community charge* gibt. Bei ihrem durch die Labour-Partei, aber auch durch die 'außerparlamentarische Opposition' immer wieder vereitelten Versuch, den vorbelasteten Begriff *poll tax* zu räumen, hat die Thatcher-Regierung diesen Neologismus lanciert. Auf die Semantik dieser beiden Begriffe soll unten näher eingegangen werden. An dieser Stelle soll nur festgehalten werden: Sprachkämpfe der Art, wie ich sie unten schildere, sind selbst Handlungen im politischen Geschehen. Insofern der erwähnte Journalist das sprachliche Moment bei der Kontroverse um die 'neue Steuermaßnahme' übersah, lieferte er nur eine unvollständige Beschreibung dieses Politikums.

Hintergrundinformationen: "poll tax" versus "community charge"

Seit vielen Jahren liebäugeln britische Politiker mit dem Gedanken, eine zwar einigermaßen funktionierende, jedoch auch problematische Art der Besteuerung, die auf englisch die *rates* heißt, abzuschaffen. Die Kommunalverwaltungen in England haben sich bis April 1990 zu achtzig Prozent mit Zuschüssen aus London finanziert. Der Rest kam vor Einführung der neuen Steuer aus den *rates* einer kommunalen Land- und Gebäudesteuer, deren Höhe sich mehr oder weniger nach dem Eigentumswert - des Hauses oder des Grundstücks - richtete. Jährlich wurden Steuerbescheide an den Bewohner ('to the occupant') der jeweiligen Hausnummer verschickt. Weil pro 'Haus' nur ein Betrag zu entrichten war, nenne ich diese Steuer im folgenden etwas vereinfachend die 'Haussteuer'. Im Gegensatz zu dieser Steuerform beinhaltet die *community charge* - zu deutsch oft 'Gemeindekopfsteuer', im folgenden abgekürzt zu 'Kopfsteuer', - einen Pro-Kopf-Betrag, den also jeder Bewohner eines Hauses zu entrichten hat. Nicht einmal die überzeugtesten Anhänger der neuen Steuer leugnen, daß sie eine regressive Steuerform ist: Eine vierköpfige Arbeiterfamilie, die eine Sozialwohnung bewohnt, muß im Prinzip zweimal soviel zahlen wie etwa ein kinderloses höheres Beamtenehepaar mit eigenem Einfamilienhaus.

Nun, auch die jetzt abgeschaffte Haussteuer ließ, was ihre sozialen Auswirkungen betraf, viel zu wünschen übrig. Schreckensbild: eine alte, auf ihre Rente angewiesene Witwe mit eigenem Haus, die ungeachtet ihres kärglichen Einkommens trotzdem die Haussteuer zu bezahlen hat. Eben aufgrund solcher Ungerechtigkeiten, sicherlich auch weil bei alternder Bevölkerung viele potentielle Wähler unter dieser Belastung litten, flirten Politiker von links und auch von rechts schon seit Jahren mit Alternativen zu der alten Steuer. Erst 1986 getraute sich eine Regierung, die seit sieben Jahren fest im Sattel war, ein Grünbuch vorzulegen, das die endgültige Abschaffung der *rates* in Aussicht stellte. An die Stelle der Haussteuer sollte die Kopfsteuer treten. Bei der Verwirklichung ihrer verschiedenen Finanzreformen sollte sich die Bezeichnung *poll tax* für die Konservativen als Klotz am Bein erweisen. Wie diese Bezeichnung in Umlauf gebracht wurde, mit welchen Schwierigkeiten die amtierende Regierung sich bei ihrem Versuch, diesen unliebsamen Begriff zu räumen, konfrontiert sah, davon soll im folgenden die Rede sein.

Die Strategien, derer sich Redner und Schreiber bedienen, um 'Begriffe zu besetzen', sind oft genug beschrieben worden; ich hoffe, mit meinen Überlegungen zum besseren Verständnis des umgekehrten Weges beizutragen.

Den Keim, aus dem die spätere semantische Kontroverse sich entwickeln sollte, legte schon 1981 der damals amtierende konservative Umweltminister Heseltine in einem Grünbuch, das zum ersten Mal seit Amtsantritt der Thatcher-Regierung eine tiefgreifende Reform des kommunalen Finanzwesens anvisierte. Im Grünbuch erwog Heseltine verschiedene Formen der 'kommunalen Steuer'. Man kann - aber wer weiß, vielleicht nur im Rückblick - ob der Naivität nur staunen, die Heseltine dazu bewogen haben mag, eine Alternative zur Haus steuer als *poll tax* zu bezeichnen. Damit deutschsprachige Leser den im Unterhaus und in den Medien ausgelösten Streit in etwa nachvollziehen können, sei aus einem Wörterbuch der britischen Geschichte zitiert:

poll tax: an unpopular tax, payable by every adult person ('poll', head), levied periodically 1222-1698, generally on a sliding scale according to means, but occasionally, like the tax of 1380-87, which sparked off the peasants' revolt, at a fixed rate. Collectors' returns are useful in demographic and economic studies.

Die neue Steuer wurde damals verworfen - nicht zuletzt sicherlich auch wegen ihres Namens, aber auch, wie der später bekanntlich gefeuerte Heseltine erbittert vernehmen ließ, weil sie von vielen Abgeordneten als 'unfair' angesehen wurde, da sie eine Verteilung der Steuerbelastung von oben nach unten vorsah.

Auch 1983, in einem zweiten Anlauf - unter einem neuen Umweltminister - wurde diese alternative Steuerform *poll tax* genannt. Und ähnlich naiv und offen wie schon 1981 war wieder die Diskussion der Modalitäten einer solchen Steuer (etwa: "Im Prinzip spricht vieles dafür, daß nur der wahlberechtigt sein soll, der die Kopfsteuer bezahlt").

Trotz alledem - die neue Steuerform ist nun endgültig Gesetz geworden. Damit hat Margaret Thatcher ihr Versprechen, das sie schon 1974 in ihrer Eigenschaft als Umweltministerin abgegeben hatte, nämlich die *rates* abzuschaffen, tatsächlich eingelöst. Allerdings unter anderen sprachlichen Bedingungen, denn die Kopfsteuer heißt 'offiziell' seit 1986 nunmehr nicht *poll tax* (Kopfsteuer), sondern *community charge* (Gemeindegebühr). Die Gründe, die bei der Wahl dieser Bezeichnung Pate gestanden haben mögen, werden unten erläutert; ich will jetzt verschiedene Aspekte des bis heute nicht abreißen wollenden Sprachkampfs beleuchten.

Der Sprachkampf

1. Heseltine's Mißachtung der potentiellen Brisanz eines vorbelasteten Begriffs ist sicherlich teilweise darauf zurückzuführen, daß er selbst, wie oben erwähnt wurde, die Kopfsteuer als mögliche Alternative zu der Haussteuer verwarf. Es nimmt jedoch Wunder, daß dieselbe Bezeichnung 1983 beibehalten wurde. Dies hängt möglicherweise mit der fehlenden sprachkritischen Tradition in England zusammen .

2. Wird ein schon belegter Begriff wieder in die politische Arena eingeführt, so tun die Befürworter der damit bezeichneten Maßnahme gut daran, die Geschichte dieses Begriffs zu berücksichtigen. Die Politik - wenn mir diese Abstraktion erlaubt ist - hat ein verblüffend langes Gedächtnis: Kaum war die *poll* *tax* da, begannen Politiker und außerparlamentarische Kommentatoren historische Zusammenhänge herzustellen. Stellvertretend für den Strom von Reaktionen seien zwei Titel willkürlich herausgegriffen: "Poll tax or Peasants' Revolt?"[1]; "The new community charge - some pertinent lessons from Africa; a comparison with the poll tax levied in Colonial Africa"[2].

3. Der Regierung ist es bis jetzt (August 1990) trotz veränderter Rechtslage nicht gelungen, den Begriff aus seiner Einbindung in die politische Geschichte Großbritanniens herauszulösen. Es liegt auf der Hand, daß die oppositionellen Kräfte - im weitesten Sinne dieses Begriffs - in ihrem Kampf gegen die Reformmaßnahme die geschichtliche Belastung der 'Kopfsteuer' nicht zur Ruhe kommen lassen. Ein Teil ihrer Opposition gegen die neue Steuer hat m.a.W. darin bestanden, die alte Bezeichnung diskursiv am Leben zu erhalten.

4. Die 'geschichtliche Dimension' hat einen anderen interessanten Aspekt, der in Diskussionen über die 'Semantik im öffentlichen Leben' bisher vielleicht nicht genügend beachtet worden ist. Das Vorhandensein des Begriffs *poll tax* (Kopfsteuer) macht es den Gegnern zwar leicht, ihren Widerstand zu artikulieren und in der breiteren Öffentlichkeit Ängste zu schüren; andererseits sahen sich auch die Befürworter auf den verschiedensten Ebenen, wenn ihnen die Werbung für die neue Steuer und ihre eventuelle praktische Umsetzung gelingen sollten, auch dazu gezwungen, das weitverbreitete Wissen um die *poll tax* kommunikativ auszunutzen, m. a. W. selber diese Bezeichnung in den Mund zu nehmen. Ein analoger - wenn auch nur peripher politischer - Fall liegt vor in der zweifachen Benennung bei Temperaturangaben in den englischen Medien: Ein ganzes Vierteljahrhundert nach dem offiziellen Beschluß, die Temperatur in Celsius anzugeben, wird sie täglich der englischen Begriffsstutzigkeit (meiner übrigens auch!) halber sowohl inCelsius wie auch in Fahrenheit angegeben. Nun ist der betreffende Inhalt in diesem Fall für viele Bürger nur insofern handlungsanleitend bzw. bewußtseinsprägend, als sie wissen wollen, ob sie lieber einen Mantel anziehen oder ob sie eine geplante *garden party* wirklich im Freien veranstalten sollen. Aber der Punkt dürfte klar sein: Hätte man an der Bezeichnung *community charge* (Gemeindegebühr) festhalten wollen, so hätte dies möglicherweise zu großen Mißverständnissen führen können. Der Einführung des neuen Begriffs sollten ja Handlungen von Seiten der Bürger folgen - sie sollten die neue 'Steuer' schließlich nicht nur beherzigen, sondern auch bezahlen! Das in Schottland - wo die neue Steuer ein Jahr zuvor eingeführt worden war -

---

[1] *Town and Country Planning.* Jan. 1988.
[2] *Modern Law Review.* März 1988

erfolgte Chaos sollte unbedingt vermieden werden. In welches kommunikative Dilemma die Regierung geraten war, geht aus folgendem (vom Verf. übersetzten) Auszug aus einem offiziellen Informationsblatt hervor:

Sie werden sicherlich in Zeitungen oder in Fernsehsendungen von der neuen Gemeindegebühr gehört haben. Wahrscheinlich ist Ihnen der Begriff Kopfsteuer begegnet. Aber der richtige Name dafür ist Gemeindegebühr.

Hier werden verschiedene kommunikative Zwecke verfolgt: 1. Der neue Name soll etabliert werden, u.a. dadurch, daß der alte als 'unrichtig' bezeichnet wird; 2. Der alte Name soll verdrängt werden; 3. Der 'neue' Sachverhalt, mitsamt der in der neuen Bezeichnung enthaltenen Sehweise, soll an den Mann gebracht werden.

5. Das Dilemma gestaltet sich für eine andere Gruppierung wieder etwas anders: Im Gegensatz zu den Widersachern auf der Linken, in deren Diskurs das Wort *poll tax* (Kopfsteuer) einen wichtigen Platz einnimmt, befinden sich die Gegner der neuen Steuer auf der Rechten in einer kommunikativen Zwickmühle: Bekämpfen sie die Steuer als *poll tax* (Kopfsteuer), so machen sie gleichsam gemeinsame Sache mit der Opposition; verwenden sie den Begriff *community charge* (Gemeindegebühr), so liegen sie schon teilweise auf der Regierungslinie, wodurch ihre Argumente erheblich an Überzeugungskraft einbüßen.

Exkurs

Da in den folgenden Punkten die Bezeichnung *community charge* stärker berücksichtigt werden soll, scheint es nützlich, an dieser Stelle etwas näher auf den vermeintlich neuen Inhalt einzugehen. Auf den Kunstgriff, der darin bestand, den alten Sachverhalt neu zu bezeichnen, ist die Regierung, wie oben schon erwähnt wurde, arg spät gekommen. Der Begriff einer Gemeindegebühr ist meines Wissens erst 1986 in den politischen Diskurs eingebracht worden. In dem Grünbuch heißt es:

The Way Forward - a community charge: the government therefore proposes to introduce a flat-rate charge - a community charge - for local services, payable by all the adult residents of a local authority.

Im Text selbst wimmelt es von positiven, aufwertenden Synonymen für den neuen Begriff. In dem zitierten Auszug sind viele der wichtigsten ideologischen Komponenten enthalten, die der neuen Deutung, aber auch der Durchsetzung der Reform zum Durchbruch verhelfen sollen. Obwohl *community charge* im Deutschen - und diesem Gebrauch folgend auch von mir in diesem Beitrag -

meistens durch 'Gemeinde(kopf)steuer' wiedergegeben wird, entspricht eigentlich der Begriff *community* eher dem deutschen 'Gemeinschaft'. Im politischen Diskurs der Rechten ist in den letzten Jahren der Begriff *community* - inhaltlich antonym zu *society* - sehr stark zum Zuge gekommen. Die Existenz der durch *society* bezeichneten Größe hat Margaret Thatcher in ihrem berühmt-berüchtigten Spruch "There is no society, there are only individuals" glatt geleugnet! Besagte Individuen tun sich höchstens in Form von Gemeinschaften zusammen; der altertümelnde Begriff betont das Familiär-Fürsorgliche, das Nicht-Politische. Die Ausdehnung des Begriffs auf den Bereich der kommunalen 'Politik' ist, nachdem der Abbau des staatlichen Gesundheitsdienstes auch als Verlagerung der Fürsorge in die 'community' vermarktet wurde, völlig konsequent!

Der zweite Teil des neuen Begriffs, *charge* (Gebühr), bringt eine weitere wichtige Komponente der neuen Auffassung zum Verhältnis - um es gleichsam in ein deutsches Gewand zu kleiden - Bund:Land zum Ausdruck; man höre dazu Nicholas Ridley: "It was called a community charge because it is a charge for services" (NEW STATESMAN 22.4.1988), und weiter vor dem britischen Unterhaus im Juli desselben Jahres: " ... all in the community should pay towards the charge."

Fazit: Die Kommunen sollen - das war und bleibt erklärte Absicht einer jegliche Zentralisierungstendenzen leugnenden Politikerin - entpolitisiert, zu Dienstleistungsinstanzen degradiert werden (Stichwort: 'charging for services'). Aus Platzgründen kann auf diesen Sachverhalt nicht näher eingegangen werden. Die Grundtendenz ließe sich etwa so zusammenfassen: dadurch, daß sie die kommunal erhobene 'Steuer' als eine für Dienstleistungen erhobene 'Gebühr' auffassen, sollen die Bürger mehr an der Art der Dienstleistungen Interesse finden, was u.a. dazu führen soll - wie man dazu auch stehen mag - , daß Ausgaben, die vor allem den benachteiligten oder Randgruppen in der Gesellschaft zugute kommen, gekürzt werden. Hinter diesem Gedanken steht das für den sogenannten Thatcherismus charakteristische, alles legitimierende Bild des Marktes, gekoppelt mit der Betonung des - durch den recht schillernden Begriff einer alle Schwierigkeiten auffangenden Gemeinschaft verbrämten - Individualismus.

6. Im Grunde haben die Befürworter bzw. die Gegner der neuen Steuer sich - wie das bei solchen semantischen Streits üblich ist - auf die neue oder die alte Bezeichnung festgelegt. Es war selbstverständlich, daß die Gegner in Interviews oder Fernsehdebatten es sich dauernd zur Aufgabe machten, die Regierung diskursiv in Verlegenheit zu bringen. Und ebenso bekannt sind die Strategien der Befürworter, die in den Medien den neuen Begriff ständig hervorhoben, indem sie 'Definitionsarbeit' leisteten, Interviewer, die sie zur *poll tax* befragten, korrigierten oder den Unterschied Kopfsteuer:Gemeindegebühr thematisierten. Der verwickelte kommunikative Hintergrund, vor dem sich dieser semantische Kampf abspielte, läßt sich sehr schön veranschaulichen durch folgenden Auszug aus einer von der Fernsehanstalt Anglia-TV im Rahmen ihres Schulprogramms herausgegeben Informationsbroschüre.

The popularised name for the new tax, **used largely, but not exclusively by its opponents**, is poll tax. This refers back to a tax (poll/'head' = individual person) levied on individuals of all incomes in mediaeval times. (Hervorhebungen - C.G.)

Man kann nur Mutmaßungen darüber anstellen, ob selbst die übliche Bedeutung des Wortes *poll* im englischen politischen Diskurs nicht auch eine Rolle bei den Problemen der Rechten gespielt haben mag: *poll* heißt ja 'Abstimmung' oder 'Wahl'; diese Bedeutung hat es den Konservativen besonders erschwert, das von ihren Gegnern ständig wieder vorgetragene Argument zu widerlegen, das Prinzip, daß "nur der wahlberechtigt sein soll, der die Kopfsteuer bezahlt" (Auszug aus dem Grünbuch von 1981 (s.o.)!) werde zu einer Entmündigung der ärmeren Schichten führen. In der Tat steht dieses Prinzip seit vier Jahren im Vordergrund der politischen Debatte.

7. Aufgrund der verwickelten kommunikativen Situation weisen andere, an der Vermittlung politischen Wissens beteiligte öffentliche 'Instanzen' - sowohl politische als auch andere - einen schwankenden Sprachgebrauch auf. Dieses 'Schwanken', das bei weitem nicht immer von ideologischer Unsicherheit zeugt, ist es, was die Probleme bei der aus der Sicht der Rechten erstrebenswerten Räumung des Begriffs der Kopfsteuer noch verstärkt hat. Hierfür einige Beispiele:

(i) Weder die Namen der in den Rathäusern des Landes zur Verwaltung der neuen Steuer eingerichteten Ämter noch die von ihnen an die Bürger verschickten Formulare und Begleitbriefe bieten ein einheitliches sprachliches Bild. Während in den von den Kommunen South Norfolk, Great Yarmouth und Hounslow - alle drei mit einer rechten Mehrheit - verteilten Unterlagen ausschließlich von der 'Gemeindegebühr' die Rede war, tauchten in den Materialien aus dem links geführten Newcastle Upon Tyne beide Begriffe auf; z.B. enthielt ein dem Steuerbescheid beigefügtes Informationsblatt aus dem Jahr 1989 folgenden Satz: "This is the last rates bill you will get. In April 1990 the government is introducing the POLL TAX or community charge, instead of the rates."

Das Schreiben gab eine ablehnende Haltung gegenüber der Kopfsteuer zu erkennen, kreierte das neue offensichtlich affektiv betonte Kompositum *poll-tax payers* und wies den Leser auf den eigens eingerichteten telephonischen Hilfsdienst hin, der unverhohlen-unverfroren *poll-tax helpline* hieß. Ein Informationsschreiben in meinem Wohnort Norwich - linke Mehrheit im Rathaus - trägt, obwohl die Gesamtdarstellung einen etwas weniger negativen Eindruck macht, ein Logo, das aus beiden Begriffen besteht. Auf Anfrage erfuhr ich von einem irritierten Beamten, das *poll-tax office* (sic) habe nur etwaigen Unklarheiten zuvorkommen wollen, sei aber telefonisch von vielen aufgebrachten, sicherlich rechtsstehenden Bürgern linker Machenschaften bezichtigt worden. Solche Beanstandungen gewähren uns einen interessanten Einblick in die 'Volkslinguistik': Einige Kritiker hätten in der Verwendung des Begriffs 'Kopfsteuer' sogar eine Rechtsverletzung sehen wollen, da 'Gemeindegebühr' die offizielle, daher rechtlich einzig zugelassene Bezeichnung sei.

Solche Beispiele zeigen, wie schwer es den 'Machthabern' in einem pluralistischen Staat fällt, einen besonderen Sprachgebrauch zu forcieren, aber auch, welche Schwierigkeiten damit verbunden sind, einen einmal etablierten abzuschütteln.

Wir können die Überlegungen in diesem Abschnitt so zusammenfassen:

(i) Daß die alte Bezeichnung "largely, but not exclusively by its opponents" (s.o.) verwendet wird - und umgekehrt, denn auch viele Gegner der neuen Steuer mußten die neue Bezeichnung gebrauchen -, liegt daran, daß an den verschiedensten Schaltstellen im politischen Kommunikationsprozeß Rücksicht genommen werden mußte auf die vorgefundene kommunikative Realität, d.h. unter anderem auf den Wissensstand der Adressaten und auf den Zweck. Diese These findet ihre Bestätigung in der Tatsache, daß viele konservative Kommunalverwaltungen sofort dann aufhörten, **beide** Begriffe zu verwenden, als sich die BürgerInnen durch Einsenden der ausgefüllten Anmeldeformulare hatten erfassen lassen. War dieser Zweck einmal erreicht, so konnte die ideologisch-sprachliche Reinheit zum Zuge kommen.

Auch andere, politisch weniger gebundene 'Schaltstellen' unterlagen offensichtlich dem Zwang der 'kommunikativen Wirklichkeit':

(ii) Das Jahresverzeichnis der rechtslastigen TIMES enthält für den Jahrgang 1988 zwar nur den Begriff 'Gemeindegebühr', jedoch wird unter diesem Stichwort auf eine Reihe von Zeitungsartikeln verwiesen, in denen das Wort 'Kopfsteuer' vorkommt.

(iii) In der Referenzabteilung der Stadtbibliothek in Norwich stand bis vor kurzem ein Pappkarton, in dem die Bibliothekare allerlei Informationsmaterial - Broschüren, einschlägige Zeitungsausssschnitte u.dgl. mehr - den Benutzern zur

Verfügung gestellt hatten. Der Karton trug zwar die Aufschrift *community charge*, daneben aber in Klammern auch *poll tax*. Hier greift eine wirklich unverdächtige 'Instanz', der es nur um einen guten Kundendienst geht, notgedrungen in den politischen Meinungsbildungsprozeß ein.

(iv) Auch die BBC, die sich jetzt zwar wieder einem Angriff von rechts ausgesetzt sieht, die aber im allgemeinen doch den Ruf der Überparteilichkeit genießt, befand sich in ihrer Berichterstattung über dieses Politikum in der Zwickmühle. Nicht nur da, wo der (sprachliche) Konflikt thematisiert wurde, sondern in allen einschlägigen Berichten über den Widerstand der parlamentarischen und außerparlamentarischen 'Opposition' waren die Reporter, bis in die Nachrichten hinein, gezwungen, eine sprachliche Wahl zu treffen, es sei denn, sie retteten sich durch irgendeine Kompromißlösung aus der kommunikativen Zwangslage, wie seinerzeit der renommierte Kommentator John Cole, der in einer Sendung am 26.2.1990 von der *poll tax-community charge* sprach! Wollte die BBC eine neutrale Position gegenüber dem Diskurs der verschiedenen an dem Konflikt Beteiligten wahren, so hätte sie ständig ihren eigenen Sprachgebrauch erläutern, d.h. reflektieren müssen - Neutralität ist für den außerhalb eines solchen öffentlichen Sprachkampfes Stehenden ein mühseliges und zeitraubendes Unterfangen. Auch den 'Kämpfenden' passiert manchmal ein Ausrutscher, indem sie gleichsam diskursiv entgleisen: Die Sache der Regierung hat bestimmt einen Rückschlag erlitten, als Frau Thatcher am 18.1.1990 vor dem britischen Unterhaus, wie ein BBC-Reporter entgeistert mitteilte, "referred to it for the first time as the poll tax"!

Zusammenfassung

Eine Kopfsteuer hat schon in der britischen Geschichte einen Bauernaufstand ausgelöst. Es läßt sich nicht mehr feststellen, ob die Steuereintreiber damals die Steuer durch sprachliche Kaschierung zu verkaufen versucht haben. Diesmal ist es ihren Nachkommen jedenfalls, aus den oben dargestellten Gründen, nicht gelungen. 1989 ist es in Schottland zu einer Art Volksaufstand bekommen: Abertausende haben die Bezahlung verweigert. Für die restlichen Teile des Vereinigten Königreichs versucht die Regierung durch einen zusätzlichen Zuschuß aus der öffentlichen Hand einer ähnlichen Reaktion zuvorzukommen. Hätten sich die oppositionellen Kräfte nicht um einen geschichtlich stark belasteten Begriff scharen können, dann hätten die Politiker es sicherlich sehr viel leichter gehabt.

VON SCHLAGWÖRTERN ZU SCHIMPFWÖRTERN
Die Abwertung des Liberalismus in der Ideologiesprache der "konservativen Revolution"[*]

Synnöve Clason

Das Erlebnis der verlorenen nationalen "Ehre" im Frieden von Versailles erzeugte nach 1918 eine Menge von politischen Denksystemen, die sich um eine begriffsmäßige Unterscheidung von Volk und Staat bemühten, um die im Bewußtsein der Bevölkerung schlecht verankerte Weimarer Republik als eine nicht zu "Treue" verpflichtete Staatsform propagieren zu können. Die soziale Deklassierung des Bildungsbürgertums in der neuen egalitären Massengesellschaft trug auch dazu bei, daß ein elitäres Denken in Bünden und Gruppen Anklang fand, die unter dem Losungswort "völkisch" eine Wertelite theoretisch zu begründen trachteten.[2]

Die sprachliche Tradition, die hier anhand von einigen Wortanalysen untersucht werden soll, hat sich in Deutschland mit einer Tradition des politischen Denkens entwickelt, das sich von den Ideen der französischen Revolution abwendet und den Einfluß der westeuropäischen Aufklärung als Überfremdung empfindet. Walter Dieckmann hat in seinem Buch über den Wortgebrauch der politischen Werbung in Deutschland darauf hingewiesen, daß "der politische Versuch eines eigenen Weges im Gegensatz zu den 'Idealen von 1789' von der Ausbildung einer eigenen Begriffssprache begleitet wurde" (Dieckmann 1964:29). Die Stoßkraft dieses Denkens ist in der freiheitlichen Republik von Weimar unvergleichlich größer als im wilhelminischen Obrigkeitsstaat gewesen. Paul de Lagarde, dessen gesammelte Schriften um 1890 herauskamen, ist mit seiner Zeitkritik noch ein ausgesprochener "Unzeitgemäßer" - wenn auch kein so bedeutender wie Nietzsche. In den Jahren nach 1919 wurden antiliberale und nationalistische Gedanken im radikalen Geiste Lagardes in allen tonangebenden bürgerlichen Zeitschriften gedruckt, nicht nur wie früher in den "Preußischen Jahrbüchern" und in der "Deutschen Rundschau".

---

[*] Der Aufsatz gründet sich auf eine frühe Studie zum Sprachgebrauch einer politischen Denktradition in Deutschland bis zum Jahre 1933, die ich in den 60er Jahren gemacht habe.

[2] Mit der sozialen und sozialpsychologischen Basis der Konservativen Revolution in Deutschland nach 1919 hat sich Heide Gerstenberger in ihrer Dissertation "Der revolutionäre Konservatismus" befaßt.

Wir wollen im folgenden einige Hauptauszüge dieses ideologischen Denkens, dessen Begriffssprache unüberhörbar politisch-propagandistische Akzente trug, anhand von einigen Schlüsselwörtern im Schrifttum der Konservativen Revolution - ein Sammelbegriff, der um 1927 von Hugo von Hofmannsthal geprägt wurde - behandeln, und den Sprachgebrauch untersuchen, der für die rechtsradikale Polemik gegen die Ideenwelt des Liberalismus typisch war. Trotz aller Verschiedenheit ihrer Vertreter weist die Abwehrhaltung dieser Denktradition gegenüber den Schlagwörtern des Liberalismus viele gemeinsame Züge auf, Denkschablonen, die im folgenden aus sprachlich-funktioneller Sicht erörtert werden sollen.

Aus der Anlehnung an das Fremdsystem (Denktradition und Schlagwörter des Gegners) ersehen wir, daß es vornehmlich um die Bekämpfung des Bestehenden ging; unklarer waren die positiven Gebilde, da diese nur in der Form von synonymischer Unterscheidung in Schlagwörtern vorkommen (statt *Demokratie* wollte man *deutsche Demokratie*, statt *Gesellschaft* : *Gemeinschaft* statt *Partei* : *Bund*), und damit fälschlich den Eindruck von etwas total Entgegengesetztem erzeugen. W.Dieckmann sieht in seinem zweiten Buch "Sprache in der Politik" hierin ein Mittel zur Beschreibung der Wirklichkeit: Nicht die Wörter selbst verlocken zu neuen Denkkategorien, sondern aus dem Bedürfnis nach einem neuen Gesellschaftsbild entstehen die Schlagwörter als notwendige politische Mittel zur Vereinfachung einer Ideologie. Sowohl Gerstenberger als auch Martin Broszat sehen die sog. Konservative Revolution als eine Vorstufe zum Nationalsozialismus, da sie terminologisch den Boden bereitete und bei Akademikern eine Denktradition begründete, die eine irrationale Hinnahme Hitlers und seiner Methoden ermöglichte. Broszat betont aber, daß die intellektuellen Repräsentanten eines vernunftwidrigen Mythos von Volk und Volksgemeinschaft nicht direkt als Väter des Nationalsozialismus und seiner geistigen Inspiration zu betrachten sind.

Sie bewegten sich nicht nur in einer Höhenlage, die einen direkten Einfluß auf Hitler und andere führende Nationalsozialisten praktisch ausschloß, sie waren auch in der Mehrzahl durch die subjektive Redlichkeit ihrer Überzeugung von der Spitzengarnitur des Dritten Reiches unterschieden, der es ja nicht um Ideologien, sondern um pure Macht ging. (Broszat 1958:56 f.)

Eine "bedeutende Vorarbeit" scheinen sie aber mit ihren Analysen der parlamentarischen Demokratie und deren Schwächen geleistet zu haben. Sie haben zur Zerstörung des jungen Gebildes Weimarer Republik beigetragen, ohne viel mehr als ein unklares Gegenbild, das mehr ein Wunschbild war, errichten zu können. Da sie nicht wie die Marxisten von einer wirklichen Gesellschaftsanalyse, sondern von einem erträumten Harmoniegedanken ausgingen, haben sie der konservativen Intelligenz eine Hinnahme der Weimarer Republik erschwert. Vorher neutral oder positiv bewertete Wörter wurden in ihrer Ideologiesprache mit negativem Nebensinn und Gefühlswert geladen und vereinfachten Alternativen gegenübergestellt, die suggestiv wirkten und scheinbar keiner näheren Definition bedurften. Zwar entstanden, wie Dieckmann meint, die Gegenbilder aus einem echten Bedürfnis nach einer Alternative, was aber nicht verhinderte, daß diese Alternative in der historisch existierenden Gesellschaft, die es zu ändern galt, nur sehr schwach verankert war. Als Denktradition hat sie Wurzeln in der Romantik. Mit dem Ausbruch des Weltkrieges erhielt sie eine politische Funktion und erschien den Kulturpessimisten als eine Antwort auf Krisensymptome der "atomisierten" demokratischen Gesellschaft. Gerstenberger faßt zusammen:

Die Ideen von 1914 seien die revolutionäre Ablösung der 'Ideen von 1789' auf höherer Ebene, indem jetzt die 1789 errungene individuelle Freiheit in der Gemeinschaft aller Volksglieder aufgehoben werde. (Gerstenberger 1969:17)

1. Die Abwertung der ideologischen Losungsworte des Gegners

Aufklärung

Die Deutschen sind durch die Kirche Winifreds, die Bewidmung mit römischem Rechte, die Reformation, den Dreißigjährigen Krieg, die Aufklärung Schritt für Schritt sich selbst untreu geworden. (Lagarde 1891:73)

Der von der Romantik geprägte Begriff des "Volkscharakters"[3] steht als sprachliches Symbol für ein Denksystem, das die Abwertung des älteren Schlagwortes *Aufklärung* mit seinen Nebenvorstellungen 'Menschheit' und 'Humanität' in die Wege geleitet hat. In diesem Sinne polemisiert Ernst Moritz Arndt gegen den Begriff der Aufklärung, der in der Folgezeit umstritten ist und ins Negative abzurutschen beginnt, was die Wortparodien *Aufklärerei* und *Ausklärung*[4] zeigen:

Man spricht schon davon, Kindern früh die Vernunft aufzuklären; *Aufklärung, Aufklärer* waren die ewigen Klänge jener Epoche. Der Verfasser trägt die Spuren dieser Erziehung noch blutig an sich. (Arndt 1803:126)

---

[3] Zu "Volkscharakter" vgl. Bartholmes 1964:75

[4] Vgl. Dieckmann 1964:139. Ob mit diesen Wortbildungen, die in der 8.Auflage des Brockhaus 1833 (Bd.1:505) verzeichnet sind, eine normwidrige Form oder eine verschiedene Einschätzung der politischen Wirklichkeit zum Ausdruck kommt, kann nicht entschieden werden. Daß *Aufklärung* im nationalistischen Sprachgebrauch um 1830 auch noch ein hohes Prestige haben konnte, davon zeugt die Erklärung der Burschenschaften aus den sogenannten Hambacher Festen. Vgl. hierzu Mommsen 1960.

Seinen Platz im Spannungsfeld der Ideologien behält das Wort in der zweiten Hälfte des 19.Jahrhunderts bei, und die Polemik gegen das Aufklärungszeitalter bekommt eine neue Schärfe mit der sogenannten Kulturkritik im Geiste der Deutschen Bewegung und mit dem wachsenden Chauvinismus des 2. Kaiserreiches. Die Erneuerung des organischen Staatsgedankens und der romantischen Vorstellung vom Volk führt zur ideologischen Absage an das Erbe der Aufklärung, demgegenüber unterstreicht man das "historische Bewußtsein" der Romantik, einer Epoche, die für das Selbstverständnis deutschen Wesens als ein "deutsches Zeitalter" herangezogen wird. Im Wortgebrauch dieser Bewegung erweckt der Begriff *Aufklärung* negative Begleitgefühle, wie hier bei Hermann Nohl in seiner Darstellung der geistigen Grundlagen der sogenannten Pädagogischen Bewegung um die Jahrhundertwende:

Es war der große Gegenschlag des historischen Bewußtseins gegen die Idee der Aufklärung und den Radikalismus der Revolution gewesen, daß es die Wirklichkeit wieder sichtbar machte. (Nohl 1926:31)

Damit unterstreicht er das bloß Theoretische, Lebensfremde der Aufklärung, eine Nebenvorstellung, die wie ein roter Faden durch das polemische Schrifttum der "neuen" Konservativen vor und noch mehr während und nach dem ersten Weltkrieg geht.

Im verschärften polemischen Wortgebrauch der antiliberalen Intellektuellen im Weimarer Staat sinkt der Begriff *Aufklärung* zu negativer Informationshülle ab. Aus der alles beherrschenden Perspektive der "Volksgemeinschaft" bekommt das Wort den Nebensinn des Zersetzenden; *Aufklärung* und *Auflösung* werden "einigermaßen gleichbedeutend" (Kiefer u.a. 1922:9). In diesem Wertsystem ist das Aufklärungszeitalter gekennzeichnet durch "eine bloße Wissenskultur mit ihrem Individualismus, ihrer Veräußerlichung jedes menschlichen Gehaltes zu Nutzen und Leistung, ihrer Trennung aller Einheiten des Lebens" (Nohl 1963:12). Als Idee ist die Aufklärung "banal", abgelebt und lebensfern, meint Nohl. Sie ist ohne "Begeisterung" und deshalb unschöpferisch. Die politischen "Phrasen" der Aufklärung sind undeutsch, ihr Demokratismus hat die Deutschen sich selbst entfremdet. Was dem Liberalismus die "Befreiung des Individuums" bedeutet, wird in der polemischen Auslegung seiner Gegner zur "Verabsolutierung des Einzelmenschen".

Genauso wie in der Krisis der Aufklärung sich eine Auflösung der überlieferten Wertordnung des Lebens vollzieht, vollzieht sich auch die Lösung des einzelnen aus dem bindenden Lebenszusammenhang völkischer und menschlicher Gemeinschaft. Das isolierte Individuum ist ein Ergebnis der Entwicklung des 19. Jahrhunderts, nachdem in der Theorie des 18. Jahrhunderts die Verabsolutierung des Einzelmenschen erfolgt war. (Kiefer u.a. 1928/1:379)

Weil am Begriff *Aufklärung* die Nebenvorstellung des Westlichen, Undeutschen haftet[5], sucht man die "deutsche Aufklärung" der westlichen, der englischen und französischen gegenüberzustellen und sie als eine deutschem Wesen entsprechende Antithese zum westlichen Kosmopolitismus zu sehen. In einem "Im Kampf mit der Aufklärung" genannten Aufsatz in "Deutsches Volkstum" lesen wir:

... die deutsche Aufklärung ist grundverschieden von der westeuropäischen. ... Die deutsche Seele birgt in dieser Aufklärung, die mehr ist als solche (weil sie nämlich zum deutschen Idealismus führte), noch immer Unendliches und Jenseitiges in sich. Erst im 19. Jahrhundert ist die deutsche Aufklärung breit und flach geworden. ... Das Wesen der deutschen Aufklärung ist nicht Westeuropa, sondern schließlich nur unserer eigenen Geistesverfassung ableitbar. Wir müssen aus der bloß-historischen Betrachtung der Wechselwirkung zwischen den Völkern heraus, wenn wir den Ort der Aufklärung angreifen oder verteidigen wollen. ... Darum steht am Ende unserer Geschichtsbetrachtung nicht ein eintöniges Europa, sondern für uns das deutsche Volk, wie es sich von Jahrhundert zu Jahrhundert gegen Europa und die Welt unterschieden hat. (Ferchau 1922:9)

In der Haßpropaganda Moeller van den Brucks gelten der Begriff der *westlichen Aufklärung* sowie der des Liberalismus als negative Klischees und Sündenböcke: "Die Aufklärung hat ... Europa entartet." (Moeller van den Bruck 1922:33) Sie "hat uns über alles aufgeklärt - nur nicht über unsere Lebensbedingungen", ironisiert er. "Sie ist auch jetzt wieder bereit, ihre Versäumnisse mit Ratschlägen nachzuholen". (Moeller van den Bruck 1931:68)

Der Nebensinn des Demokratischen im Sinne des Verflachenden haftet an der Bewertung des Literarhistorikers Paul Fechter, wenn er die Aufklärung die "Ahnfrau aller heutigen Banalität" (Fechter 1932:275) nennt. Dieselbe polemische Nebenbedeutung hat das Wort *Aufklärung* bei Ferchau. Er preist an einer Stelle "die großen Deutschen, von denen keiner sich damit begnügen konnte, ein Aufklärer zu sein und weiter nichts". (Ferchau 1922:9)

Liberal

Das Wort *liberal* ist seit der ersten Hälfte des 19. Jahrhunderts ein sprachliches Symbol für das politische Wollen, das auf eine "Freie Staatsform"[6] hinzielt. Lagarde nennt diesen Geist abschätzend den "Zeitgeist" und bekämpft ihn radikal in seiner Kulturkritik. Es heißt dort an einer Stelle "... nicht human sollen wir sein, sondern Kinder Gottes: nicht liberal, sondern frei ..." (Lagarde

---

[5] "Die Aufklärung war die Sache des Westens", heißt es in Moellers polemischer Streitschrift "Das Dritte Reich" 1922. Das Buch "Die neue Front" ist ein Sammelwerk, das 38 Aufsätze enthält. Nach K.Sontheimer 1962 das "große Manifest" der Jungkonservativen.
[6] Nach Heyses Fremdwörterbuch 1859:"... insbesondere für die Volksfreiheit und freie Staatsform eingenommen".

1891:54). Mit seinem "deutschen" Freiheitsbegriff deutet er das liberale Schlagwort *frei* im Sinne seiner organischen Gesellschaftstheorie um und steht damit am Anfang einer sprachlichen Tradition politischer Propaganda, die im Wortschatz des Liberalismus selbst ein Werkzeug sehen sollte, die liberalen Ideen abzuwerten. "Jeder Mensch, der sich nicht mehr in der Gemeinschaft fühlt, ist irgendwie ein liberaler Mensch." (Moeller van den Bruck 1922:19)

Die Nebenvorstellung des Individualisten im Sinne des sozial Verantwortungslosen wird von nationalistischer Seite durch die "Ideen von 1914" verbreitet. "Das Streben nach größtmöglichem Gewinn" (Süddeutsche Monatshefte, 13.Jg. 1915/16:220) wirkt dem Gemeinschaftsgeist entgegen, und so wie der liberale Mensch im wirtschaftlichen Leben unbegrenzte Freiheiten für seine Machenschaften fordert und sich hierin keinen bindenden Prinzipien unterstellen will, so wird auch der politische Liberalismus "ein anderer Name für Charakterlosigkeit". (Mann 1918:107) Aus dem weiten geschichtlichen Bedeutungsgefüge des Wortes *liberal* heraus isoliert die antidemokratische Propaganda in der Weimarer Republik **den** Zug im Denksystem des Gegners, der traditionsgemäß negative Affekte in großen Gruppen der Gesellschaft auslöst. Der verallgemeinernde Nebensinn des unzuverlässigen und des moralisch Zersetzenden stellt sich bei der affektgeladenen Nennung des Wortes ein und macht schließlich in der antiliberalen Denktradition die eigentliche Bedeutung des Begriffes *liberal* aus.

Wir sind aber in demselben Atemzuge liberale Menschen, wenn wir den Strudel modernen deutschen Gesellschaftslebens unbesehen hinnehmen. Wir sind aber auch liberale Menschen, wenn wir dem allgemeinen Zuge der Zeit, der Moral und Familie aufgelockert, nachgeben. (Kiefer u.a. 1928/1:34)

Im liberalen Menschen erkennt die deutsche Jugend den Feind. (Moeller van den Bruck 1922:33)

Liberalismus

Die negativen Begleitgefühle, mit denen das Wort *liberal* behaftet ist, bestimmen im Wortgebrauch seiner Bekämpfer auch die Bewertung des Begriffes *Liberalismus*.

In der Denktradition der Deutschen Bewegung und der Konservativen Revolution ist das Wort *Liberalismus*, wenn keine engere Definition gegeben wird, konzentriertes sprachliches Symbol für die ganze geistige, politische und wirtschaftspolitische Strömung, als deren Urheber die Französische Revolution von 1789 angesehen wird und für deren Entwicklung in Deutschland die Entstehung der Weimarer Republik den politischen Höhepunkt bedeutet. Das organische Staatsdenken sieht in ihr gerade den Tiefpunkt der nationalen Entwicklung, weil die liberale Bewegung ihm der Inbegriff alles Bekämpfenswerten ist.

Lagarde sieht den Liberalismus nur als einen Irrtum des deutschen Volkes auf seiner Suche nach einer inneren nationalen Gemeinschaft. Mit dieser Bewertung fällt er ein Urteil über den Liberalismus, das in der Weimarer Republik bei den Jungkonservativen wieder starkes Gehör finden sollte. Er sagt:

Das deutsche Volk wird Parlament, Landtag, Liberalismus, Fortschritt ... mit Freude fahren lassen, wenn ihm die Gewißheit wird, daß ihm endlich mal sein Kleid auf den Leib zugeschnitten werden soll. Alle Germanen sind, nicht trotzdem, sondern weil sie Freunde der Freiheit sind, Aristokraten im besten Sinne dieses Wortes. Freiheit und Demokratie oder Liberalismus passen zueinander wie Feuer und Wasser. (Lagarde 1891:75)

Der Stellenwert des Wortes *Liberalismus* wird im Bedeutungsgefüge dieser Ideologiesprache von der Bewertung abhängig, mit der sie das Wort *Freiheit* gebraucht, weil die in Rechten manifestierte Freiheit des Individuums die entscheidende Grundidee ist, auf die sich der Liberalismus aufbaut. Im Selbstverständnis des Liberalismus hat das Wort *Freiheit* die höchsten positiven Begleitgefühle:

Er (der Liberalismus - S.C.) ist die Rückkehr zu den Grundsätzen des vernünftigen Rechts, die denkende, bewußte Freiheitsliebe, (die) das Heranreifen der Völker zur Mündigkeit, Selbstdenken und Selbsthandeln ... (ermöglichen soll - S.C.). (Paul A. Pfizer 1838. In: Mommsen 1960:110)

Weil das organische Staatsdenken diese Art von Freiheit bekämpft, sieht man in einem liberalistischen Herrschaftssystem eine staats- und autoritätsauflösende Macht, die alle Gemeinschaft untergräbt und nur einen individualistischen Egoismus fördert. Die Vorstellung, daß der liberale Staat überhaupt kein Staat ist, sondern im Grunde staatsfeindlich, gibt dem Begriff des Liberalismus den Nebensinn des Ordnungsfeindlichen, Anarchistischen. Auch ein alter Liberaler wie Ernst Troeltsch konnte, in der Tradition der deutschen Auffassung von Staat stehend, von der "Liberalen Staatslosigkeit" sprechen. (Die Ideen von 1914. In:Troeltsch 1925:49)

Mit der Verwirklichung des liberalen Staates, wie ihn die Antidemokraten in der Republik von Weimar sahen, sinkt das Wort *Liberalismus* dazu herab, eine reine Emotionshülle zu werden für alles, was ihren Ordnungsvorstellungen entgegenwirkt. "Am Liberalismus gehen die Völker zugrunde" (vgl. Moeller van den Bruck 1922), heißt die immer wiederholte These von Moeller van den Bruck:

Liberalismus hat Kulturen untergraben. Er hat Religionen vernichtet. Er hat Vaterländer zerstört.
Er war die Selbstauflösung der Menschheit. Naturvölker kennen keinen Liberalismus. (19)

Der Liberalismus ist die Freiheit, keine Gesinnung zu haben, und gleichwohl zu behaupten, daß
eben dies Gesinnung sei. (6)

In dieser Gebrauchsweise von *Liberalismus* steckt die Vorstellung des Verhandelnden, Kompromißbereiten, das dem Totalitätsanspruch der antiliberalen Weltanschauung zuwider war. Wie die Träger des Wirtschaftsliberalismus waren die liberalen Politiker bloß Händler. Dazu kommt der Verdacht des Verflachenden, der dem hierarchischen Denken ein schwerwiegendes Argument gegen den Liberalismus bietet.

Der Liberalismus atomisiert das Ganze, löst alte Ordnungen und Autoritäten auf, er erschwert die
Auslese der Besten durch seine einfältige Humanität und Sentimentalität. (Kiefer u.a. 1928/2:512)

Der Liberalismus mit seinen Institutionen hat in der Vorstellung des nationalistischen Intellektuellen der Weimarer Republik seine Rolle ausgespielt (vgl. Lagarde). Der Begriff erweckt in ihrer Propaganda die Nebenvorstellung des Überlebten, Lebensunfähigen. Diese Auffassung war schon im Krieg verbreitet worden. Auf das Jahr 1914 zurückblickend, beschreibt Troeltsch die politische Entwicklung des deutschen Volkes:

Wir kamen her aus einer Kultur des allgemeinen europäischen Liberalismus und empfanden nun,
daß wir längst aus ihr herausgewachsen waren und innerhalb ihrer immer etwas Besonderes gewesen waren. (Die Ideen von 1914. In: Troeltsch 1925:32)

Kurt Sontheimer stellt fest:

Der Liberalismus sank in der antidemokratischen Literatur zum primitiven negativen Klischee ab.
Es war schlechthin alles liberalistisch, was sich in der Weimarer Republik vollzog, mit Ausnahme
freilich des eigenen Tuns. ... Im Begriff des Liberalismus war vereinfachend alles getroffen, was
für die politische und soziale Welt stand, die man mit entschlossener Radikalität ablehnte.[7]

Humanität und *Demokratie*

Es gab aber auch andere Arten, die Denkrichtung des Liberalismus zu bekämpfen. Die Zitate aus dem antiliberalen Schrifttum gruppieren sich um vier Begriffe, die alle der "Konservativen Revolution" als polemische Waffen, als Gegenbilder ihrer eigenen Wirklichkeitserfassung dienten. Mit der Abwertung und destruktiven Umwertung von *Humanität* und *Demokratie* wurden zentrale

---

[7] Sontheimer 1962:187. Vgl. auch Heide Gerstenberger 1969:96 über Edgar J.Jungs Ablehnung
des Liberalismus, womit eine Ideologie gemeint wurde, die vor allem eine "falsche Führerauslese"
förderte. In diesem Sinne war auch der Sozialismus "liberal", da hier die Klasse die Rolle des Individuums übernahm.

Schlagwörter der gegnerischen Denktradition der antidemokratischen Propaganda dienstbar gemacht, und in den Schimpfwörtern *Westler* und *Bourgois* fand man wirksame Bezeichnungen für die Anhänger der parlamentarisch-republikanischen Staatsform.

Das Wort *Humanität*[8] bekommt im 1.Weltkrieg und durch die Friedensvorstöße in der nationalen Propaganda einen verächtlichen Nebensinn (Kapitulation, Geschäftsfriede, nationale Selbstaufgabe)[9]. "Das Ideal der Humanität," schreibt Friedrich Meinecke 1919,

> diese schönste Blüte unserer klassischen Epoche, hat schweren Schaden bei uns erlitten und ist in unsern führenden sozialen Schichten stark zurückgewichen vor dem Gelüste, eine bevorzugte Herrenschicht gegenüber den niederen Klassen und ein Herrenvolk gegenüber den fremden Nationalitäten darzustellen. (Meinecke 1919:58)

Schon die Romantik hatte sich gegen das, was Ladendorf "den allzu übertriebenen Humanitätskultus" (Ladendorf 1906:129) nennt, gewendet und andere Werteakzente gesetzt, vor allem natürlich tat es die politische Nationalromantik, wie sie in der ersten Hälfte des 19.Jahrhunderts Görres, Arndt und Jahn vertraten.

Die Stellung des Schlagwortes *Humanität* zwischen den beiden Ideologien geht deutlich aus der Anklage des "ersten antsemitischen Literaturkritikers" Menzel gegen das Junge Deutschland hervor: "Die deutsche Vaterlandsliebe nennen sie bestialisch und brutal, ihr freches Franzosentum aber die wahre Humanität." [10]

Sehen wir uns Meyers Lexikon aus dem Jahr 1926 an, dann stellen wir fest, daß die Tendenz, von der Meinecke gesprochen hatte, nicht unvermerkt geblieben ist: Hier wird von den radikalen Denkern der Rechten gesprochen, die eine Abwertung des Begriffes im Spannungsfeld zwischen den Nationen anstrebten.[11] Interessant ist auch die Verzeichnung des mitleidigen Hohnwortes *Humanitätsduselei*.

---

[8] Zu Wielands Zeiten ein Modewort (vgl. Feldmann, ZfdW 6,1908) von Heyse 1859 mit "die edle Menschennatur und die darin gegründete Menschenwürde, Menschlichkeit, Menschenfreundlichkeit" verdeutlicht.

[9] Vgl. hierzu: Vorwort zu Deutsches Volkstum. Abgedruckt in: Pross 1959:246

[10] Meister der deutschen Kritik 1965. DTV-Dokumente 1830-1890. München.

[11] "Das Christentum hat diese Humanität zur allgemeinen Forderung gemacht, die nur von radikalen Denkern angefochten worden ist." Meyers Konversationslexikon 1926. Stichwort "Humanität".

Die veränderte Beurteilung einer Sache führt zur Abwertung des die Sache bezeichnenden Begriffes. Mit *Demokratie*[12] verband die liberal-bürgerliche Denktradition eine parlamentarische Demokratie im westlichen Sinne. Für die Bekämpfung dieser Idee erfand die antidemokratische Rechte das Wort *Formaldemokratie*, was davon zeugt, daß das Wort *Demokratie* zu den großen Losungsworten der Epoche gehörte, und, mit neuem Inhalt gefüllt, der eigenen Sache dienen könnte. Indem man die liberale Demokratie mit dem Schimpfwort *Formaldemokratie* abstempelte, konnte man die eigene ideologische Definition als die "wahre" Bedeutung des Wortes herausstellen. Sontheimer stellt fest, daß politische Schlagworte wie *Freiheit, Gleichheit, Sozialismus und Demokratie* nach 1919 unentbehrlich geworden waren:

> Es gilt, die Schlagworte ihrer bisherigen Bedeutung zu entfremden, darüber hinaus konnte man sich von der Relevanz dieser Ideen für die neue Zeit nicht freischreiben. Man war ja im Zeitalter des Liberalismus aufgewachsen. (Sontheimer 1962:351)

Mit Hilfe von begrifflichen Gegensatzpaaren konnte die Illusion erweckt werden, daß es hier um ganz neue Ideen ging. Das Denken in Gegensätzen, mit so viel Erfolg von Oswald Spengler eingeleitet, prägt auch das Weltbild Moellers van den Bruck, von dem es bei K.O. Paetel heißt: "Er wollte konservativ sein im Gegensatz zu reaktionär, sozialistisch im Gegensatz zu marxistisch, demokratisch im Gegnsatz zu liberal." (Paetel 1965:17)

Die Abneigung der radikalen Rechten in der Weimarer Republik gegen die parlamentarische Mehrheitsdemokratie gründet sich zutiefst auf den Umstand, daß sie an die Idee der Gleichheit nicht glaubt. Die Ungleichheit der Menschen wird in der Demokratie unter dem Schein der Gleichheit vertuscht, im organischen Staat ist die Ungleichheit zum Prinzip des Staatslebens erhoben, und die Machtausübung läßt sich kontrollieren. Diese Definition hatte es nach 1919 nicht schwer, Gehör zu gewinnen, da trotz der Verfassungsänderung die ökonomische und politische Macht in Wirklichkeit fast ohne Ausnahme in den alten Händen blieb, nämlich beim ostelbischen Junkertum und bei der Großindustrie, was natürlich für das Gros der Bevölkerung, das sich von der Revolution tiefgreifende Verbesserungen erwartet hatte, eine große Enttäuschung war.

Die Antidemokraten wandten sich weiter gegen die individualistische Form der Freiheit, gegen die, in Heinz Brauweilers Worten, "Gliederung der Gesellschaft

---

[12] "griechisch, (von démos, Volk, und kratéin, herrschen), die Volksherrschaft, Volksregierung, das Volksreich oder Bürgerreich, das Freibürgertum, eine Staatsverfassung, in welcher das Volk, d.i. die Gesamtheit der Bürger, die höchste sowohl gesetzgebende, als ausübende Gewalt hat, entg. Aristokratie." Heyses Fremdwörterbuch 1859. Ähnlich auch Meyers Konversationslexikon 1926.

nur auf Grund voluntaristischer Zusammenschlüsse", was die "Atomisierung der Staatsbürger" (auch ein Modewort) zur Folge hatte. (Brauweiler 1925:59)

Nun aber zum Schlagwort *Formaldemokratie*, das Kurt Sontheimer als ein antidemokratisches Klischee bezeichnet. Antirationalismus und politische Romantik schwingen in diesem Protestwort mit. "Vom Standpunkt einer organischen Demokratie aus, in welcher sich das Leben des Volkes ungehindert entfalten könne," schreibt Sontheimer, "sind alle verfassungsmäßig festgelegten Formen und Verfahren der politischen Willensbildung des Volkes Erzeugnisse eines mechanistischen Denkens." (Sontheimer 1962:212)

Der Begriff scheint sich aber auch bei liberalen Sprechern verbreitet zu haben, bei Sprechern also, die prinzipiell einen Standort für die parlamentarische Demokratie einnehmen. Zu den von der Weimarer Republik enttäuschten gehörten einige führende Liberale der älteren Generation, wie Max Weber, Troeltsch, Meinecke, Rathenau und Naumann.

The new Republic showed the weaknesses of a purely legal authority and it tended to underrate the importance of traditional and irrational associations. It was, as Troeltsch complained, a mere 'formal democracy' devoid of élan and the 'great ideas'. (Klemperer 1957:94)

Der Gebrauch von *formal, Formalismus* und *Formel* ist nichts Neues im polemischen Sprachgebrauch der Konservativen. Er hängt mit der Abneigung gegen Theorie und rationale Regelung menschlicher Verhältnisse zusammen, eine Abneigung, die das Weltbild traditionsgebundener Menschen entscheidend mitformt. Ein frühes Beispiel bietet uns eine Stelle bei Adolf Bartels im "Kunstwart", Jg. 1902, in der es über Zola heißt:

Ja, er ist unserem Wesen fremd, was ihn bei uns in Aufnahme brachte, war die Doktrin, die Richtung, die Partei - und die rein stoffliche Neugierde selbstverständlich. Man muß an das moderne Frankreich denken, um ihn ganz zu verstehen, das Frankreich von heute, das als Staat sozusagen sein warm durchblutendes Herz verloren hat, das statt von wirklichen, aus dem Volkstum erwachsenen Überlieferungen von Formeln regiert wird, oder, wenn man will, von einem kühlen und klugen Egoismus, der hier und da einmal von einem nationalen Rausch abgelöst wird. (Kunstwart 10/1902:55)

Vor einer formalen Demokratie warnt Spengler indirekt, wenn er in seinem Aufsatz über England und Deutschland schreibt:

Demokratie ... ist die Form dieses Jahrhunderts, die sich durchsetzen wird ... Aber wir brauchen die Befreiung von den Formen der englisch-französischen Demokratie. Wir haben eine eigene. (Spengler 1933:104)

Dem deutschen Volk dies glauben zu machen, darin sah die Konservative Revolution ihr wichtigstes Anliegen. Aus diesem Grunde stehen die Wörter *De mokratie* und *Formaldemokratie* im Spannungsfeld der Ideologien nach 1919 an erster Stelle. Deutschland sollte vor der "formaldemokratischen Weltreaktion" und den "formalen Irrbildern des Westens"[13] gerettet werden.

2. Die Diffamierung des Gegners

Westler und *Bourgeois*

Zum Begriff *Westler* ist zu bemerken, daß er wahrscheinlich durch die Ostideologie Moeller van den Brucks zum diffamierenden Schlagwort der Antidemokraten wurde. Die Wortbildung ist eine Lehnprägung nach dem russischen Wort *Sapadniki*, das um die Mitte des 19.Jahrhunderts einen zentralen Platz in der ideologischen Auseinandersetzung um Rußlands Zukunft einnahm.

Auf deutsche Verhältnisse bezogen benutzt Moeller van den Bruck das Wort *Westler* zum ersten Mal im Jahr 1918, in seinem berühmt gewordenen Appell mit dem Titel "Das Recht der jungen Völker". Moeller war von Dostojewskis kulturpolitischen Schriften stark beeindruckt. H.-J. Schwierskott sagt über sein Antiwestlertum:

Der entscheidende Ausgangspunkt der Ostideologie Moellers war wiederum ein literarisches Erlebnis: Die Lektüre der Schriften Dostojewskis. Bereits der erste Aufsatz, worin sich Moeller mit östlichem Menschentum und östlicher Literatur auseinandersetzte - er erschien 1904 -, trägt schon im Titel den Namen dieses russischen Dichters. Es findet sich darin die für die spätere Entwicklung Moellers bedeutsame Stelle, an der sich die Abwehr von 'Westen' bereits abzuzeichnen beginnt.

... Gewiß verschiebt sich der Schwerpunkt des europäischen Gleichgewichts auch in geistiger Beziehung immer mehr von Westen nach dem Osten und wird sich einmal ganz nach Rußland verschoben haben, so daß denn unter diesem Gesichtswinkel das Land auch unserer Erwartung ... tatsächlich Rußland ist. ... Nur dürfte die Erfüllung dieser Erwartung ... noch für eine geraume Zeit hinausgeschoben sein. Vorläufig hat erst noch das Germanentum seine weltgeschichtliche Aufgabe zu lösen und die germanische Hochkultur zu schaffen, die ihm das jetzt langsam zurücksinkende Romanentum zwei Jahrtausende lang verwehrt hat. ... (Schwierskott 1962:128 f.)

Schwierskott erläutert weiter:

Angesichts des deutschen Zusammenbruchs, der den Sieg Frankreichs, des - nach Moeller - 'ältesten Volkes', brachte, griff er die Zivilisationskritik Dostojewskis wieder auf und rückte sie in das Zentrum seines Schaffens. (130)

---

[13] Die Belege sind entnommen aus: M.H.Boehm 1920.Körperschaft und Gemeinwesen.Leipzig, 154. Zitiert nach: Sontheimer 1962:212.

Das Wort *Westler* wird in der Weimarer Republik zu einem beliebten Schimpfwort, mit dem man dem Gegner auf der politischen Linken und Anhänger eines parlamentarischen Regierungssystems überhaupt jede Vaterlandsliebe absprach. Das Freund-Feind-Denken der Rechtsradikalen in der Folge Spenglers und Moeller van den Brucks ließ nur ein Entweder-Oder in ideologischen Fragen zu, und das Wort *Westler* eignete sich großartig, die Andersartigkeit des deutschen Wesens gegenüber dem übrigen Westeuropa immer wieder in Erinnerung zu bringen. Seine polemische Funktion lag darin, Deutschland geistig und politisch einer mehr als hundertjährigen abendländischen Denktradition zu entfremden und es wieder im vorrevolutionären Zeitalter anzusiedeln.[14]

Die äußerste Beliebtheit des diffamierenden Schlagwortes *bourgeois* in der Ideologiesprache der Konservativen Revolution ist ein gutes Beispiel für die Verwandtschaft, jedenfalls nominell, des radikalen Konservatismus mit dem Sozialismus. Das Wort gehörte "zum festen Bestand der sozialdemokratischen Kraftworte" (Ladendorf 1906. Stichwort "bourgeois"), wurde in Frankreich von St.Simon und seinen Anhängern in Deutschland, vor allem von Marx, lanciert und von Lassalle wirkungsvoll benutzt.[15] Das Wort eignete sich vortrefflich dazu, den Abstand zum alten Parteikonservatismus und vor allem zu liberal-bürgerlichen Gedankengängen zu unterstreichen. Wie damals die Sozialdemokratie und der Kommunismus wollte der radikale Rechtsintellektuelle in der Weimarer Republik zeigen, daß sein Weltbild einen Bruch mit der Vergangenheit und mit der enttäuschenden Gegenwart bedeute.

Die Verwendung von *bourgeois* im abwertenden Sinne in bürgerlichen Kreisen scheint mit der Jugendbewegung angefangen zu haben. "By *bourgeois* was understood the specific mode of life of the post-Bismarckian era in Germany", heißt es bei Milch und Borinski:

The Jugendbewegung was a 'bourgeois' development brought about by a youth which belonged to the middle class. ... This state of affairs must be grasped in order to understand why, of all words, 'bourgeois' should in the Jugendbewegung have come to be a term of abuse. 'Bourgeois' connoted living according to the requirements of parents and teachers; it connoted being glued year after year to ones desk, not in order to learn anything but simply in order to obtain a ticket of entry into

---

[14] "Wider die falschen Formeln der französischen Revolution: *Freiheit, Gleichheit, Brüderlichkeit*, wider den ichgierigen recht- und gottlosen Ungeist des Westens steht die bündische Dreiheit der Deutschen; Gemeinschaft, Gerechtigkeit, Gottesfurcht." (K.Pleyer. Das Bündische Aufgebot. Zitiert nach: Paetel 1965:290).

[15] Heyse führt 1859 *Bourgeoisie* als Fremdwort an: "fr. die Bürgerschaft, der Bürgerstand, als Volks- und Berufsklasse im Gegensatz zu den Citoyens, oder Staatsbürgern, sowie zu dem Adel, den Bauern, Arbeitern und Proletariern."

the Student Corps with their sprees and revelry, duelling and beer; 'bourgeois' to the young revolutionaries meant being subordinate to the self-satisfied and stagnant stratum of those who unthinkingly accepts the contemporary mode of life. (Borinski/Milch 1945:5,10)

Kurt Sontheimer versucht zu ergründen, warum ein Schlagwort, das an sich einer bekämpften Ideologie, dem internationalen Sozialismus, angehörte, ungeändert von der Konservativen Revolution und ihren antidemokratischen Bauernführern übernommen werden konnte. Er schreibt:

Im Typus des Bürgers oder pejorativ: des Bourgeois, glaubte man den Menschen getroffen zu haben, der für all das stand, was man ablehnte: den Liberalismus und seine negative Staatsauffassung, den Kapitalismus und seinen skrupellosen Egoismus, den Materalismus und Immoralismus. (Sontheimer 1962:342)

Wir leben in zwei verschiedenen Welten, wir sprechen zwei verschiedene Sprachen. Die Welt der Bourgeoisie und unsere Welt, sie stehen sich ferner als Erde und Mars. Es ist Feindschaft gesetzt zwischen Euren und unseren Samen.[16]

Die Abwertung der ideologischen Losungsworte des Gegners und die Diffamierung des Gegners waren nicht die einzigen Methoden des revolutionären Konservatismus, mithilfe der Sprache den Liberalismus zu bekämpfen. Ebenso wichtig war die Identifizierung mit Wörtern positiv bewerteten Inhalts, wie *wahre Demokratie* oder *deutsche Demokratie, deutsche Freiheit* und *deutscher Sozialismus*. Kennzeichnend für die Bewegung der Völkischen war weiter die Politisierung des Irrationalismus (Gegenüberstellung von *Geist* und *Blut, Vernunft* und *Instinkt*) und das schon in der Einleitung erwähnte Denken in Gegensätzen (Zivilisation : Kultur, mechanisch : organisch, Masse : Volk, Gesellschaft : Gemeinschaft, Individuum : Persönlichkeit), weiter die Abwertung der Wortsilbe *intellektuell* und die Kulturkritik, die sich in der Zusammenstellung von *Literat* und *Literatur* und Wörtern wie *zersetzen* und *entarten* äußerte, die später in die Ideologie- und Verwaltungssprache des Nationalsozialismus eingingen.

Ich habe mich hier bei der Besetzung von Begriffen aufgehalten, da diese Okkupation eine Tendenz des Denkens spiegelt, die nach 1933 in System gesetzt wurde. Wie wir sahen, war es schon vor der sogenannten Machtübernahme in der Sprache gelungen, die bürgerliche Intelligenz mit der "Gleichschaltung" zu versöhnen.

---

[16] So heißt es laut Sontheimer bei Hartmut Plaas in dem Appell "Wir klagen an! Nationalisten in den Kerkern der Bourgeoisie." Berlin 1930. Zitiert nach: Sontheimer 1962:344

Literatur

Arndt, E.M. 1803. *Germanien und Europa*. Altona.
Bartholomes, H. 1964. Das Wort "Volk" im Sprachgebrauch der SED. In: H. Moser (Hg.). *Die Sprache im geteilten Deutschland*. Bd.II. Düsseldorf.
Brauweiler, H. 1925. Parlamentarismus und berufsständische Verfassungsreform. In: *Preußische Jahrbücher* Bd. 202, 58-72.
Broszat, M. 1958. Die völkische Ideologie und der Nationalismus. In: *Deutsche Rundschau* I, 56 f.
Borinski, F./Milch, W. 1945. *Jugendbewegung. The story of German Youth 1896-1933. German educational Reconstruction* 3/4. London.
Dieckmann, W. 1964. *Information oder Überredung. Zum Wortgebrauch der politischen Werbung in Deutschland seit der französischen Revolution*. Marburg.
Dieckmann, W. 1969. *Sprache in der Politik*. Heidelberg.
Fechter, P. 1932. *Dichtung der Deutschen*. Berlin
Ferchau, J. 1922. *Deutsches Volkstum. Monatsschrift für das Kunst- und Geistesleben* 9.
Gerstenberger, H. 1969. *Der revolutionäre Konservatismus. Ein Beitrag zur Analyse des Liberalismus*. Berlin.
Heyse, J.C.A. 1859. *Fremdwörterbuch*. Hannover.
Kiefer,W./Strapel,W. 1917 ff. (Hg.). *Deutsches Volkstum. Monatsschrift für das Kunst- und Geistesleben*.
Klemperer, K. v. 1957. *Germany's New Conservatism. Its History and Dilemma in the Twentieth Century*. Cambridge. Mass.
Ladendorf, O. 1906. *Historisches Schlagwörterbuch. Ein Versuch*. Straßburg-Berlin.
Lagarde, P. de 1891. *Deutsche Schriften*. Gesamtausgabe 2. Aufl. Göttingen.
Lagarde, P. de 1914. *Deutsches Wesen (Deutscher Glaube, Deutsches Vaterland, Deutsche Bildung). Das Wesentliche aus seinen Schriften*. Ausgewählt und eingeleitet von F.Daab. Jena.
Mann, Th. 1918. *Betrachtungen eines Unpolitischen*. Berlin
Meinecke, F. 1919. *Nach der Revolution*. München-Berlin.
Moeller van den Bruck, A. 1918/19. Das Recht der jungen Völker. In: *Deutsche Rundschau* Bd.1.
Moeller van den Bruck, A./Gleichen, H.von/ Boehm, M.H. 1922 (Hg.). *Die neue Front*. Berlin.
Moeller van den Bruck, A. 1922. Am Liberalismus gehen die Völker zugrunde. In: Ders. u.a. (Hg.).
Moeller van den Bruck, A. 1931. *Das Dritte Reich*. 3.Aufl. bearbeitet von H. Schwarz. Hamburg-Berlin.

Mommsen, W. 1960. *Deutsche Parteiprogramme*. München.

Nohl, H. 1926. *Zur deutschen Bildung. Deutsch, Geschichte, Philosophie.* Vier Vorträge. Göttingen.

Nohl, H. 1963. *Die pädagogische Bewegung in Deutschland und ihre Theorie.* 6.Aufl. Frankfurt.

Paetel, K.O. 1963. *Jugend in der Entscheidung. 1913-1945.* Bad Godesberg.

Paetel, K.O. 1965. *Versuchung oder Chance? Zur Geschichte des deutschen Nationalbolschewismus.* Göttingen.

Plaas, H. 1928. *Wir klagen an! Nationalisten in den Kerkern der Bourgeoisie.*

Pross, H. 1965. *Literatur und Politik. Geschichte und Programme der politisch-literarischen Zeitschriften im deutschen Sprachgebiet seit 1870.* Olten-Freiburg.

Schwierskott, H.-J. 1962. *Arthur Moeller van den Bruck und der revolutionäre Nationalismus in der Weimarer Republik.* Göttingen.

Sontheimer, K. 1962. *Antidemokratisches Denken in der Weimarer Republik. Die politischen Ideen des deutschen Nationalismus zwischen 1918 und 1933.* München.

Spengler, O. 1933. *Politische Schriften. Volksausgabe.* München.

Troeltsch, E. 1925. *Deutscher Geist und Westeuropa. Gesammelte kulturphilosophische Aufsätze und Reden.* Tübingen.

JURISTISCHE FACHSPRACHE UND ÖFFENTLICHER SPRACHGEBRAUCH
Richterliche Bedeutungsdefinitionen und ihr Einfluß auf die Semantik politischer Begriffe

Dietrich Busse

1. Rechtssprache - Eine Fachsprache?

Diskutiert man mit Nicht-Linguisten über die Rechtssprache, so kann es vorkommen, daß die Gesprächspartner vehement bestreiten, daß eine Fachsprache des Rechts existiert, ja, überhaupt existieren dürfe. In solchen Meinungsäußerungen wird die (in vielen Urteilstexten und rechtswissenschaftlichen Arbeiten formulierte) Selbstdarstellung der Juristen, wonach die gesetzlichen Termini unserer wichtigsten Gesetzestexte (Grundgesetz, Bürgerliches Gesetzbuch, Strafgesetzbuch) im Sinne des "allgemeinen Sprachgebrauchs"[1] oder gar der "Umgangssprache" (BGHSt 18, 151 ff., 152 f.) zu interpretieren seien, gegen die linguistisch feststellbare Realität für bare Münze genommen. Selbst wenn der linguistische Terminus "Fachsprache" nur schwer eindeutig zu definieren und gegenüber anderen Erscheinungsformen der Gesamtsprache abzugrenzen ist (vgl. dazu Möhn/Pelka 1984), so kann man doch unzweifelhaft feststellen, daß das Rechtswesen einen Bereich des Sprachgebrauchs darstellt, der von fachwissenschaftlichen Inhalten und institutionell geprägten diskursiven Strukturen geprägt ist, und deshalb mit der "Gemeinsprache" im Sinne der öffentlichen Verständigungssprache nicht gleichgesetzt werden darf. Das Spezifikum der Rechtssprache (im Unterschied zu vielen anderen Fachsprachen) ist es nun, daß wegen der rechtlichen Durchformung unserer alltäglichen Lebensverhältnisse und wegen der sozialregulativen Funktion, welche das Recht (sprachlich materialisiert in Normtexten) wahrnimmt (vgl. dazu Stickel 1984:34), ein enger Bezug zwischen der Sprache der Gesetzestexte und derjenigen, die sie anwenden, einerseits und der öffentlichen Verständigungssprache andererseits besteht (vgl. Otto 1981:45). Die zunächst nur für Linguisten interessante Frage, ob die Rechtssprache eine Fachsprache ist, wird damit einerseits zu einem Abgrenzungsproblem, weil zentrale Gesetzesausdrücke zugleich Wörter unserer öffentlichen Gemeinsprache sind, und andererseits steckt darin - wie die oben zitierten Äußerungen belegen - ein verfassungsrechtliches Grundsatzproblem derart, daß (um mit Morgenstern zu sprechen) "nicht sein kann, was nicht sein darf", näm-

---

[1] vgl. u.a. BVerfGE 12, 45 ff., 54 ff.; 26, 16 ff., 29; 26, 338 ff., 395 f.; BGHSt 1, 1 ff., 3; 17, 144 ff., 148; BAGE 6, 321 ff., 353, s. Siglenverzeichnis am Ende des Beitrags.

lich die Gesetzessprache dem staatsrechtlichen Anspruch nach nicht Fachsprache sein darf, weswegen man sich immer wieder bemüht, sie (und die Ergebnisse der richterlichen Interpretationstätigkeit) einfach zum "allgemeinen Sprachgebrauch" zu erklären.

Es kann jedoch leicht gezeigt werden, daß die Zugehörigkeit einer Wortform sowohl zur Gemeinsprache als auch zur Fachsprache des Rechts (etwa als Gesetzesterminus) noch kein Indiz dafür ist, daß es sich beidemale um "dasselbe" Wort, semantisch genauer: um das Wort in derselben Bedeutung handelt. In der Fachsprachenforschung wird davon ausgegangen, daß eine Fachsprache sich nicht so sehr durch völlig eigenständige sprachliche Mittel auszeichnet, sondern durch eine spezifische Auswahl von sprachlichen Mitteln, die zugleich der Gemeinsprache oder anderen "Subsprachen" angehören können (Möhn/Pelka 1984:26). In der Rechtssprache müssen im Hinblick darauf zwei Teilbereiche unterschieden werden: der Bereich der fachwissenschaftlichen Binnenkommunikation, der noch am ehesten so etwas kennt wie "Fachausdrücke" im engeren Sinne, bei denen schon die Wortformen im Sprachgebrauch der Gemeinsprache unbekannt sind, und der bei weitem größere Bereich der Gesetzessprache, dessen Sprachgebrauch durch eine fachliche Überformung von Wortformen gekennzeichnet ist, die zugleich Teil der Gemeinsprache sind und dieser häufig erst entnommen wurden. Dies ist der Bereich, wo es auf der Ebene des Wortschatzes und der Wortbedeutungen zu Übertragungsproblemen zwischen Fach- und Gemeinsprache kommt, weil ein und dieselbe Wortform (Ausdrucksseite) je nach Rezipient mit unterschiedlichen Bedeutungen oder Bedeutungsvarianten belegt wird. Bei vielen Fachbedeutungen von Wörtern, die als Ausdrucksformen beiden Bereichen angehören, kommt es nur selten zu Kommunikationskonflikten größeren Ausmaßes (am ehesten noch bei den direkt Betroffenen, etwa den Angeklagten im Strafprozeß oder den Prozeßparteien in Zivilverfahren), selbst wenn auch dort fachliche Bedeutungsvarianten angesetzt werden, die mit der Gemeinsprache nicht kompatibel sind.[2] Die Bedeutungsvarianz, die in solchen Wortschatzbereichen zwischen der juristischen Fachsprache und der Gemeinsprache besteht, hat ihre Ursachen nicht etwa, wie Rechtswissenschaftler und Richter gerne behaupten, nur in dem "Altern der Kodifikationen", also der Tatsache, daß die Bedeutungsdefinition solcher Gesetzestermini, die zugleich auch der Alltagssprache angehören, im Zuge jahrzehntelanger Auslegungsprozesse sich von der "ursprünglichen Harmonie" einer Identität von fachlichen und alltagssprachlichen Wortbedeutungen fort und zur jetzigen Diskre-

---

[2] Dies kann an dem Gesetzesterminus *wegnehmen* im Diebstahlparagraphen 242 StGB demonstriert werden; vgl. dazu Seibert 1981:81 ff. und Busse 1990, Bd. 3, 100 ff.

panz hinentwickelt hätte; vielmehr kann nachgewiesen werden, daß schon im Zuge der (stets als die große Leistung der deutschen Jurisprudenz bezeichneten) Eindeutschung der ursprünglich lateinischen Fachtermini beim Abfassen des BGB und des StGB den scheinbar harmlosen Wortformen, welche aus Gründen der "Allgemeinverständlichkeit" des Rechts aus der damaligen Gemeinsprache entnommen wurden, die aus der alten lateinischen Fachterminologie übernommenen rechtswissenschaftlichen Bedeutungen beigelegt wurden. Dies kann bei einem dermaßen fachlich konstituierten Diskursbereich, wie ihn die Rechtswissenschaft und Rechtsprechung darstellt, auch gar nicht anders sein. Gravierende semantische Abweichungen zwischen fachlichem und gemeinsprachlichem Wortgebrauch sind daher eher die Regel als die Ausnahme. Kommunikationskonflikte mit Auswirkungen auf das öffentliche Sprachbewußtsein entstehen aber meist nur dort, wo die Widersprüche zwischen rechtlich-fachlichen Bedeutungsdefinitionen und den Gebrauchsweisen fraglicher Ausdrücke in der Gemeinsprache an öffentlich, z.B. politisch, brisanten Themen aufbrechen; dies ist etwa beim Rechtsbegriff *Gewalt* der Fall, dessen Anwendung auf Formen zivilen Ungehorsams anläßlich von Demonstrationen vor Raketenstützpunkten in der Friedensbewegung zu erbitterten Reaktionen und zu Unverständnis bei den Betroffenen geführt hat, die ihr Verhalten gerade als *gewaltfrei* verstanden und geplant hatten. Ich werde in diesem Aufsatz anhand des Ausdrucks *Gewalt* aufzuzeigen versuchen, weshalb die fachsprachliche Bedeutung dieses Ausdrucks, die in Akten richterlicher Bedeutungsfestsetzungen bei der Auslegung des Gesetzestextes entfaltet und fortentwickelt wird, notwendig rechtlich-institutionellen (d.h. fachlichen) Bedingungen unterliegt, die es verhindern, daß dieser Terminus wirklich im Sinne des "allgemeinen Sprachgebrauchs" verwendet wird, wie es einerseits die Laien irrtümlich vermuten und andererseits die Juristen, zur Aufrechterhaltung wohlbehüteter Rechtsfiktionen, nicht dementieren wollen.

Zuvor sind jedoch noch einige Vorbemerkungen zur Sprachlichkeit des Rechts notwendig, um den Umgang der Richter mit den Gesetzestexten in den Kontext ihrer institutionell geprägten Tätigkeit richtig einordnen zu können. Das Recht ist - gerade bei unserem auf Gesetzestexten beruhenden kontinentalen Rechtssystem - **sprachlich** konstituiert; Recht kann geradezu als das Gelten von Texten, von in Sprache gefaßten rechtlichen Normen aufgefaßt werden. Normtexte, als die Grundlagen der Rechtsarbeit in unserem Rechtssystem, sind als sprachliche Formulierungen sowohl auslegungsfähig als auch auslegungsbedürftig. Vor jeder "Anwendung" einer Rechtsnorm auf einen Lebenssachverhalt im Zuge eines rechtlichen Entscheidungsvorganges (Gerichtsverfahren) steht daher im Prinzip die "Auslegung" der zugrundeliegenden Normtexte. Dem Rechtstheoretiker Larenz (1979:181) zufolge besteht die juristische Tätigkeit daher zu einem guten Teil im Verstehen von sprachlichen Äußerungen. Wenn man die juristische Tätigkeit als "Auslegung" von Normtexten bezeichnet, muß man jedoch - gerade gegenüber Philologen - vor einer vorschnellen Gleichsetzung mit "Interpretation" im philologischen (auch alltagssprachlichen) Sinne warnen; die "Auslegung" im Zuge der Rechtsfindung darf nicht am Paradigma der literaturwissenschaftlichen Interpretation gemessen werden, sondern besteht auch darin, praktische, durch die institutionelle Funktion der Justiz geschaffene Bedürfnisse zu erfüllen. Institutionelle Bedingungen richterlicher Auslegungstätigkeit sind etwa die sozialregulative Funktion der Rechtsprechung und der daraus begründete Enscheidungszwang, welcher dazu zwingt, auf jeden Fall ein rechtliches Entscheidungsproblem irgendwie zu lösen, und sei es durch passende Definition eines naheliegenden Normtextes. Richterliche Auslegung von Gesetzestexten ist daher, anders als die allein auf das "bessere Verstehen" gerichtete literaturwissenschaftliche Interpretation, immer auf konkrete praktische Ziele hin orientiert; es geht um die "Rechtsanwendung" als Verwendung von Normtexten in konkreten Problemlösungsakten.

Man kann - mit einer allerdings groben Metapher - die richterliche Tätigkeit u.a. als die "Übersetzung" alltäglicher, rechtshängig gewordener Lebensereignisse in die "Sprache der Gesetze" und umgekehrt auffassen. "Rechtsanwendung" besteht daher in der Anwendung vorliegender Normtexte auf Ausschnitte einer sich historisch wie sozial stets wandelnden Lebenswirklichkeit; sie ist damit immer auch ein Stück *Semantik*, d.h. eine semantische Tätigkeit, indem Lebenssachverhalte, von denen in einem Gerichtsurteil ausgesagt wird, daß sie unter eine bestimmte Norm fallen, zugleich als semantische Spezifikationen des Bedeutungsbereichs des Normtextes betrachtet werden können. So gesehen ist die Rechtsprechung (sic!) nur ein Spezialfall von Sprachverwendung; sie läßt sich linguistisch beschreiben als paradigmatische Verwendungsinstanz normativer Begriffe bzw. Texte. Die Bedeutungsspezifikation, die richterliche Rechtsanwendungsakte darstellen, kann entweder in expliziten Bedeutungsdefinitionen bestehen (dies kommt jedoch eher seltener vor), oder aber (wie häufiger der Fall), durch faktische Subsumtion des Falles unter den Normtext erfolgen, d.h., linguistisch gesprochen, als Zurechnung eines Lebenssachverhalts zum Referenzbereich eines Normterminus oder Normtextes. Wortverwendungen in Gesetzestexten sind, darüber sollte keine Täuschung bestehen, eindeutig fachlicher Sprachgebrauch. Die in Rechtswissenschaft und Rechtsprechung in aller Breite entfaltete Rechtsdogmatik führt zu einer semantischen Ausdifferenzierung und Spezialisierung des Fachwortschatzes. Diese Spezialisierung ist durch die institutionellen Aufgaben der Justiz bedingt und nicht ohne weiteres zu umgehen. Die populäre Redeweise von der "Entfremdung" zwischen Alltagssprache und Rechtssprache ist deshalb zumindest verkürzend, da sie auf einer falschen Problemsicht und einer Verkennung der fachlichen Zwänge des justiziellen Betriebs beruht. Deshalb sollte die folgende Darstellung der semantischen Entwicklung des Rechtsterminus *Gewalt* nicht im Sinne einer problemverkürzenden "Schuldzuweisung" an die "sich von der Alltagssprache entfernende" Rechtsprechung mißverstanden werden, sondern als ein Hinweis auf die nicht so einfach zu beseitigende Problemlage, d.h. ein echtes Dilemma, das sich für die gesellschaftliche Kommunikation und die Akzeptanz der Rechtsprechung daraus ergibt, daß identische Wortformen je nach Verwendungszusammenhang mit völlig unterschiedlichen Bedeutungen belegt werden.

2. Die Verwendung des Terminus "Gewalt" im Strafgesetzbuch

Bevor ich die Bedeutungsentwicklung des Rechtsterminus *Gewalt* in den Bedeutungsdefinitionen der Rechtsprechung skizziere, möchte ich kurz darstellen, in welchen Kontexten dieser Ausdruck im Strafgesetzbuch verwendet wird. Das Wort *Gewalt* taucht - einzeln oder in Wortzusammensetzungen - in insgesamt 27 Paragraphen des Strafgesetzbuches (StGB) auf. Weder ist dabei seine jeweilige Verwendung einheitlich noch gar die Auslegung anhand der verschiedenen (und unterschiedlichen Regelungszwecken dienenden) Paragraphen. Semantisch auffällig ist zunächst eine zwischen einigen Paragraphen bestehende Differenzierung in der Verwendung des Wortes *Gewalt* gegenüber der des Wortes *Gewalttätigkeit*. Der systematische Anspruch, welcher in der Rechtsdogmatik mit der sorgfältigen Formulierung verbunden wird, läßt darauf schließen, daß hier nicht lediglich eine stilistische Variation bei ansonsten vorhandener Bedeutungsgleichheit vorliegt, sondern ein echter Bedeutungsunterschied. So heißt es etwa in § 125 StGB (Landfriedensbruch): "Wer sich an Gewalttätigkeiten gegen Menschen oder Sachen oder Bedrohungen von Menschen mit einer Gewalttätigkeit ... beteiligt ..., wird mit ... bestraft." Weitere Paragraphen, in denen das Wort *Gewalttätigkeit* vorkommt, sind die §§ 125 a (Schwerer Landfriedensbruch), 131 (Gewaltdarstellungen) und 124 (Schwerer Hausfriedensbruch). Das paradigmatische Verwendungsbeispiel des Wortes *Gewalt* im Strafrecht, auf das sich auch die meisten Definitionsbemühungen richten und das der Anlaß für die angesprochenen Sprachkonflikte anläßlich der Verurteilung von Demonstranten in der Friedensbewegung war, ist der Nötigungsparagraph 240 StGB. Dort heißt es: "Wer einen anderen rechtswidrig *mit Gewalt* oder durch Drohung mit einem empfindlichen Übel ... nötigt, wird mit ... bestraft."; im zweiten Absatz heißt es, daß die Nötigung *rechtswidrig* ist, wenn die *Anwendung von Gewalt* verwerflich ist. Es ist interessant, diesem Paragraphen den § 177 (Vergewaltigung) gegenüberzustellen, der u.a. folgenden Wortlaut hat: "Wer eine Frau *mit Gewalt* oder durch Drohung mit gegenwärtiger Gefahr für Leib oder Leben zum außerehelichen Beischlaf ... nötigt, wird mit ... bestraft." Der Hinweis auf die nahezu identischen Formulierungen von § 240 und § 177 ist notwendig, weil die Auslegung beider Normtexte in der Rechtsprechung und Rechtsdogmatik zu völlig unterschiedlichen Definitionen des Ausdrucks *mit Gewalt* geführt hat (vgl. dazu Röthlein 1986). Die Bedeutungsdifferenz, die hier trotz gleichen Wortlauts in der Interpretation behauptet wird, zeigt anschaulich, wie die "Bedeutung" eines Normtextes (bzw. einzelner seiner Bestandteile) stets eine Funktion der diesem Normtext in der Rechtsdogmatik zugesprochenen "Regelungszwecke" ist. Schon deshalb treffen allgemein-linguistische Begriffe wie "Interpretation", "Bedeutungsfeststellung" oder "Wortbedeutung" hier nicht unvermittelt zu, da die Funktion der Normtexte in ihrem spezifischen fachlichen, institutionellen und sozialen Wirkungszusammenhang die traditionellen Beschreibungen der Sprachfunktion (wie "Kommunikation", "Mitteilen", "Verstehen") übersteigt. Weitere Normtexte, in denen das Wort *Gewalt* vorkommt, sind u.a. die §§ 105 (Nötigung von Verfassungsorganen), 178 (Sexuelle Nötigung), 181 (Menschenhandel), 249 (Raub) usw..

Es ist schwirig, die Bedeutung von Gesetzestermini - wie hier *Gewalt* oder *Gewalttätigkeit* - allein "aus dem Gesetzeswortlaut" vorzunehmen. Der knappe Wortlaut der meisten Paragraphen führt dazu, daß aus dem Kontext der Normformulierung nur wenig Indizien für die semantische Spezifizierung der fraglichen Ausdrücke zu gewinnen sind. Da die Rechtsdogmatik die einzelnen Paragraphen (und dies gilt gerade bei der Bedeutungsbestimmung des Wortes *Gewalt*) als völlig eigenständige "Minitexte" behandelt, kann bei den einzelnen Bestimmungen des Strafgesetzbuches nicht ohne weiteres von einer "Textkohärenz" im linguistischen Sinne gesprochen werden (vgl. zu diesem Problem Busse 1990(3):5 ff.). Zwar spielt auch in der juristischen Interpretationslehre die sog. "systematische Auslegung" eine wichtige Rolle, doch haben in ihr Kohärenzgesichtspunkte im linguistischen Sinne eher eine untergeordnete Funktion gegenüber Textzusammenhängen, die sich aus sachlichen Erwägungen des (nicht i.e.S. semantischen, sondern von den Regelungsfunktionen her gedachten) Verhältnisses zwischen den einzelnen Rechtsnormen her ergeben. Dennoch lassen einige Formulierungen in anderen Paragraphen des StGB möglicherweise Rückschlüsse darüber zu, was die Verfasser des StGB im Jahr 1871 mit dem Wort *Gewalt* gemeint haben könnten. So heißt es in § 244 (Diebstahl mit Waffen): "Wer ... einen Diebstahl begeht, bei dem er ... eine Waffe oder sonst ein Werkzeug oder Mittel bei sich führt, um den Widerstand eines anderen *durch Gewalt oder Drohung mit Gewalt* zu verhindern oder zu überwinden, wird mit ... bestraft." Hier wird als Verwendungsbeispiel des Ausdrucks *durch Gewalt*, d.h. linguistisch gesprochen: als Referenzbereich, im Kotext immerhin der Gebrauch einer Waffe bezeichnet, was darauf schließen läßt, daß auch andere Bezugssituationen ähnliche Qualitäten aufweisen müssen. Und in § 343 (Aussageerpressung) heißt es gar: "Wer als Amtsträger ... einen anderen *körperlich mißhandelt, gegen ihn sonst Gewalt anwendet, ihm Gewalt androht ... um ihn zu nötigen*, wird mit ... bestraft." Hier wird durch den Kotext der Referenzbereich von *Gewalt* eindeutig auf eine Stufe gestellt mit *körperlicher Mißhandlung*, d.h. mit roher, körperlich wirkender Gewalt.[3] Diese linguistisch aus dem Kotext gewonnenen Indizien für Deutungsmöglichkeiten des Ausdrucks *Gewalt* im Strafgesetzbuch sind jedoch nicht unbedingt ausschlaggebend für die juristische Bedeutungsbestimmung dieses Gesetzesterminus; wichtig ist für die juristische Textarbeit in ihrem institutionell durchformten Entscheidungskontext nicht so sehr die intratextuelle oder intertextuelle Beziehung zwischen einzelnen Wortverwendungsweisen innherhalb des StGB, sondern die fallbezogene Auslegung jedes einzelnen Paragraphen in je gesondert festgesetzten Zweckgebungen und Entscheidungslagen. Dieser fallbezogenen Bedeutungsauslegung will ich im folgenden anhand der Definitionsgeschichte des Ausdrucks *mit Gewalt nötigen* im paradigmatischen § 240 StGB nachgehen.

3. Die Bedeutungsentwicklung von "Gewalt" in der Gesetzesauslegung vom Reichsgericht bis heute

Man kann die Bedeutungsentwicklung, welche der Gesetzesterminus *Gewalt* in der Rechtsprechung zum StGB vollzogen hat, anhand der Interpretation, die dieser Ausdruck in den entsprechenden Gerichtsurteilen erfährt, gut nachvollziehen. Die Bedeutungsveränderung von *Gewalt* (die man auch als "Deutungsveränderung" bezeichnen könnte, wenn dies nicht als Gegensatz, sondern so verstanden wird, daß eigentlich jede Bedeutungsveränderung eine Deutungsveränderung ist und umgekehrt) als rechtssprachlichem Fachterminus vollzog sich seit der Verabschiedung der Urfassung des StGB im Jahr 1871 bis heute in mehreren Phasen; trotz gewisser Brüche und Rückwendungen kann dieser Bedeutungswandel als geradlinige Fortentwicklung unter dem Stichwort einer zunehmenden "Vergeistigung" und "Entmaterialisierung" des Gewaltbegriffs zusammengefaßt werden. Zur sprachwissenschaftlichen Behandlung der

---

[3] Ähnlich ist es bei § 758 ZPO, wo die Anwendung von Gewalt zur Brechung eines Widerstandes für den Gerichtsvollzieher erlaubt wird und in einem Kontext steht etwa mit dem gewaltsamen Öffnen von Türen oder der Überwindung eines körperlichen Widerstandes.

Urteilstexte ist folgende Vorbemerkung notwendig: Eine linguistische Bewertung juristischer Bedeutungsdefinitionen (in Urteilstexten und in rechtswissenschaftlichen Arbeiten, wie z.B. den Gesetzeskommentaren) muß zwei Formen der juristischen Bedeutungsbestimmung berücksichtigen. Die richterliche Bedeutungsbestimmung eines Gesetzesterminus kann entweder geschehen durch explizite, sprachlich als solche formulierte Bedeutungsdefinition, d.h. unter expliziter Nennung zentraler, die Bedeutung definierender semantischer Merkmale; sie kann aber auch durch schlichte faktische Subsumtion der dem Entscheidungsproblem zugrundeliegenden Lebenssachverhalte (sog. "Tathandlungen") unter den Normtext geschehen, die auch ohne eine explizite semantische Begründung erfolgen kann. Linguistisch gesehen handelt es sich bei der "Subsumtion", d.h. der Zuordnung eines Geschehens als Fall unter einen Normtext, ebenfalls um eine Form der Bedeutungsbestimmung, da hierbei ein Referenzbereich (paradigmatisch) abgegrenzt wird, auf den ein Gesetzesterminus nach Ansicht der interpretierenden Richter zulässig angewendet werden kann. Unter referenztheoretischen Gesichtspunkten ergeben sich für das komplexe Verhältnis zwischen Normtext, Auslegung und Lebenswirklichkeit interessante linguistische Fragestellungen, die hier aber leider nicht weiterverfolgt werden können.[4] Die Bedeutungsentwicklung des Ausdrucks *Gewalt* im Strafrecht soll im folgenden anhand der wichtigsten (neue Definitionen einführenden) Urteilstexte, hauptsächlich zum für diesen Ausdruck paradigmatischen § 240 StGB (Nötigung), aufgezeigt werden. Ausgeklammert bleibt dabei zunächst die abweichende Definitionsgeschichte zum Ausdruck *Gewalt* in § 177 StGB (Vergewaltigung), die wie erwähnt einen interessanten und bezeichnenden Kontrast zur Auslegung der §§ 240 u.a. darstellt.[5]

3.1. Erste Phase: *Gewalt* als Anwendung körperlicher Kraft durch den Täter

Die Entwicklung der Bedeutungsdefinitionen von *Gewalt* in § 240 StGB kann grob in drei Phasen eingeteilt werden. Zunächst, d.h. unmittelbar nach Verabschiedung des Strafgesetzbuches beschränkt sich die Auslegung des Gewaltbegriffs durch das Reichsgericht (RG) ganz auf den Aspekt der Ausübung einer

---

[4] Vgl. zu dieser Problematik aber Jeand'Heur 1989 und Busse 1990(3):145 ff. und 229 ff.
[5] Die einschlägigen Urteilstexte hierzu konnten von mir bislang noch nicht ausgewertet werden; vgl. dazu aber Röthlein 1986. Meinen Untersuchungen zu § 240 StGB lagen die etwa 40 wichtigsten Urteilstexte von Reichsgericht, Bundesgerichtshof und Bundesverfassungsgericht zugrunde. Die in diesem Aufsatz vorgestellten Ergebnisse sind Teil einer noch laufenden empirischen Untersuchung, die in einem größeren interdisziplinären Forschungszusammenhang zur Rechtslinguistik steht; es handelt sich somit erst um vorläufige Ergebnisse. Zum Forschungskontext vgl. Busse 1989 und 1990 sowie Jeand'Heur 1989, Christensen 1989 und die Aufsätze in Müller 1989.

körperlichen Kraft durch den Täter, die auf das Opfer oder auf eine Sache gerichtet sein muß, und die vom Täter zur körperlichen Überwindung eines entweder vom Opfer tatsächlich geleisteten oder wenigstens vom Täter beim Opfer "bestimmt erwarteten" Widerstandes eingesetzt wird. (So z.B. RGSt 5, 377 ff. aus dem Jahr 1888 zu einem Steinwurf). Eine gewisse Differenzierung in der Auslegung von *Gewalt* tritt aber schon bald dadurch ein, daß der Aspekt der körperlichen (d.h. physischen) Kraftentfaltung von der Seite des Täters auf die des Opfers übertragen wird. So sieht das RG im Jahr 1895 im Einsperren eines Gerichtsvollziehers durch den Täter deshalb einen Fall von *Gewaltanwendung*, weil das *Opfer* zur Beseitigung der Einsperrung erhöhte Körperkraft aufwenden mußte (RGSt 27, 405 f.). Noch im Jahr 1924 ist für das RG das semantische Merkmal "körperliche Kraftaufwendung durch den Täter" immerhin noch so wichtig für die Auslegung des Gewaltbegriffs, daß es nur solche Fälle der Anwendung eines Betäubungsmittels zum Zweck der Beraubung des Opfers als *Raub* im Sinne von § 249 StGB bezeichnet, in denen das Betäubungsmittel "durch Aufwendung körperlicher Kraft" seitens des Täters dem Opfer beigebracht wird, nicht jedoch solche Fälle, in denen dies heimlich oder durch eine List geschieht (RGsT 58, 98 f.).

Die Bedeutungsdefinition von *Gewalt* durch das Reichsgericht setzt zum Zeitpunkt dieses Urteils etwa folgende Merkmale als notwendig an, um einen Sachverhalt zulässig zum Referenzbereich derjenigen Normtexte rechnen zu können, in denen dieses Wort vorkommt: Der Täter muß körperliche (physische) Kraft aufgewendet haben (Ausnahmefall: Das Opfer muß körperliche Kraft aufwenden, um eine Einsperrung zu überwinden). Die körperliche Kraftentfaltung durch den Täter muß auf einen körperlichen Widerstand gerichtet sein, der vom Opfer entweder tatsächlich geleistet wird, oder vom Täter bei ihm bestimmt erwartet wird und deshalb durch den Täter von vorneherein durch Anwendung von Körperkraft unterdrückt wird. Als Beispiel für den Referenzbereich von *Gewalt* dient etwa das Beibringen eines Betäubungsmittels durch körperliche Kraftentfaltung. Es ist bemerkenswert, daß das Reichsgericht während seiner gesamten Rechtsprechung (bis zum Beginn der nationalsozialistischen Diktatur), d.h. sowohl im Kaiserreich als auch in der Weimarer Demokratie, also in einem Zeitraum von mehr als sechzig Jahren, im wesentlichen an seiner klassischen Bedeutungsdefinition des Gewaltbegriffs als dem Anwenden körperlicher Kraft durch den Täter festgehalten hat. Lediglich in einigen vereinzelten Urteilen hat das RG dadurch eine abweichende Definition von *Gewalt* zugrundegelegt, daß es auf die körperliche Zwangswirkung beim Opfer rekurrierte (etwa die psychische Zwangswirkung, die durch Schreckschüsse verursacht werden kann).

3.2. Zweite Phase: *Gewalt* als "körperliche" Zwangswirkung beim Opfer

In einer zweiten Phase der Bedeutungsentwicklung beginnt die "Aufweichung" des strafrechtlichen Gewaltbegriffs in den Definitionsakten der höchstrichterlichen Rechtsprechung dadurch, daß auf das bisher geltende definierende semantische Merkmal, wonach zum zulässigen Referenzbereich des Normterminus *mit Gewalt* nur solche Sachverhalte gehören, in denen als Gewaltanwendung die Aufwendung körperlicher Kraft durch den Täter angesetzt wird, verzichtet wird. Neues definierendes semantisches Merkmal ist nun, daß zum Referenzbereich von *Gewalt* solche Sachverhalte zugelassen werden, in denen es nicht mehr allein auf die Körperlichkeit der Tathandlung als unmittelbar (physisch) gegen das Opfer gerichtete Kraftaufwendung ankommt, sondern in denen die Zwangswirkung, die eine Täterhandlung auf das Opfer ausübt, als aureichendes Kriterium für die Herstellung der Referenzrelation zwischen Normtext und Sachverhalt angesehen wird. Referenzlinguistisch kann man diese Neudefinition als Ausweitung des Referenzbereichs auffassen, da die früheren paradigmatischen Referenzbeispiele durch die Neubestimmung nicht ausgeschlossen werden, sondern lediglich neue Sachverhalte, die durch die vorherige Definition nicht erfaßt wurden, zum zulässigen Referenzbereich von *Gewalt* hinzukommen. So entschied der Bundesgerichtshof (BGH) im Jahr 1951 in einem Fall, wo es um die Beraubung eines Opfers nach vorhergehender Anwendung eines Betäubungsmittels auf das schlafende Opfer ging (also ohne die Notwendigkeit einer besonderen Kraftaufwendung zur Brechung eines Widerstandes durch den Täter), daß dieser Sachverhalt zulässig als Teil des Referenzbereichs von *Gewalt* im Sinne des § 249 StGB (Raub) anzusehen sei. Die hiermit beginnende "Vergeistigung" bzw. "Entmaterialisierung" des strafrechtlichen Gewaltbegriffs liegt u.a. darin, daß auf einen unmittelbaren Zusammenhang zwischen der körperlichen Handlung des Täters und der Einwirkung auf das Opfer verzichtet wird. Statt dessen wird es nunmehr in den Bedeutungsdefinitionen des BGH für ausreichend angesehen, daß die Täterhandlung "die Ursache dafür setzt, daß der Widerstand des Opfers gebrochen oder verhindert wird"; und zwar ist es "unwesentlich, welches Maß körperlicher Betätigung der Täter zur Beibringung des Betäubungsmittels aufwenden mußte" (BGHSt 1, 145 ff.). Das ursprünglich für das Bejahen von Gewalt als Eigenschaft von Handlungen (wohl im Sinne der überwiegenden gemeinsprachlichen Bedeutung) angesetzte semantische Mermal der "Körperlichkeit", in dem die Ursache-Wirkung-Relation zwischen Handlung und Wirkung beim Opfer noch konkreter auf die physischen Aspekte der "Kraftentfaltung" und der "Brechung eines Widerstandes" bezogen wurde, wird nunmehr also verallgemeinert dahingehend, daß die Ursache-Wirkung-Relation abstrahiert, d.h. vom Aspekt der Körperlichkeit und Brechung eines Widerstandes abgezogen wird. Indem nunmehr das Merkmal "Ursache setzen für eine vom Opfer als Zwang empfundene Wirkung" zum wesentlichen Bestimmungsmoment der Bedeutung von *Gewalt* wird, ist semantisch gesehen das Tor geöffnet für weitere Verallgemeinerungen und "Entmaterialisierungen" des Gewaltbegriffs. Es handelt sich hier um ein schönes Beispiel für Probleme, welche Handlungszuschreibungen unter referenztheoretischen Gesichtspunkten bereiten können. Wie schon aus der sprechhandlungstheoretischen Diskussion in der Linguistik und den Überlegungen der analytischen Handlungstheorie, auf denen diese beruht (vgl. u.a. von Wright 1974), bekannt ist, ist der Terminus "Handlung" ein Zuschreibungsbegriff, der aus einer Kette von ununterbrochenen Ursache-Wirkung-Relationen jeweils ein gewisses Stück herausgreift, um dieses als "die Handlung x" zu bezeichnen. Nun ist der Normterminus *Gewalt* für sich genommen kein Handlungsbegriff, so daß die juristische Bedeutungsdefinition, die in diesem Falle eine Neubestimmung eines Handlungsaspektes ist (indem sie die Ursache-Wirkung-Relation als zentral für die Neudefinition von *mit Gewalt* ansetzt), linguistisch streng genommen eine Bedeutungsbestimmung der Gesamtprädikation *mit Gewalt wegnehmen* (im hier relevanten § 249 StGB) ist; im faktischen Kontext der juristischen Definitionsgeschichte wird diese Neubestimmung jedoch als Neufestsetzung der Bedeutung von *mit Gewalt* gehandhabt und somit auch auf die Prädikation *mit Gewalt nötigen* (in § 240 StGB) übertragen.[6] Für den praktischen Diskurs der Rechtsprechung ist an der Neudefinition und Verallgemeinerung des Gewaltbegriffs wesentlich, daß es künftig für die Zurechnung einer Tathandlung zum Referenzbereich von *Gewalt* ausreicht, wenn eine Täterhandlung *vom Opfer* als *unmittelbarer körperlicher Zwang* empfunden wird, oder jedenfalls nach Ansicht der Richter werden muß.

3.3. Dritte Phase: Aufgabe des Erfordernisses physischer Zwangswirkung - "Psychischer Zwang" als Gewalt

Die Vollendung der "Vergeistigung" bzw. "Entmaterialisierung" des strafrechtlichen Gewaltbegriffs (die im wesentlichen für § 240 zur Nötigung, § 249 zum Raub und ähnliche Delikte stattfindet, wie erwähnt jedoch nicht für § 177 zur Vergewaltigung, wo es bei der "materiellen" Definition von *Gewalt* als erhebliche physische Kraftaufwendung durch den Täter bleibt), wird nicht etwa, wie in der Diskussion häufig angenommen wird, durch Gerichtsurteile zu Straßenblockaden anläßlich politischer Demonstrationen (etwa das sog. "Laepple-Urteil" von 1970) eingeleitet, sondern schon durch Urteile des BGH aus den Jah-

---

[6] Zum Handlungsbegriff im Strafrecht vgl. auch Alwart 1987.

ren 1963 und 1964, die sich mit der Nötigung im Autoverkehr (sog. "Drängeln" auf Autobahnen) befassen (eine hübsche, für die Phänotypologie der psychosozialen Entwicklung der Bundesdeutschen interessante Tatsache). In diesen Urteilen wird der Verzicht auf das Merkmal der Anwendung körperlicher Kraft durch den Täter als Kriterium für die Zulassung eines Geschehens zum Referenzbereich des Normterminus *mit Gewalt* endgültig ratifiziert, wenn auch zunächst noch mit aus heutiger Sicht abenteuerlichen pseudo-naturwissenschaftlichen Argumentationen. Die Neubestimmung wird damit begründet, daß eine Zwangswirkung auf den Genötigten auch "über das Nervensystem, auf dessen Funktionieren die Willensausübung mit beruhe", erfolgen könne; da das Nervensystem aber Teil des Körpers sei, sei eine Unterscheidung körperlicher und seelischer Eindrücke (im Sinne einer Zwangswirkung) nicht mehr möglich. Insofern sei auch ein nur seelisch wirkender Zwang *Gewalt* im Sinne von § 240 StGB (BGHSt 19, 263 ff.). In einem ähnlich gelagerten Fall entscheidet der BGH weiterhin, daß zum Referenzbereich von *Gewalt* schon ein solches Geschehen zu rechnen sei, bei dem es dem Opfer durch eine Handlung des Täters unmöglich gemacht werde, sich körperlich so zu verhalten, wie es wolle (BGH NJW 1963, 1629).

Mit diesen Urteilstexten ist juristisch-semantisch die Grundlage dafür gelegt, den Gewaltbegriff im Strafrecht (mit Ausnahme des § 177) angesichts einer sich verändernden sozialen Wirklichkeit, die durch (politische) Konfliktfälle neuen Typs, ausgelöst vor allem durch die seit der Studentenbewegung zunehmenden Aktionen des "zivilen Ungehorsams", gekennzeichnet ist, einer zunehmend extensiven Auslegung zu unterwerfen. Diese Bedeutungsveränderung hat einen ersten Höhepunkt mit dem berühmten "Laepple-Urteil" des BGH aus dem Jahre 1970 zur Anwendbarkeit des Nötigungsparagraphen auf friedliche Straßenbahnblockaden bei politischen Demonstrationen. In diesem Urteil verzichtet der BGH endgültig auf das semantische Merkmal der Körperlichkeit einer Zwangswirkung als Voraussetzung für die Anwendbarkeit des § 240 auf einen Sachverhalt und schreibt u.a.: "Mit Gewalt nötigt, wer psychischen Zwang ausübt, indem er auf den Gleiskörper einer Schienenbahn tritt und dadurch den Wagenführer zum Anhalten veranlaßt." (BGHSt 23, 46 ff.) Es reicht nunmehr also aus, um ein Geschehen dem Referenzbereich von *mit Gewalt* zurechnen zu können, wenn eine Person durch ihre bloße körperliche Anwesenheit einen "psychisch determinierten Prozeß in Lauf setzt", etwa derart, daß ein Straßenbahnfahrer dadurch den Zwang verspürt, etwas zu tun oder (was dem Tun gleichgestellt wird) zu unterlassen, z.B. müßte er diese Person überfahren, wollte er sein gewünschtes Handeln (das Weiterfahren) vollziehen. Linguistisch interessant ist dieses Urteil auch deshalb, weil hier erstmals der explizite Versuch unternommen wird, die Bedeutung von *mit Gewalt* in § 240 etc. von der Bedeutung des Ausdrucks *Gewalttätigkeit* im § 125 (Landfriedensbruch) semantisch abzugrenzen; es wird behauptet, daß beide Ausdrücke (entgegen unserem oben durchgeführten textsemantischen Deutungsversuch) eine völlig verschiedene Bedeutung hätten. Während für die Anwendbarkeit des Wortes *Gewalttätigkeit* auf ein Geschehen das Merkmal "aggressiven Handelns" notwendig sei, reiche für die Zuschreibung des Ausdrucks *mit Gewalt* schon ein bloßer psychischer Zwang aus. Psychischer Zwang alleine sei jedoch kein Teil des Referenzbereichs von *Gewalttätigkeit*. Als paradigmatische Beispiele für den zulässigen Referenzbereich von *Gewalttätigkeit* im Sinne des semantischen Merkmals *aggressives Handeln* werden etwa das Wegdrängen eines Polizisten oder das Umwerfen eines Begrenzungspfostens genannt.

Die "Entmaterialisierung" bzw. "Vergeistigung" in den richterlichen Bedeutungsdefinitionen des strafrechtlichen Normterminus *Gewalt*, die semantisch als Ausweitung des Bedeutungsbereichs durch Ausweitung des Referenzbereichs zu werten ist, führt in der Folge zu einer Vielzahl von Gerichtsurteilen, die hinsichtlich der Anwendung des Gewaltbegriffs zumindest von den Betroffenen mit Unverständnis aufgenommen wurden, häufig jedoch auch in der politischen Öffentlichkeit zu starken Diskussionen (meist zur Ablehnung der richterlichen Bedeutungsfestsetzungen) geführt haben. Davon seien zwei Urteile herausgegriffen: In einem Urteil des BGH aus dem Jahr 1981 zu Vorlesungsstörungen durch Studenten am Germanistischen Seminar einer Universität wurde entschieden, daß das Singen von Liedern oder lautes Sprechen zum Erzwingen von Diskussionen mit dem Lehrenden und den Studierenden, die zum Abbruch der Vorlesungen durch den Dozenten geführt haben, einen Fall von "Gewaltanwendung" im Sinne des § 240 StGB darstellt. Die "psychische Zwangswirkung" soll hier darin bestehen, daß der Dozent mit seiner Vorlesung faktisch kein Gehör gefunden hat, wenn gleichzeitig laut gesprochen wurde, und sie deshalb abbrechen mußte. Vom Gericht nicht diskutiert und für die Urteilsfindung unerheblich war es, ob die anwesenden nicht störenden Studentinnen und Studenten die Vorlesung in dem Moment überhaupt hören, oder ob sie ebenfalls über die Studienbedingungen diskutieren wollten. Erheblich ist allein das Gefühl des Gestörtseins des Dozenten. Das unablässige Äußern der Forderung nach Diskussion über die unerträglichen Studienbedingungen selbst wurde vom BGH allerdings nicht als Fall von *Gewalt* gewertet, jedoch als "Drohung mit einem empfindlichen Übel" ebenfalls dem Tatbestand des Nötigungsparagraphen zugerechnet. (Die verurteilten Studenten mußten für die beschriebenen Tätigkeiten immerhin bis zu zweieinhalb Jahre ohne Bewährung im Gefängnis verbringen.)

Den (vorläufigen?) Endpunkt der Abstrahierung des strafrechtlichen Gewaltbegriffs durch die bundesdeutsche Rechtsprechung markiert das sog. "Schubarth-Urteil" des BGH aus dem Jahr 1983. Der Angeklagte hatte als Sprecher der Bürgerinitiative gegen den Bau der Startbahn West am Frankfurter Flughafen auf einer Demonstration vor mehr als 100.000 Menschen in Wiesbaden, auf der die (zahlenmäßig ausreichenden) Unterschriften zur Beantragung eines Volksbegehrens gegen das Bauvorhaben eingereicht werden sollten, und in einer Situation, in der die hessische Landesregierung trotz des zu erwartenden Volksbegehrens die Anordnung des sofortigen Vollzugs der Baugenehmigung angekündigt hatte, von der Regierung ein "Moratorium" (also eine Unterbrechung des Bauverfahrens) gefordert und die Demonstranten aufgefordert, zur Unterstützung dieser Forderung am nächsten Tag dem Flughafen Frankfurt einen massenhaften Besuch abzustatten. In diesem Zusammenhang hatte er u.a. geäußert "ab Morgen 12.30 Uhr ist der Flughafen zu", jedoch nicht ohne sofort hinzuzufügen: "aber gewaltfrei, absolut gewaltfrei". Der Angeklagte selbst war auf den dann stattfindenden Demonstrationen und Straßenblockaden am nächsten Tag selbst gar nicht anwesend, bei denen es zu heftigen Auseinandersetzungen zwischen der Polizei, welche die Demonstranten vertreiben wollte, und den Demonstranten kam. Zu diesem Sachverhalt hat der BGH entschieden, daß die Rede des Angeklagten, d.h. die Äußerung der geschilderten Sätze einen Tag vor dem inkriminierten Geschehen und an einem anderen Ort, also weitab von den Geschehnissen, daß also schon die verbale Aufforderung zur friedlichen und gewaltfreien Blockade des Flughafens selbst als Tatbeitrag und damit als zulässiges Referenzobjekt des Ausdrucks *Gewalt* im § 105 StGB (Nötigung von Verfassungsorganen) anzusehen sei (BGHSt 32, 165 ff.). Mit der Bezeichnung einer Rede als *Gewalt* ist eine Aufweichung des strafrechtlichen Gewaltbegriffs vollzogen worden, welche der von vielen Obergerichten immer wieder vorgebrachten Forderung, die Auslegung strafrechtlicher Begriffe müsse "dem allgemeinen Sprachgebrauch entsprechen", eklatant zuwiderläuft. Diese Urteile haben auch deshalb immer wieder das besondere Unverständnis der Betroffenen hervorgerufen, weil diese ihre Handlungen im Sinne der aus der amerikanischen Bürgerrechtsbewegung und der indischen Unabhängigkeitsbewegung Mahatma Gandhis stammenden Formen bürgerlichen Ungehorsams stets als absolut gewaltfrei geplant und verstanden haben. Es kommt also zu einem offenen semantischen Konflikt zwischen der Definition des Gewaltbegriffs durch die Angeklagten und den größten Teil der interessierten politischen Öffentlichkeit einerseits und die Strafgerichte andererseits; ein Konflikt, bei dem eine Diskrepanz zu Tage tritt, die eine scheinbar unüberbrückbare Distanz zwischen dem fachsprachlichen Wortgebrauch, d.h. der rechtsdogmatischen Definition des strafrechtlichen Fachterminus *Gewalt* einerseits und dem umgangssprachlichen Gebrauch des Wortes *Gewalt* in der politisch diskutierenden Öffentlichkeit andererseits offenbart. In diesem Zusammenhang ist es interessant, daß das "Schubarth-Urteil" (und seine Definition von *Gewalt*) immerhin auch unter Juristen so umstritten ist, daß die dagegen erhobene Verfassungsbeschwerde kürzlich vom Bundesverfassungsgericht in einer 4:4-Entscheidung nur wegen Stimmengleichheit nicht durchdringen konnte[7]. Damit hat sich dieselbe Pattsituation eingestellt, die auch schon beim Urteil des Bundesverfassungsgerichts zu den von den Akteuren gleichfalls explizit als "gewaltfreier Widerstand" aufgefaßten und geplanten Blockadeaktionen vor Raketenstützpunkten während der Friedensbewegung (das sog. "Mutlangen-Urteil") zu verzeichnen war.

An dieser Stelle kann aus linguistischer Sicht eine Einschätzung der Bedeutungsentwicklung des strafrechtlichen Fachterminus *Gewalt* in den richterlichen Festsetzungsdefinitionen versucht werden. Was von den jeweiligen Gerichten übersehen wird, ist die semantisch interessante Tatsache, daß die Formulierung des paradigmatischen Nötigungsparagraphen § 240 StGB die semantischen Konflikte, welche die Rechtsprechung durch ihre Ausweitung der Bedeutung des Ausdrucks *mit Gewalt* hervorgerufen hat, geradezu nahelegt. Es dürfte unzweifelhaft sein, daß eine Vielzahl der inkriminierten Sachverhalte relativ unstrittig (und auch für den "allgemeinen Sprachgebrauch" nachvollziehbar) als zugehörig zum Referenzbereich des Prädikats *nötigen* aufgefaßt werden kann. Im Normtext des § 240 StGB ist jedoch ein komplexeres Prädikat, nämlich *mit Gewalt oder durch Drohung mit einem empfindlichen Übel nötigen* formuliert. Legt man das Prinzip der Sprachökonomie zugrunde, wonach gerade in solchen Gesetzesformulierungen, an denen ja lange und überlegt "gefeilt" wurde, kein sprachliches Zeichen semantisch überflüssig oder redundant ist, so müßte das komlexe Prädikat *mit Gewalt nötigen* als eine semantische Spezifizierung des reinen Verbs *nötigen* aufgefaßt werden; man müßte dann annehmen, daß das Attribut *mit Gewalt* zur Einschränkung des Referenzbereichs des attribuierten Verbs *nötigen* formuliert wurde. Damit wären nicht alle Sachverhalte, die als Referenzbereich des Verbs *nötigen* gelten können, auch zum Referenzbereich des attributiven Prädikatsausdrucks *mit Gewalt nötigen* zu rechnen, sondern nur solche Sachverhalte, denen das Attribut *mit Gewalt* prädiziert werden kann. Textlinguistisch stellt sich hier das Problem, daß der Referenzbereich der ganzen Prädikation stets nur als eine Funktion des ganzen Satzes aufgefaßt werden darf, daß die interpretierenden Richter aber Bestiummungen des Referenzbereichs der Prädikation oder des Paragraphen als ganzem meist auch als Refe-

---

[7] Der Urteilstext vom 17.7.1990, AZ 1 BvR 776/84 lag mir bei Fertigstellung des Aufsatzes leider noch nicht vor; ein Vergleich der Positionen der beiden gegensätzlichen Richtergruppen verspricht interessant zu werden.

renzbereich des Normausdrucks *mit Gewalt* allein ausgeben. Damit werden Textauslegungen, die eigentlich Auslegungen des § 240 als ganzem oder wenigstens der Prädikation *mit Gewalt nötigen* darstellen, als Bedeutungsbestimmungen allein des Gewaltbegriffs behauptet. Möglicherweise würden manche Angeklagte die Zuschreibung des Prädikatsausdrucks *nötigen* zu ihrem Verhalten noch akzeptieren, nicht aber die Zuschreibung des prädikativen Attributs *Gewalt*. Da man jedoch vermuten kann, daß das hohe Strafmaß des § 240 sich nicht auf das Tätigkeitsverb *nötigen* allein bezieht (das zudem semantisch noch schwerer abzugrenzen ist als die Prädikation als ganze), sondern auf die Prädikation *mit Gewalt nötigen*, gibt es plausible Gründe für die Annahme, daß diese Attribuierung des Verbs *nötigen* und die daraus - zumindest linguistisch gesehen - abzuleitende Einschränkung des Referenzbereichs des Paragraphen auf solche Fälle, denen das Attribut *mit Gewalt* zugesprochen werden kann, von den Verfassern des StGB gerade beabsichtigt war. Die Richter haben jedoch in der neueren Rechtsprechung diese Einschränkung durch die Ausweitung des Referenzbereichs von *mit Gewalt* wieder aufgehoben; damit haben sie den Referenzereich der Gesamtprädikation so weit ausgedehnt, daß die im Normtext sprachlich formulierte Unterscheidung der Referenzbereiche der Ausdrücke *mit Gewalt* und *nötigen* faktisch negiert wird. Dieses Vorgehen ist zumindest aus textlinguistischer Perspektive her fragwürdig.

4. Die Bedeutung des Wortes "Gewalt" in der Gemeinsprache

Die sich nun stellende Frage, in welchem Verhältnis die juristische Bedeutungsdefinition des strafrechtlichen Fachterminus *Gewalt* zur Verwendung (d.h. Bedeutung) derselben Wortform in der sog. "Gemeinsprache", d.h. dem öffentlichen, nicht-fachlichen Sprachgebrauch, steht, ist aus zwei Gründen nicht einfach zu beantworten. Zum einen ist es schwierig, die "Gemeinsprache" (oder "Standardsprache", "Umgangssprache", "Alltgssprache") eindeutig gegen fachsprachliche Einflüsse und Interferenzen abzugrenzen. Zum anderen ist es ein erhebliches empirisches Problem, wie überhaupt zur Bedeutungsgebung der Gemeinsprache linguistisch ein Zugang gefunden werden kann. Zudem ist die uns interessierende Frage, ob die juristischen Bedeutungsdefinitionen, die linguistisch als Normierungsversuche von Verwendungsregeln bezeichnet werden können, einen Einfluß auf die Bedeutung von *Gewalt* in der Gemeinsprache haben, schon deshalb nicht leicht zu beantworten, weil mangels Quellen die realen Einflußlinien und -wege wissenschaftlich nicht rekonstruiert werden können. Zudem könnte die Verwendung des Wortes *Gewalt* im öffentlichen Sprachgebrauch derart variant sein, daß sich die Frage stellt, welche der einzelnen Bedeutungsvarianten man als Bezugspunkte eines Vergleichs mit der juristischen Fachterminologie heranziehen soll. Meine Untersuchung zur Bedeutung von *Gewalt* im öffentlichen Sprachgebrauch steht - abgesehen von den erwähnten grundsätzlichen Problemen theoretischer Art - auch empirisch erst am Anfang einer geplanten umfangreicheren Korpusanalyse. Ich habe zunächst zwei empirische Zugangsweisen gewählt: (a) die sich stets anbietende Analyse der Bedeutungsdefinitionen von Einträgen in einsprachigen Wörterbüchern der deutschen Standardsprache, und (b) die (noch vorläufige) Analyse erster Ausschnitte aus dem maschinenlesbaren Textkorpus des Instituts für deutsche Sprache in Mannheim, für das ich stellvertretend zunächst 500 Belege zu *Gewalt* aus zwei Jahrgängen der 1980er Jahre herangezogen habe.[8]

4.1. Bedeutungsdefinitionen von *Gewalt* in Wörterbüchern des Deutschen

Adelung unterscheidet in seinem Wörterbuch von 1808 u.a. zwei Bedeutungsvarianten von *Gewalt*, nämlich (a) "Überlegene Macht, Überlegenheit in der Macht" und (b) "Anstrengung oder Anwendung aller seiner Kräfte zur Überwindung eines Hindernisses" (als Beispiel gibt er an: "eine Tür mit Gewalt erbrechen"). Zur ersten Variante zählt neben anderem: "unrechtmäßige, unbefugte Anwendung der überlegenen Macht; Gewaltthätigkeit". Diese Variante bezeichnet Adelung aber immerhin noch als "figürlich", d.h. als übertragenen Gebrauch des ursprünglich staatsrechtlichen Gewaltbegriffs (lat. *potestas*) ins Deutsche. Adelungs Bedeutungsdefinitionen lassen zweierlei erkennen:

(1) Der Ausdruck *Gewalt* wird in dem uns interessierenden Teil seines Bedeutungsspektrums (d.h. unter Ausklammerung seiner in den älteren Wörterbüchern überwiegenden Bedeutungsvariante im Sinne von *Staatsgewalt, Macht*) eindeutig als rohe, körperliche Kraftentfaltung und als eine die Brechung eines physischen Widerstandes erfordernde Gewalthandlung definiert.

(2) Jedoch wird diese Bedeutungsexplikation in den Wörterbüchern von Anfang an überlagert durch die Bezugnahme auf die rechtssprachliche Fachterminologie, insofern *Gewalt* immer wieder auch als "unrechtmäßige Anwendung von Macht" o.ä. definiert wird. So schon in meinem frühesten Beleg, nämlich in Zedlers Universal-Lexikon von 1735, in dem der "rechtmäßigen Gewalt (potestas)" im Sinne von Staatsgewalt folgende Bestimmung gegenübergestellt wird: "oder ohne Recht und aus Muthwillen, da ist es eine strafbare Gewaltsamkeit, vis, violentia". *Gewalt* wird also schon in den frühesten Belegen nicht als umgangssprachlicher Ausdruck unter Absehung der rechtssprachlichen Be-

---

[8] Ich danke Frau Dr. Ulrike Haß vom IdS für die wertvolle Hilfe beim Recherchieren im Textkorpus des IdS.

deutungsvarianten definiert, sondern stets schon in juristischem Sinne, also von der staatlich-rechtlichen Würdigung eines Handelns her gedeutet; d.h. ein Handeln wird als *Gewalt* genau dann bezeichnet, wenn es als solche im juristischen Sinne dieses Terminus strafbar ist. (Noch in Weigands Wörterbuch 1909 findet sich die Bestimmung "gesetzlose Macht".) Damit kann eine Interferenz zwischen rechtssprachlichem und gemeinsprachlichem Wortgebrauch von *Gewalt* festgestellt werden, die seit Beginn der Lexikographie die dortigen Bedeutungsdefinitionen durchdringt. Dies kann seinen Grund darin haben, daß die (ursprünglich lateinische) Fachsprache der Justiz historisch älter ist als die neuhochdeutsche Gemeinsprache, so daß die gemeinsprachlichen Wortbedeutungen im Sinne der schon existierenden juristischen Fachbegriffe gedeutet werden. Überraschend ist, daß es sowohl in Campes Wörterbuch von 1808 und Sanders Wörterbuch von 1860 keinen Eintrag zu diesem Lemma gibt. Heinsius (1819) und Heyse (1833) schreiben lediglich die Adelungsche Definition ab.

Das Grimmsche Wörterbuch entfaltet in dem 1911 erschienenen Artikel von Hermann Wunderlich auf fast 200 Spalten die Bedeutungsgeschichte von *Gewalt* unter Hervorhebung v.a. des Bedeutungsaspekts "Kraft"; aber auch semantische Merkmalparaphrasen wie "Zwang", "Überwältigung" oder "Gewaltthat" können dieser Darstellung zufolge als zentral für die Bedeutung von *Gewalt* angesehen werden. Dem alltagssprachlichen Gewaltbegriff wird eindeutig ein "Moment der Leidenschaftlichkeit" zugesprochen. Aus dem Grimmschen Wörterbuch bis heute in den nachfolgenden Wörterbüchern immer wieder zitiert und auch in den frühen Gerichtsurteilen benutzt wird die Paraphrase "überlegene Kraftentfaltung, Ausübung unwiderstehlichen Zwangs" (die auch im Wörterbuch von Paul 1897 benutzt wird). - Während in der von Brockhaus herausgegebenen "Allgemeinen Encyklopädie" von Ersch und Gruber (1857) immerhin dem umfangreichen Artikel "Gewalt, sprachlich" ein ebenso umfangreicher Artikel "Gewalt (Verbrechen der Gewalttätigkeit, crimen vis)" als eigenständiger und gleichgewichtiger Eintrag hinzugefügt wird, kennzeichnet die anderen Wörterbucheinträge seit dem 18. Jahrhundert bis heute das (aus unserer Sicht fatale) Vorgehen, den rechtssprachlichen Gewaltbegriff gleichsam an die Stelle der gemeinsprachlichen Verwendung zu stellen bzw. beides miteinander ununterscheidbar zu vermischen. Dies macht es nahezu unmöglich, anhand der Geschichte der Wörterbuchparaphrasen Indizien für das Verhältnis von fachsprachlichem und gemeinsprachlichem Gebrauch von *Gewalt* zu gewinnen. Für eine historische Semantik des Lemmas *Gewalt*, die auf diese Unterschiede Wert zu legen hätte, müßten daher direkt die Quellentexte herangezogen werden (die im Grimmschen Wörterbuch immerhin noch reichhaltig zitiert werden). Fatal ist die mangelnde Unterscheidung verschiedener Bedeutungsvarianten in den

Wörterbüchern besonders deshalb, weil die Artikel leider nicht erkennen lassen, ob es einen von den rechtlich-fachsprachlichen semantischen Aspekten unabhängigen Gebrauch des Wortes *Gewalt* in der Gemeinsprache überhaupt gegeben hat; möglicherweise konnte die Vermischung des rechtssprachlichen mit dem gemeinsprachlichen Gebrauch von *Gewalt* in den älteren Wörterbüchern deshalb als unproblematisch angesehen werden, da zu der Zeit die Definition von *Gewalt* im juristischen Zusammenhang noch nicht so weit vom gemeinsprachlichen Gebrauch dieses Wortes entfernt war, wie es heute den Anschein hat.

In den neuen Wörterbüchern der deutschen Gegenwartssprache ergibt sich folgende Situation: Im Brockhaus/Wahrig von 1981 wird *Gewalt* definiert als "Zwang, (rohe) Kraft, unrechtmäßiges Vorgehen ..., Einsatz physischer Kraft od. vergleichbarer, Zwangswirkung entfaltender Mittel zur Überwindung eines Widerstandes." Und das Große Duden-Wörterbuch von 1977 unterscheidet zwischen "(a) unrechtmäßiges Vorgehen, wodurch man jmd. zu etwas zwingt. (b) (gegen jmd., etw. rücksichtslos angewendete) physische Kraft, mit der man etw. erreicht." Diese Wörterbuch-Definitionen werfen aus unserer Sicht, d.h. aus der Perspektive des Versuchs einer Verhältnisbestimmung und Abgrenzung der Wortbedeutungen von *Gewalt* im rechtlich-fachsprachlichen und im gemeinsprachlichen Gebrauch, folgende Probleme auf:

(1) Der den Lexikographen so liebe und eigene Drang zu möglichst hohem Abstraktionsgrad von sog. "Bedeutungsdefinitionen" kann dazu führen, daß eine solche Definition aufgrund dieses Abstraktionsgrades von Richtern als Legitimation ihrer sehr ausweitenden, sich offenbar von der Gemeinsprache entfernenden Definition des juristischen Gewaltbegriffs gebraucht wird. Dies führt dazu, daß die von den Lexikographen erst erfundene und zu höchster Abstraktion gebrachte "künstliche" (d.h. aus wissenschaftlichen Interessen herrührende) Bedeutungsdefinition, die in dieser abstrakten Form möglicherweise in keinem einzigen Verwendungsbeispiel wirklich auftaucht, die aber dazu gedacht ist, die Diskrepanzen zwischen den verschiedensten Verwendungsweisen eines Lemmas zugunsten der angestrebten "Allgemeingültigkeit" der Wörterbuchdefinition zu überspielen, von den Juristen wiederum als wohlfeile Argumentationshilfe für die angebliche "Gemeinsprachlichkeit" ihrer eigentlich rechtlich-fachlich begründeten Auslegungsentscheidung angeführt werden kann.

(2) Dieselbe Wirkung hat das gleichrangige Verzeichnen der jeweils neuesten höchstrichterlichen strafrechtlichen Definition von *Gewalt* in den Wörterbüchern ohne jegliche Kennzeichnung dieser Bedeutungsvarianten als "juristische Fachsprache" neben den gemeinsprachlichen Gebrauchsweisen. Das Fehlen ei-

ner Register-Markierung kann von den Richtern als Legitimation ihrer juristischen Bedeutungsdefinition in der Weise mißbraucht werden, daß die Richter ihre Wortauslegung im Strafrecht, wie z.b. mit der zitierten Definition des Duden Wörterbuchs in der Mutlangen-Entscheidung des Bundesverfassungsgerichts geschehen, mit dem triumphierenden Hinweis auf die Autorität des Wörterbuchs, als "allgemeiner Sprachgebrauch" ausgeben können (BVerfGE 73, 206 ff., 243). Dies führt zu etwas, was man den "interdisziplinären argumentativen Zirkel" nennen könnte (und was man in Gerichtsurteilen häufiger antrifft): Die germanistischen Lexikon-Schreiber suchen eine eingängige Bedeutungsbeschreibung und bedienen sich dabei der höchstrichterlichen Festsetzungsdefinitionen, ohne auf deren rechtlich-institutionellen fachsprachlichen Charakter hinzuweisen; die Richter wiederum belegen ihre ausweitende Definition mit dem Wörterbuch-Artikel, der lediglich eine frühere Gerichtsentscheidung zitiert, ohne jedoch in ihrem Urteil darauf hinzuweisen, daß diese Wörterbuch-Definition eigentlich aus früheren Urteilstexten abgeschrieben wurde (was die Richter ja eigentlich wissen müßten); keine der beiden Seiten präsentiert eine echte argumentative Begründung oder gar einen Nachweis für ihre Bedeutungsdefinition. Die Germanisten sollten beim Abfassen ihrer Wörterbuch-Artikel also auch die durchaus realen Folgen erwägen, die solcherart Vorgehen bei ihren Bedeutungsdefinitionen haben könnte; ob sie wirklich gewünscht haben, daß ihr undifferenziertes Vorgehen dazu benutzt wird, um Dutzende von Leuten zu hohen Geldstrafen zu verurteilen? Wenn auch die Markierung des rechtlich-fachsprachlichen Charakters der richterlichen Bedeutungsdefinitionen in den Wörterbuchartikeln nicht verhindert, daß diese von Richtern als Pseudo-Legitimation ihrer Auslegungsentscheidungen benutzt werden, so würden sie doch immerhin ein wenig Klarheit darüber verschaffen, daß nicht jede extensive Norm-Auslegung durch Richter in spannungsträchtigen politisch relevanten Rechtsfällen gleich als "Gemeinsprache" ausgegeben werden darf.

4.2 Der Gebrauch von Gewalt in gegenwartssprachlichen Quellentexten

Wenn die Wörterbuchartikel zum Lemma *Gewalt*, wie gezeigt, keine trennscharfen Einsichten über das Verhältnis von fachsprachlichen und gemeinsprachlichen Bedeutungen dieses Wortes vermitteln, muß eine Analyse von Quellentexten unternommen werden. Da ich diese Analyse gerade erst begonnen habe, kann ich zum jetzigen Zeitpunkt nur einige vorläufige Hinweise auf Tendenzen abgeben, die sich im Gebrauch von *Gewalt* in den von mir untersuchten Ausschnitten des "Mannheimer Korpus" des Instituts für deutsche Sprache zeigen. Die vorläufige Durchsicht von etwa 500 Belegen eines einzigen Jahrgangs dieses Textkorpus (aus Zeitungen, literarischen Werken u.ä. Texten) ergibt folgendes Bild: *Gewalt* wird, abgesehen von Verwendungen im Sinne der Teilbedeutung "staatliche Gewalt, Macht" und von metaphorischen Verwendungen in diesen Belegen nahezu ausschließlich im Sinne von "roher, körperlicher", häufig sogar "brutaler Gewalt" verwendet. Kollokationen bzw. Kotexte des Wortes sind z.B. *Gewalt und Tod, Gewalt und Aggression, militärische Gewalt, Gewalt und Krieg, Gewalt und Rohheit, Mord und Gewalt, rohe Gewalt, brutale Gewalt, Gewalt und Terror, Gewalt und Zerstörung, rücksichtslose Gewalt, Gewalt und Waffengebrauch, Greuel und Gewalt, Gewalt und Folter, Aufruhr und Gewalt* usw. Diese überraschend eindeutige Tendenz läßt, wenn sie sich bei einem umfangreicheren Quellenmaterial bestätigen sollte, darauf schließen, daß die "Vergeistigung" bzw. "Entmaterialisierung" des Gewaltbegriffs, die vom Bundesverfassungsgericht als "allgemeiner Sprachgebrauch" behauptet wird, sich zumindest in Texten des öffentlichen Sprachgebrauchs nicht belegen läßt. Für das Verhältnis von juristisch-fachsprachlicher Bedeutung und gemeinsprachlicher Verwendung von *Gewalt* heißt dies, daß sich ein unmittelbarer Niederschlag der juristischen Bedeutungsdefinitionen in der Alltagssprache der Öffentlichkeit im Gegensatz zu den Unterstellungen der Wörterbuch-Artikel nicht nachweisen läßt. Dies würde auch die heftige Reaktion, d.h. das Unverständnis und die breite Ablehnung erklären, welche die richterliche Definition von *Gewalt* anläßlich der Mutlangen-Entscheidung zu Blockadeaktionen der Friedensdemonstranten bei den Betroffenen und in der interessierten Öffentlichkeit hervorgerufen hat. Für endgültige Stellungnahmen zum Verhältnis von juristisch-fachsprachlicher und gemeinsprachlicher Verwendung dieses Wortes bedarf es freilich weiterer empirischer Untersuchungen auf einer umfangreicheren Materialbasis.

5. Juristische Begriffsdefinitionen und öffentlicher Sprachgebrauch

Anlaß der vorliegenden Überlegungen war die Beobachtung, daß es bei dem Aufeinandertreffen juristisch-fachsprachlicher Begriffsdefinitionen mit den Verwendungsweisen der betreffenden Wörter im öffentlichen Sprachgebrauch, vor allem dort, wo die juristischen Fachtermini zugleich auch Wörter des politischen Diskurses sind, zu Kommunikationskonflikten derart kommt, daß die Diskrepanzen zwischen beiden Verwendungsweisen (und den jeweiligen unterschiedlichen Bedeutungen) offen zu Tage treten und die juristischen Definitionen als Normierungsversuche des allgemeinen Sprachgebrauchs aufgefaßt werden und als solche in der öffentlichen politischen Diskussion erhebliche Kritik erfahren. Die Frage, ob sich über diese Normierungskonflikte hinaus wirklich Auswirkungen der juristisch-fachsprachlichen Bedeutungsnormierung auf den

Sprachgebrauch der Gemeinsprache ergeben, kann beim derzeitigen Forschungsstand nicht eindeutig beantwortet werden. Folgende Aspekte können jedoch dabei vorläufig hervorgehoben werden:

(1) Die richterlichen Bedeutungsdefinitionen, die sich zunächst nur auf den fachlichen Gebrauch, d.h. die institutionell determinierte Funktion eines Wortes (wie z.B. *Gewalt* im Strafrecht) beziehen, zeigen durchaus die Tendenz von Normierungsversuchen, die nach Meinung der Richter auch für die Gemeinsprache gelten sollten. Besonders deutlich wurde dies an den öffentlichen Bedeutungs-Normierungskonflikten, welche die entweder von den betreffenden Richtern selbst oder von interessierten Politikern oder Kommentatoren als allgemeingültig ausgegebene strafrechtliche Definition des Wortes *Mörder* (im "Soldaten sind Mörder"-Urteil des Landgerichts Frankfurt) ausgelöst haben.

(2) Richterliche, und damit fachsprachlich-juristische Bedeutungsdefinitionen gehen in gemeinsprachliche Wörterbücher des Deutschen ein, ohne daß sie dort als solche, d.h. als spezieller fachsprachlicher Wortgebrauch gekennzeichnet werden. Solche Wörterbücher werden von Richtern als Beleg für die angebliche Gemeinsprachlichkeit ihrer fachlich determinierten Auslegungsakte benutzt.

(3) Der "vergeistigte" bzw. "entmaterialisierte" Gewaltbegriff des BGH findet in den bisher untersuchten Quellen des öffentlich-politischen Sprachgebrauchs keinen Niederschlag. Allerdings läßt sich zweierlei beobachten:
(a) Unabhängig vom "entmaterialisierten" Gewaltbegriff der Strafgerichte existiert ein ebenso abstrakter Gebrauch von *Gewalt* im Begriff der *strukturellen Gewalt*. Dieser ursprünglich aus der soziologisch-politikwissenschaftlichen Diskussion stammende wissenschaftlich-fachsprachliche Begriff (vgl. Johan Galtung) wurde in den 60er Jahren von der politischen Linken zu kritischen Zwecken in die politische Terminologie auch der außerwissenschaftlichen öffentlichen Debatte eingeführt; in dieser Verwendung wird er heute z.T. noch im Diskussionszusammenhang der Frauenbewegung gebraucht (wenn etwa "Gewalt gegen Frauen" nicht nur als rohe, körperliche Gewalt - etwa bei Vergewaltigungen oder bei Gewalt in Partnerbeziehungen - definiert wird, sondern auch, weiter gefaßt, als "strukturelle Gewalt" einer "männerdominierten patriarchalen Gesellschaft"). Damit entsteht für eine kritische Würdigung der Entmaterialisierung des Gewaltbegriffs im juristisch-politischen Zusammenhang (als Entfernung vom gemeinsprachlichen Gebrauch) das Problem, sich mit dem Gegenargument der Abstraktion des Gewaltbegriffs im Sinne der "strukturellen Gewalt" auseinandersetzen zu müssen. Solche Bedenken sind auch während der Diskussion auf der Düsseldorfer Tagung geäußert worden. Diese Gegenargumente verkennen aber, daß der Begriff der "strukturellen Gewalt" sich auf nur soziolo-

gisch feststellbare gesellschaftliche Verhältnisse richtet (also auf eine wissenschaftlich konstituierte Wirklichkeitsdeutung), während sich der strafrechtliche Gewaltbegriff auf konkrete einzelne Handlungen bezieht, somit also zwei völlig unterschiedliche Gebrauchskontexte vorliegen, die eine einfache Übertragung der Bedeutungsdefinition aus dem einen in den anderen Bereich nicht erlauben.

(b) Ein in den Belegen des Mannheimer Korpus enthaltener Bericht über Diskussionen bei "amnesty international" zeigt, daß in dieser Organisation erhebliche Differenzen darüber bestehen, wann ein Gefangener als *gewaltloser* politischer Aktivist einzustufen ist (nur solche werden von "amnesty" betreut). Die Tatsache, daß die Mitglieder der Organisation hier unsicher sind in der Anwendung des Begriffs *Gewalt*, zeigt, daß die juristisch-ordnungspolitische Definition dieses Begriffs sich anscheinend doch schon auf den politischen Diskurs auszuwirken beginnt.[9] Semantische Unsicherheiten dieser Art können eine Reaktion auf Normierungsversuche darstellen, wie sie vom Diskurs der Macht angestrebt werden.

(4) Juristische Versuche, den Terminus *Gewalt* aufzuweichen und auf als gewaltfrei geplante Kasernenblockaden auszudehnen, dienen eindeutig dem ordnungspolitischen Ziel, unbequeme Formen des bürgerlichen Ungehorsams als verwerflich hinzustellen. Dabei muß der Gerechtigkeit halber allerdings hinzugefügt werden, daß in dem Moment, wo eine Verurteilung der Angeklagten erwünscht war, den Richtern rechtssystematisch kein anderer Weg blieb als die extensive Auslegung des Nötigungsparagraphen und des in ihm enthaltenen Ausdruck *mit Gewalt*. Dies war unumgänglich, da in der Bundesrepublik (anders als in den USA) das Gesetz über Ordnungswidrigkeiten keine Ahndung solcher Delikte des zivilen Ungehorsams unterhalb der Schwelle des Strafrechts (etwa mit einem einfachen Bußgeldbescheid wie beim Falschparken) zuläßt. Der Zwang wird damit von unserer derzeitigen Rechtsordnung vorgegeben.

Den vorläufigen Höhepunkt der juristischen Behandlung des Gewaltbegriffs, und dabei einen Umgang mit ihm, der offen zu Tage treten läßt, daß die juristischen Definitionen (zumindest von manchen Richtern) nicht nur als rein fachinterner Vorgang, sondern auch tatsächlich als Normierungsversuche der Wortbedeutung bei den Rechtsunterworfenen selbst gemeint sind, zeigt ein Urteil des Oberlandesgerichts Frankfurt am Main im schon erwähnten Fall des A.Schubarth. Diesem Gericht reicht es nicht, daß jetzt auch reine Redebeiträge strafrechtlich als *Gewalt* eingestuft werden. Noch darüber hinausgehend versucht es nunmehr auch noch, jede von der eigenen semantischen Position

---

[9] Vgl. dazu auch die öffentliche Diskussion über Gewaltfreiheit und angebliche Gewaltbefürwortung in politischen Positionen der Partei Die Grünen.

abweichende Auffassung des Gewaltbegriffs, d.h. jede von der eigenen abweichende Semantik, selbst zu kriminalisieren, indem es für den Angeklagten (einen ausgebildeten Juristen) als strafverschärfend wertet und ihm vorwirft, daß er an seinem von der höchstrichterlichen Rechtsprechung und damit der Bedeutungsdefinition des Gerichts abweichenden Gebrauch des Gewaltbegriffs, nachdem er sein eigenes Verhalten als Aufruf zur Gewaltfreiheit verstanden hat, stur und "bis zuletzt" hartnäckig festgehalten habe (OLG Frankfurt AZ: 1 StE 1/82). Mit diesem Urteil wird nicht nur der Versuch unternommen, einen möglichen und verbreiteten Wortgebrauch, also Sprachliches, eine andere Bedeutungsnuance, selbst zu kriminalisieren; sondern darüber hinaus eine bestimmte Rechtsauffassung über die zulässige Definition und die Grenzen des strafrechtlichen Gewaltbegriffs als strafwürdiges bzw. strafverschärfendes Unrecht zu brandmarken. Diese Auffasung wird außer von zahlreichen Autoren in der Rechtswissenschaft immerhin auch von vier Richern des Bundesverfassungsgerichts (in der 4:4-Mutlangen-Entscheidung, und vermutlich auch in der 4:4-Entscheidung zum Schubarth-Fall, deren Text noch nicht vorliegt) ausdrücklich geteilt. Wenn auch ein spürbarer direkter Einfluß der juristischen Bedeutungsdefinitionen auf die Alltagssprache nicht nachgewiesen werden kann, so kann doch anhand solcher Urteile immerhin festgestellt werden, daß manche Richter die Neigung zeigen, ihre eigenen fachsprachlich-rechtsdogmatisch (oder auch ordnungspolitisch?) begründeten Bedeutungsdefinitionen an die Stelle der Alltagssprache zu setzen, und so zu tun, als müßte das, was *sie* definieren, auch tatsächlich die Alltagssprache sein. Damit werden richterliche Bedeutungsfestsetzungen strafrechtlicher Begriffe zumindest von einigen Richtern ganz offen auch als Normierungsversuche an der Gemeinsprache verstanden; diese Juristen maßen sich so - wie es einer unserer Verfassungsrichter mal ausdrückte - ein "Wächteramt an der Sprache" zu. Man kann nur hoffen (und ich tue dies mit einigem Grund), daß die Lebendigkeit, Kreativität und Vielfältigkeit der Alltagssprache sich gegen solche Normierungsversuche in einer offenen Gesellschaft immer wieder durchsetzen wird.

Quellen

Urteilssammlungen

BAGE = Entscheidungen des Bundesarbeitsgerichts
BGHSt = Entscheidungen des Bundesgerichtshofs in Strafsachen
BGH NJW = Entscheidung des BGH in: Neue Juristische Wochenschrift
BVerfGE = Entscheidungen des Bundesverfassungsgerichts
RGSt = Entscheidungen des Reichsgerichts in Strafsachen
(Zitierweise: Sigle, Band, erste Seite des Urteils, zitierte Seite)

Wörterbücher (chronologisch)

Zedlers Universal Lexicon 1735 = Grosses vollständiges Universal Lexikon aller Wissenschaften und Künste, welche bisher durch menschlichen Verstand und Witz erfunden und verbessert worden .... Zehenter Band, G - Gl. Halle und Leipzig, im Verlag Johann Heinrich Zedlers, Anno 1735.

Adelung, Johann Christoph 1808. *Grammatisch-kritisches Wörterbuch der hochdeutschen Mundart* .... Zweyter Theil, von F - L. Wien.

Campe, Joachim Heinrich 1801. *Wörterbuch zur Erklärung und Verdeutschung der unserer Sprache aufgedrungenen fremden Ausdrücke.* Ein Ergänzungsband zu Adelungs Wörterbuche von Johann Heinrich Campe. Zweiter Band F-Z. Braunschweig. Zweite, verbesserte und mit einem dritten Band vermehrte Auflage Gratz 1808.

Heinsius, Theodor 1819. *Volksthümliches Wörterbuch der deutschen Sprache* .... Zweiter Band. F - K. Hannover.

Heyse, Joh. Christ. Aug. 1833. *Handwörterbuch der deutschen Sprache* .... Nach den Grundsätzen seiner Sprachlehre angelegt; ausgeführt von K.W.L.Heyse. Magdeburg. (Nachdruck Hildesheim 1968)

Ersch, J.S./Gruber, J.G. 1857. *Allgemeine Encyklopädie der Wissenschaften und Künste* in alphabetischer Reihenfolge von genannten Schriftstellern bearbeitet und herausgegeben von J.S.Ersch und J.G.Gruber. Erste Section. A - G. Herausgegeben von Hermann Brockhaus. Fünfundsechzigster Theil. Getreide - Gewerke. Leipzig. (Nachdruck Graz 1973). (Art. "Gewalt, sprachlich" bearb. v. H.H.Scheidler, Art. "Gewalt, juristisch" bearb. v. C.W.E.Heimbach)

Sanders, D. 1860. *Wörterbuch der deutschen Sprache.* Erster Band. A-K. Leipzig.

Paul, H. 1897. *Deutsches Wörterbuch.* Halle a.S.

Weigand, F.L.K. 1909. *Deutsches Wörterbuch von Fr.L.K.Weigand.* Fünfte Auflage. Nach des Verfassers Tode vollständig neu bearbeitet von Karl von Bahder, Herman Hirt, Karl Kant. Herausgegeben von Herman Hirt. Erster Band A bis K. Gießen.

Grimm, J.u.W. 1911. *Deutsches Wörterbuch von Jacob Grimm und Wilhelm Grimm.* Vierten Bandes Erste Abtheilung Dritter Theil. Getreide - Gewöhniglich. Bearbeitet von Hermann Wunderlich. Leipzig.

Duden. Das große Wörterbuch der deutschen Sprache in sechs Bänden. Band 3 1977. G-Kal. Mannheim/Wien/Zürich.

Brockhaus/Wahrig 1981. *Deutsches Wörterbuch in sechs Bänden.* Dritter Band G - JZ. Wiesbaden/Stuttgart.

Literatur

Alwart, H. 1987. *Recht und Handlung.* Tübingen.

Busse, D. 1989. Was ist die Bedeutung eines Gesetzestextes? Sprachwissenschaftliche Argumente im Methodenstreit der juristischen Auslegungslehre - linguistisch gesehen. In: Müller (Hg.), 93-148.

Busse, D. 1990. *Recht als Text. Die Arbeit mit Sprache in einer gesellschaftlichen Institution. Linguistische Untersuchungen zu einem interdisziplinären Problem.* Habilitationsschrift, TH Darmstadt 1990.
Bd. 1: Die Sprachlichkeit des Rechts. Juristische Sprachauffassungen und Interpretationstheorien: Bestandsaufnahme, Analyse und Kritik.
Bd. 2: Grundzüge einer explikativen Semantik. Linguistische Antworten auf Fragen der Rechtstheorie.
Bd. 3: Die Arbeit mit Texten im Recht. Strukturen und Funktionen von Gesetzestexten und der Umgang mit ihnen in der juristischen Auslegungspraxis.
Christensen, R. 1989. *Was heißt Gesetzesbindung? Eine rechtslinguistische Untersuchung.* Berlin.
Jeand'Heur, B. 1989. *Sprachliches Referenzverhalten bei der juristischen Entscheidungstätigkeit.* Berlin.
Larenz, K. 1979. *Methodenlehre der Rechtswissenschaft.* 4. Auflage. Berlin/Heidelberg/New York.
Möhn, D./Pelka, R. 1984. *Fachsprachen. Eine Einführung.* Tübingen.
Müller, F. 1989 (Hg.). *Untersuchungen zur Rechtslinguistik. Interdisziplinäre Studien zu Praktischer Semantik und Strukturierender Rechtslehre in Grundfragen der juristischen Methodik.* Berlin.
Otto, W. 1981. Die Paradoxie einer Fachsprache. In: I.Radtke (Hg.). *Der öffentliche Sprachgebrauch.* Bd. 2: Die Sprache des Rechts und der Verwaltung. Stuttgart, 44-57.
Röthlein, C. 1986. *Der Gewaltbegriff im Strafrecht - unter besonderer Berücksichtigung der Sexualdelikte.* Diss., Univ. München.
Seibert, T.M. 1981. *Aktenanalyse. Zur Schriftform juristischer Deutungen.* Tübingen.
Stickel, G. 1984. Zur Kultur der Rechtssprache. In: R.Wimmer (Hg.). *Aspekte der Sprachkultur. Mitteilungen 10 des Instituts für deutsche Sprache.* Mannheim, 29-60.
Wright, G. H. v. 1974. *Erklären und Verstehen.* Frankfurt a.M.

VERWENDUNG VON KRIEGSTERMINOLOGIE IN DER TERRORISMUS-DEBATTE[*]

Andreas Musolff

Politische Sprechakteure behaupten manchmal, es sei möglich, 'Begriffe zu besetzen': Können vielleicht auch Begriffe, vor allem Metaphern, die Köpfe und damit auch das Handeln der Sprecher besetzen?

Im folgenden möchte ich mich mit der kommunikativen Funktion von metaphorischen Zeichen beschäftigen, genauer: mit der Verwendung von Kriegs-Metaphorik in der Terrorismus-Diskussion in der Bundesrepublik Deutschland. Als 'kriegsmetaphorisch' soll ein Sprachgebrauch dann gelten, wenn *Krieg* und andere semantisch verwandte Zeichen auf eine Situation angewandt werden, in denen sie weder den speziellen "Zustand der bewaffneten Auseinandersetzung zwischen Staaten, Völkern und Stämmen oder auch verschiedenen Teilen eines Volkes" bezeichnen noch in allgemeiner Weise als "ständiger Kampf, dauernde Feindschaft, ... Streit zwischen Personen, Gemeinden, Institutionen oder auch Staaten" zu paraphrasieren sind [2]. Insbesondere möchte ich untersuchen, ob und wie sich die Gebrauchsweisen von *Krieg* und verwandter Termini in der öffentlichen Debatte um den Terrorismus veränderten, so daß sie zeitweise nicht mehr als metaphorischer Terminologiegebrauch, sondern als realistische Beschreibungen der gesellschaftspolitischen Konflikte angesehen wurden. Erkenntnisleitende Perspektive der Analyse ist nicht eine Tabuisierung der Verwendung von Kriegsmetaphorik vom Standpunkt einer als einzig wahr autorisierten Norm 'wörtlichen' Sprachgebrauchs, vielmehr die Annahme einer grundsätzlichen Veränderbarkeit und damit auch Kritisierbarkeit jedes Sprachgebrauchs im Hinblick auf die mit ihm verfolgten und legitimierten Handlungsziele.

---

[*] Wertvolle Anregungen für diesen Aufsatz erhielt ich aus der Diskussion des Vortrags auf dem Düsseldorfer Kolloquium und durch Kommentare von Karin Böke, Gabriel Falkenberg, Stefan Ferber, Frank Liedtke und Martin Wengeler an der Heinrich Heine-Universität und John Stagg, Mike Townson, Chris Upward und Roger Woods in Aston. Strategische und taktische Fehler sind ausschließlich Produkte meines eigenen Kriegsplans.

[2] Dies sind die beiden Haupt-Verwendungsweisen von *Krieg*, die der Wahrig verzeichnet. (Brockhaus Wahrig 1982. *Deutsches Wörterbuch*. Bd. 4., 316.)

1. Kriegs-Vorgeschichte

In der Zeitschrift KONKRET kommentiert 1967 Ulrike Marie Meinhof das "Puddingattentat" auf den amerikanischen Vizepräsidenten, den Versuch von Mitgliedern der "Kommune 1", als Ausdruck des Protests gegen den Vietnamkrieg Hubert Humphrey bei seinem Besuch in West-Berlin mit Puddingbeuteln zu bewerfen. Den Verurteilungen dieses 'Attentats', vor allem der Aufbauschung der Puddingbeutel zu "Explosionskörpern" in den Zeitungen stellt sie das tabuisierte Wissen über den Kriegseinsatz von Napalm-Bomben in Vietnam gegenüber: "Milchprodukte in Tüten mit Bomben und Geschossen" zu vergleichen, heißt für sie, "einen Krieg zum Kinderspiel erklären." (Napalm und Pudding. In: Meinhof 1980:94) Die bundesdeutsche Presse betreibt, so Ulrike Meinhof in einer anderen *konkret*-Kolumne, eine "propagandistische Bagatellisierung" des Krieges in Vietnam durch Desinformation über die Brutalität der amerikanischen Kriegsführung und scharfmacherische Behandlung der Antikriegsproteste in den USA und der Bundesrepublik. (Vietnam und die Deutschen. In: Meinhof 1980:109 f.). Es gelte zu begreifen, daß der Vietnamkrieg nicht ein lokaler Konflikt oder ein "Weltanschauungskrieg zwischen 'Freiheit' und Kommunismus", sondern ein "Weltkrieg neuen Typs" sei (108). Wer gegen diesen Krieg protestieren wolle, müsse nachdenken über Aktionen, denen vielleicht "der Geruch der Illegalität anhafte", die aber "Willen zur Effizienz" manifestierten (110). Das Ungenügen an dem angeblich 'ineffizienten' Protest gegen den Vietnamkrieg in Deutschland bildet ebenfalls den Legitimationshintergrund für die im April 1968 von Andreas Baader, Gudrun Ensslin sowie Horst Söhnlein und Thorwald Proll verübten Brandanschläge in zwei Frankfurter Kaufhäusern. Im Prozeß im Oktober 1968 begründet G.Ensslin die Brandstiftung als "Protest gegen die Gleichgültigkeit, mit der die Menschen dem Völkermord in Vietnam zusehen." (zitiert nach: Aust 1987:69)

Am 11. April 1968 wird Rudi Dutschke, eine der Symbolfiguren der APO und der Studentenbewegung, in Berlin auf der Straße niedergeschossen. Am Abend kommt es zu Demonstrationen gegen den Springer-Verlag, der für die Pogromstimmung gegen Dutschke verantwortlich gemacht wird. U.Meinhof wertet in *konkret* die "Gegengewalt" der Studenten als eine moralisch legitime Form von Gewalt, weist aber auf die Gefahr einer Eskalation hin, "wo die Brutalität der Polizei das Gesetz des Handelns bestimmt, wo ohnmächtige Wut überlegene Rationalität ablöst, wo der paramilitärische Einsatz der Polizei mit paramilitärischen Mitteln beantwortet wird." (Vom Protest zum Widerstand. In: Meinhof 1980:140). Während Ulrike Meinhof noch zwischen "Gewalt" und "Gegengewalt" oder zwischen "paramilitärisch" und "militärisch" zu unterscheiden versucht, ist für andere der Fall klar: BILD spricht von Straßenschlachten, "wie sie Berlin seit Kriegsende nicht mehr erlebt hat" (BILD 13.4.1968). Bommi Baumann, Mitglied der Kommune 1, später einer der Gründer der "Bewegung 2.Juni", beschreibt sein Radikalisierungserlebnis aufgrund des Dutschke-Attentats als Initiation zum "Widerstand" gegen ein als nazi-ähnlich empfundenes Mördersystem:

Die Kugel war genauso gegen dich. ... Wer da schießt, ist scheißegal. Da war natürlich klar, jetzt zuhauen, kein Pardon mehr geben. ... Bevor ich nun wieder nach Auschwitz transportiert werde, denn schieß ich lieber vorher, das ist doch wohl klar. Wenn sowieso am Ende der Galgen lacht, dann kann man schon vorher zurückschlagen. (Baumann 1980:38 ff.)

Vietnamkrieg und Widerstand gegen das Nazi-Regime waren die wichtigsten politisch-historischen Bezugspunkte für die Selbstlegitimation jener Gruppen, die sich nach der Aufsplitterung der Studentenbewegung und der "Außerparlamentarischen Opposition" in der Bundesrepublik nicht auf einen 'langen Marsch durch die Institutionen' machen wollten, sondern versuchten, gegen die sog. "herrschenden Verhältnisse" mit Gewalt anzugehen. Die zitierten Textstellen legen nahe, daß sie sich nicht mehr nur ideologisch als Genossen der Kämpfer gegen die Truppen der USA in Vietnam fühlen wollten, gegen neonazistische Tendenzen in diesem 'Nachfolgestaat' NS-Deutschlands nicht bloß verbal protestieren wollten, sondern die Kriegs-Kämpfe des antifaschistischen Widerstands und der revolutionären Guerilla mit- oder nachzukämpfen versuchten. Dafür bedurften sie einer Welt-'Anschauung', die es ihnen ermöglichte, die politische Situation in der Bundesrepublik Deutschland zu Ende der 60er/Anfang der 70er Jahre als einen Krieg aufzufassen, als einen Krieg dazu, in dem sie eine militärische Sieges-Chance hätten.

2. Kriegserklärungen

Gudrun Ensslin zufolge waren die Kaufhausbrandstiftungen in Frankfurt als Fanal an die bundesdeutsche Gesellschaft gerichtet, als Protest gegen die Teilnahmslosigkeit gegenüber dem Vietnamkrieg. Die Antwort "im Namen des Volkes" war: Verurteilung zu je drei Jahren Zuchthaus. Ensslin und Baader wurden für die Dauer des Revisionsverfahrens auf freien Fuß gesetzt, tauchten aber nach Bestätigung des Urteils unter. Baader wurde erneut verhaftet und in die Haftanstalt Berlin-Tegel eingeliefert. Am 14. Mai 1970 schoß ihm eine Gruppe Bewaffneter unter Beteiligung von U.Meinhof bei einer Ausführung ins Institut für Soziale Fragen in Berlin-Dahlem den Fluchtweg frei. Der Institutsangestellte Georg Linke wurde durch einen Schuß lebensgefährlich verletzt. Im Jahr darauf, nach ihrer Rückkehr vom Waffen-Training bei der PLO, lieferte die *Baader-Meinhof-Gruppe* bzw. *-Bande*, wie sie inzwischen in der Presse genannt wurde, ihre Rechtfertigung für den Befreiungs-Coup und neue Anschläge in einer als "Konzept Stadtguerilla" betitelten Schrift nach, in der sie sich auch selbst als *Rote Armee Fraktion* vorstellte. Die Selbstbezeichnung *RAF* deutete bereits auf die Legitimations- und Solidarisierungsfunktion des Pamphlets hin: Der Status der *RAF* als Fraktion einer im Aufbau begriffenen Roten Armee sollte den Einsatz von Gewalt gegen Personen, wie den Bibliotheksangestellten oder Polizisten als Notwehr bzw. als Verteidigungs-Krieg begründen:

Wir machen nicht 'rücksichtslos von der Schußwaffe Gebrauch'. Der Bulle, der sich in dem Widerspruch zwischen sich als 'kleinem Mann' und als Kapitalistenknecht ..., als kleinem Gehaltsempfänger und Vollzugsbeamten des Monopolkapitalismus befindet, befindet sich nicht im Befehlsnotstand. Wir schießen, wenn auf uns geschossen wird. Den Bullen, der uns laufen läßt, lassen wir auch laufen. (Pohrt u.a. 1987:24.)

Indem die mit den Stichworten 'rücksichtslos von Schußwaffe Gebrauch machen' und 'Befehlsnotstand' angedeuteten Interpretationsmuster zur Konfrontation zwischen *RAF* und Polizei zurückgewiesen werden, baut das "Konzept Stadtguerilla" eine eigene Deutungsperspektive auf: daß es sich bei den Aktionen der *RAF* um einen *antiimperialistischen* Kampf handele - in Fortführung der Aktionen der Studentenbewegung und zur Unterstützung der weltweiten *Volkskriege* gegen den *Imperialismus* der USA. Die Praxis der 'Land-Guerilla' in solchen Volkskriegen könne in der "Metropole Bundesrepublik" nicht übernommen werden; daher müsse hier - in Anlehnung an die Strategien südamerikanischer Revolutionäre - "Stadtguerilla" praktiziert werden, als "Interventionsmethode" gegen ein "System", das im Zusammenspiel von "Reformismus" und "Faschismus" die Herrschaft der Bourgeoisie zementiere:

Die Massenmobilisierung im Sinn von Faschismus, von Durchgreifen, von Todesstrafe, von Schlagkraft, von Einsatz findet statt - der New Look, den die Brandt/Heinemann/Scheel-Administration der Politik in Bonn gegeben hat, ist die Fassade dazu. (Pohrt u.a. 1987:43).

Da das bundesdeutsche Gesellschaftssystem grundsätzlich faschistisch sei, was von der "Fassade" der sozialliberalen Reformen nur verdeckt, nicht verändert werde, seien alle Versuche legalen Protests illusionär. Die Studentenbewegung sei nur revolutionär gewesen, solange sie das Bewußtsein gehabt habe, "Teil einer internationalen Bewegung zu sein, es mit demselben Klassenfeind hier zu tun zu haben, wie der Vietcong dort, mit demselben Papiertiger, mit denselben Pigs." (Pohrt u.a. 1987:29) Nun stelle nur noch die *RAF* in der Bundesrepublik "die Verbindung her zwischen legalem und illegalem Kampf, zwischen nationalem und internationalem Kampf, zwischen politischem und bewaffnetem Kampf, zwischen der strategischen und der taktischen Bestimmung der internationalen kommunistischen Bewegung". Den letzten Satz des Manifests bildet die Parole: "SIEG IM VOLKSKRIEG!"(45).

Eine ähnliche Kriegsterminologie wie im "Konzept Stadtguerilla" wird in dem Aufsatz: "Über den bewaffneten Kampf in Westeuropa" verwendet, der ebenfalls 1971 in Teilen der Öffentlichkeit kursierte. Die vom damals bereits inhaftierten *RAF*-Mitbegründer Horst Mahler verfaßte Schrift[3] enthält detaillierte Anweisungen für "Terror gegen den Herrschaftsapparat" (Pohrt u.a. 1987:83). Kernstück des Textes ist die Zurückweisung des traditionellen Revolutionskonzepts, das die Dynamik der Revolution in der Eskalierung von Streiks - über Barrikadenkämpfe - bis hin zum offenen Bürgerkrieg sieht. In der Bundesrepublik sei der Kampf dagegen nur klandestin zu führen: "von Kommandoaktionen über den Aufbau von Widerstandszentren, zur Desorganisation und Demoralisierung der Unterdrückungsstreitkräfte durch einen langdauernden, zermürbenden Kleinkrieg" (80). Ähnlich wie im "Konzept Stadtguerilla" wird ein militärisches Vorgehen, ein Revolutions-"Krieg" gegen den Staat für notwendig und für 'gewinnbar' gehalten. Der Staat und seine Institutionen werden zum Feind, seine Bediensteten und Repräsentanten werden zu Kriegsgegnern erklärt, die im "bewaffneten Kampf" anzugreifen und nur im Fall der Kapitulation zu schonen seien (76-83).

Wie läßt sich die Entwicklung von den zuerst zitierten APO-inspirierten Äußerungen Meinhofs und Ensslins und diesen "Volkskriegs"-Manifesten beschreiben? Von *Krieg, Kampf, radikalem Widerstand* ist hier wie dort die Rede, und ebenso fungiert auch der Vietnamkrieg als historischer Bezugspunkt der Kritik am "System" der Bundesrepublik Deutschland. Ein wesentlicher Unterschied zwischen den ersten Äußerungen und denen im "Konzept Stadtguerilla" und "Über den bewaffneten Kampf..." scheint mir darin zu bestehen, daß 1967/68 der Vietnamkrieg noch von der Situation in der "Metropole" BRD abgehoben wird - 1971 sind aber der Krieg "dort" und der Konflikt "hier und jetzt" für die *RAF* endgültig zum allgemeinen Volkskrieg geworden, der weltweit mit denselben Mitteln, auf derselben ideologischen Basis, gegen denselben Gegner geführt werden müsse. Für die Charakterisierung dessen, was hier sprachlich-ideologisch passiert, möchte ich auf das metapherntheoretische "Interaktionsmodell" Max Blacks zurückgreifen[4]. Black zufolge sind nicht einzelne Wörter, sondern Aussagen bzw. Texte metaphorisch: dann, wenn einer der Aussage-

---

[3] zu der das "Konzept Stadtguerilla" möglicherweise eine konkurrierende Selbstdarstellung der noch im Untergrund agierenden "Guerilla" sein sollte (s. Aust 1987:160 f).
[4] s. Black 1983. Die Metapher; Mehr über die Metapher. Als Übersetzungen in Haverkamp 1983, im folgenden als: Black 1983a und 1983b zitiert.

Teile für das Bedeutungsbewußtsein des Rezipienten als ein dem Rest der Aussage, dem "Rahmen", semantisch nichtangepaßter "Fokus" hervorsticht. Den Anlaß für das Bewußtsein von Metaphorizität sieht Black nicht im Bemerken eines Benennungsfehlers aufgrund eines 'Wort-Welt'- Vergleichs des Rezipienten, sondern in einer 'interaktiven' semantischen Spannung zwischen den Bedeutungs-Teilen (Fokus und Rahmen) der Aussage (Black 1983a:68 ff.). Auf der Basis dieses Interaktionsmodells entwickelt Black das Konzept der "Stärke" metaphorischer Aussagen anhand der Kriterien "Emphase" und "Resonanz" in bezug auf den Interpretationsanreiz, der von der Spannung zwischen Fokus und Rahmen ausgeht. Emphatisch und resonant "stark" sind für Black solche Metaphern, die unkonventionelle Projektionen der Bedeutungsaspekte des fokalen Aussageteils auf die vom Aussagerahmen implizierten Sinnzusammenhänge erlauben und damit auch verstärkte Interpretationsleistungen auf seiten des Rezipienten herausfordern. In starken Metaphern kann die semantische Wechselwirkung doppelsinnig wirken - die Interaktion geht vom Fokus zum Rahmen - und von diesem wieder zum Fokus zurück.

Eine solche Wechselwirkung, die den Sprechern aber keineswegs bewußt war, läßt sich m.E. auch für die Verwendung von Kriegsmetaphorik in den zitierten Texten beobachten. In den Textbelegen aus der Zeit vor 1971 wird unterschieden zwischen: *Krieg* als 'Kampf zwischen bewaffneten Truppeneinheiten' (in Vietnam) und dem gesellschaftlichen Konflikt in der Bundesrepublik, der sich politisch eventuell in Parallele zu jenem imperialistischen Krieg auffassen läßt und analog vielleicht als *Krieg* bezeichnet werden kann: aber eben nicht im Sinne einer 'realistischen' Identifizierung des Kriegs-Einsatzes eines Vietkong-Kämpfers mit dem Demo-Engagement eines APO-Demonstranten. Demgegenüber wird im "Konzept Stadtguerilla" die "Kriegs"-Situation der vietnamesischen und der bundesdeutschen Antiimperialisten als realiter identisch angesehen. Sonst wäre auch die Parole "SIEG IM VOLKSKRIEG" bedeutungslos. Der Volkskrieg findet jetzt nicht mehr nur "dort", in Vietnam statt (oder "damals": in Nazi-Deutschland), sondern "hier und jetzt" in der Bundesrepublik, als revolutionärer Kampf in der "Metropole" des allgegenwärtigen "Klassenfeindes". Was zunächst ein Fokus für Analogien war, wird selbst zum Rahmen: Ausdrücke wie *bewaffneter Kampf, Krieg, Bürgerkrieg* sind nicht mehr Termini einer polemischen Metapher, sondern bilden den - als einzig wahre 'Realität' gesetzten - Rahmen für die Beschreibung der politischen Situation in Deutschland. Die semantisch-politische Interpretations-Wechselwirkung, die von dem Vergleich zwischen aktuellen Konflikten in der Gesellschaft der BRD und außereuropäischen "Volkskriegen" ausgehen mochte, ist aufgehoben: Der Fokus ist mit dem Rahmen identisch geworden - in dem Sinn, daß er gar nicht mehr als metaphorisch wahrgenommen wird.[5] Durch diese Reifikation der *Kriegs*-Perspektive zum einzig gültigen Muster der Interpretation gesellschaftlicher Wirklichkeit wird nicht nur ein absoluter Beschreibungsanspruch erhoben: Mit ihm verknüpft sind ebenso absolute appellative Ansprüche: Für eine Gruppe, die sich als *Guerilla* im *Kampf* gegen einen faschistisch-imperialistischen *Feind* sieht, kommt es auf äußerste Solidarität unter den Kampf-Genossen, auf interne *Truppen*-Disziplin und auf möglichst 'effiziente' (= tödliche) Gewaltanwendung im *Krieg* gegen den *Feind* an. Jeder Zweifel an der gemeinsamen Ideologie ist *Verrat*, jedes Zögern *Feigheit vor dem Feind*.

3. Kriegsinterpretationen

1971 kommt es zu den ersten Toten in dem von der *RAF* ausgerufenen Terror-*Krieg*. Am 22. Dezember wird der Polizist Herbert Schoner bei einem Banküberfall in Kaiserslautern ermordet. Polizeisprecher äußern zunächst nur Vermutungen über mögliche Verbindungen zwischen der *RAF* und den Mördern, BILD dagegen 'identifiziert' schon am nächsten Tag die mutmaßlichen Täter mit der Überschrift: "Baader-Meinhof-Bande mordet weiter / Bankraub: Polizist erschossen". Im SPIEGEL 3/1972 veröffentlicht daraufhin Heinrich Böll eine scharfe Kritik an der BILD- 'Berichterstattung' unter der Überschrift: "Will Ulrike Gnade oder freies Geleit?" Vor dem Hintergrund eines Vergleichs mit der vorsichtigen Stellungnahme der Polizei sieht Böll in dem BILD-Titel eine "Aufforderung zur Lynchjustiz" (DER SPIEGEL 10.1.1972:55). Im Kontext dieser BILD-Kritik geht er auf die Selbstdarstellung der *RAF* im "Konzept Stadtguerilla" ein: Unter Hinweis auf die Schlußparole 'SIEG IM VOLKSKRIEG' deutet er den Text als wahnhafte "Kriegserklärung" der *RAF* gegen das Gesellschaftssystem der Bundesrepublik Deutschland - "eine Kriegserklärung von verzweifelten Theoretikern, von inzwischen Verfolgten und Denunzierten, die sich in die Enge begeben haben, in die Enge getrieben worden sind und deren Theorien weitaus gewalttätiger klingen als ihre Praxis ist" (54).

Böll versucht anhand des "Konzept Stadtguerilla"-Pamphlets deutlich zu machen, daß die Gruppe in ihrer *Kriegs*-Ideologie so befangen sei, daß ihren Mitgliedern auch gegen deren eigenen Willen vom Staat "Gnade oder freies Geleit" angeboten werden müsse, nicht um sie straflos ausgehen zu lassen, sondern damit "der lebenden Ulrike Meinhof" (und den anderen lebenden Gruppenmitgliedern) ein rechtsstaatlicher Prozeß gemacht und so verhindert werden könne, daß irgendwann in der Zeitung zu lesen sei, auch Ulrike Meinhof und ihre Ge-

---

[5] Zur Grundstruktur solcher Verabsolutierungen politischer Metaphorik s. Küster 1983; 1989.

fährten seien "erledigt". Um eine solche tödlich-'militärische' Lösung zu verhindern, versucht Böll deutlich zu machen, was für ein absurder "Krieg" das ist, der von der *RAF* geführt wird: Das Zahlenverhältnis der 'Kriegsgegner' sei zur Zeit der größten Gruppenstärke der *RAF* - Böll schätzt ca. dreißig - 1:2 000 000 gewesen, inzwischen, im Januar 1972, sei die Gruppe wahrscheinlich auf sechs Mitglieder geschrumpft: Es handele sich also um einen "Krieg von 6 gegen 60 000 000" (55). Böll benutzt die Kontrastierung zwischen dem absurden 'Kriegs'-Begriff der Baader-Meinhof-Leute und der konven- tionell-dominanten Bedeutung von *Krieg*, um die Forderung nach maßvollen Reaktionen des Staates auf den Terrorismus zu unterstreichen: Die Belastungen der bundesdeutschen Polizei- und Rechtsgeschichte in Hinblick auf die sog. 'Bewältigung' der Nazi-Kriegsverbrechen erforderten, so argumentiert er, die Garantie des rechtsstaatlichen Verfahrens gegenüber der *RAF* - angesichts allzu 'gnadenvoller' Behandlung mancher NS-Kriegsverbrecher habe der Staat kein Recht auf die gnadenlose Verfolgung mutmaßlicher Terroristen. In der Öffentlichkeit wird Böll wegen dieses Artikels hart angegriffen. Vom nordrheinwestfälischen Minister Posser werden ihm einseitige und emotionalisierte Darstellung und Verharmlosung der kriminellen Energie der *RAF* und falscher Gebrauch juristischer Termini, z.B. *freies Geleit* vorgeworfen (DER SPIEGEL 24.1.1972). In einer Antwort hierzu gibt ihm Böll aufgrund neu bekannt gewordener polizeilicher Informationen in bezug auf die kriminalistische Einschätzung recht, verteidigt aber die 'Fehler' beim Gebrauch von Termini wie *verfolgt, Gnade, freies Geleit* mit dem Hinweis auf die Notwendigkeit einer Relativierung der 'rein' juristischen Auseinandersetzung mit dem Terrorismus: "Recht, Gesetz, Politik, Theologie, Literatur" hätten gemeinsam, daß sie mit Worten gemacht würden: Es sei "unvermeidlich, daß sich diese verschiedenen Wortbereiche aneinander reiben, daß sie einander kontrollieren und sich miteinander konfrontieren." (DER SPIEGEL 31.1.1972)

In der Terminologie von M.Blacks Modell der metaphorischen Interaktion läßt sich Bölls Vorgehen als Versuch interpretieren, einer Festlegung des Terrorismusdiskurses auf eine einzige Interpretationsperspektive, insbesondere eine Bürgerkriegs-Perspektive, durch kritische Ausdeutung des Interaktions-Spielraums zwischen dem Fokus *Krieg* und dem Rahmen 'gesellschaftspolitischer Konflikt in der BRD' entgegenzusteuern. Die Selbstdarstellung der *RAF* als *Truppe* in einem *Volkskrieg* erscheint ihm angesichts der realen Machtverhältnisse als absurd - die Übernahme dieses *Kriegs*-Mythos in den Medien hält er für gefährlich, da sie die Gruppe in ihrem Verfolgungswahn als Kämpfer für eine 'gerechte Sache' bestärke und ihre öffentliche Überbewertung als eine schlagkräftige Bürgerkriegstruppe befördere, der man keinen Pardon geben dürfe. Böll will die Bedeutungsspielräume zwischen den verschiedenen sprachlichen Fassungen des Terrorismus-Problems offenhalten, um die Durchsetzung der *Kriegs*-Metaphorik als alleingültige Beschreibungssprache und sich "selbst erfüllende Vorhersage" des Terrorismus zu verhindern.

Böll selbst geriet mit diesen begrifflich-politischen Differenzierungen zwischen fast alle Fronten der Terrorismus-Debatte. Horst Mahler z.b. bemitleidete ihn aus dem Gefängnis heraus als naives Opfer der Propaganda der Herrschenden (DER SPIEGEL 21.2.1972); anderen galt Böll als "Helfershelfer" der Terroristen (siehe dazu Grützbach 1972). Die Warnung Bölls vor einer Durchsetzung der *Kriegs*-Perspektive als wichtigstem Deutungsschema für die Erklärung des terroristischen 'Angriffs' wurde in den Wind geschlagen - kriegerische 'Schlagkraft' und kriegerische Gesinnung zu demonstrieren gab es in der Zeit nach Erscheinen des Böll-Artikels oft Gelegenheit. Seinen Höhepunkt erreichte der 'Angriff' der ersten Generation der *RAF* im Mai 1972 mit Bombenanschlägen, die 4 Tote und über 30 Verletzte forderten. Unter verschiedenen *Kommando*- Namen übernahm die *RAF* in 'Bekenner'-Briefen die Verantwortung; als Begründung für die Anschläge fungierte die angebliche Notwendigkeit des "bewaffneten Kampfes" gegen den US-Imperialismus, wie z.B. im Schreiben zum Anschlag auf das US-Armeehauptquartier in Heidelberg, in dem erklärt wurde, daß es für US-Soldaten als "Ausrottungsstrategen in Vietnam" keinen Platz in der Welt mehr geben werde, "an dem sie vor den Angriffen revolutionärer Guerilla-Einheiten sicher sein" könnten (Aust 1987:233). Zwei Monate nach der 'Offensive' schien es mit dem Terrorismus in der Bundesrepublik vorbei zu sein: der sogenannte 'harte Kern' der *RAF*, u.a. U.Meinhof, A.Baader, G.Ensslin, J.C.Raspe, H.Meins, wurde - z.T. nach Feuergefechten mit der Polizei - verhaftet.

In den folgenden Monaten und Jahren zeigt sich jedoch, daß das Kriegs-Bewußtsein der inhaftierten Terroristen den Belastungen der Haft standhält. Sie beanspruchen für sich den Status von *Kombattanten* in einem politisch-militärischen Konflikt mit dem Staat Bundesrepublik Deutschland (s. dazu Aust 1987:198, 365, 398). Um als *Kriegsgefangene* anerkannt zu werden und Änderungen der von ihnen als *Vernichtungshaft* und *Isolationsfolter* kritisierten Haftbedingungen zu erreichen, führen sie, unterstützt von einigen Anwälten und sog. "Roten Hilfen" Hungerstreiks durch, die zur Legitimationsbasis für Nachfolgegruppen, z.B. in den Kreisen um die Anwälte Haag und Croissant, werden. Im September 1974 beginnt ein Hungerstreik, an dem 59 der einsitzenden *RAF*-Mitglieder teilnehmen. Ende Oktober schreibt Holger Meins, Mitglied des inneren Kommando-"Kerns", an Manfred Grashof, der den Hungerstreik abbrechen will:

Das einzige was zählt ist der Kampf - jetzt, heute, morgen, gefressen oder nicht.... DER KAMPF GEHT WEITER. Jeder neue Fight, jede Aktion, jedes Gefecht bringt neue und unbekannte Erfahrungen, und das ist die Entwicklung des Kampfes. ... Sieg oder Tod - sagen die Typen überall und das ist die Sprache der Guerilla - auch in der winzigen Dimension hier .... (DER SPIEGEL 18.11.1974:30, vgl. auch Aust 1987:290 f.).

Am 11.November stirbt Meins nach fast zwei Monaten Hungerstreik. Sein Tod gilt den "Rote Hilfe"-Gruppen als Bestätigung ihres Mord-Verdachts gegen die Strafvollzugsbehörden. Am folgenden Tag wird der Präsident des Berliner Kammergerichts, Günter v. Drenkmann, bei dem mißglückten Entführungsversuch eines Kommandos der Terroristengruppe "Bewegung 2. Juni" ermordet. Die Tat wird zunächst der *RAF* zugeschrieben (siehe z.B.: FAZ 15.11.1974 und DER SPIEGEL 18.11.1974). Von der im Gefängnis in Stuttgart-Stammheim auf ihren Prozeß wartenden *RAF*-Kerngruppe wird der Mord als eine "Hinrichtung" begrüßt, die "jedem Justiz- und Bullenschwein klargemacht hat, daß auch er - und zwar heute schon - zur Verantwortung gezogen werden kann." (s. Aust 1987:294).

Nach dem Mord an Drenkmann bleibt das Terrorismus-Problem weiterhin ein Haupt-Thema der politischen Auseinandersetzung in der Bundesrepublik: aufgrund neuer Terroranschläge und der Entwicklung einer speziellen Gesetzgebung zur Bekämpfung des Terrorismus anhand von Strafgesetz- und Strafprozeßordnungsänderungen. Letztere finden schon im Prozeß gegen den "harten Kern" der ersten *RAF*-Generation Anwendung, der im April 1977 mit lebenslänglichen Haftstrafen gegen Ensslin, Baader und Raspe (Ulrike Meinhof hatte sich 1976 in Stammheim selbst getötet) abgeschlossen wird. Zwei Wochen vorher, am 7.4.1977, ermordet ein *RAF*-Kommando Generalbundesanwalt Siegfried Buback und seine Begleiter. In den folgenden Monaten beschäftigt besonders der in der Göttinger ASTA-Zeitung abgedruckte sog. "Buback-Nachruf", in dem ein anonymer "Mescalero" seine erste Gefühls-Reaktion nach dem Mord als "klammheimliche Freude" beschrieben hatte, die Öffentlichkeit. Die Textstelle wird als Beleg für die zynische Bejahung der Mordpraxis durch die sog. *Sympathisanten* gewertet. Da die bundesdeutsche Presse den Gesamttext zunächst nicht abdruckt, veröffentlichen ihn mehrere Hochschullehrer und Rechtsanwälte als Dokumentation und werden dafür selber als "geistige Wegbereiter" des Terrorismus angegriffen.

Als *RAF*-Kommandos in den Sommermonaten 1977 ihren 'Angriff' gegen die BRD zur Durchsetzung der Freilassung des inhaftierten *RAF*-Kerns u.a. mit der

Ermordung des Dresdner Bank-Vorstandsvorsitzenden Jürgen Ponto und der Entführung des Präsidenten des Arbeitgeberverbandes und des BdI, Hanns-Martin Schleyer, dessen vier Begleiter sie erschießen, scheinbar mühelos fortsetzen, entsteht neuer Erklärungsbedarf in bezug auf die 'Schlagkraft' der *RAF*. Kriegs-Perspektiven bekommen wieder verstärkte Aktualität und sogar einen Anschein von Plausibilität. In Springers WELT heißt es, nach "einer Übergangszeit trügerischer Ruhe an der Terroristenfront (vgl. vielleicht: *Im Westen nichts Neues?*)" sei es den "Extremisten inzwischen gelungen, eine stabile Infrastruktur ... aufzubauen"; es wird eine nachrichtendienstliche Dokumentation über den "fast zehnjährigen Krieg der Stadtguerilla in Deutschland" gefordert (DIE WELT 7.9.1977). Aus dem Erfolg der Schleyer-Entführung zieht W.Hertz-Eichenrode in seinem Leitartikel unter dem Titel "Die Stunde Null" den Schluß, daß die *RAF*-Guerillatruppe "bürgerkriegsmäßig organisiert und bewaffnet ist, ... unter einem zentralen Kommando (steht) und ... immer neue Helfer und Aktivisten (findet) ...".

Golo Mann schreibt in einem auf der Frontseite der WELT abgedruckten Kommentar unter der Überschrift "Quousque tandem?", die an Ciceros Rede gegen den Aufrührer Catilina erinnert: man befinde sich "in einer grausamen und durchaus neuen Art von Bürgerkrieg", in dem die *RAF* im Verein mit dem internationalen Terrorismus stark genug sei, den Staat zu zerbrechen, wenn man so unentschlossen "wie bisher" verfahre (DIE WELT 7.9.1977). Als notwendige neue Verfahrensweise propagiert er den Entzug der Grundrechte für die Terroristen; alle Vertrauensanwälte seien von Terroristenprozessen auszuschließen, die Inhaftierten seien zu isolieren. Selbst diese Maßnahmen dürften aber auf die Dauer, meint Mann, kaum ausreichen, denn: "Wir befinden uns im Krieg, wir stehen zum Töten entschlossenen Feinden gegenüber. Und an diesem Krieg ist die Bundesrepublik Deutschland unschuldig wie ein Engel."

Golo Manns Vergleich zwischen dem bundesrepublikanischen Terrorismus und dem catilinarischen Bürgerkrieg provoziert Auseinandersetzungen um die Notwendigkeit, die juristische Ebene der Terrorismusbekämpfung zu verlassen oder zu ergänzen durch militärische Maßnahmen. Während ein Leserbriefschreiber in der WELT G.Manns Vorschläge unter Hinweis auf die Fragwürdigkeit einfacher Parallelisierungen vordemokratischer antiker und moderner rechtsstaatlicher Gesetzesordnungen kritisiert (s. DIE WELT 8.9.1977), zieht ein anderer aus der *Kriegserklärung* der *RAF* den Schluß, der Staat dürfe nun selbst *Kriegsrecht* gegen die Terroristen als 'irregulär' kämpfende *Feindestruppe* anwenden: "Wenn sie heimtückische Überfälle verüben und sich nicht durch Bekleidung als kämpfende Truppe zu erkennen geben, werden sie standrechtlich erschossen."

(DIE WELT 12.9.1977) DIE WELT verteidigt zwar G.Manns *Kriegs*-Einschätzung des Terrorismus, lehnt aber jede Anerkennung eines *Kriegszustandes* des Staates mit den Terroristen ab, da diese Anerkennung eine "Achtung für den Feind" anstelle der "Verachtung für den Verbrecher" beinhalte (DIE WELT 8.9.1977). Militärterminologie wird in der WELT vor allem im Hinblick auf die angeblich mehreren tausend zählenden *RAF-Sympathisanten* verwendet: Sie gelten der Zeitung als das "stille Reserveheer des Terrorismus": Zum einen gebe es die aktiven Helfer, deren Kurier- und Quartierdienste die logistische Basis der *RAF* bilde, zu ihnen sei noch die "stille Front der potenten materiellen und geistigen Sympathisanten" hinzuzurechnen (DIE WELT 12.9.1977).

Als sich die terroristische Gewalt nochmals, durch die Entführung der Lufthansa-Maschine "Landshut" zur Unterstützung der Forderungen der Schleyer-Entführer am 13. Oktober 1977, steigert, scheint für DIE WELT eine Kriegssituation vollkommen gegenwärtig zu sein. Sie sieht in der Koordination zwischen den Entführern der Lufthansa-Maschine und den Entführern Schleyers den Beweis für die Fähigkeit der Terroristen, "über Länder, Kontinente und Meere hinweg Feldzüge zu führen, die aus einer Folge von Kommando-Unternehmen bestehen" (DIE WELT 15.10.1977). Die kriegsideologischen Gemeinsamkeiten sämtlicher Terrorgruppen seien in der "Vorgeschichte und Entwicklungstendenz des Terrorismus" begründet: "Partisanenkrieg im Zweiten Weltkrieg, 'Befreiungskriege' in der Ära der Entkolonisierung (zum Beispiel Indochina, Algerien, Zypern, Kongo, Angola, vor allem noch einmal Indochina, diesmal Vietnam), Guerillakampf als Bürgerkrieg zur Etablierung sozialistischer Staaten (China, Kuba) und schließlich ein Weltbürgerkrieg."

Gegen diese Kriegsgenealogie hätten wahrscheinlich auch Meinhof und Baader kaum Einwände gehabt. Besonders interessant ist m.E., daß diese heroische Ahnentafel als realiter noch wirksame "Entwicklungstendenz" dargestellt wird: einschließlich des (fast erreichten) Zielpunktes eines *Weltbürgerkriegs*. Insofern hatte sich Heinrich Bölls Befürchtung vom Januar 1972 bestätigt, daß die Kriegserklärungen der ersten *RAF* von Medien in der Bundesrepublik als Deutungsschema übernommen werden könnten und aufgrund dieses Ernstnehmens ihrer Selbstüberschätzung der *RAF* 'im Ernst' ein Verfolgungs-Krieg gegen sie geführt werden könnte. Wenn Böll 1972 noch voraussetzte, daß für die Adressaten seines Artikels die Kriegs-Terminologie der *RAF* Wahnwitz war, so wurde im Herbst 1977 der Krieg zwischen *RAF* und Staat in einigen Medien politisch-militärische Realität - sonst wären die Vermutungen über ein riesiges *Reserveheer* der *RAF* und die Forderungen nach Einführung des *Kriegsrechts* witzlos. 'Verblaßte' Formen von Kriegsmetaphorik, wie etwa die Rede von der

"Terroristenfront", an der "trügerische Ruhe" geherrscht habe (DIE WELT 7.9.1977), gewannen in dem nun öffentlich ausgerufenen *Krieg* starke kommunikative Funktion: Sie paßten in das innenpolitische *Kriegs*-Schema und verstärkten es.

Insofern kann es als fragwürdig erscheinen, für diesen Zeitpunkt von Kriegs-"Metaphorik" in dem Sinn zu sprechen, daß den Benutzern von Militär-Terminologie deren 'Übertragungs'-Charakter bewußt war. Hierin liegt m.E. ein wesentlicher Unterschied zu einigen anderen in der Terrorismus- Diskussion verwendeten Metaphern, etwa dem *Sumpf der Sympathisanten*, den *Brutstätten des Terrorismus*, dem *Dunstkreis der Helfershelfer* etc. Diese Metaphern dürften, wenn auch in bitterem Ernst verwendet, kaum je 'wörtlich' ernst genommen worden sein. Demgegenüber konnte die Kriegs-Terminologie kurzzeitig ernsthaft als zur Beschreibung der terroristischen Bedrohung verwendet werden und als Legitimationshintergrund für kriegs-angemessene oder kriegs-ähnliche Bekämpfungsstrategien dienen.

Ähnlich wie in der Selbstwahrnehmung der *RAF* teilte sich die Welt für die selbsternannten Kriegsberichterstatter übersichtlich in Freund und Feind; und wer sich nicht eindeutig genug entscheiden wollte, wurde als *Sympathisant* wahrgenommen, als Reservist in der *Armee* des *Feindes*. Im Hinblick auf die 'effiziente' Abschreckung oder Ausschaltung dieser *Verstärkung* der terroristischen *Angriffstruppen* erschienen, wie die Zitate belegen, manchem passionierten Terroristenjäger kriegsrechtliche Maßnahmen bis hin zur Aufhebung von Grundrechten erlaubt. Selbst wer Bürgerkriegs-Interpretationen abwehren wollte, mußte sich vor dem Hintergrund der Sympathisanten/Reservisten-Verdächtigung auf kriegs-thematische Debatten einlassen. Die Kriegs-Terminologie selbst diente als bequemes politisch-militärisches Unterscheidungsmerkmal: Wer der allgemeinen Sprachregelung nicht folgte, disqualifizierte sich (ähnlich wie im Fall der *Gruppe-Bande*-Dichotomie) als 'unsicherer Kantonist'. Die Übernahme der Kriegs-Terminologie bedeutete zugleich Festlegung auf bestimmte Handlungsstrategien (z.B.: keine *Kapitulation* des Staates gegenüber den Terroristen), u.U. sogar die Festlegung auf bestimmte Pflichtgefühle, wie etwa auf die ritualisierte, jede Auseinandersetzung mit nicht-kriegerischer Kritik an der *RAF* tabuisierende Empörung über den "Buback-Nachruf". Indem durch den Gebrauch der als 'eindeutig' empfundenen Kriegsterminologie auch ebenso eindeutige Handlungs- und Gefühlsappelle sprachlich vermittelt wurden, legitimierten bzw. bestätigten sich die Kriegs-Interpretationen und Prognosen quasi selbst.

4. Nachkriegszeiten?

Nach dem Höhepunkt der Terror-'Offensive' im September/Oktober 1977 gewann die Verwendung von Kriegs-Sprache in der Terrorismus-Debatte schrittweise ihren metaphorischen Status für die Öffentlichkeit zurück. Zunächst dominierten noch einige Wochen lang militärische Aktionen. Nachdem der Flugkapitän der "Landshut" ermordet worden war, wurde die Maschine am 18.10.1977 von der "GSG 9"-Einheit des bundesdeutschen Bundesgrenzschutzes in Mogadischu gestürmt: Drei Terroristen wurden erschossen. In der folgenden Nacht begingen Baader, Ensslin und Raspe im "Hochsicherheits"-Trakt von Stammheim Selbstmord, die vierte in dem Trakt Inhaftierte, Irmgard Möller, überlebte schwerverletzt. Einen Tag später wurde die Leiche Hanns-Martin Schleyers im Elsaß gefunden.

Noch während der Entführung Schleyers beginnt sich in der öffentlichen Auseinandersetzung verstärkt Kritik an kriegsideologischen Tendenzen und Sympathisanten-Verdächtigungen zu artikulieren[6]. DER SPIEGEL startet am 3.10. eine Artikelserie über "Sympathisanten und sogenannte Sympathisanten" mit dem Titel: "Mord beginnt beim bösen Wort", in der die polemische Verwendung von *Sympathisant* als "Sprachknüppel" angegriffen wird. (DER SPIEGEL 3.10.-17.10.1977) Ironisch greift Rudolf Augstein das Wort vom "Weltbürgerkrieg" auf: Im Hinblick auf die mit diesem Schlagwort legitimierten Vorschläge zu Strafrechtsänderungen sei kein Krieg zu gewinnen, sondern nur die Rechtsstaatlichkeit der Bundesrepublik Deutschland zu verlieren (DER SPIEGEL 3.10.1977:29). Im Rahmen der SPIEGEL-Serie weist der ehemalige Präsident des Bundesamtes für Verfassungsschutz, Günther Nollau, darauf hin, daß die Vorstellung von einer Massenbasis der *RAF* als einem "Heer von Sympathisanten" aus kriminologischer Perspektive völlig unplausibel sei, da die Größe eines solchen "Heeres" es den Sicherheitsbehörden längst erlaubt hätte, in den Kreis der Helfer und der Wissenden einzudringen (DER SPIEGEL 17.10.77:206).

Nach der extensiven Verwendung von Kriegs-Terminologie im Herbst 1977 und der öffentlichen Diskussion um sie läßt sich somit (ähnlich wie im Fall des Ausdrucks *Sympathisant*) eine allmähliche Reduktion seiner politischen Brisanz feststellen. Zwar kommt es im Anschluß an weitere Mordtaten neuer *RAF*-Kommandos oft zum kurzen Wiederaufleben der Kriegs-Beschwörungen, vor allem wenn zuvor die Überzeugung vorgeherrscht hatte, es sei alles 'ruhig an

---

[6] s. dazu Duve/Böll/Staeck 1977, Reich-Ranicki in FAZ 3.10.1977: "Böll wird diffamiert", und die Dokumentation: Hat sich die Republik verändert? 1978.

der Terror-Front'. Als DER SPIEGEL im Herbst 1986 nach dem Mord an dem Siemens-Manager Karl Heinz Beckurts und seinem Fahrer den früheren BKA-Chef Horst Herold interviewt, der 1977 die *RAF*-Fahndung geleitet hatte, kritisiert dieser das ritualisierte "Auf und Ab von Anspannung und Erschlaffung der öffentlichen Bekundungen zur terroristischen Bedrohung, das sich nach jedem Mord mit zermürbenden Effekten wiederholt" (DER SPIEGEL 8.9.1986:39). Nach dem im gleichen Jahr erfolgten Mordanschlag auf Gerold von Braunmühl, einen Beamten im Auswärtigen Amt, in Bonn, kommt es jedoch zu einer Diskussion um den *RAF-Krieg*, mit der wahrscheinlich weder die Terroristen noch ihre beamteten oder selbsternannten 'Jäger' gerechnet hatten: Auf das im schon beinahe traditionellen *RAF*-Stil einer Kriegs-'Berichterstattung' gehaltene 'Bekennerschreiben' reagieren die Brüder des Ermordeten mit Leserbriefen in der TAGESZEITUNG. Im ersten Brief setzen sich die Brüder mit der Rechtfertigungs- Methode der Mörder auseinander, ihr Opfer zum Top-Strategen des 'Imperialismus' zu stilisieren: Als Begründung für die Wahl v. Braunmühls als Opfer war in dem 'Bekennerbrief' seine Teilnahme an Sitzungen von geheimen Nato- und EG-Gremien angeführt worden, die die Aufgabe gehabt hätten, den Erfolg der "politischen formierung westeuropas in der imperialistischen kriegsstrategie" zu sichern[7]. G.v.Braunmühls Ermordung war aus dieser Sicht in erster Linie nicht Vernichtung eines Menschenlebens, sondern Teil einer militärischen "Offensive" gegen eine "globale imperialistische kriegsstrategie".

Die Brüder des Ermordeten charakterisieren dieses Krieger-Pathos als "Sprache wie Beton", der sie mit Fragen beizukommen versuchen:

Auf die Zustimmung der Menschen, für die Ihr denken und handeln wollt, habt Ihr verzichtet. - Wer erleuchtet Euch? Wer macht Euch zu Auserwählten Eurer elitären Wahrheit? ... Gibt es irgendetwas außerhalb Eurer grandiosen Ideen, was Euch erlaubt, einem Menschen Eure Kugeln in den Leib zu schießen? (Braunmühl 1987:20)

Der Brief endet mit einem in seiner persönlichen Offenheit beeindruckenden Appell an die Terroristen, aufzuhören im Sinne einer Rückkehr in nicht- tödliche Regionen der sprachlich-politischen Auseinandersetzung: "Habt den Mut, Euer geistiges Mordwerkzeug zu überprüfen. Es hält der Prüfung nicht stand. Treffend sind nicht Eure Argumente, treffend sind nur Eure Kugeln. Ihr habt das Abscheulichste und Sinnloseste getan." (22).

Das Echo auf den Brief der Braunmühl-Brüder in den Leserbriefen der TAZ ist zum Teil geprägt von einem bemühten revolutions-'kämpferischen' Zynismus,

---

[7] siehe Abdruck des "Bekennerbriefes" in der Dokumentation "Ihr habt unseren Bruder ermordet". Die Antwort der Brüder des Gerold von Braunmühl an die RAF 1987:23

dem die Ermordung eines vom Staat beamteten Menschen bloß "Gewalt gegen Funktionsträger in diesem Staat", gegen einen "Vertreter des kapitalistischen Systems" ist - ein solches System, "das von Mord, Ausbeutung und Unterdrückung lebt, (dürfe) sich nicht wundern, wenn zurückgeschlagen (werde)" (Leserbriefe an die TAZ vom 17.11.,4.12.1986. Abgedruckt in:Braunmühl 1987:41,53). Hier ist die Kriegs-Ideologie der *RAF* erhalten geblieben: Das Opfer ist Repräsentant des Feindsystems, auf das geschossen werden kann. Getroffen wird diesem Kriegs-Denken zufolge durch einen solchen "Angriff" immer nur das *System*. Neben solchen Rechtfertigungsparolen stehen Versuche früherer Sympathisierender, Kriegs-'Stellungen' zu verlassen (s. Autonome zur RAF. In: Braunmühl 1987:117-124).

In ihrem zweiten Brief an die TAZ gehen die Braunmühl-Brüder auf diese Reaktionen ein - die Hauptgefahr für eine demokratische Diskussion des Terrorismusproblems sehen sie in der Unfähigkeit, eigene Überzeugungen zur Debatte zu stellen: eine Unfähigkeit, die jeden "Andersdenkenden leicht als Idioten oder als Schurken erscheinen" lasse (73). Welche Wirkung die Leserbriefe der Brüder auf einige der "Guerilla"-Soldaten im Untergrund selbst haben könnte, schildert der zu lebenslänglicher Haft verurteilte, ehemalige Bombenbauer der *RAF*, Peter-Jürgen Boock, in einem Brief aus dem Gefängnis an die Brüder G.v.Braunmühls: Signale wie die Antwort auf die Mörder ihres Bruders wirkten "nicht von heut auf morgen", trotzdem sei er sich "fast sicher", daß damit den Zweifeln mancher Untergrund-Kämpfer Nahrung gegeben worden sei: als Voraussetzung für die Erkenntnis, "daß der bewaffnete Kampf in diesem Land und zu dieser Zeit der falsche Weg ist." (Brief von P.-J. Boock. Abgedruckt in: Braunmühl 1987:109)

Der "harte Kern" legt auf solche Zweifel allerdings anscheinend nach wie vor keinen Wert: Im 'Bekennerschreiben' zum Mord an Alfred Herrhausen, dem Vorstandssprecher der Deutschen Bank, im Dezember 1989, erklärt die *RAF*, ausschließlich an Diskussionen "mit allen, die schluß machen wollen mit der imperialistischen zerstörung", interessiert zu sein: Für diese Zerstörung sei Herrhausen als "der mächtigste wirtschaftsführer in europa" verantwortlich, deshalb sei er "hingerichtet" worden. In einer gespenstischen wörtlichen Übereinstimmung mit den 'Bekennerbriefen' der ersten *RAF* vom Mai 1972 - damals ging es gegen US-Soldaten als "Ausrottungsstrategen in Vietnam" (Aust 1987:233) - heißt es:

... die akteure dieses systems müssen wissen, daß ihre verbrechen ihnen erbitterte feinde geschaffen haben, daß es für sie keinen platz geben wird in der welt, an dem sie vor den angriffen revolutionärer guerilla-einheiten sicher sein können (Brief der RAF. FR 6.12.1989).

Herrhausens Mörder kopieren hier wortwörtlich den *Kriegs*-Jargon ihrer Vorgänger Baader und Meinhof. Während 1971 die Kriegsinterpretation der *RAF* an den Protest von APO und Studentenbewegung gegen den Vietnamkrieg anzuknüpfen versuchte, sind die Kriegs-Parolen der neuen *RAF* absolute Leerformeln: Als *Kriegsgegner* fungiert ein abstrakter, nebulöser *Imperialismus*, dem jeder der *RAF* Mißliebige zugeordnet werden kann. Ein Hoffnungszeichen für die öffentliche Terrorismusdiskussion ist vielleicht darin zu sehen, daß seitens staatlicher Stellen der Mord an Herrhausen offenbar nicht als Anlaß für neue Kriegserklärungen, etwa in Form von neuen Gesetzesverschärfungen, benutzt wurde (s. SPIEGEL-Interview mit Bundesinnenminister Wolfgang Schäuble. In: DER SPIEGEL 4.12.1989), und daß auch in den Medien wenig lautes Kriegs-Geschrei ertönte.

Kriegs-Metaphorik ist im allgemeinen Sprachgebrauch so etabliert, daß sie 'an sich' nicht besonders interaktions-stark ist. Sie kann 'verstärkt' werden, wenn man sie - wozu jede Art von Metaphorik und andere Mittel kreativen Sprachgebrauchs oft dienen - auf Problemverhalte anwendet, die für das Bewußtsein der Angehörigen einer Sprachgemeinschaft neu sind und nun über den Anschluß an bereits etablierte Sprechtraditionen in den tradierten Wissens-Horizont integriert werden sollen. In dem hier betrachteten Zeitraum der Terrorismusdiskussion geschah dies zweimal: zuerst in der Vorgeschichte der *RAF*, im Rahmen der noch rationalen Kritik am Vietnamkrieg: als terminologische Analogisierung zwischen dem *heißen Krieg* 'dort' und dem politischen Kampf 'hier' in Europa zur Zeit des *Kalten Kriegs* ; dann in der Frühphase der öffentlichen Reflexion über die 'Schlagkraft' der *RAF*, in der Böll zumindest noch den Versuch unternehmen konnte, auf die realen Machtverhältnisse hinzuweisen. An dieser vergleichenden 'offenen' Metaphernverwendung ist sprachkritisch nichts auszusetzen. 'Kritisch' wird es m.E. dann, wenn Militärmetaphorik zur Beschreibungssprache umfunktioniert wird, wie dies spätestens ab 1971 in der Selbstverständigung der *RAF* und dann 1972 und in vielfach verstärktem Maße 1977 in der öffentlichen Debatte um die Schuld am Terrorismus stattfand. Die Pseudo-Deskriptivität der Kriegs-Sprache in der Darstellung eines "bewaffneten Kampfes" von 6 gegen 60 Millionen begünstigt die Ausschaltung von kritischer Reflexion und Diskussion zugunsten eines Appells an eine absolute Solidarisierung nach innen und an eine ebenso absolute Abgrenzung nach außen: als Krieger gegen das *imperialistische System* oder als *Verteidiger* im *Bürgerkrieg* gegen die Terroristen. Wenn erst diese Stufe einer absoluten Dichotomisierung der Gesellschaft in *Freund* und *Feind* mit Hilfe der Kriegsterminologie erreicht ist, wird die Argumentation gegen entsprechende Kriegsstrategien sehr mühsam, wie die Wirkung solcher Argumentationsversuche seitens H.Bölls und der

Braunmühl-Brüder zeigt. Aufgrund ihrer 'sich selbsterfüllenden' Kraft trägt die Verwendung von Militärterminologie selbst zur Schaffung einer Kriegssituation bei: "Realistisch" gesprochen lassen sich - mindestens für den Zeitraum September-Oktober 1977 - einige relevante 'Merkmalsübereinstimmungen' (z.B. extensiver Einsatz von Schußwaffen, Tote und Verwundete...) auffinden. Es bleibt aber einer Kritik an der Kriegsterminologie m.E. nichts anderes übrig, als gegen den Anschein eines auch nur teilweise realen Krieges auf der Metaphorizität des militärterminologischen Sprachgebrauchs in der Bezugnahme auf den Terrorismus zu insistieren, nicht im Sinne eines besserwisserischen Rechthabertums, sondern um semantische und politische "Interaktions"- Alternativen zur Konfliktinterpretation offenzuhalten. Daher erscheint mir Bölls Versuch, der kriegerischen 'Selbstverwirklichung' des Terrorismus durch reductio ad absurdum entgegenzuwirken, trotz seiner Machtlosigkeit (im militärischen Sinne) als einzig real wirksamer Weg der sprachkritischen Auseinandersetzung mit dem *RAF*-Kriegsjargon.

Literatur

Aust, S. 1987. *Der Baader Meinhof Komplex.* 9. Aufl. Hamburg.
Baumann, B. 1980. *Wie alles anfing.* 2. Aufl. München.
Black, M. 1962. *Models and Metaphors.* Ithaca.
Black, M. 1983a. Die Metapher. In: Haverkamp 1983, 55-79.
Black, M. 1983b. Mehr über die Metapher. In: Haverkamp 1983, 379-413.
Braunmühl 1987. *"Ihr habt unseren Bruder ermordet." Die Antwort der Brüder des Gerold von Braunmühl an die RAF.* Reinbek.
Bundesministerium des Innern - "Öffentlichkeitsarbeit gegen Terrorismus" 1978 (Hg.). *Hat sich die Republik verändert? Terrorismus im Spiegel der Presse.* Bonn
Burkhardt, A./Hebel, F./Hoberg, R. 1989 (Hg.). *Sprache zwischen Militär und Frieden: Aufrüstung der Begriffe?* Tübingen.
Busse, D. 1989. 'Chaoten und Gewalttäter'. Ein Beitrag zur Semantik des politischen Sprachgebrauchs. In: Burkhardt u.a. (Hg.), 93-121.
Drommel, R.H./Wolff, G. 1978. Metaphern in der politischen Rede. In: *DU* 30, 71-86.
Duve,F./Böll,H./Staeck,K. 1977 (Hg.). *Briefe zur Verteidigung der Republik.* Reinbek.
Fetscher, I. 1981. *Terrorismus und Reaktion.* Reinbek.
Greiffenhagen, M. u.a. 1981 (Hg.). *Handwörterbuch zur politischen Kultur der Bundesrepublik Deutschland.* Opladen.

Grützbach, F. 1972. *Heinrich Böll: Freies Geleit für Ulrike Meinhof. Ein Artikel und seine Folgen.* Köln.
Haverkamp, A. 1983 (Hg.). *Theorie der Metapher.* Darmstadt.
Küster, R. 1983. Politische Metaphorik. In: *SuL* 51, 30-45.
Küster, R. 1989. Mythische Aspekte militärischer Metaphorik. In: Burkhardt u.a. (Hg.), 81-92.
Meinhof, U.M. 1980. *Die Würde des Menschen ist antastbar. Aufsätze und Polemiken.* (Mit einem Nachwort hrsg. von K.Wagenbach) Berlin.
Musolff, A. 1989. Anmerkungen zur Geschichte des Ausdrucks *Sympathisant* im Kontext der Terrorismus-Diskussion. In: *SuL* 64, 95-109.
W.Pohrt u.a. 1987. *Die alte Straßenverkehrsordnung. Dokumente der RAF.* Berlin.

VOM "WERDENDEN LEBEN" ZUM "UNGEBORENEN KIND"
Redestrategien in der Diskussion um die Reform des § 218[*]

Karin Böke

0. Einleitung

"Sie haben die Begriffe besetzt" - mit dieser Metapher eröffnet Barbara Sichtermann in einem Zeitungsartikel vom Juni 1989 (vgl. DIE ZEIT 26.6.1989) ihre Kritik der Redestrategien sogenannter Lebensschützer in ihrem Kampf gegen den reformierten § 218. Diese Assoziation des Sprachgebrauchs der Lebensschutzbewegung mit der seit Mitte der 70er Jahre programmatisch verfolgten Sprachpolitik der CDU[1] kommt nicht von ungefähr: So zeichnet sich im CDU-Parteiprogramm von 1989 zum Thema Schwangerschaftsabbruch im offiziellen Sprachgebrauch der CDU ein Wandel ab, der von der ZEIT-Autorin Margit Gerst folgendermaßen kommentiert wird: "Menschliches Leben beginnt mit der Zeugung; man spricht nicht mehr vom werdenden Leben, sondern von ungeborenen Kindern. Der Fötus wird zur unabhängigen Person, zum Individuum, hinter dem die Frau fast verschwindet" (DIE ZEIT 12.5.1989).

Warum der Gebrauch des Ausdrucks *werdendes Leben* trotz der zentralen Funktion der *Lebens*-Terminologie im Sprachgebrauch der *Lebensschützer* zur Werbung gegen den Schwangerschaftsabbruch heute als untauglich erscheinen mag, soll im folgenden eine Betrachtung der Reformdiskussion um den § 218 in den 70er Jahren klären. Nach einer Skizzierung der wichtigsten Daten innerhalb der Reformdebatte der 70er Jahre, werde ich zunächst den heterogenen Gebrauch des Wortes *Leben* anhand der verschiedenen Standpunkte der konfligierenden Parteien bezüglich einer Reform des § 218 vorstellen. Anschließend soll gezeigt werden, ob und wie es gelingt, den Ausdruck *werdendes Leben* semantisch so zu 'besetzen', daß er zur Konkurrenzvokabel zu dem zunächst synonym verwendeten Terminus *ungeborenes Leben* avanciert und welche sprachlichen Konsequenzen damit verbunden sind.[2]

---

[*] Der Text des Redemanuskripts wurde im folgenden weitgehend unverändert übernommen und lediglich am Ende durch neuere Belege ergänzt.
[1] vgl. hierzu die sprachpolitische Offensive Kurt Biedenkopfs auf dem 22. Parteitag der CDU 1973 in Hamburg (Biedenkopf, K.H. 1982. Politik und Sprache. In: H.J. Heringer (Hg.). *Holzfeuer im hölzernen Ofen. Aufsätze zur politischen Sprachkritik*. Tübingen, 189-197).
[2] Eine ausführliche Analyse dieser Debatte habe ich im Februar 1990 als Magisterarbeit am Lehrstuhl für Deutsche Philologie und Linguistik an der Heinrich-Heine-Universität Düsseldorf unter

1. Historisches

Nach dem Regierungswechsel von 1969 kündigt die neugebildete sozial-liberale Koalition ein umfassendes Reformpaket an, in das eine Reform des Strafgesetzbuches einbezogen ist. Diese Reform soll unter anderem den § 218 betreffen, der bisher den Schwangerschaftsabbruch mit einer Gefängnisstrafe bis zu fünf Jahren bedroht. Von dieser Regelung wird üblicherweise lediglich der ärztlich indizierte Schwangerschaftsabbruch - die sogenannte medizinische Indikation - ausgenommen. 1970 legt eine 'Kommission deutscher und schweizerischer Strafrechtslehrer' den 'Besonderen Teil eines Alternativ-Entwurfs eines Strafgesetzbuches' vor, der einen Mehrheits- und einen Minderheitsvorschlag zu einer Neuregelung der dort so genannten *Straftaten gegen das werdende Leben* beinhaltet. Stellen beide Vorschläge eine wesentliche Erweiterung und Strafmilderung der ursprünglichen Regelung dar, so unterscheiden sie sich doch in grundlegenden Punkten:

Der Minderheitsentwurf basiert auf einer sogenannten Indikationenregelung, die den Schwangerschaftsabbruch unter bestimmten Umständen als angezeigt, sprich indiziert, versteht und deshalb straffrei läßt. Eine ärztliche Gutachterstelle soll die Indikationen stellen. Als Gründe für einen straffreien Schwangerschaftsabbruch werden angegeben:

a) eine das Leben und die Gesundheit der Schwangeren gefährdende Schwangerschaft (medizinische Indikation).
b) eine durch Vergewaltigung o.ä. aufgezwungene Schwangerschaft (ethische oder kriminologische Indikation).
c) eine zu erwartende schwere geistige oder körperliche Schädigung des Kindes (eugenische oder kindliche Indikation).
d) verschiedene schwierige Lebensumstände, die der Schwangeren das Austragen der Schwangerschaft unzumutbar erscheinen lassen (soziale oder Notlagen-Indikation).[3]

Der Mehrheitsentwurf, der das Grundmodell der sogenannten Fristenregelung darstellt, sieht eine grundsätzliche Straffreiheit des Schwangerschaftsabbruchs innerhalb der ersten drei Monate der Schwangerschaft mit der Auflage einer medizinisch-sozialen Beratungspflicht vor. Darüber hinaus wird der Schwanger-

---

dem Titel *Der Streit um 'Leben'. Eine sprachwissenschaftliche Analyse der Diskussion um die Reform des § 218* vorgelegt.

[3] Vgl. hierzu den Alternativ-Entwurf eines Strafgesetzbuches. Minderheitsvorschlag. In Auszügen abgedruckt in: Münch 1972:58 ff.

schaftsabbruch aufgrund einer durch eine ärztliche Gutachterstelle festzustellenden medizinischen und einer eugenischen Indikation als straffrei erklärt.[4]

Das Fristenmodell und das Indikationenmodell bilden den Ausgangspunkt der Reformdiskussion des § 218 der 70er Jahre. Sie dienen in modifizierter Form als Grundlage der während der Debatte in den Bundestag eingebrachten Gesetzesentwürfe.[5] In der Öffentlichkeit erhält die Reformdebatte verstärkte Aufmerksamkeit durch die extremen vorwiegend außerparlamentarisch erhobenen Forderungen nach einer ersatzlosen Streichung und einer Beibehaltung des bestehenden § 218. Insbesondere die sich zu diesem Zeitpunkt formierende Frauenbewegung vertritt unter den Stichwörtern *Selbstbestimungsrecht der Frau* und *Mein Bauch gehört mir* die Abschaffung des Verbots des Schwangerschaftsabbruchs, während in erster Linie die katholische Kirche im Namen des *Lebensrechts des Ungeborenen* für eine Beibehaltung des bestehenden § 218 plädiert.

Die durch die Neuwahlen von 1972 unterbrochene parlamentarische Debatte über eine Reform wird im Frühjahr 1973 wieder aufgenommen. Nunmehr haben sich innerhalb der Koalitionsparteien die Mehrheitsverhältnisse zugunsten einer Fristenregelung verschoben. Nach Abschluß der Beratungen über die in den Bundestag eingebrachten Gesetzesentwürfe[6] wird im April 1974 die Fristenregelung vom Bundestag angenommen und im Juni als 5. Strafrechtsreformgesetz verkündet (BGBL 1974/I, 1297). Zur gleichen Zeit erläßt das Bundesverfassungsgericht auf Antrag einiger CDU/CSU-regierter Bundesländer eine einstweilige Anordnung gegen das neue Gesetz.[7] In seinem Urteil vom Februar 1975 bezeichnet das Bundesverfassungsgericht die Fristenregelung als verfassungswidrig.[8] Nach Beendigung der sich anschließenden erneuten Beratungen wird im Februar 1976 eine weitgefaßte Indikationenregelung (s.o.) vom Bundestag angenommen und im Mai 1976 als 15. Strafrechtsänderungsgesetz (BGBL 1976/I, 1213) durch den Bundespräsidenten verkündet.

---

[4] Vgl. hierzu den Alternativ-Entwurf eines Strafgesetzbuches. Mehrheitsvorschlag. Ebd., 46 ff.
[5] Zunächst vertritt nur eine Minderheit der Koalitionsparteien, vor allem die FDP, die Fristenregelung. Die verschiedenen Kombinationsmöglichkeiten der Indikationen werden im weiteren Verlaufe der Diskussion als - insbesondere von der CDU/CSU angestrebte - 'enge Indikationenregelung' (a-b bzw. c) und in der Debatte von 1970-1972 von der Mehrheit der Koalitionsparteien vertretene 'weite Indikationenregelung' (a-d) diskutiert (vgl. Anmerk. 6).
[6] vgl. Verhandlungen des Deutschen Bundestages. Anlagen zu den stenographischen Berichten, BT-Drs. 7/375 (SPD/FDP Fristenregelung), 443 (SPD/FDP weite Indikationenregelung), 554 (CDU/CSU enge Indikationenregelung), 561 (CDU/CSU Status quo).
[7] Vgl. hierzu das Urteil des Ersten Senats des BVG vom 21.6.1974. In: Arndt u.a. 1979:9 ff.
[8] Vgl. das Urteil des Ersten Senats des BVG vom 25.2.1975. Ebd., 388 ff.

Als zentrales Problem innerhalb der Reformdiskussion ergibt sich die Frage, ob für die Leibesfrucht ein Anspruch auf das verfassungsmäßig geschützte "Recht auf Leben" erhoben werden kann, inwieweit dieses Recht durch Bestrafung des Schwangerschaftsabbruchs zu gewährleisten ist und ob es im Rahmen einer Rechtsgüterabwägung gegenüber den "Lebensinteressen der Schwangeren" Vorrang genießt. Dabei avanciert die Vokabel *Leben* zu einem der umstrittensten Termini.

2. Argumente

Entsprechend den vier Grundpositionen der konfligierenden Parteien im Hinblick auf eine strafrechtliche Regelung des Schwangerschaftsabbruchs wird die allgemein positiv konnotierte Vokabel *Leben* unterschiedlich gebraucht und interpretiert:

1. Das *Leben des Menschen* beginnt mit der Empfängnis. Es muß von diesem Zeitpunkt an absolut durch das Strafrecht geschützt werden.
2. Das *ungeborene menschliche Leben* muß vom Zeitpunkt der Einnistung des Eies in der Gebärmutter bis zur Geburt des Kindes gleichermaßen strafrechtlich geschützt werden. Nur in extremen Konfliktsituationen kann das Recht des Ungeborenen auf Leben durch die Belange der Frau eingeschränkt werden.
3. Das *werdende menschliche Leben* entwickelt sich zunehmend zu einem Menschen. Je weniger dieser Werdeprozeß fortgeschritten ist, desto schwerer wiegt das Recht der Schwangeren auf Selbstbestimmung.
4. *Menschliches Leben* beginnt mit der Geburt. Der gesetzliche Schutz des Lebens betrifft nur den geborenen Menschen. Der Schwangerschaftsabbruch ist ein Akt der Selbstbestimmung der Frau.

(ad 1.) Das Leben ist von der Empfängnis an mit großer Sorgfalt zu schützen. Abtreibung und Tötung des Kindes sind verabscheuungswürdige Verbrechen. (Zitiert in: Stellungnahme des Kommissariats der deutschen Bischöfe zum Schutze des werdenden Lebens vom 23.6.1971. In: Panzer 1972:171)

Diese Passage aus den Dokumenten des II. Vatikanischen Konzils bildet die häufigste Argumentationsgrundlage in Stellungnahmen katholischer Kirchenvertreter/innen gegen eine Änderung des § 218. Ihre Hauptargumente für eine Beibehaltung der bestehenden Regelung lassen sich folgendermaßen zusammenfassen: Die Leibesfrucht wird als (von Gott empfangenes) *beseeltes wehrloses Leben* betrachtet. Die Biologie habe erwiesen, daß mit der Keimzellenverschmelzung bereits *eigenständiges*, in seinen genetischen Anlagen *individuelles menschliches Leben* entstehe, welches sich nur noch entfalten müsse. Von diesem Zeitpunkt an sei das *werdende* bzw. *ungeborene Leben* als *Mensch* zu betrachten. Das verfassungsmäßig geschützte Recht des Menschen auf Leben und die Unantastbarkeit seiner Würde impliziere demzufolge ein strafrechtliches Verbot der *Tötung des ungeborenen Kindes*.[9]

Im Sprachgebrauch der Vertreterinnen und Vertreter dieser Position fungiert der Ausdruck *Leben* als semantisches Integral zur Nivellierung der Referenzbereiche 'Leibesfrucht' und 'geborener Mensch' quasi 'vom befruchteten Ei bis zum Greis'. Der Terminus *menschliches Leben* wird zur semantischen Vernetzung der Ausdrücke *werdendes Leben* bzw. *ungeborenes Leben* und *geborenes Leben* gebraucht. Anhand der synonymischen Verwendung von *menschliches Leben* und *Mensch* erfolgt die 'Vermenschlichung' der Leibesfrucht. Auf der Basis dieser perspektivischen Determinierung mit sprachlichen Mitteln wird schließlich auch die Gleichsetzung von *Abtreibung* mit *Mord* bzw. der *Tötung unschuldiger Kinder* legitimiert.

Zu Beginn der Debatte um die Reform des § 218 in den 70er Jahren scheint der Ausdruck *werdendes Leben* als quasi-Terminus von fast allen diskutierenden Parteien noch unproblematisch verwendet zu werden. Es wird im folgenden zu klären sein, warum die katholische Kirche im Verlaufe der Diskussion diesen zunächst von ihr positiv gebrauchten Ausdruck vermeidet und durch die Vokabel *ungeborenes Leben* zu ersetzen sucht.

(ad 2.) Die Aufgabe des Lebensschutzes ist unteilbar: Die Achtung vor dem beginnenden und dem endenden Leben ... zeigt eindringlich auf, wie hoch die Gesellschaft die Aufgabe des Lebensschutzes überhaupt bewertet. ... In einer Hinsicht muß man zwischen geborenem und ungeborenem Leben unterscheiden: Ungeborenes Leben gibt es nicht ohne die Mutter und außerhalb der Mutter. ... Konflikte und Notsituationen fallen deshalb bei der Abwägung zwischen ihren Belangen und denen des ungeborenen Lebens ins Gewicht. (Beitrag Jahns zur 1. Lesung der Reform des § 218 im Bundestag am 17.5.1973. Zitiert nach: Wilkens 1973:56)

Diese Äußerung des damaligen Bundesjustizministers Gerhard Jahn (SPD) aus dem Jahre 1973 kann stellvertretend für die Grundposition der VertreterInnen eines Indikationenmodells gelten. Die verschiedenen in den Bundestag eingebrachten Indikationenregelungen basieren auf einer Güterabwägung zwischen dem verfassungsrechtlich verankerten "Selbstbestimmungsrecht der Frau" und dem postulierten "Recht des Ungeborenen auf Leben". Dabei wird die orga-

---

[9] Vgl. hierzu den von Karl Panzer herausgegebenen Sammelband öffentlicher Äußerungen katholischer KirchenvertreterInnen zum Thema Schwangerschaftsabbruch, insb. die Stellungnahme des Kommissariats der deutschen Bischöfe vom 23.6.1971 sowie das Hirtenwort Kardinal Jaegers vom 22.6.1971 und den Redeauszug des damaligen Münsteraner Bischofs Tenhumberg vom 26.6.1971. In: Panzer 1972:171 f.,95 f., 151 ff.

nische Einheit des Ungeborenen mit der Schwangeren als Rechtfertigung dafür angegeben, daß der Schutz der Rechte der Schwangeren auch in einem schweren Konfliktfall jenseits einer sie bedrohenden Lebens- und Gesundheitsgefahr gegenüber dem Schutz der Leibesfrucht überwiegen und ein Schwangerschaftsabbruch legalisiert werden kann.[10]

Verwenden die Vertreter/innen einer Indikationenregelung einerseits die Vokabel *Leben* bzw. *menschliches Leben* zur Legitimation einer das Lebensrecht der Leibesfrucht sichernden Strafsanktion des Schwangerschaftsabbruchs, so gilt ihnen andererseits der Zeitpunkt der Geburt als Merkmal zur semantisch bewertenden Differenzierung des Lebens im Mutterleib - sprich *ungeborenes menschliches Leben* - und des Lebens außerhalb des Mutterleibs - sprich *geborenes menschliches Leben*.

Wie die katholische Kirche, so ändern auch die VertreterInnen einer Indikationenregelung im Verlaufe der Diskussion ihren Sprachgebrauch: Der Ausdruck *werdendes Leben* wird zunehmend durch den Terminus *ungeborenes Leben* abgelöst.

(ad 3.) Wir meinen ..., daß das werdende Leben ein schutzwürdiges Rechtsgut ist. (Scheel)
Je weniger das Leben wirklich begonnen hat, je weniger das Leben fortgeschritten ist, desto mehr haben das Schicksal, die Konflikte, die Leistungsfähigkeit und die eventuelle Überforderung der Mutter Vorrang. Ist der Embryo so weit fortgeschritten, daß die Mutter das Kind spürt, wird sie eher das Gefühl haben: Das ist schon Leben. In den ersten drei Monaten ist das noch nicht der Fall. (Funcke) (STERN 8.7.1971)

Diese Erklärung, die die FDP-Abgeordneten Liselotte Funcke und Walter Scheel in einem Interview der Zeitschrift STERN abgeben, bildet eine der Argumentationsgrundlagen für die Fristenregelung. Als einer der Hauptgründe für eine Unterlassung der strafrechtlichen Sanktionen für einen Schwangerschaftsabbruch in den ersten drei Monaten der Schwangerschaft wird angegeben, daß die verantwortliche Entscheidung über Fortsetzung oder Abbruch einer Schwangerschaft der Schwangeren nicht abgenommen werden könne. Fachkundige Stellen könnten der Schwangeren bestenfalls beratend zur Seite stehen. Da das *werdende menschliche Leben* jedoch ein schutzwürdiges Rechtsgut sei, trete das verfassungsrechtlich gesicherte "Selbstbestimmungsrecht der Frau" in dem Maße zurück, in dem das Lebensrecht der Leibesfrucht in seinem *Werdeprozeß* zum Menschen zunehme.

---

[10] Vgl. hierzu auch die Reformentwürfe der Bundestagsparteien zum § 218 von 1972 und 1973, BT-Drs. VI/3434 (SPD/FDP), BT-Drs. 7/554 (CDU/CSU) sowie die Begründung des Bundesverfassungsgerichtsurteils vom 25.2.1975, 1BvF1-6/74 (in: Arndt u.a. 1979:388 ff.)

Im Gegensatz zu den Argumenten für eine Indikationenregelung und denen für eine Beibehaltung des bestehenden § 218 impliziert diese Argumentation eine bewertende stufenweise Differenzierung zwischen dem befruchteten bzw. in der Gebärmutter eingenisteten Ei und dem bereits selbständig lebensfähigen 'Siebenmonatskind'. Auf diese Weise verwendet erhält der Terminus *werdendes Leben* eine implizite Remotivierung.

(ad 4.) Von Töten kann keine Rede sein, **unser** Leben steht auf dem Spiel, solange Kurpfuscher unsere letzte Rettung sein müssen, solange das Gefängnis uns droht .... Die Entscheidung muß bei jeder einzelnen Frau liegen, nicht bei Kirche und Staat, die das Ungeborene schützen, das Leben aber verwerten und unterdrücken! (Wer tötet denn? Flugblatt der "Aktion 218" Ende Juni 1971)[11]
Nur das Menschenleben ist bei uns rechts- und rechtsschutzfähig.(Sebastian Haffner. In: STERN 5.8.1971)

Diese Auszüge aus einem Flugblatt der "Aktion 218" und einem Artikel des STERN-Autoren Sebastian Haffner können exemplarisch für die Position der VertreterInnen einer ersatzlosen Streichung des § 218 stehen. Dabei wird damit argumentiert, daß laut Verfassung und Zivilrecht schutzwürdiges *menschliches Leben* erst mit der Geburt bzw. der selbständigen Lebensfähigkeit der Leibesfrucht beginne. Daher gewähre das *Selbstbestimmungsrecht der Frau* zu jedem Zeitpunkt der Schwangerschaft die freie Entscheidung für oder gegen den Schwangerschaftsabbruch. Der § 218 schütze nicht das *Leben*, sondern bedrohe es, indem er Frauen zu Kurpfuschern treibe und somit oft lebensgefährlichen Situationen aussetze. Ein *Schutz des Lebens* impliziere vielmehr, daß sozialstaatliche Einrichtungen geschaffen werden, die Frauen mit Kindern und diesen ein menschenwürdiges Leben ermöglichen.[12]

In einer sprachstrategischen Gegenführung zu dem Sprachgebrauch der anderen Parteien grenzen die Gegner/innen des § 218 den Referenzbereich von *Leben* auf den geborenen Menschen ein. Durch den remotivierenden oppositionalen Gebrauch der Vokabeln *werdendes Leben* versus *gewordenes Leben* wird diese Interpretation expliziert.

---

[11] Dieses sowie weitere Flugblätter und Materialien zum § 218 werden im Feministischen Frauenarchiv Köln gesammelt.

[12] Vgl. hierzu die Selbstbezichtigungsaufrufe der "Aktion 218", des "Sozialistischen Frauenbundes Berlin" und der Humanistischen Union (in: Münch 1972:147 ff.) und den Beitrag Barbara Nirumands, Vertreterin der "Aktion 218" vor dem Sonderausschuß des Deutschen Bundestages für die Strafrechtsreform (in: Deutscher Bundestag 1972:172 ff.) sowie die Artikel Sebastian Haffners im STERN vom 10.6. ("Gebärzwang ist unsittlich") und 5.8.1971 ("Der Fötus ist kein Mensch")

3. Der semantische Streit

Wie kommt es nun, daß der zunächst von fast allen diskutierenden Parteien unproblematisch verwendete Ausdruck *werdendes Leben* zumindest zeitweise zu einem brisanten Wort avanciert? Hierzu lassen sich drei sprachstrategisch relevante Faktoren unterscheiden:

- Die VertreterInnen einer ersatzlosen Streichung lehnen die Verwendung des Ausdrucks *menschliches Leben* im Sinne des verfassungsrechtlichen Schutzes des Lebens als Prädikation der Leibesfrucht ab. Durch Remotivierung der Vokabel *werdendes Leben* suchen sie ihre perspektivische Betrachtung der Leibesfrucht als 'Noch-Nicht-Leben' bzw. 'Noch-Nicht-Mensch' durchzusetzen und damit die Aufhebung des § 218 zu legitimieren.

- Ein großer Teil der Befürworter/innen einer Fristenregelung verwenden den Ausdruck *werdendes Leben* ebenfalls remotivierend, indem sie die Entstehung *menschlichen Lebens* als kontinuierlichen intrauterinen Werdeprozeß interpretieren und u.a. damit die Setzung einer Dreimonatsfrist zu rechtfertigen suchen.

- Die VertreterInnen einer Indikationenregelung und einer Beibehaltung der restriktiven Regelung des § 218 verwenden die Vokabel (*menschliches*) *Leben* zur Subordinierung der Leibesfrucht unter den Schutz der Menschenrechte und damit zur Legitimierung eines gleichmäßigen strafrechtlichen Schutzes der Leibesfrucht über die gesamte Dauer der Schwangerschaft. Die remotivierte Vokabel *werdendes Leben* wird daher zur Werbung für diese Positionen untauglich.

Eine der frühesten Thematisierungen des Ausdrucks *werdendes Leben* taucht in der Debatte der 70er Jahre im Zusammenhang mit der Frage nach dem Beginn menschlichen Lebens auf. Im April 1970 schreibt die SÜDDEUTSCHE ZEITUNG: "Die Formel *Schutz des werdenden Lebens* macht auf ein Grundproblem aufmerksam: Wann kann man von Leben reden beziehungsweise wann hat man es mit einem werdenden Menschen zu tun?" (SZ 11./12.4.1970) Im Mai des gleichen Jahres zitieren die STUTTGARTER NACHRICHTEN den Juristen Horst Rott, der konstatiert: "Ein erst werdendes Leben ist eben noch kein gewordenes Leben. Wer selbständig lebensfähig ist, hat ein Recht auf Leben; und selbständig lebensfähig sind alle Menschen vom Säugling bis zum Greis, nicht dagegen Samen, Eier und Leibesfrüchte" (STN 23.5.1970). Im Juni '71 plädiert die Soziologin Luc Jochimsen in einer Rede vor der evangelischen Gemeinde in der St. Jacobikirche in Hamburg für einen "Schutz des Lebens ... anstelle des Schutzes werdenden Lebens" (HAMBURGER MORGENPOST 14.6.1971. Zitert nach: Jochimsen 1971:93) und im Oktober des gleichen Jahres heißt es in einer Presseerklärung der "Aktion 218": "... das Grundgesetz schützt nicht das sogenannte 'werdende' Leben, sondern das menschliche Leben an sich. Unter menschlichem Leben wird juristisch erst das Leben außerhalb des Mutterleibes verstanden" (Presseerklärung der 3. Bundeskonferenz der "Aktion 218" vom 10.10.1971. Zitiert nach: Münch 1972:176).

Hier zeigen sich verschiedene Redestrategien, in deren Mittelpunkt die Remotivierung des Attributs *werdend* steht. Durch den Distanzindikator *sogenannt* und das Setzen von Anführungszeichen wird der Terminus *werdendes Leben* dem Terminus *menschliches Leben* ironisierend gegenübergestellt. Die oppositionale Verwendung der Vokabeln *werdendes Leben* versus *Leben* bzw. *gewordenes Leben* impliziert die Interpretation, daß es sich bei dem "werdenden Leben" um ein 'Noch-Nicht-(Menschliches)-Leben' - zumindest im Sinne des Grundgesetzes - handelt.

Im Zusammenhang mit der Kritik an dem Mordvorwurf der katholischen Kirche und der Frage, ob die Leibesfrucht Anspruch auf das verfassungsrechtlich gesicherte "Recht auf Leben" hat, wird in diversen SPIEGEL-Artikeln in derselben sprachstrategischen Weise verfahren. So wird gefragt, "... ob ein zwei Monate alter Embryo ein jeder ist, der schon das Recht auf sein werdendes Leben haben kann ..." (Rudolf Augstein. In: DER SPIEGEL 13.9.1971) und beklagt, daß die staatliche Fürsorge "... in dem Augenblick erlischt, in dem aus werdendem Leben neues Leben geworden ist" (Gerhard Mauz. In: DER SPIEGEL 17.4.1972). Im Juli '71 rechtfertigt Liselotte Funcke in dem oben bereits zitierten STERN-Interview den zeitlich differenzierenden strafrechtlichen "Schutz des werdenden Lebens" in der Fristenregelung mit den Worten: "Je weniger das Leben wirklich begonnen hat, je weniger das Leben fortgeschritten ist, desto mehr haben die Konflikte ... der Mutter Vorrang" (STERN 8.7.1971).

Zu diesem Zeitpunkt scheinen die Reformgegner im semantischen Kampf um die Vokabel *werdendes Leben* ein erstes Rückzugsgefecht - um in dem metaphorischen Bereich der sogenannten Begriffsbesetzung zu bleiben - zu starten. Während die Reformgegner, insbesondere die katholische Kirche, die Vokabel zunächst als positive Bezeichnung eines Entfaltungsprozesses des (von Gott empfangenen) Kindes verwenden, übernehmen sie nun die Interpretationsvorgabe ihrer Gegner, d.h. die remotivierende Verwendung der Vokabel *werdendes Leben* als 'Noch-Nicht-(Menschliches)-Leben'. Dabei wird versucht, durch Kritik des Wortes als verharmlosend und inadäquat gleichsam die Sichtweise der gegnerischen Parteien bezüglich des Referenzobjektes 'Leibesfrucht' zu tabuisieren. So bemerkt Kardinal Jaeger in einem Hirtenwort vom Juni '71: "Sicher, es (das menschliche Leben - K.B.) entwickelt sich noch. Aber es *wird* nicht erst später"(Hirtenwort Kardinal Jaegers vom 22.6.1971. Zitiert nach: Panzer

1972:96). In einem Leserbrief an den SPIEGEL äußert ein Frauenarzt, "... daß es nur Leben oder Tod gibt, nicht aber sogenanntes 'werdendes' Leben" (DER SPIEGEL 14.6.1971). Der katholische Moraltheologe Johannes Gründel schließlich liefert in einem Aufsatz aus dem Jahre 1971 eine explizite Sprachkritik und die Vorgabe zu einer sprachlichen Neuregelung. Dort heißt es:

Aber auch die heute oftmals - selbst von christlichen Kirchen - verwendete Formulierung vom 'werdenden Leben', das geschützt werden soll, ist unklar und wirft die Frage auf: Haben wir es bei dem noch ungeborenen Leben mit noch nicht vollwertigem menschlichen Leben zu tun, das nicht als eigenes zu schützendes Rechtsgut verstanden wird? ... Um derartige Mißverständnisse zu vermeiden, erscheint es angebrachter, einfachhin von *ungeborenem menschlichen Leben* zu sprechen. (Gründel 1971:71)

Tatsächlich scheint in den Verlautbarungen der katholischen Kirche seit Anfang 1972 der von Gründel propagierte Sprachgebrauch weitgehend durchgesetzt zu sein (vgl. hierzu Panzer 1972). Und nicht nur dort: In dem Reformentwurf der Regierungsparteien des Jahres 1972, der eine erweiterte Indikationenregelung vorsieht, wird nunmehr *ungeborenes menschliches Leben* als quasi-Terminus bevorzugt verwendet. Hier lesen wir denn auch, daß " ... mit jedem Schwangerschaftsabbruch *ungeborenes menschliches Leben getötet* (Hervorheb. - K.B.) wird" (Verhandlungen des Deutschen Bundestages. Anlagen zu den stenographischen Berichten, Drs. VI/3434, 8). Der von Teilen der FDP und der SPD in den Bundestag eingebrachte Minderheitsentwurf im Rahmen einer Fristenregelung indessen umgeht diesen negativ bewertenden Tötungsvorwurf. Dort heißt es: "Jeder Schwangerschaftsabbruch ... *beendet werdendes menschliches Leben* (Hervorheb. - K.B.)" (Drs. VI/3137, 3).

Daß die Vokabel *werdendes Leben* zu diesem Zeitpunkt noch keine ausgeprägte Abzeichenfunktion hat, durch deren Verwendung bzw. Vermeidung die Vertreter/innen verschiedener Standpunkte klar voneinander zu unterscheiden wären, ist daran zu erkennen, daß auch der Indikationenvorschlag den Terminus noch verwendet. In der Anhörung von Sachverständigen im Sonderausschuß zur Strafrechtsreform vom 10-12.4.1972 wird dieser Umstand von dem Psychotherapeuten und Gegner der Reformierung des § 218 Udo Derbolowsky kritisiert. In einer Aufdeckung der bewußtseinsprägenden Wirkung des Sprachgebrauchs fordert dieser:

Soll eine Einstellung, das heißt ein Bewußtsein entwickelt werden, das der ebenbürtigen Schutzwürdigkeit allen menschlichen Lebens nicht hinderlich ist, so müßten wir ... immer von lebenden Menschen, niemals aber zum Beispiel von werdendem Leben sprechen. Eine Formulierung, die der Regierungsentwurf allein an sieben Stellen beibehalten hat, obwohl er sonst von ungeborenem Leben spricht. (Deutscher Bundestag 1972:78 f.)

Im Februar 1972, kurz nach Veröffentlichung der parlamentarischen Reformvorschläge, erscheint in der Fachzeitschrift SELECTA der Artikel des Mediziners Klaus Franke unter dem Titel "'Werdendes' Leben ist Leben". Der Autor beklagt, "... daß man das Kind im Mutterleib im Grunde überhaupt noch nicht als Menschen gelten läßt ..." und folgert:

Allein ein anderer Sprachgebrauch könnte hier schon manches klären. Vor allem müßte man die verharmlosenden Begriffe vom 'werdenden' oder 'keimenden' Leben ausmerzen. Was ist eigentlich werdendes Leben? Offenbar doch ein Leben, das noch nicht ist, sondern erst wird, also erst im Entstehen begriffen ist. ... Wer wollte da so roh sein und von Tötung sprechen! (SELECTA 14.2.1972)

Spätestens 1973 scheinen die Vokabeln *werdendes Leben* und *ungeborenes Leben* als konkurrierende Ausdrücke mit Abzeichenfunktion etabliert zu sein. Sowohl der Sprachgebrauch in den in den Bundestag eingebrachten Reformvorschlägen von 1973 als auch die sich anschließenden Beratungen im Bundestag bestätigen dies.[13] Ein prägnantes Beispiel dieses Sprachkampfs liefern der FDP-Abgeordnete von Schoeler, Vertreter der Fristenregelung, und der CDU/CSU-Abgeordnete Köster, Unterzeichner des Heck-Entwurfs, der lediglich die medizinische Indikation anerkennt und der von dem zu reformierenden § 218 nur unwesentlich abweicht, während der 1. Lesung der Gesetzesentwürfe zum 5. Strafrechtsreformgesetz vom 17.5.1973 im Bundestag:

(Von Schoeler:) ... Es ist in den letzten Wochen und Monaten in dieser Diskussion viel ... von dem Schutz werdenden Lebens gesprochen worden. (Abgeodneter Köster: Ungeborenes Leben!) ... In diesem Zusammenhang, Herr Kollege Eyrich, muß ich Ihnen eine Frage stellen. Sie haben hier sehr viel von dem Schutz werdenden Lebens geredet. ... Sie haben damit die Fristenlösung abgelehnt. (Abgeordneter Köster: Er hat vom Schutz der Ungeborenen gesprochen, nicht vom werdenden Leben!) - Wir wollen nicht in Diskussionen über terminologische Fragen eintreten. ... Sie haben hier in aller Ausführlichkeit von dem Schutz werdenden Lebens gesprochen. (Abgeordneter Köster: Nein, des ungeborenen Lebens!). ... (Verhandlungen des Deutschen Bundestages. Stenographische Berichte, 7. Wahlperiode, 33. Sitzung, 1773)

Offensichtlich handelt es sich bei diesem Streit **nicht** um rein "terminologische Fragen", sondern um die Durchsetzung von heterogenen Sichtweisen, Bewertungen und Handlungszielen, die mit dem jeweiligen Sprachgebrauch und seiner Thematisierung verfolgt werden. In den folgenden Debatten im Bundestag wird von Seiten der Verteidigung der Fristenregelung der oppositionale Gebrauch der Vokabeln *werdendes Leben* ('Leibesfrucht') versus *menschliches Leben* ('geborener Mensch') ausgebaut. Gleichzeitig überwiegt bei

---

[13] Vgl. hierzu Verhandlungen des Deutschen Bundestages. Anlagen zu den stenographischen Berichten, BT-Drs. 7/375, 443, 554, 561 sowie Verhandlungen des Deutschen Bundestages. Stenographische Berichte, 7. Wahlperiode, 33., 95. und 96. Sitzung

den SprecherInnen für eine Indikationenregelung die Verwendung der Vokabel *ungeborenes Leben* als Hyponym des Terminus *menschliches Leben*. Entsprechend lautet der Kommentar der ZEIT-Autorin und Fürsprecherin der Fristenregelung Petra Kipphoff zu der Bundestagsdebatte vom 25.4.1974:

> Es ist jetzt oft und drohend vom 'ungeborenen Leben' die Rede, das geschützt werden muß .... Darüber, wann 'Leben' zu 'menschlichem Leben' *wird* (Hervorheb. - K.B.), gibt es viele Theorien, mit ebenso vielen Begründungen. (DIE ZEIT 26.4.1974)

Die Abzeichenfunktion der umstrittenen Vokabeln *werdendes Leben* versus *ungeborenes Leben* scheint sich im weiteren Verlaufe der Reformdebatte zu verlieren. In den Texten und den mündlichen Verhandlungen zum Normenkontrollverfahren vor dem Bundesverfassungsgericht von 1974/75 verwenden die BundestagsvertreterInnen der Anklage und der Verteidigung des 5. Strafrechtsreformgesetzes gleichermaßen beide Termini.[14] Die erneuten parlamentarischen Beratungen über eine Reform des § 218 nach dem Urteilsspruch des Bundesverfassungsgerichts lassen jedoch erkennen, daß der Terminus *ungeborenes Leben* im Sprachgebrauch der Unionsparteien den Ausdruck *werdendes Leben* weitgehend abgelöst hat.[15]

4. Ausblick

In den 80er Jahren radikalisiert sich der Sprachgebrauch der Union. Zu Beginn der Wende-Politik fungiert der Terminus *ungeborenes Leben* noch als Standardbezeichnung für das Referenzobjekt 'Leibesfrucht', wird aber zunehmend durch den Ausdruck *ungeborene Kinder* ergänzt. So trägt eine 1982 von dem damaligen Bundesfamilienminister Heiner Geißler eingerichtete interministerielle Arbeitsgruppe noch den Titel "zum Schutz des ungeborenen Lebens".[16] In einem Beschluß des CDU-Parteitages von 1988 in Wiesbaden hingegen heißt es:

> Über menschliches Leben darf niemand verfügen - nicht am Lebensanfang und auch nicht am Lebensende. Geborene und *ungeborene Kinder* (Hervorheb. - K.B.), kranke, behinderte und sterbende Menschen brauchen besonderen Schutz und besondere Unterstützung" (zitiert nach: RP 15.6.1988).

---

[14] Vgl. hierzu die Dokumentation zum Normenkontrollverfahren wegen verfassungsrechtlicher Prüfung des 5. StrRG von Arndt u.a. 1979
[15] Vgl. hierzu Verhandlungen des Deutschen Bundestages. Stenographische Berichte, 7. Wahlperiode, 201. Sitzung (7.11.1975) und 221. Sitzung (12.2.1976)
[16] Vgl. hierzu die Dokumentation über Angriffe auf den reformierten § 218 seit der Wende von Dorothea Brück. In: Däubler-Gmelin/Faerber-Husemann 1987:173

Desgleichen äußert Geißler auf dem Parteitag: "Noch nie in der Geschichte der Bundesrepublik Deutschland wurde soviel für den Schutz des ungeborenen Kindes getan wie seit 1982" (ebd.).

Der Parteitagsbeschluß und die radikalisierte Nomenklatur stehen im Zeichen einer neuen CDU-Strategie zur Verhinderung von Schwangerschaftsabbrüchen, die weniger auf eine Strafverschärfung denn auf eine Veränderung des öffentlichen Bewußtseins abzielt. So kommentiert die RHEINISCHE POST:

> Eine Verschärfung des Strafrechts dient nach Ansicht des Parteitages nicht dem besseren Schutz des ungeborenen Kindes. Wichtiger sei, stärker ins Bewußtsein zu bringen, daß menschliches Leben von der Vereinigung der Eizelle mit der Samenzelle an vorhanden sei. (Ebd.)

In diesem Sinne wird das strategische Ziel der kollokativen Verwendung der Vokabeln *ungeborenes Leben* und *ungeborene Kinder* unmittelbar einsichtig.[17]

Für die These eines schwachen Wiederauflebens des konkurrierenden Sprachgebrauchs in den 80er Jahren spricht unter anderem die offizielle Terminologie der Oppositionspartei SPD. In der Vorlage der Programmkommission zur Verabschiedung eines neuen Parteiprogramms der SPD heißt es: "Die Strafbarkeit des Schwangerschaftsabbruchs hat mehr zur Bedrohung der Frauen geführt als zum Schutz *werdenden Lebens* (Hervorheb. - K.B.)" (zitiert nach: FR 14.11.1989). Auf dem SPD-Programm-Parteitag im Dezember 1989 in Berlin spricht sich die Mehrheit gegen eine strafrechtliche Verfolgung von Schwangerschaftsabbrüchen aus. In einer Wiedergabe der FRANKFURTER RUNDSCHAU heißt es:

> Der Schutz des *werdenden Lebens* (Hervorheb. - K.B.) könne nur mit dem Willen, nicht gegen den Willen der Mutter gewährleistet werden. Ausdrücklich erkennt das Berliner Programm der SPD die Verantwortung und das Selbstbestimmungsrecht der Frau in dieser Frage an. (FR 21.12.1989)

Inwieweit diese unterschiedlich bewertende Gewichtung des Problems des Schwangerschaftsabbruchs als *Selbstbestimmungsrecht der Frau* einerseits und als *Tötung ungeborener Kinder* andererseits innerhalb der gesamtdeutschen Debatte um die gesetzliche Regelung des Schwangerschaftsabbruchs erneut zu einer Brisanz oder etwa zu einer endgültigen Ablösung der Vokabel *werdendes Leben* als quasi-Terminus durch die Ausdrücke *ungeborenes Leben* oder gar *ungeborenes Kind* führen wird, bleibt indessen abzuwarten.

---

[17] Die neueste mir bekannte explizite Variante dieser Strategie zur öffentlichen Bewußtseinsveränderung bildet der Vorschlag des CDU-Abgeordneten Claus Jäger, *Kindergeld* bereits für *Ungeborene* zu veranschlagen, was dieser als mögliche Maßnahme zum "Einstieg in umfassende Regelungen zum Schutz für *ungeborene Kinder* (Hervorheb. - K.B.)" betrachtet (FR 3.1.1991).

Literatur

Arndt, C./ Erhard, B./ Funcke, L. 1979 (Hg.). *Der Paragraph 218 StGB vor dem Bundesverfassungsgericht. Dokumentation zum Normenkontrollverfahren wegen verfassungsrechtlicher Prüfung des 5. StrRG (Fristenregelung)*. Karlsruhe.

Däubler-Gmelin, H./ Faerber-Husemann, R. 1987 (Hg.). *Paragraph 218. Der tägliche Kampf um die Reform. Mit einem dokumentarischen Anhang von Dorothea Brück über Angriffe auf die Reform des § 218 StGB seit der Wende*. Bonn.

Deutscher Bundestag, Presse- und Informationszentrum 1972 (Hg.). *Reform des § 218. Aus der öffentlichen Anhörung des Sonderausschusses des Deutschen Bundestages für die Strafrechtsreform. Reihe Zur Sache. Themen parlamentarischer Beratung*. Bonn.

Gründel, J. 1971 (Hg.). Abtreibung - pro und contra. München.

Jochimsen, L. 1971 (Hg.). *§ 218. Dokumentation eines 100jährigen Elends*. Hamburg.

Münch, I.v. 1972 (Hg.). *Abtreibung. Reform des § 218*. Zusammengestellt von Friedrich-Christian Schroeder. Berlin.

Panzer, K. 1972 (Mhg.). *Schwangerschaftsabbruch. § 218 StGB*. Katholischer Arbeitskreis für Strafrecht beim Kommissariat der Deutschen Bischöfe in Bonn (Hg.). Köln.

Verhandlungen des Deutschen Bundestages. Anlagen zu den stenographischen Berichten. Bonn.

Verhandlungen de Deutschen Bundestages. Stenographische Berichte. Bonn.

Wilkens, E. 1973 (Hg.). *§ 218. Dokumente und Meinungen zur Frage des Schwangerschaftsabbruches*. Gütersloh.

WIE WÄHLEN WIR GLEICH?
Argumentationsstrategien zu den Modalitäten der ersten gesamtdeutschen Bundestagswahl

Frank Liedtke

> Wer also durch die Gunst des Volks zur Macht emporsteigt, muß sich daher bemühen, beliebt zu bleiben; dies wird ihm leicht gemacht, da das Volk nur verlangt, nicht unterdrückt zu werden.
> N. Machiavelli

> Auch die Semantik hat mitunter eine große Bedeutung.
> L. de Maizière

Die erste gesamtdeutsche Bundestagswahl, die jetzt schon einige Zeit zurückliegt, ist unter sehr speziellen Bedingungen durchgeführt worden. Mit Rücksicht auf die besondere Lage, die für die Parteien in der ehemaligen DDR bestand, wurden die Kriterien für den Einzug in den Bundestag gegenüber früheren Wahlen entscheidend verändert. Es blieb zwar bei der "Fünf-Prozent-Hürde", die Parteien den Einzug in das Parlament verwehrt, die weniger als 5% der Wählerstimmen ergattern können. Doch wurde diese Regel entschärft insofern, als sie jeweils getrennt für das Gebiet der DDR und der BRD angewandt wurde. Eine Partei oder - auch dies eine Spezialität dieser Wahl - eine politische Gruppierung konnte mit einer Vertretung im Bundestag rechnen, wenn sie in einem der beiden Wahlgebiete mehr als 5% erreicht hatte. So wurde vorübergehend und rein wahltechnisch natürlich die deutsche Einheit suspendiert, um in diesem Punkt dem Gebot der "schonenden Rechtsüberleitung" (so Schäuble, DER SPIEGEL 16.7.1990) Rechnung tragen zu können. ("Wahlspaltung!" erboste sich denn auch Graf Lambsdorff, FAZ 23.7.1990) Die Modalitäten dieser Wahl, und hierzu zählt nicht nur die Frage der Wahlgebiete, sondern auch die Höhe der Sperrklausel und der Wahltermin, waren Gegenstand ausgedehnter öffentlicher Debatten, in deren Verlauf so ziemlich alle Argumente für die eine oder die andere Vorgehensweise vorgebracht wurden. Man hat also, wenn man Interesse an der Analyse öffentlichen Sprachgebrauchs und öffentlicher Argumentationsstrategien hat, hier ein ausgezeichnetes Studienobjekt vor sich, das vom Begriffe-Besetzen bis hin zu filigranen staatspolitischen Deduktionen sämtliche Manifestationsformen des öffentlichen und speziell des politischen Sprachgebrauchs aufweist. Einige dieser Manifestationsformen sollen in diesem Beitrag entdeckt und analysiert werden, und dies im Blick auf einen zentralen und immer wieder vorkommenden Begriff, der von den debattierenden Parteien für die unterschiedlichsten Positionen in Anspruch genommen wurde: Es geht um den Begriff der *Gleichheit*, der ja im Zusammenhang mit Wahlen Verfassungsrang besitzt. Geregelt ist dies im Artikel 38, Absatz 1 des Grundgesetzes, in dem es heißt:

Die Abgeordneten des Deutschen Bundestages werden in allgemeiner, unmittelbarer, freier, gleicher und geheimer Wahl gewählt. Sie sind Vertreter des ganzen Volkes, an Aufträge und Weisungen nicht gebunden und nur ihrem Gewissen unterworfen. (Zitiert nach: K.H.Seifert/D.Hönig (Hg.). *Grundgesetz für die Bundesrepublik Deutschland*. Baden-Baden 1982, 230).

Die Gleichheit der Wahl gehört mithin zu den fünf Wahlrechtsgrundsätzen, die im Grundgesetz den Status allgemeiner Rechtsprinzipien haben. Gleichheit, so das Bundesverfassungsgericht "in ständiger Rechtsprechung", impliziert dabei zweierlei:

Jede Wählerstimme muß im Rahmen des gegebenen Wahlsystems den gleichen Einfluß auf das Wahlergebnis, den gleichen Wert, insbesondere in Verhältniswahlsystemen grundsätzlich auch den gleichen Erfolgswert haben. (233)

Weiterhin gilt aber auch:

Von größter praktischer Bedeutung ist heute die Wahlgleichheit der Parteien. Als wichtigster Bestandteil ihres allgemeinen Rechts auf Chancengleichheit ... steht auch den Parteien ein grundrechtlicher Anspruch auf Gleichbehandlung ... im Sachbereich der Wahlen zu. (234)

Innerhalb dieses durch die Rechtsprechung des BVG gesteckten - weiten - Rahmens berufen sich sowohl die Befürworter wie auch die Gegner des letztlich praktizierten Wahlmodus auf das Gleichheitsgebot, die einen mit dem Argument, es müsse jede Stimme bei der Wahl den gleichen Erfolgswert besitzen, so daß nicht unterschiedliche Wahlgebiete mit unterschiedlichen Mindeststimmzahlen geschaffen werden dürften (5% auf DDR-Gebiet waren ja erheblich weniger Stimmen als 5% auf BRD-Gebiet); die anderen nahmen das Gleichheitsargument für die entgegengesetzte Auffassung in Anspruch dergestalt, daß nur getrennte Wahlgebiete die Chancengleichheit für alle Parteien gewährleisteten. Es kennzeichnet die zeitweilige Gemengelage, daß das Argument der Chancengleichheit aller Parteien bisweilen auch für die Gegner getrennter Wahlgebiete (in diesem Fall für die SPD) seinen Reiz hatte - es wurde von ihr jedenfalls kräftig genutzt. Bevor die Rekonstruktion der Verwendung des Gleichheitsbegriffs in der Debatte um die Wahlmodalitäten angegangen wird, soll der weitere Kontext angegeben werden, in dem diese Diskussion sich bewegte. Daß am 2. Dezember 1990 gewählt werden würde, war ja noch im Frühsommer desselben Jahres nicht zu ahnen gewesen, so daß die Entscheidung, daß und wie gesamtdeutsch gewählt werden würde, selbst Bestandteil der Debatte um die Wahlmodalitäten wurde. Außerdem spielte in diese Debatte die Entscheidung, wann die deutsche (oder soll man sagen "deutsch-deutsche"? - eine logische Zwickmühle) Vereinigung stattfinden solle, mehr als einmal hinein. Dies lag daran, daß es eine Weile lang so schien, als gebe es ein Junktim zwischen der Vereinigung und dem Wahlmodus. Ein Irrglaube, aber dies stellte sich so spät heraus, daß die Vereinigungsfrage stark von der Wahlfrage und damit zusammenhängenden taktischen Überlegungen tangiert wurde - kein besonders schönes Kapitel der Vereinigung. Noch am 23.4.1990 äußerte sich Kohl in Verwendung des immer häufiger in der politischen Rede vorkommenden "sanften" Vokabulars zum Termin gesamtdeutscher Wahlen: "... 'der Traum von gesamtdeutschen Wahlen' könne noch im letzten Drittel des nächsten Jahres (d.i.1991 - F.L.) verwirklicht werden. Am 2. Dezember als Termin für die Bundestagswahl halte er fest." (RHEINISCHE POST) DIE ZEIT meldet am 13.4.: "Niemand spricht heute mehr davon, daß am 2. Dezember dieses Jahres schon das erste gesamtdeutsche Parlament gewählt werden soll, nicht bloß der XII. Deutsche Bundestag." Zwei Monate später liest man im gleichen Blatt unter der Überschrift "Die Entdeckung der Schnelligkeit": "Die Länder vollziehen den Beitritt bei der gesamtdeutschen Wahl am 2. oder 9. Dezember." (DIE ZEIT 22.6.1990) Das war zwar nicht der endgültige Stand der Verhandlungen, doch der Termin für gesamtdeutsche Wahlen war damit ziemlich genau lokalisiert. Ein vorläufiges Ende - zumindest in ihrer wachsenden Dramatik - fand die Debatte um die Wahlmodalitäten Ende Juli mit der Verabschiedung des Wahlvertrags zu den gesamtdeutschen Wahlen, in dem ein Wahlmodus enthalten war, der letztlich einer verfassungsrechtlichen Überprüfung nicht standhielt, jedoch auf der politischen Ebene zunächst einmal ein Ende der koalitionären Dauerkrise der Regierung der DDR und in abgeschwächter Form auch in der BRD mit sich brachte. Der Zeitraum, in dem die Debatte zu den Wahlmodalitäten unter starkem emotionalem und politischem Druck geführt wurde, läßt sich also auf die sechs Wochen von Mitte Juni bis Ende Juli 1990 eingrenzen, zumindest wenn man die An- oder Abwesenheit von Regierungskrisen als ein Kriterium für die An- oder Abwesenheit von politischem Entscheidungsdruck akzeptiert. Die Debatte um die Wahlmodalitäten lebte dann noch einmal im Umfeld des Verfassungsgerichtsurteils auf, in dem die krassen Benachteiligungen bestimmter Parteien und Gruppierungen behoben wurden. Die vorliegende Darstellung beschränkt sich jedoch auf den Zeitraum bis zum deutsch-deutschen Wahlvertrag, unter anderem deswegen, weil sich die Begründungen für die jeweils vertretenen Positionen zu späteren Zeitpunkten wiederholen (das taten sie allerdings auch innerhalb des angegebenen Zeitraums). Betrachtet man nun das argumentative Szenario im in Frage stehenden Zeitraum, so lassen sich zwei Lager ausmachen, die sich jeweils für ein anderes Vorgehen bei der Bundestagswahl aussprachen. Die einen waren für ein einheitliches Wahlgebiet, was zur Folge hatte, daß auf gesamtdeutschem Boden (BRD plus DDR) eine eiheitliche Sperrklausel von 5% gelten sollte. Diese Position implizierte die Präferenz für eine deutsche Vereinigung, die vor den Wahlen (sprich vor dem 2. Dezember 1990) lag, und dies aus dem Grund, weil man sich anders ein einheitliches Wahlgebiet nicht vorstellen konnte. Die vorgenannte Position wurde, um es frank und frei zu sagen, von der SPD und der FDP vertreten, die sich beide von dieser Regelung ein besseres Abschneiden erhofften. Diesem sozialliberalen Argumentationsbündnis stand das Lager derer gegenüber, die für unterschiedliche Wahlgebiete warben, ergo mit DDR- und BRD-bezogener Sperrklausel und somit besseren Chancen für die "Herbstgruppen" der DDR und auch für die PDS sowie für die DSU. Diese Alternative wurde aus mit Sicherheit unterschiedlichen Gründen von der PDS und von der CDU sowie von CSU wie DSU favorisiert. Vertreter der Herbstgruppen selbst sprachen sich erstaunlicherweise nicht für diese Alternative aus, so daß ihr Schutz ein nicht gültiges Argument in der Wahlmodus-Debatte war. So findet eine DDR-spezifische 5%-Hürde nicht den Beifall einer der wichtigsten Gruppierungen, die als Initiatoren der Wende gelten können. Der SPIEGEL (16.7.1990) berichtet:

Inzwischen regt sich auch beim Bündnis 90 Widerspruch gegen eine Vorzugsbehandlung. Wolfgang Ullmann ... lehnt sie "aus prinzipiellen verfassungsrechtlichen Erwägungen " ab. Wer vor der Fünf-Prozent-Hürde "Angst hat", meint auch der Bürgerrechtler Wolfgang Templin, "sollte sich lieber gar nicht an der Wahl beteiligen".

Diese Stimmen der am stärksten betroffenen Gruppen wurden im Getümmel offensichtlich überhört. Die Favorisierung getrennter Wahlgebiete war jedoch nicht mit einer einzigen Alternative zum Wahlmodus zu identifizieren, sondern es gab deren drei. Das erste Modell sah die deutsche Vereinigung erst nach den Wahlen zum gesamtdeutschen Parlament vor - eine Position, mit der sich der DDR-Ministerpräsident de Maizière bedenkenlos lange identifizierte. Das zweite Modell gestattete die Vereinigung vor den Wahlen, plädierte dann aber für länderspezifische 5%-Klauseln; diese Lösung nahm eine Praxis wieder auf, die für die erste Bundestagswahl nach dem Zweiten Weltkrieg gegolten hatte, danach jedoch abgeschafft wurde. Diesem Modell folgend hätte eine Partei den Einzug in den Bundestag geschafft, wenn sie in einem der Bundesländer 5% der Stimmen erhalten hätte. Das dritte Modell schließlich sah ebenfalls die Vereinigung vor den Wahlen vor und beinhaltete dann die Regelung, wie sie letzten Endes auch praktiziert wurde. Danach sollte die 5%-Hürde für das Gebiet der

DDR und das Gebiet der BRD getrennt gelten, so daß eine Partei, die in einem der beiden Wahlgebieten mindestens 5% erreichte, im Bundestag vertreten war. Soweit die Ausgangspositionen. Sollte bisher der Eindruck übersichtlicher Positionen und Gegenpositionen entstanden sein, so läßt sich dieser spielend mit dem Hinweis darauf zerstreuen, daß alle der hier aufgeführten Modelle auch mit dreiprozentigen und vierprozentigen Sperrklauseln vertreten wurden. Trotzdem ist möglicherweise deutlich geworden, daß es bei der Frage um die Wahlmodalitäten um mehr ging als nur um Verfahrensfragen. Es ging um nicht weniger als um die Bedingungen, unter denen eine Entscheidung darüber herbeigeführt werden sollte, welche Partei oder Parteiengruppierung die Regierung im vereinigten Deutschland stellen würde; das heißt, es ging um die Macht. Da die Beteiligten jedoch schlecht mit dem Machtargument für oder gegen eines der vorgestellten Modelle plädieren konnten, wurden in der gesamten Debatte Pfade beschritten, die mehr oder weniger einen gemeinsamen Grundzug aufwiesen. Das zugrundeliegende Argumentationsmuster läßt sich ungefähr so wiedergeben: Ein bestimmter Wahlmodus zum gesamtdeutschen Parlament entspricht resp. widerspricht bestimmten grundsätzlichen Werten, Zielen oder Geboten, die mit dem Gedanken der Repräsentation des Wählerwillens in der einen oder anderen Weise zusammenhängen. Eingangs wurde der Gedanke der Gleichheit der Wahl als für die zu analysierende Debatte relevanter Grundwert vorgestellt. Es gibt noch andere: Die Idee der Einheit als "angesagter" Grundwert wird von den Proponenten des ersten Wahlmodells in die Waagschale geworfen. So tut sich der DDR-SPD-Vorsitzende Thierse mit dem anmutigen Vorschlag: "Vereint wählen, vereint zählen" hervor. Gerhard Baum fordert unterdessen: "Ein Land, eine Wahl, ein Wahlrecht." (DER SPIEGEL 25.6.1990), während Graf Lambsdorff deduziert: "Wir sind ein Land und ein Volk. Wir brauchen ein einheitliches Wahlrecht ..." (FAZ 23.7.1990) Auch das Weimarer Trauma wird immer wieder mal genutzt, um vor einer politischen Entropie bei mehr als drei im Bundestag vertretenen Parteien zu warnen und so die einheitliche 5%-Klausel zu fordern. So argumentiert die FAZ: "Die Bundesrepublik habe mit der 5%-Klausel gute Erfahrungen gemacht und arbeitsfähige Mehrheiten wie auch stabile Regierungen gehabt." (30.7.1990) Die Stärke und Souveränität der DDR wird vor allem von ihrem Ministerpräsidenten de Maizière apostrophiert, wenn er für einen Wahltermin vor der Vereinigung der beiden deutschen Staaten argumentiert. Als negativ besetzter Begriff bürgerte sich während der Debatte der Terminus *Wahltaktik* ein, was daraus ersichtlich ist, daß er ausschließlich dem politischen Gegner angeheftet wurde. Der SPD-Kanzlerkandidat Lafontaine diagnostiziert am 24.7. in der FAZ: "de Maizière verfolgt wahltaktische Ziele im Blick auf gesamtdeutsche Wahlen im Dezember.", was der Gescholtene mit dem Bekenntnis pariert: "Wahltaktik ist nicht meine Sache" (L. de Maizière im SPIEGEL 30.7.1990). Es gab jedoch keinen Begriff, der so häufig und daher heterogen verwendet wurde wie der Begriff der *Gleichheit*. Er kam in unterschiedlichsten Zusammenhängen vor und wurde für völlig entgegengesetzte Positionen in Anspruch genommen, so daß die Annahme erlaubt ist, daß es sich um einen der knappen Grundbegriffe des öffentlich-politischen Vokabulars handelt. Im folgenden soll versucht werden, einige Argumentationsstrategien nachzuzeichnen, die die Funktion haben, unter Berufung auf diesen Begriff die Zahl der Befürworter für die eigene Position zur Wahlmodusfrage zu erhöhen. Grob gesagt wurden zwei miteinander konkurrierende Gleichheitsbegriffe verwendet, die sich entweder auf das Gebot der Gleichheit der Stimmen und ihres "Erfolgswerts" bezogen, oder auf den Imperativ der Gleichbewertung und Gleichberechtigung der Parteien. Beide Begriffe lassen sich, wie gezeigt, auf das Grundgesetz zurückführen, und dies macht eine Entscheidung zwischen den beiden Grundpositionen nicht leichter. Das Vertreten des ersten Begriffs von Gleichheit bedingte bzw. ermöglichte eine Argumentation für ein einheitliches Wahlgebiet, das Vertreten des zweiten Gleichheitsbegriffs erleichterte das Eintreten für separate Wahlgebiete, sprich: Sperrklauseln. Das Bundesverfassungsgericht fällte u.a. in den Jahren 1952 und 1957 zwei Grundsatzurteile zum Prinzip der Gleichheit der Wahlen, wobei es den Gleichheitsbegriff in der von Seifert/Hömig ausgeführten Weise differenzierte (s. DER SPIEGEL 23.7.1990). Wenn nun bei Geltung der 5%-Hürde der Grundsatz des gleichen Erfolgswerts der Wählerstimmen nicht erfüllt ist (Stimmen für Parteien unter 5% haben überhaupt keinen Einfluß auf das Wahlergebnis), so bedarf das einer gesonderten, in diesem Fall "staatspolitischen" Begründung, etwa der Art, daß Wahlen zu "handlungsfähigen Organen" führen müssen, die es ermöglichen, "eine Regierung zu bilden und sachliche gesetzgeberische Arbeit zu leisten" (ebd.). Die Frage für den aktuellen Fall wäre dann, ob eine Abweichung vom Prinzip des gleichen Erfolgswerts durch die spezielle Situation der Vereinigung zweier Staaten mit jeweils eigener Parteienstruktur legitimiert wäre oder nicht. Das heißt, es käme darauf an zu entscheiden, ob die politische Lage zum Zeitpunkt der Vereinigung so beschaffen ist, daß das Gebot des gleichen Erfolgswerts einem übergeordneten Gesichtspunkt Platz zu machen habe, der hier darin bestünde, daß man auf die DDR-spezifischen Parteien und Gruppierungen Rücksicht zu nehmen habe. Dem Grundsatz der "Gleichberechtigung der Staatsbürger" wäre in diesem Fall der der "Gleichbewertung der politischen Parteien" gegenüberzustellen, in dessen Licht separate Sperrklauseln durchaus zu vertreten wären. Im Sinne dieses Grundsatzes könnte man sagen, daß aus Gründen der Gleichheit die DDR-spezifischen Parteien und Gruppierungen privilegiert werden müßten, das heißt daß zugunsten der Gleichheit der Parteienchancen die Gleichheit der Wählerstimmen eingeschränkt werden müßte.

Soweit das hohe Gericht. In den Niederungen der politischen Strategien spielte diese Differenzierung zweier Gleichheitsauffassungen durchgängig eine gewichtige Rolle, wobei sich die vertretenen Gleichheitsbegriffe jedoch nicht eineindeutig einer bestimmten Position zum Wahlmodus zuordnen lassen. Lothar de Maizière legt in einem Interview mit der ZEIT (29.6.1990) den Schwerpunkt auf einen recht restringierten Gleichheitsbegriff, der ihm die Argumentation für getrennte Sperrklauseln leicht macht:

ZEIT: Zum Wahlrecht: In der Bundesrepublik gibt es die Fünfprozentklausel. Halten Sie es für denkbar, daß in der DDR davon abgewichen wird und daß wir in die ersten gemeinsamen Wahlen mit einem gespaltenen Wahlrecht gehen, obwohl die Grundregel der Demokratie lautet:"freie und gleiche Wahlen"?
de Maizière: Außergewöhnliche Zeiten erfordern mitunter auch außergewöhnliche Mittel und Methoden. Und "gleich" heißt: für jeden eine Stimme.
ZEIT: Aber auch: gleiches Gewicht der Stimme. Das Gewicht wird durch die Fünfprozentklausel und ähnliche Vorkehrungen natürlich beeinflußt.
de Maizière: Ich erinnere daran, daß die erste deutsche Wahl der Bundesrepublik auch keine Sperrklausel hatte, um einer entstandenen Meinungsvielfalt nach einer diktatorischen Zeit Rechnung zu tragen.
...
ZEIT: Plädieren Sie für eine Ungleichheit der Wahlvorgänge oder eher dafür, daß man sagt: Damit Gleichheit herrscht, müßt ihr vielleicht einmal auf die Fünfprozenthürde verzichten?
de Maizière: Wenn es denn eine unabdingbare Forderung wäre, dann könnte man auch einmal sagen: Den wesentlich größeren Änderungsbedarf müssen im Moment wir abarbeiten.

Die letzte Bemerkung de Maizières zielt darauf, die Fünf-Prozent-Hürde in der BRD zu belassen und für die DDR eine Regelung unterhalb oder außerhalb dieser Sperrklausel zu praktizieren. Die Ungleichheit der Wahlvorgänge, wie das in Anspielung ans Gleichheitsgebot von der ZEIT genannt wird, ist in der Tat die von de Maizière favorisierte Variante, was deutlich wird, wenn man seinen zu Beginn des Ausschnitts vertretenen, recht einfachen Gleichheitsbegriff berücksichtigt. Die suggestive Frage der ZEIT, die den Verdacht auf einen Verfassungsverstoß ziemlich dicht unter der Oberfläche kommuniziert, pariert der Ministerpräsident mit zwei entwaffnenden Scheintautologien; nämlich daß Außergewöhnliches Außergewöhnliches mit sich bringe, und daß *gleich* heiße: für jeden eine Stimme. Nach dieser "Noch-jemand-ohne-Fahrschein"-Auffassung ist der ganze Aspekt des Stimmengewichts oder des Erfolgswerts, der ja nicht nur Fragen zur Sperrklausel, sondern auch zum Wahlrecht generell (Mehrheits- versus Verhältniswahl) betrifft, und den die ZEIT sofort in die Waagschale wirft, ausgeblendet. Nun darf diese Komponente ja auch kein großes Gewicht spielen in de Maizières Argumentation, denn wenn sie das täte, dann wäre recht schnell die von der ZEIT vertretene Position erreicht, nach der vereint gewählt und vereint gezählt würde - eine Position übrigens, die die ZEIT nicht müde wird zu propagieren. In einem Kommentar vom 27.7.1990 betont sie noch einmal:

> Die Demokratie lebt von freien und gleichen Wahlen. Jede Stimme muß nicht nur den gleichen Zählwert, sondern im Prinzip auch den gleichen Erfolgswert haben. Daß dieses Prinzip mit einer Sperrklausel durchbrochen wird, bedarf der besonderen Rechtfertigung. Die Fünfprozentklausel wird aber höchst fragwürdig, wenn ihre Geltung im gesamten Wahlgebiet noch einmal durchbrochen wird.

Ein Argument zugunsten des von den Verfassungsgerichtsurteilen angesprochenen Prinzips der Gleichberechtigung der Staatsbürger und zuungunsten der Gleichberechtigung der Parteien. Kennzeichnet man den ersten Standpunkt als "individuenbezogen", den zweiten als "parteibezogen", so nimmt es Wunder, daß hier historische Standortverschiebungen stattgefunden haben. So hat die SPD das Wählerindividuum entdeckt, plädiert sie doch stark für den auch von der ZEIT vertretenen individuenbezogenen Wahlmodus, der Rücksicht auf ein gleiches Stimmengewicht aller WählerInnen zu nehmen fordert; CDU und andere halten die Fahne der Partei(en) hoch, indem sie Chancengleichheit auch für die Parteien in der DDR fordern, die unter eine einheitliche 5%-Klausel zu rutschen drohen. Im Sinne einer parteibezogenen Argumentation läßt der SPIEGEL (25.6.1990) "Schäuble-Experten" zu Wort kommen, die sich für separate Sperrklauseln aussprechen und die er folgendermaßen paraphrasiert:

> Eine Rechtfertigung könnte darin gesehen werden, daß den kleinen Parteien, die aus den die revolutionäre Entwicklung in der DDR ursprünglich tragenden Kräften hervorgegangen sind, die Chance zur Mitarbeit im Bundestag gegeben werden soll.

Auch der CSU-Vorsitzende Waigel entdeckt ungeahnte Grundwerte. In einem SPIEGEL-Interview (9.7.1990) bekennt er:

> ... es gibt Parteien, die sich nach der demokratischen Revolution in der DDR gegründet und ihren Einfluß auf das Gebiet der DDR begrenzt haben. Es gibt Parteien, die mit West-Partnern fusionieren wollen, andere lehnen das ab. Man kann doch in einer liberal-demokratischen, auf Chancengleichheit bedachten Welt nicht denjenigen zur Fusion zwingen, der dies nicht will. ... Wir haben immer gesagt, man soll der DDR nichts überstülpen. Ich bin für Toleranz.

Die andere Seite in der Debatte um den Wahlmodus geht zunächst einmal auf die Metaebene: "Wer so am Wahlrecht fummelt, der verspielt die Macht", analysiert Möllemann (FDP) in der gleichen SPIEGEL-Nummer. Seine Kombattantin Adam-Schwaetzer wirft Schäuble vor, er argumentiere auf schwankendem Boden, wenn er die exklusive DDR-Sperrklausel mit dem Anspruch der kleinen DDR-Parteien auf Gleichbehandlung begründe (s. gleiches Blatt). Verwundert nun eine individuenbezogene Position bezüglich der FDP nicht weiter, so tut es dies bei der SPD hingegen schon. Als sei nichts geschehen, verlangt Herta Däubler-Gmelin eine einheitliche deutsche Wahl mit einer ebenso einheitlichen Sperrklausel nach und nicht vor der deutschen Vereinigung, und sie verlangt dies im Zeichen der Chancengleichheit für alle Parteien. Wie das möglich ist, verdeutlicht folgender Interview-Ausschnitt (DER SPIEGEL 16.7.1990):

SPIEGEL: Nach Schäuble sollen fünf Prozent der DDR-Stimmen für den Einzug ins Parlament genügen. ...
Däubler-Gmelin: Das geht nicht. Dann hätten die Wählerstimmen in den fünf Ländern der DDR ein anderes Gewicht als die in den elf Ländern der Bundesrepublik. Mir ist klar, warum Schäuble daran denkt. Zwei Parteien sollen begünstigt werden, die DSU und die PDS.
SPIEGEL: Sie denken genauso taktisch - Sie wollen die PDS nicht.
Däubler-Gmelin: Ich will nicht, daß die PDS mit ihrem riesigen Vermögen und Apparat auch noch Vorzugsbedingungen erhält. Ich bin für Chancengleichheit auch hier. Eine weitere Überlegung ist im Gespräch, die einer auf das jeweilige Bundesland bezogenen Fünf-Prozent-Klausel. Verfassungsrechtlich zulässig wäre das möglicherweise. Ob es sinnvoll wäre, wage ich zu bestreiten. Gerade wegen der wichtigen Integrationsaufgaben, die auf den neuen Bundestag zukommen, bin ich gegen eine Zersplitterung.

Daß der Gleichheitsbegriff ambig nicht nur hinsichtlich seiner individuenbezogenen bzw. parteibezogenen Lesart ist, sondern auch innerhalb der parteibezogenen Denkweise noch unterschiedliche Standpunkte legitimieren soll, läßt die Frage nach dem tertium comparationis für das, was gleich sein soll, entstehen. Wenn unterschiedliche Auffassungen sich nicht nur mit dem dehnbaren Begriff der *Gleichheit*, sondern auch mit dem konkreteren der *Chancengleichheit* für die Parteien begründen lassen, dann gibt es ja offenkundig unterschiedliche Begriffe von *Chance, Gleichheit* oder *Chancengleichheit*. Ich denke, daß man hier zwei Auffassungen unterscheiden kann:

a) Dadurch, daß bisher in der DDR wirksame Parteien nunmehr als Parteien Gesamtdeutschlands zählen, sehen sie sich einer Sperrklausel gegenüber, die insofern Ungleichheit praktiziert, als das Wahlverhalten von Wählern (nämlich den westdeutschen) mitgezählt wird, denen sie nichts oder nicht viel bedeuten. Die DDR-spezifischen Parteien oder Gruppierungen sind nicht schon deswegen Splitterparteien, weil sie von Wählern eines bis dato anderen Staates nicht gewählt würden. (Man stelle sich zur Illustration vor, es gäbe plötzlich die Vereinigten Staaten von Europa, und die CSU müßte gegen eine europaweite 5%-Klausel ankämpfen.) Man muß daher die Frage, ob diese Parteien Splittergruppen sind, im Dienste der Chancengleichheit mit Kriterien bewerten, die Rücksicht auf den bisherigen Zustand nehmen. Das heißt z.B.: DDR-spezifische 5%-Hürde.

Auffassung b) kommt zu einem anderen Ergebnis, weil in dieser Perspektive kein Nachteil der bisherigen DDR-Parteien, sondern ein entscheidender Vorteil ausgemacht wird. Daß dieser vermeintliche Vorteil nur für eine der DDR-spezifischen Parteien existiert - nämlich die PDS - , allerdings auch für einige DDR-unspezifische Parteien, scheint die Proponenten dieser Auffassung nicht weiter zu stören. Das Argument geht jedenfalls so: Die PDS hat ein riesiges Vermögen und eine perfekt funktionierende Organisationsstruktur, die die Nachteile einer in der erläuterten Weise ungerechten Sperrklausel wettmacht insofern, als dadurch das entscheidende wahlkämpferische Prä der anderen Parteien (hier: der SPD) nur ausgeglichen wird. So verständlich diese Haltung der SPD angesichts der schlechten Wahlkampfbedingungen in der (ehemaligen) DDR auch ist - und hier ist ja nicht nur die PDS privilegiert gewesen - so ist sie doch nur schwer nachvollziehbar. Chancenungleichheit wird durch kompensatorische Chancenungleichheit der Konkurrenten nicht zur Chancengleichheit, sondern das Bild wird dadurch nur verzerrt. Äpfel und Birnen ... .

Was bis jetzt nicht thematisiert wurde und im Lichte einer Analyse der kommunikativen Strategien der Proponenten der einen oder der anderen Auffassung auch nicht im Vordergrund steht, sind die "echten" Motive der streitenden Parteien oder Parteiungen. Es wurde ja deutlich, daß zum Beispiel die vielbeschworenen Herbstgruppen, für die die CDU und andere ihr Herz entdeckt hatten, auf solche Fürsorge nicht besonders großen Wert legten. Auf der anderen Seite verwundert das staatspolitische Pathos, mit dem die SPD sich um starke Regierungen sorgt und vor Splittergruppen warnt. Hier erscheint einiges zweifelhaft. Die bezogenen Positionen sind offenkundig einigermaßen beliebig und auswechselbar, was daran liegen mag, daß sie nicht - wie in vielen anderen Auseinandersetzungen - mit grundsätzlichen Ausrichtungen oder Wertungen der debattierenden Parteien in Verbindung zu bringen sind. An der individuenbezogenen Grundhaltung ist nichts "Sozialdemokratisches", an der parteibezogenen nichts "Christdemokratisches" zu erkennen, was den vorgebrachten Argumenten sozusagen erst Leben einhauchen würde. Auch wenn man die Debatte nicht unter dem Vorzeichen Individuum versus Partei, sondern unter der Dichotomie Einheit versus Spaltung betrachtet, kommt nichts grundwertekompatibles für die Parteien heraus. Dies alles legt den Verdacht nahe, daß nicht der eingangs erwähnte Gedanke der optimalen Repräsentation des Wählerwillens innerer Motor im Ringen um ein in allen Aspekten gleiches und gerechtes Wahlrecht war, sondern daß parteitaktische Erwägungen in ungleich stärkerem Maß die Debatte bestimmten. Die Diagnose "Parteitaktik", auch das wurde erwähnt, trat allerdings nur als Vorwurfsfigur an den jeweiligen Gegner auf, ein Faktum, das nicht verwundern kann, ist doch diejenige die schlechteste aller Taktiken, die sich selbst beim Namen nennt.

"LEISTUNG" UND "ENTFALTUNG"
Ein linguistischer Beitrag zur Interpretation des Ludwigshafener Grundsatzprogramms (1978) der Christlich Demokratischen Union Deutschlands

Fritz Hermanns

1. Die CDU bleibt sich treu
2. Das Menschenbild der CDU
3. *Entfaltung* und *Gestaltung*
4. Jedem nach seiner *Leistung*
5. Leistungsethik
6. *Leistung* und *Entfaltung* in der Schule
7. Die andere CDU

Fast zwei Jahrzehnte nach der SPD (1959) gibt sich die CDU (1978) in Ludwigshafen erstmals ein Grundsatzprogramm, in dem sie nicht nur ihre Ziele darlegt, sondern auch ihr Welt- und Menschenbild entwickelt, und zwar mit Hilfe einer Reihe von Begriffen (Wörtern), die als Leitbegriffe das Sprechen, Denken und auch Handeln hinfort prägen sollen nicht nur der CDU, sondern auch möglichst breiter Kreise außerhalb der CDU, und die außerdem als ihre Fahnenwörter die Partei auch sprachlich kenntlich machen sollen als Partei mit ausgeprägtem eigenem Profil. Diese Leitbegriffe (Leitvokabeln) findet sie zum Teil in eigenen, früheren Programmen (Wahlprogrammen), wie *Freiheit* und *Soziale Marktwirtschaft*, zum Teil im Grundgesetz, wie *Menschenwürde* und *Entfaltung der Person*, zum Teil sogar auch im Programm der SPD, wie *Freiheit, Solidarität, Gerechtigkeit* (als Trias). Auffällig und parteigeschichtlich neu ist der Begriff (das Fahnenwort) *Entfaltung der Person*, den das Programm besonders angelegentlich herausstellt. Im Programm nicht minder wichtig, wenn auch nicht plakativ im selben Maß betont, ist der Begriff (das Fahnenwort) der *Leistung*. Vor allem der Bedeutung dieser beiden Fahnenwörter - auch dem deontischen Aspekt in der Bedeutung dieser Wörter - geht diese Studie nach.[*]

---

[*] Zwecks Erzielung eines guten Leseflusses verzichte ich in diesem Beitrag auf Fußnoten. Was darin stehen müßte, liefert der Anhang, der hier folgt und für die daran interessierten Leser Zusätze und Literaturhinweise enthält. - Für ihre Einladung zu diesem Beitrag danke ich den Veranstaltern der Düsseldorfer Tagung im November 1989, Gabriel Falkenberg, Frank Liedtke, Martin Wengeler (Düsseldorf), für freundschaftlichen Rat Josef Klein (Aachen).

Leistung und *Entfaltung* 231

1. Die CDU bleibt sich treu

In vieler Hinsicht ähnelt es, das Ludwigshafener Programm der CDU von 1978, seinem Ur- und Vorbild, nur in einer Hinsicht sicher nicht. Denn es ist nicht, wie das Programm der SPD von Godesberg des Jahres 1959, ein Instrument und Dokument der Wende, und also auch kein Markstein der Parteigeschichte; erst recht kein Meilenstein der deutschen Zeitgeschichte überhaupt. "CDU bleibt sich treu!", so hätte damals gut der Titel lauten können, mit dem darüber in der Presse zu berichten war. Im Gegensatz zu dem Programm von Godesberg war dieses erste Grundprogramm der CDU bei weitem keine Sensation.

Zur besseren Übersicht für Leser, denen das Programm nicht vorliegt, rücke ich seine Gliederung hier ein. Aus ihr ist auch ersichtlich, was in dem Programm die großen Themen und (wenn auch nicht alle hier erscheinen) seine Leitbegriffe sind.

Präambel
I. Das Verständnis vom Menschen
II. Grundwerte
(Unterkapitel: Freiheit - Solidarität - Gerechtigkeit - Grundwerte als Maßstab und Orientierung)
III. Entfaltung der Person
(Unterkapitel: Familie - Erziehung, Bildung und Kultur - Arbeit und Freizeit - Wohnen und Wohnumwelt)
IV. Soziale Marktwirtschaft
(Unterkapitel: Grundsätze einer freiheitlichen Wirtschafts- und Sozialordnung - Wirtschaftsordnung - Öffentliche Aufgaben - Sozialordnung)
V. Der Staat
VI. Deutschland in der Welt
(Unterkapitel: Deutschlandpolitik - Europapolitik - Sicherheitspolitik - Ostpolitik - Weltweite Verantwortung)
Anhang

Das eine oder andere ist hier neu hinzugekommen zum alten Schlagwortkatalog der CDU, es fallen etwa auf die Wörter *Solidarität* und *Ostpolitik*, wie auch das Schlagwort der *Entfaltung der Person*, doch dominieren altvertraute Leitvokabeln der Union, wie ganz besonders: *Freiheit, Familie, Soziale Marktwirtschaft, Staat, Deutschland, Europa, Sicherheit*. Bei näherer Betrachtung zeigt sich außerdem, daß auch das neu Hinzugekommene (wie *Solidarität*; Ausnahme aber: *Ostpolitik*) durchaus den Traditionen der Partei entspricht.

Wenn aber auch kein Meilenstein der deutschen Nachkriegspolitik, so ist doch das Programm der CDU von Ludwigshafen ein in hohem Maße wichtiger und interessanter, ja ein staunenswerter Text. Wichtig, weil es die Ziele und das

Selbstverständnis dieser wichtigen Partei erstmals in extenso verbindlich formuliert und längerfristig festlegt. Und staunenswert ist dieses Dokument insofern, als es außerdem das Welt- und Menschenbild der CDU in Worte faßt und auf Begriffe bringt. Nicht ohne Pathos, ja bekenntnishaft, als gelte es, ein neues Credo zu verkünden, verlautbart darin ein Parteitag, was er ohne Gegenstimmen für wahr befunden hat in Sachen 'condition humaine'. Das liest sich, gleich zu Anfang, etwa so:

Würde und Leben des Menschen ... sind unantastbar. (§ 6)
Der Mensch ist zur freien Entfaltung ... geschaffen. (§ 7)
Der Mensch ist auf Zusammenleben ... angelegt. (§ 8)
Mann und Frau sind gleichberechtigt und auf Partnerschaft angewiesen. (§ 9)
Unterschiede der Meinungen und Interessen können zu Konflikten führen. (§ 10)
Jeder Mensch ist Irrtum und Schuld ausgesetzt. (§ 11)

Dies sind die jeweils ersten Sätze (§ 6: der zweite) jedes Abschnitts in Teil I des Ludwigshafener Programms. Es überrascht daran den Leser kaum, **was** da im einzelnen gesagt wird, denn das Ausgesagte klingt nicht nur plausibel, sondern auch vertraut (wieso, das wird sich gleich noch zeigen). Wohl aber, **daß** dergleichen überhaupt in diesem Text gesagt wird, kann verblüffen, nämlich dann, wenn man als Leser des Parteiprogramms erwartet, einen Text zu finden, der in Sachlichkeit und Nüchternheit, vielleicht sogar nicht ohne Härte, nur klipp und klar darüber Auskunft gäbe, was die Ziele der Partei sind und was sie, um diese Ziele zu erreichen, tun will.

2. Das Menschenbild der CDU

Man reibt sich also da zuerst die Augen. Die Großpartei sagt hier expressis verbis insbesondere, was der Sinn des Lebens ist, wozu wir Menschen in der Welt sind. Nicht weniger als das. Ein wesentliches Stück der **Ideologie** der CDU, so können wir es nennen, ist hier formuliert, und nicht nur ihr Programm. Das ist jedoch ein Glücksfall für den Linguisten, der erkennen will, wie eine Gruppe der Gesellschaft, hier die CDU, indem sie in bestimmter Weise redet, in bestimmter Weise denkt.

Am deutlichsten und reinsten spricht sich diese Ideologie der CDU - wenn auch in großer Allgemeinheit und Abstraktheit - in den beiden ersten Hauptkapiteln des Programms aus mit den Titeln: "Das Verständnis vom Menschen" (aus dem die schon zitierten Sätze stammen) und: "Grundwerte". Da wird in der Tat Grundsätzliches gesagt, auf das sich dann in seinem weiteren Verlauf der Text beruft als argumentative Basis für die folgenden - konkreteren - Feststellungen und Forderungen des Programms. So hat das Ludwigshafener Programm der

CDU, wie schon das Godesberger Grundprogramm der SPD, denselben Aufbau wie das Grundgesetz der Bundesrepublik, zumindest soweit, als auch dieses mit einem Grundsatzteil, dem Grundrechtsteil, beginnt. An diesen Grundrechtsteil des Grundgesetzes lehnt sich jedoch das Ludwigshafener Programm der CDU auch inhaltlich und sprachlich an, auch darin folgt es seinem Godesberger Vorbild, und zwar in seinem ersten Hauptkapitel über "Das Verständnis vom Menschen".

So heißt es im Grundgesetz (Art. 1, Abs. 1): "Die Würde des Menschen ist unantastbar. Sie zu achten und zu schützen ist Verpflichtung aller staatlichen Gewalt", und (Art. 2, Abs. 2): "Jeder hat das Recht auf Leben und körperliche Unversehrtheit". Es könnte scheinen, daß dies das Programm (§ 6, "Würde des Menschen") nur einerseits zusammenfaßt und andererseits wortreicher ausführt, wenn es sagt:

Wir bekennen uns zur Würde des Menschen. Würde und Leben des Menschen - auch des ungeborenen - sind unantastbar. Die Würde des Menschen bleibt unabhängig von seinem Erfolg oder Mißerfolg und unberührt vom Urteil des anderen. Wir achten jeden Menschen als eine einmalige und unverfügbare Person.

Sieht man hier einmal von dem Einschub ab, der en passant das Grundgesetz gewissermaßen präzisiert, als wäre dort das ungeborene Leben unter Verfassungsschutz gestellt, dann zeigt aber der Vergleich von Grundgesetz und Grundprogramm vor allem, daß die scheinbar gleichen Sätze in den beiden Texten ganz verschieden zu verstehen sind. Eine Verlagerung ins Subjektive, ins Gefühl und ins Moralische hat stattgefunden beim Übergang der Worte und der Sätze vom einen in den anderen Text. Das Grundgesetz gebietet und setzt Recht. Das kollektive Subjekt CDU "bekennt sich", wie es heißt, und zwar nicht nur zum Selbstverständlichen, zum obersten Gebot des Grundgesetzes, sondern, dieses gewissermaßen überbietend, auch zu einer Attitüde - "Achtung" vor der "Würde" -, die hier das Programm zum Ausdruck bringt und damit auch den Lesern nahelegt als Haltung, die man haben sollte. Aus einer Wesensschau ("Der Mensch hat Würde") ergibt sich ein moralisches Gebot ("Daher muß man ihn achten"). Im übrigen wird hier ex negativo ("unabhängig") deutlich, worin die so erfolgs- und leistungsgläubige Union vielleicht versucht sein könnte, manche Menschen doch nicht ganz im selben Maß zu achten wie die anderen. Sie achtet nicht nur die Gewinner: dieses hier schon zu betonen, hat sie Anlaß, wie dann (s.u.) spätere Passagen des Programms beweisen.

Aus dem Anfang von Artikel 2 des Grundgesetzes ("Jeder hat das Recht auf freie Entfaltung seiner Persönlichkeit ...") wird im Ludwigshafener Programm der erste Satz des nächsten Abschnitts (§ 7, "Verantwortung vor Gott"):

> Der Mensch ist zur freien Entfaltung im Zusammenleben mit anderen geschaffen. Seine Freiheit beruht auf einer Wirklichkeit, welche die menschliche Welt überschreitet. Der Mensch verdankt sie weder sich selbst noch der Gesellschaft. Er ist nicht das letzte Maß aller Dinge. Seinem Bedürfnis, sich und der Welt einen Sinn zu geben, kann er aus eigener Kraft nicht gerecht werden. Der Mensch ist zur sittlichen Entscheidung befähigt. Er steht in der Verantwortung vor seinem Gewissen und damit nach christlichem Verständnis vor Gott. In verantworteter Freiheit sein Leben und die Welt zu gestalten, ist Gabe und Aufgabe für den Menschen.

Im Gegensatz zum Grundgesetz sagt das Programm hier über die Entfaltung der *Persönlichkeit* (Grundgesetz) bzw. der *Person* (Programm) nicht einfach nur, sie sei ein Recht. Hier ist sie ein Gebot; aus Recht wird Pflicht. Denn dazu, heißt es, daß er sich *entfaltet*, ist der Mensch *geschaffen*. Aus der Einsicht in das Sein des Menschen, in sein Wesen ("Gabe": daß er zum Telos die Entfaltung hat und er vermöge seiner ihm geschenkten Freiheit sich wirklich auch entfalten kann) folgt wieder eine Einsicht in sein Sollen ("Aufgabe": daß er sich entfalten und sein Leben und die Welt gestalten soll).

Nicht direkt grundgesetzbezogen ist der nächste Abschnitt (§ 8, "Nächstenliebe"):

> Der Mensch ist auf Zusammenleben mit anderen - vornehmlich in festen sozialen Lebensformen - angelegt. Sein Leben verkümmert, wenn er sich isoliert oder im Kollektiv untergeht. Sein Wesen erfüllt sich in der Zuwendung zum Mitmenschen, wie es dem christlichen Verständnis der Nächstenliebe entspricht.

Auch hier fällt aber auf, wie das Programm eine Wesensbestimmung vornimmt, die zugleich deskriptiv ("Der Mensch ist ein soziales Wesen") und präskriptiv ("und darum soll er sich sozial verhalten") ist.

Die nächste (und auch letzte) wörtliche Übernahme aus dem Grundgesetz (Art. 3, Abs. 2: "Männer und Frauen sind gleichberechtigt") ergibt (§ 9, "Gleichberechtigung"):

> Mann und Frau sind gleichberechtigt und auf Partnerschaft angewiesen.

Der Satz im Grundgesetz hat hier - wie stets - den klaren Sinn, daß durch ihn Recht gesetzt wird, wobei natürlich die Pointe ist, daß er bedeutet: "Frauen sind gleichberechtigt"; früher war es ja bekanntlich anders. Das Programm macht daraus eine Art Idylle, nämlich durch Ersetzung eines Plurals (*Männer, Frauen*) durch den Singular (*Mann, Frau*). Das evoziert das Bild von einem Paar, vielleicht von einem Ehe- oder Brautpaar, dem das Programm gewissermaßen zuruft: Denkt daran, ihr seid Partner! Aus dem Verfassungsgrundsatz wird hier also wieder erstens eine Wesensschau (Mann und Frau sind sowohl *gleichbe-*

rechtigt als auch aufeinander *angewiesen*) und zweitens wieder ein moralischer Appell (zu partnerschaftlichem Verhalten), der zwar hier implizit bleibt, aber deshalb doch nicht weniger erkennbar ist.

Explizit appellativ ist der nächste Passus (§ 10, "Konfliktlösung") mit derselben Doppelheit von Seins- und Sollenssätzen:

Unterschiede der Meinungen und Interessen können zu Konflikten führen. Sie sollen offen und in gegenseitiger Achtung ausgetragen und dadurch fruchtbar gemacht werden.

Im Streit um den besten Weg muß jeder seinen Standpunkt selbst verantworten. Kein Mensch verfügt über die absolute Wahrheit. Widerstand gilt daher denen, die ihre begrenzten Überzeugungen anderen aufzwingen wollen.

Schließlich der letzte Abschnitt (§ 11, "Irrtum und Schuld") des Kapitels, der gleichfalls de- und präskriptiv ist, und außerdem auch - wie man finden könnte - etwas pharisäerhaft und selbstgefällig (des Tenors: Herr, ich danke Dir, daß ich nicht bin wie jene!):

Jeder Mensch ist Irrtum und Schuld ausgesetzt. Diese Einsicht bewahrt uns vor der Gefahr, Politik zu ideologisieren. Sie läßt uns den Menschen nüchtern sehen und gibt unserer Leidenschaft in der Politik das menschliche Maß.

"Das" - gemeint ist offensichtlich: "unser" - "Verständnis vom Menschen", so ist das jetzt vollständig hier zitierte Hauptkapitel überschrieben. Auch insofern mißverständlich überschrieben, als in dem so betitelten Kapitel nur ein Teil von dem steht, was das Programm zu Wesen und Bestimmung des Menschen insgesamt zu sagen hat; vieles wird besonders in dem dann folgenden Kapitel ("Grundwerte") hinzugefügt und näher ausgeführt. Immerhin, das Wichtigste soll hier gesagt sein, nämlich (ich raffe sehr) einerseits, bezüglich seines Seins: Der Mensch hat Würde; er ist frei, er hat Verantwortung; ist ein soziales Wesen; ist gleichberechtigt, was den Unterschied von Mann und Frau betrifft; hat je besondere Interessen, kann sich irren; kann sich schuldig machen. Und andererseits, bezüglich seines Sollens: Der Mensch soll seinesgleichen achten; er soll sich entfalten und dabei sein Leben und die Welt verantwortlich gestalten; soll Nächstenliebe üben; partnerschaftlich sein; im Konflikt offen sein und auch da den anderen achten; in der Politik den Menschen nüchtern sehen und nur maßvoll leidenschaftlich sein.

Eine weitgehend positive Sicht des Menschen wie auch seiner Möglichkeiten fällt bei diesem Fazit auf. Hier ist der Mensch kein "Mängelwesen" (wie eine philosophische Anthropologie sagt), er ist nicht "geworfen" (wie in "Sein und Zeit"), auch ist seine Existenz beileibe nicht "absurd" (Camus). Von seinen Eigenschaften sind nur die beiden letztgenannten (Irrtumsfähigkeit und Schuldgefährdung) nicht positiv, doch auch diesen beiden gewinnt das Ludwigshafener Programm noch eine gute Seite ab, indem es angibt, wie man damit umgeht. Besonders darin ist es optimistisch, daß es beim Menschen, wie er ist und sein soll, offenbar vor allem an den dynamisch-jungen Menschen denkt. Denn dieser ist es ja vor allem, dem alle Möglichkeiten offenstehen, wenn er sich entfalten und sein Leben und die Welt gestalten will und soll.

Ist das hier skizzierte Menschenbild auch christlich? Das behauptet das Programm, wenn es ausdrücklich sagt (§ 5), es sei "sein", nämlich **des** "christlichen Glaubens" "Verständnis vom Menschen", das in dem so betitelten Kapitel des Programms beschrieben wird. Auch spricht ja dies Kapitel selbst von "Gott", von "christlichem Verständnis" und von "Nächstenliebe", ja sogar von "Schuld". Andererseits tritt hier der Mensch nur indirekt und sozusagen marginal als "Sünder" in Erscheinung; auch scheint für ihn die Erde keineswegs ein "Jammertal" zu sein. Zumindest darin also scheint das Ludwigshafener Programm sich wohl zu irren, daß es als **das** christliche Verständnis vom Menschen das eigene, so positive, ansieht. Man kann sich sogar fragen, ob es nicht die Grenzen **jedes** christlichen Glaubens überschreitet, wenn das Programm so dezidiert der Meinung ist, der Mensch solle - also könne - sein Leben selbst gestalten. Als ich in einem Vortrag diese Frage stelle, da ruft mir ein Kollege zu: "Unser Leben steht in Gottes Hand!" Man denke in der Tat an Hiob.

Ohne dieser Frage weiter nachzugehen, will ich im folgenden versuchen, die Bedeutung des für das Menschenbild und für die Politik der CDU zentralen Leitbegriffs und Fahnenworts der *Selbstentfaltung der Person* noch näher zu beschreiben.

3. "Entfaltung" und "Gestaltung"

Vielleicht, weil weniger bekannt, auch minder in die Augen springend als die anderen großen Leitbegriffe ist im Ludwigshafener Programm der Leitbegriff *Entfaltung der Person* - ein Ausdruck, der jedoch im Text so oft, so systematisch wiederkehrt, daß wir auch ihn als ein zentrales Leitwort dieses CDU-Programms betrachten müssen. Er wird im Text sogar besonders stark herausgestellt dadurch, daß er als Titel eines Hauptkapitels dient (Kapitel III: "Entfaltung der Person") und damit sogar ranggleich wird mit dem Begriff *Soziale Marktwirtschaft* (so heißt Kapitel IV). Offensichtlich ist hier ein Bemühen wirksam, diesen noch nicht allgemein bekannten Ausdruck zu besetzen und ihn durchzusetzen als ein neues Markenzeichen der Partei.

Was ist *Entfaltung der Person*? Nun, sie ist nicht, wie man ja denken könnte, Entwicklung oder Bildung der Persönlichkeit im Sinne unserer Klassik, das sei hier gleich vorab gesagt. Was aber sonst? Das wird im Ludwigshafener Programm nicht definiert, doch gewinnt der oft gebrauchte und zuerst noch unbestimmte Ausdruck im Verlauf des Textes eine immer engere (prototypische) Bedeutung. Zuerst kommt er, schon ganz am Anfang, vor in einem Abschnitt (§ 7), wo die CDU, wie schon betont, so weit geht anzugeben, was für sie der Sinn des Lebens ist:

Der Mensch ist zur freien Entfaltung im Zusammenleben mit anderen geschaffen. ... In verantworteter Freiheit sein Leben und die Welt zu gestalten, ist Gabe und Aufgabe für den Menschen.

Dies also ist der erstgenannte Lebenszweck des Menschen: er soll sich **entfalten**. Und da im zweiten hier zitierten Satz als Lebenszweck (als "Aufgabe" schlechthin) bezeichnet wird, daß er "sein Leben und die Welt" **gestalten** soll, ist offenbar das Sich-Entfalten etwas, das im Gestalten - des Lebens und der Welt - geradezu besteht. Je mehr, so darf man folgern, er gestaltet, desto mehr ist damit auch der Mensch entfaltet. Und da dieses beides seines Lebens Sinn ist, gilt dann sicher auch: je mehr er sich entfaltet und sein Leben und die Welt gestaltet, desto mehr ist er auch Mensch. Zum Inbegriff des Menschseins also wird hier die *Entfaltung* der Person, die eo ipso die *Gestaltung* ist des Lebens und der Welt.

Worin sich dieses Menschsein per Entfaltung nun konkret erfüllt, das erfahren wir als Philologen durch die Kollation der Stellen, wo das Wort *Entfaltung* vorkommt. Der Mensch - so etwa lautet dann das Fazit - entfaltet sich par excellence durch Leistung (davon später); zweitens durch Eigentum; und drittens als *Selbständiger*, wie das Programm ihn nennt. Das also ist das von mir nicht erwartete Ergebnis: Der Prototyp des freien Menschen, wie er sein soll, ist nach dem Ludwigshafener Programm der CDU der Eigentümer und der Unternehmer.

Dies zeigt im Ansatz schon die erste Stelle im Programm, wo (§ 16) die Begriffe der *Entfaltung*, der *Gestaltung* und der *Freiheit* mit dem Begriff des *Eigentums* in einem Textzusammenhang erscheinen:

Die freie Entfaltung der Person wächst auf dem Boden möglichst gerecht verteilter Chancen und Güter. Persönliches Eigentum erweitert den Freiheitsraum des einzelnen für eine persönliche und eigenverantwortliche Lebensgestaltung.

Der erste dieser beiden Sätze scheint auf den ersten Blick nur anzumahnen, daß Chancen wie auch Güter nicht willkürlich, sondern nach Gerechtigkeitskriterien verteilt sein sollten. Doch sagt er außerdem auch aus, daß man, je mehr man beides hat, auch desto besser sich entfalten kann. Dies wird dann in dem zweiten Satz bestätigt und konkretisiert. Hier ist von *Chancen* gar nicht mehr die Rede, sondern bloß noch von den *Gütern*, oder vielmehr, wie es jetzt genauer heißt, vom *Eigentum*. Je mehr man davon hat, so sagt uns dieser Satz noch deutlicher, desto mehr Freiheit hat man auch und desto besser kann man dann sein Leben auch gestalten. Im Umkehrschluß ist daraus dann zu folgern, daß, wenn man sich entfalten will, wie es der Mensch ja soll, man Eigentum erwerben sollte.

Das Ludwigshafener Programm verschweigt nicht, daß es im Zusammenhang mit Eigentum und besonders mit der Verteilung von Eigentum in der Gesellschaft auch Probleme gibt; davon wird noch die Rede sein. Doch ist es darin kompromißlos, daß es Eigentum **als solches** ohne Wenn und Aber gutheißt, ja es adelt. Eigentum, so ist dabei (hier: § 78) die Argumentationsfigur, ist Mittel oder Medium der Freiheit:

Persönliches Eigentum gibt dem Bürger Entscheidungsmöglichkeiten und erhöht damit seine persönliche Freiheit.

Man könnte sich darüber wundern, daß so die CDU für Eigentum gewissermaßen wirbt, obwohl doch unsere Gesellschaft ohnehin nach Leibeskräften Eigentum erstrebt; als gelte es, die Leser des Programms erst noch davon zu überzeugen, daß Eigentum von Vorteil ist. Man würde dann vielleicht auch weiter noch darüber staunen, daß im Programm darüber gar nichts steht, was Eigentum nebst Freiheit und Entfaltung an positiven Dingen außerdem ermöglicht, beispielsweise die Genüsse leiblicher und geistiger Natur und die durch Geld verschaffte so sanfte wie perfekte Herrschaft über Menschen. Nun, das weiß man sowieso, und ich erwähne es hier nur, um zu betonen, was beim Lob des Eigentums im Ludwigshafener Programm das eigentliche Ziel ist: nicht einfach, Eigentum als etwas Gutes zu erweisen, sondern als etwas auch **moralisch** Gutes. Da es in der Natur des Menschen und in Gottes Willen liegt, daß er sich maximal entfaltet, sucht er dazu Freiheit, und Freiheit ist daher ein hoher Wert. Da aber Freiheit sich in Eigentum besonders gut verwirklicht, ist auch Eigentum ein hoher Wert, ein - muß es demnach scheinen - auch moralisch hoher Wert. Wer Eigentum erstrebt, folgt deshalb damit nicht nur seiner Neigung, sondern er gehorcht damit auch, insofern er es als Mittel zur Verwirklichung von Freiheit anstrebt, seiner Pflicht.

Der Unternehmer tritt im Ludwigshafener Programm als der *Selbständige* auf. Da sagt es schon der Name, daß er - im Gegensatz zur übergroßen Mehrheit der "Unselbständigen" - das Freisein als Person verkörpert. Expressis verbis heißt es denn auch (§ 53) im Programm:

Berufliche Selbständigkeit verwirklicht ein hohes Maß an Freiheit; deshalb müssen die Bürger zur Selbständigkeit ermutigt, die Chancen, selbständig zu werden und zu bleiben, erweitert werden.

Auch die Entscheidung für die Marktwirtschaft wird (§ 67) mit dem Argument begründet, daß nur in ihr die Freiheit zur Entfaltung der Person gegeben ist:

Unsere Grundwerte Freiheit, Gerechtigkeit und Solidarität fordern eine Ordnung der Wirtschaft, in der sich die Menschen frei und sozial entfalten.

Ausdrücklich (§ 69) heißt es, daß es nicht die größere Effizienz ist, warum die CDU sich für die Marktwirtschaft - in ihrer Variante allerdings der Sozialen Marktwirtschaft, das darf man dabei nie vergessen - und also gegen Planwirtschaft entschieden hat:

Wir würden für die Soziale Marktwirtschaft auch dann eintreten, wenn sie weniger materiellen Wohlstand hervorbrächte als andere Systeme. Es wäre unerträglich, Güter auf Kosten der Freiheit zu gewinnen.

Bei solchen Sätzen ist ganz offensichtlich an "die" Freiheit nicht der "Unselbständigen" gedacht, die ja in **jeder** Wirtschaftsordnung ein gewisses (und zum Teil ein großes) Quantum Freiheit opfern müssen, wenn sie zu *Arbeitskräften* oder *Angestellten* oder *Mitarbeitern* werden wollen. Sondern *Freiheit* und *Entfaltung* gehen hier ganz offensichtlich auf den Unternehmer, auf den *Selbständigen*; der also in der Tat, als die am meisten frei entfaltete Person, im Menschenbild des Ludwigshafener Programms das Ideal verkörpert dessen, was der Mensch erstreben kann und soll.

4. Jedem nach seiner "Leistung"

Ich vermute, daß die CDU-Entscheidung, gerade den Begriff *Entfaltung* zum Zentralbegriff der eigenen Ideologie zu machen, viel zu tun hat mit einem kollektiven deutschen Trauma, nämlich dem der Enge. Daß man das Heil - als Inbegriff des Strebens jedes Menschen - gerade darin zu erblicken meint, daß man sich "frei entfalten" könne, setzt die Erfahrung der erlebten Enge ja voraus; und in der Tat hat man bei uns im 20. Jahrhundert die Erfahrung dieser Enge millionenfach gemacht in Mietskasernen und Kasernen, Schützengräben, Luftschutzbunkern, Lagern, Notquartieren, in Wohnungen mit Untermietern und als Untermieter, wo überall der menschliche Bewegungsdrang empfindlich eingeschränkt war, was er noch heute vielfach ist in unserer extrem bevölkerten Gesellschaft. "Volk ohne Raum" war deshalb so plausibel, weil es der, wie gesagt, millionenfach erlebten Wirklichkeit entsprach, die Kurt Tucholsky einmal, auf das Schicksal nun speziell der deutschen Proletarier bezogen, benannt hat mit dem Titel "Nie allein!" Zu dieser körperlich erlebten Enge sind hinzuzudenken als nicht minder relevant die Zwänge der Behinderung im Reden und im Handeln - wo man schweigen und gehorchen mußte - , wie sie die Generation von Helmut Kohl und Heiner Geißler, um nur diese zwei zu nennen, noch erlebt hat. Endlich sich bewegen können! Endlich sagen können, was man denkt! Endlich handeln können, wie man möchte! Das sind Erfahrungen der Nachkriegszeit, die, wie ich meine, in das Ideal und den Begriff *Entfaltungsfreiheit* eingegangen sind und die uns die Partei des Ludwigshafener Programms glaubhaft und sympathisch machen als Garantin dieses ihres Ideals.

Für manche seiner Leser weniger sympathisch könnte sein, daß die im Ludwigshafener Programm zum Lebenszweck erhobene Entfaltung ihren prototypisch höchsten Ausdruck findet in Eigentum und Unternehmertum. Es gilt ja leider, daß, wie beim Raum, so auch beim Eigentum in weiterem Sinn, ein jedes Haben eo ipso auch bedeutet, daß ein anderer nicht hat. Da Raum und Eigentum stets knappe Güter sind und wir in keinem Land der unbegrenzten Möglichkeiten leben, gilt immer, daß, je mehr ich davon habe, deshalb desto weniger davon die anderen haben. Darin liegt eine nicht nur mögliche, sondern sogar logisch notwendige Ungerechtigkeit im Sinne der iustitia commutativa, deren sich auch die CDU durchaus bewußt ist, die nach ihrer Überzeugung aber in Kauf genommen, ja gutgeheißen werden muß. Im Geiste ihres Grundwerts *Solidarität* und der von ihr vertretenen *Sozialen Marktwirtschaft* will aber erstens die Partei, daß hier der Staat, wo nötig, korrigierend eingreift; in einer "bindungslosen" - also nicht Sozialen - Marktwirtschaft, so heißt es etwa einmal (§ 67), sei soziale Gerechtigkeit nicht möglich.

Und zweitens gibt das Ludwigshafener Programm der Überzeugung Ausdruck, daß Ungleichheit der Eigentums- und Einkommensverteilung in anderer Hinsicht - im Sinne der iustitia distributiva, wie ich deute - doch gerecht ist, und zwar wenn sie sich nach der *Leistung* richtet. *Leistung* ist für die CDU ein hoher Wert, man hat den Eindruck: fast vom selben Rang wie *Freiheit, Solidarität, Gerechtigkeit*. Jedenfalls ist *Leistung* ein weiterer zentraler Leitbegriff der CDU.

Dafür, daß sich Verteilung nach der *Leistung* richtet, sorgt schon die Marktwirtschaft als ein Verteilungsmechanismus, der die *Leistung* unparteiisch, ohne Ansehen der Person, ganz automatisch honoriert. Es gibt, so einmal (§ 71; vgl. auch § 68) das Programm, die "Leistungsgerechtigkeit des Marktes". Außer diesem Mechanismus der Gerechtigkeit hat aber weiter auch der Staat dafür zu sorgen, daß bei der Zuteilung gesellschaftlichen Reichtums wirklich *Leistung* auch belohnt wird. Obwohl also in einer Marktwirtschaft der Leistungsgrundsatz schon von selber wirksam ist, muß ihm doch noch gewissermaßen nachgeholfen werden. Dies zeigen Sätze wie die folgenden:

Es gilt ..., persönlichen Leistungswillen und Initiative anzuerkennen und zu fördern. (§ 19)

Gerechtigkeit verlangt, Gleiches gleich und Ungleiches ungleich zu behandeln. Gerechtigkeit schließt die Anerkennung persönlicher Anstrengung und Leistung ein. Jeder soll die Möglichkeit haben, seine Lebensbedingungen durch eigenen Einsatz zu verbessern und zu gestalten. Seine Leistung muß mit der Aussicht auf eine lohnende Zukunft verbunden sein. (§ 29)

Gerade die Bejahung persönlicher Leistung ... erfordert eine gerechte Verteilung der erarbeiteten Güter ... . (§ 29)

Wer Leistung erbringt, muß in jedem Fall besser gestellt werden als derjenige, der Leistung verweigert. (§ 73)

Außerdem ist *Leistung* in der Schule (§ 46) ein "gerechter Maßstab beruflicher und gesellschaftlicher Qualifikation".

"Jedem nach seiner Leistung", diese Leninsche Parole wird, wie verständlich, im Ludwigshafener Programm im Wortlaut nicht zitiert, doch ist offenbar die darin ausgesprochene Maxime - als moderne Variante des "suum cuique" - ein ganz zentraler Grundsatz auch der CDU, die also darin das Gerechtigkeitsprinzip erblickt, nach dem die Güter dieser Welt in der Gesellschaft zur Verteilung kommen müssen, wenn sie auch nicht so weit geht, zu verlangen, daß es außer *Leistung* keine anderen Kriterien der Verteilung geben dürfe.

5. Leistungsethik

Als deverbales Substantiv auf *-ung* kann *Leistung* - wie auch etwa *Schöpfung* oder *Sammlung* - zweierlei bedeuten, erstens eine Tätigkeit und zweitens deren Resultat. Eine *Leistung*, so belehrt ein gutes deutsches Wörterbuch, ist vor allem einerseits "das Leisten" und andererseits auch "das Geleistete; geleistete körperliche, geistige Arbeit; unternommene Anstrengung u. das erzielte Ergebnis". (Duden Universalwörterbuch 1989) Ich fasse diese Elemente der Gesamtbedeutung für meine Zwecke hier zusammen, indem ich wiederholend unterstreiche: *Leistung* ist *Arbeit*, die als solche eine *Anstrengung* ist, unter dem Aspekt gesehen, daß sie als *Leistung* immer ein *Ergebnis* hat, auf das sie abzielt (und nach dem man sie bemißt). *Leistung* ist demnach etwa: *anstrengende, ertragreiche Arbeit* bzw. das *Ergebnis dieser Arbeit*, anders gesagt: ihr *Resultat*. Im Gegensatz zu *Arbeit* also begreift die *Leistung* dieses Resultat mit ein. "Arbeiten" kann man auch ohne ein Ergebnis, doch *geleistet* hat man etwas jeweils nur insoweit, wie man dabei ein Ziel erreicht hat. *Leistung*, könnte man auch sagen, ist *Arbeit* zweckrational betrachtet unter dem Gesichtspunkt ihrer Effizienz.

Nicht einfach *Arbeit* also ist gemeint, wenn *Leistung* von der CDU "bejaht" wird, wie es heißt, und deshalb auch gefördert werden soll, sondern eben Arbeit, insofern sie effektiv ist. Das ist modern gedacht, im Sinne etwa einer Unternehmensführung, der es nicht darauf ankommt, wie sehr sich jemand bei der Arbeit anstrengt, sondern nur auf das Ergebnis. Allerdings wird *Leistung* doch als Arbeit, die sie ist, in aller Regel mühsam sein. Das bringt das Ludwigshafener Programm zum Ausdruck dadurch, daß es *Anstrengung und Leistung* (§ 29, s.o.) als Hendiadyoin verwendet und (§ 29, s.o.; § 46) im Zusammenhang mit *Leistung* auch von *Einsatz* spricht. *Leistung* erfordert also *Einsatz*; wobei *Einsatz* nach Auskunft unseres Wörterbuchs bedeutet: "sich anstrengen; alle körperlichen u. geistigen Kräfte für etw. anspannen". Daß *Leistung* lohnen soll, ist deshalb sicher auch nicht nur aus Gründen der Gerechtigkeit geboten, vielmehr liegt es im allerhöchsten Maß (seltsam, daß das Programm hierüber schweigt!) im Interesse der Gesellschaft und der Wirtschaft, ja es ist für uns alle lebenswichtig, *Leistung* trotz und wegen ihrer Mühsal attraktiv zu machen durch Belohnung, damit gelten kann: Wer etwas leistet, der hat auch Erfolg.

Doch ist *Leistung* - so das Ludwigshafener Programm - nicht nur zu fördern, sondern auch zu fordern. Zwar ist sie dem Menschen selbstverständlich, denn (§ 19) sie ist Bestandteil der *Entfaltung der Person* (so daß *Entfaltung* also auch bedeutet: *Leistung bringen*; das ist, wie oben nur kurz angedeutet, ein wichtiger Aspekt in der Bedeutung auch von *Entfaltung*):

Die eigene Leistung gehört zur freien Entfaltung der Person.

Und weil (so deute ich) der Mensch dazu geschaffen ist, sich zu entfalten, erlebt er, wenn er, etwas leistend, sich entfaltet, eine Leistungslust (wie ich sie nennen möchte) (§ 19):

Aber eigene Leistungsfähigkeit zu erfahren, ist, unabhängig von ihrem ökonomischen Wert, eine wichtige Quelle seiner Lebenskraft. Für jeden im Rahmen seiner Möglichkeiten, auch für den Behinderten, ist Leistung ein unentbehrlicher Antrieb.

Antrieb wozu? Gewiß zu neuer Leistung und zu weiterer Entfaltung, so daß man also *Leistung* demnach gar nicht fordern (und nicht einmal fördern) müßte. Doch ist es mit der *Leistung* wie mit der *Entfaltung*, sie ist dem Menschen zwar natürlich, aber trotzdem - und deswegen - auch geboten, auf Neigung ist hier kein genügender Verlaß, und *Leistung* ist daher auch Pflicht.

So in der Schule, die (§ 46) einen "Leistungsanspruch" stellen und "dem Starken mehr Leistung abverlangen" soll. Daß "Leistung" aber eine allgemeine Pflicht - nicht nur für Schüler - ist, sagt (§ 73) ganz direkt der Satz:

Wer Leistung verweigert, obwohl er leisten könnte, handelt unsozial.

Leistung und *Entfaltung*

Schon das Wort *verweigert* drückt hier aus, daß die Gesellschaft einen Anspruch hat auf *Leistung*, die wir also der Gesellschaft schulden. Und ganz massiv - kraft seiner Nähe auch zu *asozial* - spricht dann das Wörtchen *unsozial* den Vorwurf aus, daß es gewissermaßen sittenwidrig ist, wenn jemand *Leistung* nicht erbringen will; wobei es offen bleibt, ob jeder (wie man danach denken könnte) so viel wie möglich leisten soll oder etwa doch moralisch auch das Recht hat, sich für ein bestimmtes und vielleicht nicht maximales Maß von *Leistung* selber zu entscheiden.

Ansonsten kommt der allgemeine Leistungsanspruch (Leistung als Pflicht) im Ludwigshafener Programm durch Negation zum Ausdruck, und zwar in einer ganzen Serie von Ermahnungen, die das Programm an seine Leser adressiert, des Inhalts, daß die Würde eines Menschen **nicht** abhängig sei von seiner Leistung. Eine erste solche Negation (§ 6) ist oben schon zitiert:

Die Würde des Menschen bleibt unabhängig von seinem Erfolg oder Mißerfolg ... . Wir achten jeden Menschen als ... Person.

Hier geht es nicht um *Leistung*, sondern um *Erfolg*, doch impliziert ja *Leistung*, wenn sie denn belohnt wird, auch *Erfolg*, weshalb es naheliegt, von Mißerfolg auf Leistungsdefizit zu schließen. Hier wird nun gesagt, daß jeder Mensch auch dann - sogar dann - zu achten ist, wenn er erfolglos ist (weil er vermutlich nicht genug geleistet hat). Die Paraphrase "sogar dann" erscheint mir hier am Platz, weil jede Negation ja doch den Sinn hat, etwas zu verneinen, was geglaubt wird oder was man doch leicht glauben könnte. Also hier, daß man nur solche Menschen achten sollte, die (dank ihrer Leistung) erfolgreich sind. Das Programm bemüht sich also, diesem falschen Glauben zu begegnen. So auch mit den Sätzen:

Seine Würde und sein Recht hat der Mensch vor jeder Leistung. (§ 19)

Und:

Grundlage der Gerechtigkeit ist Gleichheit aller Menschen in ihrer Würde und Freiheit ohne Rücksicht auf Macht, Leistung oder Versagen des einzelnen. (§ 26)

Da also wird zum zweiten- und zum drittenmal dem Leser eingeschärft, daß Würde unabhängig ist von *Erfolg* und *Leistung*. Und außerdem kommt hier, als Antonym von *Leistung*, das Wort *Versagen* vor, was an das brutale Wort *Versager* der modernen Umgangssprache denken läßt. Ein *Versagen* wäre demnach, daß jemand das nicht leistet, was man von ihm erwarten kann und das zu leisten in der Tat auch selbstverständlich seine Pflicht ist, denn *Versagen* ist hier offenbar ein schwerer Vorwurf.

Statt *Versagen* heißt es dann *Verschulden* in einem Abschnitt (§ 30), wo noch einmal der *Erfolglosen* gedacht wird:

Es gilt, auch den Erfolglosen nicht fallen zu lassen und jedermann menschenwürdige Lebensverhältnisse zu sichern, auch wenn er durch eigenes Verschulden zu seiner Bedürftigkeit beigetragen hat.

Worin mag dieses eigene *Verschulden* des *Erfolglosen* bestehen? Nun, offenbar ist hier an den Erfolglosen gedacht, der deshalb *erfolglos* und *bedürftig* ist, weil er nicht genug geleistet hat. Wenn aber dieses ein *Verschulden* ist, dann ist auch umgekehrt die *Leistung* eine Pflicht.

Wie der Begriff der *Leistung* an die Stelle des Begriffs der *Arbeit*, so tritt also im Ludwigshafener Programm die Leistungsethik an die Stelle der althergebrachten Arbeitsethik. "Der Mensch muß leisten", heißt das neue Grundgebot. Und da in einem Staat, wie ihn die CDU sich wünscht und wohl im wesentlichen in der Bundesrepublik auch schon verwirklicht sieht, sich *Leistung* lohnt und also *Leistung* gleich *Erfolg* ist, gilt in dieser neuen Ethik weiter ein Erfolgsgebot: "Du mußt erfolgreich sein! Sonst bist du ein Versager." Auch der *Erfolg* ist in der Konsequenz der Leistungsethik quasi eine Pflicht. Und insofern *Erfolg* hier Pflicht ist, ist in dieser Ethik das Nichterfolgreichsein nicht nur insofern negativ, als es bedeutet, daß man nicht erreicht hat, was man wollte; sondern außerdem auch noch moralisch negativ, weil es auch bedeutet, daß man - vorausgesetzt, man konnte - nicht getan hat, was man sollte, mit anderen Worten, es ist Schuld, wie es ja (s.o.) das Programm mit seinem Wort *Verschulden* selbst auch sagt. So daß es in der Tat auch naheliegt, daß der Erfolglose verachtet wird. Denn den moralischen Versager muß man ja verachten. Was wiederum verständlich macht, wieso die CDU, die dies als christliche Partei nicht will, die aber für die neue Leistungsethik und für das in ihr enthaltene Erfolgsgebot doch so emphatisch eintritt, es für geboten hält, in ihrem Ludwigshafener Programm es mehrmals zu betonen, daß die Menschenwürde unabhängig ist von *Leistung* und *Erfolg*. Umgekehrt kann nach der Logik dieser Leistungsethik sich, wer *Erfolg* hat, sagen, daß er ihn sehr wahrscheinlich wegen seiner *Leistung* hat, also ihn auch *verdient* hat; deshalb kann, wer *Erfolg* hat, mit sich selber auch moralisch einverstanden sein. "Dafür bringe ich ja auch die Leistung", hört man als Antwort auf die Frage, wieso jemand ein sehr viel höheres Gehalt hat als die meisten anderen; das ist durchaus im Geist des Ludwigshafener Programms gesprochen.

6. "Leistung" und "Entfaltung" in der Schule

"Menschlich ist die Schule", sagt das Programm (§ 46), "wenn sie Freude macht und auf das Leben vorbereitet." So findet sich das Menschenbild der CDU mit seinen Idealen und Begriffen der *Entfaltung* und der *Leistung* in nuce wieder in dem Kapitel über "Erziehung, Bildung und Kultur" (§ 41 ff.), das von der "Qualität des Erziehungs- und Bildungswesens" und insbesondere von der Schule handelt. Gleich zu Anfang (§ 41) wird dort konstatiert:

Erziehung und Bildung sind wesentliche Voraussetzungen für die persönliche Entfaltung des einzelnen und eine gerechte Verwirklichung seiner Lebenschancen.

Sie sollen den Menschen befähigen, sein Leben in verantworteter Freiheit zu gestalten und seinen Platz in Beruf und Gesellschaft zu finden.

Der erstzitierte Satz bestätigt, daß *persönliche Entfaltung* für die CDU gerade nicht identisch ist mit *Bildung*, denn diese ist hier ja nur eine der "Voraussetzungen" der Entfaltung. Woraus sich weiter auch ergibt, daß die hier von der CDU gemeinte *Bildung* etwas ganz anderes ist als Bildung nach dem Verständnis unserer Klassik, nämlich eben nicht Entfaltung und Entwicklung (im Sinne unserer Klassik) der Persönlichkeit.

Vielmehr ist sie vor allem Formung der Person. Das zeigt sich sprachlich darin, daß *Bildung* und *Erziehung* - als *Bildung und Erziehung, Erziehung und Bildung* auch als Hendiadyoin verwendet - fast synonym sind. Beide Wörter meinen vor allem eine Einflußnahme der Schule und der Lehrer auf die Schüler. So, wenn es immer wieder heißt, daß Bildung und Erziehung etwas "sollen" und daß dabei der Schüler etwas "muß":

Der Mensch muß lernen, seine Würde und Freiheit zu erkennen, Pflichten zu erfüllen und Rechte zu gebrauchen, Toleranz und Mitmenschlichkeit zu üben und den demokratischen und sozialen Rechtsstaat zu bejahen. (§ 42)

Erziehung soll ... die Erkenntnis vermitteln, daß wir ein Mindestmaß an Übereinstimmung im Umgang miteinander und im Wertbewußtsein brauchen ... . (§ 42)

Die Schule soll dem jungen Menschen helfen, einen religiösen und ethischen Standpunkt zu finden. (§ 43)

Bildung und Erziehung sollen Geschichtsbewußtsein vermitteln. (§ 44)

Bildung, die zu personaler Verantwortung führen soll, muß mehr vermitteln als Anpassungsfähigkeit, berufliches Rüstzeug und das Verstehen von Funktionszusammenhängen. (§ 45)

Hier überall ist *Bildung* - wie *Erziehung* - aus der Sicht der Institution des "Bildungs- und Erziehungswesens" verstanden als deren Einwirkung auf die "jungen

Menschen", und weniger (vgl. aber "helfen", § 43) ist daran gedacht, daß sich die jungen Leute selber bilden. Insbesondere auch zur *Leistung* sollen sie erzogen werden.

Über *Leistung* in der Schule wird in der ihr gewidmeten Passage des Programms (§ 46) zu Anfang wiederholend festgestellt, die *Leistung* sei ein wesentlicher "Ansporn" für den Menschen, sie helfe ihm, seine Begabung zu *entfalten*. Außerdem sei sie, wie schon zitiert, "gerechter Maßstab beruflicher und gesellschaftlicher Qualifikation" (in die brutale Wirklichkeit des "Sitzenbleibens" in der Schule übertragen heißt das eo ipso auch: gerechter Maßstab der sozialen Selektion). Menschlich sei die Schule (s.o.), wenn sie Freude mache und auf das Leben vorbereite, deshalb dürfe sie dem "Ruf" nach "Leistungsverweigerung" nicht folgen, wenn sie auch auf "Leistungsgrenzen" Rücksicht nehmen solle. Der Text fährt fort:

Auch in der Schule ist Leistung mehr als nur Nachweis von Wissen und Durchsetzungsvermögen. Im Leistungsanspruch müssen auch Einsatzbereitschaft für den Schwächeren, Rücksicht und Achtung für den Mitmenschen gefördert und anerkannt werden. Ein leistungsorientiertes Bildungswesen muß dem Schwachen mehr Förderung geben, dem Starken mehr Leistung abverlangen. Es muß die Einsicht vermitteln, daß der Einsatz des Stärkeren die Hilfe für den Schwächeren ermöglicht. Damit wird Leistung zugleich zum Ausdruck der Solidarität.

Semantisch aufschlußreich und neu ist hier zunächst der Umstand, daß uns der erste Satz in diesem Passus sagt, zur *Leistung* gehöre - "auch", also nicht nur in der Schule, sondern generell - ein "Durchsetzungsvermögen", denn es sei Leistung "mehr als nur" - also immer auch - dessen Nachweis. (Ich lasse hier das Stichwort *Nachweis* ohne Kommentar, obwohl das ganze Elend unseres Erziehungswesens darin liegt, daß in der Schule allzu oft jede *Leistung*, ja jede Lebensäußerung ein *Nachweis* ist.) Mit diesem Wort wird noch einmal gesagt, daß *Leistung* schwer und mühsam sein kann (in der Schule: vielleicht sein soll), zu *sich durchsetzen* nämlich schreibt das oben schon zitierte Wörterbuch als Erklärung: "Widerstände überwinden ...". Weiter schreibt es: "... u. sich Geltung verschaffen" (ich deute: "und sich damit Geltung zu verschaffen"), was in unseren Zusammenhang gut paßt, insofern es zu implizieren scheint, daß in der Leistungsschule *Geltung* nur durch das Bestehen einer Schwierigkeit zu haben sein soll (da wird einem "nichts geschenkt", wie unsere Alltagssprache sagt). Typischerweise *setzt* man sich *durch* in Konkurrenz mit anderen, d.h. gegen andere, so daß auch dies zum prototypischen Begriff von *Leistung* mit dazugehören könnte ("Er konnte sich [mit seinen Forderungen / gegen die anderen] durchsetzen", gibt das Wörterbuch als Beispiel). Semantisch aufschlußreich bezüglich *Leistung* scheint mir in diesem Absatz weiter: a) der doppelte Gebrauch von *Einsatz* im Zusammenhang mit *Leistung*; b) der Ausdruck "Leistungsanspruch";

c) das Reden von den *Starken* und den *Stärkeren* und *Schwächeren* und *Schwachen*; d) der Begriff des *leistungsorientierten Bildungswesens*. In einem solchen Bildungswesen soll der Schüler - so male ich das einmal drastisch aus - durch *Leistungsanspruch* unter Stress gesetzt und in der permanenten Angst, er könne zu den *Schwachen* zählen, sich immer wieder überwinden und sich plagen (*Einsatz*), um sich "durchzusetzen" gegen seine (früher so genannten) Kameraden, in der Perspektive, daß ihm, wenn er endlich zu den *Starken* zählt, dann noch mehr "Leistung" (Mühsal) *abverlangt* wird. Ein Szenario, das niemand - ganz gewiß auch nicht die CDU - je wollen wird, das aber in der Konsequenz des *leistungsorientierten Bildungswesens*, wie das Ludwigshafener Programm es will, liegen könnte, wie ich meine.

Nicht verständlich ist mir nämlich der letzte Satz des Passus: "Damit wird Leistung zugleich zum Ausdruck der Solidarität." Damit nämlich, daß dieses Bildungswesen die Einsicht vermittle, daß der Einsatz des Stärkeren die Hilfe für den Schwächeren ermögliche. Soll man das so verstehen, daß, je mehr die *Starken* leisten - weil man es ihnen abverlangt - desto mehr sich dann die Lehrer um die *Schwachen* kümmern, so daß auch sie am Ende gute Noten haben? Und was soll heißen, durch den "Leistungsanspruch" werde auch "Einsatzbereitschaft für den Schwächeren, Rücksicht und Achtung für den Mitmenschen" gefördert? Es scheint ja doch das Gegenteil der Fall zu sein. Meint hier das Programm, in einer Schule, wie die CDU sie will, solle man von den *Starken* auch verlangen - und es durch bessere Zensuren fördern - daß sie den *Schwachen* etwa bei den Hausaufgaben helfen oder ihnen in der Freizeit gratis Nachhilfeunterricht erteilen? Und wie soll ein *leistungsorientiertes* Bildungswesen *Rücksicht und Achtung* honorieren? Etwa auch durch gute Noten, das Einzige, was als *Erfolg* hier wirklich zählt? Sprachwissenschaftlich formuliert: Ich sehe nicht, auf welche - bestehende oder auch nur vorgestellte - Wirklichkeit das alles referiert. Halten wir aber fest, daß das Programm behauptet, die Schule könne beides sein: Schule der harten Konkurrenz und trotzdem auch der Solidarität.

Der Mensch braucht Muße und die Gelegenheit zu spielerischer Tätigkeit, ohne die es keine freiheitliche Kultur gibt.

Dieser Satz steht **nicht** in dem Kapitel über Bildung und Erziehung, sondern in einem Abschnitt (§ 56) mit dem Titel "Freizeit". Er erinnert an das zu Recht berühmte Diktum Schillers, wonach der Mensch nur da ganz Mensch ist, wo er spielt. Das gilt gewiß auch für die Schule wie auch für Wissenschaft und Politik und Wirtschaft, wo überall - und dies ist eine Ironie der Leistungsideologie - gerade solche Menschen etwas *leisten* und *erfolgreich* sind, die sich "Muße und Gelegenheit zu spielerischer Tätigkeit" bewahren gerade nicht nur in der "Freizeit", sondern in ihrer *Arbeit* selbst. *Erfolg* hat eben nicht derjenige am meisten, der sich am meisten quält und abverlangt. Diese Einsicht ist zwar im Ludwigshafener Programm nicht formuliert, doch kommt ihr der zuletzt zitierte Satz schon nahe. Hier spricht, so meine ich, die andere CDU.

7. Die andere CDU

Diese andere CDU spricht eine andere Sprache und hat ein anderes Menschen- und Gesellschaftsbild. Im Ludwigshafener Programm kommt sie nicht an genauso prominenter Stelle wie die - nennen wir sie einmal so - dominante CDU zu Wort, nicht gleich zu Anfang, sondern mehr nur zwischendurch. Dort aber redet sie klar und vernehmlich.

So in dem gerade schon zitierten Passus (§ 56) über "Freizeit", die als Möglichkeit verstanden wird, auch "außerhalb des Arbeitslebens schöpferische Fähigkeiten zu entfalten" und damit als "Chance zur Selbstverwirklichung" speziell für die, "denen die Arbeit hierfür nur begrenzten Raum läßt". Hier also ist an menschliche *Entfaltung* und *Selbstverwirklichung* einmal auch außerhalb des Leistungs- und wirtschaftlichen Verwertungszusammenhangs gedacht wie auch vor allem an die vielen Menschen, denen ihre Arbeit für ihre Selbstentfaltung keinen bzw. "nur begrenzten" Raum gibt, wie es im Programm zwar euphemistisch, aber dennoch deutlich heißt.

Daß in unserer Gesellschaft viele Fähigkeiten, weit entfernt, sich zu entfalten, auch verkümmern, sagt implizit die andere CDU mit ihrem Satz (§ 57, "Sport und Spiel"):

Im Spiel entfaltet der Mensch Fähigkeiten, welche in der oft einseitig zweckgerichteten Arbeitswelt zu wenig gefragt sind.

Da also kommt Kritik an dieser *Arbeitswelt* zum Ausdruck, wenn auch das Ludwigshafener Programm im Endeffekt auch hier bei einer positiven Sicht der Dinge bleibt, indem es nämlich fortfährt:

Deswegen gehört ein größeres Angebot musischer Fächer und sportlicher Betätigung zu einem wirklich umfassenden Bildungs- und Freizeitangebot.

Das große *Freizeitangebot* scheint alles wieder gutzumachen in den Augen der hier wieder dominanten CDU.

Die andere CDU kommt generell zu Wort, wo es um *Arbeit* (statt um *Leistung*) geht. Zum Beispiel dort, wo das Problem der Arbeitslosigkeit behandelt wird, wenn dies auch, wiederum verhüllend, das Problem der *Vollbeschäftigung* (nur das Wort *Arbeitslosenunterstützung* wird gebraucht) genannt wird. Da (§ 50) wird das Ziel der Vollbeschäftigung, als Gebot von "Gerechtigkeit und Humanität", begründet mit dem Satz:

Arbeit ist nicht nur Broterwerb, sondern auch eine Form der Selbstverwirklichung und kann durch keine noch so hohe Arbeitslosenunterstützung aufgewogen werden.

In diesem Satz ist offensichtlich *Arbeit* nicht durch *Leistung* zu ersetzen, und *Arbeit* ist hier also auch nicht reduziert auf die eindimensional-zweckrational erbrachte *Leistung*, bei der es nur um den Ertrag geht. Ich kann die vielen anderen Stellen des Programms nicht mehr zitieren, in denen, in Bezug auf *Arbeit*, ein anderes und, wie ich meine, ein gleichermaßen humaneres wie realistischeres Menschenbild erkennbar ist als im Zusammenhang mit *Leistung* und *Erfolg*. Ich erwähne nur noch den politisch ganz besonders wichtigen Versuch einer Anbahnung der Erweiterung unseres Begriffs der *Arbeit* mit den Sätzen (§ 55, "Umfassendes Verständnis von Arbeit"):

Arbeit ist nicht lediglich Erwerbsarbeit.

Die Aufgaben in der Familie, wie Kindererziehung, Hausarbeit und Krankenpflege, sind wichtige und unentbehrliche Tätigkeiten.

Ich muß mich hier zum Schluß beschränken auf den globalen Hinweis, daß das Welt- und Menschenbild der anderen CDU besonders auch im Hauptkapitel des Programms über "Soziale Marktwirtschaft" zur Geltung kommt, z.B. wenn es (§ 71) realistisch heißt:

Die Leistungsgerechtigkeit des Marktes ist nicht identisch mit der sozialen Gerechtigkeit. Es gibt Starke und Schwache, Gesunde und Gebrechliche, Glückliche und Unglückliche. Die Lebenschancen sind ungleich verteilt, und auch bei gerechten Chancen wird der Erfolg verschieden sein.

Speziell auch in dem Abschnitt (§ 100) über die "Neue Soziale Frage" hört man deutlich die Stimme jener anderen CDU, die sensibel ist für Ungerechtigkeit und für die Not von Menschen und daher Dinge auch beim Namen nennt (sogar von dem "Verteilungskampf um das Bruttosozialprodukt" ist hier ganz unverhüllt die Rede). Die andere CDU spricht auch (§ 101) von *Einsamkeit, Hilfsbedürftigkeit, Krankheit, Alter* und von *allzuoft ungenutzten* Chancen für ein sinnerfülltes Leben.

Die Existenz der "Stimmenvielfalt im Roman" (so das Schlagwort) kennt unsere Fachwelt, im Prinzip, seit mehr als fünfzig Jahren. Die "Stimmenvielfalt im Parteiprogramm" dagegen müssen wir uns erst noch zu Bewußtsein bringen. Sie entspricht der Interessenvielfalt und Interessengegensätzlichkeit der Gruppen, die auf die Formulierung von Parteiprogrammen Einfluß nehmen, ganz besonders ja in einer **Volkspartei**, wie es die CDU ist, doch ist damit zu rechnen, daß

Unterschiede in der Sprache und der Sicht der Dinge außerdem auch quer zu Unterschieden in der offiziellen Gruppenzugehörigkeit der Mitautoren eines solchen Textes stehen. Als homogen, in sich geschlossen, ohne Widersprüche logisch kohärent, als wie aus einem Guß, so bietet ein Parteiprogramm sich dar, zumindest auf den ersten Blick. Und darauf hat man auch bei seiner Redaktion den größten Wert gelegt: die Partei soll wie mit einer Stimme sprechen. Die Interpretation muß umgekehrt versuchen, dem so erzeugten Eindruck der totalen Harmonie entgegen, in dem, was scheinbar ein perfektes Unisono ist, die Einzelstimmen zu erkennen und herauszuhören.

Anhang

Zur Vorbemerkung

Das Ludwigshafener Programm der CDU ist, da noch immer gültig, bei jeder ihrer Geschäftsstellen zu erhalten. Es ist abgedruckt in Heck 1979, Kaack/Roth 1980 und Kunz/Maier/Stammen 1979. Über die Entstehung des Programms geben Auskunft: CDU-Bundesgeschäftsstelle 1980, Sarcinelli 1980, Haungs 1983, Schmidt 1983, Schönbohm 1985.

Grundsätzliches wird in diesem Beitrag weder ausgeführt zur Textsorte Parteiprogramm (vgl. dazu Schönbohm 1974, Hermanns 1989) noch zur Thematik der Begriffsbesetzung (vgl. dazu Behrens/Dieckmann/Kehl 1982, Klein 1989, Hermanns 1989), noch auch zu der Frage, ob man gut daran tut, durchweg von der Besetzung von "Begriffen" zu sprechen, obwohl man dabei immer Wörter - Fahnenwörter, Stigmawörter - meint. Stattdessen bietet, wie im Text gesagt, der Beitrag nur die Einzeluntersuchung des Bedeutungsinhalts (der inhaltlichen "Besetzung") der Leitbegriffe *Leistung* und *Entfaltung der Person*, die als spezifische CDU-Begriffe (keine andere Partei benutzt sie) in der Tat besonders dazu angetan sind, der Partei eine eigene, auch sprachliche Kontur zu geben. Bei der Besetzung dieser zwei Begriffe handelt es sich also nach der von Klein (1989) getroffenen Unterscheidung um ein Phänomen der "Bezeichnungskonkurrenz" (nicht der "Bedeutungskonkurrenz") im Sprachgebrauch rivalisierender Parteien. Was die Bedeutungsfüllung der Begriffe angeht, hat demnach die Partei, die sie allein besetzt, gewissermaßen (eingeschränkt allein vom allgemeinen Sprachgebrauch) freie Hand, sie hat ein Monopol. Die Frage ist nun, was sie daraus macht.

Zu 1. Die CDU bleibt sich treu

Die gewissermaßen offizielle Stellungnahme der SPD (Eppler/Löwenthal/Rapp 1979:3) bedauert nicht ganz ohne Schadenfreude, es sei das Ludwigshafener Programm der CDU "auf unverhältnismäßig geringe Resonanz gestoßen". Dem entgegnet Schönbohm (1979:39), die Resonanz sei vielmehr "erstaunlich stark" gewesen, über eine Million Exemplare seien binnen eines Jahres nach Erscheinen angefordert worden. Ich will die Bedeutung des Programms nicht schmälern, wenn ich sage, daß es historisch für die Geschichte der Partei und damit auch der Bundesrepublik nicht dieselbe Wichtigkeit gehabt hat wie das Godesberger Programm für die SPD. Ich berufe mich da bei auf Sarcinelli (1980:78 f.), der gleichfalls feststellt, es sei das Grundsatzprogramm der CDU nicht das Dokument einer historischen Wende, sondern "eher ein Dokument politischer Kontinuität".

Einen Überblick über "dominante politische Wortfelder" und Schlagworte in der Geschichte der Bundesrepublik gibt Klein (1989): Wie im Zeitraffer ziehen da am Leser die Hoffnungen und Ängste aus vier Jahrzehnten deutscher Nachkriegspolitik und Nachkriegswirklichkeit vorbei; in seinem Aufsatz sind auch die wichtigsten der Fahnen- und der Stigmawörter der CDU versammelt.

Auch im Pathos seiner Sprache folgt das CDU-Programm seinem Vorbild von der SPD (vgl. dazu Hermanns 1989, passim). "Phasenweise ... penetrant-belehrend" nennt sie Hättich (1977:70), der auch (75) von "einer Art Verkündigungssprache" redet, "mit der auch schon die Kirchen seit langem große Teile der Menschen nicht mehr erreichen". "Diese Sprache täuscht", so Hättich weiter, "eine Lehramtskompetenz vor, die einer politischen Partei nicht zukommt." Damit bringt er prägnant zum Ausdruck, worum es bei dem nur scheinbar bloß stilistischen Problem des Pathos wirklich geht, nämlich darum, in welcher Rolle der im Text implizite Autor spricht und in welche Rolle er damit den Leser bringen will; wie auch (76 f.) mit der Kritik: "Das [daß nämlich das Programm in seinen Aussagen über die Grenzen des Politischen hinausgeht] führt dann dazu, daß man in diesem Programm immer wieder so gutgemeinte und schöne Ermahnungen liest, gegen die sich kaum etwas sagen läßt, bei denen ich mich aber doch frage, wieso ich eigentlich als Bürger dazu komme, mich von einer politischen Partei in dieser Weise ermahnen und belehren zu lassen. Ich meine, politische Parteien des 20. Jahrhunderts eignen sich für eine modernisierte Übernahme der Rolle des Patriarchen, der die allgemeinen Lebensweisheiten für seine Kinder im Geiste verwaltet, nun ganz und gar nicht." Und (77): "Politische Parteien sind weder Seelsorger noch Lehrmeister der Nation, sie sind Institutionen der praktischen Politik." Diese Charakterisierung der Sprache und der darin impliziten Sprecherrolle des Programmentwurfs ist, wie ich meine, auch für das fertige Programm noch gültig, und gültig bleibt auch die von Hättich ebenfalls gestellte, grundsätzliche Frage, in welchem Ton und also auch in welcher Haltung (mit welchem Gestus) ein Grundsatzprogramm angemessenerweise zu uns reden sollte.

Zu 2. Das Menschenbild der CDU

Ideologie ist ein Kampfbegriff der CDU (vgl. im Programm die §§ 11, 18, 40, 44, 49) und impliziert als solcher, daß Ideologie ist, was die andern haben, aber eben nicht die CDU. Ich verwende hier das Wort neutral, im selben Sinne übrigens wie Schönbohm (1979:31), der in seiner Antwort auf die SPD-Kritik am Ludwigshafener Programm (Eppler/Löwenthal/Rapp 1979) über die Bedeutung des Programmkapitels "Das Verständnis vom Menschen" schreibt, es sei darin ausgedrückt der sozusagen "ideologische Kern" der CDU; allerdings spricht Schönbohm da nicht für eine breite Öffentlichkeit und setzt auch das Wort in Gänsefüßchen.

Zu § 6 ("Würde des Menschen"): Juristisch ist der "Begriff der Menschenwürde i. S. des Abs. 1 ein unbestimmter Rechtsbegriff ... . Im Kern geht der Begriff davon aus, daß der Mensch als geistig sittliches Wesen darauf angelegt ist, in Freiheit und Selbstbewußtsein sich selbst zu bestimmen und auf die Umwelt einzuwirken (BGHZ 35, 8). Die Menschenwürde wird aber auch geprägt vom Menschenbild des GG, das den Menschen nicht als selbstherrliches Individuum, sondern als in der Gemeinschaft stehende und ihr vielfältig verpflichtete Persönlichkeit begreift (BVerfGE 12,

51; 28, 189; 30, 20; 33, 10 f.)", so ein Kommentar (Seifert/Hömig 1988:37) zum Grundgesetz. Bei einer so ins Einzelne gehenden Übereinstimmung zwischen der Auslegung des Grundgesetzes und dem Ludwigshafener Programm fragt man sich, woher sie rührt: Ist das Programm in allen diesen Punkten etwa mehr juristisch als spezifisch christlich inspiriert? Oder hat umgekehrt in späteren Jahren das Programm die höchstrichterliche Rechtsprechung beeinflußt?

Zu § 7 ("Verantwortung vor Gott"): Wie weit der Abstand zwischen dem Programm und dem Gesetz hingegen auch sein kann, beweist derselbe Kommentar (Seifert/Hömig 1988:48), wenn er das Recht auf freie Entfaltung der Persönlichkeit auslegt als "allgemeine Handlungsfreiheit" mit der Erläuterung: "Dies ergibt sich auch aus der Entstehungsgeschichte der Vorschrift, deren lediglich aus sprachlichen Gründen geänderte Entwurfsfassung lautet: 'Jedermann ist frei, zu tun und zu lassen, was die Rechte anderer nicht verletzt ...'." Aus dieser so verstandenen Freiheit ist auf keine Weise eine menschliche Entelechie mehr ableitbar.

Sehr kondensiert ist in der Formel der *verantworteten Freiheit* die anthropologische Aussage, die das Programm mit dieser Formel machen will, nämlich daß der Mensch einerseits zwar frei, andererseits aber auch verantwortlich ist. Ein Zufallsfund belehrt mich über die wahrscheinliche Herkunft des Gedankens. Annie Cohen-Solal zitiert in ihrer Sartre-Biographie (Paris: Gallimard, 1985, Collection folio/essais, p. 400) einen Dialog zwischen Sartre und Rougemont, wo Sartre auf die listige Frage, woher er die Idee denn habe, daß der Mensch sowohl frei als auch verantwortlich ist, antwortet: "Je sais très bien à qui je l'ai prise ... **Politique de la personne**, Rougemont, 1934". Entweder also hat auch die CDU (jemand aus der CDU) diesen Gedanken direkt von Denis de Rougemont oder aber auf dem Umweg über Sartre, der jedenfalls dafür gesorgt hat, daß er nicht mehr ein spezifisch christlicher Gedanke ist.

"Ein christliches Programm?" - diese Frage wirft auch die Kritik der SPD auf, ich referiere daraus (Eppler/Löwenthal/Rapp 1979:4) nur den Vorwurf, das Menschenbildkapitel des Ludwigshafener Programms enthalte "keine Entfaltung der inhaltlichen Dimensionen eines christlichen Menschenverständnisses", es vollziehe "lediglich die Geste des Hinweisens auf eine 'Wirklichkeit, welche die menschliche Welt überschreitet'"; alle inhaltlichen Aussagen über den Menschen seien "zwar **auch** in der christlichen Tradition verwurzelt, aber ganz gewiß nicht in ihr allein." Nun, dieses "auch" genügt der CDU gewiß, damit ihr Menschenbild in ihren Augen christlich ist; mehr wird von ihr auch nicht behauptet.

Zu 3. "Entfaltung" und "Gestaltung"

Wenn Lebenszweck des Menschen die Entfaltung ist, dann muß er dazu frei sein wollen - ich verstehe also *frei entfalten* als Pleonasmus, in dem das Beiwort *frei* emphatisch unterstreichende Funktion hat und nur explizit macht, was in *Entfaltung* ohnehin enthalten ist; eine Entfaltung, die nicht frei sein würde, wäre keine. Dazu geschaffen, sich zu entfalten, will und muß der Mensch nach Freiheit streben. Wir finden damit im Begriff *Entfaltung der Person* eine Art impliziten Grund dafür, daß der Mensch frei sowohl sein will wie auch sein soll; der in der Hierarchie der Werte der Partei wohl höchstplazierte Wert der *Freiheit* erfährt durch *Entfaltung* eine anthropologische Rechtfertigung. Zugleich wird *Freiheit* durch *Entfaltung* inhaltlich bestimmt: Entfaltung ist das Wozu der Freiheit. *Freiheit* ist also für die CDU nicht nur ein *Freisein von* etwas, sondern auch ein *Freisein zu* etwas, eben zur *Entfaltung*. Insgesamt jedoch erkenne ich im Ludwigshafener Programm nicht weniger als **drei** deutlich verschiedene Bedeutungen von *Freiheit*. Erstens ist

Freiheit ein Existential des Menschen, also eine Eigenschaft, die er schlechthin immer hat und nicht verlieren kann, die Freiheit also eines Christenmenschen. "Der Mensch ist frei", sagt daher einmal kurz und bündig das Programm (§ 13). In den übernächsten Sätzen erscheint *Freiheit* aber schon in gänzlich anderer Bedeutung: "Wer Freiheit für sich fordert, muß die Freiheit seiner Mitmenschen anerkennen. Die Freiheit des anderen bedingt und begrenzt die eigene Freiheit"; wenn der Mensch frei ist, dann braucht er Freiheit ja nicht erst zu fordern. Hier meint also "Freiheit" nicht ein Absolutum, sondern offenbar ist *frei* hier graduierbar; diese semantische Vermutung wird bestätigt, wenn es etwa heißt (§ 16), Eigentum erweitere den *Freiheitsraum* des einzelnen. Und drittens gibt es auch noch eine absolute *Freiheit*, die man aber, im Gegensatz zur ersten, auch verlieren kann. Sie ist gemeint, wenn, gleich nachdem vom "totalitären oder kollektivistischen System" die Rede war, gesagt wird (§ 18): "Wer frei ist, hat die Pflicht, für die Freiheit derer einzutreten, denen Freiheit vorenthalten wird." Dies entspricht der auch sonst bekannten Redeweise, wonach etwa bis vor kurzem die Menschen in der DDR unfrei, die in der BRD dagegen frei gewesen sind.

Mir scheint daher die SPD-Kritik (Eppler/Löwenthal/Rapp 1979:7) an dem Begriff der *Freiheit* des Programms auch nicht zu greifen, die nämlich davon ausgeht, daß das CDU-Programm nur einen einzigen Begriff der Freiheit habe und auf dieser Basis zeigt, wie es dann widersprüchlich ist. Dagegen finde ich die Kritik (ebd.) erhellend, das Programm mache, wenn es "persönliches Eigentum" als "Bedingung für die Erweiterung des Freiheitsraums des einzelnen" bezeichne, nicht klar, "ob hierbei an Gebrauchseigentum, an Ersparnisse oder an großes Produktionsmitteleigentum gedacht ist"; dies letztere könne ja gerade "zu einer akuten Freiheitsbedrohung für die große Mehrheit der abhängig beschäftigten Menschen führen". - Aus der Sicht der FDP merkt Pabst (1979:21) an und bestätigt so die im Text gegebene Analyse, es sei im Ludwigshafener Programm "von der Notwendigkeit, Freiheit und Freiheitsrechte zu erweitern, nur im Zusammenhang mit dem Eigentum die Rede".

Einen noch gänzlich anderen und keineswegs auf Eigentum hinzielenden Begriff von *Freiheit* und von *Selbstverwirklichung* bzw. *Selbstbestimmung*, wie es damals (statt *Entfaltung*) heißt, gebrauchte der erste (1972) wie der zweite (1973), von v. Weizsäcker erstattete Bericht der Grundsatzkommission der CDU, aus der dann später die Programmkommission geworden ist (beide Berichte sind abgedruckt in der Publikation der CDU-Bundesgeschäftsstelle 1980).

Zu 4. Jedem nach seiner "Leistung"

Nicht im Zusammenhang mit *Leistung* und *Leistungsgerechtigkeit*, sondern mit *Chancengerechtigkeit* (statt *Chancengleichheit*, wie die SPD sie will) greift die SPD (Eppler/Löwenthal/Rapp 1979:8 und 20) den Grundsatz des "Suum cuique" generell an als Prinzip einer "nach dem Motto 'Jedem das Seine' verfahrenden ständischen Gesellschaftsauffassung" (ähnlich Pabst 1979:23); dies bestätigt - sehen wir von der massiven Kritik hier einmal ab - daß im Gerechtigkeitsbegriff der CDU dieser Grundsatz in der Tat enthalten ist und weist außerdem auch darauf hin, daß es sich dabei um eine semantische Besonderheit des Sprachgebrauchs der CDU handeln könnte. Ist das wirklich so? Semantisch ebenfalls erhellend ist die Kritik der SPD (13) an dem Begriff der *Leistungsgerechtigkeitkeit des Marktes*: "Die Ergebnisse der Marktwirtschaft sind demnach leistungsgerecht ... . Nun genügt ein einziger Blick auf die Eigentums- und Einkommensstrukturen in der Bundesrepublik, um die Absurdität einer solchen Behauptung zu beweisen, es sei denn, Leistung wird einfach mit Durchsetzungsvermögen gleichgesetzt. Diese erheblichen

Ungleichheiten resultieren nun keineswegs in erster Linie aus individuellen Leistungen, sondern aus ungleichen Startvoraussetzungen und privilegierten wirtschaftlichen Positionen." In der Tat ist im Programm in unserem Zusammenhang von Startvoraussetzungen nicht die Rede, wie auch nicht vom Glück, das man ja gleichfalls haben muß, um zum Erfolg zu kommen, für den also die Leistung keine Garantie ist. Dies aber scheint der Begriff der *Leistungsgerechtigkeit des Marktes* doch zu implizieren, insofern er zu besagen scheint, daß Leistung immer den Erfolg auch wirklich nach sich zieht.

Zu 5. Leistungsethik

Fast wäre aus der *Leistung* sogar ein "Grundwert" des Programms der CDU geworden, so wichtig war sie ihr. Im ersten Kommissionsbericht der Grundsatzkommission der CDU (1972) (CDU-Geschäftsstelle 1980, 170-175) jedenfalls erkennt man in dem Abschnitt über "Die ethischen Grundlagen der Politik" vier Unterabschnitte, a) - d), die Folgendes behandeln: a) die Freiheit; c) die Solidarität; d) die Gerechtigkeit; und mitten in der Reihe: b) die Leistung. Wozu jedoch zu sagen ist, daß auch *Leistung* dort noch eine andere Bedeutung hat als später und weniger auf Effizienz und auf Erfolg bezogen und beschränkt ist.

Die von mir im Text vermutete Wahrscheinlichkeit des Umkehrschlusses von Erfolg auf Leistung und von Mißerfolg auf ein schuldhaftes Versagen knüpft die SPD-Kritik (Eppler/Löwenthal/Rapp 1979:9) an den Begriff der *Chancengerechtigkeit*, der anfällig sei "für eine Interpretation nach dem Motto: Begabung und Leistung setzen sich durch, also sind bestehende Ungleichheiten in Vermögen, Bildung, Einkommen und Ansehen der wahre Ausdruck von Gerechtigkeit". An anderer Stelle (17) heißt es: "Da aber Leistung nirgendwo definiert wird, liegt dem ganzen Leistungskonzept unausgesprochen der Gedanke zugrunde, daß Leistung eben am tatsächlichen Erfolg gemessen ist." Ob wirklich dieser Gedanke dem Konzept zugrundeliegt, das wird man kaum entscheiden können, aber richtig scheint mir, daß es den Gedanken nahelegt.

Zu 6. Leistung und Entfaltung in der Schule

Gewiß sind außer *Leistung* auch noch andere Inhaltselemente im Bildungsbegriff des Ludwigshafener Programms zu finden, wie schon die Zitate zeigen, so Urteilsfähigkeit, Wertbewußtsein, Verantwortungsbereitschaft, Argumentationsfähigkeit, Geschichtsbewußtsein. Insbesondere gehört zur *Bildung* auch die "Begegnung mit Kunst und Kultur" (so der Seitentitel zu § 45, wo befremdlich nur das Wort *Begegnung* ist). Es gelte, so das Programm (§ 45), "die schöpferischen Kräfte des Menschen, seinen Reichtum an Ideen, seine Gestaltungskraft und seinen Sinn für Schönheit zu erschließen". Dies alles sollen aber nicht gemeinsam alle Fächer in der Schule, besonders auch die Haupt- und Leistungsfächer, tun, vielmehr wird diese Aufgabe den zu Recht so genannten Nebenfächern zugeschoben, denn das Programm fährt fort: "Deswegen gehört ein gleichwertiges Angebot musischer Fächer zu einem wirklich umfassenden Bildungsangebot." Wo es im Programm um *Leistung* geht, da ist von "schöpferischen Kräften", "Reichtum an Ideen", "Gestaltungskraft" und "Sinn für Schönheit" nicht die Rede.

In der Diskussion um das Bildungskapitel des Programmentwurfs hat schon Remmers (1977:102) kritisch auf die "imperative, befehlende Form einiger Sätze" hingewiesen des Typs (so der Entwurf): "Der kritische Geist muß wissen ..., der junge Mensch muß lernen ..., Erziehung soll vermitteln", was den Eindruck mache, als ob sich etwa Wertbewußtsein "durch Gebot wiederbeleben

Leistung und *Entfaltung* 255

ließe"; diese Kritik bestätigt die im Text gegebene Analyse, wonach *Bildung* im Sprachgebrauch des Programms etwas ist, was man verordnen kann und soll. Remmers beweist im übrigen mit seiner (CDU-internen) Kritik, daß die Gefahr des von mir aus sprachlichen Elementen (*Einsatz, durchsetzen* usw.) konstruierten Szenarios der "leistungsorientierten Schule" nicht aus der Luft gegriffen ist, indem er nämlich (100) sich veranlaßt sieht, auszuführen: "Wenn wir aber nicht der Illusion einer belastungsfreien Welt und einer angstfreien Schule das Wort reden, dann muß auch deutlich gesagt werden: In Erziehung und Bildung geht es ganz wesentlich auch um Ermutigung, Mut, Hoffnung und Vertrauen." Eben das wird aber auch im fertigen Programm dann nicht gesagt, es bleibt bei dem deontisch so rigiden *Leistungsanspruch* an den Schüler, wonach seine *Leistung* eine einklagbare Schuld ist.

Das zitierte Wörterbuch ist wieder das von Duden (1989), s.v. "durchsetzen".

Zu 7. Die andere CDU

"Was einem die Kritik immer wieder schwer macht, das ist die Tatsache, daß das je Gemeinte ja dann doch auch wieder im Programm steht", sagt Hättich (1977:74) und bringt damit eine Schwierigkeit zum Ausdruck, vor die sich auch der Interpret, nicht also nur der Kritiker, gestellt sieht. Ein hoffnungsloses Unterfangen wäre, das Ludwigshafener Programm der CDU - genauso übrigens wie das Programm der SPD - als inhaltlich und sprachlich homogenes Ganzes darzustellen. Man hat als Interpret schon Glück, wenn man in dem Gewebe des Programms ein paar rote Fäden sichtbar machen kann: einige Tendenzen, die es wiederholt vertritt, und einige Begriffe, die in ihrer Hauptbedeutung streckenweise durchgehalten werden, was aber eben nicht besagt, daß sie an anderer Stelle nicht etwas anderes bedeuten. Darum also dieses Schlußkapitel, das den Zweck hat, auf eine in den vorangegangenen Kapiteln aus methodischen Gründen nötig gewesene Einseitigkeit nachdrücklich hinzuweisen. Bei der Untersuchung der Begriffe der *Entfaltung* und insbesondere der *Leistung* konnte nur ein Aspekt der Ideologie und Sprache der Union zu Tage treten (allerdings der, wie ich meine, dominante), andere Aspekte blieben also unbeachtet.

Woher diese Heterogenität des Ausgesagten wie auch der Begrifflichkeit? Sie ist natürlich das Ergebnis einer Auseinandersetzung innerhalb einer Partei, eines Streitens und Verhandelns um den Text wie auch um die Begriffe. Semantische Kämpfe werden nicht nur zwischen den Parteien ausgetragen, sondern auch in den Parteien selbst (davon macht vieles in Bezug auf unser Ludwigshafener Programm sichtbar Sarcinelli 1980). Dies trifft zweifellos besonders zu bei einer "Volkspartei" in ihrer konstitutionellen und bewußt gewollten Widersprüchlichkeit. Manche dieser Widersprüche kann dann ein Programm nicht lösen, sondern nur verbergen. Oder solche Widersprüche werden so behandelt, daß an manchen Stellen des Programms die eine, an anderen die andere Gruppierung der Partei zu Wort kommt. Gerade wegen der heterogenen Gruppen- und Vereinigungsstruktur der CDU, schreibt Sarcinelli (1980:78), sei die Integrationsfunktion ihres Parteiprogramms zu betonen, um derentwillen, füge ich hinzu, Gruppengegensätze im Programmtext tunlichst zu verschweigen sind. "Je größer die politische Bandbreite einer Volkspartei ist, um so zahlreicher", so Schönbohm (1974:26), "werden ... Formelkompromisse (Leerformeln) im Programm anzutreffen sein." Und um so größer wird auch seine "Stimmenvielfalt" sein.

Literatur

Behrens, M. / Dieckmann, W. / Kehl, E. 1982. Politik als Sprachkampf. Zur konservativen Sprachkritik und Sprachpolitik seit 1972. In: Heringer (Hg.), 216-265.

CDU-Bundesgeschäftsstelle 1980 (Hg.). *Die Geschichte der CDU. Programm und Politik der Christlich Demokratischen Union Deutschlands seit 1945.* Bonn.

Duden 1989. *Duden Deutsches Universalwörterbuch.* 2. Aufl. Mannheim/Wien/Zürich.

Eppler, E./Löwenthal, R./Rapp, H. u. a. 1979. Zum neuen Grundsatzprogramm der CDU. In: *Aus Politik und Zeitgeschichte* 51/52, 3-20.

Geißler, H. 1979 (Hg.). *Grundwerte in der Politik. Analysen und Beiträge zum Grundsatzprogramm der CDU Deutschlands.* Frankfurt a.M./Berlin/Wien.

Hättich, M. 1977. (Vortrag ohne Titel). In: Weizsäcker (Hg.), 68-80.

Haungs, P. 1983. Die Christlich Demokratische Union Deutschlands (CDU) und die Christlich Soziale Union in Bayern (CSU). In: Veen (Hg.), Bd. 1, 9-194.

Heck, B. 1979 (Hg.). *Die CDU und ihr Programm. Programme. Erklärungen. Entschließungen.* Melle.

Heringer, H.-J. 1982 (Hg.). *Holzfeuer im hölzernen Ofen. Aufsätze zur politischen Sprachkritik.* Tübingen.

Hermanns, F. 1982. Deontische Tautologien. Ein linguistischer Beitrag zur Interpretation des Godesberger Programms (1959) der Sozialdemokratischen Partei Deutschlands. In: Klein (Hg.), 69-149.

Kaack, H. / Roth, R. 1980 (Hg.). *Handbuch des deutschen Parteiensystems. Struktur und Politik in der Bundesrepublik zu Beginn der achtziger Jahre.* 2 Bde. Opladen.

Klein, J. 1989. Wortschatz, Wortkampf, Wortfelder in der Politik. In: Klein (Hg.), 3-50.

Klein, J. 1989 (Hg.). *Politische Semantik. Bedeutungsanalytische und sprachkritische Beiträge zur politischen Sprachverwendung.* Opladen.

Kunz, R. / Maier, H. / Stammen, T. 1979 (Hg.). *Programme der politischen Parteien in der Bundesrepublik Deutschland.* 3. Aufl. München.

Pabst, S. 1979. Das CDU-Grundsatzprogramm aus liberaler Sicht. In: *Aus Politik und Zeitgeschichte* 51/52, 21-26.

Pütz, H. 1985. *Die CDU. Entwicklung, Organisation und Politik der Christlich Demokratischen Union Deutschlands.* 4. Aufl. Düsseldorf.

Remmers, W. 1977. (Vortrag ohne Titel). In: Weizsäcker (Hg.), 98-105.

Sarcinelli, U. 1980. Das Grundsatzprogramm der CDU. Selbstverständnis, Aussagen und Parteitagsdiskussion. In: Kaack/Roth (Hg.), Bd. 2, 57-82.

Schmidt, U. 1983. Die Christlich Demokratische Union Deutschlands. In: Stöss (Hg.), Bd. 1, 490-660.
Schönbohm, W. 1974. Funktion, Entstehung und Sprache von Parteiprogrammen. In: *Aus Politik und Zeitgeschichte* 34/35, 17-37.
Schönbohm, W. 1979. Das CDU-Grundsatzprogramm: Dokument politischer Erneuerung. In: *Aus Politik und Zeitgeschichte* 51/52, 27-39.
Schönbohm, W. 1985. *Die CDU wird moderne Volkspartei. Selbstverständnis, Mitglieder, Organisation und Apparat 1950-1980*. Stuttgart.
Schönbohm, W. / Braun, G. E. 1981 (Hg.). *CDU-Programmatik. Grundlagen und Herausforderungen*. München.
Seifert, K.-H./ Hömig, D. 1988 (Hg.). *Grundgesetz für die Bundesrepublik Deutschland*. 3. Aufl. Baden-Baden.
Stöss, R. 1983 (Hg.). *Parteien-Handbuch. Die Parteien der Bundesrepublik Deutschland 1945-1980*. 2 Bde. Opladen.
Veen, H.-J. 1983 (Hg.). *Christlich-demokratische und konservative Parteien in Westeuropa*. 2 Bde. Paderborn usw.
Weizsäcker, R. v. 1977 (Hg.). *CDU-Grundsatzdiskussion. Beiträge aus Wissenschaft und Politik*. München.

"WIR SIND EUROPA"
Die Fernsehwerbespots der SPD zur Europawahl 1989

Werner Holly

Vorbemerkung

Als die SPD zum Europawahlkampf 1989 zwei Fernsehwahlwerbespots zeigte, die aus dem bisher üblichen Rahmen fielen, stieß sie damit auf geteilte Resonanz. Was die einen als decouvrierender Coca-Cola-Werbestil abstieß, kam dagegen bei anderen, nicht nur jungen Leuten als erfrischend und neu an. Mir geht es hier aber nicht um Wirkungsforschung, sondern um die Analyse eines dieser Spots, der als Exempel moderner mediengerechter Wahlwerbung gelten darf. Typisch für diese Art der Parteienwerbung ist sicherlich die unverhohlene Emotionalisierung, die sich aber nicht nur - wie in den klassischen Ideologien - auf potentiell strittige Begriffe der 'Doktrin' bezieht, wie *Freiheit, Solidarität, Staat*; diese ermöglichen immerhin noch eine Konkretisierung als Grundlage argumentativer Überzeugung. Heute verwendet man eher emotional hochwertige 'Miranda' wie *Sicherheit* und *Zukunft* oder sogar relativ neutrale Namen, die erst emotionalisiert werden müssen wie *Europa*, der in den Marketinguntersuchungen der Werbeleute nur wenig Mobilisierungspotential erbracht hatte. Für diese Emotionalisierung eigentlich leerer Etiketten eignet sich besonders gut die mehrkanalige Kontextgebung der Fernsehspots, die durch die Verbindung von Sprache, Ton und Bild besonders gefühlshaltig sein können; sie arbeiten mit erprobten Methoden der kommerziellen Warenwerbung: der Begriff wird emotional aufgeladen wie ein Produktname und dann mit dem Parteinamen in Verbindung gebracht.

Diese Wahlspots sind kennzeichnend für die Entwicklung der politischen Kommunikation und damit auch für die Rolle der Sprache in der modernen Politik. Die Bemühungen um "aufklärerische Diskurse", überhaupt um eine argumentative Auseinandersetzung in der Öffentlichkeit, werden immer mehr ersetzt durch bloße Emotionalisierung, wobei zweierlei Faktoren mitwirken. Der erste Faktor ist die Explosion des Wissens und die zunehmende Komplexität der Probleme. Die Schere zwischen Experten und Laien geht immer weiter auseinander, die Vermittlung politischer Probleme an die Öffentlichkeit, das große Publikum, erfordert eine Übersetzungsarbeit, die kaum noch zu leisten ist.

Der zweite Faktor betrifft die Struktur audio-visueller Medien und die Überflutung mit Informationen: die "sekundäre Oralität" (Ong 1982), die moderne Medien uns bescheren, verspielt viele potentielle Vorteile des Schriftsprachverkehrs wieder, z.B. Explizitheit, Reflektiertheit, Überprüfbarkeit, Ausführlichkeit. Statt dessen führt die Dominanz von Bildern und Tönen im Fernsehen zu einer Dominanz der emotionalen Kommunikation (der "Emo-Schiene", von der die Werbeleute sprechen).

Zur Untermauerung und Exemplifizierung meiner Thesen zu dieser modernsten Form "versuchter politischer Begriffsbesetzung" möchte ich mich zunächst mit der Textsorte "Fernsehwahlwerbespot" beschäftigen, mit den institutionellen und medialen Spezifika dieser Textsorte. Dann werde ich kurz auf die politische Rahmensituation eingehen, in der dieser spezielle Text stand, die Europawahl des Jahres 1989, um schließlich zur eigentlichen Analyse von Sprache, Ton und Bild zu kommen.

Ich möchte hier kurz einfügen: meine Textanalyse mag wenig methodisch, eher impressionistisch wirken. Vieles sieht nach traditioneller Gedichtinterpretation aus, die im übrigen nicht zu unterschätzen ist. Die Gründe hierfür sind einfach. Am wichtigsten in diesem Zusammenhang scheint mir zu sein: mehr methodischer Aufwand hieße "mit Kanonen auf Spatzen schießen". Mir kommt es vor allem auf das Ineinandergreifen der drei Analyseebenen Sprache, Bild und Ton an.

1. Die Textsorte "Fernsehwahlwerbespot"

Die Wahlkämpfe der großen Parteien sind heute strategisch geplante und mit großem finanziellem Aufwand betriebene Werbefeldzüge. Peter Radunski, Politikwissenschaftler und CDU-Wahlkampfexperte, mit Theorie und Praxis also gleichermaßen vertraut, unterscheidet drei große Wahlkampfbereiche (Radunski 1980):

a) die "politische Kampagne in den Massenmedien":

Hier versuchen die Parteien, auf die Berichterstattung und Meinungsbildung durch die Medien in ihrem Sinne einzuwirken; betroffen sind z.B. im Fernsehen Sendeformen wie 'Nachrichten', 'politische Magazine', 'politische Personality-Shows', spezielle 'Wahlkampfsendungen', 'Fernsehdiskussionen der Spitzenpolitiker' (sogenannte "Elefantenrunden") und nicht zu vergessen: 'Unterhaltungssendungen', in denen Politiker ungehindert Imagewerbung betreiben können. Dazu kommen Hörfunk und Printmedien mit vielfältigen Einwirkungsmöglichkeiten.

b) die "Werbekampagne":

Hier arbeiten Parteien in eigener Regie, die großen allerdings in Zusammenarbeit mit Werbeagenturen; entsprechend findet man alle gängigen Werbemittel: Anzeigen, Plakate, Werbeschriften, Kleinwerbemittel, Bücher, Filme, Platten und schließlich Fernseh- und Hörfunkspots.

c) die "Parteien- und Mobilisierungskampagne":

Hierbei geht es speziell um die Mobilisierung der eigenen Mitglieder und Anhänger, besonders wichtig nach dem Konzept des "Two-step-flow of communication" (Katz/Lazarsfeld 1955): Wahlkämpfe aktivieren die eigenen Leute, die wiederum in persönlichen Kommunikationen als "opinion leaders" in Primärgruppen auf Kollegen, Freunde, Bekannte und Verwandte einwirken.

Die Fernsehspots gehören also eindeutig zur sogenannten "Werbekampagne"; sie unterscheiden sich damit von den Maßnahmen, die innerhalb der "politischen Kampagne" in den Massenmedien laufen, indem sie explizit als "Werbung" der Parteien außerhalb der redaktionellen Verantwortung der Sender gekennzeichnet werden, was ihre Wirkung möglicherweise einschränkt. Radunski hält sie aber dennoch wegen ihrer Reichweite für das wichtigste Mittel der Werbekampagne. Ich würde hinzufügen, auch wegen ihrer medialen Möglichkeiten.

Der institutionelle Rahmen der Wahlspots in der BRD ist festgelegt: sie sind bei uns seit 1965 im Einsatz. Ihre Anzahl bestimmt sich nach einem Proporz aus der letzten Wahl. Dauer und Sendezeit werden mit den Anstalten ausgehandelt. Die Dauer lag bisher zwischen 2,5 und 5 Minuten.

Die medienspezifische Form solcher Spots ist noch wenig ausgeprägt. Radunski (1980:115) unterscheidet drei Typen:
- den Dokumentarspot, mit filmischer Dokumentation von Aussagen, Ereignissen oder Persönlichkeiten
- den Werbespot, mit filmischen Techniken der kommerziellen Spots
- den Magazinspot, der sich an die politischen Magazinsendungen anlehnt.

Typische Elemente der Spots sind: Politikeransprachen, entweder dokumentiert oder neu aufgezeichnet, Kommentare, denen Film- und Standbildaufnahmen unterlegt sind; häufig verwendet werden dabei klassische Miranda wie Hymnen, Fahnen, Embleme, Slogans, Schlagwörter in grafischer Darstellung. Außerdem gibt es manchmal kurze Statements von Bürgern, Interviews; sogar sketchartige Szenen und Zeichentrickfilmchen kommen vor.

Die Formen sind also vielfältig und werden in der Regel miteinander kombiniert (s. Wachtel 1988:73 ff.) Während kleinere Parteien recht dilettantisch wirkende Videoprodukte vorlegen, lassen die großen Parteien kostspielige, perfekt gestaltete Spots nach dem Vorbild professioneller Warenwerbung herstellen. Die Spots der SPD, um die es hier gehen soll, sind von der Düsseldorfer Werbeagentur "RSCG, Butter, Rang" konzipiert worden. Es sind hochprofessionelle Texte, in denen alles kalkuliert und bewußt gestaltet ist, die also umgekehrt einen gewissen Aufwand an Interpretation lohnen, auch wenn es sich jeweils nur um 2 Minuten und 30 Sekunden handelt.

Die Handlungsstruktur der Textsorte ergibt sich aus der Institution 'Wahl'. In Wahlen als Verfahren zur Herstellung von Legitimität zielen die Parteien auf das Vertrauen oder die Unterstützung der Bürger. Entsprechend steht im Zentrum der Textsorte die **Wahlaufforderung**, die sich auf Versuche stützt, Vertrauen zu gewinnen. Für diese Vertrauenswerbung gibt es traditionell zwei Schienen: die Präsentation von Personen und die von Sachaussagen. Sachaussagen setzen voraus, daß man überzeugende Sachthemen darlegt, für die man überzeugende Lösungen zu haben vorgibt.

Es herrscht heute aber kaum noch Zweifel daran, daß angesichts der Komplexität politischer Systeme die Unterstützung nicht durchweg sachbezogen und rational sein kann. Soziologen und Politologen haben diese Situation seit langem mit verschiedenen Termini beschrieben. Luhmann (1973:23) verweist auf die Rolle der Symbole: "Vertrauen wird, weil die Wirklichkeit für eine reale Kontrolle zu komplex ist, mit Hilfe symbolischer Implikationen kontrolliert." Anstelle von Legitimität tritt das "Gefühl der Legitimität" (Merelman 1972:82). Es geht nicht um wohlbegründete, sondern um "diffuse Unterstützung" (Easton 1965). Parteiprogramme mit ausgearbeiteten Problemdarstellungen und ausführlich begründeten Lösungskatalogen sind nur noch etwas für Politikinteressierte und Profis. In den Wahlkämpfen fürs Volk genügen grobe Vereinfachungen, Polarisierungen, reduzierte, wenn nicht fiktive Inhalte, "eine bescheidene Anzahl einschnappender Wörter" (Adorno 1970:9). Sarcinelli spricht von "politischer Symbolik als 'Ersatzbefriedigung' im Wahlkampf-'Schauspiel'" (1987:238), Schwartzenberg (1980) von "Politik als Showgeschäft".

Es ist also anzunehmen, daß die Vertrauenswerbung sich mehr und mehr von differenzierter Sachargumentation auf diffuse persönliche Sympathiewerbung verschiebt. Als Beispiel für diesen Typ von Vertrauenswerbung will ich die SPD-Spots zur Europawahl beschreiben.

2. Zum Konzept des Europawahlkampfs 1989 der SPD

Die Wahlen zum Europaparlament werden seit 1979 als Direktwahlen durchgeführt. Sie gelten bei den Strategen der bundesdeutschen Parteien als besonders schwierig, weil die Wähler dafür nur sehr schwer zu mobilisieren sind (Kofler 1983). Dies hat mit der immer noch geringen Kompetenz des Parlaments zu tun, von dessen Arbeit die Bürger nur sehr wenig wahrnehmen und das keine Regierung bestimmt bzw. kontrolliert. Die Institution blieb konturlos, obwohl sie inzwischen immerhin ein Budget bewilligen muß und obwohl das Thema 'Europäische Einigung' insgesamt durch die angekündigte Wirtschafts- und Finanzunion 1992 mehr Interesse geweckt hat. Dennoch bleiben Europawahlen für die Wahlkampfmanager heikel; es gibt weder personelle Alternativen wie in der Gestalt von Kanzlerkandidaten, noch griffige Europathemen, die sich zur Polarisierung eignen. Wen locken die Brüsseler Bürokratieprobleme hinter dem Ofen hervor? Themen wie 'Butterberg', 'Bierreinheit' und dergleichen waren in der Bundesrepublik schon Publikumshöhepunkte.

Dazu kam speziell für die SPD das Problem, daß sie als Oppositionspartei ohne europäisch agierende Minister wenig "Europa-Kompetenz" darstellen konnte. Und: In der Parteienkonkurrenz mußte sie seit einiger Zeit fürchten, immer mehr junge Wähler an die Grünen zu verlieren.

So erklärt sich sehr leicht ein Wahlkampfkonzept, mit dem man sich - sicherlich auch demoskopisch untermauert - sehr stark auf die Zielgruppe der Jungwähler konzentrierte, jedenfalls vordergründig, dabei auf spezifisch "europäische" Themen völlig verzichtete.

Das Zielgruppenkonzept ist allerdings, wie ich glaube, doch komplizierter. Nimmt man den Spot als ganzes, spricht zunächst vieles dafür, daß nur auf die Gruppe der Jungwähler spekuliert wird: die Akteure, die Musik u.a.. Andererseits: wer die Videoclips kennt, die Jugendliche heute zu sehen bekommen, wer weiß, wie die Trendsetter unter den Leuten ab 18 sich kleiden und geben, der wird sofort Einschränkungen machen. Es geht zum einen wohl mehr um einen bestimmten Teil der Jugend, um solche, die - ein bißchen bieder, nett und brav - eigentlich eher zur potentiellen Klientel der CDU gehören. Hier ist das eine Kampffeld. Zum zweiten geht es um die Eltern von Jungwählern, die sich selbst für junggeblieben halten. So jugendlich wären sie vielleicht gerne noch oder so wünschen sie sich ihre Kinder. Hier konkurriert die SPD noch deutlicher mit den Grünen, vielleicht mit mehr Aussicht auf Erfolg.

Speziell bei diesen beiden Gruppen genügt dann wohl auch, daß man inhaltlich (außer dem klassischen SPD-Thema 'soziale Gerechtigkeit') nur sehr pauschal die "grünen" Themen 'Frieden' und 'Umwelt' aufgreift. Vor allem aber setzt das Wahlkampfkonzept konsequent auf Emotionalisierung und in diesem Zusammenhang erklärtermaßen auf die "Besetzung" des Begriffs *Europa*, den man an die CDU zu verlieren glaubt, nachdem man noch 1979 als Regierungspartei in der Europa-Kompetenz führend war.

Im Rahmen dieses Konzepts gab es (außer einer Umweltkampagne) eine komplette Europakampagne aus einem Guß mit Plakaten, Broschüren, Faltblättern, Flugblättern und vor allem mit einem Spot in zwei Varianten, von denen ich nun die Fassung mit Hans-Jochen Vogel analysieren will.

3. Analyse des Spots mit Hans-Jochen Vogel

Meine Analyse möchte ich in sieben Schritten vornehmen. Ich gehe aus von sehr allgemeinen und oberflächlichen Eindrücken vom Charakter des Ganzen. Dabei können das Transkript, das im Anhang dokumentiert ist, und die wenigen Fotos, die ich hier zeigen kann, natürlich nur ein schwaches Abbild von der Videoaufzeichnung geben, die der Analyse zugrundeliegt.

3.1. Vorbild: engagierte Popmusik in Gruppen

Was sieht und hört man eigentlich? - Junge Menschen auf einer Wiese im Spätnachmittagslicht (s. Abb. 1), die ein Lied zur Aufführung bringen, den "Europasong", dessen Musik von Harold Faltermayer stammt; dazwischen eingeblendet der Parteivorsitzende mit einem kurzen Statement (s. Abb. 2).

(Abb. 1)   (Abb. 2)

Vorbild für die Lied-Komponente ist offensichtlich das Genre 'Popmusikunterhaltung'. Hier greift man zurück auf ein eingespieltes Muster gewisser Benefiz-Aktionen, bei denen sich prominente Pop-Künstler zusammenschließen, um gemeinsam Musik für einen guten Zweck zu machen (z.B. Live-Aid von Bob Geldof mit zwei Produktionen britischer bzw. amerikanischer Musiker, das Mandela-Konzert in London, eine Schallplatte zugunsten Behinderter, eine internationale Aktion zur Rettung des Regenwaldes oder neuerdings die Aufführung von "The Wall" in Berlin). Die Verbindung von Popmusik und aktuellem humanitärem und politischem Engagement ist also schon geknüpft und kann als Vorbild benutzt werden. Daß dieses Muster auf die Zielgruppen ideal zugeschnitten ist, steht außer Frage.

3.2. Einstieg über Gefühle: Natur und langsamer Rhythmus

Der Anfang des Spots ist pathetisch-gefühlvoll, Naturmetaphorik setzt einen großen Rahmen: aufgehende Sonne, rasch bewegte Wolken, Rottöne (s. Abb. 3) - alles übrigens gleichermaßen klassische Versatzstücke linker Miranda wie kommerziell geläufige Stimmungsmacher für Schicksal und große Entwicklungen.

(Abb. 3)

Auch die Musik unterstützt die Bild-Gefühle: ein Fanfaren-Auftakt, der in pathetische Klavierakkorde in langsamem Rhythmus ausläuft. Nach dieser Bild-Ton-Einstimmung beginnt dann mit dem Songtext das Zusammenspiel aller drei Ebenen; zugleich mit dem ersten Protagonisten setzt die Personalisierung ein.

3.3. Der einzelne und die Gruppe: Individualität und Solidarität

Bemerkenswert an der nun folgenden Inszenierung ist, daß die Hauptakteure nicht Politiker sind, sondern Personen, die als Repräsentanten oder Identifikationsfiguren für die Zielgruppe gelten können. Dabei treten sie nicht als isolierte Einzelne auf, auch nicht als Chor in geschlossener Aufstellung - womöglich uniformiert -, sondern als Individuen in der Gruppe. Sie sind zwar alle jugendlich, wirken dabei aber doch recht bunt gemischt. Die Gruppe agiert in lockerem Abstand mit genügend Spielraum, der zur Bewegung genutzt wird. So wird ein Menschenbild "ikonisiert", d.h. gewissermaßen abgebildet, das solidarisches Handeln in der Gruppe und zugleich Raum für die Individualität des einzelnen zuläßt, vielleicht gegen ein negatives traditionelles Klischee der SPD als Funktionärspartei von eher kleinkariertem Zuschnitt. Das Wechselspiel von Individuum und Gruppe dürfte auch an ambivalente Tendenzen in den Zielgruppen anknüpfen: Anlehnungsbedürfnisse an eine Bezugsgruppe und Wünsche nach individuellem Freiraum. Der Wechsel von einzelnem und Gruppe wiederholt sich im Wechsel von Solo- und Chorpartien des Songs. Als Identifikationsfiguren werden zwei Jungen und zwei Mädchen hervorgehoben, die öfter in Nahaufnahme zu sehen sind. Drei von ihnen werden als Sänger der Solopartien gezeigt (wobei sie sicherlich nicht selbst singen), auf die Rolle der vierten komme ich später zurück. Die Vielfalt der Gruppe wird ikonisiert durch unterschiedliche Kameraeinstellungen von der Gruppe und Teilen davon, durch Fahrten und Schwenks aus verschiedenen Perspektiven.

3.4. Der Songtext: Vom "Träumer" zum "Anpacker"

Ich beschäftige mich nun mit dem Songtext, und zwar nach den Gesichtspunkten: Ablaufstruktur, Themen, semantische Rahmen, Sprachhandlungsmuster. Der Songtext - er stammt übrigens von dem Werbemann Werner Butter - hat einen zielstrebigen Verlauf. Er holt den jugendlichen Rezipienten bei seinem "großen Traum" ab, seinem Höhenflug voll Chancen und Erfolgshoffnungen, die schon in den Anfangsbildern angespielt werden; dies wird expliziert in der ersten Strophe durch einen semantischen Rahmen (frame) von *wolken, flug, am zug sein*, vorgetragen von einem eher introvertiert wirkenden männlichen Jugendlichen mit Brille, ich nenne ihn den "Träumer" (s. Abb. 4).

In der zweiten Strophe folgt dann ein Mädchen mit dem Thema 'Frieden' (eine Art "Friedensengel", s. Abb. 5), wobei mir die Themenverteilung durchaus geschlechtsspezifisch gezielt erscheint.

(Abb. 4)   (Abb. 5)

Wichtig ist in ihrer Strophe vor allem die Koppelung von 'Friede' mit 'Sieg' und 'Liebe', wodurch die negativen Assoziationen, die häufig mit 'Friede' verbunden sind (nach Pasierbsky 1983: 'Stille, Ruhe, Passivität, Resignation, Tod'), ersetzt werden durch positive, erfolgreich-aktive Begriffe. In der anschließenden Chorpassage werden dann die idealistischen Haltungen des "Träumers" und des "Friedensengels" noch mit den optimistischen semantischen Feldern 'Neues' (*frischer wind*) und 'Zukunft' (*ideen...für morgen*) zusammengebracht.

Nach der Politiker-Einlage in der 3. Strophe werden dann Haltungen angesprochen, die mehr im Konkreten, in der Realität verankert sind: ein etwas gequält-gereizt, irgendwie aufmüpfig wirkender Junge (ich nenne ihn den "Anpacker", s. Abb. 6) thematisiert 'Umwelt' an zwei Einzelfällen: *nordsee* und *wald*sterben, wobei mit *menschenskind pack an* und *dreck* ein entsprechender semantischer Rahmen geliefert wird. Außerdem fordert dieser direkte Appell (ein Fall von sogenannter "para-sozialer Interaktion" (Horton/Wohl 1956)) den Rezipienten ausdrücklich zu Engagement auf. Die zusammenfassenden Chorzeilen formulieren die positive Gefühlsseite des Engagements: *leidenschaft* und *kraft*.

So wird der Rezipient im Songtext vom Wollen (1.Zeile) zum Tun geführt ('Anpacken', 'Kraft'), zugleich zu einer selbstbewußten und aktiven Einstellung, die ja auch Voraussetzung dafür ist, daß er zumindest eines "tut", nämlich wählen.

3.5. Emotionale Verstärkung durch Bilder und Musik

Bedeutsam für die Emotionalisierung ist die Rolle der Bilder und der Musik. Im üblichen Stil der Warenwerbung sieht man fast ausschließlich schöne, stimmungsvolle Bilder: Sonnenaufgang, Wolken im Zeitraffer (s. Abb. 3), eine grüne Wiese, flutendes Sonnenlicht, junge Menschen, die singen und tanzen (s. Abb. 1), hübsche Mädchen in Zeitlupe, eine Fahne im Wind (s. Abb. 7). All dies sorgt für eine positive Grundstimmung.

(Abb.6)   (Abb. 7)

Sie wird unterstützt durch die Semiotik der Kameraeinstellungen. Die Protagonisten sieht man meist leicht von unten, was sie zu vorbildhaften Identifikationsfiguren erhöht (s. Abb. 4-6), Reihen von Jugendlichen blicken in die Richtung von Aufbruch und Optimismus (s. Abb. 8). Die zunehmende Aktivierung schlägt sich nieder in einer Zunahme der Einstellungen pro Zeiteinheit: die erste Minute enthält nur acht Einstellungen, die zweite schon doppelt so viele, die letzten 30 Sekunden bringen so viele Einstellungen wie die ersten beiden Minuten zusammen; so wird eine Art Abschlußwirbel entfacht, eine optische Klimax von Intensität und Dynamik.

Dieser Dynamisierung der Bilder entspricht in der Musik die Beschleunigung des Rhythmus während des ersten Refrains und zum Schluß, außerdem die wiederholte Steigerung in der Tonart von Strophe zu Strophe. Besondere Effekte setzen eine Schlagzeug-Passage zu Beginn des Politikerstatements (sie steht für Bedeutung, Aktualität) und eine Fanfare zur Unterstreichung des ersten Schlagworts (*soziale Gerechtigkeit*). Gefühlsintensivierer sind auch die gesummten und geseufzten Blues-Soul-Elemente: *mhm, yeah, oh*. Sie haben zugleich eine gewisse erotisierende Aura und gehen zusammen mit Bildern von Mädchen in Zeitlupe, deren Haar im Gegenlicht weht (s. Abb. 9).

(Abb.8)   (Abb. 9)

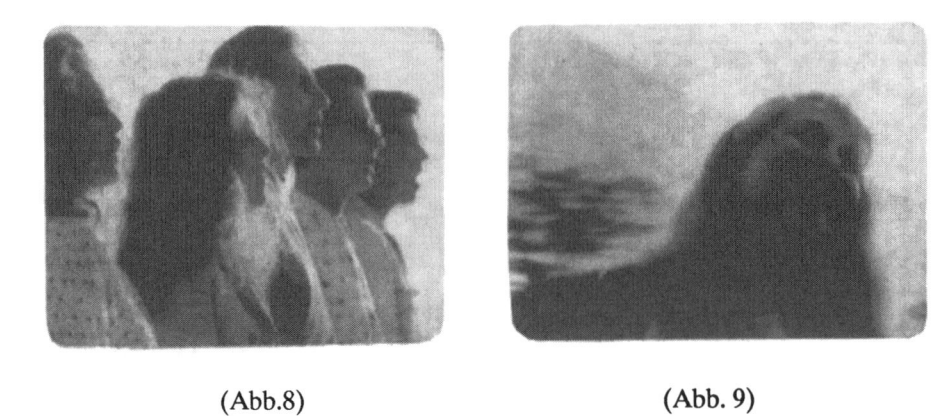

Am subtilsten erscheint vielleicht die Unterlegung des Ausdrucks *leidenschaft* mit dem Bild eines Mädchens, ich nenne sie das "Europa-Mädchen" (s. Abb. 10), die als vierte Protagonistin gelten darf; nicht ohne Sexappeal in Ausdruck und Bewegung wird sie den ganzen Spot hindurch zu einer Art allegorischer Figur der Europa-Idee stilisiert; am Schluß sieht man sie lächelnd in die Zukunft blicken, kurz vor der Schlußeinstellung mit der flatternden Europafahne.

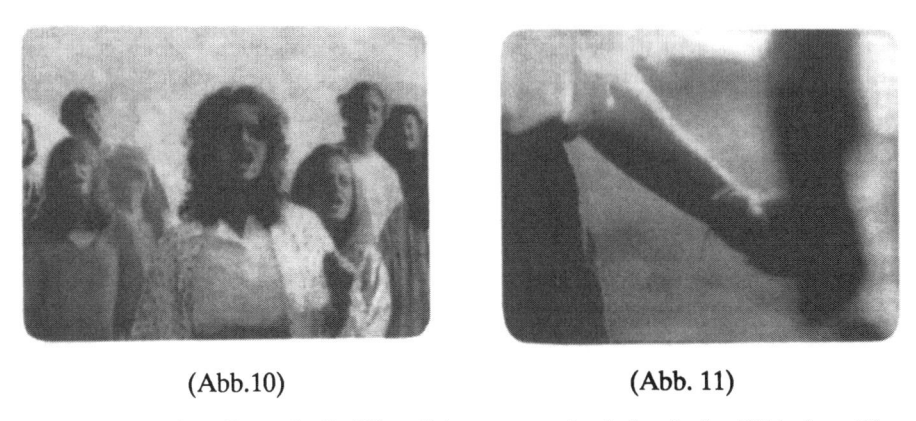

(Abb.10)   (Abb. 11)

Zu erwähnen ist z.B. auch die Visualisierung von *kraft* durch das Bild eines Unterarms in Bewegung (s. Abb. 11). Unauffällig, aber sicherlich nicht zufällig zwei Einstellungen (30 und 40) von tanzenden Körpern (s. Abb. 12/13). So wird in der Werbung ja bekanntlich sehr unterschwellig eine erotisch aufgeladene

Atmosphäre geschaffen, die hier dem Engagement mit "Leidenschaft" und "Kraft" vielleicht zusätzliche (ein Psychoanalytiker würde sagen) libidinöse Energien zuführen kann.[1]

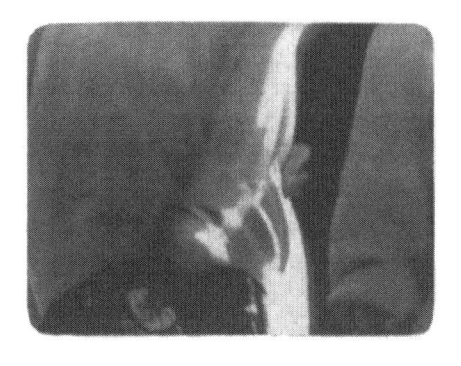

(Abb.12) (Abb. 13)

Daß der Umgang mit den Bildern ausschließlich emotional und nicht informativ ist, zeigt auch die einzige thematische Illustration. Die Worte *nordsee stirbt* werden bebildert, aber nicht informativ durch Aufnahmen von z.B. Robbensterben oder Dünnsäureverklappung; stattdessen sieht man ein düsteres Meer mit einer Welle, die auf den Betrachter zukommt (s. Abb. 14).

(Abb. 14)

---

[1] An dieser Stelle könnte man einwenden, meine Interpretation sei allzu spitzfindig. Dazu will ich nur zitieren, was mir eine Agenturmitarbeiterin dazu sagte: "Alles, was wir machen, machen wir sehr bewußt, und nicht etwa, weil wir es irgendwie nett finden."

Die Gefahr, die der Zuschauer spüren soll, geht also von dem dunklen bedrohlichen Meer aus, wo doch eigentlich umgekehrt das Meer vom Menschen bedroht ist. Das Stereotyp von der Naturgewalt aktiviert das Anstgefühl und zeigt das Thema 'Meer', sachlich-rational falsch, aber jahrhundertelang eingespielt und damit emotional unmittelbar wirksam.

3.6. Das Politikerstatement: Drei Schlagworte, Gegnerabwertung, Eigenaufwertung, Wahlaufforderung

Am Übergang vom "Träume/Ideen"-Teil zum "Taten"-Teil wird nach der musikalischen Dynamisierung und einer spannungschaffenden Schlagzeug-Untermalung ein kurzes Politikerstatement eingeblendet, insgesamt 25 Sekunden lang. Hier ist wichtig: Der Politiker ist zeitlich und räumlich in die Jugendlichengruppe integriert; vor und nach ihm sind die Jugendlichen am Wort; während er spricht, gehen im Rahmen die Bilder der tanzenden Gruppe weiter (s. Abb. 2).

Auch der Text Vogels ist integriert: er knüpft zu Beginn an den Chortext an (*morgen - Europa von morgen*). Das Umweltthema wird vorweggenommen (*verantwortung für unsere umwelt*), das Friedensthema wird wieder aufgegriffen (*kraft des friedens*), wobei das Stichwort *kraft* eingebracht wird, das im Songtext vor dem Schlußrefrain wiederkehrt. So ist thematisch und durch die "Vokabelmusik" eine enge Verflechtung von Jugendlichen und Politiker hergestellt, ohne daß Stilunterschiede durch einen nur anbiedernden "Jugendton" übersprungen würden.

Die Gegnerabwertung und die Eigenaufwertung, die dann folgen, sind typische Elemente von Wahlwerbung; in diesem Text vermeidet man allzuviel Beachtung des Gegners; die Passage wird getragen von den Antonymen *scheitern - schaffen* und klinkt in den bereits aufgebauten 'Erfolgs'-frame ein (*nichts stoppt unsern flug, jetzt sind wir am zug*), was später mit *anpacken* und *ganzer kraft* fortgesetzt wird.

Zwischen dem *wollen* (Zeile 1) und dem "kraftvollen Anpacken" (am Ende) liefert der Politiker das entscheidende Zwischenstück, die Kompetenz, unmißverständlich ausgedrückt mit der einfachen Formel: *wir können es*. Der Themenablauf folgt also einer handlungslogischen Struktur, die *wollen* und *tun* beim Publikum, *können* beim Politiker lokalisiert, was für die Vertrauenswerbung natürlich sehr günstig ist. Die daran angebundene **Wahlaufforderung**, der zentrale Sprechakt des Textes, fingiert durch *deshalb* einen Rest von sachlicher Argumentativität, verknüpft zugleich den aktuell zu besetzenden Begriff *Europa* (zu Beginn), der inzwischen zum *neuen Europa* variiert wurde, mit dem Namen, für den geworben wird: *die SPD*. Dieser Weg von "Europa" zu "SPD" wird am Ende des Spots optisch/akustisch wiederholt: vom Refrain-Slogan über die Europafahne (s. Abb. 7) zum Partei-Logo "SPD" (s. Abb. 15).

(Abb. 15)

3.7. Der Refrain-Slogan: Identifikation mit Jugend, Europa und SPD

Das erklärte Ziel, die emotionale Besetzung des Begriffs *Europa* durch die SPD für eine Zielgruppe von Jungwählern, wird sprachlich auf direktestem, aber gleichzeitig mehrspurigem Weg angegangen. Eine umfassendere "Besetzung" eines Begriffs als durch Identifikation (*wir sind...*) ist wohl kaum denkbar. Allerdings ist durch die referentielle Mehrdeutigkeit von *wir* die Aussage schillernd. *Wir* kann die gezeigten Jugendlichen, die Jugend überhaupt meinen, die Bürger insgesamt, nach dem Motto: Menschen sollen die eigentliche Kraft in der Politik sein. Auf diese Weise wird die im Werbesinn platteste Lesart (*wir* = die SPD) nicht zwingend. Die Anmaßung des Alleinvertretungsanspruchs, die darin läge, könnte sich negativ auswirken.

Die Jugend, als Zielgruppe und auch Sympathieträger, in einer modernen Gesellschaft zugleich Leitbild, an dem sich auch andere Lebensalter orientieren, fungiert hier als Brücke zwischen dem Begriff *Europa* und der SPD. Der zunächst relativ "leere" Begriff wird durch die Identifikation mit der Jugend auch mit weiteren Begriffen gewissermaßen positiv aufgeladen: *Idealismus, Zukunft, Erfolg, Neues, Energie, Engagement, Solidarität, Tatkraft*. Dann wird der ganze semantische Komplex von *Jugend=Europa* auf die SPD übertragen. Einmal positiv mit Jugendwerten geladen, wird der Begriff als "Fähre" benutzt, die weiter zur SPD führt (denn nur sie hat die Kompetenz). So kann man selbst einen eigentlich leeren, oder nur schwach wertigen Begriff für die Parteiwerbung funktionalisieren.

In diesem Beitrag kam es mir darauf an zu zeigen, daß die Textsorte 'Fernsehwahlwerbespot' aufgrund ihrer medienspezifischen Möglichkeiten für den Prozeß der Emotionalisierung in der politischen Kommunikation besonders geeignet ist. Die Kürze und die emotionalen Werte des Zusammenspiels von Bild-Ton-Sprache sind wie gemacht für die Herbeiführung "diffuser", eben nicht argumentativ begründeter Unterstützung. Meiner Ansicht nach hat sich der Medienvorteil des Fernsehens in der ganzen Kampagne auch darin gezeigt, daß Plakate mit demselben Slogan und mit Fotos junger Leute für sich genommen ziemlich unverständlich, ja irgendwie unmotiviert wirkten.

Ich möchte zum Schluß noch drei kurze Anmerkungen machen:

1. Über die tatsächliche Wirkung der Spots kann ich natürlich keine Aussagen machen; das war auch nicht meine Absicht. (Das demoskopische Material hält die SPD noch unter Verschluß.) Es kam mir nur auf die Bewirkungs"versuche" an, die der Spot enthält.

2. Es geht mir nicht im geringsten um parteipolitische Schelte oder auch nur um eine Stellungnahme in eine parteipolitische Richtung. Der Spot der SPD interessiert mich als Beleg für eine internationale Tendenz, die in der politischen Kommunikation wahrscheinlich noch stärker werden wird: mehr und mehr marketing-gestützte, überwiegend emotionale Werbung nach kommerziellem Vorbild. Andere Parteien, auch in anderen Ländern, folgen ebenfalls diesem Trend, zum Teil schon länger und mit größerem finanziellem Aufwand.

3. Wie schwer gerade einer Partei wie der SPD dieser Trend fallen muß, zeigt ein Zitat aus dem Jahre 1983; es stammt von einem damaligen Medienstrategen der SPD, Volker Riegger; er vertrat die These, "daß die SPD nur als eine der Aufklärung und dem Diskurs verpflichtete Partei erfolgreiche Wahlkämpfe führen kann." Es gehe dabei um den strategischen Punkt im ambivalenten Potential von Hierarchisierung und Entschränkung möglicher Kommunikationen in Medienöffentlichkeiten (Habermas). "Verfehlt die SPD diesen Punkt, dann verliert sie, anders als konservative Parteien, nicht nur Wahlen, sondern ihre Seele." (Riegger 1983:152)

Inzwischen hat sich wohl die Auffassung der erfolgsorientierten Werbeleute durchgesetzt, die sich in dem Spruch niederschlägt, den sie ihren Auftraggebern entgegenhalten, wenn diese über die Banalität der Werbemittel entsetzt sind: "Der Wurm muß dem Fisch schmecken, nicht dem Angler."

"Wir sind Europa"

Anhang

Werbespot der SPD für die Europawahl am 18. Juni 1989, mit Hans-Jochen Vogel.
Dauer: 2 min 30

Einstellungen/Bilder	Sprache	Töne/Zeit
1 T: Sonnenaufgang, Wolken im Zeitraffer	(Song) J1: (off) wir wollen wie die wolken sein nichts stoppt unsren flug jetzt sind wir am zug	Instrumental langsam
2 N: J1 singend		
3 T: Wolkenhimmel		
4 N: M1 singend	denn wir wolln ein land wos nie mehr kriege gibt wo man die siege liebt die friedlich sind Ch: (off) Eu	
5 HN: Reihe vli singend, sich bewegend	ropa braucht frischen wind	
6 N: M2 singend	ideen	
7 N: J1 singend	die für morgen sind	
8 Svre HN: Reihe vvo	mhm	(1 min)
9 N: M1 singend	wir sind Eu	
10 N: M3 singend, Gruppe	ro	dynamischer
11 Fvre: Gruppe singend	pa	
12 Fvre: Gruppe		nur Schlagzeug
13 Fvovo: Gruppe	(Statement, 25 sec)	
14 E G: Vogel vor Europafahne; + I: Hans Jochen Vogel Parteivorsitzender der SPD; iR: FvvR: Gruppe	Vo: das Europa von morgen + muß auch ein raum der sozialen gerechtigkeit und der verantwortung für unsere umwelt - aber auch eine kraft des friedens sein - mit den leuten die in der bundesrepublik gescheitert sind kamman das neue Europa nicht schaffen - wir können es -	Fanfare, Instrumental
iR: T Wolkenhimmel	deshalb wählen sie am 18. juni uns - die SPD	
15 T: Wolkenhimmel, hell	(Song)	
16 N: J2 singend	J2: menschenskind pack an bevor die	
17 T: Meer düster, Welle	nordsee stirbt	
18 N: J2 singend	und auch der wald verdirbt an unsrem dreck	
19 G Z: M4, Haare/Wind		

20 N: M5, singend	Ch: Europa		
21 HT: Gruppe vvo, M2	braucht leidenschaft		
22 Svli HN: Reihe	Europa braucht unsre ganze		
23 G: Arme in Bewegung	kraft	(2 min)	
24 Fvli Z HN: M6, Sonne	yeah	Einzelstimme	
25 F Z HN: M6 und Gruppe	yeah		
26 Fvre N: M5	oh		
27 G: Europafahne/Wind			
28 HN: M2	Ch: wir sind		
29 N: Fahne/Wind	Europa		
30 N: Körper/Bewegung		Instrumental	
31 Fvu T: Gruppe/Sonne			
32 Fvovo T: Gruppe			
33 Fvo T: Gruppe			
34 Fvo T: Gruppe			
35 N: J1 singend	wir		
36 N: M2 singend	sind		
37 N: J2 singend	Euro		
38 N: M1 singend	pa	Instrumental	
39 Fvre T: Gruppe			
40 N: Körper/Bewegung			
41 Fvo T: Gruppe			
42 HN: Arme/Bewegung			
43 Fvu HT: Gruppe			
44 N: M2 nli, Lächelnd			
45 Fvu HT: Gruppe			
46 N: Europafahne/Wind			
47 G: Fahnenfläche/Wind			
I1: lio rotes Rechteck,			
reu rotes Rechteck, SPD			
I2: "Wir sind Europa"			

E = Einblendung; F = Fahrt; G = Groß; HN = Halbnah; HT = Halbtotale; I = Insert; iR = im Rahmen; J = Junge; M = Mädchen; N = Nah; S = Schwenk; T = Totale; Z = Zeitlupe; lio = links oben; reu = rechts unten; vo = von oben; vu = von unten; vre = von rechts; vli = von links; vvo = von vorne; vovo = von vorwärts; vvR = von verschiedenen Richtungen;

Literatur

Adorno, T.W. 1970. *Jargon der Eigentlichkeit. Zur deutschen Ideologie.* 5. Aufl. Frankfurt.

Badura, B./Gloy, K. 1972 (Hg.): *Soziologie der Kommunikation. Eine Textauswahl zur Einführung.* Stuttgart-Bad Cannstatt.

Easton, D. 1965. *A System Analysis of Political Life.* New York.

Horton, D./Wohl, R.R. 1956. Mass Communication and Para-Social Interaction: Observations on Intimacy at a Distance. In: *Psychiatry* 19, 215-229.

Katz, E./Lazarsfeld, P.F. 1955. *Personal Influence*. Glencoe, Ill.

Kofler, G. 1983. *Das europäische Parlament und die öffentliche Meinung. Politische Kommunikation als demokratischer Auftrag*. Wien.

Luhmann, N. 1973. *Vertrauen. Ein Mechanismus der Reduktion sozialer Komplexität*. 2. Aufl. Stuttgart.

Merelman, R.M. 1972. Politische Legitimität als Funktion gesteuerter Lernprozesse. In: Badura, B./Gloy, K. (Hg.), 78-109.

Ong, W.J 1982. *Orality and Literacy. The Technologizing of the Word*. London, New York.

Pasierbsky, F. 1983. *Krieg und Frieden in der Sprache. Eine sprachwissenschaftliche Textanalyse*. Frankfurt.

Radunski, P. 1980. *Wahlkämpfe. Moderne Wahlkampfführung als politische Kommunikation*. München, Wien.

Riegger, V. 1983. Medien im Wahlkampf der SPD. In: Schulz, W./Schönbach, K. (Hg.), 146-154.

Sarcinelli, U. 1987. *Symbolische Politik. Zur Bedeutung symbolischen Handelns in der Wahlkampfkommunikation der Bundesrepublik Deutschland*. Opladen.

Schulz, W./Schönbach, K. 1983 (Hg.). *Massenmedien und Wahlen. Mass Media and Elections: International Research Perspectives*. München.

Schwartzenberg, R.-G. 1980. *Politik als Showgeschäft. Moderne Strategien im Kampf um die Macht*. Düsseldorf.

Wachtel, M. 1988. *Die Darstellung von Vertrauenswürdigkeit in Wahlwerbespots. Eine argumentationsanalytische und semiotische Untersuchung zum Bundestagswahlkampf 1987*. Tübingen.

DIE KARRIERE "EUROPAS":
VOM EIGENNAMEN ZUM POLITISCHEN SCHLAGWORT

Rüdiger Vogt

Neue Zeiten - alte Visionen. Die dramatischen Veränderungen in den osteuropäischen Ländern im allgemeinen und in der DDR im besonderen bringen Konjunktur in einen Namen, der eine geographische Einheit bezeichnet: Unter dem Dach des "europäischen Hauses", so konnte man es im Sommer 1990 nicht nur vom sowjetischen Präsidenten Michael Gorbatschow hören, würden die Deutschen zusammen mit ihren Nachbarn gut zusammen leben, wenn das wiedervereinigte Deutschland in ein europäisches Sicherheitssystem eingebunden sei. Vor dem Hintergrund des sich rapide vollziehenden Zusammenschlusses der Deutschen mutet die Vorsicht, die noch im Herbst 1989 bei der Beurteilung der Vereinigungschancen zumindest in Teilen der politischen Öffentlichkeit herrschte, naiv an. Damals diente der Verweis auf die europäische Verantwortung für die beiden deutschen Staaten zunächst nur als Abgrenzungssignal, um sich von eingefleischten Nationalisten vom Schlage Theo Waigels, die ungeniert von *Wiedervereinigung* sprachen, abzusetzen. Während *Wiedervereinigung* von den Konservativen im Zusammenhang mit der Krise der DDR wieder besetzt worden war, versuchten Sozial- und Freidemokraten eine Orientierung auf den zunächst politisch eher indifferenten Ausdruck *Europa* durchzusetzen, denn die Implikationen des Ausdrucks sind mindestens nur halb so gefährlich wie die des andern, bezeichnet *Europa* doch - scheinbar wertneutral - einen Kontinent. Diese kurzen Beobachtungen zeigen aber auch, daß *Europa* zu den politischen Begriffen gehört, die sich 'besetzen' lassen.

Im Frühjahr 1989 wurde das Phänomen "Besetzung des Begriffs Europa" während des Wahlkampfs zum sogenannten Europäischen Parlament, den "Europa-Wahlen", von den um Wählerstimmen werbenden politischen Parteien besonders deutlich gemacht, wollten doch alle an der Europa-Euphorie teilhaben und ihre Parteikasse mittels Wahlkampfkostenerstattung aufbessern. Zu den subventionierten Beiträgen zum Thema "Europa als umkämpfter Begriff" zählt auch die im SPIEGEL erschienene Anzeige der Sozialdemokratischen Partei Deutschlands (SPD), die ich einleitend analysieren möchte.

(1) Wir sind Europa

Nie standen die Sterne für ein vereintes Europa so günstig wie heute.Ein Europa, das sich über die einseitigen Interessen sturer Nationalisten hinwegzusetzen versteht, weil Nachbarschaftshilfe mehr bewegt. Denn wir alle gemeinsam, wir sind Europa. Fortschritt nur mit uns. (SPD, 18. Juni: Sozial und demokratisch wählen. In: DER SPIEGEL 22/89)

Der Ausdruck *Wir sind Europa* war der Slogan des SPD-Wahlkampfs, der nahezu in jeder Anzeige und in jedem Fernsehspot dieser Partei zu lesen und/oder zu hören war. Wer aber sind *wir*, die wir Europa sein sollen? Vielleicht gehört er zu *uns*, jener bebrillte, kritisch und optimistisch zugleich dreinblickende Jungakademiker, der den SPIEGEL-Leser auf einer ganzen Seite fixiert. Dieser einzelne sicher nicht, wenn man ihn nicht als Repräsentanten der Intellektuellen ansieht, die sicher auch zu den Zielgruppen dieser Anzeige gehören.[1] Eine weitere - wenn auch nicht überzeugendere - Lesweise könnte sich auf eine Bestimmung des Referenzobjekts von *wir* als 'die SPD-Mitglieder' stützen und die besondere persuasive Funktion einer Werbeanzeige ignorieren. Vielleicht hilft ein Blick auf den erläuternden Text weiter: *Wir alle, wir sind Europa* heißt es da. Das kann sein, das kann aber auch nicht sein. Auf jeden Fall sind *wir* SPIEGEL-Leser in der überwiegenden Mehrzahl in der Bundesrepublik lebende *Europäer*, also Bewohner des Kontinents gleichen Namens, mitnichten aber dieser selbst. Die Irritation bleibt. Und was ist *Europa*? Zumindest eine politisch handelnde Einrichtung, denn es weiß sich immerhin *über einseitige Interessen sturer Nationalisten hinwegzusetzen*, implizit ein Hinweis auf die Europäische Gemeinschaft (EG), für die ja Politiker den Anspruch formulieren, daß sie ein vereintes Europa repräsentiere. *Dafür stehen die Sterne günstig*, behauptet die SPD in ihrer Anzeige, als ob dies eine Frage der Astrologie und nicht eine des Interessenausgleichs zwischen den in der EG zusammengeschlossenen Staaten wäre.

Auf die wünschbare Form der Zusammenarbeit spielt der Ausdruck von der *Nachbarschaftshilfe* an, die mehr bewege als die Verfolgung *einseitiger Interessen* durch *sture Nationalisten*. Dieser Ausdruck ist insofern interessant, als er zwei verschiedene Diskurselemente verbindet: Einerseits erklärt er makrostrukturelle Formen internationaler Kooperation mithilfe einer Form mikrosozialer Zusammenarbeit, andererseits bezieht er sich auch auf die insbesondere von Gorbatschow in den letzten Jahren geprägte Vorstellung von einem europäischen Haus. Damit verknüpft die Anzeige ein Diskurselement des früher einmal alternativen Diskurses - Politik als Nähe-Erfahrung - mit dem durch die praktische Politik Gorbatschows verbundenen Entspannungsdiskurs. Deutlicher wird nun, daß sich die Anzeige vorwiegend an jüngere Wähler richtet, denen durch die Einbeziehung von verschiedenartigen Diskurselementen - zu den beiden ge-

---

[1] Die Jugendlichen in dem von Holly analysierten Fernsehspot sind da schon geeignetere Kandidaten (vgl. Holly in diesem Band).

nannten tritt noch der Verweis auf den Diskurs der Astrologie - die SPD nahegebracht werden soll. In diesem Sinne kann eine weitere Leseweise des *wir* entwickelt werden: Der Ausdruck *Wir sind Europa* ist unvollständig, er ist vielmehr zu ergänzen durch den Teilsatz - *und nicht die Bürokraten in Brüssel*.[2] Diese Deutung unterstellt eine implizite Opposition der Jugend zu dem in Brüssel für einseitige nationale Interessen arbeitenden Verwaltungsapparat: *Wir* wollen Politik machen, *wir* wollen nicht verwaltet werden. Aber indem *wir* SPD wählen? So schärft die SPD die Nähesinne, ersetzt die politische Stellungnahme durch eine Prise Astrologie: Mit Europa in die 90er Jahre. Nichts davon, daß auf diesem unserem Kontinent noch viele andere Staaten sich befinden, die entweder aus gutem Grund neutral oder aus einem vielleicht weniger guten Grund noch dem Comecon angehören, kein Wort über die Entstehung dieser Europäischen Gemeinschaft vor dem Hintergrund des Ost-West-Konflikts in den 50er Jahren. Nicht, daß die Textsorte "politische Werbung" alle Hintergrundinformationen liefern müßte, es geht mir hier um den eingeschränkten referentiellen Bereich des Ausdrucks *Europa* in Beleg 1: womit ein charakteristisches Element des politischen Schlagwortes *Europa* herausgearbeitet wäre.

Doch der Reihe nach. Was ist denn nun *Europa*? Zunächst einmal ist *Europa* ein geographischer Eigenname, gehört also zu jener Klasse von Substantiven, die Objekte oder Sachverhalte eindeutig identifizieren. Der Eigenname *Europa* bezeichnet einen der fünf oder sechs Kontinente der Erde. Nun zählen wir Europa zu den Kontinenten, aber in Hinblick auf die geographische Charakterisierung von *Erdteil* als 'relativ große, im wesentlichen von Meeren umgebene Landmasse' muß festgestellt werden, daß Europa im Osten diese Anforderungen nicht erfüllt, da es in seiner vollen Nord-Süd-Ausdehnung mit Asien verbunden ist. Daher ziehen es die Geographen vor, von einem eurasischen Kontinent zu sprechen, und sie müssen zur Beschreibung der räumlichen Entität *Europa* auf andere, vorwiegend demographische Kriterien, zurückgreifen. Heute ist es üblich, als Grenze Europas eine imaginäre Linie anzunehmen, die zunächst das Schwarze mit dem Kaspischen Meer verbindet, sich dann nach Norden wendet, entlang dem Fluß Ural, bis hin zum Gebirge gleichen Namens, und die schließlich am arktischen Ozean endet. Was macht Europa sonst noch aus? Es ist räumlich gegliedert (Nord- und Südeuropa etc.), auf seinem Gebiet befinden sich zahlreiche Staaten unterschiedlicher Größe, die entweder den Militärblöcken der NATO und des Warschauer Pakts angehören oder neutral sind.

---

[2] Diese Deutung verdanke ich Josef Kopperschmidt.

Die Bestimmung der physikalischen und politischen Entität Europas macht deutlich, wie weit sich die für die SPD arbeitende Werbeagentur von den räumlichen Implikationen des Eigennamens entfernt hat. Nun stellt sich die Frage, inwieweit solche Eigennamen dem Zeigfeld im Sinne Bühlers als einer *ich-hier-jetzt-Origo* zuzuordnen sind (vgl. Bühler 1934:102). Einem US-Amerikaner, der im Rahmen seiner "Europe within 14 days"-Reise Station in Heidelberg macht, wird sicher davon sprechen, daß er sich in Europa befinde. Insofern dient ihm der Name als Markierung der lokalen Deixis. Bühler würde dagegen argumentieren, daß zwar der Name den Ort des Sprechers bezeichnen kann, jedoch nur das *hier* ersetzt; für ihn gehören die Eigennamen zum Symbol- und nicht zum Zeigfeld (vgl. Bühler 1934:233 ff.). Ein *Europa*, etwa auf einem Wegweiser im kleinasiatischen Teil von Istanbul, der den Weg über die den Bosporus überspannnende Brücke - die *Europa-Brücke* - weist, hat ein symphysisches Umfeld, ist also der Geste des ausgestreckten Fingers des Zeigenden angeheftet. Nun kommt dieses Umfeld für die SPD-Anzeige keineswegs in Frage, vielmehr ist zu prüfen, ob nicht ein anderes der Bühlerschen Umfelder, nämlich das synsemantische als analytischer Ort des Ausdrucks *Europa* geeignet ist. Diese Überlegung legt die Frage nahe, ob *Europa* als Begriff gebraucht wird, in dem Sinne, daß er als ein durch Abstraktion gewonnenes gedankliches Konzept angesehen wird, durch das Gegenstände oder Sachverhalte aufgrund bestimmter Eigenschaften oder Beziehungen klassifiziert werden können. Kann denn überhaupt ein Eigenname auf ein solches Konzept verweisen? Bühler würde sagen, daß die Sprache durchaus über dieses Potential verfügt, und gibt dafür auch einige Beispiele, wie etwa das, daß der Eigenname *Sonne* im Zuge astronomischer Forschung zum Gattungsbegriff für leuchtende Himmelskörper wurde (vgl. Bühler 1934:235). Der Name wurde also mit einem Konzept verbunden. Nun ist es ja auch möglich, daß an den Namen *Europa* ein Konzept angeschlossen wurde. Diese Überlegung führt uns zu der Frage, welche Eigenschaften für die in der Europäischen Gemeinschaft zusammengefaßten Staaten charakteristisch sein könnten, die eine Deutung im Sinne eines Konzepts nahelegen. Sicher verfügen alle Staaten über eine Verfassung, in der eine repräsentative Demokratie festgeschrieben ist, sie wirtschaften mehr oder weniger kapitalistisch und gehören im wesentlichen dem westlichen Militärbündnis der NATO an. Wie wir gesehen haben, präsupponiert der Gebrauch von *Europa* in der SPD-Anzeige genau diese Elemente, ohne sie jedoch in irgendeiner Weise deutlich zu machen. Aus diesem Grunde spreche ich bei der Verwendung eines Ausdrucks - wie der von *Europa* in der analysierten SPD-Anzeige - dann von einem Schlagwort, wenn die dem Namen oder Begriff zugrunde liegenden Konzepte nicht oder nicht mehr transparent sind.

Bevor ein geographischer Eigenname jedoch zum Schlagwort werden kann, muß die Form mit einem Konzept verbunden worden sein - und das Konzept muß verschwunden sein. Insofern müssen in den nun folgenden begriffshistorischen Untersuchungen folgende Fragen geklärt werden: Welche geographische Entität erfaßt der Ausdruck Europa? Wie ist diese strukturiert? Welche Verknüpfung mit einem Konzept ist festzustellen?

Darüber hinaus ist nach den spezifischen Bedingungen des Erscheinens des Ausdrucks zu fragen, nach seinen Konnotationen. Der Begriff der Konnotation wird in der Sprachwissenschaft üblicherweise im Zusammenhang mit dem der Denotation verwendet und bezeichnet laut Wörterbucheintrag "individuelle (emotionale) stilistische, regionale u.a. Bedeutungskomponenten eines sprachlichen Ausdrucks, die seine Grundbedeutung überlagern" (Bußmann 1983:261). Wesentlich an dieser Definition ist die Annahme, daß es eine Grundbedeutung eines sprachlichen Ausdrucks gibt, die individuell variiert werden kann. Konnotation erscheint hier als eine abgeleitete Restkategorie, die notwendig auf die der Denotation zu beziehen ist, jene "kontext- und situationsunabhängige, konstante Grundbedeutung eines sprachlichen Ausdrucks" (Bußmann 1983:86). Nun läßt sich die Unterscheidung von "eigentlicher" Bedeutung eines sprachlichen Ausdrucks und seinem Nebensinn nur sinnvoll auf die Ebene bereits lexikalisierter Einheiten wie Wort, Redewendung oder Phraseologismus beziehen, wenn die durch die Kategorien erfaßte sprachliche Einheit identisch ist: Die "feste" Bedeutung eines sprachlichen Zeichens kann durch die Einbeziehung von Kontextfaktoren modifiziert werden, sie erhält eine okkasionelle Nebenbedeutung. Dies ist jedoch die Sichtweise der Lexikographie. In der Perspektive einer politischen Sprachwissenschaft, in der die sprachlichen Formen als Ausdrucksformen sozialer Praxis gedeutet werden, verkehrt sich das traditionell angenommene Verhältnis: Im Zentrum des Interesses steht die Analyse der Konnotationen von Ausdrücken und Texten, also die Rekonstruktion der einen Ausdruck evozierenden Praxis aufgrund von textuellen Verweisen.[3] So ist etwa bei der SPD-Anzeige immer der persuasive Rahmen einer Werbeanzeige zu berücksichtigen, der Autor und Text in charakteristischer Weise verknüpft. Wenn also die Praxis des Schreibers in den Blick geraten soll, ist die Frage nach den spezifischen Bedingungen der Textentstehung, nach den Strategien und - in Hinblick auf den zu untersuchenden Eigennamen *Europa* - auf das Verhältnis des Autors zu seinem Text im allgemeinen und zu dem im Zentrum der Analyse stehenden Ausdruck im besonderen von Interesse.

---

[3] Vgl. für diese Deutung Maas 1985 und Vogt 1989:67-73.

Die Karriere *Europas*

In der folgenden Untersuchung werde ich den Gebrauch des Ausdrucks *Europa* von der Antike bis in die Gegenwart verfolgen. Dabei geht es mir nur am Rande um die Frage, welche räumlichen Vorstellungen mit diesem Ausdruck verknüpft waren, während im Zentrum der Untersuchung Aspekte der Begriffsgeschichte stehen, nämlich die Frage nach den inhaltlichen Konzepten, die sich mit dem Ausdruck verbunden haben. Bei der Untersuchung einzelner Belege ist, soweit möglich, auf den Zusammenhang des zitierten Textes zu achten, um so im Sinne der Konnotationsanalyse die strategischen Implikationen der Verwendung des Ausdrucks *Europa* in den Blick zu bekommen. Die Untersuchung bleibt auf diese Probleme begrenzt; darüberhinaus ist sie germanozentriert, d.h. sie hält wichtige Etappen in der deutschen Geschichte fest und ignoriert Verwendungsweisen des Ausdrucks *Europa* in anderen europäischen Sprachgemeinschaften; schließlich ist sie selektiv, indem sie einige Bruchstellen der deutschen bzw. europäischen Geschichte (insbesondere die Zeit nach den Kriegen) aufsucht und so die Genese des modernen Europa-Begriffs exemplarisch rekonstruieren kann.

Die Karriere *Europas* vom Eigennamen über den Begriff zum Schlagwort hat im antiken Griechenland begonnen. Aus der Mythologie ist jene Tochter Europa des Phoinix bekannt, bei deren Anblick Zeus in Liebe entbrannte. Er näherte sich ihr in Gestalt eines Stiers, dessen Atem nach Krokus oder Rosen duftete, und täuschte so die Schöne. Als sie den Stier bestiegen hatte, trug dieser sie nach Kreta hinüber und - vermutlich zurückverwandelt - verband sich mit ihr. Dann jedoch verkuppelte sie der Gott mit dem Kreterkönig Asterios, dem sie drei Söhne gebar. Diese Geschichte ist die Grundlage eines Europa-Kultes, dem versöhnende Kräfte zugeschrieben wurden und der noch bis ins vierte Jahrhundert n.Chr. nachweisbar ist (vgl.Fischer 1957:8). Warum ihr Name auf den Kontinent übertragen wurde, ist nicht bekannt. Die Etymologie ist unklar, es könnte schon sein, daß Europa aus dem phönizischen *Ereb* 'Abend' abzuleiten wäre, im Gegensatz zu *acu* 'Morgen'.

Immerhin verdanken wir den griechischen Geographen die Dreiteilung der Welt in *Europa, Asia* und *Libia*, die beiden letzteren übrigens auch mythologisiert als Halbschwestern der Europa. Im nun folgenden Beleg aus Aristoteles' kurzer Lehrschrift "Über die Welt" faßte der Autor das Wissen seiner Zeit (4. Jahrhundert v. Chr.) zusammen:

(2) Sie (unsere bewohnte Welt) zerfällt in Europa, Asien und Lybien (Afrika). Europas Grenzen reichen rings herum von den Säulen des Herakles bis zu den Buchten des Pontos und des Hyrkanischen Meeres, dort, wo die Meerenge zum Pontos hereinragt. Manche sprechen statt einer Meerenge auch von einem Flusse Tanais (Don). (Aristoteles 1949:30)

Aristoteles begnügt sich damit, die Grenzen des Landes anzugeben, nachdem er zuvor bereits festgestellt hatte, daß die bewohnte Welt vom Meer umspült werde, und er zunächst die damals bekannten Küsten beschrieben hatte: Von den *Säulen des Herakles*, der Straße von Gibraltar, bis hin zum Bosporus im Norden, während der Ausdruck *Hyrkanisches Meer* wahrscheinlich die Ostsee meint.[4] Es fehlt hier - und bei der Beschreibung der beiden anderen Erdteile - jedoch ein differenzierter Bezug zur Unterteilung der Einheit, etwa auf die im Norden Europas lebenden Skythen, und der Bezug zum eigenen Standort. Das ist wahrscheinlich auch nicht das Interesse Aristoteles' gewesen , handelt es sich bei diesem Text doch um ein für seinen ehemaligen Schüler König Alexander abgefaßtes Werk mit dem Ziel, diesem - nach dessen erfolgreichen Eroberungszügen - seine Hybris versteckt deutlich zu machen (vgl. Büttner 1979).

Wo steht Hellas, und in welchem Verhältnis steht es zu den anderen Völkern? Zunächst - vor dem Beginn des 5. Jahrhunderts - muß *Europa* der mittlere Teil von Hellas, in Thrakien und Mazedonien angesiedelt, gewesen sein: dies zeigen beispielsweise Ortsnamen (vgl. Der kleine Pauly 1967:448). So ist es Hekataios von Milet, der Ende des 6. Jahrhunderts die zwei Kontinente Europa und Asien unterscheidet.[5] Die Griechen kannten wohl den Mittelmeerraum, was aber wußten sie von den anderen Bewohnern des Kontinents? Die Kunde, die Reisende etwa aus dem nördlichen Lande der Skythen brachten,[6] war nicht besonders einladend, denn sie berichteten von einem Land, wo die Kälte die Gefäße sprengte und wo nicht ausgegossenes Wasser, wohl aber ein angezündetes Feuer den Boden naß machte; dies war durchaus nicht geeignet, ein positives Verhältnis der Hellenen zu den nördlichen Völkern, eben auch Barbaren, zu befördern. In diesen Zusammenhang paßt auch ein Hinweis aus der Odyssee, dort könne ein schlafloser Mann doppelten Lohn verdienen wegen der geringen Unterbrechung des Tages durch die Nacht.[7] Und während es nach Norden hin kälter wurde, so erlebten die griechischen Reisenden ihre Erlebnisse in der lybischen Wüste wegen der dort herrschenden Hitze als Reise zu den Grenzen bewohnbarer Zonen. Hellas war eben das Zentrum der Welt. Europa ist jedoch, aus griechischer Perspektive - und wohl auch aus römischer - das andere Land,

---

[4] Dies jedenfalls vermutet der Herausgeber der Lehrschrift, Paul Gohlke. (Aristoteles 1949:83)
[5] Die Weltkarte des Hectaeus (c. 500 v. Chr.) ist im Anhang 1 abgebildet.
[6] Die nun folgenden Beispiele habe ich im "Großen Pauly", 1301 f. gefunden.
[7] Der Beleg in der Odyssee lautet: "Als wir nun sechs Tag' und Nächte die Wogen durchrudert,landeten wir bei der Feste der Laistrygonen, bei Lamos' Stadt Telepylos an. Hier wechseln Hirten mit Hirten; Welcher hinaustreibt hört das Rufen des, der hereintreibt. Und ein Mann ohne Schlaf erfreute sich doppelten Lohnes, eines als Rinderhirte, des anderen als Hirte der Schafe; Denn nicht weit sind die Triften der Nacht und des Tages entfernet." (Homer: Odyssee, X, 80-86.)

nicht mehr das eigene oder ein Teil davon, es ist auch das Land der Barbaren, das nördlich des Mittelmeers liegt. Es ist eher das *dort* des Bühlerschen Zeigfeldes, jener vom Standort des Sprechers unterschiedene Raum. Es bleiben zwei Namen, der mythologische und der geographische, die einerseits auf einen Kult und andererseits auf Vorstellungen über die Form und die Lebensmöglichkeiten in nördlichen Gebieten abzielten, es fehlt jedoch ein Konzept, das in irgendeiner Weise politisch genannt werden kann. Dazu bedurfte es großer Veränderungen auf dem Kontinent.

Die Dinge - und die Standpunkte - verschoben sich, in dem ersten großen historischen Strudel, der Völkerwanderung, der für die Herausbildung Europas von größter Bedeutung war. Nachdem die beiden römischen Reiche von den Germanen "aufgemischt" worden, die neuen Reiche zur Ruhe gekommen waren, das Christentum sich durchgesetzt hatte, bedrohte die neue Religion, der Islam, von Süden her die im Norden lebenden Völker. Die Bedrohung durch die arabischen Heerscharen, die sich bereits die iberische Halbinsel untertan gemacht hatten, läßt die sich wehrenden Völker zusammenrücken, und erstmals erscheint *Europa* als Bezeichnung des eigenen Standorts.[8] Isidor, ein zeitgenössischer spanischer Chronist, beschreibt die Schlacht bei Tours und Poitiers im Jahre 732: Die aus Syrien stammenden arabischen Soldaten erscheinen ihm als Vertreter von *oriens* und *occidens*; sie sind nicht mehr nur Vertreter des Morgenlandes, sondern sie haben bereits begonnen, sich des Abendlandes zu bemächtigen. Wer steht dagegen? Karl Martell als Führer der verschiedenen Völker des Nordens, den *Europenses*, jener Schicksalsgemeinschaft, die sich der maurischen Bedrohung entgegenstellt (vgl. Fischer 1957:50 f.). Die alte Orientierung von Ost nach West, von Morgenland zum Abendland wird brüchig, statt dessen tritt Europa als Drittes hinzu, und verwandelt die Ost-West-Achse in eine Nord-Süd-Achse. Der Begriffshistoriker Fischer schreibt:

Der Chronist Isidor wird einem weltgeschichtlichen Vorgange mit einem neuen Begriffe gerecht. Sobald die Not für die Gebiete nördlich der Pyrenäen und Alpen verschwunden ist, wird das Wort vergessen. (51)

In der Bedrohung finden die christianisierten Barbaren zusammen, und Morin vertritt die These, daß der Islam der Begründer Europas sei: In der Tat führte die arabische Expansion an den südlichen Ufern des Mittelmeers zu einer Auflösung klassischer Handelsbeziehungen, und die christlichen Völker mußten ihre wirtschaftliche Tätigkeit nach Norden verlegen. Es gelang auch nicht die Wiederausdehnung, denn die spanische Reconquista endet an der Straße von Gibraltar. Der Höhepunkt der fränkischen Herrschaft unter Karl dem Großen

---

[8] Für den folgenden Abschnitt beziehe ich mich auf Fischer 1957.

war zugleich auch die Festigung des Europa-Konzepts. Dem Gelehrten Alkuin erscheint 790 das Reich Karls des Großen als gläubig und aus dem Glauben regiert, und mit dieser Vorstellung verbindet er *Europa*, von dem er die beiden nicht so wichtigen Erdteile Asien und Afrika abgrenzen kann. Angilbert, Schwiegersohn Karls und dessen Hofdichter, tituliert ihn als "Rex, pater Europae": Karls fränkisches Reich ist Europa, weil es christlich ist. Diese politische Bestimmung ergänzt eine andere Bedeutungsvariante, die dem Prozeß der Christianisierung Rechnung trägt, im Sinne von 'alle christlichen Gebiete'. *Europa* nimmt nun die *hier*-Position im Zeigfeld ein, im Symbolfeld hat es sich mit dem Konzept des Christentums verbunden. Mit dem Zerfall des Frankenreichs im Jahre 814 beginnt auch die Auflösung des Europa-Begriffs, der bis zum Ende des Jahrtausends auf den geographischen Namen reduziert wird. Fortan regiert das Christentum Europa, und es kümmert sich nicht um den Namen. Und die Geographen? Sie verharren - bis ins 16. Jahrhundert - wider besseres Wissen auf der antiken Vorstellung einer Dreiteilung der Welt: sie definieren die Grenzen des Erdteils genau so wie die Alten (vgl. Anhang 2).

Der Beginn der Genese des modernen Europa-Begriffs liegt in der Zeit des Barock: Nachdem auch die Geographie eine nicht mehr von religiösem Wunschdenken geprägte Vorstellung des Kontinents hatte, konnte sich auch ein Bewußtsein von Europa als einer potentiellen politischen Einheit herausbilden. Wir schreiben das Jahr 1670. Der deutsche Universalgelehrte Johann Gottfried Leibniz war zu dieser Zeit am Hofe des Kurfürsten von Mainz tätig. In einer Auftragsarbeit widmete er sich der Frage, wie die innere und äußere *Securitas publica* der deutschen Kleinstaaten herzustellen sei.[9] 22 Jahre nach dem Westfälischen Frieden überrascht es nicht, daß er die deutsche Frage im europäischen Maßstab erörtert. Hier ein Auszug aus seiner Denkschrift:

(3) (I 86) Gewißlich, wer sein Gemüt etwas höher schwinget und gleichsam mit einem Blick den Zustand Europas durchgehet, wird mir Beifall geben, daß diese Allianz eines von den nützlichsten Vorhaben sei, so jemals zu allgemeinen Besten der Christenheit im Werk gewesen. Das Reich ist das Hauptglied, Deutschland das Mittel von Europa, Deutschland ist vor diesen allen seinen Nachbarn ein Schrecken gewesen, jetzo sind durch seine Uneinigkeit Frankreich und Spanien formidabel worden, Holland und Schweden gewachsen, Deutschland ist das pomum Eridos, wie anfangs Griechenland, hernach Italien. Deutschland ist der Ball, den einander zugeworfen, die um die Monarchie gespielt, Deutschland ist der Kampfplatz, darauf man um die Meisterschaft von

---

[9] Gottfried Wilhelm Leibniz: *Bedenken, welchergestalt Securitas publica interna et externa et Statu praesens im Reich jetzigen Umständen nach auf festen Fuß zu stellen.* 1670. Hier zitiert nach den in Foerster 1962 dokumentierten Auszügen.

Europa gefochten. Kürzlich, Deutschland wird nicht aufhören, seines und fremden Blutvergießens materi zu sein, bis es aufgewacht, sich recolligiert, sich vereinigt und allen procis die Hoffnung, es zu gewinnen, abgeschnitten.

(I 87) Alsdann werden unsere Sachen ein ander Aussehen haben, man wird allmählich an der beiderseits projektierten Monarchie verzweifeln, ganz Europa wird sich zur Ruhe begeben, in sich selbst zu wüten aufhören, und die Augen dahin werfen, wo so viel Ehre, Sieg, Nutzen, Reichtum mit guten Gewissen Gott auf angenehme Weise zu erjagen, es wird sich ein andrer Streit erheben, nicht wie einer dem andern das Seinige abringen, sondern wer am meisten dem Erbfeind, den Barbaren, den Ungläubigen abgewinnen und nicht allein sein, sondern auch Christi Reich erweitern könne. (In: Foerster 1963:73 f.)

Zunächst bestimmt Leibniz die Stellung Deutschlands in Europa: Es sei zwar das mächtigste Reich gewesen, es habe aber seinen Einfluß verloren, und wegen seiner Schwäche seien Frankreich und Spanien groß geworden. Interessant an diesem Beleg ist die Verwendungsweise des Ausdrucks *Europa*. Er unterstellt nämlich, und das nur kurz nach dem 30jährigen Krieg, eine gemeinsame Interessenlage der europäischen Staaten, die - offenbar ungeachtet tiefgreifender konfessioneller und damit politischer Differenzen - für die Ausbreitung des Christentums außerhalb Europas zusammenarbeiten sollten, statt sich im Innern selbst zu zerstören: *Was placken wir uns hier um eine Handvoll Erden, die uns so viel Christenblut zu stehen kommt*. Als Ziel seiner Bündnisvorschläge formuliert er, daß diese Allianz zum allgemeinen Besten der Christenheit sei. Gegner der Christen sind der Erbfeind, die Barbaren und die Ungläubigen. Es gehe vor allem darum, Christi Reich zu erweitern. In einer ideologiekritischen Lesweise könnte man die Forderung nach einer weiteren Expansion des Christentums aus diesen Formulierungen herausarbeiten. Diese Deutung würde jedoch einer genaueren Prüfung nicht standhalten, ging es dem Auftraggeber Leibniz', dem kurfürstlichen Rat Johann Christian von Boineburg, doch um Argumente, die geeignet waren, die latente Bedrohung des linksrheinisch gelegenen kurfürstlichen Mainz durch Frankreich Paris gegenüber geltend zu machen. Deshalb die Formulierung, daß erst wenn Deutschland in der Mitte Europas sich zusammenschließe, es keinen Anreiz biete, es erobern zu wollen. Die vielbeschworenen deutschen Kleinstaaten waren im 17. Jahrhundert immer auch durch die Expansionsgelüste des damals die europäische Hegemonie besitzenden französischen Königs bedroht.

Offenbar erscheint hier ein charakteristisches Merkmal der Verwendungsgeschichte von *Europa*, daß nämlich aus strategischen Erwägungen es von Interesse sein kann, mit dem Geltungsanspruch der großen Einheit die eigenen Interessen zu vertuschen: Insofern war für den Autor Leibniz wichtig, die gemeinsame Perspektive Europas zu entwickeln, wobei es ihm jedoch nur um Argumente für den französischen König ging, dessen Expansionsgelüsten Deutschland gegenüber nicht nachzugeben. Europa erscheint in seiner Sicht als ein differenziertes Gebilde von Königreichen unter der Vormachtstellung Spaniens und Frankreichs - er verwendet im Verhältnis dieser beiden Reiche die Metapher vom Haupt und den Gliedern -, um schließlich dem zersplitterten Deutschland zumindest einen angemessenen und unangefochtenen Platz unter den Gliedern einzuräumen. Der geographische Begriff, der wie schon zu Kaiser Karls des Großen Zeiten an das Christentum gebunden ist, dient hier, das hat der Blick auf die Entstehungsbedingungen im Sinne der Konnotationsanalyse gezeigt, als großräumig einheitsstiftendes Konzept. Jedoch erwies sich diese Einheit als fiktiv, da sie eher einem Wunschtraum des Autors denn historischer Realität entsprach. Weil die räumliche Einheit so groß ist, bleibt sie gleichermaßen unverfänglich und eigentümlich neutral: Zwar wurde das kurfürstliche Mainz in diesen Jahren nicht durch einen französischen Übergriff getroffen, statt dessen erklärte Ludwig XIV. 1672 den Niederlanden den Krieg.

Wenn man Pierre Chaunu (1966:13) glauben darf, dann hat *Europa* erst im 17. Jahrhundert ein begriffliches Konzept, das einerseits den historischen Strudel der Glaubensspaltung und der Glaubenskriege reflektiert, andererseits den Humanismus aufgreift, indem der nunmehr zum Begriff gewordene Ausdruck das Wort *Christenheit* ablöst. Diese Tendenz kann an Beleg 3 deutlich gemacht werden: Einerseits vertritt Leibniz das schon aus früheren Zeiten bekannte Konzept, räumlich differenzierter insofern, als er von den europäischen Monarchien ausgeht, andererseits verweist seine interne Aufteilung, indem die Monarchien Europas im Zentrum stehen, auf die sich anbahnende Auseinandersetzung um Monarchie oder Republik, die die Zeit vor, während und nach der Französischen Revolution prägte. In diesen Auseinandersetzungen spielt das Konzept Christentum keine Rolle mehr, vielmehr geht es um konkurrierende Staatsformen. Das Symbolfeld Europas ist sozusagen säkularisiert, es besitzt nun alle Voraussetzungen, um zu einem politisch umkämpften, besetzbaren Wort zu werden.

Wenden wir uns nun den nachrevolutionären Zeiten zu. Am Anfang des 19. Jahrhunderts erscheint *Europa*, zumindest bei den deutschen Patrioten und Gegnern Napoleons, in einem anderen Zusammenhang: Statt bekannter, alter Beziehungen steht der Gegensatz zu Frankreich im Mittelpunkt der Namensverwendung. Dazu ein Beleg aus dem Jahre 1814 aus einer in Nürnberg erschienenen Flugschrift, in der Johann J. Stutzmann - eine "historisch-philosophische Betrachtung der Begebenheiten unserer Zeit und der Lage der Welt" mit dem Titel "Denkmal dem Jahre 1813 gesetzt" veröffentlichend - sich mit den

Voraussetzungen und möglichen Zielen der Befreiungskriege auseinandersetzte. Napoleon war besiegt, welche Perspektiven gab es?

(4) Denn gleiches Elend, gleiche Gefahren und gleiche Wortbrüchigkeit, haben alle Staaten Europens gelehrt, daß sie nur E i n e n w a h r e n Feind haben, und daß alle andern Rücksichten dieser Einen untergeordnet bleiben müssen, wenn Europa wieder einen wahren Friedenszustand gewinnen, und nicht immer blos Waffenstillstände haben will. (In:Spies 1976:367 f.)

Alle gegen Frankreich: was aber zeichnete Frankreich aus? Natürlich, der Despot Napoleon, der seinen Einflußbereich zu Lasten der anderen europäischen Monarchien ausgedehnt hatte, und die Unterdrückung des Volks in den von seinen Truppen besetzten Gebieten. Frankreich steht für Kampf und Krieg, für die Revolution und für - Oberflächlichkeit; während die anderen Staaten Europas den Frieden versprechen durch *harmonische Vereinigung aller selbständigen, eigenthümlich gebildeten Staaten zu einem organischen Völkerbunde*. In einer durchaus monarchisch orientierten Position - Stutzmann lobt insbesondere den russischen Zaren Alexander als Bezwinger Napoleons - sollen *freye Menschen und redliche Freunde* leben und nicht - wie in Frankreich - *Sklaven oder Schmeichler*. *Europa* steht also für die Vernunft und damit die Hoffnung auf Frieden, die - und da erscheint eine uns schon bekannte Argumentationsfigur - nur erreicht werden könne, wenn Deutschland - *der Staat, welcher in Leib und Geist das Herz von Europa bildet* - zu einer Einheit werden würde.

Soviel europäische Gesinnung ist eher selten: In den von Spies 1976 herausgegebenen Quellen überwiegen in den Belegen der Jahre 1813 und 1814 der nationale Überschwang, so etwa in der Flugschrift Ernst Moritz Arndts vom Januar 1813, in der er die Preußen zur Erhebung gegen Napoleon aufrief (224 ff.). *Europa* erscheint bei ihm nur in der wiedergegebenen Rede anderer, nämlich Napoleons und Alexanders, während im Mittelpunkt der flammende Appell an die Preußen zur nationalen Erhebung steht. Eine andere Variante ist in der Begründung des österreichischen Außenministers Friedrich v.Gentz der Kriegserklärung an Napoleon zu finden (308 ff.), in der z.B. von dem "tief zerrütteten Zustand von Europa die Rede ist.

In den Auseinandersetzungen während der Befreiungskriege hatte der Terminus von den deutschen Gegnern Napoleons eine neue Opposition erhalten: *Europa* müsse sich gegen Frankreich erheben. Und auch derjenige, der die Staaten Europas unterworfen und ihnen die französische Staatsform aufgezwungen hatte, Napoleon, sprach von *Europa*, im Sinne eines Zusammenschlusses der Nationalstaaten; allerdings erst, als er nach seinem endgültigen Sturz die letzten Jahre seines Lebens auf St. Helena verbrachte (s. Anhang 3). An diesem Kristallisationspunkt europäischer Geschichte wurden unterschiedliche Konzepte mit dem Wort *Europa* verbunden, es fand offenbar schon ein "Kampf um den Begriff" statt.

Der sich im zweiten Teil des 19. Jahrhunderts ausbreitende Nationalismus und Imperialismus ließ Europa klein werden, und man gedachte seiner selten. Erst die traumatische Erfahrung des ersten Weltkriegs führte schließlich zu einer Reaktivierung von Europa-Konzepten. Die Genese des modernen Europa-Konzepts liegt in den 20er Jahren, und sie ist eng verknüpft mit der Person des 1894 in Japan geborenen flämischen Grafen Richard N. Graf Coudenhove-Calergi, der im Jahre 1923 die Paneuropäische Bewegung gründete. Hier ein Auszug aus seinem 1923 veröffentlichten "Paneuropäischen Manifest":

(5) Vor dieser Gefahr gibt es nur *eine* Rettung: *Zusammenschluß des europäischen Kontinents* zu einem Zollverband, Abbau der europäischen Zwischenzölle und Schaffung eines paneuropäischen Wirtschaftsgebietes.

Jeder andere Weg führt zum Ruin.

Das zersplitterte Europa geht somit einer *dreifachen* Katastrophe entgegen: dem *Vernichtungskrieg*; der *Unterwerfung durch Rußland*; dem *wirtschaftlichen Ruin*. Die einzige Rettung vor diesen drohenden Katastrophen ist: *Paneuropa*; der Zusammenschluß aller demokratischen Staaten Kontinentaleuropas zu einer internationalen Gruppe, zu einem politischen und wirtschaftlichen Zwangsverband. (In: Foerster 1963:228)

Coudenhove-Calergi forderte den Zusammenschluß Europas unter Ausschluß der Sowjetunion und Englands, erstens, um einen weiteren drohenden Krieg zu verhindern, zweitens, um eine Unterwerfung durch Rußland zu vermeiden und schließlich drittens, um den wirtschaftlichen Ruin abzuwenden - und um nicht in eine zu große Abhängigkeit von den Vereinigten Staaten zu geraten. Rußland stelle sowohl eine strategische als auch eine ideologische Bedrohung dar: ein Zusammenschluß demokratischer Staaten mit dem sowjetischen erschien ihm undenkbar, denn Rußland sei kein demokratischer Staat; zudem könne die Größe des Landes zu einer Gefahr werden; England solle die Aufnahme wegen seiner interkontinentalen Ausdehnung verweigert werden. Der Völkerbund erschien ihm als ein geeigneter organisatorischer Rahmen des von ihm geforderten Zusammenschlusses. Der französische Außenminister Briand übernahm einen Teil seiner Vorstellungen und brachte sie im Völkerbund ein, ohne allerdings auf die entsprechende Resonanz zu stoßen. Hier finden sich die Ideen eines Idealisten, der unbeirrbar an der Vorstellung eines vereinten Europa festhielt und dem nach dem 2. Weltkrieg die entsprechende Anerkennung zuteil wurde.

Wann und unter welchen Umständen nun wurde dieses Europa-Konzept durch das Feindbild des Bolschewismus erweitert bzw. abgerundet? War es vielleicht 1946 Churchill mit seiner 'klassischen' Formulierung des *eisernen Vorhangs*, der Europa in zwei Teile teile? Durchaus nicht: Wer anders als Adolf Hitler hätte in dieser Weise zu einer Verdeutlichung des Europa-Konzepts des 20. Jahrhunderts beitragen können? Zwar interessierten sich die Nationalsozialisten nur gelegentlich für Europa, aber Hitler griff in einer Reichstagsrede (vom 7.3.1936) die Unterscheidung vom Europa der Nationalstaaten und dem gemeinsamen Feind der bolschewistischen Sowjetunion auf, wenn auch nur unter taktischen Gesichtspunkten.

(6) Wenn ich diese grunsätzliche Einstellung auf die europäische Politik übertrage, dann ergibt sich daraus für mich die Unterscheidung Europas in zwei Hälften, in jene Hälfte, die sich aus selbständigen und unabhängigen Nationalstaaten aufbaut, aus Völkern, mit denen wir tausendfältig durch Geschichte und Kultur verbunden sind und mit denen wir in alle Zukunft genau so wie mit den freien und selbständigen Nationen der außereuropäischen Kontinente verbunden bleiben wollen; und in eine andere Hälfte: die von jener unduldsamen und einen allgemeinen internationalen Herrschaftsanspruch erhebenden bolschewistischen Lehre regiert wird, die selbst den ewigen und uns heiligen Dies- und Jenseitswerten die Vernichtung predigt, um eine andere, uns in Kultur, Aussehen und Inhalt abscheulich vorkommende Welt aufzubauen. Mit ihr wollen wir außer den gegebenen politischen und wirtschaftlichen internationalen Beziehungen in keine sonstige innigere Berührung kommen. (In: Domarus 1973:588)

Hier spricht der Politiker: In dieser Rede kündigte er einerseits den Locarno-Pakt von 1925, anderseits ließ er am selben Tag die Wehrmacht ins Rheinland einmarschieren: Ein Affront gegen Frankreich und England. Einschmeichelnd betont er die Zusammmenarbeit mit den europäischen Staaten, um schließlich seine Abgrenzung von der Sowjetunion zu formulieren. Interessant ist auch noch, daß er in einer ein paar Tage später gehaltenen Rede die Metapher von der *Familie Europa* verwendete (vgl. Anhang 4). Alles jedoch ohne den erhofften Erfolg: Weder Frankreich noch England veränderten ihre Haltung zum Regime.

Der Zeitzeuge Viktor Klemperer beobachtete jedoch, wie das Wort *Europa* in den letzten Kriegsjahren zu einem "Pfeilerwort der Lingua Tertii Imperii" geworden war, allerdings in einer geographischen Reduktion, sollten doch die zurückweichenden deutschen Truppen Europa vor dem "Ansturm der Steppe", vor der Versteppung schützen.

Nein, das Europa, von dem die LTI jetzt tagtäglich spricht, ihr neues Pfeilerwort ist vollkommen räumlich und materiell zu nehmen; es bezeichnet ein engeres Gebiet und betrachtet es unter konkreteren Gesichtspunkten, als das früher üblich war. Europa ist jetzt nämlich nicht nur gegen

Rußland abgegrenzt, dem man freilich große Teile seines Besitzes, als unrechtmäßig behauptet, zugunsten des neuen Hitlerkontinents abspricht, sondern Europa ist auch in feindlicher Abwehr geschieden von Großbritannien. (Klemperer 1946:179)

Verblüffend ist auch die Neuorientierung auf Europa ab 1944, wie sie etwa in einem Bildbericht der Propaganda-Zeitschrift "Signal" unter dem Titel "Wofür wir kämpfen" zum Ausdruck kommt:

Wir kämpfen für das Glück der Völker Europas und das Ende seiner vielen Bruderkriege, denn nur ein freies und einiges Europa wird sich gegen den Ansturm außereuropäischer Gewalten behaupten und durchsetzen können. (Für ein ausführlicheres Zitat: vgl. den Anhang 5)

Dies ist nun, perfide genug, der erste Beleg, in dem *Europa* zum Schlagwort geworden ist: Die noch im Beleg 6 deutlich werdende Konzeptualisierung von *freien und selbständigen Nationen* und der *bolschewistischen Lehre* bleibt nurmehr in der Andeutung erhalten. Für Schäfer (198) ist dieser Text ein Beleg für die Kontinuität der Kriegs- und Nachkriegsentwicklung in Deutschland, die auch an anderen Belegen, etwa Anzeigen der Firma Wüstenrot *Im Kriege sparen - später bauen* zum Ausdruck komme. Die Vorstellungen im Nachkriegs-Deutschland gehen auf die seit den 20er Jahren entwickelte Konzeptualisierung *Europas* zurück, und ihre Propagandisten mußten den erweiterten sowjetischen Machtbereich berücksichtigen, der den Eisernen Vorhang zur Grenze *Europas* - im Sinne dieser Konzeption - machte. Es ist nicht verwunderlich, daß die Freude über das Aufbrechen dieser starren Grenze im Jahre 1989 zu neuen *Europa*-Phantasien einlud, die die im sowjetischen Einflußbereich gelegenen Staaten miteinschließen. Einen entsprechenden Beleg habe ich in der konservativen Frankfurter Allgemeinen Zeitung für Deutschland (FAZ) gefunden:

(7) Die Rückkehr Europas in die Weltpolitik sprengt nicht nur alte Grenzen; sie öffnet auch neue Horizonte des Denkens. Im Westen schickt sich die Europäische Gemeinschaft an, den größten Binnenmarkt der Welt zu schaffen und, auf längere Sicht, die politische Union zu verwirklichen. Im Osten schütteln die Völker den stalinistischen Zwang ab und versuchen, nach Jahrzehnten der Unterdrückung zu sich selbst zu finden. Wir sind Augenzeugen einer beispiellosen politischen Neuordnung im Osten wie auch im Westen. Es ist, als ob Europa zum zweiten Mal geboren werde. Fast zwangsläufig stellt sich die Frage, welche politischen Strukturen sich in einem Europa ohne eisernen Vorhang ergeben werden. (Peter Hort: Wie groß ist Europa? FAZ 25.10.1989)

Der Titel *Wie groß ist Europa?* ist bezeichnend, bedeutet doch die Niederlage des ehemals "real existierenden Sozialismus" in Osteuropa auch einen Sieg der kapitalistischen Kräfte, die mehrere Jahrzehnte in ihrem *Europa*-Konzept sich lediglich auf die westlichen Teile bezogen: Die abschließende Frage des FAZ-Kommentators wirkt als kokette Selbstbescheidung, ist doch die Antwort durch die Entwicklung seit Oktober 1989 gegeben: den "sozialistischen Rest" Europas gibt es so nicht mehr.

Dieser kurze begriffsgeschichtliche Aufriß hat deutlich gemacht, daß der Name *Europa* wegen seiner Unschärfe gerade dazu einlädt, ihn mit Konzepten zu verbinden, die entlang der großen historischen Brüche der europäischen Geschichte von Bedeutung waren. An ihrem Ende steht ein neuer historischer Strudel, ausgelöst durch Glasnost und Perestroika, eine Entwicklung, in deren Folge sich die seit 1945 festgeschriebenen Einflußbereiche der Großmacht Sowjetunion aufgelöst haben. Und dies macht auch deutlich, warum der Ausdruck derzeit Konjunktur hat, gestattet er doch sowohl eine imaginäre Solidarität mit jenen Staaten, die dem Zugriff der kapitalistischen Welt seit über 40 Jahren verschlossen waren, als auch eine Integration des bislang ausgegrenzten Gebiets: McDonald's nach Moskau.

Anhang

(1) Die Weltkarte des Hectaeus (ca. 500 v.Chr.)

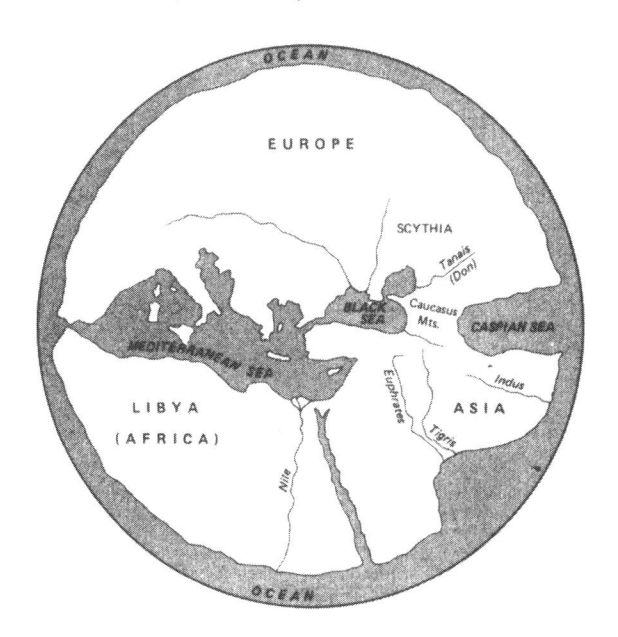

(Jordan 1973:2)

(2) Die Weltkarte des Grynaeus (1532)

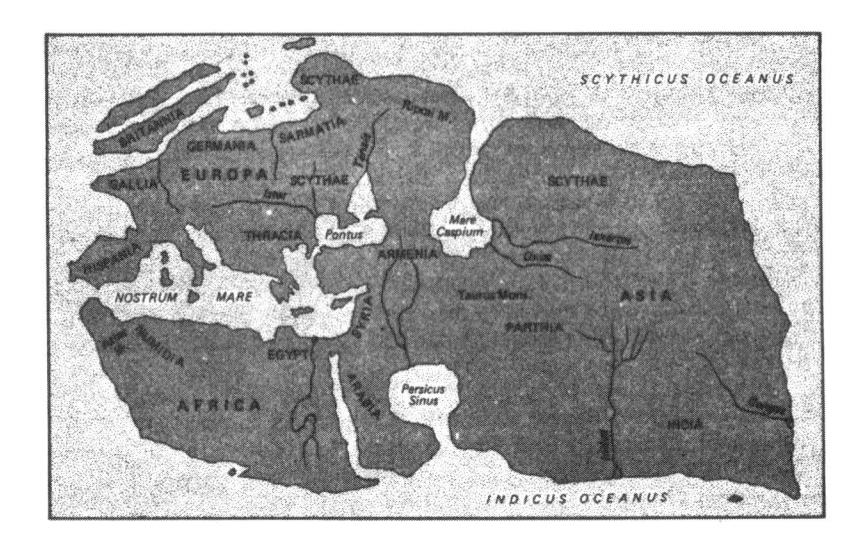

(Jordan 1973:5)

(3) Napoleon Bonaparte: *Ratschläge an seinen Sohn.* 1821.

Ich muß Europa mit den Waffen zähmen; heute muß man es überzeugen. Ich habe die Revolution gerettet, die verdorben war, ich habe sie von ihren Verbrechen gereinigt, ich habe sie der Welt in ihrer Herrlichkeit gezeigt; ich habe Frankreich und Europa neue Ideen eingepflanzt, die nicht mehr auszulöschen sind ... Mein Sohn muß neuen Ideen dienen und der Sache, die ich überall zum Siege geführt habe. Die Völker durch die Könige wieder aufrichten, überall die Institutionen festigen, die die Spuren des Feudalismus verwischen und die Würde des Menschen gewährleisten und die Samen des Wohlstandes aufgehen lassen, die seit Jahrhunderten geruht haben; die Allgemeinheit an dem teilnehmen lassen, was heute das Vorrecht weniger ist; Europa durch unauflösliche Föderativbande wiedervereinen; überall in der Welt, wo heute Barbaren und Wilde wohnen, die Wohltaten des Christentums und der Zivilisation verkünden: darauf müssen alle Gedanken meines Sohnes gerichtet sein; das ist die Sache, für die ich als Märtyrer sterbe ... (In: Foerster 1963:167f)

Die Karriere *Europas*

(4) Rede Hitlers vom 20.3 1936 in Hamburg

Ich habe versucht, der Welt und dem deutschen Volk klarzumachen, daß Europa ein kleiner Begriff, daß in diesem kleinen Europa seit Jahrhunderten tiefe Verschiebungen nicht mehr stattgefunden haben, daß es sich hier in Europa um eine Völkerfamilie handelt, daß die einzelnen Miglieder dieser Familie in sich aber unendlich gehärtet sind. Daß sie Nationen darstellen, erfüllt von Traditionen, zurückblickend auf eine große Vergangenheit, eine eigene Kultur ihr eigen nennen und mit Stolz auf die Zukunft hoffen. (In: Domarus 1973:604)

(5) *Wofür wir kämpfen.* 1944.

Daß wir so in Europa leben können, dafür kämpfen wir. Wir kämpfen für das Recht der Menschen auf Kultur, denn nur, wer an den Gütern der Kultur Anteil hat, kann selbstbewußt und wahrhaft ein Mensch sein. Wir kämpfen für die endgültige Lösung der Arbeiterfrage, denn die soziale Stellung des Arbeiters ist so lange menschenunwürdig, als sie proletarisch, das heißt nomadenhaft und ungesichert bleibt. Wir kämpfen für den Lebensraum der Familie, denn nur, wenn sich die einzelne Familie gesund und sinnvoll entwickeln kann, ist auch das Dasein und das Glück der Völker Europas gesichert. ... Wir kämpfen für die Freiheit Europas und das Ende seiner vielen Bruderkriege, denn nur ein freies und einiges Europa wird sich gegen den Ansturm außereuropäischer Gewalten behaupten und durchsetzen können. (In: Schäfer 1981:192)

Literatur

Aristoteles. 1949. *Über die Welt.* Herausgegeben von P. Gohlke. Paderborn.
Bühler, K. 1934. *Sprachtheorie. Die Darstellungsfunktion der Sprache.* Jena.
Büttner, M. 1979. Die geographisch-cosmographischen Schriften des Aristoteles und ihre Bedeutung für die Entwicklung der Geographie in Deutschland. Ursachen und Folgen. In: Ders. (Hg.). *Wandlungen im geographischen Denken von Aristoteles bis Kant. Dargestellt an ausgewählten Beispielen.* Paderborn etc.
Bußmann, H. 1983. *Lexikon der Sprachwissenschaft.* München.
Chaunu, P. 1966. *La Civilisation de l'Europe classique.* Paris. - *Europäische Kultur im Zeitalter des Barock.* München.
Domarus, M. 1973. *Hitler. Reden und Proklamationen 1932-1945 - kommentiert von einem deutschen Zeitgenossen.* I, 2. Wiesbaden.
Fischer, J. 1957. *Oriens - Occidens - Europa. Begriff und Gedanke "Europa" in der späten Antike und im frühen Mittelalter.* Wiesbaden.
Foerster, R.H. 1963 (Hg.). *Die Idee Europa 1300-1946. Quellen zur Geschichte der politischen Einigung.* München.
Foerster, R.H. 1967. *Europa. Geschichte einer politischen Idee.* München.
Jordan, T.G. 1973. *The European Culture Area. A Systematic Geography.* New York etc.

Klemperer, Victor. 1946. *Die unbewältigte Sprache. Aus dem Notizbuch eines Philologen "LTI"*. Leipzig.
Maas, U. 1985. Konnotation. In: Januschek, F. (Hg.). *Politische Sprachwissenschaft. Zur Analyse von Sprache als kultureller Praxis*. Opladen, 71-96.
Morin, E. 1988. *Europa denken*. Frankfurt etc.
Der große Pauly 1906. *Paulys Realencylopädie der classischen Altertumswissenschaften*. Neue Bearbeitung. Unter Mitwirkung zahlreicher Fachgenossen herausgegeben von G. Wissowa. XI: Ephorus - Entychos. Stuttgart.
Der kleine Pauly 1967. *Lexikon der Antike*. Auf der Grundlage von Pauly's Realencyclopädie der classischen Altertumswissenschaft unter Mitwirkung zahlreicher Fachgelehrter bearbeitet und herausgegeben von K. Ziegler und W. Sontheimer. II: Dicta Catonis - Iuno. Stuttgart.
Sandvoss, E. 1976. *Gottfried Wilhelm Leibniz. Jurist - Naturwissenschaftler - Politiker - Philosoph - Historiker - Theologe*. Göttingen etc.
Schäfer, H.D. 1981. *Das gespaltene Bewußtsein. Deutsche Kultur und Lebenswirklichkeit 1933-1945*. München.
Spies, H.B. 1976 (Hg.). *Quellen zum politischen Denken der Deutschen im 19. und 20. Jahrhundert. III: Die Erhebung gegen Napoleon 1806-1814/5*. Darmstadt.
Vogt, R. 1989. *Gegenkulturelle Schreibweisen über Sexualität. Textstrukturen und soziale Praxis in Leserbriefen*. Wiesbaden.

STRUKTUREN UND FUNKTIONEN DER METAPHER "UNSER GEMEINSAMES HAUS EUROPA" IM AKTUELLEN POLITISCHEN DISKURS

Rolf Bachem/Kathleen Battke

Die Metapher vom *gemeinsamen Haus Europa* ist ein Instrument aktueller politischer Willensbildung. Mag sie zu Recht oder zu Unrecht mit de Gaulles Idee eines "Europa vom Atlantik bis zum Ural" in Zusammenhang gebracht werden, mag sie auch schon am 11.6.1961 von Konrad Adenauer zur Beschwichtigung auf einem Schlesiertreffen verwendet, ab 1981 mehrfach von Leonid Breschnew und Andrej Gromyko als Mittel zur Isolierung Europas von den USA benutzt, dann, 1987, von Michail Gorbatschow in seinem Buch "Perestroika" zu Unrecht als eigene Erfindung reklamiert worden sein, sie ist ein Mittel zur Überwindung der Vorstellung von zwei feindlichen Blöcken und zur Integration Ost- und Westeuropas. Mögen einige westliche Konservative weiter vor ihr warnen (die Zahl der Warnenden ist in den letzten Wochen klein geworden): für Menschen in Osteuropa ist sie heute ein Symbol der Hoffnung, ein gebilligtes Symbol selbst unter den Bedingungen der schärfsten Meinungszensur. Und sie "schmückt" in den letzten Monaten zunehmend öfter die Reden westlicher Politikerinnen und Politiker. Die Funktion der politischen Metapher als "ornatus", als reiner Schmuck der Rede, wie sie von Quintilian behauptet wurde, tritt heute zunehmend in den Hintergrund: Wir rechnen die Metapher zur rhetorischen Topik, zur Argumentationslehre.

Hier ein neuerer Beleg:

Oskar Lafontaine benutzte sie am 5.11.1989 in einem Radiointerview des Deutschlandfunks, als er zu einer deutschen Wiedervereinigung befragt wurde. Lafontaine meinte, daß eine Wiedervereinigung Deutschlands im alten nationalistischen Sinne keine anstrebbare Lösung sei, wohl aber die Wiedervereinigung in einer auch die osteuropäischen Länder einbeziehenden Staatenföderation. Und um diese zu beschreiben, benutzte er die Metapher vom *gemeinsamen Haus*: Wiedervereinigung Deutschlands ist für ihn nur akzeptabel in einem neuen Sinn als Wiedervereinigung des in zwei Blöcke gespaltenen Europa in einem *gemeinsamen europäischen Haus*. Ist diese metaphorische Antwort des Politikers eine vage, schemenhafte Utopie? Ist diese Metapher ein parteiliches Sprachinstrument und "besetzt" von welcher Partei, von wessen Interessen? Ist sie ein verhängnisvolles "Schlagwort"?

Wir möchten versuchen, unser Untersuchungsziel zunächst mit einem Exkurs zur politischen Metaphorik zu verdeutlichen.[1] Metaphern sind in der politischen Kommunikation natürlich auf Wirkungen ausgerichtet; und diese Wirkungen können durch massenhafte Verbreitung mittels der Medien verstärkt werden. Sachverhalte von politischer Bedeutung können durch Metaphern wertend, gewichtend, selektierend, vereinseitigend beschrieben werden. Metaphern können verdeckte Argumentationsgänge enthalten; sie können Zukunftsmodelle mehr oder weniger präzise beschreiben, z.B. so vage, daß sich verschiedene Parteien mit dem sprachlichen Mittel der Metapher auf eine gemeinsame Globalrichtung verständigen, im übrigen aber über die Konkretisierung der Details nicht nur weiterstreiten, sondern auch noch neue Perspektiven, Möglichkeiten und Bewußtseinswandlungen mitverarbeiten können. Sie sehen: Wir sind entschieden gegen eine pauschale Verdammung von Vagheit im politischen Sprachgebrauch.

Natürlich können solche Metaphern nicht die Leistung von Fachbegriffen ersetzen. Natürlich sind die Terminologieregister der Politologie und Ökonomie, der Administration und der Jurisdiktion weiterhin unersetzlich. Irgendwo muß politische Sprache auch ganz konkret und präzise werden - nicht aber immerzu.

Metaphern (bildliche Ausdrucksweisen, Bedeutungsübertragungen, verkürzte Vergleiche, Wörter in einem ihre Normalbedeutung "konterdeterminierenden Kontext" oder wie man sie auch definieren mag) pflegt man unter anderem nach ihrem Usualitätsgrad (Bekanntheitsgrad) zu klassifizieren (s. Kallmeyer u.a. 1974:174 f.), also etwa als Exmetapher: d.h. die Metapher ist ein Normalwort geworden, das ohne Kontext verständlich ist, z.B. der Typ *Hammelsprung* (im Parlament); oder als Metaphernklischee, das noch als Metapher empfunden wird, obwohl es kontextfrei verständlich ist, vom Typ *Netz der sozialen Sicherheit*. Diesen Typ könnte man als konventionelle stereotype Metapher bezeichnen. Davon sind zu unterscheiden: kreative (innovative) Metaphern, deren Bedeutungen nur aus dem Kontext erschlossen werden können, über Schlußfolgerungen, die sich aus dem metaphorisierten Bild bzw. Begriff und seinem Verwendungszusammenhang ergeben. Wenn z.B. Willy Brandts Kniefall im Warschauer Ghetto 1970 metaphorisch als *Gang nach Canossa* bezeichnet wird, so brauchen die Hörerinnen und Hörer Kenntnis der Geschichte, Kenntnis der möglichen Einschätzungen des gegenwartsgeschichtlichen Vorgangs, Kenntnis der politischen Position der Sprecherin oder des Sprechers, die sich eventuell im Gesamt der Äußerung verrät, um den übertragenen Sinn, der hier gemeint ist, erschließen zu können, z.B. um zu

---

[1] Ausführlichere Betrachtungen und weitere Textbelege bis Mai 1989 s. Bachem/Battke 1989.

erkennen, ob bloß die freiwillige Demütigung oder auch die politische Weitsicht des sich Demütigenden oder noch etwas anderes als tertium comparationis zu verstehen ist.

Unsere erste These lautet nun, daß die politische Metapher, die als Schlagwort fungiert, eine konventionelle und stereotype Metapher ist, ein Metaphernklischee. Sie wirkt durch unablässige Repetition. Sie wird in Parlamentsdebatten und Interviews, also in Reden und Gesprächen, die "zum Fenster hinaus" (so ein Aufsatztitel von Walther Dieckmann) geführt werden, gerne verwendet und hat durch häufig benutzte gleichsinnige Verwendungskontexte eine für die Sprechenden berechenbare Konnotationsstruktur erworben: so im "Dritten Reich" die Rede von der *Bastardisierung des deutschen Blutes* und von der *Blutschande als Rassenschande,* oder - um zur Hausmetapher des "Dritten Reiches" zu kommen - vom *deutschen Haus*: "Es wird hell im deutschen Haus, und die Parasiten suchen durch alle Löcher zu entschlüpfen" (Zitat aus dem Völkischen Beobachter vom 31.1.1933). Die sogenannte nationalsozialistische Revolution schmückt sich mit der Lichtmetapher und versieht die jüdischen Mitbürgerinnen und Mitbürger, die, vom Naziterror bedrängt, zu emigrieren versuchen, mit der Ungeziefer- und Parasitenmetapher, d.h. stempelt sie ab als Erscheinungsformen des Ekelhaften und des Prinzips des Bösen in der Welt, dem erbitterte Feindschaft gebührt. Solche und entsprechend gewählte Metaphern grenzen meinungsverschiedene Mitmenschen oder die, die dem eigenen Interesse entgegenstehen, als Feinde aus - oder sie stellen hochkomplexe Probleme als einfache Erklärungsmodelle mit Patentlösungen vor Augen, die der Agitator den Massen "verkauft" um den Preis der Zustimmung, der Wählerstimme, indem er durch unermüdliche Repetition auf die Meinung der Menschen einwirkt und Einstellungen verändert.

Nun unsere zweite These: Die Metapher *unser gemeinsames Haus Europa* tritt in den aktuellen politischen Diskursen als kreative Argumentationsmetapher auf. Unter kreativen Argumentationsmetaphern verstehen wir solche, deren Bedeutungen nur aus dem Verwendungskontext erschlossen werden können und die mehr oder weniger spontan erfunden sind und im Meinungsstreit benutzt werden, um die Meinung der Sprechenden zu verdeutlichen und natürlich auch, um die Zustimmung des Publikums zu gewinnen. Auch dieser Metapherntyp dient also als Instrument zur Meinungsbeeinflussung - allerdings nicht durch das Einhämmern stereotyper Vorstellungen und Affekte, sondern durch Witz, Einfallsreichtum, Beweglichkeit und Neuheit der Gedankenführung, durch das Herausfordern der Schlußfolgerungsfähigkeit und Alltagslogik der Hörerinnen und Hörer. Nun wird die Metapher vom *gemeinsamen europäischen Haus* - wie viele politische Metaphern - in mehrfacher Hinsicht komplex verwendet. Eines dieser verschiedenen Komplexitätsmomente ist der Umstand, daß sie zweiteilig auftritt, und zwar als Addition von klischeehafter Basismetapher plus kreativer metaphorischer Spezifizierung. Und diese führt dazu, daß der gesamte Metapherncluster (= Traube, Bündel) als kreativ einzustufen ist.

Wir geben dazu zwei Beispiele:

Bei einem Essen in der Bad Godesberger Redoute sprach Michail Gorbatschow davon, daß es nicht angehe, wenn in einem künftigen Europa jede Partei nur ihre eigene Fahne auf dem Dach des gemeinsamen Hauses hissen wolle. Dieser Metapherncluster besteht aus der bekannten Basismetapher vom *gemeinsamen Haus* und der spontan-kreativen metaphorischen Spezifizierung *Fahnen hissen auf dem Dach*. Natürlich sind diese beiden Teile des Clusters auch in sich komplex (s. Personalpronomen etc.), aber das vernachlässigen wir hier. Die Hörerin bzw. der Hörer schlußfolgert aus dem Redekontext, daß nicht wirkliche Fahnen und ein echtes Dach gemeint sind, sondern - sofern hier doch so etwas wie eine Paraphrasierungsmöglichkeit durch eigentliche Ausdrücke zulässig ist - daß mit "Fahnen" die politischen Ideologien und Nomenklaturen der sog. parlamentarisch-demokratischen kapitalistischen Staaten und die der sogenannten sozialistischen Staaten des Ostblocks bezeichnet werden - und daß mit dem Bild, gerade weil Gorbatschow es verwendet, eher dem Westen unterstellt wird, er wolle seine "Fahnenwörter", z.B. *soziale Marktwirtschaft* und *freie Wahlen* durchsetzen, als dem Osten, er wolle seine Parolen vom *sozialistischen Fortschritt*, vom *humanen realen Sozialismus* etc. als "Fahnenwörter" hissen. Wir nehmen an, daß dieselben Worte im Munde eines westlichen Politikers die Vorwurfsrichtung umkehren würden.

Das zweite Beispiel stammt von Jutta Ditfurth, geäußert in einer Südwestfunk-Diskussionsrunde Ende Oktober 1989 zum Thema "Die Chancen der Perestroika". U.a. waren ein sowjetischer Wissenschaftler und westliche Fachleute beteiligt. Ditfurth warnte vor einem "Mißbrauch" des Bildes vom *gemeinsamen Haus* in folgendem Sinne: Die Westeuropäer könnten es benutzen im Bewußtsein, daß sie die *Beletage des gemeinsamen Hauses* unbekümmert und unverändert weiterbewohnen, darin leben wie bisher, aber daß sie noch Osteuropa für das *Souterrain*, den *Keller* und den *Hinterhof* brauchen. Die metaphorisch kreative Spezifizierung birgt wieder die argumentative Sprengkraft, setzt verschiedene Inferenzketten in Gang, die auch sehr verschiedene Reaktionen bei Hörerinnen und Hörern hervorrufen können:

Erhellung, Empörung, Zurückweisung der mit dem Bild gesetzten Implikationen: Thesen bzw. Prämissen, Explikation des mutmaßlich Gemeinten etc. Die metaphorische Spezifizierung *Beletage, Souterrain, Hinterhof* gehört nach Max Blacks Metapherntheorie zum metaphorischen "focus" (d.h. Brennpunkt; verfremdend benutzte Wörter); der metaphorische "frame" (Rahmen) ist der weitere Gesprächskontext, das Thema "künftige europäische Staatengemeinschaft" und das sich verändernde Leben in westlichen und östlichen Ländern. Zum Focus und zur Spezifizierung gehört auch die Schilderung des unbekümmerten Weiterlebens in der *Beletage*. Aus diesem komplexen Focus und seiner Spannung zum Frame ergeben sich Schlußfolgerungen, zum Teil unter Rekurrieren auf Alltagserfahrungen, z.B.:

1. Die soziale Kluft zwischen den Hausbewohnergruppen, die es im 19. Jahrhundert gab, ist kein Zukunftsmodell für uns.

2. Die Menschen im Osten können und dürfen nicht zu einer solchen Rollenverteilung kooperieren wollen noch sollen.

3. Von den Bewohnern des Westens wird Umdenken und werden Opfer verlangt, zugunsten einer gemeinsamen, besseren Welt, zugunsten von Menschenrechten usw.

Die Basismetapher von *unserem gemeinsamen Haus* erscheint hier als grundlegender Konsens-Indikator: Zeichen des grundsätzlichen Willens zur Kooperation für eine bessere Zukunft, das alle Gesprächsteilnehmerinnen und -teilnehmer akzeptieren. Die Spezifizierungsmetapher enthält hingegen das auf Überzeugung oder Zurückweisung des anderen hin orientierte Streitelement des argumentativen Dissens-Diskurses, der durchaus ein fruchtbarer, wenn auch zuweilen aggressiver Meinungsstreit sein kann.

Die der Basismetapher zugeordneten Spezifizierungsmetaphern eröffnen immer wieder neue Begriffsbeziehungen, Vorstellungskomplexe und Erfahrungszusammenhänge, die als Schlußfolgerungsgrundlage bei der Bedeutungsübertragung genutzt werden können, eröffnen neue Implikationszusammenhänge (s. Black 1968). Einige dieser Teilkonzepte gehören der Teil-Ganzes-Relation zu, bezeichnen also Teile des Gesamthauses: *Fundament, Wohnzimmer, Fenster und Türen, Erker, Penthouse* usw. Oder sie stehen zu *Haus* in der Relation der Kontiguität, also des erfahrungsgemäß Zugehörigen: *Bauplan, Hausordnung, Mieter* usw. oder auch in einer typologischen Beziehung: *Reihenhaus, Hochhaus, Kaserne* usw.

Mit der Einführung der dem *Haus*-Begriff zugeordneten Spezifizierungen wird jedesmal aufs Neue ein riskantes innovatives Sprachspiel gewagt: Die neu eingeführten *Fenster-, Tür-, Mieter-, Zweitwohnung*skonzepte usw. müssen ja stets von den Hörenden in ihrer kontrakonventionellen Bedeutung erkannt und interpretiert werden. So muß z.B. bei der *Fenster*-Metapher herausgefunden werden, welches im wörtlichen *Fenster*-Begriff steckende oder dem Wort *Fenster* als freie Assoziation angelagerte periphere Bedeutungsmerkmal hier priorisiert, welche Implikation als verständnisleitend erkannt werden muß, um dann etwa zu *offener Zugang zu Informationen, freie Meinungsäußerung* zu gelangen. Der sprachliche Kontext ist dazu nur manchmal hilfreich, manchmal auch der Situationskontext. Früher gehörte Verwendungen von *Fenster*-Metaphern mögen behilflich sein, unter Umständen aber auch irreführen (z.B. *Fenster zum Mond* in der Raumfahrt). Durch die Einführung der spezifizierten Konzepte erst setzt eine teils kritische, teils strategische kognitive Vernetzung des neuen politischen *Haus*-Konzepts ein, die im Prozeß des Meinungsstreits entsteht und schließlich politische Welt sprachlich innovativ konstituiert. Die Diskursaktivitäten zielen aber zum Teil auch auf die Zerstörung solcher kognitiver Netzwerke ab, zuweilen durch die bewußte Einführung unakzeptabler Metaphern, d.h. sozusagen durch metaphorische "Gegenproben":

Man muß nicht Geopolitiker sein, um gegen ein solches Haus ästhetische und statische Bedenken zu hegen, das sich ja wie ein verspielter Erker am asiatisch-pazifischen Mauerkoloß ausnähme. (E. Fuhr in der FAZ vom 12.11.1988)

Das europäische Haus braucht keinen neuen Wehrturm.[2]

Es wundert nicht, daß die alt-etablierte negativ stigmatisierte Metapher von der *Berliner Mauer*, der streckenweise ja auch eine reale Mauer als Referenzobjekt entspricht, in den *Haus*-Diskursen immer wieder vorkommt[3]. Einige in den Gesprächen auftauchende Konzepte seien hier aufgeführt:

Das Haus ist gemeinsam, aber jede Familie hat ihre eigene Wohnung, sogar verschiedene Einfahrten gibt es (Gorbatschow 1987:204).

Wir sind bereit, das Wort vom gemeinsamen Haus Europa aufzunehmen und dieses Haus zusammen mit der Sowjetunion zu einem wirklich gemeinsamen zu machen - zu einem Haus, in dem alle Bewohner gleichberechtigt und friedlich zusammenleben und in dem die Trennmauer zwischen denen, die im Osten, und denen, die im Westen wohnen, immer mehr überwunden wird, und in dem die Menschenrechte geachtet werden. (H.D. Genscher vor dem World Economic Forum in Davos, lt. Deutsche Volkszeitung/Die Tat vom 6.2.1987)

Wir müssen daran gehen, das Fundament und danach das Gebäude der gemeinsamen, für alle gleichen Sicherheit zu errichten .... In unserer Vorstellung ist das europäische Haus der Ansatz zu

---

[2] Gegen die Aufstellung einer deutsch-französischen Brigade. In: Ostermarsch 1989, Flugblatt des Ostermarsch-Kreises Rheinland-Pfalz, März 1989. Vgl. auch R. von Weizsäckers Bild vom *tiefen Graben im gemeinsamen Wohnzimmer*.

[3] Für aktuelle Verwendungen der Metapher nach dem Fall der Mauer ab November 1989 und Verschiebungen *europäisches Haus - deutsches Haus* s. Parr 1990.

einer konstruktiven Umgestaltung der internationalen Beziehungen insgesamt. (Valentin Falin. In: Moskau News 5/1988:1 f.)

Meiner Ansicht nach läßt sich ohne die USA, die im gesamteuropäischen Haus ihr "Penthouse" haben werden, sicherheitspolitisch weder in Europa, noch in anderen Regionen etwas erreichen.... Viele sowjetische Beobachter könnten sich durchaus vorstellen, daß die Türen der beiden deutschen Wohnungen eines künftigen, ausländischer Einquartierungen ledigen europäischen Hauses füreinander offen stehen und es beide Nachbarn um so leichter haben, miteinander in allen Lebensbereichen zu kommunizieren. (Nikolai Portugalow. In: Moskau News 9/1988)

Nur das politische Reden vom gemeinsamen Haus Europa reicht nicht aus. Man muß auch die Baumaterialien, die Maschinen und die richtigen Bauwerke mit bedenken. Soll das neue Mehrfamilienhaus vielleicht mit schmutziger Braunkohle beheizt werden? Geht es vielleicht ohne schmutzige Gerümpeltechnik und ohne Verkehrsgetöse? (Leserbrief von B. Kahmann. In: InnoVatio 1,2/1990)

Neuerdings hat auch die Frauenbewegung die Metapher aufgegriffen - hier zwei kurze Belege. In einem Artikel über Arbeitsmarktchancen von Frauen im künftigen EG-Binnenmarkt heißt es:

Die Frauen als Dienerinnen im Herrenhaus Europa, mit einigen privilegierten Herrinnen an der Seite der Männer (Dagmar Rees in der Volkszeitung Nr. 20, 22.5.1990)

Und ein Leserinnenbrief in der "taz" fürchtet:

Mit Ihrem Augenmaß, Herr Kohl, werden Frauen im Europäischen Haus in der Küche zu finden sein (taz 4.7.1990)

Besonders schön zu beobachten sind solche Konzepte, solche argumentativen Stränge entlang der Metapher in Gesprächen. Uns interessierte, wie sich die Kreativität der metaphorischen Spezifizierungsmöglichkeiten auf Argumentationsmuster und Gesprächsatmosphäre auswirkt, ob das "Konstruktive" der Metapher sich in den Diskussionen, die um europäische Fragen geführt werden, wiederfindet.

Zum Charakter der von uns betrachteten Gespräche ist zu sagen, daß es sich nicht um klassische natürliche oder Alltagsgespräche im Sinne der Konversationsanalyse (vgl. z.B. Sacks/Schegloff/Jefferson 1978:45 ff.) handelt, sondern um Gespräche im öffentlichen Raum, in den Medien, oder, wie wir es oben bereits nannten, "zum Fenster hinaus". Dies läßt im wesentlichen ein taktisches, auf öffentliche Wirkung abzielendes Gesprächsverhalten erwarten (d.h. die Sprecherinnen und Sprecher vertreten eine Partei/Gruppe/Institution, beteiligen sich in einer bestimmten Funktion, wollen eine sich von den anderen abhebende Position vertreten, sich profilieren o.ä.). Solche Gespräche sind "ihrer Natur nach zumindest nicht ausschließlich verständigungsorientiert, sondern in hohem Maße erfolgsorientiert" (Zifonun 1984:65). Neben diesem für politische Diskussionen in unserer demokratischen Landschaft, in der die politische Willensbildung ganz wesentlich über Medien abläuft, erwartbaren Charakteristikum weist unser Korpus ein weiteres Merkmal auf: Die betrachteten Diskussionen sind durchweg als goodwill-Gespräche inszeniert, also als Folge und gleichzeitig Fördermittel einer Ost-West-Entspannung. Mehr oder weniger erklärtes Ziel ist es jeweils, vor dem Hintergrund von ins Wanken geratenen Machtblöcken gemeinsam und im Bewußtsein (bisheriger) politischer Gegnerschaft über die Zukunft Europas nachzudenken. Die Metapher des *gemeinsamen europäischen Hauses* spielt in diesen Gesprächen eine besondere Rolle in doppelter Weise: Zum einen signalisiert das Sich-Einlassen auf die Basismetapher (s.o.) von vorneherein eine grundsätzliche Verständigungsbereitschaft, die Bereitschaft, auf dieser Ebene nach gemeinsamen Lösungen zu suchen. Die Metapher wird als gemeinsame Ausdrucksform von "Gegnern" akzeptiert. (Vor einer schnellen politischen Verständigung Warnende lehnen häufig auch das Haus-Bild ab.) Ein Beispiel für Zweifel an der Zweckmäßigkeit der Metapher:

Die Bedingungen des 21. Jahrhunderts verlangen nicht nach Mauern und Grenzen, sondern nach offener Zugänglichkeit und selbstverständlicher Kommunikation, nicht nach Häusern der Geborgenheit, sondern nach Plätzen der Begegnung. (C. Bertram, ZEIT-Korrespondent. In: Moskau News 9/1988)

Ergänzend dazu fungiert der klischeehafte Teil der Metapher als Mittel, die goodwill-Atmosphäre im Gesprächsverlauf hervorzubringen und immer wieder zu reproduzieren. Durch den Verweis auf die Metapher als gemeinsame Grundlage werden "Ausfälle" sanktioniert, Gefahren, durch bestimmte thematische Entwicklungen das "face" des Gegenübers zu bedrohen (vgl. Goffman nach Holly 1979), abgewendet. Nebenbei wird damit gesprächsstrukturell die Themen- und Abschweifungssteuerung geregelt: Die Metapher als kohärenzsichernder Faktor (so auch Schäffner 1990a).

Zur Veranschaulichung speziell dieser Leistungen folgender Gesprächsausschnitt:

Text 1

S1: Ja, meine Damen und Herrn, vor 43 Jahren explodierte - nein Verzeihung - implodierte das Haus Europa, die zwei Supermächte zogen ein, teilten sich das Haus, eine Brandmauer wurde errichtet, und jetzt kommt ein Supermächtiger namens Michail Gorbatschow und spricht ein großes Wort gelassen aus, das gemeinsame Haus Europa. Botschafter Lomeiko, es ist **Ihr** supermächtiger Chef. Was soll das heißen?
S2: Ich erinnere mich an ein Kloster, an der Wand wurde geschrieben von irgendeinem alten Mönch wahrscheinlich: Der Mensch wird, was er denkt. Ich glaube, der Mann, der das geschrieben hat, hat über das politische Denken etwas gewußt .... Wenn wir über das gemeinsame Haus Europa denken werden, dann schaffen wir es. Wenn wir zweifeln werden oder eine

Oppositionsstimmung der Idee gegenüber haben werden, ich glaube nicht, daß wir dieses Haus bauen werden. Also kurz gesagt, ich glaube daran, an diese Idee, auch persönlich, nicht nur als Vertreter der Sowjetunion, auch persönlich als Mensch.
S3: Wenn er sich schon so bildhaft ausgedrückt hat, dann würde ich auch im Bildhaften bleiben. Was für ein gemeinsames Haus? Aus vorgefertigten Elementen zusammengebastelt, zwanzig Stockwerke hoch, uniformiert (lachend), oder ein holländisches Landhaus, bequem, weltoffen, mit großen Fenstern auf die Straße, ohne Vorhänge, mit einer bürgerlichen Kultur im besten progressiven Sinne des Wortes? Oder britische Reihenhäuser, angenehm, öh - in ihrer Art kleinbürgerlich, aber immerhin doch demokratisch und und menschennah, also was für ein Haus?
?: Jaaa...
???: Lachen
?: Da müßt ich mich entscheiden (lachend) ...

Dieser Ausschnitt ist der Beginn des "Kamingesprächs"[4]. Die Metapher wird gleich in der Einleitung benutzt, um den Hintergrund, vor dem das Gespräch stattfindet (8. Mai), zu umschreiben. Im Bild bleibend zeichnet S1 das Spannungsfeld nach, in dem sich die Europa-Idee bewegt: *implodiertes, geteiltes Haus, Brandmauer* für die Situation am Ende des zweiten Weltkrieges vs. *gemeinsames Haus* als gegenwärtiges Konzept. *Haus Europa* wird hier als Basismetapher zugrunde gelegt, *geteilt* und *gemeinsam* sind die gegensätzlichen Spezifizierungen. In der Aufforderung an S2, die Verwendung der Metapher durch Gorbatschow zu erläutern, wird die Metapher zum Gesprächsthema erhoben und damit als Leitfaden etabliert. Lomeikos Antwort ist nur zum Teil responsiv: Er beantwortet nicht die gestellte Frage, sondern nimmt zunächst die Metapher auf, um sie zum Maßstab des guten Willens der Beteiligten im folgenden Gespräch zu machen - wer bereit ist, dieser Idee zu folgen (und das heißt auch, sie in der Form der Metapher sprachlich zu formulieren), wird indirekt als konstruktiv, wer dazu nicht bereit ist, als destruktiv markiert. Durch das folgende Bekenntnis "ich glaube daran" verstärkt, wird die Metapher zur ethischen Norm, zur Meßlatte für Kooperationsbereitschaft überhaupt erhoben. Diese Intention läßt eine Spezifizierung der Metapher hier nicht zu; S2 scheint zunächst "die Voraussetzungen klären" zu wollen. S3 reagiert auf diesen massiven Appell mit einer metakommunikativen Äußerung, die genau die eingeforderte Kooperationsbereitschaft durch Übernahme des Bildhaften signalisiert. Danach werden mit einer Reihe von typologischen Spezifizierungen der Basismetapher Bedenken gegen die Vagheit des Bildes vorgebracht: Verschiedene Haustypen werden aufgezählt und mit wertenden Charakterisierungen versehen (*vorgefertigt, zusammengebastelt, uniformiert, bequem, weltoffen, ohne Vorhänge, angenehm*). Gegen Ende

---

[4] "Unser europäisches Haus". West-östliches Kamingespräch auf Burg Rheineck. Ein vierzehnstündiges Gespräch zwischen hohen westlichen und östlichen Politikern und Militärsachverständigen, in Ausschnitten gesendet am 30.5.1988, ARD.

seines Redebeitrags gehen S3 allerdings die Spezifizierungen auf der Ebene des Haus-Konzepts aus - *demokratisch* und *menschennah* sind bereits wieder Begriffe aus der politischen Terminologie. Dennoch: Die Reaktion auf diesen Beitrag - Lachen, simultanes Reden -, die in ähnlicher Weise sehr häufig in den von uns gesichteten Gesprächen zu beobachten ist, bringt Anerkennung für die Kreativität des Sprechers zum Ausdruck[5]. Der spielerische Charakter, der der assoziativen und spontanen Spezifizierung der Basismetapher anhaftet, hat so deutliche Auswirkungen auf die Gesprächsatmosphäre - immer wieder wird durch gemeinsame Suche nach Begriffen, durch Überraschung, "Aha-Effekte" und Anerkennung die Stimmung aufgelockert.

Diese positive Wirkung von Spezifizierungen der Basismetapher können sich die Sprechenden bei der Formulierung gegensätzlicher, auch konfrontativer Positionen zunutze machen - Widerspruch, Einwand, Gegenargument bis hin zur Provokation werden abgemildert. Diese Leistung der Haus-Metapher ist kaum zu überschätzen: Sie bietet in der Metaphernbasis eine Verständigungsgrundlage und läßt in ihren schier unerschöpflichen Spezifizierungen viel Raum für gegensätzliche Meinungen, deren potentielle Bedrohlichkeit für das Gespräch wiederum durch Anerkennung der Kreativität beim Ausbau der Metapher entschärft werden können.

Ein kurzes Textbeispiel, das typisch ist für das Formulieren gegensätzlicher Ansichten innerhalb des Metaphern-Rahmens:

Text 2

Ich habe mit dem deutschen Bundespräsidenten Richard von Weizsäcker ausführlich über dieses Thema gesprochen. Er erklärte, daß die Menschen in Westdeutschland der Parole von einem "gemeinsamen europäischen Haus" aufmerksam Gehör schenken. "Wie denken Sie in Westdeutschland darüber?" fragte ich ihn. Lassen Sie mich an dieser Stelle den folgenden kurzen Dialog wiedergeben:
RvW: Es ist ein Bezugspunkt, der uns hilft, uns vorzustellen, wie die Dinge in diesem gemeinsamen europäischen Haus geregelt werden sollten. Speziell was den Umfang betrifft, in dem die Wohnungen darin für gegenseitige Besuche zugänglich sein werden.
MG: Sie haben ganz recht. Doch möglicherweise mag nicht jeder in der Nacht Besucher empfangen.
RvW: Wir sind auch nicht besonders erfreut darüber, daß sich ein tiefer Graben durch ein gemeinsames Wohnzimmer zieht.
Damit bezieht er sich auf die Tatsache, daß die BRD und die DDR durch eine internationale Grenze getrennt sind ...
(Aus: Gorbatschow 1987:259).

---

[5] zur Funktion des Lachens in "Problemgesprächen" vgl. Jefferson 1979a

In diesem (aus dem Gedächtnis Gorbatschows und vermutlich verkürzt wiedergegebenen) Gesprächsausschnitt wird die - zum Zeitpunkt unseres Vortrags bereits ins Wanken geratende - sehr ernste Frage der Durchlässigkeit von Grenzen zwischen West- und Ost-Europa, speziell die der Teilung Deutschlands, behandelt. Eins der mit dem größten Dissens, den tiefsten Meinungsverschiedenheiten behafteten Probleme zwischen Ost und West wird hier durch die Diskussion in der Metaphernbegrifflichkeit mit einer Atmosphäre von Verständigungsbereitschaft, der gemeinsamen Suche nach Lösungen versehen.

Natürlich gibt es auch wesentlich aggressivere Gesprächsabschnitte, die aber ebenfalls in den meisten Fällen mittels der *Haus*-Metapher wieder "entschärft" werden, wie etwa der folgende:

Text 3
S1: Gehören die Supermächte in dieses Haus? Kann die Sowjetunion im europäischen Haus wohnen?
S2: Woher wollen Sie die Macht herholen, die Sowjetmenschen für obdachlos zu erklären? (lachend) Das geht einfach nicht. (lachend) Nein nein, ich würde mich dagegen wehren mit allen Mitteln ...
S1: Es geht nicht um die Obdachlosigkeit der Sowjetmenschen. Es könnte darum gehen um die Anwesenheit sowjetischer Truppen.
S2: Ja gut (..?..) (unverständlich)
?: (? ?)
S1: und um...
?: Truppen sind in einem Haus sowieso nicht.
S2: Aber...
?1: Truppen sind in einem Haus sowieso nicht. Truppen Truppen
?2: gehören nicht dahin
?1: sind in Kasernen, nicht? In einem Haus sind ganz zivile private Menschen (Lachen)
S2: Nein aber (...?...)
?: (....?...?...)
?: (Lachen)
S3: Tja, wenn wir bei der Planung sind ...

In diesem weiteren Ausschnitt aus dem Kamingespräch herrscht zunächst die Konfrontation vor, die sich an der Frage entzündet, wer im *europäischen Haus* wohnen darf. Wie häufig in diesen Diskussionen beobachtet, verläßt ein Sprecher die Metaphernebene, wenn sich die Konfrontation zuspitzt (hier mit: *Es geht nicht um die Obdachlosigkeit der Sowjetmenschen. Es könnte darum gehen um die Anwesenheit sowjetischer Truppen*). Offensichtlich wird dieser Punkt meist als Bedrohung der Gesprächsgrundlage empfunden; meist greift jemand ein und führt das Gespräch auf die goodwill-Basis zurück. Hier passiert dies mit der metaphorischen Gegenprobe, daß Truppen sowieso nicht in ein Haus gehören, also mit einer indirekten Rüge für das "Abgleiten" auf die rein politische Ebene.

Diese kurze Vorstellung von Gesprächsausschnitten, in denen es um das *gemeinsame europäische Haus* geht, sollte veranschaulichen, daß die Zweiteiligkeit der Metapher - Basis und Spezifizierungen - sowie die Reichhaltigkeit der Spezifizierungsmöglichkeiten, die auf der Verankertheit des *Haus*-Konzepts im Alltagswissen der Sprechenden und Hörenden beruht, auch zahlreiche Möglichkeiten zur Strukturierung, Lenkung und atmosphärischen Färbung von Gesprächen bietet. Besonders interessant an der Betrachtung von Gesprächen in diesem Zusammenhang ist, zu sehen, wie auf die Metapher reagiert wird, wie Spezifizierungen aufgegriffen werden, wie sie interaktiv und dynamisch ausgebaut und verändert werden.

Vielleicht ist es richtig, Breschnews und Gromykos Verwendungen der Metapher vom *gemeinsamen europäischen Haus* in den frühen 80er Jahren die Qualität des Schlagworts zuzusprechen und ihnen zu unterstellen, daß sie mit der häufigen Repetition die Europäer von den USA abkoppeln und die Angst der Westeuropäer vor der Militärmacht Sowjetunion beschwichtigen wollten. In Leserbriefen und Zeitungskommentaren stößt man immer noch auf Warnungen vor der Metapher; es handele sich um ein böses, die Menschen verblendendes Schlagwort. Unsere Analyse öffentlicher politischer Diskurse der letzten Jahre zeigt, daß dieses Bild fast immer als kreative Argumentationsmetapher benutzt wird und daß dieser pauschale Vorwurf nicht gerechtfertigt ist.[6]

Die Belastbarkeit der Metapher vom *gemeinsamen europäischen Haus*, ihre Eignung für das Ringen um Weltsicht im öffentlichen politischen Meinungsstreit, zeigt sich unseres Erachtens auch darin, daß sie auch nach den radikalen Veränderungen in Folge des Mauer-Falls noch eine gestaltende Rolle spielt und diese politischen Umbrüche mit verarbeitet (vgl. Parr 1990) - dabei behauptet sie sich noch immer gegen zunehmend auftauchende konkurrierende Metaphern (*Raumschiff oder Arche Erde, Stadt Europa*).

Schließen möchten wir mit einem Zitat von Kurt Tucholsky (aus einer Rede zur Eröffnung der "Wiener Weltbühne" 1932), dessen Aktualität besticht:

Europa ist ein großes Haus. Seit wann darf eine Mietspartei im zweiten Stock ein Feuer anzünden und dann abwehrend rufen: 'Mischt euch nicht in meine Verhältnisse! Das ist meine Wohnung!'?

---

[6] zu Struktur und Funktion der Metapher im Englischen und Russischen vgl. Schäffner 1990b.

Jede Mietswohnung ist der Bestandteil eines Hauses - jedes europäische Land ist ein Bestandteil Europas. Wer sich abschließt, ist ein Dummkopf und ein Friedensstörer.

Literatur

Bachem, R./Battke, K. 1989. Unser gemeinsames Haus Europa. Zum Handlungspotential einer Metapher im öffentlichen Meinungsstreit. In: *Muttersprache* 2, 110-126.

Black, M. 1968. *Models and Metaphors. Studies in Language and Philosophy.* New York.

Dieckmann, W. 1985. Wie redet man "zum Fenster hinaus"? In: Sucharowski, W. (Hg.). *Gesprächsforschung im Vergleich.* Tübingen.

Holly, W. 1979. *Imagearbeit in Gesprächen. Zur linguistischen Beschreibung des Beziehungsaspekts.* Tübingen.

Jefferson, G. 1979a. *On the organization of laughter in talk about troubles.* Univ. of Manchester.

Kallmeyer, W. u.a. 1974. *Lektürekolleg zur Textlinguistik.* Bd. 1. Frankfurt.

Parr, R. 1990. "Was ist des Deutschen Vaterhaus?" - Kleines Belegstellenarchiv zum 'gemeinsamen europäischen Haus'. In: *KultuRRevolution* 23.

Sacks, H./Schegloff, I./Jefferson, G. 1978. A simplest systematics for the organization of turn-taking for conversation. In: Schenkein, J. (Hg.). *Studies in the organization of conversational interaction.* New York, S.7-56.

Schäffner, C. 1990a. Zum Konzept des "gemeinsamen europäischen Hauses" im Russischen und Englischen. MS. Erscheint in: *Linguistische Studien*, Reihe A.

Schäffner, C. 1990b. Zur Rolle von Metaphern für die Interpretation der außersprachlichen Wirklichkeit. MS. Erscheint in: *Folia Linguistica.*

Zifonun, G. 1984. Politische Sprachkultur und Sprachkritik. In: *Mitteilungen 10 des Instituts für deutsche Sprache: Aspekte der Sprachkultur.* Mannheim, 61-90.

BEGRIFFSBESETZUNG AM BEISPIEL DER BESETZUNG VON "MODERNISATION" DURCH DIE FRANZÖSISCHEN SOZIALISTEN 1983-1986

Patrick Brauns

1. Einleitung

Laurent Fabius, seit Sommer 1988 Präsident der französischen Nationalversammlung, ist den Franzosen heute in Erinnerung als der Politiker, der während seiner Amtszeit als Industrieminister von März 1983 bis Juli 1984 und als Premierminister von Juli 1984 bis März 1986 für die Umstrukturierung, also Modernisierung der Industrie verantwortlich war, der 10000 Computer an die Schulen verteilen ließ, d.h. auch in anderen Politikbereichen seine Modernität manifestiert hat - und ständig von *modernisation* gesprochen hat. Wie kam es zu dieser Identifikation eines sozialistischen Premierministers mit einem Wort, das früher niemand zum sozialistischen Vokabular gezählt hätte?

Zum Verständnis des politischen Kontextes rufe ich die wichtigsten Daten in Erinnerung:

1981 (Mai) wurde Mitterrand mit einem eher traditionell sozialistischen Programm zum Präsidenten gewählt, was allerdings eher eine Ablehnung von Giscard d'Estaing bedeutete als eine Zustimmung zum Sozialismus. Unter dem Schlagwort *changement* ('Wechsel + Veränderung') war die erste Zeit der sozialistischen Regierung politisch erfolgreich, aber sie scheiterte mit ihrer Wirtschaftspolitik, was zu einem schnellen Sympathieverlust führte.

1983 (März) erfolgte nach Verlusten bei den Kommunalwahlen eine Wende zu einer liberaleren, weltmarktorientierten Wirtschaftspolitik. Damit wurde auch die Subventionierung unrentabler Industrien aufgegeben zugunsten einer bedingungslosen Modernisierungspolitik.

1984 (Juli) wurde nach einer ideologischen Niederlage (Streit um die "freien Schulen" bzw. um die Freiheit der Schulwahl) und einer Wahlniederlage (Europawahlen) der bisherige Industrieminister, mit 38 Jahren das jüngste Kabinettsmitglied, zum Premierminister ernannt. Er hatte die Aufgabe, mit einem jugendlichen, modernen Image bis zu den nächsten Parlamentswahlen die verlorene Mehrheit zurückzugewinnen.

1986 (März) hat die Linke die Wahlen zwar knapp verloren, aber das bedeutete im Vergleich zum Sommer 1984 einen enormen Sympathiegewinn, der - so meine Vermutung - ohne die sprachliche Inszenierung eines neuen Diskurses mit dem Wort *modernisation* in dem Ausmaß nicht möglich gewesen wäre.

2. Das Objekt der Besetzung: "modernisation" bis 1983

Die lexikalische Bedeutung des Wortes *moderne* ist - im Französischen wie im Deutschen - trivial: 'zeitgemäß'. *Modernisation* und *moderniser* bezeichnen dann den entsprechenden Prozeß bzw. die Handlung: 'etwas modern machen'. Bei der Konnotation und Bewertung hört die deutsch-französische Gemeinsamkeit allerdings schon auf: In der BRD besteht nach den Erfahrungen mit dem Fortschritt eine eher skeptische Einstellung zur Modernität. In Frankreich dagegen ist *modernisation* - wie Paul Valéry es einmal über *liberté* gesagt hat - eines der Wörter, die mehr Wert als Bedeutung haben, und zwar einen sehr positiven Wert. Dafür gibt es zwei miteinander zusammenhängende Gründe, einen ideologischen, der sich an der Wortgeschichte festmachen läßt, und einen auf der Ebene der gesellschaftlichen Realität und ihrer kollektiven Erfahrung:

- Seit der Aufklärung ("Querelle des Anciens et des Modernes" ...) ist in Frankreich die Idee des Fortschritts zentraler Bestandteil der politischen Kultur. Im 19. Jahrhundert kam dann etwa der modernistische Imperativ Rimbauds dazu: "Il faut être absolument moderne!"

- Durch die spätere Industrialisierung bedeutet die gesellschaftliche Modernisierung für viele Franzosen noch die reale positive Erfahrung einer Verbesserung ihrer Lebensbedingungen.

Nach dem Zweiten Weltkrieg gab es in Frankreich einen Konsens über die Modernisierung des Landes, von den Kommunisten über die Christdemokraten bis zu den Gaullisten. Jean Monnet hatte diesen damals mit der Formel *modernisation ou décadence* auf den Punkt gebracht. Der Gegensatz zur Modernisierung war (und ist) also nicht das *weiter so* (wie bisher), sondern der Niedergang der Nation. In einem etwas ironischen Rückblick auf die Nachkriegszeit formulierte der Historiker Michel Winock 1978 die Vorstellung, die die modernistischen Technokraten damals von einem modern(isiert)en Staat hatten: "C'est un état moderne qu'il nous fallait, dynamique, électrique, propre, organisé, efficace, juste ..." (In: Nouvelle Revue Socialiste 3-4/1984:7) (Also das Gegenteil des veralteten, erstarrten, dreckigen, chaotischen, unsozialen Frankreich ...)

Da das ganze Land als Objekt der Modernisierung gesehen wurde, bedeutete dies, daß der Staat der Akteur der Modernisierung zu sein hatte, während in der

BRD die Modernisierung eher auf den einzelnen Betrieb bezogen verstanden wird.

Modernisation hatte dann Anfang der 80er Jahre eher unpolitisch-technokratische Konnotationen und klang in der politischen Sprache schon etwas veraltet, da die liberale Regierung Giscard d'Estaings kein Interesse an einer - etatistischen - Modernisierungspolitik hatte und deshalb das Wort nicht gebraucht hatte. Auf der anderen Seite, bei der PS, kam *modernisation* in den Programmen bis 1981 nicht vor, statt dessen waren *transformation de l'appareil productif* und *rupture avec le capitalisme* an der Tagesordnung. Die traditionelle Einstellung der PS zur Modernisierung zeigt ein Zitat des sozialistischen Politikers Claude Estier (aus einer späteren Diskussion):

> On ne conduira pas les socialistes sur un terrain qui n'est pas le leur, où ils se perdaient définitivement, au nom d'un 'modernisme' ou d'une 'modernité' qui ne serait que le dernier avatar, plus présentable que d'autres, d'une droite à court d'idées. (LE MONDE 9.1.1985)[1]

Andere Schlüsselwörter der PS waren zu dieser Zeit: *justice sociale, égalité, secteur public*; (nach 1968) *changer la vie, autogestion* etc.

3. Der Prozeß der Besetzung

Besser als viele Linguisten erklärte Mitterrand[2] in einem Interview mit *Libération* aus Anlaß des dritten Jahrestags seiner Wahl, wie die Konnotation eines politischen Schlüsselworts durch einen neuen lexikalischen Kontext verändert werden kann - und damit das Wort besetzt wird:

> Modernisation, entreprise, innovation, compétitivité, risque, initiative, profit, etc. ... vous martelez ces idées dans vos discours depuis près d'un an. Comme c'est le vocabulaire du libéralisme économique, le désarroi est total chez vos électeurs de 1981 qui ne reconnaissent plus le vocabulaire du projet socialiste ... ." - "... Quoi, les termes modernisation, entreprise, innovation et la suite seraient de droite? Mais c'est un postulat absurde! ... Ces vocables sont aussi bien de gauche dès lors qu'on leur ajoute ceux de liberté, responsabilité, plan, secteur public, redistribution des profits et des pouvoirs. (LIBERATION 10.5.1984)

Dieses Beispiel zeigt auch, daß die PS nicht nur neue Wörter in ihren alten Diskurs integriert hat, sondern auch, daß diese Wörter auch den Diskurs der Partei verändert haben: In der von Mitterrand zitierten Liste fällt das Wort *responsabilité* auf, weil es nicht wie die anderen zum traditionellen Vokabular der PS gehört.

---

[1] Die "Modernität" als letzte Metamorphose einer Rechten, der sonst nichts mehr einfällt.
[2] Wie könnte ich eine höhere Autorität zitieren, wenn Mitterrand in bestimmten Zeitungen "dieu" genannt wird ...?

Mindestens ebenso wichtig für die Besetzung wie der Kontext der politischen Schlüsselwörter waren aber die neuen Gebrauchsweisen: *Modernisation* wurde ab Anfang 1984 auch für Veränderungen bzw. Reformen in solchen Politikfeldern gebraucht, in denen es vorher nicht vorkam, und wo die Rechten es nicht gebrauchen würden. Während in der Wirtschafts- und Sozialpolitik eine deutliche "Wende" vollzogen wurde, gab es andere Bereiche, in denen die Reformen weitergeführt wurden - und diese konnten dann rückwirkend unter dem Aspekt der Modernisierung neu interpretiert werden:

Depuis bientôt trois ans, le gouvernement s'attache à moderniser la France. Une modernisation institutionnelle d'abord. ... Une modernisation sociale ensuite. ... . (Der erste sozialistische Premierminister Pierre Mauroy, LE MONDE 29.2.1984)

Die schon im Sommer 1981 begonnene Dezentralisierung wurde also zur *modernisation de l'Etat*. Und die nach dem früheren Arbeitsminister benannten "Lois Auroux", die für die Arbeiter neue Rechte gegenüber den Unternehmern eingeführt hatten, wurden als *modernisation des rapports sociaux* (der sozialen Beziehungen) bezeichnet.

In beiden Fällen - wie auch bei der Abschaffung der Todesstrafe - waren es übrigens auch Modernisierungen in dem Sinn, daß ein Rückstand gegenüber der BRD aufgeholt wurde. Durch den Überbegriff der *Modernisierung* für die alten und neuen Reformen wurde der Eindruck eines "Wandels in der Kontinuität" vermittelt - wie es schon andere französische Politiker vorher praktiziert haben - und gleichzeitig die neue Politik als kohärent dargestellt.

Mit einem ähnlich umfassenden Begriff der Modernisierung wie Mauroy definierte auch Fabius sein Projekt des Sozialismus als - wie könnte es auch anders heißen? - *socialisme moderne*:

... la modernisation, dont je parle tout le temps (! - P.B.), ce n'est pas simplement une modernisation économique ... . La modernisation doit être, aussi, sociale ... . Elle doit être aussi une modernisation de l'Etat pour que les gens aient plus de liberté. (Lettre de Matignon 10.9.1984:2)

Die politische "Modernisierung des Staates" (d.h. Dezentralisierung u.ä.) begründete Fabius bezeichnenderweise nicht mit "mehr Demokratie" (wagen ...), sondern damit, daß die Leute dann "mehr Freiheit" hätten. *Modernisation* war der *Freiheit* als dem zentralen Thema der Rechten nicht entgegengesetzt, sondern konnte dieses mit einschließen.

In einer späteren Definition seines *modernen Sozialismus* erklärte er diesen - mit 'typisch französischem' Zukunftsoptimismus - auch noch als "unserer Zeit mit ihren wunderbaren Veränderungen entsprechend":

Je crois à un socialisme moderne, c'est-à-dire fondé sur des valeurs de justice sociale et d'efficacité, identifié aux libertés, accordé à notre temps et à ses formidables mutations. (LE MONDE 4.5.1985)

Wenn eine Regierung sich als so 'modern' darstellt, kann die Opposition - zumindest implizit - nur das Gegenteil davon sein. Und so argumentierte die PS dann auch gegen die Opposition rechts und (seit Juli 1984) links von ihr: "La droite, c'est l'archaïsme - Le Parti Communiste, c'est l'immobilisme - Le Parti Socialiste, c'est la modernité." (Lionel Jospin. In: Le poing et la rose 12/1984:1 f.)

4. Warum konnte die PS "modernisation" so leicht besetzen?

Die Gründe, warum es für die französischen Sozialisten in dieser Zeit so leicht war, das Wort *modernisation* zu besetzen, sind vor allem politischer Natur:

1. Durch den modernistischen "Zeitgeist" (sozio-kulturelle Veränderungen nach 1968 und seit ca. 1980) lag das Thema der *Modernisierung* in der Luft, so daß die PS es nur aufgreifen mußte.

2. Die PS-Regierung hat eine - in ihrem Sinne - erfolgreiche Modernisierungspolitik betrieben, die die anderen Parteien nicht gemacht hätten: Für die Rechte war die Modernisierung eine zu etatistische Strategie, während sie für die Kommunisten nur "Rationalisierung auf Kosten der Arbeiter" bedeutete. Deshalb wurde auch das Wort *modernisation* der PS quasi kampflos überlassen, es war sozusagen ein "herrenloses Gut".

3. Parellel zur realen Politik und zur lexikalischen Bezeichnung gab es auch eine nicht-sprachliche Inszenierung der Modernität durch Politiker mit einem dem "Zeitgeist" entsprechenden Image (Fabius selbst, aber auch ein ehemaliger Eiskunstlauf-Weltmeister als Minister für Jugend und Sport u.a.) und deren Verhalten bzw. Darstellung in der Öffentlichkeit. Dadurch wurde ein "kohärentes Image" mit einer Einheit von Politik, Akteuren und Sprache vermittelt (vgl. das Prinzip der "corporate identity" in der Werbung!).

5. Nach der erfolgreichen Besetzung

Modernisation wurde offensichtlich so häufig gebraucht, daß das Wort schnell ver-braucht war. Mit frappierender Deutlichkeit zeigt dies das folgende Zitat aus einem Text der strömungs-übergreifenden PS-Tendenz "transcourants": "Quand tout le monde est moderne, c'est le signe qu'il faut inventer (!) autre chose. Moderne est un mot terne." (LE MONDE 3.6.1986)

Nachdem *modernisation* seine Aufgabe erfüllt hatte, sollte wohl jetzt ein neues Wort mit mehr Ausstrahlung "erfunden" werden, mit dem sozialistische Politik verkauft werden kann.

Literatur

Brauns, P. 1988. *Die Zeiten sind hart, aber "modern". Sprachliche Inszenierung der sozialistischen Politik in Frankreich 1983-86.* Konstanz.

"MODERNISIERUNG" IN DER RÜSTUNGSPOLITISCHEN DISKUSSION DER JAHRE 1987-1989

Martin Wengeler.

Einleitung

Ein Politiker, von dem man vor einigen Jahren sehr viel hörte, um den es aber heute ruhiger geworden ist, wurde 1987 in der Presse sinngemäß so wiedergegeben: "Man dürfe die Besetzung des Begriffs 'modern' nicht den Konservativen überlassen, die damit beispielsweise für militärische oder zivile Ziele in der Öffentlichkeit Rückhalt mobilisierten." So die FRANKFURTER RUNDSCHAU am 19.9.1987 über den saarländischen Umweltminister Jo Leinen.

Wie so oft, seit Kurt Biedenkopf 1973 mit der Metapher "Besetzen von Begriffen" die Bedeutung von sprachlichen Deutungsangeboten in den Mittelpunkt des öffentlich-politischen Interesses gerückt hat, wird hier ein "Begriff" thematisiert. Dieser kann eine für die eigene Partei werbewirksame Funktion haben, wenn es gelingt, in der Öffentlichkeit den Sinnhorizont dieses Begriffs mit eigenen politischen Zielvorstellungen auszufüllen. *Modern* scheint Jo Leinen ein geeigneter Ausdruck zu sein, die eigene Politik mit positiver Wertung zu vermitteln.

Es ist kein Zufall, daß zu diesem Zeitpunkt - 1987 - Leinen mit dem Wort *modern* auch militärische Ziele assoziiert, war doch gerade in der BRD eine rüstungspolitische Diskussion unter dem Stichwort "Modernisierung der Pershing"[1] geführt worden.

Im folgenden soll zunächst dargestellt werden, welche Bezeichnungsstrategien in den rüstungspolitischen Debatten der BRD dem Versuch vorausgegangen sind, einer Rüstungsmaßnahme mit dem Wort *Modernisierung* eine bestimmte Wirklichkeitssicht zu unterlegen. Eine kurze Verknüpfung mit dem Gebrauch des Ausdrucks in anderen politischen Bereichen soll zeigen, daß der Ausdruck in den Jahren 1987-1989 vor allem in der Rüstungsdiskussion Konjunktur gehabt hat, während er in anderen politischen Bereichen nur am Rande verwendet wurde. Schließlich soll genauer gezeigt werden, wie, wann und für welche Rüstungsmaßnahmen der Ausdruck in den Jahren 1987-1989 verwendet wurde und wie er dabei für kurze Zeit eine Lexikalisierung in einer bestimmten

---

[1] Vgl. z.B. FR 29.8., 1.9., 5.9., 9.9., 12.9.1987

Verwendungsweise erfuhr. Ob es den Gegnern der mit diesem Terminus verknüpften Rüstungsmaßnahme gelungen ist, einen konkurrierenden Ausdruck entgegen- und durchzusetzen und wie versucht wurde, dem Ausdruck *Modernisierung* seine legitimierende Bedeutungs-Komponente zu entziehen, ist ein weiterer Gesichtspunkt der Untersuchung.

Bezeichnung von Rüstungsmaßnahmen seit 1945

Schon einmal ist in der Geschichte der BRD versucht worden, ein Rüstungsvorhaben mit dem Wort *modern* in der Öffentlichkeit als positive und notwendige Maßnahme erscheinen zu lassen. Als in den Jahren 1957-1960 zur Diskussion stand, die Bundeswehr mit Atomwaffen auszurüsten, gelang es den Gegnern der Atombewaffnung, durch ihre Kampagnen (*Kampf dem Atomtod!*) das Präfixoid *Atom* negativ zu konnotieren. So erschien es den Befürwortern ratsam, dieses Präfixoid zu vermeiden. Dies wurde u.a. dadurch erreicht, daß gefordert wurde, die Bundeswehr mit "modernen Waffen", "modernsten Waffen" oder auch "allermodernsten Waffen"[2] auszurüsten. So fordert ein Entschließungsantrag der Regierungsparteien im Bundestag am 25.3.1958, "die Streitkräfte der Bundesrepublik mit den modernsten Waffen" auszurüsten.

Die Möglichkeit, mit diesem Ausdruck um Zustimmung für eine Rüstungsmaßnahme zu werben, ist nicht unabhängig zu sehen vom Zeitgeist der 50er und 60er Jahre, in denen das Wort *modern* allgemein Konjunktur hatte und geeignet war, eine positive Wertung des mit ihm assoziierten Sachverhalts auszudrücken.

In Rüstungsdiskussionen war dies Ende der 50er Jahre bereits der zweite Versuch, eine unpopuläre Maßnahme gegen starken inner- und außerparlamentarischen Widerstand gerade mit solchen sprachlichen Deutungsangeboten durchzusetzen, die die Maßnahme als harmlos, positiv oder notwendig unterstellten. In der Wiederbewaffnungsdiskussion war dies bis 1955 mit den Ausdrücken *Wehrbeitrag* und *Verteidigungsbeitrag* versucht worden, und zwar gegen die konkurrierenden Termini *Remilitarisierung*, *Wiederaufrüstung* und *Aufrüstung*.

In den 70er Jahren spielte der Gebrauch der Worte *modern* und *Modernisierung* in der politischen Sprache der BRD kaum eine Rolle, was u.a. mit der aufkommenden Fortschrittsskepsis aufgrund ökologischer Probleme zusammenhängen dürfte.

---

[2] Belege finden sich u.a. in der RHEINISCHEN POST 1957.

Auswirkungen zeigt diese Nicht-Berücksichtigung des Terminus *Modernisierung* in der politischen Sprache der 70er Jahre auch noch in der Rüstungsdiskussion Anfang der 80er Jahre. Am 12.12.1979 hatten die NATO-Außen- und Verteidigungsminister im sog. NATO-Doppelbeschluß die "LRTNF[3]-Modernisierung und Rüstungskontrolle (als - M.W.) sich ergänzende Ansätze" beschlossen: "Die Minister haben daher beschlossen, das LRTNF-Potential der NATO ... in Europa zu modernisieren." In diesem Dokument selbst wird der Beschluß als *Modernisierungsbeschluß* bezeichnet (zitiert nach Weißbuch 1983:194 ff.). Diese Übersetzung des im engl. Originaltext enthaltenen Ausdrucks *modernization* wurde aber in der darauffolgenden Diskussion kaum verwendet. Genscher benutzt in der Bundestags-Debatte zum Doppelbeschluß am 14.12.1979 noch *Modernisierung* neben *Nachrüstung*. In der BRD war aber zu diesem Zeitpunkt schon das sprachliche Zeichen *Nachrüstung* als Legitimationsvokabel geprägt worden. Schon in dieser Bundestags-Debatte kann Genscher *Nachrüstung* aufgrund seiner Neuheit und dadurch eindeutigen Referenz auf die geplante Rüstungsmaßnahme isoliert verwenden, während *Modernisierung* der Ergänzung "amerikanischer Mittelstreckenwaffen in Europa" bzw. des Kompositums "Mittelstreckenwaffenmodernisierung" bedarf (zitiert nach Abrüstung und Rüstungskontrolle 1983:129 ff.). Dieses Wort *Nachrüstung* stand dann im Mittelpunkt der darauffolgenden Diskussion und kann heute als historische Vokabel für diese Diskussion und diese Rüstungsmaßnahme verwendet werden. Der Ausdruck verlor aber im Laufe der Diskussion durch die Aktivitäten der Friedensbewegung und die sprachkritische Bekämpfung des Ausdrucks seinen intendierten Legitimationscharakter. Deshalb war der Ausdruck *Nachrüstung* für die folgende Rüstungsdiskussion kein brauchbarer Terminus mehr zur Bezeichnung einer geplanten Rüstungsmaßnahme. Es war inzwischen gelungen, im Bewußtsein eines Großteils der Bevölkerung eine negative Bewertung von *Nachrüstung* festzusetzen. Heute wird dieser Ausdruck meist als synonym zu *Aufrüstung* empfunden und auch benutzt. Einige wenige Belege zeigen zwar, daß in Reihen von Unionspolitikern bezüglich der anstehenden Diskussion über neue nukleare Kurzstreckenraketen auch der Terminus *Nachrüstung* noch immer mit legitimierender Absicht benutzt wird[4], meistens aber wird der Terminus bei der Diskussion über die Kurzstreckenraketen pejorativ verwendet. Da er nicht mehr verwendbar erschien, außer um **gegen** die geplante Maßnahme zu argumentieren,

---

[3] Long Range Theatre Nuclear Forces, NATO-offizielle Bezeichnung der nuklearen Mittelstreckenraketen

[4] z.B. zitiert DER SPIEGEL am 5.1.1987 F.J. Strauß mit diesem Ausdruck sowie ein Papier aus dem Kanzleramt, das aufgrund der "Unterrüstung" der NATO bei Kurzstreckenraketen bei nicht zustandekommenden Abrüstungsvereinbarungen droht: "Oder wir werden nachrüsten".

mußte für die seit spätestens Ende 1986 aufkommende Diskussion über nukleare Kurzstreckenwaffen und Pershing Ia-Raketen ein neuer Ausdruck gefunden werden, der sich zur Werbung um Zustimmungsbereitschaft in der Öffentlichkeit eignete.

Ohne hier Urheber, Ursprung und genaue Intention der Einführung festmachen zu können, hat sich eben zu diesem Terminus in den Jahren 1987-1989 das Wort *Modernisierung* entwickelt, obwohl, im Gegensatz zum NATO-Doppelbeschluß, in den veröffentlichten NATO-Dokumenten, auf die sich die Diskussion häufig bezieht, *modernization* und *to modernize* nicht vorkommen.

"Modernisierung" in anderen Verwendungsbereichen

Warum aber gerade *Modernisierung* ? Geeignet scheint der Terminus vor allem deshalb, weil er im Bewußtsein der meisten Sprachteilhaber folgende auch in Wörterbüchern verzeichnete Bedeutung hat: etwas "durch Veränderung(en), Umgestaltung o.ä. auf einen neuen Stand bringen" (Duden 1978). Dieses Allgemeinverständnis ermöglicht zunächst den Gebrauch des Wortes in der Rüstungspolitik in einer Weise, die suggerieren kann, daß hier ein vorhandenes Gerät, sprich eine vorhandene Waffe durch Umbaumaßnahmen technisch verändert, erneuert werden soll. Die meisten Thematisierungen und sprachkritischen Anmerkungen in der öffentlichen Diskussion unterstellen auch diese Verwendungsweise. Dabei wird das Wort als "Täuschungsmanöver", "Mogelpackung", "irreführendes Stichwort" o.ä. zur Bezeichnung der geplanten Rüstungsmaßnahme abgelehnt.

Daß mit dem Gebrauch des Wortes auf diesen gesellschaftlich allgemeinen Sinnhorizont abgehoben wird, zeigt auch die Verwendung in anderen Bereichen. *Modernisieren* wird in technischen Bereichen verwendet, z.B. im Immobilienteil der Zeitungen oder in Werbeanzeigen von Bausparkassen, wenn für das "Modernisieren und renovieren" von Altbauten geworben wird, und offenbar als Modewort auch im verwaltungstechnischen Bereich ("Das Ausleihverbuchungssystem der Universitäts-Bibliothek wird modernisiert", Anschlag an der Universitätsbibliothek Düsseldorf im Herbst 1989), wo vor einigen Jahren eher ein Terminus wie *umstellen* verwendet worden wäre.

Dagegen ist das Wort *Modernisierung* in der BRD offenbar nicht als werbewirksames Schlüsselwort in Parteistrategien wie etwa *modernisation* in Frankreich verwendbar. Für die Verwendung als derartiges Schlüsselwort könnte eine Verwendungstradition des Wortes aus dem sozialwissenschaftlichen Bereich nutzbar gemacht werden, die seit etwa 1960 die Entwicklungsbemühungen der

Dritte Welt-Staaten mit Blick sowohl auf die wirtschaftliche wie auf die gesellschaftspolitische Entwicklung als *Modernisierung* bezeichnet (vgl. Gumbrecht 1978:129 und Brauns 1988:14 ff.). In den letzten Jahren wird der Ausdruck in ähnlicher Weise auf die Entwicklung in den osteuropäischen Staaten, auch von den dortigen Politikern, angewendet. Dabei wird mit *Modernisierung* sowohl auf die wirtschaftliche Entwicklung allein[5] als auch auf die gesellschaftliche Entwicklung im Sinne einer Demokratisierung sowie schließlich auf beides zusammen referiert.[6]

In der BRD wurde das in der SPD geprägte Schlagwort von der notwendigen *ökologischen Modernisierung* sehr bald durch das heute verwendete *soziale und ökologische Erneuerung* bzw. *ökologischer Umbau (der Industriegesellschaft)* ersetzt. (vgl. dazu Brauns 1988:11 ff.) In dem genannten gesellschaftspolitischen Sinn wird der Ausdruck nur in solchen Texten verwendet, die gesellschaftliche Entwicklungen, z. B. zum Aufkommen rechtsextremer Parteien, analysieren, z.B. "Rechtsextremismus entsteht als Kehrseite der Modernisierung".[7]

Wenn der Ausdruck sich also schon als allgemeines politisches Fahnenwort in der BRD nicht etablieren konnte, scheint es auch schwierig zu sein, ihn in der Rüstungspolitik als legitimierende, werbende Vokabel zu etablieren. Ob dies gelingt und wie versucht wird, dies zu verhindern, soll im folgenden dargestellt werden.

Geschichte des Schlagworts "Modernisierung" in der Rüstungsdiskussion seit 1987

Die bundesdeutsche Debatte über Rüstung und Abrüstung wurde in den Jahren 1987-1989 von dem Schlagwort *Modernisierung* bestimmt, das auf die in diesem Zeitraum für die BRD wichtigste Auseinandersetzung in diesem Politikbereich verweist. Seit etwa Juni 1989 spielt der Diskurs über "die Modernisierung" in der öffentlichen Diskussion allerdings kaum noch eine Rolle, nachdem ein

---

[5] vgl. Beleg in FR 27.10.1988: "Die deutsche Industrie hilft auf vielen Gebieten der Modernisierung der Sowjetwirtschaft."

[6] Belege z.B. in DIE ZEIT 18.12.1987: "Gorbatschows Politik der Öffnung ... hat sich ... als potentieller Magnet der Modernisierung erwiesen" und in den Stenogr. Protokollen des 11. Dt. Bundestags vom 10.12.1987: "Herr Gorbatschow steht vor der Frage, ob er in Zukunft einmal sein Land modernisieren will, nachdem alle seine Vorgänger und auch er selbst zunächst immer nur die Waffen modernisiert haben." (Genscher, 3417)

[7] Peter Dudek auf einem GEW-Kongreß in Köln (zitiert nach FR 28.9.1989), vgl. auch FR-Artikel über eine Studie über die REPs: "Ausgehend von der Angst vieler Menschen, beim Prozeß der Modernisierung unter die Räder zu geraten, versuchten die 'Republikaner'..." (FR 27.9.1989)

NATO-"Gipfel" ein *Gesamtkonzept für Rüstungskontrolle und Abrüstung* verabschiedet hat. In diesem wird u.a. die Entscheidung über die Stationierung neuer nuklearer Kurzstreckenraketen in der BRD als Nachfolgesystem der Lance-Raketen bis zum Jahr 1992 aufgeschoben. Diese war vorher unter der Bezeichnung *Modernisierung* diskutiert worden.[8]

Die genannte konkrete Verwendungsweise des Ausdrucks *Modernisierung* mit einer genau benennbaren Extension ist aber, obschon die wichtigste, nicht die einzige Verwendungsweise des Ausdrucks im genannten Zeitraum. Vielmehr sind mindestens drei z.T. zeitlich aufeinanderfolgende, aber auch zeitlich nebeneinander verwendete Gebrauchsweisen zu unterscheiden:

a) Modernisierung der Pershing Ia-Raketen
b) Modernisierung nuklearer Kurzstreckenraketen
c) Modernisierung der Ausrüstung von Armeen allgemein

Modernisierung der Pershing Ia-Raketen 1987

Im Jahr 1987 machten die Verhandlungen zwischen den USA und der Sowjetunion über die Abschaffung der landgestützten nuklearen Mittelstreckenraketen solche Fortschritte, daß die beiden Großmächte im Dezember 1987 den sog. INF-Vertrag unterzeichnen konnten. Aufgrund dieses Vertrags werden alle auf dem Land stationierten nuklearen Mittelstreckenraketen mit einer Reichweite von 500 bis 5500 km von ihren Stationierungsorten abgezogen und verschrottet. In der BRD kam es auf dem Weg zu diesem Vertrag zu einer öffentlichen Diskussion zunächst über die Frage, ob Raketensysteme mit einer Reichweite von 500 bis 1000 km in die Verhandlungen einbezogen werden sollten. Dies wurde unter den Stichworten *doppelte Null-Lösung* und *zweite Null-Lösung* diskutiert (vgl. zu *doppelte Null-Lösung* auch Carstensen 1987). Gegen diese Einbeziehung wendeten sich Teile der bundesdeutschen Öffentlichkeit.[9] Da

---

[8] Im Zuge der dramatischen Entwicklungen im Ost-West-Verhältnis seit dem Herbst 1989, die häufig als *Ende des Kalten Krieges* oder *das Ende der Nachkriegszeit* gewertet werden, haben die NATO-Staaten allerdings im Frühjahr 1990 die Möglichkeit des Verzichts auf diese Stationierung angedeutet. Im März fragte Oskar Lafontaine auf einer Veranstaltung in Cottbus noch, "ob denn der Irrwitz, daß nach wie vor ein NATO-Modernisierungsbeschluß für Atomraketen existiert, 'die auf Leipzig, Dresden, Warschau und Prag gerichtet sind', Bestand haben soll" (FR 3.3.1990). In den folgenden Monaten erklärten maßgebliche britische, bundesdeutsche und US-amerikanische Politiker ihre Bereitschaft zum Verzicht auf die Stationierung der neuen landgestützten Kurzstreckenatomraketen, der allerdings erst in Verhandlungen mit der Sowjetunion über diese Waffenkategorie festgelegt werden könne.

[9] Es wurden der Verlust einer *glaubwürdigen Abschreckung*, die *Abkoppelung* der USA von Westeuropa, *Zonen unterschiedlicher Sicherheit* und eine *Sonderbedrohung* der Deutschen befürchtet,

diese doppelte Null-Lösung aber von den Großmächten gewollt und vereinbart wurde, blieb den entsprechenden Politikern nur der Rückgriff auf die Pershing Ia-Raketen. Denn die Großmächte waren übereingekommen, Atomwaffen von an den Verhandlungen nicht beteiligten Staaten ("Drittstaatensysteme") nicht in die Vereinbarungen mit einzubeziehen. Dies bezog sich auf die britischen und französischen Atomwaffen. Da aber die Pershing Ia-Trägerraketen im Besitz der Bundeswehr waren (die Nuklearsprengköpfe waren in der Verfügungsgewalt der USA, da die BRD bekanntlich den Verzicht auf eigene Atomwaffen erklärt hat), wurden sie von Unionspolitikern zu diesen "Drittstaatensystemen" gezählt. Deshalb wurde diskutiert, sie trotz doppelter Null-Lösung beizubehalten und sie zu *modernisieren*.

Im Jahre 1987 wurde somit das Legitimationswort *Modernisierung* im Zusammenhang damit verwendet, daß die Pershing Ia zugleich als *veraltet*, *schrottreif* o.ä. bezeichnet wurde. Der Ausdruck wird zum einen in legitimierender Weise verwendet, wenn im Bundeswehrplan 1987 "die Modernisierung der nuklearen Einsatzmittel durch ein Lance-Nachfolgesystem ..., ein Nachfolgesystem Pershing Ia und ..."[10] andere Waffensysteme gefordert wird oder wenn Manfred Wörner meint, "die Modernisierung sei unverzichtbar".[11] Andererseits wird *Modernisierung*[12] zwar seltener, aber wie auch *Nachrüstung*[12] und *neue Nachrüstung* für das zur Debatte stehende Vorhaben in ablehnenden Stellungnahmen verwendet: "Meine größte Sorge ist ..., daß hier eine Hintertür zur Modernisierung dieser Waffenkategorie, eine Hintertür zu einer neuen Nachrüstung mit Pershing Ia-Raketen offengehalten werden soll." (Anke Fuchs von der SPD am 4.6.1987 im Bundestag)[13]. Damit wird dem Ausdruck *Modernisierung* im Kontext sein legitimatorischer Charakter genommen, insbesondere dadurch, daß er synonym zu dem bereits als negativ konnotiert vorausgesetzten Zeichen *Nachrüstung* verwendet wird. Zumeist aber wird in der Presse ohne Bewertung Bezug genommen auf die zunächst geplante, dann verworfene "Modernisierung der Pershings". Es scheint sich also 1987 die Verwendung des Ausdrucks *Modernisierung* im Zusammenhang der Pershing-Debatte eingebürgert zu haben, ohne

---

um einige Schlagworte der Argumentation zu nennen (vgl. vor allem die CSU-Erklärung vom 31.8.1987. Im Wortlaut abgedruckt in: FR 1.9.1987). Zu den kaum mehr nachvollziehbaren Argumenten der bundesdeutschen Gegner dieser *doppelten Null-Lösung i*m Frühjahr/ Sommer 1987 vgl. ausführlich Risse-Kappen 1988:150 ff.

[10] Zitiert von Frau Fuchs (SPD) im Bundestag am 4.6.1987, vgl. Stenogr. Prot. des 11. Dt. Bundestags, 949

[11] Zitiert von Vogel (SPD) im Bundestag am 2.9.1987:1425, im Redetext war zuvor der Ausdruck schon als "Modernisierung (der - M.W.) 72 Pershing Ia-Raketen" eingeführt worden.

[12] Vgl. Ronneburger (FDP) am 4.6.1987 im Bundestag, 941

daß er in expliziten Thematisierungen als Legitimationsausdruck bekämpft wird. Diese Diskussion verpuffte allerdings recht schnell, weil die Deutschen einem Mittelstreckenraketenabkommen schließlich doch nicht im Wege stehen wollten. Helmut Kohl erklärte am 26.8.1987, daß die Pershing Ia unter bestimmten Bedingungen, die dann durch den INF-Vertrag erfüllt waren, "nicht modernisiert, sondern abgebaut werden" (zitiert nach Bulletin des Presse- und Informationsamts der Bundesregierung vom 27.8.1987) sollten.[14]

Modernisierung der nuklearen Kurzstreckenraketen 1987-1989

1. Etablierung der Vokabel

Zur gleichen Zeit wird aber schon die Vokabel *Modernisierung* für geplante Maßnahmen im Bereich der Kurzstreckenraketen (der Lance-Raketen) eingeführt (vgl. dazu den Bundeswehrplan 1987:6). In den darauffolgenden zwei Jahren wird *Modernisierung* hauptsächlich in diesem Bereich verwendet. Vielleicht wird das Wort sich sogar als historische Vokabel für die Diskussion über die nuklearen Kurzstreckenraketen etablieren.

Im letzten Vierteljahr 1987 kommt die Diskussion über diese öffentlich in Gang. Während NATO-General Galvin einen "modernen Ersatz der Lance-Rakete" (vgl. FR 25.9.1987) will, findet sich im November 1987 auch schon der Terminus *Modernisierung* bezogen auf die nuklearen Kurzstreckenraketen in der Zeitungsberichterstattung und in der Sprache der Politiker[15], wobei der Bezug auf die gemeinten Waffen zwecks Eindeutigkeit immer mitgenannt wird. Denn gleichzeitig wird auch in anderen militärischen Zusammenhängen von *Modernisierung* gesprochen, z.B. über die "Modernisierung ... bei den konventionellen Waffen" (FR 11.11.1987) oder über die "Modernisierung unserer Atomstreitmacht" (J. Chirac lt. FR 3.12.1987).

2. Hauptstandpunkte und -argumentationen

Es lassen sich drei Hauptstandpunkte unterscheiden. Ich nenne im folgenden die Vertreter dieser Standpunkte die Befürworter, die Nicht-Gegner und die Gegner einer "Modernisierung" und stelle ganz kurz ihre Hauptargumente dar.

---

[13] In: Stenogr. Protokolle des 11. Dt. Bundestags, 949

[14] Die Verwirklichung dieses Versprechens meldete die FR am 5.10.1990: "Die 72 Pershing Ia der Luftwaffe sind am Donnerstag außer Dienst gestellt worden. Wie das Bundesverteidigungsministerium mitteilte, sollen diese taktischen Flugkörpersysteme verschrottet werden."

[15] Vor allem im Zusammenhang mit der Tagung der Nuklearen Planungsgruppe der NATO in Monterey Anfang November 1987

Die Befürworter

Für sie ist die "'Modernisierung' atomarer Kurzstreckenraketen ... dringliche Aufgabe der NATO" (Wiedergabe der Position des US-Verteidigungsminister Weinberger in FR 2.11.1987). Als Begründungen werden angeführt: Die Überlegenheit des Warschauer Pakts bei den nuklearen Kurzstreckenraketen und bei den sog. konventionellen Streitkräften. Die "Glaubwürdigkeit der Abschreckung" und der gültigen NATO-Strategie der "flexiblen Reaktion" seien ohne "Modernisierung" gefährdet. Zudem sei "die Modernisierung des verbleibenden Arsenals" von Atomwaffen schon 1983 von der Nuklearen Planungsgruppe der NATO beschlossen worden. Zu den Befürwortern können vor allem führende NATO-Militärs und die Regierungen der USA und Großbritanniens gerechnet werden. Die Gründe für die Verwendung von *Modernisierung* als Legitimationsvokabel durch Vertreter dieser Position sind unmittelbar einsichtig.

Die Nicht-Gegner

"Die Frage der Modernisierung des in Europa verbleibenden Nuklearwaffenpotentials der NATO (steht - M.W.) nicht auf der Tagesordnung der Politik."[16] Es bestehe noch "kein Entscheidungsbedarf". Es sollen "baldige Verhandlungen" mit dem Ziel einer beiderseitigen Verringerung der Kurzstreckenraketen aufgenommen werden. Eine *dritte Null-Lösung* wird abgelehnt. Diese Position vertreten vor allem Mitglieder der Bundesregierung und Vertreter der Regierungsparteien. Von dieser Seite besteht ebenfalls ein Interesse, diese Rüstungsmaßnahme mit *Modernisierung* zu bezeichnen: Wenn man nicht grundsätzlich gegen eine solche Rüstungsmaßnahme ist, scheint es ratsam, eine legitimierende Bezeichnung für die geplante Maßnahme zu verwenden und im Falle des "Entscheidungsbedarfs" bereitzuhalten.

Die Gegner

SPD, Grüne und Friedensbewegung plädieren für eine *dritte Null-Lösung* in dieser Waffenkategorie und lehnen deshalb die geplante "Modernisierung" ab. Von Beginn an wird von dieser Seite immer wieder die Legitimation des Ausdrucks *Modernisierung* für das Geplante abgestritten und sprachkritisch die "Bedeutung" dieses "Begriffs" angegriffen, ohne ihn aber mit eigenen Inhalten zu "besetzen". Es wird lediglich versucht, das Wort zu einem negativ wertenden Ausdruck zu machen und es insofern anders zu "besetzen". So führt z.B. der SPD-Bundestagsabgeordnete Erler mehrere als Ersatz für die Pershing II und

---

[16] Volker Rühe (CDU) am 10.12.1987 im Bundestag (in: Stenogr. Protokolle des 11. Dt. Bundestags, 3418)

Cruise Missiles geplante Waffensysteme an: "Der Code, unter dem das laufen soll, heißt: Modernisierung. Das klingt nämlich besser als Nachrüstung." (Stenogr. Protokolle des 11. Bundestages, 10.12.1987, 3442). Diese Gegenüberstellung, die eigene darauf folgende Bezeichnung der Maßnahmen als *Nachrüstung* und die Kollokation *Modernisierungs-und Nachrüstungsideen* machen sich die veränderte Bewertung des Zeichens *Nachrüstung* zunutze und versuchen, diese auch auf *Modernisierung* "abfärben" zu lassen.

3. Beobachtungen zur Verwendung von *Modernisierung*

Positive Verwendung und Vermeidung des Zeichens Modernisierung

Die Befürworter und Nicht-Gegner dieser Rüstungsmaßnahme benutzen zwar *Modernisierung* zeitweise unproblematisch, vermeiden aber zunehmend auf dem Höhepunkt der Diskussion im April/Mai 1989 das Wort und weichen auf Umschreibungen aus.[17] Dabei wird z.T. auch eine von den Kritikern geforderte Formulierung, aus der hervorgehe, daß es sich um eine neue Waffe handle, verwendet: Statt *Modernisierung* heißt es: "... die Einführung eines Lance-Nachfolgesystems in das Bündnis" (vgl. Koalitionspapier vom 23.4.1989, im Wortlaut in: FR 24.4.1989). Andererseits wird durch Weglassung des Ausdrucks versucht, eine befürchtete Reiz-Wirkung zu vermeiden.[18] Vor allem auch in NATO- offiziellen Dokumenten wird der Ausdruck durch genauere Umschreibung,[19] aber auch durch die Formulierung *up to date*, die in der deutschen Übersetzung mit *auf dem gebotenen Stand* wiedergegeben wird, vermieden: Die Abschreckungsstrategie der NATO beruhe "auf einer geeigneten Zusammensetzung angemessener und wirksamer nuklearer und konventioneller Streitkräfte ..., die weiterhin auf dem gebotenen Stand gehalten werden, wo dies erforderlich ist." So die wortgleiche Formulierung der Abschlußerklärungen der NATO-Staats- und Regierungschefs auf ihren Treffen im März 1988 und im Mai 1989. Die häufige Thematisierung des Wortes sowie seine Verwendung in Kontexten, in denen das, worauf das Wort referiert, abgelehnt wird, sorgen also zeitweise dafür, daß ähnlich wie bei *Nachrüstung* das ursprünglich legitimierende Wort lie-

---

[17] So z.B. im Koalitionspapier von CDU,CSU und FDP vom 23.4.1989 (vgl. FR 24.4.1989) und Genscher in einem FR-Interview vom 2.5.1989, aber Wörner auch schon im November 1988: Es gebe "keine realistische Alternative, als unsere Streitkräfte in erforderlichem Umfang auf dem neuesten Stand zu halten" (vgl. FR 18.11.1988).

[18] z.B. Genscher: "Die Diskussion über die Kurzstreckenraketen (nicht: über die *Modernisierung* der Kurzstreckenraketen - M.W.) ist außerhalb jeder Proportion geraten" (lt. FR 8.5.1989).

[19] "Die Frage der Einführung eines Folgesystems für die LANCE wird ... 1992 behandelt werden" (in dem erwähnten "Gesamtkonzept für Rüstungskontrolle und Abrüstung" vom 30.5.1989. Abgedr. in: Partner für Frieden und Freiheit 1989:59)

ber vermieden wird, weil es einen negativen Anklang bekommen hat. Dies geschieht vor allem in einer Phase, in der die Diskussion öffentlich sehr intensiv geführt wird.

Zeitweise Lexikalisierung

Als weitere Ursache für die Vermeidung des Zeichens auf einem Höhepunkt der Diskussion kann auch die zeitlich unmittelbar voraufgehende kurzfristige (etwa Februar bis Mitte April 1989) Lexikalisierung des Ausdrucks *Modernisierung* in der einen Bedeutung 'Modernisierung der Lance-Kurzstreckenraketen' angesehen werden. Die vorübergehende Lexikalisierung läßt sich vor allem daran festmachen, daß es in einem relativ kurzen Zeitraum durch häufige Verwendung in immer gleichen Kontexten im öffentlich-politischen Diskurs möglich ist, von *Modernisierung* und (als abgeschwächte Lexikalisierung) von *Raketenmodernisierung* (so z.B. in vielen Zeitungsüberschriften) zu sprechen und zu schreiben, ohne das Waffensystem, auf das genau referiert wird, mit benennen zu müssen. Ein weiteres Indiz für die Lexikalisierung sind die in dieser Zeit häufig auftretenden Kompositabildungen (Gelegenheitskomposita).

Verwendung des Zeichens mit anderer Extension

Neben dieser Quasi-Lexikalisierung steht während der ganzen Debatte die Weiterverwendung des Zeichens im Rüstungs-Kontext mit anderer Extension, wobei aber das Referenzobjekt mitgenannt werden muß. Es geht dabei sowohl in neutraler wie in negativer und positiv werbender Verwendung um die "Modernisierung von Streitkräften" allgemein, um die "Modernisierung des gesamten Atomwaffenarsenals", um die "Modernisierung aller Waffen" sowie in Aufrufen der Friedensbewegung um die "gesamte Modernisierung der NATO-Kriegsführungsstrategien- und Waffensysteme" (zu letzterem vgl. Aufruf zur Demonstration in Linnich am 15.10.1988).

4. Die Gegner und ihre Sprachstrategien

Wie wird nun versucht, das Wort Modernisierung als positiv "besetzten" Ausdruck für eine Rüstungsmaßnahme unbrauchbar zu machen? Es lassen sich drei Strategien unterscheiden:

a) Thematisierung des Ausdrucks und Erklärung der Unangemessenheit des Ausdrucks für den bezeichneten Problemverhalt,
b) eigene Verwendung des Terminus in ablehnendem Zusammenhang,
c) Verwendung von konkurrierenden Bezeichnungen, die aufgrund ihrer Verwendungstradition als Stigmawort wirken.

a) Implizite und explizite Thematisierung des "Begriffs"

Neben den gängigen Methoden, durch das Attribut *sogenannt* oder durch das Setzen in Anführungszeichen die Berechtigung eines Terminus zur Bezeichnung eines Problemverhalts anzuzweifeln, wird das Wort *Modernisierung* häufig eher implizit thematisiert oder als einen bestimmten Aspekt des bezeichneten Problemverhalts verdeckend hervorgehoben: die "'Modernisierung' genannte Einführung neuer Raketen" (FR 2.5.1989), "Wettrüsten ... unter dem Deckmantel der Modernisierung" (DDR-Außenminister Fischer lt. FR 4.6.1988), die "Modernisierung - die öffentliche Tarnbezeichnung für Neurüstung" (Scheer (SPD) im Bundestag 25.2.1988. In: Stenogr. Protokolle des 11. Dt. Bundestags, 4170), die "fälschlicherweise 'Modernisierung' genannten Aufrüstungspläne" (Grobe (SPD) am 7.12.1988 im Bundestag. Ebd., 8349). Während diesen Formulierungen ungenannt das wohl verbreitetste Alltagsverständnis des Ausdrucks zugrunde liegt, wie man es auch im Duden findet, wird dieses Alltagsverständnis von einigen Politikern auch direkt genannt, um zu erklären, daß gerade deshalb der Ausdruck für die geplante Einführung eines neuen Waffensystems mit einer veränderten Qualität (z.B. längere Reichweite) nicht angemessen sei. Alfred Mechtersheimer meint, es werde so getan, "als ginge es um die Modernisierung von landwirtschaftlichen Produktionsmitteln", wo es um "Tötungsinstrumente", um "Mittel des Völkermords" (24.11.1988:7762) gehe. Angelika Beer (Die Grünen) sagt, die zur Zeit "laufende Instandsetzung" der Lance bedeute, daß sie "derzeit im wahrsten Sinne des Wortes doch schon modernisiert" werde. (7.12.1988:8353) In diesem Sinne meint auch Egon Bahr, die Lance werde doch gegenwärtig schon "mit neuen Motoren modernisiert". Dieses Alltagsverständnis des Ausdrucks anwendend und als korrekte Verwendung des Ausdrucks voraussetzend, bezeichnet Bahr die Diskussion über eine neue Waffe **als** Diskussion über Modernisierung als "Idiotendiskussion". (Vgl. zu Bahrs Äußerungen FR 25.2.1989)

b) Verwendung des Ausdrucks in negativem Kontext

Ebenso wie solches Bewußtmachen des Alltags-"Begriffs" von *Modernisierung* ist die Verwendung des Wortes in negativen Kontexten geeignet, um die Verwendungsweise des Ausdrucks in rüstungslegitimierenden Zusammenhängen zu bekämpfen. Neben der Verwendung in einem Kontext, in dem erklärt wird, "Modernisierung" würde Abrüstungschancen verhindern oder zu einem neuen Wettrüsten führen sowie der exzessiven Verwendung des Wortes in einem argumentativen Kontext, der die Schädlichkeit dieser Rüstung erklärt, sind vor allem die folgenden zwei Zitate Belege für eine durch den Kontext gegebene, extrem negative Verwendungsweise, die geeignet ist, die Verwendung des Wortes als Stigmawort zu etablieren. Dabei werden die mit dem Wort verbundenen Handlungen einmal mit Nazi-Verbrechen und das anderemal mit psychopathischem Handeln in Verbindung gebracht bzw. es werden solche Assoziationen nahegelegt: "Aber die potentiellen Eichmänner des nuklearen Holocaust modernisieren hinter den Kulissen die Instrumente ihres Massenmords." (Alfred Mechtersheimer am 24.11.1988 im Bundestag, 7762). Willy Brandt fordert "unzweideutige politische Haltesignale gegen den militärischen Modernisierungswahn."[20]

c) Verwendung konkurrierender Bezeichnungen

Als negative konkurrierende sprachliche Zeichen, die z.T. explizit der gängigsten Bezeichnung entgegengesetzt werden (z.B. in FR 16.2.1989: "Modernisieren heißt Aufrüsten"), werden am häufigsten *Aufrüstung*[21] und *Nachrüstung*[22] bzw. *neue Nachrüstung* [23] verwendet. Seltener ist (ebenfalls negativ konnotiert) von *Umrüstung* die Rede,[24] während die verdeutlichende Bezeichnung *Stationierung neuer Kurzstreckenraketen* erst zum Höhepunkt der Diskussion im Frühjahr 1989 häufiger verwendet wird. *Neurüstung* ist ein weiterer, negative Assoziationen beabsichtigender Terminus,[25] ebenso wie das Kompositum *Modernisierungsaufrüstung*.[26] Dieses Kompositum soll wohl das schnelle Verständnis des Referenzobjekts, das eben meist als *Modernisierung* bezeichnet wird, ermöglichen und dabei gleichzeitig den Ausdruck *Modernisierung* negativ konnotieren.

---

[20] auf einem Naturwissenschaftler-Kongreß "Verantwortung für den Frieden" in Tübingen, lt. FR 5.12.1988

[21] chronologisch vom Hessischen Ostermarsch-Aufruf 1988: "Neue Aufrüstungsschritte zur Kompensation der zu verschrottenden Raketen müssen verhindert ... werden", (FR 28.3.1988), bis zu Detlef Hensches Satz auf der Demonstration auf dem Evangelischen Kirchentag 1989, die Bundesregierung bereite "unter der Mogelpackung der Modernisierung neue Schritte der Aufrüstung" (FR 12.6.1989) vor.

[22] Voigt (SPD) im Bundestag am 7.12.1988: "Sie wollen in Wirklichkeit in dieser Frage Modernisierung, Nachrüstung legitimieren ..." (in: Stenogr. Protokolle des 11. Dt. Bundestags, 8356)

[23] "Wer heute eine neue Nachrüstung in Gang setzt, zeigt, daß er das Doppel-Null-Abkommen nie wirklich gewollt hat" (Mechtersheimer im Bundestag am 7.12.1988, 8347)

[24] z.B. in zwei FR-Karikaturen, die die US-Wünsche "Raketenumrüstung" (FR 26.4.1989) und "Umrüstung" (FR 10.5.1989) nennen

[25] "... bei der Neurüstung atomarer Kurzstreckenwaffen kämpft die Bundesregierung gegen Geister, die sie selber gerufen hat" (Scheer (SPD) im Bundestag am 25.2.1988, 4170)

[26] "Wir sagen der Modernisierungsaufrüstung ... unseren Kampf an" (Grobe (SPD) am 7.12.1988 im Bundestag, 8349)

5. Versuche der "Besetzung" des "Begriffs" mit anderem Inhalt

Die "Besetzung" des "Begriffs" *Modernisierung* in dem Sinne, daß im Kontext des gleichen rüstungspolitischen Diskurses der Worthülle *Modernisierung* eine andere "Bedeutung" verliehen wird, geschieht in dieser Diskussion nur selten. Genscher versucht eine solche Ummünzung zweimal, um damit um Unterstützung für ein "neues Denken" im Ost-West-Konflikt zu werben. Am 3.10.1988 empfiehlt er in einer Rede in Bologna allen, "die Feindbild mit Weltbild verwechseln, ... ihr eigenes Denken zu modernisieren" (FR 4.10.1988). Auf dem FDP-Parteitag im Frühjahr 1989 fordert er in kritischer Wendung gegen die hundertprozentigen "Modernisierungs"-Befürworter "statt der Modernisierung der Raketen eine 'Modernisierung des Denkens und Handelns'" (FR 29.5.1989). Der hessische Ostermarsch-Aufruf 1989 enthält die Überschrift: "Modernisiert die Politik- nicht die Atomraketen!" (in: FR 20.3.1989). In diesen Fällen wird das vorhandene werbende Potential des Ausdrucks für das Werben um ein "Neues Denken" eingesetzt. Dies geschieht in expliziter Entgegensetzung zu den Plänen, die "altem Denken" entsprechen, dies aber mit "neues Denken", mit Fortschritt suggerierenden Worten ausdrücken.

Fazit und Ausblick

Für einen kritischen, aufmerksamen Teil der Bevölkerung zeigen die Vielzahl der sprachkritischen Belege und die zeitweise Vermeidung des Legitimationsworts bei den Politikern, daß die immer neuen Versuche, durch legitimierende, verharmlosende Bezeichnungen Zustimmungsbereitschaft für Rüstungsmaßnahmen zu erhalten, kaum aussichtsreich erscheinen. Die Suche nach neuen Vokabeln ist dann geradezu ein Indiz für die Kapitulation vor den ablehnenden Einstellungen, die sich in der Verwendung der alten Vokabeln niedergeschlagen haben.

Für einen anderen, weniger informierten Teil der Bevölkerung dürfte das Alltagsbewußtsein über die Bedeutung des Ausdrucks *Modernisierung* vorherrschend sein. Deshalb scheint es für die Politiker nicht aussichtslos, bei diesem Teil der Bevölkerung mit der Legitimationsvokabel *Modernisierung* Erfolg zu haben und ihr damit zu suggerieren, daß nur ein "neuer Motor" in eine vorhandene Waffe eingebaut werde.

Insofern durfte man zum Zeitpunkt der Erstfassung dieser Zeilen gespannt sein, ob mit dieser Vokabel und, wenn nicht, mit welchem Vokabular die Diskussion geführt werden würde, wenn sie, wie vom NATO-"Gipfel" am 30.5.1989 beschlossen, im Jahre 1992 geführt worden wäre, obwohl Entwicklung und Produktion der neuen Waffen in den USA längst angelaufen sind und deshalb die Entscheidung über *Modernisierung* nur noch eine über die *Stationierung* dieser Waffen gewesen wäre.

Aber angesichts der Entwicklungen im ehemaligen *Ostblock*, der fortschreitenden Auflösung des Warschauer Pakts und der Vereinigung der beiden deutschen Staaten scheint selbst rüstungsfreudigen Politikern und Militärs dieses Rüstungsprojekt als absurd oder mindestens öffentlich nicht durchsetzbar erschienen zu sein, so daß im Frühjahr 1990 der Verzicht auf diese Aufrüstung angedeutet wurde (s.o.), nicht ohne gleichzeitig die Stationierung sogenannter "taktischer Luft-Boden-Raketen" (TASM) in Westeuropa, d.h. von Flugzeugen aus zu verschießender Atomwaffen zu erörtern.

Unsere auch sprachkritische Aufmerksamkeit sollte sich deshalb auch in Zukunft nicht von den Legitimationsstrategien für die Existenz des Militärs, für neue Rüstungsprojekte und hohe Rüstungsausgaben abwenden, vor allem auch angesichts in anderen Bereichen (z.B. Bildungs- und Pflegebereich, 3. Welt und Umweltschutz, Stichworte *Unterrichtsausfall*, *Pflegenotstand*, *Klimakatastrophe*) dringend benötigter, durch hohe Rüstungsausgaben gebundener Geldmittel sowie angesichts der beginnenden Konstituierung neuer Feindbilder (*Islam*, *Araber*), die dann wiederum neue Rüstungsprojekte rechtfertigen.

Die ansatzweise öffentliche Debatte über die eben genannten neuen TASM-Raketen läßt allerdings auch befürchten, daß solche Aufmerksamkeit nicht mehr möglich ist, wenn in Zukunft aufgrund der schwierigen öffentlichen Legitimation solcher Rüstungsmaßnahmen diese nur noch "hinter verschlossenen Türen" diskutiert und beschlossen werden. Eine solche Befürchtung wird jedenfalls nahegelegt, wenn ein US-Diplomat auf die öffentliche Äußerung von Außenminister Genschers Sprecher Jürgen Chrobog, daß die Deutschen die TASM-Waffen nicht wollten, erklärt: "Aber wir dachten, wir seien uns einig, öffentlich nicht darüber zu reden. ... Wir wollen aus TASM keine Haupt- und Staatsangelegenheit machen." (FR 8.6.1990)

Literatur

Abrüstung und Rüstungskontrolle 1983 *Dokumente zur Haltung der Bundesrepublik Deutschland*, hrsg. vom Auswärtigen Amt, Referat Öffentlichkeitsarbeit. 6. Aufl. Bonn.

Brauns, P. 1988. *Die Zeiten sind hart, aber "modern". Sprachliche Inszenierung der sozialistischen Politik in Frankreich 1983-1986*. Konstanz.

Carstensen, B. 1987. Wörter des Jahres. In: *SuL* 60, 104-109.

Gumbrecht, H.U. 1978. Modern, Modernität, Moderne. In: O. Brunner/ W. Conze/ R. Koselleck 1972 ff. (Hg.). *Geschichtliche Grundbegriffe*. Bd.4. Stuttgart, 93-131.
Partner für Frieden und Freiheit 1989, hrsg. vom Presse- und Informationsamt der Bundesregierung. Bonn.
Risse-Kappen, Th. 1988. *Null-Lösung. Entscheidungsprozesse zu den Mittelstreckenwaffen 1970-1987*. Frankfurt/New York.
Weißbuch 1983. *Zur Sicherheit der Bundesrepublik Deutschland*, hrsg. vom Bundesminister der Verteidigung. Bonn.

DAS BESETZEN VON BEGRIFFEN: KOMMUNIKATIVE STRATEGIEN UND GEGENSTRATEGIEN IN DER UMWELTDISKUSSION

Ulrike Haß

1. Was heißt "Besetzen von Begriffen" in der Umweltdiskussion?

In der nunmehr zwanzig Jahre andauernden öffentlichen Diskussion über Umweltprobleme herrschen kommunikative Strategien vor, die sich mit dem, was Hans Maier und Kurt Biedenkopf seinerzeit "Besetzen von Begriffen"[1] nannten, nur noch partiell identifizieren lassen. Das liegt einmal an der fachsprachlichen Herkunft der meisten Schlüsselwörter, für die keine, auf die gesamte Sprachgemeinschaft ausgedehnten, traditionell vertrauten Bedeutungskonzepte existieren, die in politischer Absicht umgepolt werden könnten. Vertraute Konzepte sind bei einigen Ausdrücken höchstens bruchstückhaft in Form assoziativer Aspekte vorhanden, wie bei *Kern*: 'kernig', 'gesund', bei *entsorgen*: 'von Sorgen befreien' usw. Solche Assoziationen werden allerdings - im Falle von *Kern* nachweislich - strategisch eingesetzt.

Zum andern liegt der Fall in der Umweltdiskussion auch deshalb anders als in der von Maier und Biedenkopf ins Visier genommenen politischen Situation, weil diejenigen Sprechergruppen, die sich tatsächlich eher auf traditionelle Begriffskonzepte beziehen wie *Gleichgewicht, Kreislauf, ganzheitlich, Natur/natürlich* usw., d.h. grob gesagt Sprecher der Ökobewegung, nicht in ausreichendem Maße Zugang zu den wichtigen Medien haben. Bevor mir jetzt Widerspruch entgegenschallt, gebe ich zu bedenken, daß die Initiativ- und Schlüsselrolle beim Durchsetzen von Ausdrücken mit bestimmten Inhalten und Perspektivierungen bei der Allianz von staatlicher Verwaltung, Technik und Industrie liegt; diese nämlich produzieren in Übereinstimmung ihrer Interessen jene Programme, Gesetze, Verordnungen, Risikostudien und Gutachten, auf die die Publikumsmedien letztlich nur reagieren.[2]

Von echten Begriffsbesetzungen kann man nur insofern sprechen, als "grüne" Fahnenwörter, seien sie gemeinsprachlich vertraut wie die oben genannten *Kreislauf* usw. oder fachsprachlich unvertraut wie *Recycling*, immer wieder für Werbezwecke eingesetzt und damit die Zuordnung dieser Ausdrücke zu grundsätzlich anderen Sprecherintentionen konventionalisiert wird: *Kreislauf* wurde

---

[1] Siehe beider Beiträge in: Heringer 1982.
[2] Dies ist durch textsortenbezogene Wortschatzvergleiche empirisch belegbar.

als *Brennstoffkreislauf* zum Hauptargument für die WAA Wackersdorf (die eben nötig sei, um den Brennstoffkreislauf zu schließen)[3]. Beispiele für die Verwendung von *Natur-, bio-, öko-, umweltfreundlich* usw. in der Produktwerbung kennt jeder. Im Prinzip das gleiche geschieht bei der Verwendung der Ausdrücke *Gleichgewicht* oder *Ausgleich*, wenn das diesen Bezeichnungen implizite naturphilosophische Konzept - Stichwort Carl von Linné: Oeconomia naturae, 1749 -, das das Gleichgewicht des Naturhaushalts mit der von Gott geschaffenen Harmonie begründet, wenn also dieses Konzept neuerdings auf das Verhältnis von Ökologie und Ökonomie angewendet wird, so als sei das betriebswirtschaftliche Prinzip der Gewinnorientierung Bestandteil der ohnehin unaufhebbaren Harmonie der Natur.[4]

Diesen Fällen von Begriffsbesetzungen liegt allerdings kein einheitliches, durchgehendes ideologisches Programm zugrunde; *umweltfreundlich* oder *recyclinggerecht* bedeutet bei fast jeder Realisierung etwas anderes; sie sind gar nicht dauerhaft besetzt, sie werden ihrer Wertungsfunktion wegen nach Bedarf benutzt.

Im folgenden will ich mich auf diejenigen kommunikativen Strategien konzentrieren, die an den Hauptkonfliktpunkten der Umweltdiskussion die entscheidende Rolle spielen, und die von Sprechern selbst thematisiert werden. Es gibt hier nämlich mehr als in früheren politischen Debatten eine Auseinandersetzung um die in ihr eingesetzten kommunikativen Mittel selbst, und es gibt mehr oder weniger erfolgreiche Gegenstrategien.

1.1. Bedeutungsfestlegung durch Experten

Im Zusammenhang mit dem aus verschiedenen Wissenschafts- und auch Technikbereichen stammenden Hintergrundwissen wurde zunächst rein fachintern eine Menge fachsprachlicher Ausdrücke eingeführt und für die fachinterne Verwendung definiert.

Seit Beginn der öffentlichen Umweltdiskussion wurden dann mehr und mehr fachintern produzierte Texte durch Experten selbst, durch professionelle Vermittler und vor allem durch Journalisten popularisiert. Während dieses Transfers in den fachexternen Kommunikationsbereich blieben und bleiben Fachausdrücke für naturwissenschaftliche, produktionstechnische und juristische Sach-

---

[3] Die Bedeutungsangaben, die H. Gründler in seinem Aufsatz "Kernenergiewerbung" (in: Heringer 1982:208) zu *Brennstoffkreislauf* macht, sind sachlich unrichtig. Vgl. den Artikel "Brennstoffkreislauf/Plutoniumwirtschaft/Wiederaufarbeitung". In: Strauß u.a. 1989:456-461.

[4] Erläuterung und Belege von Formeln wie *Ausgleich von Ökonomie und Ökologie* siehe Strauß u.a.1989:485 ff.

verhalte weitgehend unverändert. D.h. ihre Ausdrucksseite bleibt unverändert; jedoch verändert sich durch den anderen Kommunikationsrahmen, z.B. den politischen Konflikt pro und contra Kernenergie, die Bedeutung vieler (Fach-) Bezeichnungen dahingehend, daß sie vieldeutig oder vage werden und die fachsprachlich bedingte Wertungsneutralität verlieren, die ihnen in der fachinternen Perspektive zugesprochen wird. Juristische Bezeichnungen verlieren die Eigenheit, auf bestimmte, in Gesetzen festgelegte Fälle oder Bereiche beschränkt zu sein. Manche Ausdrücke gewinnen u.U. Schlagwortcharakter. Typische Beispiele für diese Gruppe sind: *Altlasten, Brennelement, Entsorgung, Gau, Restrisiko, Spaltprodukt, Störfall, Umweltverträglichkeit*.

So wurde *Störfall* in Abgrenzung zu *Unfall* erstmals in der Strahlenschutzverordnung von 1976 (in Kraft ab 1.4.1977, inzwischen durch das sog. Strahlenschutzvorsorgesetz ersetzt) ausdrücklich definiert. Diese Bezeichnungsfestlegung wird in den Studienbriefen des "Funkkollegs Mensch und Umwelt" von 1983 wie folgt weitergegeben:

Kernenergietechniker unterscheiden ... zwischen einem Unfall und einem Störfall, wobei das Hauptunterscheidungsmerkmal die Belastung durch radioaktive Strahlung ist, die in die Umgebung des Kernkraftwerkes gelangt. Unterhalb eines bestimmten Grenzwertes, der in der Strahlenschutzverordnung festgelegt ist, handelt es sich um einen Störfall, erst oberhalb dieses Grenzwertes spricht man von einem Unfall. (Dahlhoff 1983:264)

Die Klasse der Störfälle wird dann noch einmal unterteilt in eine schwere (Kategorie 'Eil(t)'), eine mittelschwere (Kategorie 'Normal') und eine leichte Kategorie, die nur noch *Vorkommnis* genannt wird, mit dem Zweck, die Kommunikation zwischen Kernkraftwerk bzw. Chemiebetrieb und Behörden zu regeln. Die Einstufung in die Kategorie 'X' entscheidet darüber, ob das, was da passiert ist, meldepflichtig ist oder nicht. *Meldepflichtig* bedeutet meistens auch die Ausweitung der Kommunikation über das Ereignis auf den öffentlichen Bereich, in dem Sprecher sich nicht an die fachintern getroffenen Bezeichnungsfestlegungen halten. Das Besetzen und Besetzthalten der Begriffe *Störfall* und *Unfall* funktioniert vor allem in der Kommunikation zwischen Technikexperten, Industrie und Behörden, darüber hinaus nur dort, wo das beanspruchte Definitionsmonopol dieser Sprechergruppen fraglos akzeptiert wird wie in vielen populärwissenschaftlichen Nachschlagewerken[5] und in Erzeugnissen des sog. Verlautbarungsjournalismus. Da heißt es dann: "Der jährliche Bericht des Bundesinnenministers über besondere Vorkommnisse in Kernkraftwerken unterstreicht einmal mehr: Deutsche Reaktoren arbeiten sicher und sauber. Auch

---

[5] Stellvertretend für viele sei genannt: Ahlheim 1981. *Wie funktioniert das? Die Umwelt des Menschen*.

1984 gab es weder einen Störfall noch einen Unfall." (MANNHEIMER MORGEN 14.8.1985). Hier wird die fachintern definierte Abgrenzung zwischen *Störfall* und *Unfall* stillschweigend vorausgesetzt.

Ein anderes charakteristisches Merkmal der Verwendung von Fachausdrücken in der Umweltdiskussion ist die mit ihnen vorgenommene Perspektivierung, die von den Problemaspekten weg- und auf Aspekte der Problemlösung hinführt. Diesbezügliche Paradebeispiele sind *Entsorgung* und *Entsorgungspark* als Ausdrücke, die in extremer Weise beunruhigende Aspekte des Bezugsobjekts ausblenden; weitere Beispiele sind: *Altlastensanierung, Reaktorsicherheit, Brennstoffkreislauf, Sonderabfall*. Der jahrzehntelange Gebrauch der Bezeichnungen *Pflanzenschutzmittel, Schädlingsbekämpfungsmittel* bzw. *Herbizide, Insektizide, Fungizide* usw., mit denen von den Bezugsobjekten prädiziert wird, daß sie gegen etwas Schlechtes gut sind, haben sicher nicht wenig dazu beigetragen, daß die Eigenschaft, schlecht fürs Grund- und Trinkwasser zu sein, bis vor ganz kurzer Zeit kein öffentliches Thema war.

Bei *Sonderabfall*, einem Verwaltungsfachausdruck aus dem Abfallrecht, besteht die Perspektivierung in der für diese Abfallart vorgesehenen gesonderten oder besonderen Behandlungsweise, ohne daß deren inhaltliche Zusammensetzung in den Blick geriete.

Was ich hier beschreibe, ist unter der Bezeichnung Euphemismus geläufig. Man kann auch sagen, daß hier Sehweisen "besetzt" werden sollen. Euphemismus fasse ich allerdings nicht als einen linguistischen Terminus auf, sondern ich rechne ihn genauso wie die Prädikate *verschleiernd* und *beschönigend* zu den eher nicht-linguistischen, sprachthematisierenden Ausdrücken, mit denen kommunikatives Verhalten bewertet wird. Ob ein Ausdruck *X* abwertend als Euphemismus charakterisiert wird, hängt von Weltbild und Problemsicht des Sprechers ab. Der Euphemismusvorwurf gehört zu den wichtigsten Strategien, die in der öffentlichen Diskussion gegen die Perspektivenvorschriften der Experten eingesetzt werden. Im Falle des *Entsorgungsparks* in Gorleben war sein Erfolg so groß, daß die Angegriffenen umgehend auf den Ausdruck *integriertes Entsorgungszentrum* umschalteten; bei der technisch z.T. anderen Konzeption der Anlage in Wackersdorf war dann nur noch von *Wiederaufarbeitung mit* oder *ohne Endlagerung* die Rede.

1.2. Euphemismusvorwurf als Gegenstrategie

Sprecher, die einen Ausdruck als Euphemismus verworfen haben, können ihn natürlich selbst nicht mehr verwenden. Als Mittel zur aktiven Perspektivenkorrektur werden daher Konkurrenz- und Alternativausdrücke eingeführt, die ein

Problemthema in einer anderen Perspektive präsentieren und z.T. auch als Fahnenwörter für die eigene Meinungsgruppe fungieren. Beides zusammen liegt bei *Giftmüll* als Alternativbezeichnung zu *Sonderabfall* vor. Erfolgreich ist die Propagierung solcher Gegenwörter vor allem über das Medium der nicht rechtsrelevanten Texte in Presse, Rundfunk, Fernsehen, in denen sie wohl aus im weitesten Sinne stilistischen Gründen dem "trockenen" Expertenjargon vorgezogen werden.

1.3. Metaphorisierungen als Gegenstrategie

Metaphorisierungen sind in begrenztem Maße dazu geeignet, die Gültigkeit von Bezeichnungs- und Perspektivenfestlegungen zu relativieren und insofern das "Besetzermonopol" der Experten zu brechen. Da gibt es einmal die im Themenbereich bleibenden Metaphorisierungen: Sprecher verwenden einen Ausdruck wie *Gau* oder *Störfall* als kritische Charakterisierung für Handlungs- oder Verhaltensweisen mit Bezug auf dasselbe Umweltthema, in dem man mit *Gau* oder *Störfall* ein tatsächliches Ereignis bezeichnet (hat).

So sprach man beispielsweise im Zusammenhang mit der Atomkraftwerkskatastrophe in Tschernobyl mehrfach vom *Informations-Gau in den Medien*.

Oder: Im Zusammenhang mit der Berichterstattung über einen sog. Störfall im Reaktor Hamm lautete der Titel eines Zeitungsartikels "Informations-Störfall. Wie man der Bevölkerung Angst macht", womit Kritik an der Informationspraxis des zuständigen Ministers zum Ausdruck gebracht werden sollte.

Ein die ursprüngliche Bezeichnungsfestlegung noch stärker relativierender Effekt geht von den Metaphorisierungen außerhalb von Umweltthemen aus: *Entsorgung der Vergangenheit*, die Barschel-Affäre ein *Störfall in der demokratischen Gesellschaft*, Waldheims Kriegsvergangenheit eine *Altlast*[6] - mit solchen Ausdrucksweisen demonstrieren Sprecher, daß sie sich über die von Experten gesetzten Grenzen hinwegsetzen.

1.4. Etymologische Wortspiele als Gegenstrategie

Ironisierende Etymologisierungen greifen eine schon in der Reformationszeit virtuos gehandhabte Art strategischer Sprachreflexion auf: die explizite und interessengeleitete Motivierung einer Bezeichnung durch Rückgriff auf (angebliche) Eigenschaften des Bezeichneten. Ein Journalist, der *Restrisiko* paraphrasiert als "Risiko, das uns den Rest gibt", nimmt eine Neumotivierung vor,

---

[6] Alle in diesem Aufsatz genannten Beispiele sind belegt unter dem jeweiligen Stichwort in: Strauß u.a. 1989.

die auf eine Destruktion der mit dieser Bezeichnung vorgegebenen Perspektive abzielt. Eine irgendwie bleibende Wirkung auf die Semantik eines Ausdrucks können solche vereinzelten Verfahren natürlich nicht erreichen. Allgemein geläufig geworden ist wohl nur die gar nicht immer ironische, sondern ernstgemeinte Remotivierung von *entsorgen* als 'sich der Sorgen entledigen'.

2. Bewertungen ohne Maßstab

Eine andere Art kommunikativer Strategie bedient sich der in diesem Themenbereich häufigen Einstufungs- und Wertungsausdrücke, deren Besetztsein sich - wie schon erwähnt - im Grunde auf das Fixieren einer positiven oder negativen Wertung beschränkt. Der kommunikationsstrategisch wichtige Punkt der Verwendung solcher Ausdrücke ist, daß der Maßstab, den Sprecher und Autoren bei bestimmten Einstufungen und Bewertungen jeweils zugrundelegen, unausgesprochen und verdeckt bleibt oder absichtlich unbestimmt ist. Dadurch haben Hörer und Leser es schwer, die Berechtigung solcher Wertungen zu überprüfen und sich gegebenfalls von ihnen zu distanzieren. Beispiele, für die dies in bestimmten Einzelbedeutungen zutrifft, sind: *alternativ, die Alternative, der/die Alternative, Bio-/bio-, Öko-/öko-, der Öko, ökologisch, recyclinggerecht, umweltfreundlich, umweltschädlich* u.a.m.

Das Aufkommen dieser Ausdrücke hängt mit der Herausbildung eines neuen Weltbildes Anfang der 70er Jahre zusammen, aus dem sich deutlich andere Maßstäbe für den Umgang des Menschen mit der Natur ergaben. Weil aber diese Maßstäbe innerhalb der öffentlichen Diskussion kaum explizit gemacht werden bzw. nicht in gleichem Maß wie diese Bewertungsausdrücke selbst kursieren, bleiben die Ausdrücke inhaltlich unbestimmt und damit immer wieder neu "besetzbar". Z.B. wird mit *umweltfreundlich* und *Umweltschutz* gerade für solche Produkte geworben, die in einer anderen Perspektive ökologisch besonders bedenklich sind.

Die Gegenstrategie besteht hier in der Explizierung der jeweils zugrundegelegten Bewertungsmaßstäbe und darin, diese Explizierungen auch von anderen Sprechern zu fordern. So hat der Deutsche Bund für Vogelschutz (DBV) Umweltminister Töpfer kritisiert, der Katalysator-Autos als *umweltfreundlich* bezeichnet hatte, und hatte ihm öffentlich vorgerechnet, wie viele Schadstoffe und CO^2 diese im Vergleich zu Bundesbahn und Fahrrad immer noch in die Umwelt abgeben. Die Effektivität dieser Gegenstrategie ist natürlich beschränkt.

3. Am längeren Hebel sitzen

Letzter Punkt der "Besetzungspolitik" in der Umweltdiskussion, auf den ich hinweisen möchte, sind die Textsorten, deren spezielle Möglichkeiten sich einige Sprechergruppen zur Durchsetzung ihrer Rede- und Sichtweisen zunutze machen.

Dazu gehören erstens populärwissenschaftliche Sachbücher, Nachschlagewerke und entsprechende Artikel in neueren Enzyklopädien. Die fachintern vorgenommenen Bezeichnungsfestlegungen werden mittels dieser Texte subtiler und damit wirkungsvoller als mit anderen Medien in einen breiteren, nicht fachgebundenen Kommunikationsbereich transportiert, denn dabei werden das autoritative Prestige und die besonders Nachschlagewerken üblicherweise unterstellte Meinungsneutralität und objektive Informativität gezielt ausgenutzt.

Zweitens sind als besonders durchsetzungsmächtig amtliche Textsorten zu nennen, d.h. solche, deren Wortgebrauch für einen weitreichenden Kommunikationsbereich juristisch verbindlich ist. Der Wortlaut von Gesetzen, Verordnungen usw. ist innerhalb der politischen Kommunikation nicht paraphrasierbar. Z.B. kann in Genehmigungsverfahren, Einspruchsverhandlungen mit Bürgern, Parlamentsanfragen, Rechtsgeschäften usw. von der Terminologie des Atomrechts oder des Abfallrechts nicht abgewichen werden. Die in ihnen vorgenommenen Bezeichnungsfestlegungen sind für einen ausgedehnteren Kommunikationsbereich sanktionsfähig.

Als dritter textueller Faktor ist zu berücksichtigen, daß in öffentlichen Medienorganen Bedingungen herrschen, die den sogenannten Verlautbarungsjournalismus begünstigen. Gerade bei den schwierigen Sachthemen der Umweltdiskussion greifen Journalisten auf die Vorformulierungen der PR-Abteilungen zurück und zitieren aus Hilflosigkeit so getreu wie möglich, was Experten und Politiker auf Pressekonferenzen gesagt haben, und reproduzieren bzw. unterstützen so deren kommunikative Strategien.

Den Sprechergruppen, die einen Monopolanspruch auf die Verwendung bestimmter Ausdrücke und die Festlegung von Bedeutungen erheben, steht also erhebliche mediale Macht zu dessen Durchsetzung zur Verfügung. Die Gegenstrategien anderer Sprechergruppen kommen dagegen kaum an, obwohl sie belegen, daß das Niveau des kommunikativ-sprachlichen Bewußtseins in der öffentlichen Diskussion nie so hoch war wie in der Umweltdiskussion.

Literatur

Ahlheim, K.H. 1981 (Hg.). *Wie funktioniert das? Die Umwelt des Menschen.* 2. Aufl. Mannheim/Wien/Zürich.

Dahlhoff, Th. 1983 (Hg.). *Funk-Kolleg Mensch und Umwelt.* Bd.II. Frankfurt/M.

Gründler, H. 1982. Kernenergiewerbung. In: Heringer 1982 (Hg.), 203-215.

Heringer, H.-J. 1982 (Hg.). *Holzfeuer im hölzernen Ofen.* Tübingen.

Strauß, G. / Haß, U. / Harras, G. 1989. *Brisante Wörter von Agitation bis Zeitgeist. Ein Lexikon zum öffentlichen Sprachgebrauch* (=Schriften des Instituts für deutsche Sprache, 2). Berlin/New York.

ENTSORGUNGSPARK SPRACHE
Von der linguistischen Beseitigung des Mülls

Hardarik Blühdorn

Die vorliegende Arbeit untersucht linguistische Strategien der Beschönigung und Verharmlosung, die unter den Bedingungen eines sogenannten *Müllnotstandes* in der BRD das Sprachverhalten bestimmter Gesellschaftsgruppen in müllbezogenen Publikationen kennzeichnen. Anhand eines Textkorpus und etlicher Wörterbücher wird neben anderen Beispielen vor allem das Wortpaar *Abfall* versus *Müll* auf Distribution, Wortbildung, Semantik und Pragmatik hin analysiert. Angewandt und vervollständigt werden die Ergebnisse bei der exemplarischen Beschreibung der Euphemismen in Behördentexten, deren praktisch-politische Funktion zugleich kritisch beleuchtet wird. Im Schlußteil werden Natur- und Umweltschutzgruppen zu verstärkter Sprachkritik und konsistentem Argumentieren ermutigt.

1. Die Abfallprodukte der zeitgenössischen Zivilisation werden der Sache nach und im öffentlichen Bewußtsein weltweit immer mehr zum Problem. Versuche, sich ihrer zu entledigen, führen entweder zur Entstehung neuer Abfallprodukte, die ihrerseits beseitigt werden müssen (z.B. bei der Müllverbrennung), oder sie bestehen von vornherein nur in einem Wechsel des Trägermediums (z.B. bei der sogenannten *Verklappung* von Klärschlamm etc. in der Nordsee), so daß real eine Entledigung nicht erfolgt (ähnlich auch: Ritzer 1988:14 f.). Divergierende Interessen der beteiligten gesellschaftlichen Gruppen und ein Mangel an zukunftsweisenden technischen Verfahren kennzeichnen in der BRD wie andernorts die gegenwärtige Lage.

In der politischen Diskussion floriert unterdessen als Ersatztechnologie die linguistische Beseitigung des Mülls. Das Vokabular, dessen sich Politiker, Behörden und Massenmedien bedienen, wo immer Müll in Sichtweite kommt, ist gekennzeichnet durch Euphemismen verschiedener Art. Sie suggerieren dem an die Alltagssprache gebundenen Durchschnittssprecher, es gehe letztlich bloß um keimfreie Restsubstanzen, von denen außer ästhetischen Beeinträchtigungen nichts zu befürchten sei.

In der vorliegenden Arbeit werde ich aus der Fülle der Aspekte linguistischer Müllbeseitigung zwei besonders wichtige herausgreifen: erstens die Beseitigung des *Mülls* selbst und zweitens die Beseitigung der *Müllbeseitigung*. Unter dem ersten Aspekt wird es exemplarisch um das Wortpaar *Abfall* versus *Müll* gehen; unter dem zweiten um Charakteristika des amtlichen Sprachgebrauchs in der Mülldiskussion.

Als Datenbasis liegt der Arbeit ein Korpus von 15 Texten mit insgesamt knapp 22.000 tokens zugrunde. Die Texte verteilen sich auf fünf ungefähr gleich starke Gruppen, nämlich informelle behördliche Publikationen (behördliche Öffentlichkeitsarbeit: 4.405 tokens), formelle behördliche Publikationen (Informationsschriften ohne ausgesprochenen PR-Charakter: 4.680 tokens), Publikationen der SPD (Stellungnahmen, Konzepte: 4.635 tokens), Publikationen der Industrie (Technik der Müllverbrennung: 3.730 tokens), Publikationen von Natur- und Umweltschutzverbänden (Stellungnahmen, Reportagen: 4.295 tokens). Ferner habe ich etwa 15 Wörterbücher und Lexika der deutschen Gegenwartssprache aus den Jahren 1952-1989 auf das entsprechende Vokabular hin durchgesehen.[1]

2. Zu Beginn scheint es zweckmäßig, einen kurzen Überblick über den sachlichen Bereich der Mülldiskussion zu geben, wie er sich in der Bundesrepublik gegenwärtig darstellt. Dies geschieht am besten durch die gegenseitige Abgrenzung gesellschaftlicher Gruppen und ihrer müllbezogenen Handlungen.

Zu unterscheiden ist zunächst zwischen Gruppen, die mit Müll umgehen, und solchen, die über Müll sprechen. Unter den ersten kann man Müllproduzenten und -emittenten, Müllverarbeiter und Müllgeschädigte unterscheiden; die zweiten bezeichne ich im folgenden als Müllverwalter. Müllproduzenten in der BRD sind im wesentlichen drei Gruppen: Privatpersonen, öffentliche Einrichtungen (Krankenhäuser, Universitäten, Schulen etc.) sowie Gewerbe- und Industriebetriebe. Diese produzieren und emittieren Abfälle im Haushaltsbereich (Papier, Glas, Konservendosen, organische Abfälle, alte Arzneimittel etc.), im Verkehrsbereich (Abgase, Altöl, Autoreifen, Schrott etc.), im Chemiebereich (Lösungsmittel, Schwermetalle etc.) und in einer Anzahl weiterer Bereiche. Müllverarbeiter sind ebenfalls in verschiedenen Bereichen tätig: Müllhandel (Export, Import, Zwischenlagerung, Maklertätigkeiten etc.), Mülltransport (durch Reedereien, Speditionen, Bahn), Müllbehandlung (Trennung, Vermischung, Verbrennung etc.), Müllverwertung (Wiederaufarbeitung, Wiederverwendung, Reparatur etc.), Mülldeponierung (ober- oder unterirdische Lage-

---

[1] Das Korpus kann aus Gründen des Umfangs hier leider nicht im einzelnen dokumentiert werden. Interessenten können eine vollständige Liste der untersuchten Texte und Wörterbücher sowie ein alphabetisches Verzeichnis der aufgefundenen Komposita mit den Elementen *Müll* und *Abfall* beim Autor anfordern. Adresse: Hardarik Blühdorn, Würzburger Ring 37, 8520 Erlangen.

rung, Ableitung in Gewässer oder Luft). Unter den Müllverwaltern finden sich Behörden, Parteien, Parlamente und Regierungen, ferner Vereine und Verbände, in denen verschiedene Gruppen von Müllproduzenten bzw. Müllverarbeitern organisiert sind, und schließlich Bürgerinitiativen, Vereine und Verbände, die für Natur- und Umweltschutz sowie die Interessen von real oder potentiell Müllgeschädigten (Anwohnern von Mülldeponien oder -verbrennungsanlagen, durch Luft- oder Wasserverschmutzung Erkrankten etc.) eintreten. Müllverwalter sind darüberhinaus auch die Massenmedien, die jedoch im Idealfall, anders als die bisher genannten Gruppen, keine privaten oder institutionellen Interessen in die Diskussion einbringen.

Die Interessen der übrigen Gruppen sind bestimmt durch die Einbindung des Müllgeschehens in die Zirkulation von Material und Energie im Warenverkehr. Je mehr Material und Energie zirkulieren und je mehr Vermittlungsstufen sie dabei durchlaufen, desto mehr Profit wird insgesamt erwirtschaftet. Zugleich werden dabei jedoch beständig Material und Energie verbraucht, d.h. in Zustände umgesetzt, in denen sie zum einen für uns nicht mehr nutzbar sind, zum anderen die angemessene Nutzung anderer Materialien erschweren oder unmöglich machen (Umweltverschmutzung). Außerdem beschleunigt sich mit zunehmender Kapazität des Material- und Energieumsatzes die Verminderung der nur begrenzt verfügbaren Ressourcen. Daraus ergeben sich im wesentlichen zwei mögliche, einander entgegengesetzte Interessenschwerpunkte. Entweder man wünscht die Maximierung des (eigenen oder gesamtwirtschaftlichen) Profits und nimmt unlösbare Folgeprobleme billigend in Kauf, oder man wünscht die Vermeidung von Folgeproblemen und ist bereit, dafür auf einen Teil des möglichen Profits zu verzichten.

Die politische Auseinandersetzung zwischen Vertretern dieser beiden Richtungen ist in vollem Gang. Auf der einen Seite stehen Gruppen, die sich für Reduzierung und Vermeidung von Müll einsetzen, wobei sie ökologische, medizinische, moralische, religiöse, aber auch wirtschaftliche Argumente anführen. Auf der anderen Seite stehen Gruppen, die vor allem aus wirtschaftlichen Gründen an einer Reduzierung der Müllmengen desinteressiert sind, wenn sie nicht geradezu deren Vergrößerung wünschen. Der Kampf um die sogenannte Wiederaufarbeitungsanlage in Wackersdorf 1984-1989 steht exemplarisch für die handgreifliche Dimension der Auseinandersetzung um den Müll, die ihrerseits die Bedingungen für die verbale Auseinandersetzung mitbestimmt.

Die Grundlage für weiterführende politische Entscheidungen ist gegenwärtig durch folgende Faktoren gekennzeichnet:

- stetig wachsendes Müllaufkommen,
- Überlastung bestehender Deponien, Verbrennungsanlagen etc.,
- Mangel an zukunftsweisenden neuen Beseitigungstechnologien,
- bereits bestehende erhebliche Umweltschäden,
- zunehmende Proteste der Bevölkerung gegen technische Großprojekte und Umweltverschmutzung,
- Unsicherheit über Folgeprobleme.

Diese ausweglos erscheinende Situation wurde in letzter Zeit von verschiedenen Seiten mit Vokabeln wie *Müllnotstand, Entsorgungsnotstand* oder auch *Müllinfarkt* bzw. *Entsorgungsinfarkt* belegt (vgl. Hartkopf 1989:2; GREENPEACE 9/1989:38). Sie kann als eine geradezu klassische Ausgangssituation für die Verwendung von Euphemismen gelten (vgl. Danninger 1982:238 f.). Wo ungelöste Widersprüche die soziale Harmonie gefährden, suchen gesellschaftliche Gruppen, die an der Erhaltung der bestehenden Verhältnisse interessiert sind, regelmäßig nach sprachlichen Mitteln der Konfliktvermeidung. Umgekehrt sind Gruppen, die eine Veränderung der Verhältnisse wünschen, an deren Verschleierung im allgemeinen nicht interessiert. Ihr Sprachverhalten wird in der Regel darauf abzielen, die Dinge beim Namen zu nennen und dabei zugleich die linguistischen Strategien ihrer Gegner zu durchkreuzen.

3. Wie die Frage zu verstehen ist, ob jemand die Dinge beim Namen nennt oder nicht, soll zunächst in Bezug auf den Müll selbst gezeigt werden. Das wichtigste und verbreitetste Hilfsmittel zu seiner linguistischen Beseitigung ist das Wort *Abfall*. Dieses Wort wird daher über weite Passagen hinweg im Mittelpunkt meiner linguistischen Untersuchung stehen.

Um einen Hinweis auf die durchschnittliche Verteilung der Lexeme *Abfall* und *Müll* sowie ihrer Komposita im allgemeinen Sprachgebrauch zu erhalten, habe ich das betreffende Vokabular aus den Wörterbüchern zusammengetragen. Neben den beiden Simplizia kam ich dabei auf 88 Lexeme, und zwar 51 Komposita (oder 58%) mit *Müll* und 37 (oder 42%) mit *Abfall*. Die gleiche prozentuale Verteilung findet sich im Textkorpus, das 122 Komposita-Lexeme mit *Müll* und 87 mit *Abfall* enthält. Die Zahlen liegen hier mehr als doppelt so hoch, was durch den erheblichen Anteil okkasioneller Bildungen zu erklären ist. Insgesamt habe ich inklusive Simplizia 150 *Müll*-Lexeme (57%) und 114 *Abfall*-Lexeme (43%) gefunden. Auch bei den tokens im Textkorpus gibt es ein - allerdings etwas schwächeres - Übergewicht der *Müll*-Bildungen: Von 1.096 tokens *Müll* oder *Abfall* (gut 5% der Gesamtzahl der tokens) entfallen 579 (oder 53%)

auf *Müll* und seine Komposita, 517 (oder 47%) auf *Abfall* und seine Komposita. Demnach scheint das Element *Müll* im allgemeinen etwas häufiger verwendet zu werden als das Element *Abfall* und unter diesem quantitativen Gesichtspunkt das geringfügig neutralere Wort zu sein - vorausgesetzt, beide bezeichnen die gleiche Sache.

Daß *Abfall* und *Müll* in der Tat regelmäßig synonym verwendet werden, geht daraus hervor, daß 30 Komposita in den Wörterbüchern bzw. im Korpus parallel sowohl mit *Müll* als auch mit *Abfall* als Kompositionsglied vorkommen (z.B. *Müllverbrennung* und *Abfallverbrennung*), wobei oftmals beide Varianten im gleichen Text nebeneinander auftreten. Viele dieser Bildungen gehören zu den am häufigsten verwendeten im untersuchten Korpus: Die 30 parallel gebildeten Paare (23% der Lexeme) stellen 443 (oder 40%) der tokens.

Vor dem Hintergrund dieser allgemeinen Feststellungen lohnt es sich, Texte einzelner Urhebergruppen gesondert zu betrachten. So ist in den behördlichen Publikationen das Element *Abfall* deutlich stärker, das Element *Müll* deutlich schwächer vertreten als im Durchschnitt. Bei den Lexemen beträgt das Verhältnis 52% *Müll* zu 48% *Abfall* in den formellen, 50% zu 50% in den informellen Publikationen. Bei den tokens finden sich nur noch 45% *Müll* gegenüber 55% *Abfall* in den informellen und gar nur 42% *Müll* gegenüber 58% *Abfall* in den formellen Texten. Stehen bei einem Kompositum beide Varianten zur Verfügung, so wird in den behördlichen Texten in 46% der Fälle die Bildung mit *Müll*, in 54% die Bildung mit *Abfall* gewählt. Betrachtet man die Verwendung der Simplizia *Müll* und *Abfall* und derjenigen Komposita, in denen eines der beiden Grundwort ist (d.h. also: der Elemente, die den Müll selbst bezeichnen), so beträgt der Anteil der Verwendung von *Müll* in den informellen Publikationen sogar nur noch 30% gegenüber 70% Verwendung von *Abfall*.

Gerade umgekehrt liegen die Verhältnisse in Publikationen der Naturschutzverbände. Hier beträgt bei den Lexemen der Anteil der *Müll*-Komposita 67% gegenüber nur 33% *Abfall*-Komposita. Bei den tokens sind es sogar 71% *Müll*-Komposita gegenüber nur 29% *Abfall*-Komposita. Bei den Simplizia und den Bildungen mit Grundwort -*müll* oder -*abfall* wird in 65% der Fälle *Müll*, in 35% *Abfall* verwendet. Dort, wo zwei parallel gebildete Lexeme zur Verfügung stehen, erhöht sich der Anteil der Verwendung von *Müll*-Komposita auf 73% gegenüber 27% Verwendung von *Abfall*-Komposita; und dort, wo zur Bezeichnung des Mülls selbst die Auswahl zwischen zwei Lexemen besteht (wie bei *Gewerbe-, Haus-, Problem-, Rest-, Sonder-* und *Verpackungmüll* bzw. -*abfall*), wird in den Texten der Naturschutzverbände in 92% der Fälle die Bildung mit -*müll* verwendet.

4. Die dargestellten Häufigkeitsverteilungen weisen, da sie mit anzunehmenden unterschiedlichen Interessenlagen korrelieren, auf strategisches Sprachverhalten hin. Eine qualitative semantische Betrachtung kann genauer aufzeigen, auf welche Weise das Lexem *Abfall* zur linguistischen Müllbeseitigung beiträgt.

Das Duden-Universalwörterbuch definiert Abfall als "Reste, die bei der Zubereitung oder Herstellung von etwas entstehen; unbrauchbarer Überrest" (Duden 1989:54) und Müll als "festen Abfall eines Haushalts, Industriebetriebs o.ä., der in bestimmten Behältern gesammelt (und von der Müllabfuhr abgeholt) wird" (1041).

Meyers Großes Taschenlexikon versteht unter *Abfall*

in Haushalt, Büro, Industrie oder allgemein bei der Produktion anfallende Nebenprodukte (Reste), die infolge ihrer Größe, Zusammensetzung, Konzentration, Gefährlichkeit usw. nicht mehr oder erst nach erneuter Aufbereitung (Recycling) verwertbar sind (1983/1:30)

und unter *Müll*

Abfälle aus Haushalt, Gewerbe oder Industriebetrieben o.ä., die meist in speziellen Behältern (Mülleimer, Mülltonnen, Müllcontainer) gesammelt und abtransportiert (Müllfahrzeuge, Müllabfuhr) und nach verschiedenen Methoden der Müllbeseitigung weiterverarbeitet oder abgelagert werden (1983/15:58).

Ähnlich lauten die Definitionen in den meisten verwendeten Wörterbüchern und Lexika.

Demnach wären *Abfall* und *Müll* entgegen den bisherigen Annahmen, nicht einfach als Synonyme zu betrachten. Die zitierten Definitionen besagen deutlich, daß Müll eine bestimmte Art von Abfall, daß also *Abfall* ein übergeordneter Begriff zu *Müll* ist. Nicht unter *Müll* fallen beispielsweise flüssige und gasförmige Abfälle (Abwässer, Abgase).

Darüber hinaus wird aus den Definitionen deutlich, daß die beiden Lexeme die bezeichneten Sachen in unterschiedlich gewichtete Funktionszusammenhänge einordnen. Während bei *Abfall* offenbar der Gesichtspunkt der Entstehung (des Abfallens) im Rahmen von Produktionsprozessen im Vordergrund steht, thematisiert *Müll* stärker den Gesichtspunkt der Beseitigungsbedürftigkeit. Von der bezeichneten Sache her sind beide Funktionszusammenhänge offenbar gleichberechtigt. Im Kontext der aktuellen politischen Debatte dagegen berühren sie unterschiedlich sensible Punkte. Denn es sind vor allem Fragen der Müllbeseitigung, viel weniger solche der Müllentstehung, die sich anschaulich mit ökologischen und medizinischen Schäden und anderen umstrittenen Begleiterscheinungen assoziieren lassen. Im Rahmen der von George Lakoff entwikkelten Theorie kognitiver Modelle (vgl.Lakoff 1987, vor allem:74 ff.) könnte man auch sagen, daß die Lexeme *Abfall* und *Müll* durch unterschiedlich geordnete Strukturen von Teilmodellen semantisch gekennzeichnet sind.

Unter einem leicht veränderten Blickwinkel fällt auf, daß die zitierten Definitionen für das Lexem *Müll* viel reichhaltigere Hinweise auf typische Situationen enthalten, die den Gegenstand betreffen (Entstehung, Sammlung, Abtransport, Weiterverarbeitung, Deponierung), und eine Reihe konventionell mit ihnen assoziierter Vokabeln anführen (*Mülleimer, Mülltonne, Müllcontainer, Müllfahrzeug, Müllabfuhr, Müllbeseitigung*). Die Definitionen von *Abfall* geben im Vergleich dazu nicht nur deutlich weniger Situationen und zugehöriges Vokabular (*Reste, Recycling*) an, sondern sie bleiben inhaltlich auch sehr allgemein und vage. Interpretiert man mit Charles Fillmore (vgl. Fillmore 1977) den Zusammenhang zwischen Wirklichkeit und Sprache als parallel gebildete Struktur konventioneller Vorstellungskomplexe (prototypischer Szenen) und sprachlicher Inventare von Elementen und Optionen (linguistischer Frames), so scheinen die mit *Abfall* assoziierte Szene und der dazugehörige linguistische Frame um einiges ärmer zu sein als die betreffenden Strukturen von *Müll*.

5. An dieser Stelle ist es sinnvoll, sich an eine der bekanntesten Definitionen des Euphemismus zu erinnern, die von der Arbeitsgruppe des Franzosen Jacques Dubois stammt und besagt, der Euphemismus tilge "aus einer für objektiv geltenden Aussage Seme, die störend oder überflüssig erscheinen" und ersetze sie durch neue Seme (Dubois u.a. 1974:227). Dubois' Definition ist ausgesprochen strukturalistisch und mit manchen Schwächen dieser Wissenschaftsrichtung behaftet (vgl. dazu etwa: Danninger 1982:244). So bleibt unter anderem unklar, wie es möglich sein soll, eine "für objektiv geltende Aussage" festzulegen, bzw. überhaupt anzugeben, was die Termini "objektiv" und "Aussage" hier bedeuten könnten. Von den angesprochenen Semantik-Konzepten aus ergeben sich jedoch zwei Reinterpretations-Möglichkeiten, die gleichermaßen geeignet sind, den verharmlosenden bzw. beschönigenden Charakter von *Abfall* gegenüber *Müll* zu erhellen. Im Anschluß an das Fillmoresche Konzept wäre die Funktionsweise von Euphemismen darin zu sehen, daß sie in konventionalisierten prototypischen Szenen oder Szenenkomplexen konkrete Einzelinhalte blockieren und dadurch den Zugang zu assoziierten linguistischen Elementen verstellen. Ein durch Euphemismen dieser Art gekennzeichnetes Sprachverhalten geht über in eine unanschauliche, unverbindliche, letztlich unkommunikative Sprechweise. Im Anschluß an das Lakoffsche Konzept wäre das Funktionsprinzip des Euphemismus dagegen in einer Umordnung semantischer Teilmodelle innerhalb größerer Modell-Komplexe zu sehen, durch die negativ besetzte

Aspekte in den Hintergrund gedrängt und positiv besetzte Aspekte stärker betont werden. Im Extremfall ist hier eine völlige Tilgung negativ bewerteter Gesichtspunkte und damit ein Übergang des Sprachverhaltens in Unterschlagung und Lüge zu erwarten.

Diese zweite Interpretation entspricht besser der Vorstellung Dubois', daß die getilgten semantischen Komponenten stets durch positiv bewertete andere Komponenten substituiert würden. Sie eignet sich daher besonders zur Beschreibung eines Wortes wie *Entsorgung*, das in der sprachkritischen Diskussion der letzten fünfzehn Jahre als eine Art Paradebeispiel figurierte (vgl. u.a. Danninger 1982:241; Strauß u.a. 1989:462 ff., 553 ff.). Als Gegenbildung zu *Versorgung* stellt es den Funktionszusammenhang der Ermöglichung individuellen und gesellschaftlichen Lebens durch Dienstleistungen in den Vordergrund und legt dazu unterschwellig die Assoziation einer Befreiung von Sorgen nahe. Das Kompositum *Entsorgungspark* erinnert durch sein Grundwort an Bildungen wie *Stadtpark, Tierpark, Naturpark* etc. und bringt dadurch scheinbar (etymologisch und sachlich irreführend) den Funktionszusammenhang der Erholung, des Freizeitvergnügens und des Naturgenusses ins Spiel. Beide Wörter lassen demgegenüber den von der Sache her entscheidenden Aspekt des technisch gestützten Entfernens unbrauchbarer Überreste aus dem Gesichts- und Aktionskreis menschlicher Gesellschaften in den Hintergrund treten und blockieren insbesondere konkrete Vorstellungen von dem Müll, um den es geht.

Prinzipiell ähnlich, wenn auch nicht ganz so kraß, funktionieren Ausdrücke, die in der gegenwärtigen Diskussion um die Müllverbrennung von Vertretern der Industrie, der Behörden sowie teilweise auch anderer Gruppen benutzt werden: *thermische Müllbeseitigung, thermische Zersetzung, thermische Abfallbehandlung, thermische Abfallverwertung, energetische Nutzung, energetische Verwertung, energetisches Müllrecycling, Umwandlung in mineralische Stoffe* (vgl. die Aufsätze in: SPD-Fraktion 1988). Hier wird der Aspekt der Verbrennung, den man mit konkreten Einzelheiten wie Flammen, Rauchbildung und unangenehmen Gerüchen verbinden könnte, zurückgedrängt und stattdessen die Nützlichkeit des Vorgangs im Rahmen abstrakter Zusammenhänge wie Wärme- bzw. Energiegewinnung, Wiederverwertung etc. betont (bzw. behauptet).

Die offensive Strategie der Beschönigung durch ein Angebot positiv besetzter Assoziationspfade, die nach dem Lakoffschen Konzept zu beschreiben ist, scheint mir in der gegenwärtigen Mülldiskussion allerdings nur für besonders heikle Teilbereiche typisch zu sein. Eine erhebliche Anzahl verharmlosender und verhüllender Ausdrücke, die ich im folgenden als defensive Euphemismen bezeichnen werde, kommt offenbar ohne ein solches Angebot aus. Für sie scheint mir das Fillmoresche Konzept, auf dessen Anwendung ich weiter unten zurückkommen werde, die geeigneteren Beschreibungsmittel zu liefern.

6. Die euphemistische Dualität von *Abfall* gegenüber *Müll* wird noch plastischer, wenn man die unterschiedlichen Wortbildungspotenzen der beiden Lexeme ins Auge faßt. In den Wörterbüchern finden sich nebeneinander *Atomabfall* und *Atommüll, Industrieabfall* und *Industriemüll, Küchenabfall* und *Küchenmüll, Sonderabfall* und *Sondermüll*, im untersuchten Textkorpus dazu *Gewerbeabfall* und *Gewerbemüll, Hausabfall* und *Hausmüll, Problemabfall* und *Problemmüll, Restabfall* und *Restmüll* sowie *Verpackungsabfall* und *Verpackungsmüll*. Dagegen findet sich außer dem übergreifenden Neologismus *Biomüll* kein entsprechendes *Müll*-Element zu *Gartenabfall, Gemüseabfall, Grünabfall, Obstabfall* und *Pflanzenabfall*, während umgekehrt zu *Sperrmüll* und vor allem zu *Giftmüll* - noch? - keine entsprechende Bildung mit *-abfall* zu existieren scheint. Demnach hat *Abfall* offenbar eine leichte Tendenz zum Harmloseren, Saubereren, Organischen, *Müll* dagegen zum Gefährlicheren, Derberen und Schmutzigeren. Auch dort, wo beide Varianten existieren, klingen Bildungen mit *-abfall* wie *Atomabfall, Industrieabfall, Sonderabfall* und *Problemabfall* weniger bedrohlich als ihre Pendants mit *-müll*, während umgekehrt eine Bildung wie *Küchenmüll* zumindest mir ein wenig übertrieben vorkommt.

Interessant sind die Wörter *Sonderabfall* und *Problemabfall*, die häufig anstelle von *Giftmüll* verwendet werden. Hier sind die Bestimmungswörter semantisch maximal unspezifisch, wodurch Bestandteile der prototypischen Szene und Anknüpfungsmöglichkeiten zu anderen Sprachelementen blockiert werden. Es handelt sich klar um Euphemismen vom defensiven Typ, die keine alternativen Assoziationspfade eröffnen. Im von mir untersuchten Korpus fällt auf, daß beide Wörter in den Texten der Behörden und auch der SPD regelmäßig vorkommen, während von den Naturschutzverbänden an ihrer Stelle ausnahmslos die Vokabeln *Sonder-* und *Problemmüll* verwendet werden. Offenbar wird hier die Vermeidung des Euphemismus *-abfall* für *-müll* wichtiger genommen als die des Euphemismus *Sonder-* bzw. *Problem-* für *Gift-*.

Betrachtet man die Komposita mit *Müll-* bzw. *Abfall-* als Bestimmungswort, so findet man *Müllart* neben *Abfallart, Müllaufkommen* neben *Abfallaufkommen, Müllbehälter* neben *Abfallbehälter, Müllbeseitigung* neben *Abfallbeseitigung, Müllmenge* neben *Abfallmenge, Müllverbrennung* neben *Abfallverbrennung* usw. Für zwei Gruppen von *Müll*-Komposita sind dagegen keine entsprechenden

Bildungen mit *Abfall-* vorhanden: einerseits für die erwähnten prototypischen *Müll-*Szenen und ihre Teilnehmer wie *Müllabfuhr, Müllabladeplatz, Müllfahrer, Müllkippe, Müllwagen,* die von allen Bildungen sicher am stärksten in die Alltagssprache eingebunden sind, und andererseits für solche Bildungen wie *Müllberg, Müllflut, Müllawine* oder *Mülltourismus,* die vor allem als Kampfvokabeln in der politischen Auseinandersetzung verwendet werden. Umgekehrt findet man keine entsprechenden *Müll-*Komposita für *Abfall-*Bildungen wie *Abfallberatung, Abfallexperte, Abfallgesetz, Abfallpolitik, Abfallrecht, Abfallwirtschaft* etc., die im bürokratisch-behördlichen Bereich beheimatet sind und sich auf die Aktivitäten derjenigen gesellschaftlichen Gruppen beziehen, die ich als Müllverwalter bezeichnet habe. Gleiches gilt für Bildungen wie *Abfallbehandlung, Abfallmaterial, Abfallnutzung, Abfallpotential, Abfallstoff* etc., die entweder den Müll selbst oder die mit ihm vorgenommenen (technischen) Handlungen bezeichnen. Bei letzteren ist das Grundwort im allgemeinen klar euphemistisch *(-behandlung* und *-nutzung* für *-verbrennung; -material, -potential* und *-stoff* für *Müll*). *Abfall* scheint demnach zum Behördlichen und Theoretischen zu tendieren und sich gut für die Verbindung mit euphemistischen Elementen zu eignen. Das Wort *Müll* dagegen tendiert offenbar zum Alltäglich-Volkstümlicheren und Konkreteren und eignet sich für die Verbindung mit euphemistischen Elementen schlecht.

Ein dritter Aspekt der Wortbildungspotenz ist die Bildung der Lexeme selbst. Während *Müll* eindeutig ein Simplex ist und demnach nur zum Ausgangspunkt von Wortbildungen werden kann, ist *Abfall* ein deverbales Substantiv und steht über das zugrundeliegende Verb *abfallen,* welches seinerseits eine Präfixbildung zu *fallen* ist, in einer Fülle semantischer Bezüge. So sagt man beispielsweise, von einer Wand falle der Putz ab; ein Enttäuschter fällt vom Glauben ab; ein Grundstück am Hang fällt nach Süden ab; montags morgens fällt der Wasserdruck ab; reife Äpfel und Birnen fallen ab; für den Vermittler eines Vertrages fällt eine gute Provision ab.

Deutlich ist, daß sich mit *Abfall* unterschiedlichste, negative wie positive Assoziationen verbinden lassen. Die morphologische Analysierbarkeit des Wortes trägt in diesem Fall dazu bei, daß es semantisch diffus wirkt. Das Wort *Müll,* das nur eine einzige, relativ klar umrissene Hauptbedeutung besitzt und morphologisch nicht weiter analysiert werden kann, ist demgegenüber als semantisch kompakt zu bezeichnen.

In diesem Zusammenhang sind auch die unterschiedlichen Flexions-Eigenschaften der beiden Wörter aufschlußreich. Während *Müll* als typisches Materialsubstantiv nur eine Singular-Form besitzt, bildet *Abfall* die Plural-Form *Abfälle,* die das bezeichnete Material als inhomogen bzw. nicht einheitlich bewertbar erscheinen läßt. Offenbar ist die Plural-Form, wenn *Abfall* als Simplex oder als Grundwort eines Kompositums gewählt wird, sogar weitaus üblicher als die Singular-Form. Im untersuchten Korpus jedenfalls stehen 76% der Simplex-tokens und sogar 92% der tokens von Grundwort-Komposita mit *Abfall* im Plural, wobei sich keine signifikanten Unterschiede zwischen den verschiedenen Textgruppen ergeben.

7. Natürlich sind außer dem Wort *Abfall* noch andere euphemistische Ausdrücke für *Müll* im untersuchten Korpus enthalten. Bei Wörtern wie *Abfallmaterial*, *Abfallpotential* und *Abfallstoff*, in denen Grundwort und Bestimmungswort beide als Ersatz für *Müll* stehen, unterstützt semantische Redundanz die verharmlosende Wirkung. Hier wird der Inhalt auf mehrere Elemente verteilt und verliert dadurch an Intensität (vgl. ähnlich: Danninger 1982:246). Allerdings wird bei solchen Elementen dann auch häufig das unerfreulichere Bestimmungswort weggelassen, so daß nur noch von *Stoffen*, *Substanzen*, *Produkten*, *Materialien*, *Mengen*, *Bestandteilen*, *Anteilen* etc. die Rede ist. Diese Wörter werden ihrerseits zum Ausgangspunkt einer Vielzahl neuer Bildungen genommen. Allein mit dem Grundwort *-stoff* enthält das Korpus mehr als zehn Euphemismen für *Müll* wie etwa *Wertstoff*, *Reststoff*, *Einsatzstoff*, *Schadstoff*, *Brennstoff*, *Problemstoff*, *Feststoff*, *Sekundärrohstoff*, *Altstoff* u.a.

Besonders häufig sind solche Bildungen in den untersuchten Texten von Industrievertretern. In ihnen liegt der Anteil der Elemente *Müll* und *Abfall* an der Gesamtzahl der tokens daher auch mit knapp 3% weit unter dem Durchschnitt von 5%. Vollendet ist die linguistische Müllbeseitigung aber erst in Bildungen mit *-gut*, von denen ich - ebenfalls in den Industriepublikationen - die Wörter *Einsatzgut* und *Eingabegut* gefunden habe. Von den stinkenden, giftigen Überresten, die in die Müllverbrennung wandern, ist in diesem linguistischen Aggregatzustand nichts mehr zu erkennen.

8. Ähnliche Euphemisierungsstrategien, aber auch einige zusätzliche Aspekte, lassen sich auf anderen Teilgebieten der linguistischen Müllbeseitigung herausarbeiten. Als zweites Beispiel möchte ich die Beseitigung der *Müllbeseitigung* im Jargon der müllverwaltenden Behörden heranziehen.

Das Wort *Müllbeseitigung* scheint auf den ersten Blick die zugrundeliegende neutrale Vokabel zu *Entsorgung* zu sein. Bei Licht besehen, erweist sie sich jedoch als ebenso trügerisch, denn eine Beseitigung von Müll ist der Sache nach überhaupt nicht möglich. Müll wird in andere stoffliche Zustände überführt oder in andere Medien versetzt, er wird abgefahren, deponiert oder verbrannt. Der Eindruck der Beseitigung ergibt sich allenfalls aus der Perspektive einer bestimmten Bezugsperson oder -gruppe. Demnach wäre *Müllbeseitigung* als Euphemismus für Wörter wie *Müllabfuhr, Mülldeponierung* oder *Müllverbrennung* einzustufen. Seine Wirkung beruht teilweise auf dem psychologisch-rhetorischen Vorgang der Hypostasierung, d.h.: der Verdinglichung einer bestimmten Vorstellung oder Konzeption von einem Sachverhalt und deren Einbau in den Zusammenhang der Dinge im Diskursuniversum. Daneben werden auch hier gezielt Assoziationen blockiert wie etwa Feuer, Asche, Staub, Halde, Gestank, ja, selbst die gedankliche Verbindung zu den arbeitenden Müllmännern.

Dieser Aspekt, der uns zu dem Fillmoreschen Semantik-Konzept zurückführt, tritt noch stärker hervor bei Ausdrücken wie *Abfallbehandlung* oder *-erfassung*. Diese lassen sich zusammen mit *Müllabfuhr* und *Müllbeseitigung* als eine Skala zunehmender Euphemisierung interpretieren.

Müllabfuhr ist das am stärksten in der Alltagssprache verankerte Wort, das zugleich ausdrucksseitig am stabilsten ist. Eine Parallelbildung *Abfallabfuhr* ist weder im Korpus noch in den Wörterbüchern auffindbar,[2] äquivalente andere Ausdrücke finden sich ausgesprochen selten. Viermal kommt im Korpus das Wort *Abfuhr* allein (stets zur Anaphorisierung von *Müllabfuhr*) vor, zweimal ein Kompositum mit *Abfuhr* als Bestimmungswort (*Abfuhrunternehmen, Abfuhrkosten*; ebenfalls mit Anaphorisierungsfunktion) und lediglich zweimal das transitive Verb *abfahren*. Ausdrücke wie *Abfuhr von Müll* o.ä. kommen überhaupt nicht vor. *Müllabfuhr* hat einen ausgesprochen handlungsbezogen-praktischen Charakter und ist semantisch kompakt (evoziert eine ganz bestimmte prototypische Situation). Verglichen mit den drei anderen Wörtern ist es im untersuchten Korpus relativ selten.

Müllbeseitigung steht neben der parallelen Bildung *Abfallbeseitigung* sowie einer Fülle äquivalenter Ausdrücke mit dem Verb *beseitigen* und dem Substantiv *Beseitigung*. In allen Textgruppen des Korpus kommt es viel häufiger vor als *Müllabfuhr*, was meines Erachtens mit einer leichten Tendenz zur Fachsprache zu tun hat. Es ist semantisch weniger kompakt und dadurch auch weniger konkret als *Müllabfuhr*.

---

[2] Man könnte einwenden, gegen *Abfallabfuhr* sprächen auch euphonische Gründe, so daß schon von daher eine solche Bildung nicht zu erwarten wäre. Dieses Argument ist meines Erachtens jedoch nicht stichhaltig. In meinem Korpus findet sich wiederholt der Ausdruck *Anfall von Abfall* für *Entstehung von Abfall*. Wer zu solchen Formulierungen imstande ist, würde sicher auch keine euphonischen Bedenken gegen *Abfallabfuhr* haben, wenn es nicht gewichtige andere Gründe gegen eine solche Bildung gäbe.

Das Wort *Abfallbehandlung*, zu dem weder im Korpus noch in den Wörterbüchern eine Parallelform mit *Müll-* existiert, das aber in den Texten neben einer Vielzahl anderer äquivalenter Ausdrücke mit dem Verb *behandeln* und dem Substantiv *Behandlung* steht, findet sich vorwiegend in Publikationen der Industrie und der Behörden. Hier hat es die Aufgabe, im Dienste der bereits angesprochenen Verharmlosung der Müllverbrennung die Grenze zwischen *Müllbeseitigung* und *Müllverwertung* zu verwischen. In den Texten der Naturschutzverbände, wo es vereinzelt ebenfalls vorkommt, scheint es mir eher ein Mißgriff zu sein. Gegenüber *Müllbeseitigung* ist es nochmals diffuser und allgemeiner; es evoziert keine konkrete Situation und wirkt dadurch trotz des Bestandteils *-handlung* nicht praktisch, sondern redebezogen-theoretisch.

Das Wort *Erfassung* schließlich, das in Wendungen wie *getrennte Erfassung von Biomüll, Erfassung von Wertstoffen und Problemabfällen* etc. vorkommt, erreicht ein Maximum an Unkonkretheit und semantischer Diffusion. In ihm ist die linguistische Beseitigung der *Müllbeseitigung* vollendet. Besonders interessant ist die Feststellung, daß *Erfassung* nicht in Komposita mit *Müll-* oder *Abfall-*, wohl aber in der Bildung *Wertstofferfassung* vorkommt. Hier sieht man, daß die Euphemismen-Skala, die von *Müll* über *Abfall* zu *Wertstoff* verläuft, derjenigen von *Abfuhr* über *Beseitigung* und *Behandlung* zu *Erfassung* exakt parallel liegt.

9. Die Verwendung des Wortes *Erfassung* in den Behördentexten ist nicht mehr auf Einzelvorgänge wie Abfuhr, Verbrennung oder Verwertung bezogen, sondern subsumiert in cumulo alles, was irgend mit dem jeweiligen Müll geschieht. Damit wird die Notwendigkeit detaillierter Angaben umgangen; der Text bietet keine Ansatzpunkte für mögliche sachbezogene Kritik.

Hier zeigt sich die pragmatische Funktion der linguistischen Müllbeseitigung, die, soweit sie auf der Verwendung defensiver Euphemismen beruht, auch als ein Vorgang gezielter semantischer Entleerung betrachtet werden kann: Während der Eindruck aufrechterhalten wird, man sei an Information und Meinungsaustausch interessiert, werden längst feststehende Positionen hinterrücks gegen Argumente abgeschottet.

Unterstützend wirkt dabei eine Tendenz zur Bürokratisierung und scheinhaften Terminologisierung des Vokabulars. Ein schon erwähntes Mittel dazu ist die Verdinglichung umfassender Zusammenhänge wie in *-aufkommen, -bewirtschaftung, -bilanz* etc. Eine andere Methode ist die Verwendung von Abkürzungen wie *MVA* für *Müllverbrennungsanlage* oder *MHKW* für *Müllheizkraftwerk*. Durch sie werden beschönigungsbedürftige Elemente wie *Müll-* oder *-verbrennung-* unkenntlich gemacht, insbesondere wenn man nicht dazusagt, wofür sie stehen (so etwa in: Leitmeir/Hoepfner 1988). In gewisser Weise umgekehrt funktioniert die Verwendung übermäßig langer, komplexer und teilweise undurchsichtiger Wortbildungen wie *Abfallnachweisverfahren*, *Abfallverbringungsverordnung*, *Bundesabfallbeseitigungsgesetz* oder *Naßmüllfraktion*. In diese Richtung geht auch die Verwendung von Fremdwörtern (vgl. dazu: Fleischer/Michel 1977:110). *Thermisch* und *energetisch* als Ersatzattribute für das Substantiv *Verbrennung* wurden schon erwähnt, *Deponie* für *Müllkippe* ist ein anderes verbreitetes Beispiel, und seit einiger Zeit wird eine als *Pyrolyse* (*Müllverschwelung*) bezeichnete Großtechnologie öffentlich diskutiert. Schließlich gehören hierher auch deutsche Wörter, die aus Fachsprachen übernommen oder in Anlehnung an fachsprachliche Vokabeln gebildet sind, wie *verklappen* und *Verklappung*, die zwar nicht in meinem Korpus, wohl aber in den meisten Wörterbüchern ab etwa 1980 vorkommen und aus dem technischen Wortschatz der Seemannssprache stammen (vgl. Zienert/Heinsius 1983:99).[3]

Alle hier genannten Ausdrücke verbindet eine charakteristische funktionale Ambivalenz: Einerseits verharmlosen oder beschönigen sie das, was sie bezeichnen, indem sie die kognitive Szene abräumen; andererseits schüchtern sie durch ihre Unverständlichkeit und die damit gekoppelte Demonstration von Macht den an die Alltagssprache gebundenen Durchschnittssprecher ein. Durch diese Doppelwirkung wird seine Bereitschaft, kritisch zu widersprechen, auf ein Minimum reduziert.

10. Im folgenden werden die herausgearbeiteten semantischen und pragmatischen Mittel der linguistischen Müllbeseitigung und die entsprechenden Eigenschaften einer nichteuphemistischen Sprechweise noch einmal zusammenfassend gegenübergestellt. Da dem Wortpaar *Abfall* versus *Müll* eine Art Indikatorfunktion in Bezug auf die beiden Sprechweisen zukommt, werde ich sie mit den Termini *Abfall*- bzw. *Müll*-Typus bezeichnen:

Abfall-Typus
- allgemein
- verdinglicht
- positiv bewertete Funktionszusammenhänge betonend

Müll-Typus
- speziell
- szenisch
- problematische Funktionszusammenhänge betonend

---

[3] Bei diesen Wörtern entsteht eine zusätzliche verharmlosende Wirkung durch die metonymische Verlagerung des Ausdrucks vom bezeichneten Vorgang (Abladen von flüssigem, halbfestem oder festem Müll im Meer, vor allem in der Nordsee) auf die dazu benutzte Vorrichtung (Klappe im Boden eines Schiffes) (vgl. dazu auch: Danninger 1982:246).

- semantisch diffus	- semantisch kompakt
- semantisch entleert	- semantisch gesättigt
- behördlich/terminologisch	- alltagssprachlich
- redebezogen	- handlungsbezogen
- theoretisch	- praktisch
- abgeschlossen gegen Kritik	- offen für Kritik
- monologisch/autoritär	- diskursiv
- gut geeignet für die Aufnahme von Euphemismen	- schlecht geeignet für die Aufnahme von Euphemismen

Eine solche Gegenüberstellung beruht natürlich auf einer didaktischen Idealisierung. Kein einziger Text im untersuchten Korpus ist so beschaffen, daß er einem der beiden Typen eindeutig zuzuordnen wäre. Während es aber keineswegs überrascht, daß in den Publikationen der Behörden und der Industrie auch nicht-euphemistische Elemente enthalten sind (die im übrigen auch dazu beitragen können, die Effizienz der linguistischen Müllbeseitigung zu erhöhen), halte ich es für bedenklich, wenn in Stellungnahmen von Naturschutzverbänden beispielsweise von *Erfassung und Behandlung von Sonder- und Problemmüll* (Bund Naturschutz 1989), von *Abfallverbrennung, Entsorgung, Deponie* oder *chemisch-physikalischer Behandlung* (Hartkopf 1989) gesprochen wird.

Aus der historischen Sprachwissenschaft ist zwar bekannt, daß Euphemismen gerade durch die Übernahme in den allgemeinen Sprachgebrauch ihre beschönigende Wirkung verlieren können; es ist aber auch bekannt, daß so lange von interessierter Seite mit neuen Euphemismen nachgerüstet wird, wie dafür Bedarf besteht (vgl. Gabelentz 1984:248 f.; Schippan 1983:290, 293). Ein Effekt dieser Wechselwirkung ist die überdurchschnittliche Vergrößerung von Teilvokabularen, wie sie auf dem Gebiet des Mülls in der deutschen Gegenwartssprache seit ungefähr fünfzehn Jahren zu beobachten ist. Ein anderer (und weitaus seltener beachteter) Effekt kann der einer fortschreitenden Euphemisierung der Alltagssprache sein, d.h.: einer semantischen Entwicklung von Teilvokabularen, die es zunehmend schwerer macht, über bestimmte Dinge überhaupt noch ohne Beschönigung oder Verharmlosung zu sprechen. Auch dieser Effekt scheint mir für den Bereich des Mülls in der deutschen Gegenwartssprache typisch zu sein. Er schlägt sich darin nieder, daß Wörter wie *Müllkippe* gegenüber *Mülldeponie, Müllabfuhr* gegenüber *Müllbeseitigung, Müllwagen* gegenüber *Müllfahrzeug* oder auch *Gift* gegenüber *Schadstoff* ein wenig unmodern oder inaktuell klingen, während anderen wie *Müllofen* für *Müllverbrennungsanlage,*

Mülltourismus für *Müllexport* oder *Müllmanager* für *Entsorgungsunternehmer* etwas Ironisch-Polemisches, leicht Unsachliches anhaftet. Noch deutlicher ist das Dilemma bei den Verben, die in dieser Arbeit nur am Rande zur Sprache kamen.

Für *freisetzen, abgeben, einleiten, ablagern, deponieren, verklappen, beseitigen, entsorgen* u.v.a. Synonyme zu finden, die deutlich sagen, was geschieht, ist mindestens mit erheblichem Aufwand verbunden, oft wohl gar nicht möglich.

Solange die Verharmlosung zur konventionellen Diskurshaltung gehört, solange ist für den sogenannten Müllnotstand keine Lösung in Sicht. Denjenigen Gruppen, die das politische Ziel einer sachlichen Müllvermeidung verfolgen, kann man daher nur empfehlen, ihren Kampf gegen die sprachliche Müllbeseitigung entschlossen zu intensivieren. Die schematische Gegenüberstellung der beiden Sprechweisen wäre dabei als Erkenntnisinstrument in Bezug auf den *Abfall*-Typus und als Handlungmaxime in Bezug auf den *Müll*-Typus zu benutzen.

Literatur

Bund Naturschutz in Bayern e.V. 1989. *Müllprogramm des Bundes Naturschutz in Bayern e.V.* (Faltblatt mit zusammenfassender Darstellung). München.
Danninger, E. 1982. Tabubereiche und Euphemismen. In: Welte, Werner (Hg.). *Sprachtheorie und angewandte Linguistik. Festschrift für Alfred Wollmann.* Tübingen, 237-251.
Dubois, J. u.a. 1974. *Allgemeine Rhetorik*, übersetzt und herausgegeben von Armin Schütz. München.
Duden 1989. *Deutsches Universalwörterbuch*, 2., völlig neu bearbeitete und stark erweiterte Auflage, Mannheim, Wien, Zürich.
Fillmore, C.J. 1977. Scenes-and-frames semantics. In: Zampolli, Antonio (Hg.). *Linguistic Structures Processing.* Amsterdam, 55-81.
Fleischer, W./Michel, G. 1977. *Stilistik der deutschen Gegenwartssprache*, 2.Auflage. Leipzig.
Gabelentz, G.v.d. 1984. *Die Sprachwissenschaft: ihre Aufgabe, Methoden und bisherigen Ergebnisse*. G.Narr und U.Petersen (Hg.). 3.Auflage. Tübingen.
Greenpeace 9/1989. *Wasser ist Leben*. Sonderheft Wasserwissen. Hamburg.
Hartkopf, G.1989. Gibt es auch beim Hausmüll einen Entsorgungsnotstand? In: *DNR-Kurier. Zeitschrift des Deutschen Naturschutzringes* 4/1989, 2-3.
Lakoff, G.1987. *Women, Fire, and Dangerous Things. What Categories Reveal about the Mind.* Chicago, London.
Leitmeir, E./Hoepfner, J. 1988. Thermische Abfallverwertung durch Verbrennung. In: SPD-Fraktion (Hg.), 79-88.

Meyer 1983. *Großes Taschenlexikon in 24 Bänden*, aktualisierte Neuausgabe. Mannheim, Wien, Zürich.

Ritzer, H.1988. Neue Wege der Abfallwirtschaft in Bayern. In: SPD-Fraktion (Hg.), 12-23.

Schippan, T. 1983. Lexikologie. In: J.Schildt u.a. (Hg.). *Kleine Enzyklopädie Deutsche Sprache*. Leipzig, 273-307

SPD-FRAKTION im Bayerischen Landtag 1988 (Hg.). *Wege aus der Müllkrise. Vermeiden, Verwerten, Beseitigen*. München.

Strauss, G./Hass, U./Harras, G. 1989. *Brisante Wörter von Agitation bis Zeitgeist. Ein Lexikon zum öffentlichen Sprachgebrauch*. Berlin, New York.

Zienert, J./Heinsius, P. 1983. *Decksdeutsch heute: A - Z*. Herford.

SPRACHLICHE HOMOGENITÄT UND KOLLEKTIVE IDENTITÄT
Der Beitrag der Geisteswissenschaften zum sprachkritischen Diskurs über sprachliche, kulturelle und nationale Identität

Gesa Siebert-Ott

Vorbemerkung

Im Mittelpunkt der folgenden Überlegungen steht die Frage, welche Rolle in der öffentlichen Diskussion gegenwärtig der Begriff *Sprache*, im Sinne einer einheitlichen, auf gemeinsame Tradition gegründeten Gruppensprache für die Bestimmung einer kollektiven, "nationalen" Identität spielt und in welcher Weise die sprachkritische Auseinandersetzung mit dieser Vorstellung von der identitätsstiftenden Funktion einer gemeinsamen Muttersprache in die politische Diskussion zur Durchsetzung weiterreichender politischer Ziele eingebracht wird. Da Gehalt und Form dieser Debatte gerade für Historiker und Germanisten von einigem Interesse sein könnten, soll dem Beitrag, den ihre Disziplinen zu dieser Debatte leisten oder doch wenigstens leisten könnten, in den folgenden Überlegungen besondere Aufmerksamkeit geschenkt werden.

1. Die Idee von der "einigenden Kraft der Sprache" im öffentlichen Diskurs

Der Gedanke von der *einigenden Kraft der Sprache* spielt im öffentlichen Diskurs über die zukünftige Gestaltung des Gemeinwesens eine nicht unbedeutende Rolle. In der öffentlichen Diskussion etwa um das Für und Wider einer offenen, multikulturellen Gesellschaft standen hier in der jüngsten Vergangenheit Positionen wie die folgende zur Debatte: daß die Bundesrepublik Deutschland im Hinblick auf die bis vor kurzem ungelöste nationale Frage der Deutschen die geschichtliche Verpflichtung habe, die Bewahrung eines eigenen nationalen Charakters zu ihrer besonderen Aufgabe zu machen. Prägend für diesen nationalen Charakter sei die den Deutschen gemeinsame Geschichte, Tradition, Sprache und Kultur.

Nun haben aber offenbar weder die Geschichte noch Tradition, Sprache oder Kultur an sich einen "einigenden" Charakter, wenn man ihnen nicht einen besonderen Sinn unterlegt. Versuche einer solchen Sinngebung im Bereich der deutschen Geschichte sind im sogenannten "Historikerstreit" der einschlägigen Fachwissenschaft öffentlich engagiert diskutiert worden. Die Vorstellung dagegen, daß gemeinsamer Sprache ein besonderer einigender Charakter zukomme, wird in der Öffentlichkeit bislang weitgehend ohne Beteiligung der "zuständigen" Fachwissenschaft, der Germanistik, diskutiert, obwohl die deutliche Sprachgebundenheit dieses Volks- bzw. Nationenbegriffes offenbar ein Spezifikum der deutschen Geistesgeschichte darstellt:

Im Gegensatz etwa zu "la nation", dem vorwiegend auf Staatsverband und Bürgerrecht gegründeten Nationalbegriff Frankreichs, waren die Begriffe Nation und Volk seit Herder vorwiegend bestimmt durch den Gemeinbesitz einer historisch eigenständigen, geistgeprägten Sprache. Wie schon bei ihm und sicher bei Schiller, so darf man nach 1815 neuerlich die politischen Verhältnisse Deutschlands dafür verantwortlich machen, daß die Wesenseinheit der Deutschen nicht auf konkrete staatliche oder soziale Gemeinsamkeit, sondern eben auf eine solche metapolitische Gemeinschaft gegründet werden mußte. Fichte spiegelt uns in seiner vierten Rede an die Deutsche Nation nur die schon Allgemeingut gewordene Auffassung, daß das vermeintlich "unvermischte Deutsch" das hauptsächliche Unterscheidungsmerkmal zwischen den Deutschen und ihren Nachbarvölkern sei ...

legt Eberhard Lämmert bereits vor mehr als zwanzig Jahren in seinen kritischen Betrachtungen "Germanistik - eine deutsche Wissenschaft" auf dem Germanistentag von 1966 dar (1967:22). Auf seine Frage, wann endlich "die Deutschen einer Sprachtheorie entsagen, die sie politisch bereits 1866 widerlegten, mit der sie aber danach noch ein Jahrhundert lang fortfuhren, politische Grenzen je nach Bedarf zu zementieren oder zu negieren" (1967:34), gibt es auch zwanzig Jahre später keine Antwort. Gegenwärtig wird diese Sprachtheorie zwar nicht benutzt, um äußere Grenzen zu legitimieren oder in Frage zu stellen, wohl aber dazu, im Inneren Menschengruppen ein- oder auszugrenzen, was eine lebhafte öffentliche Kontroverse auch über das dieser Politik zugrundeliegende Sprach-Konzept ausgelöst hat. Diese Kontroverse wird - anders als der Historikerstreit - aber noch weitgehend ohne Beteiligung von Vertretern der Fachwissenschaft geführt. Dabei ist die dieser "Sprachtheorie" zugrundeliegende Vorstellung von Sprache, genauer gesagt von Muttersprache bzw. Volkssprache, durchaus diskussionswürdig. So bergen diese Vorstellungen durchaus Widersprüchliches in sich: Sie schließen nämlich sowohl die Möglichkeit der Existenz von Menschen ein, die - der Fiktion nach - Deutsch als Muttersprache haben, ohne dabei hinlänglich Deutsch sprechen oder verstehen zu können, etwa Kinder von Aussiedlern, als auch die Möglichkeit der Existenz von Menschen, die von Kind an mit der deutschen Sprache aufgewachsen sind, diese auch beherrschen, ohne daß ihnen Deutsch als Muttersprache mit der Konsequenz der Aufnahme in die (Sprach)Gemeinschaft zugestanden würde. Dies gilt etwa für die Kinder- bzw. Enkelgeneration der hier lebenden Arbeitsmigranten. In der öffentlichen Diskussion beschäftigt man sich nicht nur kritisch, sondern durchaus auch sprachkritisch mit dieser Gleichung "gemeinsame Muttersprache (Volkssprache) = gemeinsame Identität (Sprachnation, bzw. politische Nation)".

Mit dieser öffentlichen Form der Sprachkritik, die sich bei genauerer Analyse im wesentlichen als eine verdeckte Form der Ideologiekritik erweist, und der Rolle, die die Germanistik bei der Kultivierung dieser Form von Sprachkritik spielt, bzw. genau genommen eben nicht spielt, möchte ich mich im folgenden mit den Methoden einer **politischen Semantik** beschäftigen. Die Verwendung des Begriffs *Semantik* in diesem Zusammenhang ist am öffentlich-politischen Sprachgebrauch orientiert, wo er für den strategischen Umgang mit Wörtern, das "Besetzen" von Begriffen verwendet wird (vgl. Klein 1989:IX).

Nun ist die Idee, diesen Zusammenhängen mit den Methoden einer politischen Semantik unter Berücksichtigung der historischen Dimension nachzugehen, nicht neu: Hellmann (1989) hat sich mit dieser Frage in einer sorgfältigen Analyse der Hervorhebung von Divergenzen bzw. Konvergenzen im Sprachgebrauch in beiden deutschen Staaten beschäftigt. Abhängig von den jeweiligen politischen Konstellationen wurden in der öffentlichen Diskussion entweder die Gemeinsamkeiten, d.h. die verbindenden Elemente in der Sprache oder aber das Trennende, d.h. Sonderentwicklungen im öffentlichen Sprachgebrauch beider deutscher Staaten betont. Hellmann geht es in seiner Analyse also weniger um die sprachliche Differenzierung selbst als um deren öffentliche, bzw. sprachwissenschaftliche Bewertung, die, wie er zu zeigen versucht, "manchmal bemerkenswert stark von den Wendungen der Begriffe *Nation/Nationalität*, d.h. letztlich von den jeweils vorherrschenden deutschlandpolitischen Vorstellungen beeinflußt ist und wird" (1989:299). Der Frage nach den historischen Wurzeln der engen Bindung der Begriffe *Nation* und *Nationalität* an eine gemeinsame Sprache geht er allerdings in diesem Zusammenhang nicht nach, auch nicht der Frage, warum eine solche Überhöhung des Sprachbegriffs, vgl.(1), auch in der Germanistik der DDR offenbar nicht kritisch hinterfragt wurde, wo die Germanistik sich ebenfalls wieder als eine Art "Nationalwissenschaft" (Lämmert 1967:33) etablierte.

(1) Und alle wissen wir, welche ungeheure Rolle für die Einheit einer Nation die Einheit ihrer Sprache spielt. Sie ist das innigste Band, das ein Volk in der Mannigfaltigkeit seiner Gruppen, Klassen und Parteien zusammenhält. (V. Klemperer 1955. Zitiert nach: Hellmann 1989:299)

Hellmann äußert die Hoffnung, daß es zukünftig gelingen wird, "die deutsche Sprache in den Katalog gemeinsamer Verantwortung aufzunehmen" (ebd.). Eine Begründung für die Notwendigkeit, diese Verantwortung für die deutsche Sprache gemeinsam zu übernehmen, formuliert Hellmann mit den Worten von Christa Wolf: "Auch heute wachsen Kinder auf in den beiden deutschen Staaten. Fragen wir uns denn ernst genug: Wie sollen die, wenn sie groß sind, miteinander reden? Mit welchen Wörtern, in was für Sätzen, und in welchem Ton?"

(Hellmann 1989:321) Die Existenz eines gemeinsamen Kommunikationsmittels "deutsche Sprache" wird damit für ihn zur Voraussetzung für die Verständigung zwischen den Deutschen in beiden deutschen Staaten in einem viel umfassenderen Sinne.

Daß die Notwendigkeit, gemeinsam Verantwortung zu übernehmen, gleichsam über Nacht, dermaßen an Aktualität gewinnen könnte, war bei der Formulierung jener Überlegungen wohl kaum absehbar. Die gegenwärtigen Versuche, diese in mehr als vierzig Jahren erzeugten (Sprach-)Barrieren zu überwinden, lassen aber andere drängende Verständigungsprobleme gegenwärtig in den Hintergrund treten:

Es wachsen ja, und davon sollen die folgenden Ausführungen handeln, in den beiden, zum Zeitpunkt der Formulierung dieser Überlegungen noch existierenden deutschen Staaten nicht nur Kinder auf, für die Deutsch Muttersprache im Sinne der hier zu diskutierenden Sprach-Konzepte ist. In der in der Bundesrepublik gebräuchlichen Terminologie sind diese Kinder etwa der Gruppe der Arbeitsmigranten, der politischen Flüchtlinge, d.h. Asylanten oder Asylbewerber und der Kontingentflüchtlinge usw., sowie der Gruppe der Aussiedler zuzurechnen. Die Idee von der identitätsstiftenden Kraft einer gemeinsamen Muttersprache wird in der politischen Auseinandersetzung nun eingesetzt, um diese Menschengruppen zu integrieren oder um sich von ihnen abzugrenzen, d.h. ihnen eine gemeinsame Identität mit der hiesigen deutschen Bevölkerung zu- oder abzusprechen, wobei - wie wir gesehen haben - die tatsächlichen Deutschkenntnisse der Betroffenen in diesem Zusammenhang keine Rolle zu spielen brauchen. Aus diesem Grunde möchte ich noch einen Schritt weiter gehen als Hellmann in dem genannten Aufsatz und nicht nur nach konvergierenden oder divergierenden Entwicklungstendenzen in der Sprache von bestimmten Gruppen fragen, sowie nach deren jeweiliger Wertung als gruppenverbindend oder -trennend, sondern mich auch kritisch auseinandersetzen mit der Idee einer identitätsstiftenden und in besonderer Weise verbindenden Funktion von "Volks- oder Muttersprache" selbst und der dieser Idee zugrundeliegenden Auffassung von Sprache. Es geht mir also nicht nur um eine sprachkritische Reflexion des strategischen Umgangs mit Wörtern im öffentlichen Diskurs, sondern auch um eine kritische Beschäftigung mit Inhalten.

Wenn wir in der Beschäftigung mit Texten zwischen empirischen, interpretativen und normativen Aussagen unterscheiden, so gilt, daß nur empirische Sätze nach dem Kriterium wahr/falsch zu beurteilen sind, der Wahrheitswert von interpretativen und normativen Sätzen dagegen kann "jeweils nur im Diskurs plausibel gemacht werden", wie Mecklenburg/Müller (1974:53 ff.) unter Berufung auf die von Apel und Habermas entworfene Wissenschaftstheorie feststellen. Wertungs- und Ideologiefreiheit von Wissenschaft ist in diesem Bereich also gar nicht anzustreben, der eigene Standort ist aber zu benennen und im Diskurs zu erläutern. Die Frage nach dem eigenen Standort stellt sich nun hier in der Beschäftigung mit den Zusammenhängen von *Sprache* und *nationaler Identität* in zweierlei Weise. Einmal ist die Frage nach der eigenen Position in dieser Auseinandersetzung um eine monolinguale und monokulturelle Gesellschaft zu reflektieren. Zum anderen ist aber die hier zum Ausdruck kommende Vorstellung von Sprache kritisch zu reflektieren. Damit kommen für den analysierenden Germanisten auch fachwissenschaftliche Aspekte ins Spiel, die ebenfalls der kritischen Reflexion bedürfen. Die hier zu formulierenden Sätze, soweit sie nicht empirischer Natur sind, machen auch eine kritische Beschäftigung mit der Geschichte des eigenen Faches notwendig, die über den von Hellmann gewählten Zeitraum, die Zeit nach dem zweiten Weltkrieg, hinausgehen muß.

In Hintergrundanalysen der aktuellen Wahlerfolge rechts-extremistischer Parteien wird die Hypothese aufgestellt, daß diese Erfolge sich nicht nur aus der problematischen materiellen Situation bestimmter Bevölkerungsgruppen (Wohnraummangel, Arbeitsplatzsorgen usw.) erklären ließen, sondern daß diese Situation seit geraumer Zeit gedanklich vorbereitet worden sei. So erweise sich der weitgehend in der Öffentlichkeit überregionaler Tages- und Wochenzeitungen abgehandelte "Historikerstreit um eine Entsorgung der deutschen Vergangenheit ... als ein Katalysator für Rechtsextremismus, der auch schon wieder als normal betrachtet werden will." (DER SPIEGEL 22/1989). Die Verantwortlichkeit für diesen Prozeß - hier als Aufweichung der Grenzlinien zwischen konservativen und extremistischen Anschauungen gedeutet - wird auch unter Historikern selbst diskutiert. Daß dieser Versuch relativ erfolgreich war, durch Übernahme der Meinungsführerschaft zum Themenkomplex Nation und Nationalstaat eine Art Deutungsprimat hinsichtlich dieser kollektiven Identität zu übernehmen (vgl. Wehler 1988:69), kann nicht bestritten werden, wohl aber ist zu fragen, ob damit tatsächlich eine bestimmte politische Entwicklung initiiert oder auch nur billigend in Kauf genommen werden sollte. Da ähnliche Zusammenhänge auch in der uns hier interessierenden Debatte um den Zusammenhang von Sprache und nationaler Identität postuliert werden, ist ein Vergleich mit dem Historikerstreit in mehrerlei Hinsicht von Interesse. Zum einen besteht ein enger Zusammenhang - sowohl unter historischer Perspektive als auch unter aktuellen, tagespolitischen Gesichtspunkten zwischen den dort vertretenen Positionen und den hier zu analysierenden Meinungsäußerungen. Parallelität besteht auch in der Art und Weise, wie hier die Öffentlichkeit gesucht bzw. beteiligt wird. Der Hinweis von Bremerich-Voß (1989:241), die Rolle und Politik der großen überregionalen Tageszeitungen in dieser Debatte um nationale Identitäten sei selbst ein analysebedürftiges Phänomen, gilt auch für die hier vorgetragenen Zusammenhänge. Und auch die bei Bremerich-Voß vorgetragene Antwort auf die Frage, warum eine Kultivierung eines sprachkritischen Vermögens gerade am Exempel des Historikerstreits anzustreben sei, läßt sich ohne weiteres auf unsere Fragestellung übertragen:

> Die Beschäftigung mit diesem Gegenstand hält m.E. nicht nur auf produktive, nicht antiquarische Weise die Erinnerung an die NS-Zeit wach. Sie liegt auch angesichts des anderen hier entwickelten fachspezifischen Ziels, der Ausbildung zu kultivierter Sprachkritik, besonders nahe. Das hat vor allem damit zu tun, daß die Kontrahenten selbst vergleichsweise ausgiebig und explizit sprachkritisch operieren. (1989:238)

Seine kritische Frage, ob man mit den Methoden der Sprachkritik dem materialen Gehalt dieser Debatte überhaupt gerecht werden könne, stellt sich - wie bereits angedeutet - für unsere Thematik dagegen in modifizierter Form. Wenn hier der strategische Gebrauch von einzelnen Begriffen, wie *Sprache, Muttersprache, Volkssprache*, und die Verbindungen, in die sie eingehen, wie *Sprache und Volk, Sprache und Nation, Sprache und Identität,* zur Debatte steht, dann kann zugleich für den analysierenden Germanisten auch deren materialer Gehalt zur Diskussion stehen.

2. Die Geisteswissenschaften und die Kultivierung von Sprach- und Ideologiekritik

Die im folgenden zu analysierenden Texte stammen überwiegend aus dem Frühsommer 1988. Aktueller Anlaß der Diskussion ist ein durch Indiskretion im April 1988 bekanntgewordener Entwurf für ein neues Ausländerrecht aus dem Bundesministerium des Inneren. In einem umfangreichen Artikel wird dieser Entwurf am 24.6.1988 in der Süddeutschen Zeitung kommentiert, wobei einzelne Passagen aus diesem Entwurf zitiert werden. Zugleich finden in Mülheim und Tutzing zwei Akademietagungen statt (24.6.-26.6.1988), bei denen Vertreter verschiedener gesellschaftlicher Gruppierungen, wie der Arbeitgeber, der Gewerkschaften, der beiden Volkskirchen, der Wohlfahrtsverbände usw., zu diesem Entwurf Stellung nehmen. In diesen Stellungnahmen wird in vielfältiger Weise auf die öffentliche Diskussion Bezug genommen, zumeist auf andere veröffentlichte Stellungnahmen der eigenen Gruppe, aber auch auf Leitartikel in überregionalen Tageszeitungen oder auf Manifeste anderer gesellschaftlicher Gruppen (wie etwa das Heidelberger Manifest vom Juni 1981). Die Form der Veröffentlichung der Tagungsbeiträge im evangelischen Pressedienst (DOKUMENTATION 37/1988) weist ebenfalls darauf hin, daß hier eine breite Öffent-

lichkeit als Diskussionsforum gesucht wird. Ein weiterer Artikel in der SÜD-
DEUTSCHEN ZEITUNG vom 2./3.7.1988 greift die Thematik unter Bezugnahme auf die Tagungsbeiträge dann auch wiederum auf. Als weitere, in engem
zeitlichen Zusammenhang mit dieser Debatte stehende Dokumente ließen sich
etwa die im August 1988 in der Wochenzeitung DIE ZEIT publizierten Artikel
"Asyl, das Recht der Unglücklichen"(Nr.33 (Dossier)), "Wegen Überfüllung
geschlossen? Hysterie und völkische Kleinkariertheit in der Asyldebatte" (Nr.36
(Leitartikel)) und die unter dem Titel "Asylantenfurcht. Paranoische Berührungsängste vor Fremden" hierzu veröffentlichten Leserbriefe (Nr.40) heranziehen. Einzubeziehen in diese Untersuchung wären inzwischen auch, aus aktuellem Anlaß, öffentliche Äußerungen zur Aus- und Übersiedlerproblematik und
die Verquickung dieser Themen mit der Ausländer- und Asylantenthematik.
Auch wenn ich mich hier weitgehend auf die Analyse der in der genannten epd-
Dokumentation veröffentlichten Texte beschränke, wird doch im folgenden
deutlich werden, in welch engen Zusammenhang diese Themen durch die hier
interessierende öffentliche Diskussion über "Sprache und Nation" gebracht
werden. Weiter sind alle hier analysierten Äußerungen im Zusammenhang einer über den aktuellen Anlaß der Tagungen hinausführenden öffentlichen Kontroverse zu sehen, was auch daraus deutlich wird, daß sich mit dem damaligen
bayrischen Innenminister Lang nur ein Befürworter der dem Gesetzesentwurf
zugrundeliegenden Linie in der Ausländerpolitik an der Diskussion beteiligt
hat. Die zu diskutierende Gegenposition wäre also weitgehend nur indirekt aus
der vorliegenden Dokumentation zu erschließen, wenn diese nicht zahlreiche
wörtliche Zitate aus dem kritisierten Gesetzesentwurf enthielte, wie die folgende, für die Debatte offenbar zentrale Passage, vgl. (2):

(2) Es geht im Kern nicht um ein ökonomisches Problem, sondern um ein gesellschaftliches Pro-
blem und die Frage des Selbstverständnisses der Bundesrepublik Deutschland als eines
Deutschen Staats. Eine fortlaufende, nur von der jeweiligen Wirtschafts-, Finanz- und
Arbeitsmarktlage abhängige Zuwanderung würde die Bundesrepublik tiefgreifend verändern. Sie
bedeutete den Verzicht auf die Homogenität der Gesellschaft, die im wesentlichen durch die
Zugehörigkeit zur Deutschen Nation bestimmt wird. **Die gemeinsame deutsche Geschichte,
Tradition, Sprache und Kultur verlören ihre einigende und prägende Kraft.** (Hervorheb. - G. S.-
O.) Die Bundesrepublik Deutschland würde sich nach und nach zu einem Gemeinwesen
entwickeln, das auf die Dauer mit den entsprechenden Minderheitenproblemen belastet wäre.
Schon im Interesse der Bewahrung des inneren Friedens, vornehmlich aber im nationalen
Interesse, muß einer solchen Entwicklung bereits im Ansatz begegnet werden. ...

**Die Bewahrung des eigenen, nationalen Charakters ist das legitime Ziel eines jeden Volkes und
Staates.** (Hervorheb. - G. S.-O.) Sie ist auch die Basis für jede politische Bestrebung, die Beziehungen und Bindungen unter den Völkern, insbesondere Europas, zu festigen. **Für die Bun-**

desrepublik Deutschland ist sie darüber hinaus, im Hinblick auf die ungelöste nationale Frage der Deutschen, eine **geschichtliche Verpflichtung**. (Hervorheb. - G. S.-O.) (epd Dokumentation 37/1988:54)

Die in der epd-Dokumentation dokumentierte Auseinandersetzung mit der hier vorgetragenen Argumentation, daß erstens die Bewahrung des eigenen nationalen Charakters ein legitimes Ziel eines jeden Volkes sei und sich für die Deutschen überdies eine besondere geschichtliche Verpflichtung zur Erreichung dieses Zieles ergebe und daß zweitens für diesen nationalen Charakter prägend die gemeinsame deutsche Geschichte, Tradition, Sprache und Kultur sei, kann man als sprachkritisch in mehreren Hinsichten bezeichnen:

I. Sprachkritik als Kritik an der inhaltlichen Bestimmung des Gegenstandes "Sprache"

In manchen Äußerungen hat es zunächst den Anschein, als würde das Postulat, eine gemeinsame Sprache begründe eine gemeinsame Identität, bzw. ein Anrecht auf Zugehörigkeit zu einer Gruppe, akzeptiert und nunmehr auf eine gewandelte Realität übertragen: Anrecht auf Zugehörigkeit (Staatsbürgerschaft) hat, wer die deutsche Sprache gelernt hat, kein Anrecht hat, wer die deutsche Sprache nicht (mehr) beherrscht. Daß diese Auslegung nicht gegen den Wortlaut, wohl aber gegen die Intention der Verfasser der Gesetzesvorlage verstößt, liegt an der unterschiedlichen Verwendung des Begriffes Sprache. Muttersprache ist eine von einem Individuum beherrschte Sprache in diesem Kontext offenbar nur dann, wenn das Individuum einer Gruppe angehört, die das Deutsche traditionell als dominante Sprache benutzt hat, oder - wenn dafür die Voraussetzungen fehlten - doch wenigstens zu benutzen wünschte. Auf diesen Widerspruch, daß diese, einer bestimmten geistesgeschichtlichen Tradition schon des 18. und 19. Jahrhunderts entstammende Verwendung des Begriffs Muttersprache nicht mehr in Einklang stehe mit den sprachlichen Realitäten zu Ende des 20. Jahrhunderts, weist de Haan hin. Damit wird dem Zuhörer zugleich die Möglichkeit eröffnet, die Festlegung "gemeinsame Sprache = gemeinsame Identität" wirklich auf die sprachlichen Realitäten in unserer Gesellschaft anzuwenden und damit zugleich ihren Gehalt kritisch zu reflektieren, vgl. (3):

(3) Deutscher kann sein, wer niemals in Deutschland gelebt hat und kein deutsches Wort spricht. Ausländer kann sein, wer Deutsch als Muttersprache spricht und das Land, dem er zugerechnet wird, nur aus Besuchen kennt. (De Haan, epd Dokumentation 37/1988:7)

II. Sprachkritik als Kritik am Sprachgebrauch

Der in (2) zum Ausdruck gebrachte Gedanke, daß sich die "gemeinsame deutsche Sprache" in einer multikulturellen Gesellschaft nicht in ihrer hergebrachten Form erhalten lasse, daß Sprachkontakt zu Entlehnungen oder zu Sprachmischung führen könnte, läßt sich in dieser globalen Form mit Untersuchungsergebnissen etwa aus dem Bereich der Sprachkontaktforschung bestätigen (vgl. Appel/Muysken 1987:153ff). Die negative Wertung eines solchen durch Sprachkontakt ausgelösten Sprachwandels trägt aber eher sprachpuristische Züge und steht damit in einer ganz anderen Tradition. Von Polenz (1967:114) sieht Höhepunkte solch sprachreinigender Bemühungen, die seiner Ansicht nach im Zusammenhang stehen mit einer politischen Aktivierung des Nationalgefühls, etwa nach dem dreißigjährigen Krieg, nach der Reichsgründung und bei Ausbruch des ersten Weltkrieges. In seiner kritischen Analyse dieses Sprachpurismus in seiner zeitabhängigen historischen Entwicklung kommt er allerdings zu dem Schluß, daß es einen solchen öffentlichen Sprachpurismus, wenn man von einer gelegentlichen Kritik am angloamerikanischen Spracheinfluß absehe, bei uns nicht mehr gebe (113). Dagegen sprechen aber Äußerungen wie die folgende, aus dem öffentlichen Diskurs über Sprache, Kultur und nationale Identität:

(4) Westdeutschland 1986 ist nicht das dünnbesiedelte Preußen des 17. Jahrhunderts. Hugenotten, Niederländer etc. waren und sind Europäer, Weiße, Christen. Sie haben sich assimiliert. Die jetzigen Asylanten, zum größten Teil aus Asien, sind von anderer Hautfarbe, **mit artfremder Sprache** (Hervorheb. - G. S.-O.), haben andere Religionen und zum Teil diametrale Lebensauffassungen (zum Beispiel Kastenwesen). (Leserbrief, DIE ZEIT 40/1986:48)

In einem "Klage über Sprachverfall" überschriebenen Absatz des zweiten der hier zu besprechenden Artikel aus der SÜDDEUTSCHE ZEITUNG wird der These, daß kulturelle Kontakte negative Auswirkungen auf unsere Sprache hätten, zunächst scheinbar zugestimmt unter Anspielung auf den öffentlich gelegentlich kritisierten übermäßigen Gebrauch von Amerikanismen, wie *checken* oder *knockout*, vgl. (5):

(5) Ausländer gefährden 'die Homogenität der Gesellschaft ..., die gemeinsame deutsche Geschichte, Sprache und Kultur'. So steht es in der Begründung zum Gesetzesentwurf aus dem Bundesinnenministerium zu lesen. Besteht aber wirklich die Gefahr eines Kulturverlustes durch Begegnung mit der Türkei oder Jugoslawien im eigenen Land? Viktor Pfaff gab denen Recht, die den Sprachverfall beklagen. Nur - "checken wir mal unsere Sprache ab, von wo der Knockout droht". Und wohl nicht zu Unrecht klagten Ausländer auf der Tutzinger Tagung über Politiker, die von Ausländern wie von einer Naturkatastrophe sprechen. Da sind Explosionen im Gang, da brechen die Dämme, da drohen Überschwemmung und Sogwirkung. (SZ 2./3.7.1988)

In einem zweiten Schritt wird dann die These, daß die Verwendung unangemessener Begriffe als Sprachverfall zu bewerten sei, auf Politiker angewandt, die sich in der ausländerpolitischen Diskussion einer Naturkatastrophen-Metaphorik bedienen. Die wirkliche Gefahr eines Sprachverfalls besteht nach Meinung des Autors offenbar in einem Mangel an Sprachkultur bei den politisch Verantwortlichen. Auch hier wird versucht, einen Widerspruch aufzuzeigen zwischen sprachpflegerischem Bemühen einerseits und Mangel an eigener Sprachkultur andererseits. Mit einer solchen Argumentation läßt sich zugleich die zugrundeliegende These in Zweifel ziehen, daß die Bewahrung der Muttersprache in ihrer historisch überlieferten Form möglich und darüber hinaus erstrebenswert sei.

III. Sprachkritik als Kritik am Argumentationsstil

Mit der Sprachkritik als Kritik an der Wortwahl im Zusammenhang steht die folgende Kritik, die sich als Kritik am Argumentationsstil erweist. Wenn man, so lautet der Gedankengang, einen bestimmten Sachverhalt als natürlich im Sinne von naturgegeben beschreibt, dann entzieht man ihn zugleich der Diskussion: Über Vorgänge in der Natur zu diskutieren ist unvernünftig, auf sie besonnen zu reagieren, besonders dann wenn sie bedrohliche Formen annehmen, ist eine nicht zu hinterfragende Notwendigkeit, zu der es keine Alternative gibt. In dem vorliegenden Zitat scheinen Konflikte zwischen Einheimischen und zugewanderten Fremden eine unausweichliche Konsequenz zu sein für homogene Gemeinschaften mit zahlenmäßig starken ethnischen Minderheiten. Warum dies so sein soll, wird allerdings nicht ausgeführt. Wenn man - wie in diesem Zusammenhang nahegelegt - das Argument von der Zwangsläufigkeit dieses Prozesses so interpretiert, daß es sich um einen gleichsam "naturgesetzlichen Vorgang" handele, stellt sich die Frage, welche gleichsam "natürlichen" Unterscheidungsmerkmale gemeinsamer Sprache, Geschichte, Kultur und Tradition innewohnen sollen. Der Hinweis auf die *"artfremde Sprache"*, vgl.(4), deutet zumindest eine in der öffentlichen Diskussion geläufige Interpretation dieser Zusammenhänge an.

(6) Die unbestreitbar vorhandene Fremdenfeindlichkeit erscheint als naturgesetzlicher Vorgang, der politisch nicht beeinflußt werden kann. Eine Politik, die auf Naturgesetze und deren Wirkungen reagiert, ist unbestreitbar vernünftig und bedarf keiner weiteren Begründung. (De Haan, epd Dokumentation 37/1988:6)

IV. Sprachkritik als Kritik am Diskussionsstil

Der These, daß die Bewahrung der überlieferten Sprache eine besondere gesellschaftliche Aufgabe darstelle, da sie die kommunikative Verbindung unter den Deutschen wahre und so in bezug auf die deutsche Nation eine integrative Funktion habe, wird die Idee von einer "neuen Einheit" entgegengesetzt. Dabei wird aber nicht auf das Ziel der Bewahrung der Sprache in ihrem lautlichen, lexikalischen und grammatischen Bestand eingegangen, es wird vielmehr über die

Sprache als Mittel der Mitteilung und der Verständigung gehandelt. Und Verständigung über eigene und fremde Einsichten sowie eigene und fremde kulturelle Werte ist das, was hier als anstrebenswert dargestellt wird. Die Forderung nach Bewahrung der eigenen Sprache in ihrer traditionell überlieferten Form wird gedeutet als ein Zug zur Abgrenzung und als ein Ausdruck des Mangels an Gesprächs- und Verständigungsbereitschaft. Der Begriff *Sprache* wird aber auch hier seines materiellen Gehaltes weitgehend entkleidet, wenn er im Sinne von Verständigungsbereitschaft gebraucht wird. Keine Auskunft wird ja darüber gegeben, ob die an der interkulturellen Kommunikation auch mit ihren jeweiligen Muttersprachen Beteiligten auch eine Verschmelzung eben dieser Sprachen zu "einer neuen Einheit" anstreben sollten.

(7) Die Frage, die ich stellen möchte, lautet nicht: Wie können die traditionellen Werte, die unser Gemeinwesen prägen, einschließlich der **Sprache** (Hervorheb. - G. S.-O.) und der Religion, bewahrt werden, sondern: Wohnt ihnen die Kraft inne, sich anderen auf dem Wege der Überzeugung mitzuteilen und sich mit dem, was sie an Einsichten und kulturellen Werten mitbringen, zu einer neuen Einheit zu verschmelzen? (Heusel, epd Dokumentation 37/1988:55)

Bei einer genaueren Betrachtung der Texte verstärkt sich also der Eindruck, daß diese sprachkritischen Überlegungen sprachkritisch im Sinne einer Ideologiekritik sind, d.h. daß *Sprache* hier steht für die Art und Weise, wie argumentiert wird, d.h. - um mit den Worten der Kritiker des vorgelegten Gesetzesentwurfs zu sprechen - für den "Ton", in dem gesprochen wird und für den "Geist", der sich hier manifestiert: "Der Geist, der solche Sprache (gemeint ist die Naturkatastrophenmetaphorik für den Sachverhalt des Zuzuges von Fremden - G. S.-O.) spricht, so hieß es in Tutzing, habe auch den Gesetzesentwurf geschrieben" (SZ 2./3.7.1988). Auch diejenigen, die für eine pragmatisch orientierte Politik der kleinen Schritte plädieren und für die Herbeiführung eines breiten Konsenses in der Ausländerpolitik, warnen vor diesem Geist: "..allerdings darf der erste Schritt auch kein Schritt rückwärts sein oder auf einen Abgrund zuführen, wo ein zweiter Schritt nicht mehr möglich ist" (Goebels, epd Dokumentation 37/1988:10). Inwiefern eine verfehlte Ausländerpolitik nicht nur den davon unmittelbar betroffenen Menschen schadet, sondern uns alle zu Betroffenen machen soll, wird an dieser Stelle allenfalls angedeutet, insofern hier "ein Schritt auf einen Abgrund zu" mit "einem Schritt rückwärts" in Verbindung gebracht wird. Auch an anderen Stellen wird der Geist der Argumentation als rückwärtsgewandt bezeichnet:

(8) Man hat die Zeit, in der solche Sätze geschrieben werden konnten, für überwunden geglaubt. (SZ 2./3.7.1988)

(9) Hier lassen sich mühelos Elemente der nationalstaatlichen Ideologie nachweisen, die auf das vergangene Jahrhundert zurückweisen. ... Die Bundesrepublik kann leichter als andere Staaten in

Europa sich aus den Bindungen nationalstaatlichen Denkens befreien. Dies wäre Trauerarbeit im Verständnis der deutschen Geschichte. (De Haan, epd Dokumentation 37/1988:7)

(10) Wir glaubten diese Zeiten überwunden. Ich fürchte, wir haben uns geirrt, wenn Gesetz wird, was Entwurf ist. (Pfaff, epd Dokumentation 37/1988:26)

(11) Ist es wirklich zukunftsträchtig, diese Probleme (gemeint ist die Anwesenheit von Ausländern - G. S.-O.) mit den Voraussetzungen des 19., ja sogar des 18. Jahrhunderts heute noch anzugehen? (Heusel, epd Dokumentation 37/1988:56)

(12) Die Diskussion um ein neues Ausländergesetz bräuchte eigentlich nicht mehr geführt zu werden. Die Argumente dafür und dagegen sind bereits vor 75 Jahren ausgetauscht worden. Es geht heute nur noch darum, sich wie damals für die eine oder andere Seite zu entscheiden. (Leuninger, epd Dokumentation 37/1988:59)

Alle genannten Zitate befassen sich mit dem Problem, was aus der Geschichte zu lernen sei. Der geschichtliche Zeitraum, von dem für die hier interessierende Fragestellung zu lernen ist, bleibt aber nach Raum und Zeit merkwürdig unbestimmt. So wird in zwei Zitaten nur von "diesen Zeiten" gesprochen, als sei ein bestimmter Referenzzeitpunkt als bekannt vorauszusetzen. In anderen Fällen wird auf eine bestimmte Epoche verwiesen, etwa auf das 19.Jahrhundert, oder auf einen bestimmten historischen Zeitpunkt, "vor 75 Jahren". Zu diesem Zeitpunkt fand, wie an dieser Stelle weiter ausgeführt wird, eine Reichstagsdebatte über einen Regierungsentwurf zu einem Reichs- und Staatsangehörigkeitsgesetz statt, der - so Leuninger - "mittels der Staatsangehörigkeit eine ethnisch-biologisch verstandene Volksgemeinschaft festschreiben wollte". Und - so fährt er fort, und man fühlt sich durch diese Formulierung an eine zwanzig Jahre spätere Reichstagsdebatte erinnert - : "Nur die Sozialdemokraten verweigerten am Schluß der Auseinandersetzung ihre Zustimmung." Ein Zeitraum der deutschen Geschichte, die Zeit von 1933 - 1945, wird, obwohl er offenbar für die Argumentation eine entscheidende Rolle spielt, nicht explizit benannt. Wenn "Trauerarbeit" im Sinne der deutschen Geschichte zu leisten wäre, so steht der diskutierte Gesetzesentwurf offenbar für die "Unfähigkeit zu trauern". Daß **Ideologiekritik** hier in der Form von **Sprachkritik** formuliert wird, hängt aber meines Erachtens nicht nur damit zusammen, daß hier ein Abschnitt der deutschen Geschichte angesprochen werden muß, der - wie nicht zuletzt der Historikerstreit gezeigt hat - noch mit vielen Tabus belastet ist. Eine bestimmte Art von **Dialogfähigkeit** wird hier offenbar im Sinne von Habermas mit einer bestimmten "Geisteshaltung" in Verbindung gebracht und zu einer Neubestimmung der deutschen Identität und eines besonderen historischen Auftrags für die deutsche Nation gegen die Autoren dieses Gesetzesentwurfs und die von ihnen vertretene Politik verwendet:

(13) Am Ende seines berühmten Vortrages über die Deutschen und ihre Identität auf dem Düsseldorfer Kirchentag zitiert Bundespräsident von Weizsäcker den französischen Dichter Paul Claudel mit den folgenden Worten: 'Deutschland ist nicht dazu da, die Völker zu spalten, sondern sie zu versammeln. Seine Rolle ist es: Übereinstimmung zu schaffen - all die unterschiedlichen Nationen, die es umgeben, spüren zu lassen, daß sie ohne einander nicht leben können, daß sie aufeinander angewiesen sind.' 'Das ist ein großer, ein zuversichtlicher Auftrag an uns', so fügt Weizsäcker hinzu. Und er fährt fort: 'In der bewegten Geschichte und in der Trennung liegt auch eine Chance.' Er hat dabei den Ost-West-Dialog im Blick, aber gemeint ist eine dialogische Grundstruktur, die darüber weit hinausgeht. (Heusel, epd Dokumentation 37/1988:56)

Wenn man die hier analysierten Texte ihrerseits einer sprachkritischen Analyse unterzieht, so stellt sich die Frage, welchen Maßstab wir anzulegen haben bei der Beurteilung der Frage, ob hier nicht der eine oder der andere der hier zitierten Autoren der Versuchung erlegen ist, andere mit "gezielten Mißverständnissen, Unterstellungen oder moralischen Abqualifizierungen zu bedenken" (epd Dokumentation 37/1988:10). Das gilt etwa für den Hinweis, daß die gegenwärtige Debatte, parallel zu der Reichstagsdebatte von 1913 zwei Entscheidungsmöglichkeiten zulasse, von denen die eine - und das wissen wir aus der Geschichte - binnen zwanzig Jahren die Nation an einen "point of no return" und in weiteren zwölf Jahren in die Katastrophe geführt hat.

Aufgabe politischer Sprachkritik in einer demokratischen und pluralistischen Gesellschaft kann nun nicht - und darauf weist Rudi Keller (1985:275) mit Recht hin - "Zensur dessen sein, was gesagt werden darf oder wie es gesagt werden darf. ... Ziel politischer Sprachkritik sind vielmehr in erster Linie die **Adressaten** politischer Äußerungen." Politische Sprachkritik - etwa in Form semantischer Analysen - kann dazu beitragen, die Adressaten solcher Äußerungen in der kritischen Reflexion darüber zu unterstützen, was etwa mit einer bestimmten Äußerung **wörtlich** gesagt wurde, was mit dieser Äußerung vorausgesetzt (präsupponiert) wurde und was zugleich mitverstanden (konversationell impliziert) werden könnte, ohne daß es wörtlich geäußert wurde. Um aber entscheiden zu können, ob hier mit sprachlichen Mitteln verdunkelt oder erhellt, manipuliert oder aufgeklärt wurde, bedarf es nicht nur einer Analyse der mit den sprachlichen Mitteln bezeichneten Realität, sondern auch eines bestimmten Bewertungsmaßstabes, der natürlich von der Sprachkritik nicht vorgegeben werden kann. Wenn wir aber unterstellen, daß jemand, der eine Behauptung aufstellt oder eine Bewertung formuliert, nicht nur gute Gründe dafür hat, sondern diese auf Befragen auch nennen kann, so können wir in öffentlichen Diskursen verlangen, daß Redner Gründe für ihre Behauptungen benennen und ihre Bewertungsmaßstäbe offenlegen. Die oben erwähnte andeutende Argumentation hätte dann etwa, soweit sie einen verdeckten Faschismusvorwurf enthält, glaubhaft zu machen, daß die gegenwärtige Debatte in wesentlichen Punkten diese historischen Parallelen zu ziehen erlaubt. Weiter wäre auf Nachfrage auch argumentativ zu begründen, warum hier eine Bildlichkeit verwendet wird, die den bezeichneten Sachverhalt in ähnlicher Weise der Diskussion entzieht, wie die oben diskutierte Naturmetaphorik, gemeint ist hier die Abgrund- und Katastrophenmetaphorik. Auch hier müßte im Diskurs erläutert werden, inwiefern der hier verhandelten Thematik tatsächlich nach Meinung der Redner eine derart fundamentale Bedeutung für das Schicksal der gesamten Nation zugeschrieben werden muß, oder ob die Anspielungen auf die Fehlentwicklungen des deutschen Nationalismus nicht zuletzt in der Rassenideologie des 3. Reiches, die nicht nur Ausgrenzung von Menschen, sondern auch deren Verfolgung und Ermordung zur Folge hatte, eher die Qualität eines allgemeinen moralischen Appells haben, daß man sein ausländerpolitisches Handeln ausschließlich von Prinzipien der Humanität leiten lassen solle. In solchen Ansätzen, die - etwa auf der Basis einer christlichen Soziallehre - von der unverletzlichen Menschenwürde und grundlegenden Menschenrechten ausgehen, wird dann auch ausdrücklich das Gemeinwohl des *deutschen Volkes* relativiert zugunsten eines weiteren Verständnisses von Gemeinwohl, "an dem **alle** Menschen teilhaben" (Voss, epd Dokumentation 37/1988:38).

Mit dieser Formulierung wird eine Asymmetrie aufzulösen versucht, die diese ganze Debatte wie ein roter Faden durchzieht. Das Gegensatzpaar *die Deutschen* und *die Fremden* erfüllt die Definition, die Koselleck (1989:213) für **asymmetrische Gegenbegriffe** gibt: "So kennt die Geschichte zahlreiche Grundbegriffe, die darauf angelegt sind, eine wechselseitige Anerkennung auszuschließen. Aus dem Begriff seiner selbst folgt eine Fremdbestimmung, die für den Fremdbestimmten sprachlich einer Privation, faktisch einem Raub gleichkommen kann." Koselleck erläutert diese Grundfigur asymmetrischer Gegenbegriffe im Sprachgebrauch der Politik unter anderem an einem Gegensatz aus dem Begriffsfeld Menschheit, einem Gegensatz zwischen Mensch und Unmensch, zwischen Übermensch und Untermensch (213), und zwar am Gegensatzpaar *Arier* und *Nicht-Arier*:

(14) Im Sinne der ideologischen Besetzbarkeit von Negationen, denen keine politisch definierbare Position gegenübersteht, liegt hier ein struktureller Anwendungsfall von 'Mensch und Unmensch' vor. Denn der Ausdruck 'nichtarisch' war weder vom Arischen her noch vom Nichtarischen so zu bestimmen, daß sich daraus eine klare Position ergeben hätte. Das Wortpaar diente dazu, funktional zur Machtposition derer verwendet zu werden, die die Sprachregelung treffen konnten. Der Mensch, aus dem der Unmensch, der Über- und Untermensch abgeleitet werden, bestätigt nur eine ideologische Beliebigkeit, die das verfehlt, was historisch aus dem Begriff des Menschen folgt: daß er ein ambivalentes Wesen ist, das festzulegen ein politisches Risiko bleibt. (Koselleck 1989:258)

Die These von der ideologischen Beliebigkeit der Füllung solcher Begriffspaare wie *Deutsche(r) - Nicht-Deutsche(r)* wird in der hier analysierten Kontroverse auch gegen die Idee von einer wesentlich durch gemeinsame Geschichte, Tradition, Sprache und Kultur bestimmbaren deutschen Nation angeführt, vgl. (3).

Kommen wir abschließend noch einmal auf den ganz verdeckt in dieser Debatte enthaltenen Faschismusvorwurf zurück, der ja schon auf eine gewisse Tradition im öffentlichen Diskurs der deutschen Nachkriegsgeschichte zurückblicken kann (vgl. Stötzel 1989). Besteht bei den Kritikern des in dem Entwurf zu einem neuen Ausländergestz verwendeten, über gemeinsame Sprache und Kultur definierten Verständnisses von der Zugehörigkeit nicht nur zur deutschen Nation, sondern auch zum deutschen Staatsvolk tatsächlich eine echte Besorgnis, es ließe sich hier eine historische Parallele zur Arier-Gesetzgebung des dritten Reiches (vgl. Koselleck 1989:257) mit all ihren furchtbaren Konsequenzen für die Betroffenen ziehen? Da diese historischen Parallelen an keiner Stelle offen gezogen werden, wenn sie auch - wie oben gezeigt wurde - in verdeckter Form eine wesentliche Rolle spielen, läßt sich diese Frage nicht mit Sicherheit beantworten. Vermutlich würde die Absicht, historische Bezüge in dieser krassen Form herstellen zu wollen, hier aber verneint werden. Tatsächlich wird durch die Argumentationsweise, die indirekten Formen der Anspielung auf bestimmte Epochen der deutschen Geschichte, nicht nur die Frage der Diskussion entzogen, wie berechtigt derartige historische Vergleiche sind, der historische Vergleich entzieht auch die Argumente selbst der Debatte: Das Muttersprache-Konzept erscheint hier als ein Kind des dritten Reiches, zumindest aber als ein Abkömmling einer geistigen Tradition, die in jene Epoche einmündete, und wird so einer historisch-kritischen Betrachtung weitgehend entzogen. Andernfalls hätte sich zeigen lassen, daß mit dem Versuch, *Sprache* als *Verständigungsfähigkeit* neu zu interpretieren, vgl. (6), tatsächlich kein Gegenentwurf formuliert wurde, sondern daß sich beide Sprach-Konzepte auf die gleichen Wurzeln zurückführen lassen (vgl. Ivo 1990).

Ein zentrales Anliegen der Kritiker dieses Sprach-Konzeptes scheint hingegen gerade darin zu liegen, zu zeigen, daß die Bestimmung einer kollektiven (deutschen) Identität auf diesen Rekurs auf gemeinsame Geschichte, Tradition, Sprache und Kultur verzichten müsse. Die Argumentation mit historischen Parallelen dient offenbar weniger dem Zweck, Bezüge zwischen Ausländergesetzgebung und Ariergesetzgebung herzustellen, als daran zu erinnern, welche Konsequenzen ein übersteigerter Nationalismus nicht nur für die Deutschen, sondern für Europa im 19. und 20. Jahrhundert hatte. Bindungen an nationalstaatliches Denken in Europa zu überwinden, seien die Deutschen aufgrund ihrer geschichtlichen Erfahrungen aber in besonderer Weise gefordert, vgl. (9).

Die aktuelle politische Entwicklung, die natürlich zum Zeitpunkt dieser Debatte nicht vorherzusehen war, zeigt aber, wie problematisch der weitgehende Verzicht auf eine historisch-kritische Auseinandersetzung mit dem vorliegenden Muttersprache- bzw. Volkssprachekonzept war, unter der Voraussetzung, es sei historisch überholt.

3. Die Geisteswissenschaften als Sinnstifterinnen in der politischen Tagesdiskussion?

In den vorangehenden Ausführungen wurde deutlich, daß nicht nur Ergebnisse geisteswissenschaftlicher Forschung der ideellen Legitimierung bestimmter Politik gedient haben, sondern daß immer wieder Geisteswissenschaftler unter Berufung auf ihr eigenes wissenschaftliches Erkenntnisinteresse, vermittelt nicht zuletzt durch die Reflexion politisch relevanter Konzepte, ins tagespolitische Geschehen eingegriffen haben (vgl. Röcke 1989).

Ein solches Tun setzt nun aber auch die kritische Selbstbesinnung auf Konzepte voraus, die von der eigenen Fachwissenschaft in die öffentliche Diskussion eingebracht wurden. Für diese kritische "Selbstreflexion" gibt - wie bereits angedeutet - der sogenannte "Historikerstreit" ein illustratives Beispiel. In seinem Essay setzt sich Wehler (1988:69 ff.) mit den Versuchen von Fachkollegen auseinander, die ideellen Grundlagen für eine Politik zu legen, die wieder stärker bestimmten nationalen Prinzipien verpflichtet ist. Wehler wie auch Bremerich-Voß (1989:243) versuchen dies insbesondere mit Zitaten wie dem folgenden aus den Arbeiten von Michael Stürmer zu verdeutlichen: "Wer aber meint, daß alles dies (gemeint sind Orientierungsverlust und Identitätssuche - G. S.-O.) auf Politik und Zukunft keine Wirkung habe, der ignoriert, daß in geschichtslosem Land die Zukunft prägt, wer die Erinnerung füllt, die Begriffe prägt und die Vergangenheit deutet." Wehler vermißt in dem dieser Art von Identitätsstiftung zugrundeliegenden Identitätsverständnis die Möglichkeit zur kritischen Reflexion von Werten und Traditionselementen:

(15) Identitätitätsstiftung bleibt dann nicht mehr die naive Übernahme tradierter Normen und Verhaltensmaximen, sondern bedeutet nach einer offenen, produktiven und kritischen Auseinandersetzung die reflektierte Annahme von Werten und Traditionselementen - oder auch ihre begründete Ablehnung. Im Gegensatz zu dem von Neokonservativen favorisierten Identitätsverständnis umschließt diese Identitätsbildung die Fähigkeit zu reflektiertem Abwägen, zur Selbstdistanzierung, zur produktiven Reaktion auf Veränderungen, durch die auch die Identität selbst wieder verändert werden kann. Diese Identitätsbildung ist 'gleich weit entfernt von der

Unfähigkeit zur Kritik wie der Unfähigkeit zur Bindung'. Sie ist 'deutlich unterschieden von eindimensionaler Anpassung an jeden Wandel wie von starren Verdrängungen nicht verarbeiteter Veränderungen'. Sie ist deutlich abgegrenzt von der Umwelt und zugleich vielfältig auf sie bezogen. (Wehler 1988:144)

In der hier analysierten Debatte fehlt es meines Erachtens in diesem Sinne nicht nur an der reflektierten Annahme, sondern zum Teil auch an der begründeten Ablehnung von Werten und Traditionselementen. Die kritische Reflexion innerhalb der Germanistik über die Frage, welcher Stellenwert den nicht zuletzt durch den Historikerstreit in den öffentlichen Diskurs eingebrachten Konzepten von *Nation*, *kulturellem Erbe* usw. für die individuelle wie kollektive Identitätsbildung beizumessen sei (vgl. Siebert-Ott 1990:441), zeigt nämlich, daß trotz aller hier besprochenen Verzerrungen, den Konzepten von *Volkssprache* und *Sprachnation*, etwa in ihrer Prägung durch Wilhelm von Humboldt, durchaus ein kritisches Potential innewohnt:

(16) Der Weg zu diesem 'höheren Standpunkt' ist ein dialogischer, so wie der Standpunkt selbst dialogisch ist. Das gilt für die Verständigung des einzelnen Menschen mit sich selbst und für die Menschen untereinander als Einzelne und in ihren Gruppierungen. Folglich hat in der Wahrheitsfrage nicht 'eine eigenthümliche Weltsicht' einer Sprache das letzte Wort. Das Volkssprachekonzept weist in seiner ausgefalteten Form ausdrücklich über sich hinaus, auf jenes Dritte, das nur dialogisch gewonnen werden kann ... Verstehen wollen, ohne das Andere durch das Eigene zu überwältigen und ohne das Eigene an das Andere zu verlieren; zusammenzuleben mit dem Anderen, dem Fremden, nicht gewaltsam, nicht unzart, nicht gleichgültig - dies begründet zu fordern wird möglich, weil in den Verschiedenheiten die Chance erkannt wird, unter den kontingenten Bedingungen menschlicher Existenz, insbesondere ihrer Zeitlichkeit, an die Wahrheit, die wir nicht besitzen können, 'anzuringen'. Das Andere, das Fremde verliert seine Bedrohlichkeit. (Ivo 1990:361)

Diese Feststellung entbindet sicher nicht von der Beschäftigung mit den Verzerrungen, die dieses Volks- bzw. Muttersprachekonzept im Laufe seiner Geschichte (vgl. Weisgerber 1941) erfahren hat. Ivo hält eine historische Rückbesinnung nicht nur für lehrreich angesichts neuer nationalistischer Irritationen, einen Reflex dieser dialogischen Sprachstruktur boten auch jene aktuellen Ereignisse der jüngsten deutschen Geschichte, in denen der Versuch unternommen wurde, eine andere Form der - vielleicht von Christa Wolf nicht hinreichend thematisierten - Sprachlosigkeit zu überwinden:

(17) Als am 4. November 1989 auf dem Berliner Alexanderplatz mehrere Redner der Kundgebung 'das Wiederfinden der Sprache' ... als das wesentliche Ergebnis der damaligen Tage hervorhoben, da schien für wenige geschichtliche Augenblicke das Volkssprachenkonzept das anerkannte zu werden: in der Bedachtsamkeit des Sprechens Raum gebend zum Nachdenken; in unverstellter Rede Erfahrung und Hoffnung zu Wort kommen lassend mit keinem anderen Ziel, als daß sie zu Wort kommt; in der Offenheit der Anrede und Erwiderung. Für wenige Augenblicke

konnte sich die Macht der Sprache als gewaltlos und doch als die mächtigste zeigen: als die, die Wollende zu Nichtwollenden und Nichtwollende zu Wollenden macht; als ein Versprechen von Möglichkeiten, nicht gewaltsam, nicht unzart, nicht gleichgültig zusammenzuleben; als eine Aussicht auf Wechselverständnis, das das je Eigene unangetastet läßt. (Ivo 1990:368)

Literatur

Appel, R./Muysken, P. 1987. *Language contact and bilingualism*. London u.a.
Bremerich-Voß, A. 1989. Sprachkritische Anmerkungen zum Historikerstreit. In: Klein (Hg.), 231-258.
Conrady, K. O. 1967. Deutsche Literaturwissenschaft und Drittes Reich. In: *Germanistik - eine deutsche Wissenschaft*, 71-109.
Conrady, K. O. 1974. *Literatur und Germanistik als Herausforderung*. Frankfurt/Main.
Förster, J./Neuland, E./Rupp, G 1989 (Hg.). *Wozu noch Germanistik? Wissenschaft - Beruf - Kulturelle Praxis*. Stuttgart.
Germanistik - eine deutsche Wissenschaft 1967. Beiträge von E. Lämmert, W. Killy, K. O. Conrady und P. v. Polenz. Frankfurt/M.
Glotz, P. 1985. Die Rückkehr der Mythen in die Politik. In: G. Stötzel (Hg.), 231-244.
Hellmann, M. W. 1989. Die doppelte Wende - Zur Verbindung von Sprache, Sprachwissenschaft und zeitgebundener politischer Bewertung am Beispiel deutsch-deutscher Sprachdifferenzierung. In: Klein (Hg.), 297-326.
Ivo, H. 1990. Volkssprache und Sprachnation. In: *Diskussion Deutsch* 114, 343-368.
Keller, R. 1985. Was die Wanzen tötet, tötet auch den Popen. Ein Beitrag zur politischen Sprachkritik. In: G. Stötzel (Hg.), 264-277.
Klein, J. 1989 (Hg.). *Politische Semantik. Beiträge zur politischen Sprachverwendung*. Opladen.
Klein, J. 1989. Wortschatz, Wortkampf, Wortfelder in der Politik. In: Ders. (Hg.), 3-50.
Koselleck, R. 1989. Zur historisch-politischen Semantik asymmetrischer Gegenbegriffe. In: Ders. *Vergangene Zukunft. Zur Semantik geschichtlicher Zeiten*. Frankfurt/Main, 211-259.
Lämmert, E. 1967. Germanistik - eine deutsche Wissenschaft. In: *Germanistik - eine deutsche Wissenschaft*, 7-41.
Mecklenburg, N. und H. Müller 1974. *Erkenntnisinteresse und Literaturwissenschaft*. Stuttgart u.a.
Polenz, P. v. 1967. Sprachpurismus und Nationalsozialismus. In: *Germanistik - eine deutsche Wissenschaft*, 111-165.

Röcke, W. 1989. Die Aktualität der Anfänge. Zur theoretischen und politischen Relevanz der frühen Germanistik. In: J. Förster u.a. (Hg.), 37-49.

Siebert-Ott, G. 1990. Kulturverlust - Sprachverlust - Identitätsverlust. Gedanken zur Neuorientierung einer Pädagogik als Ethnopädagogik oder interkultureller Pädagogik. In: *Diskussion Deutsch* 114, 434-448.

Stötzel, G. 1989. Zur Geschichte der NS-Vergleiche von 1946 bis heute. In: J. Klein (Hg.), 261-276.

Stötzel, G. 1989 (Hg.). Germanistik - Forschungsstand und Perspektiven. Vorträge des Deutschen Germanistentages 1984. Teil 1. Berlin u.a.

Wehler, H. U. 1988. *Entsorgung der deutschen Vergangenheit. Ein polemischer Essay zum "Historikerstreit"*. München.

Weisgerber, L. 1941. Die deutsche Sprache im Aufbau des deutschen Volkslebens. In: G. Fricke u.a. (Hg.). *Von deutscher Art in Sprache und Dichtung*. Bd. 1. Stuttgart, 3-41.

"ARBEIT" UND "ARBEITSLOSIGKEIT"

Franz Januschek

Mein Thema sind die Begriffe *Arbeit* und *Arbeitslosigkeit*, und zwar insbesondere die Art und Weise, wie diese Begriffe sich selbst gleich bleiben trotz vielfacher Versuche, sie anders zu besetzen.

Bekanntlich hat sich der Charakter der in unserer Gesellschaft zu verrichtenden Arbeit in den letzten Jahrzehnten ziemlich gewandelt, z.B. im Hinblick auf folgende Punkte:
- Der Anteil schwerer körperlicher Arbeit hat stark abgenommen.
- Der Anteil der sog. Dienstleistungsberufe hat stark zugenommen.
- Immer mehr menschliche Tätigkeiten werden von Maschinen übernommen.
- Der Anteil der Berufsarbeitszeit an der gesamten Lebenszeit eines Menschen ist nur noch vergleichsweise gering.
- Wieviel und wie gut jemand in seinem Beruf arbeitet, entscheidet nicht mehr über Leben und Tod, sondern allenfalls über das Maß seiner/ihrer sozialen Anerkennung.

Auch unser Verhältnis zur Berufsarbeit hat sich gewandelt - jedenfalls gibt es Untersuchungen, die dies zeigen (vgl. Jessen u.a. 1988, Rosenmayr/Kolland 1988, Vollmer 1986).

Es wäre denkbar und auch zu erwarten, daß unser Begriff von Arbeit sich entsprechend wandelte, z.B. dahingehend, daß das, was wir in der Erwerbstätigkeit tun, nicht unbedingt Arbeit sein muß, und daß umgekehrt die Arbeit, die wir verrichten, nicht notwendigerweise an ein Lohnverhältnis geknüpft ist. Tatsächlich unterscheidet sich ja die Tätigkeit etwa eines stipendiengeförderten Doktoranden kaum von der eines angestellten oder beamteten Forschers und die einer entlohnten Automechanikerin kaum von der ihrer autobastelnden Freundin (die eine Werkstatt-Reparatur nicht bezahlen kann). Und es kann auch durchaus sein, daß jemandes Erwerbstätigkeit langweilig und ermüdend, aber nicht anstrengend ist, während die eigentlichen geistigen und körperlichen Anstrengungen in der Freizeit, etwa beim Sport oder beim Heimwerken anfallen. - Es war also nicht unbedingt zu erwarten, daß der Begriff der Arbeit angesichts dieses so deutlichen Wandels schlicht an das Kriterium der Entlohnung geknüpft bleibt, zumal diese Entlohnung ja auch noch den Charakter des "Lebensunterhalts" - wörtlich verstanden - verloren und ihn an das sogenannte "soziale Netz" abgetreten hat. Und dennoch ist dies der Fall. Dies möchte ich zunächst an einem Beispiel belegen, an dem auch sogleich deutlich wird, wo das Problem der Begriffsbesetzung liegt:

In einem Interview (FR 28.1.1989) äußerte der SPD-Politiker Lafontaine u.a. folgendes:

Wir haben einen Paradigmenwechsel vollzogen beim Begriff der Arbeit. Eine moderne linke politische Theorie kann sich nicht mehr auf den produktionszentrierten Arbeitsbegriff stützen, sie muß den Arbeitsbegriff um die gesellschaftlich notwendige nicht-bezahlte Arbeit erweitern. ...

Indem Lafontaine "erweitern" (und nicht etwa "verändern" oder "verwerfen" o.ä.) sagt, setzt er voraus, daß der "alte" Arbeitsbegriff in seiner Substanz erhalten bleiben soll. Das wäre aber sicher kein "Paradigmenwechsel", wie ihn Lafontaine (zumindest damals) anzustreben schien. Es ist sicher müßig, darüber nachzudenken, ob dies absichtlich so formuliert worden ist: In jedem Fall wird deutlich, daß die Begriffsbesetzung mißlingt, weil die Verständigungsgrundlage, der "alte" Arbeitsbegriff, als solche erst gar nicht angetastet wird.

Vor ein bis zwei Jahrzehnten hätten wir die Fortexistenz jenes Arbeitsbegriffs vermutlich als eine typisch kapitalistische ideologische Schweinerei erklärt (ebenso wie etwa beim Begriffspaar *Arbeitgeber - Arbeitnehmer*), die die Tatsache reflektiert, daß im Kapitalismus die Arbeit eben nicht als konkret nützliche, sondern nur als mehrwertschaffende zählt. Aber kein Kapitalist hat verboten, etwa ehrenamtliche Arbeit als solche zu bezeichnen, und umgekehrt ist der Ausdruck *Erwerbstätigkeit* (der ja offensichtlich die Identifikation von Arbeit mit Lohnarbeit vermeidet) sicher keine antikapitalistische Erfindung. Daher müssen wir bezüglich des Arbeitsbegriffs die Möglichkeit erörtern, daß die **Opfer** dieser kapitalistischen Ideologie (wenn es denn eine ist) zugleich auch deren **Urheber** sind.

Ganz ähnliches gilt auch für den der **Arbeit** komplementären Begriff der *Arbeitslosigkeit*. Wiederum zur Erinnerung einige Fakten:

- Nicht alle, nicht einmal die meisten Arbeitslosen leben in Armut (obgleich unter Arbeitslosen Armut häufiger anzutreffen ist als bei anderen).
- Sehr viele (vielleicht die meisten) Arbeitslosen arbeiten in Wirklichkeit, und zwar als
- Gelegenheitsarbeiter
- ABM-Kräfte
- Hausfrauen/männer
- Ehrenamtlich Tätige
- Schwarzarbeiter
- Studierende

- Die allermeisten Arbeitslosen haben es nicht nötig, um des Lebensunterhalts willen jedes sich bietende Lohnarbeitsverhältnis einzugehen, ja dies könnte ihnen sogar materielle Nachteile einbringen (wenn es sich um ein minderqualifiziertes und befristetes Arbeitsverhältnis handelt, nach dessen Beendigung ihr Anspruch auf Arbeitslosenunterstützung geringer ist, als er zuvor war).
- Es gibt Arbeitslose, die für eine Zeit lang sogar am liebsten auf **jedes** Lohnarbeitsverhältnis verzichten.

Angesichts dieser Fakten wäre es wiederum denkbar, daß sich der Begriff der *Arbeitslosigkeit* etwa derart gewandelt hätte, daß wir uns unter einem *Arbeitslosen* nicht mehr zuallererst einen wenig leistungsfähigen herumlungernden Menschen vorstellen, der das wenige, was ihm und seiner Familie zum Leben bleibt, aus Gram auch noch versäuft, sondern vielmehr einen flexiblen Menschen, der die freie Zeit, die der Gesellschaft insgesamt durch den Prozeß der Automation zugewachsen ist, sinnvoll ausnutzt, und zwar sowohl zum eigenen Nutzen, als auch zum Nutzen von Verwandten, Freunden oder im Sinne politischer, gemeinnütziger Arbeit. - Aber auch hier hat ein solcher Begriffswandel bekanntlich nicht stattgefunden; vielmehr gilt **Arbeitslosigkeit** bei uns immer noch als einer der schlimmsten Feinde, bei dessen Bekämpfung bereits minimale Erfolge im Bereich von Zehntelprozenten den Sieg einer Partei bei der nächsten Wahl bedeuten können (nicht müssen: im Jahre 1990 scheint die deutsche Öffentlichkeit andere Sorgen zu haben und sich mit einer lediglich in der DDR ansteigenden Arbeitslosenquote zufriedenzugeben).

Auch die soziale Stigmatisierung von Arbeitslosen entspricht natürlich bestimmten kapitalistischen Interessen, insofern sie auf die Lohnabhängigen abschreckend wirkt und dadurch einen erhöhten Leistungsdruck ausübt. Aber noch deutlicher als beim Arbeitsbegriff erweist sich, daß es gerade die lohnabhängig Beschäftigten und ihre gewerkschaftlichen Organisationen sind, die, wenn schon nicht die einzelnen Arbeitslosen, so doch mindestens die Arbeitslosigkeit als einen gesellschaftlichen Skandal ansehen.

Man könnte daher auf den Gedanken kommen, daß es nicht so sehr konkrete wirtschaftliche Interessen sind, die das Beharrungsvermögen einer überholten Begriffsbildung erklären, als vielmehr bestimmte psychosoziale Dispositionen der so oder so von Arbeit, Lohnabhängigkeit oder Arbeitslosigkeit Betroffenen. Etwa nach dem Motto, daß ich dasjenige, was ich tagtäglich zu tun gezwungen bin, um meinen sozialen Standard zu halten, auch und gerade dann liebe, wenn es langweilig ist, mich nicht ausfüllt und gesellschaftlich sinnlos ist, und daß ich diejenigen hasse oder mindestens bedaure, die sich diesem Zwang eine Zeit lang entziehen können. In der Tat orientieren sich so gut wie alle Untersuchungen zu den Vorstellungen über *Arbeit* und *Arbeitslosigkeit* an einem solchen psychosozialen Erklärungsmodell (vgl. dazu z.B. Holzkamp 1986):

Demgegenüber möchte ich versuchen, **diskursive** Normen zu beschreiben, die das Ausbleiben des begrifflichen Wandels plausibel machen, und zwar selbst dann, wenn die am Diskurs Beteiligten einen solchen Wandel persönlich offenbar wünschen und - wie gerade auch bei Intellektuellen - oft sogar ausdrücklich fordern.

Unter einem **Diskurs** verstehe ich eine Entität eigener Art: eine dialektische Einheit von Sprache und Sprechen, d.h. sowohl ein System von Regeln, das einer (aufgrund zu bestimmender Kriterien eingegrenzten) Menge von Äußerungen zugrunde liegt, als auch zugleich die sprachliche Praxis, die diese Regeln beständig neu konstituiert und reflektiert. Die Regeln werden hier als **Normen** bezeichnet, um zu betonen, daß ihnen vom Moment ihrer Bewußtwerdung an faktisch immer auch eine normative Komponente eignet und ihre **Arbitrarität** nur von einer sehr abstrakten theoretischen Warte aus sinnvoll behauptet werden kann.[1] Die sich am Diskurs Beteiligenden bestimmen diesen Diskurs zwar in seiner Entwicklung, aber nicht als Einzelne, privat, sondern gemeinsame, interaktiv. Daher erscheinen sie aus diskursanalytischer Perspektive auch weder als **Opfer** (ihrer eigenen Dispositionen oder fremder Manipulationen) noch als **Herrschende** über die Begriffsbildung anderer.

Eine dieser Normen besagt, daß man Leidende trösten soll, ihnen gegenüber aber ihr Leiden nicht bestreiten darf. Weil es diese Norm gibt, ist es z.B. möglich, einem Kranken oder Verletzten zu sagen: "Es ist doch nicht so schlimm!", denn der/die Betroffene versteht dies nicht als Behauptung über sein/ihr Leiden, sondern als eine Form des Tröstens, solange nichts dafür spricht, daß es sich um den Vorwurf bloßer Simulation handelt. Diese Norm ist allerdings auf die Aufrichtigkeit der Beteiligten angewiesen: Wer eigenes Leiden bloß vorgibt, setzt sich umso schwereren Vorwürfen aus, eben weil das Urteil anderer darüber tabuisiert ist. Bezogen auf Arbeitslosigkeit bedeutet das folgendes: Solange nicht sicher ist, ob Arbeitslose unter ihrer Arbeitslosigkeit leiden, muß man sich ihnen gegenüber so verhalten, als litten sie, und umgekehrt werden sie gegenteilige Behauptungen als billigen Trost oder aber als Verhöhnung verste-

---

[1] Eine ausführliche Darstellung dieses theoretischen Ansatzes erfolgt in den Materialien zum Forschungsprojekt "Die Aneignung von Arbeitslosigkeit unter den Bedingungen des akademischen Diskurses", das Sonja Bredehöft, Klaus Gloy, Rainer Patzelt und ich in Oldenburg durchführen, vgl. aber auch Gloy 1987 u. Januschek 1986.

hen. Eine unbelastete Diskussion über Arbeitslosigkeit erweist sich als schwierig; sie wird immer dazu neigen, den Begriff *Arbeitslosigkeit* neu als einen Mangelbegriff zu konstituieren. (Ein kleines Gesprächsbeispiel diskutiere ich unten.) Vertrackterweise führt die Norm auch zu einer ähnlichen Stabilisierung des Begriffs *Arbeit*. Denn wer behauptet, "viel Arbeit" zu haben, obwohl sie/er nach üblichen Kriterien arbeitslos ist, wird leicht als jemand verstanden, der/die zu Unrecht ebensolche Belastungen als für sich bestehend reklamiert, unter denen die Lohnabhängigen zu leiden haben - und das, ohne dafür Geld zu kriegen. Da es aber Lohnabhängigen als eine unerträgliche Zumutung erscheinen muß, Arbeitslose auch noch wegen ihrer Arbeitsbelastung bedauern zu sollen, werden sie diese eher als unaufrichtig ansehen und ihre angebliche "Arbeit" als alles andere, nur eben nicht als *Arbeit* bezeichnen.

Eine weitere Norm besteht darin, Gespräche nicht durch persönliche Betroffenheit zu belasten. Wo sie dennoch zum Ausdruck kommt, muß sie durch die nachfolgenden Äußerungen als vorübergehendes Aus-der-Rolle-Fallen interpretierbar gemacht werden, wenn anders das Gespräch nicht ersterben soll. D.h. überall dort, wo Menschen von irgendetwas besonders betroffen sind, ist die entsprechende Begriffsbildung besonders träge, weil das Problem im Diskurs behandelt werden muß, als sei es gar keins; und eben dadurch bleibt es für alle Betroffenen als Problem bestehen.[2] Dies gilt für Arbeitslosigkeit ebenso wie etwa für Krankheiten wie Krebs.

Die letzte Norm, die ich hier ansprechen möchte, ist die, daß man sich über problematische Begriffsbildungen metakommunikativ verständigen solle. Eine solche Verständigung könnte z.B. darin bestehen, daß man sich einigt, den Ausdruck *arbeitslos* zugunsten von *erwerbslos* zu meiden. Metakommunikativ erarbeitete Begriffe sind aber dadurch gekennzeichnet, daß man bei späterer Verwendung zunächst an die Situation ihrer Erarbeitung und damit an ihre bloß problematische Geltung erinnert (vgl. Januschek 1980). Jedenfalls aber führt der metakommunikative Ansatz zunächst einmal zur Bestätigung des problematisierten Begriffs, weil dessen gemeinsam geteilte Verständlichkeit unterstellt werden muß. Veränderungen im Begriff der *Arbeit* und der *Arbeitslosigkeit* können daher durch Metakommunikation zwar nachvollzogen und kommentiert, nicht aber konstituiert werden. Sprachliche Veränderungen erfolgen **im** Diskurs, und zwar interaktiv, und nicht dadurch, daß man den Diskurs suspendieren zu können vorgibt.

---

[2] Für Beispiele vgl. Bredehöft 1987.

Das Folgende ist ein Ausschnitt aus einem Interview, das ein arbeitsloser Jungakademiker (F) mit einem anderen (A) durchgeführt hat.[3]

F Wie würdest du selber deine ich sach jetzt deine ich sach jetzt Tätigkeiten um das jetzt auch zu umschreiben / ehm / in X denn jetzt eigentlich bezeichnen würdest du das als Arbeit bezeichnen als Freizeitbeschäftigung als / ehm / Selbsttherapie oder / also mir fallen dann auch so Sachen ein / du hast als du jetzt

F nach X gings und das war ja in zweierlei Hinsicht für dich eine
A ehm ehm

F neue Situation 'n neuer Ort und gleichzeitig / ab dem Zeitpunkt eh jetzt erwerbslos / ehm / und du hast ja dann auch ne ganze

F Reihe auch für dich neue Sachen wieder in Angriff genommen sei
A ehm ehm

F es also jetzt Klarinette spielen sei es Ballett / oder so wie
A ehm

F würdest du deine Tätigkeiten denn jetzt selber einschätzen im Vergleich zum Beispiel zur Tätigkeit in der Ini Gewerkschafts-

F arbeit und 'ner möglichen Lohnarbeit in der Volkshochschule (2)
A Also ich kann mich von 'ner

A Vorstellung von dieser Verbindung Arbeit-Lohnarbeit kann ich mich eh kann ich mich nich nicht ganz frei machen / und also wir verbessern uns auch immer gegenseitig von wegen wir sind nicht arbeitslos wir sind erwerbslos Arbeit ham wir genug / aber / so vom Gefühl her / is das doch noch ganz stark miteinander verbunden also ich würde das was ich in a Arbeitslosenini mache / bei mir selber nich als Arbeit bezeichnen / zwar sach ich gegenüber anderen Leuten ich hab viel Arbeit und so / aber (2) das / das e is für mich nich so ganz / so ganz mit Inhalt gefüllt

Ich möchte mich bei der Interpretation auf wenige Punkte konzentrieren:
1. Nachdem F seine Bezeichnungsunsicherheit deutlich gemacht hat, bietet er drei Bezeichnungen für die "Tätigkeiten" des A an: *Arbeit, Freizeitbeschäftigung* und *Selbsttherapie*. Dieser Einstieg in eine Metakommunikation setzt nicht nur voraus, daß hier ein begriffliches Problem vorliegt, sondern rekonstruiert wesentliche Merkmale des beklagten Problems auf drastische Weise: die Dichotomie zwischen *Arbeit* und *Freizeit*, sowie die Konzeption von Arbeitslosen als Leidende, die womöglich einer Therapie bedürfen. Eine diese Merkmale über

---

[3] Hinweise zur Interpretation verdanke ich Rainer Patzelt.

windende Begriffsbildung kommt gar nicht erst in den Blick. Dabei ist es offenkundig ein Gewaltakt, Leuten, die über ihre Zeit frei bestimmen und nicht zur Selbsterhaltung zu bestimmten Tätigkeiten gezwungen sind, die Dichotomie *Arbeit - Freizeitbeschäftigung* aufzunötigen. Hätte F As Tätigkeit - etwa das Klarinettespielen - ohne Problematisierung schlicht als *Arbeit* bezeichnet, so hätte A dies ebenso schlicht akzeptieren können, und es wäre etwas für die Begriffsbildung getan gewesen. Ein Mißverständnis derart, daß A mit dem Klarinettespielen Geld verdiene oder verdienen wolle, wäre aufgrund der Gesprächssituation ausgeschlossen gewesen.

2. Die Tatsache, daß eine derartige Frage gerade einem Arbeitslosen gestellt wird, ist bezeichnend. Sie könnte nämlich nicht ohne weiteres beliebigen Zeitgenossen gestellt werden: Bei Lohn- oder Gehaltsempfängern würde sie i.d.R. erhebliche Verwirrung auslösen, da für diese das Problem angeblich gar nicht besteht. Wenn Arbeitslose sich diese Frage stellen, so unterhalten sie sich also nicht nur über das Problem der Bezeichnung ihrer Tätigkeiten, sondern über das Problem, das sie selbst **sind**, bzw. als das sie sich durch diese Problematisierung rekonstituieren.

3. A antwortet, als sei von ihm verlangt worden, seine Tätigkeiten als *Arbeit* zu bezeichnen, und als müsse er sich rechtfertigen, daß ihm dies nicht ohne weiteres gelingt. Er präsentiert sich als unter einem Normenkonflikt leidend: Als selbstbewußter Erwerbsloser sollte er seine Tätigkeit als *Arbeit* bezeichnen, aber ihn bedrückt vom Gefühl her andererseits die allgemeine Norm "Arbeit = Lohnarbeit". Damit läßt sich A auf die von F initiierte Metakommunikation ein, ratifiziert also das Bezeichnungsproblem als solches. Er findet aber gleichzeitig auch einen Weg, diese Metakommunikation in einem Zug zu beenden: indem er seine persönliche Betroffenheit zu erkennen gibt, die es ihm unmöglich macht, sich seiner rationalen Überzeugung gemäß (und damit der Norm, deren Fürsprecher zu sein er F unterstellt, entsprechend) zu verhalten. Es wäre für F anschließend wenig sinnvoll, die Problematisierung der Begriffsbildung weiterzutreiben. Der problematisierte Begriff ist bestätigt, nicht nur **obwohl**, sondern geradezu **weil** er problematisiert wurde.

4. Den Hintergrund derartigen Diskurs-Verhaltens bildet eine besondere Erfahrung von Arbeitslosen. Wie alle Erwachsenen müssen sie ständig auf Fragen wie "Was bist Du?", "Was machen Sie?", "Haben Sie heute Urlaub?" u.ä. antworten, auf die hin regelmäßig Angaben zur beruflichen Tätigkeit erwartet werden. Arbeitslose stehen dabei vor der Alternative, entweder sich als solche zu erkennen zu geben - was merkwürdigerweise als durchaus ausreichende Antwort verstanden wird - oder aber ihre wirklichen Tätigkeiten darzustellen. Während im er-

sten Fall mit ziemlicher Sicherheit eine Mitleids-Sequenz in Gang gesetzt wird, die die Sprechhandlungsmöglichkeiten aller Beteiligten ziemlich stark einengt, läuft man im zweiten Fall Gefahr, als unaufrichtig (weil man die erwartbare und wie gesagt durchaus ausreichende Antwort nicht gegeben hat) oder gar als HochstaplerIn (weil man sich unberechtigt eine mühevolle, aber lohnens-werte Arbeit zuschreibt) angesehen zu werden.

Ich habe nur solche diskursiven Normen angesprochen, die direkt auf die Begriffsbildung Einfluß nehmen. Andere Normen beeinflussen sie auch indirekt, etwa die Norm, daß es wichtiger ist, die persönlichen sym- oder antipathischen Beziehungen zu stabilisieren als anstehende Probleme zu lösen. Die von mir hier erläuterten Normen gelten als Normen natürlich nicht ausnahmslos. Außerdem sind sie nicht die einzigen Determinanten konkreter Äußerungen. Ich betrachte sie als durch Voruntersuchungen gerechtfertigte Hypothesen. Hier sollte nur deutlich gemacht werden, daß der Wandel von Begriffen wie *Arbeit* und *Arbeitslosigkeit* durch Bezugnahme auf manipulationsverdächtige Interessen ebenso unzureichend erklärt wird wie durch Bezugnahme auf psychische Dispositionen. Der Diskurs, an dem wir uns beteiligen, muß als eine eigenständige Bestimmungsgröße in Rechnung gestellt werden. Er bestimmt unsere Begriffe auch gegen unseren persönlichen Willen. Andererseits hat dieser Diskurs nicht bloß eine ideale, lediglich sprachförmige Existenz. Er ist vielmehr in der gesamten sozialen Praxis verankert. Wie subtil und komplex diese Verankerung ist, macht z.B. André Gorz deutlich, wenn er demonstriert, daß die Stigmatisierung von Arbeitslosen keineswegs schon durch administrative Entscheidungen, etwa für ein staatlich garantiertes Mindesteinkommen, aufgehoben werden kann, solange nämlich eine derartige Umverteilung des gesellschaftlichen Reichtums als bloßes Almosen begriffen werden kann, auf das jemand zwar einen legalen, aber keinen moralisch legitimierten (durch einen eigenen Arbeits-Beitrag zu diesem Reichtum) Anspruch hat (Gorz 1989).

Literatur

Bredehöft, S. 1987. *Diskursive Verfahren der Aneignung von Arbeitslosigkeit* (unveröff. Staatsexamensarbeit). Oldenburg.
Gloy, K. 1987. Norm. In: U. Ammon / N. Dittmar / K.J. Mattheier (Hrsg.): *Sociolinguistics - An International Handbook of the Science of Language and Society*. Berlin / New York, 119 - 124.
Gorz, A. 1989. *Kritik der ökonomischen Vernunft*. Berlin (Auszugsweise abgedruckt in: FR, 7. u. 12.7.1989).

Holzkamp, K. 1986. "Wirkung" oder Erfahrung der Arbeitslosigkeit? Widersprüche und Perspektiven psychologischer Arbeitslosenforschung. In: ders. *Forum Kritische Psychologie* 18 (=Argument-Sonderband 139). Berlin, 9-37.

Januschek, F. 1980. Arbeit an sprachlichen Handlungsmustern. In: *Osnabrücker Beiträge zur Sprachtheorie* Bd.16, 163-192.

Januschek, F 1986. *Arbeit an Sprache. Konzept für die Empirie einer politischen Sprachwissenschaft*. Opladen.

Jessen, J. u.a. 1988. *Arbeit nach der Arbeit. Schattenwirtschaft, Wertewandel und Industriearbeit*. Opladen.

Rosenmayr, L./Kolland, F. 1988 (Hg.). *Arbeit - Freizeit - Lebenszeit. Grundlagenforschungen zu Übergängen im Lebenszyklus*. Opladen.

Vollmer, R. 1986. *Die Entmythologisierung der Berufsarbeit. Über den sozialen Wandel von Arbeit, Familie und Freizeit*. Opladen.

Namenregister

Adenauer, K. 24 ff., 30, 47, 53, 295
Adorno, T.W. 261, 274
Alwart, H. 184
Aristoteles 85, 281 f., 293
Arndt, C. 218
Arndt, E.M. 146, 152, 158
Augstein, R. 199, 213
Baader, A. 55, 187 ff., 192 ff., 197, 199, 202f.
Badura, B. 274 f.
Bahr, R. 325
Bartels, A. 154
Baum, G.R. 225
Beck, U. 83, 86, 88
Beer, A. 325
Biedenkopf, K. 36 f., 43 ff., 47 ff., 53, 68, 71 ff., 75, 78, 81, 84, 88, 91 f., 109, 314, 330
Black, M. 190 f., 203, 299, 308
Bloch, E. 123-131
Boehm, M.H. 158
Böll, H. 12, 192-194, 197, 202-204
Brandt, W. 26, 28, 39, 40, 45, 92, 96, 189, 326
Braunmühl 200, 201, 203
Brauns, P. 14, 308, 313, 318, 328
Brauweiler, H. 154, 158
Bredehöft, S. 381
Broszat, M. 145, 158
Bühler, K. 279, 293
Busse, D. 12, 160, 165, 184 f., 203
Bußmann, H. 280, 293
Butter 261, 265
Büttner, M. 282, 293
Carstensen, B. 319, 328
Chaunu, P. 286, 293
Chirac, J. 321
Christensen, R. 185
Chrobog, J. 328
Danninger, E. 341, 345, 348, 353
Däubler-Gmelin, H. 218, 227
de Lagarde, P. 144
de Maizière, L. 219, 225 f.
Derbolowsky, U.214
Dieckmann, W. 68, 74, 84, 88, 109, 144-146, 158, 251, 257, 297, 308
Ditfurth, J. 298
Dostojewski, F.M. 128
Drenkmann, G.v. 195
Dubois, J.345, 353
Dutschke, R. 187 f.
Easton, O. 261, 274

Erfurt, J. 121
Erhard, L. 25 f., 52 f., 105, 218
Erler, F. 323
Fabius, L.308, 311 f.
Faltermayer 263
Fillmore, C.J. 344, 353
Fischer, J. 283, 293, 325
Fleischer, W.351, 353
Foucault, M. 92, 109
Fuchs, A. 320
Funcke, L. 210, 213, 218
Gabelentz, G.v.d. 353
Galvin 321
Geißler, H. 37, 58 f., 68, 216, 217, 241, 257
Geldof 264
Genscher, H.D. 107, 108, 300, 316, 327
Gerstenberger, H. 145, 146, 158
Glotz, P. 92, 373
Gloy, K. 274 f., 381
Glucksmann, A. 76, 85, 88
Gorbatschow, M. 54, 276 f., 295, 298, 300, 302 f., 305
Görres 152
Gorz, A. 381
Greiffenhagen, M. 35, 43, 68, 72, 75, 88, 104, 109, 203
Grobe 325
Gründel, J. 214
Gründler, H. 338
Gumbrecht 109, 318, 329
Habermas, J.8, 82, 86 ff., 272, 359, 368
Harras, G. 69, 338, 354
Hartkopf, G. 341, 352 f.
Haß, U. 14, 69, 330, 338
Havel, V. 70, 75 f., 85, 88
Heck, B. 215, 251, 257
Heinsius, P. 177, 184, 351, 354
Hempel, C.G. 23
Heringer, H.J. 60, 63, 68 f., 78, 88, 109, 110, 257, 338
Hermanns, F. 13, 62, 68 f., 74, 88, 91, 98, 110, 230, 251 f., 257
Herrhausen, A. 201 f.
Heseltine, M. 136 f.,
Heyse, J.C.A. 158, 177, 184
Hitler, A. 128, 145, 289, 293
Hoepfner, J. 351, 354
Holly, W. 13, 66, 107, 110, 258, 302, 308
Holzkamp, K. 377, 382
Hombach, B. 10, 20, 34, 99, 102
Honecker, E.55, 67, 114

Hopfer, R.   111, 121
Horton   266, 275
Jaeger 214
Jahn, G.   152, 209
Januschek, F.15, 83, 89, 121, 294, 374, 378, 382
Jeand'Heur, B.   185
Jessen, J.   374, 382
Jochimsen, R.   213, 218
Jordan, T.G.   291 f., 293
Kaltenbrunner, G.-K.   88 f., 110
Katz, E.   260, 275
Kipphoff, P.   216
Klein, J.   10, 13, 38, 40, 43 f., 68 f., 86, 88 f., 96, 99, 110, 121, 251 f., 257, 357, 373, 374
Klemperer, K.v.   154, 158
Klemperer, V.v.   289 f., 294, 357
Kofler, L. 262, 275
Kohl, H.   29 f., 45, 92, 107 ff., 222, 241, 301, 321
Kolland, F.   374, 382
Kopperschmidt, J.   11, 32, 70, 89
Koselleck, R. 79, 81 ff., 89, 329, 369 f., 373
Köster 215
Krenz, E. 67
Ladendorf, O.   152, 156, 158
Lafontaine, O.   108, 225, 295, 375
Lakoff, G.   343 f., 353
Larenz, K.   163, 185
Lazarsfeld, P.   260, 275
Leibniz, J.G. 284 ff., 294
Leinen, J. 314
Leitmeir, E.   351, 354
Lübbe, H.   19, 69, 73 f., 81, 84, 89
Luhmann, N. 86 f., 89, 113, 121, 261, 275
Maas, U.   80, 89, 122, 294
Machiavelli, N.   219
Maier, H. 53, 60, 69, 77 f., 89, 251, 257, 330
Mandela, N.   264
Mann, G. 189, 196
Mann, Th.   149, 158
Marcuse, H.   79 f.
Marx, K.   81, 85, 156
Mauthner, F. 94, 110
Mauz, G.   213
Mechtersheimer, A. 325 f.
Meinecke, f. 152, 154, 158
Meinhof, U.   55, 187 tf.passim
Menzel   152
Merelman, R.M. 261, 275
Michel, G.   309, 351, 353
Milch, W. 156 ff.

Moeller van den Bruck, A. 128, 148 ff. passim
Möhn, D. 160 f., 185
Morin, E. 284, 294
Muckenhaupt, M.   107 f., 110
Müller-Armack   52
Müller, F.   184, 185
Müller, H.   358, 372
Naumann, F. 154
Nohl, H.   147, 159
Ong, W.J. 259, 275
Otto, W.   160, 185
Paetel, K.O.   153, 159
Pasierbsky, F.,   266, 275
Pelka, R.   160 f.., 185
Plaas, H.   159
Radunski, P.   34, 43, 69, 259 f., 275
Rathenau, W,   154
Ridley, N.140
Riegger, V.   272, 275
Risse-Kappen, Th.   329
Ritzer, H. 338, 354
Rosenmayr, L.   374, 382
Röthlein, C.   165, 185
Rott   213
Rougemont   252
Sarcinelli, U.   41, 43, 80 f., 251 f., 256 f., 261, 275
Sartre, J.P.   253
Schäfer, H.D.   290, 293 f.
Schäuble, W. 202, 220, 226 f.
Scheel, W.   189, 210
Scheer, H.   325
Schelsky, H.   75, 77, 78, 81, 89
Schippan, Th.   353, 354
Schmidt.H.   28, 40, 251, 258
Schönbach, K.   275
Schüddekopf, C. 118, 121 f.
Schulz, W.   275
Schwartzenberg, R.G.   261, 275
Schwierskott, H.J.   155, 159
Seibert, T.M. 185
Sichtermann, B. 92, 205
Sontheimer, K.   151 ff. passim, 294
Spengler, O.   153F., 159
SpiesH.B. 287, 294
Stickel, G.   160, 185
Stötzel, G.   7, 95, 110, 370, 373 f.
Strauß, G.   69, 338, 345
Teubert, W.   60, 69
Thatcher, M. 12, 135 ff., 140, 143
Troeltsch, E.   150 f., 154, 159

Ullmann, W. 222
Vogel, H.J. 108, 263, 273
Vogt, R. 13, 276, 294
Vollmer, R. 374, 382
von Hofmannsthal, H. 145
von Schoeler, H. 215
von Weizsäcker, R. 304, 368
von Wright, G.H. 170
Wachtel, M. 261, 275

Weber, M. 34, 41, 43, 154
Weinberger, C. 322
Weinrich, H. 70, 89
Wimmer, R. 60, 69, 185
Wohl, R.R. 266, 275
Wörner, M. 320
Zienert, J. 351, 354
Zola, E. 154

Sachregister

§ 218 13, 205 ff.
Abschreckung 198, 322
Abtreibung 208 f., 218
Alltagssprache 22, 61, 68, 98, 161, 164, 180, 183, 248, 338, 347, 349, 351, 353
Anschluß 56, 58, 199, 202, 345
Antirationalismus 154
Antonyme 86
Arbeit 15, 37, 53, 58, 64, 66, 83 f., 89, 104, 121, 124, 185, 225, 231, 242, 243, 245, 249, 250, 262, 338, 339, 353, 374 ff.
Arbeitslosigkeit 15, 250, 374 ff., 381 f.
Arbitrarität 95, 377
Argumentativität 271
Assimilationsstrategien 98
Atomisierung 154
Aufmerksamkeit 14, 48 f., 101, 103 f., 109, 207, 328, 355
Aufrüstung 88, 203, 315 f., 326, 328
Auslegung 81, 147, 162 ff., 171, 173, 179, 182, 253, 363
Baader-Meinhof-Bande/-Gruppe 55, 189, 192
Bedeutung 10, 21 ff., 32, 34, 36, 37, 39, 41, 45, 46, 49, 52 ff., 66, 69, 70, 72, 74, 90, 93, 95, 96, 98, 99, 103, 107, 115, 141, 149, 153, 161, 162, 165, 167, 169, 170, 172, 174 ff., 180, 184, 193, 219, 220, 230, 237, 238, 243, 251, 252, 254, 255, 267, 275, 280, 283, 291, 293, 296, 300, 309, 314, 317, 323, 324, 327, 332, 369
 -deontische 10, 44, 51, 52, 55, 61 ff., 91, 95 f., 105
 -deskriptive 10, 44, 51, 55 ff., 60, 62, 66, 95 ff.
Bedeutungs
 -definition 161, 167 f., 170, 175, 178, 179, 182, 183
 -konkurrenz 10, 44, 51, 57, 61, 96, 103, 251
 -normierung 180
 -wandel 166
Begriff 12 f., 23 ff., 34 ff., 39, 41, 49, 51 ff., 59 ff., 63, 66 ff., 77 f., 84, 94, 96 ff., 101 ff., 107 f., 111 ff., 119, 123, 125, 128, 130, 135 ff., 181, 193, 220, 225, 227, 230, 237, 238, 241, 245, 248, 253 ff., 258, 271, 272, 276, 279, 280, 281, 286, 288, 293, 297, 300, 311, 314, 343, 355, 366, 369, 370, 375 ff.
 -prägung 44, 51, 53
 -wäsche 84
Beitritt 56, 222
Besetzen 9 ff., 42 ff., 53, 71, 96, 99, 103, 108, 111 ff., 123 f., 130 f., 220, 314, 330, 332, 357
Besetzung 36, 37, 46, 47, 49, 71, 72, 82, 86, 91, 97, 99, 100, 101, 106, 124, 130, 135, 157, 251, 263, 271, 276, 309, 310 ff., 327
Bewertung 39, 50, 120, 148 ff., 167, 309, 316, 320, 323, 357, 369, 373
Bezeichnungskonkurrenz 10, 44, 51, 55, 96, 251
Blut 126, 157
Bourgeois 155 ff.
Bund 31, 40, 127, 140, 145, 336, 352, 353
CDU 10, 13, 20, 27, 28 f., 34, 36, 37, 39, 40, 44, 45, 47, 52, 58, 59, 63, 64, 68, 71, 72, 84, 91, 94, 99, 100, 102, 105, 108, 205, 207, 215 ff., 222, 226, 228, 230, 231 ff., 237-263 passim
Chancengerechtigkeit 54, 255
Chancengleichheit 54, 220, 222, 226 ff., 255
DDR 9, 11, 25 ff., 56 f., 61 ff., 106, 108, 111 ff., 129, 220, 222, 225, 226, 227, 228, 254, 276, 305, 325, 357, 376
Definition 19, 35, 77, 113 ff., 146, 149, 153, 163, 168 ff., 173, 174, 177 ff., 280, 311, 345, 369
Demokratie 12, 20 ff., 26, 32, 34, 38, 39, 53, 57, 75, 90, 95, 96, 105 ff., 118, 121, 145, 150 ff., 157, 168, 225 f., 279, 311
Demokratisierung 26, 53 f., 83, 318
Demoskopie 30, 97
Denotation 280
Derivation 53 f.
Dialogfähigkeit 368
Diskurs 11, 14, 15, 40, 45, 112 ff., 135, 139, 140 f., 143, 170, 182, 272, 278, 310, 318, 324, 355, 358, 359, 364, 369, 370, 372, 377, 378, 381
Diskursformen 102

Diskurskonstellation 113 f.
Drittes Reich 127 f., 373
Dynamisierung 26, 53, 78 f., 267, 270
Eigenaufwertung 270
Eigenname 278 ff.
Eigentum 9, 238 f., 241, 254
Emanzipation 58, 60, 78, 91
emotional 50, 66, 126, 258, 269, 270
Emotionalisierung 66, 258, 263, 267, 272
Emotionen 55, 64, 67, 129
entarten 157
Entfaltung der Person 230, 231, 237, 238, 240, 243, 251, 254
Entspannung 25 ff., 302
Erfolgswert 220, 222, 226
Euphemismus 15, 334, 345 f., 349
Euphemismusvorwurf 334
Europa 13, 14, 66 f., 148, 158, 202, 228, 231, 258, 262 f., 268, 270-308, 316 paasim, 322, 367, 371
Explizierung 336
Fachsprache 160, 161, 177, 178, 185, 349
Fahnenwort 14, 65, 103, 230, 318
falsa nomina 76 f.
Familie 41, 58, 59, 99, 100, 108, 149, 231, 250, 289, 293, 300, 376, 382
Faschisten 61 f.
Feindbilder 328
Fernsehdemokratie 90, 103, 106 f.
Focus 299
Formaldemokratie 153 ff.
Formalismus 154
Frame 299, 344
Franzosentum 152
Freiheit 22-39, 46 f., 63, 66, 75, 78, 85, 91, 94, 95, 96, 104, 105, 106, 128, 146, 150, 151, 153, 157, 187, 230, 231, 234, 238, 239, 240, 241, 244, 246, 253, 254, 255, 258, 293, 308, 311, 329
Fremdsystem 145
Fristenregelung 206 f., 210, 212 ff.
führende Rolle 67
Fünf-Prozent-Hürde 220, 222, 226
Gegnerabwertung 270

Geist 82, 122, 148, 157, 159, 245, 256, 287, 366
Gemeindesteuer 135
Gemeinschaft 58, 61, 95, 122, 140, 145, 146, 147, 149, 150, 157, 253, 277 ff., 290, 356, 357
Gemeinsprache 160, 161, 162, 175, 177 ff., 181, 183
Gerechtigkeit 22 f., 28, 38, 39, 40, 54, 58, 96, 127, 182, 230, 231, 240 ff., 250, 255, 263, 267
germanische Hochkultur 155
Gesellschaft 8, 21, 26, 29, 32 ff., 36, 38 f., 41, 46 f., 53, 61, 66, 73, 75, 77 ff., 85, 87, 89, 91, 95 ff., 101, 106, 112, 114, 118 ff., 125 f., 130, 140, 145 f., 149, 153, 157, 181, 183, 188, 191, 202, 209, 232, 234, 239, 241 ff., 246, 249, 272, 334, 355, 359, 361, 363, 364, 369, 374, 376
Gesetzessprache 161
Gesetzesterminus 161, 166, 167
Gewalt 8, 12, 19, 75, 82, 125, 129, 162, 164 passim, 197, 201, 233
gewaltfrei 162, 173, 182
gewaltlos 373
Gewalttätigkeit 164 f., 172, 177
Glasnost 119, 291
Glaubwürdigkeit 8, 97, 100, 105, 108 f., 322
Gleichheit 9, 13, 153, 220, 225, 227, 244
Gleichschaltung 157
Greenpeace 108, 353
Grundgesetz 160, 213, 220, 225, 230, 233, 234, 253, 258
Handlung 22, 169, 170, 171, 184, 309
Handlungsmuster 96, 103
Handlungsstruktur 261
Haussteuer 136 f.
Hochwertwort/-ausdruck 97, 103, 108
Hoffnung 67, 76, 123, 256, 285, 287, 295, 358, 373
Humanität 12, 146, 151, 152, 250, 369
Humanitätsduselei 152
Identifikation 66, 271, 272, 308, 375
Ideologie 13, 76, 89, 125, 129, 145, 157 f., 192, 201, 232 f., 241, 252, 256, 274, 367, 375
ideologische Polysemie 58

Illustration 228, 269
Imagewerbung 259
Indikationenregelung 206 f., 210 ff.
Individualität 264 f.
Individuum 147, 157, 205, 228, 253, 265, 363
Inflation 101 f.
Informativität 101, 102, 337
Instinkt 157
Integration 21, 23 ff., 73, 291, 295
intellektuell 47, 157
Interdiskursivität 115
Irrationalismus 157
Jugendbewegung 156, 158
Junges Deutschland 152
Kampfbegriffe 86
Kapitalismus 39, 52, 53, 57, 125, 126, 131, 157, 375
Komplexität 96, 97, 258, 261, 275
Komplexitätsreduzierung 104
Konflikte 46, 96, 174, 186, 209, 210, 213, 365
Konkurrenz, konkurrierend 10, 11, 20, 21, 40, 44, 51, 56, 58, 63, 65, 74, 84, 115, 116, 215, 225, 248, 286, 294, 307, 326, 334
Konnotation 27, 53, 55, 57, 280, 294, 309, 310
konservativ 61, 62, 63, 68, 86, 105, 153
Kontext 21, 22, 23, 44, 49, 61, 63, 91, 120, 135, 162, 165, 170, 192, 204, 222, 297, 300, 310, 311, 320, 324, 325, 327, 343, 363
Kontinuität 28, 120, 252, 290, 311
Kopfsteuer 136-143 passim
Körpersprache 107 ff.
Kulturkritik 147 f., 157
Lance 319-325 passim
Leben 13, 29, 39, 70, 76, 85, 124, 130, 138, 149, 154, 165, 205, 206, 208, 209, 210, 211 ff., 228, 232-239 passim, 246, 247, 250, 299, 353, 374, 376
Lebensschützer 92, 205
Legitimationsausdruck 321
Legitimationsvokabel 14, 316, 322, 327
Legitimität 91, 261, 275
Lexikalisierung 315, 324

Liberalismus, liberalistisch 12, 64, 144, 145, 147, 148, 149, 150, 151, 153, 157, 158
Liberale, liberal 12, 39, 52, 64, 148, 149, 153f., 156, 226
Linke 40, 60, 129, 130, 188, 309
Literat 157
Lüge 70, 76, 77, 88, 89, 129, 345
Marktwirtschaft 7, 25, 29, 39, 52 f., 57, 65, 102 ff., 230 f., 237, 240 f., 250, 255, 298
Marxismus 123
Masse 60, 157
mechanisch 157
Medienstrategie 48
Mehrdeutigkeit 271
Menschenbild 230, 232, 237, 240, 246, 250, 252, 253, 265
Metakommunikation 378 ff.
Metapher, metaphorisch 8, 10, 11, 14, 44 f., 47, 48 ff., 70 f., 78, 90 ff., 106 f., 124, 163, 191, 203 ff., 286, 289, 295ff, 300 ff.,307 f., 314
Miranda 258, 260, 264
Modernisierung 14, 27, 36, 308-329 passim
Modernisierungsbeschluß 316
Monosemie 84
Motivierung 335
Muttersprache 15, 89, 308, 355, 357 f., 360, 363, 365, 370 f.
Nationalsozialismus 34, 122, 123, 126, 145, 157, 374
Nazi 7, 62, 124, 126, 127, 188, 191, 193, 326
Neubesetzung 72
Neue Soziale Frage 37, 250
Neuprägung 52 ff.
Nötigung, nötigen 81, 164 f., 167, 170 f., 173 ff.
Norm 163, 179, 186, 303, 378, 380, 381
Normierungsversuch 41, 175, 180, 182, 183
Normterminus 163, 169 ff.
Null-Lösung 319, 320, 322, 323, 329
Öffentlichkeit 12, 19, 34, 42, 45, 47, 48, 55, 57, 87, 88, 96, 100, 103, 105, 110 ff., 121, 138, 172 ff., 180, 190, 193, 195, 199, 207, 252, 258, 276, 312, 314, 315, 317, 319, 356, 360, 361, 376
Operation 11, 50, 59, 65, 67

oppositives Denken 79
Oralität 259
Ordnungsbegriffe 78, 80
organisch 157
Ostideologie 155
Parteienwerbung 258
Partnerschaft 24, 232, 234
PDS 54, 55, 57, 65, 222, 227 f.
peasants' revolt 137
Perestroika 54, 119, 291, 295, 298
Pershing 314, 317, 319, 320, 321, 323
Personalisierung 264
Persönlichkeit 157, 234, 238, 246, 253
Perspektivierung 333
Polarisierung 20, 34, 56, 262
politische Hermeneutik 81, 84
poll tax 12, 135-143 passim
Polysemie 59, 63, 84
Popmusik 263, 264
Prädizieren 44, 51, 55
Problemverhalt 324
Quasi-Terminus 209, 214, 217
RAF 12, 55, 189, 190-204 passim
rates 135, 136, 137, 141
Rechtssprache 160, 161, 164, 185
Referenz, referieren 54, 57, 60 f., 64, 117, 316
Referenzobjekt 13, 50, 51, 52, 55, 61, 173, 216, 300, 324
Relevanz 80, 87, 100, 101, 153, 374
Remotivierung 211 ff., 335
Romantik 125, 146, 147, 152, 154
SBZ 56
Schlagwort 13, 14, 36, 40, 120, 149, 154, 155, 157, 199, 231, 251, 279, 280 f., 290, 295, 297, 307 f., 318
Schlüsselwort 317
Schwangerschaftsabbruch 205, 206, 208, 210, 211, 214, 218
SED 11, 54 f., 63 ff., 67, 120, 158
Selbstbestimmung 30, 208, 254
Selbstbestimmungsrecht 25, 211, 217
Semantik 8, 14, 34, 37, 43, 44, 68, 69, 75, 80, 82, 88, 89, 107, 110, 135, 138, 160, 163, 177, 183, 185, 203, 219, 257, 335, 338, 345, 349, 357, 373
semantischer Rahmen 266
Sexappeal 268
Showgeschäft 261, 275
Sicherheit 24, 31, 40, 66, 106, 222, 231, 258, 297, 301, 329, 370, 381
Slogan 63, 66, 271 f., 277
society 140
Solidarität 9, 23, 28, 38, 39, 46, 58, 59, 84, 86, 91, 96, 99, 100, 192, 230, 231, 240, 241, 247, 248, 255, 258, 264, 272, 291
sound bite 36
Sozialismus 23, 35, 52, 54, 61, 62, 63, 64, 67, 69, 85, 104, 105, 115, 116, 121, 129, 153, 156, 157, 290, 298, 308, 311
SPD 10, 13, 20, 26ff, 37, 39 ff., 53, 54, 56, 59, 60, 63 ff., 69, 84, 91, 94, 99, 102, 105, 108, 209, 214, 217, 222, 225 ff., 230, 231, 233, 251 ff., 258, 261, 262, 263, 265, 271 ff., 318, 320, 323, 325, 339, 345, 346, 354, 375
Sprachhandlungsmuster 265
Sprachherrschaft 34, 72, 75, 77, 78, 79, 81
Sprachkritik 7, 8, 20, 21, 51, 53, 68, 69, 71 ff., 75, 78 ff., 85, 88, 90, 94, 95, 107, 110, 214, 257, 308, 338, 357, 360, 363, 365, 368, 369, 373
Sprachnation 357, 372, 373
Sprachpolitik 68, 70 ff., 77, 78, 79, 80, 83, 89, 98, 205, 257
Sprachpurismus 364, 374
Staat 12, 27, 30, 31, 39, 53, 55, 61, 118, 121, 142, 144, 147, 150, 153, 154, 190, 192 ff., 196, 197, 201, 211, 231, 241, 245, 258, 287, 288, 309, 310
Stadtguerilla 189, 190, 191, 192, 196
Statement 263, 273
Steuer 135-143 passim
Stigmawort 63, 64, 103, 104, 324, 326
Stimmenvielfalt 251, 256
Subventionen 39, 60
Symbolfeld 284, 286
Sympathiewerbung 261
Tabus 93, 110, 368
TASM 328

Telekratie 11, 107
Terroristen 60, 193, 194, 196 ff., 202
Textsorte 114, 115, 251, 259, 261, 272, 278
Thematisierung 216, 323 ff.
Themenablauf 271
Two-step-flow of communication 260
Umdeuten 44, 51, 57
Umfeld 92, 222, 279
Umweltschutz 100, 103, 108, 328, 335, 340
Umwerten 44, 51, 61
ungeborenes Kind 13, 216, 217
Ungleichzeitigkeit 11, 123, 124, 126, 129, 131
Verdinglichung 124, 126, 349, 350
Vergangenheit 27, 55, 99, 120, 123, 125, 126, 129, 130, 156, 293, 334, 355, 360, 371, 374
Verlautbarungsjournalismus 333, 337
Vernunft 40, 129, 130, 146, 157, 287, 381
Verständlichkeit 22, 100, 378
Vertrauen 27, 42, 256, 261, 275
Vexierwörter 60, 69
Vietnamkrieg 187, 188, 190, 202
Visualisierung 108, 268
Volk, völkisch 39, 61, 70, 122, 126, 128, 144, 145, 147, 148, 150, 154, 157, 158, 219, 225, 241, 261, 293, 356, 357, 360

Volksgemeinschaft 145, 147, 368
Volkskrieg 190, 191, 193
Volkslinguistik 142
Volkssprache 357, 360, 372, 373
Volkstum 148, 154, 158
Wahlaufforderung 261, 270 f.
Wahlgebiet 222, 225 f.
Wahlkampf 38, 40, 63, 66, 261, 275
Wahlkampfkonzept 262, 263
Wahlwerbung 258, 270
Weimarer Republik 12, 144, 145, 149, 150-159 passim
Werbestil 258
Westler 152, 155, 156
Wortkomposition 54
Wortstreit 73 ff., 82, 85, 87
Wortverbindung 52 f., 67
Zählwert 226
Zeigfeld 279, 283, 284
Zeitgeist 36, 69, 148, 312, 315, 338, 354
zersetzen 157
Zielgruppe 262, 265, 271, 272
Zukunft 23, 29, 38, 52, 66, 80 ff., 119 f., 123-129 passim, 155, 242, 258, 266, 268, 272, 289, 293, 299, 302, 328, 371, 373
Zuschauerdemokratie 107, 110

AutorInnen

Rolf Bachem, geb. 1929; Prof. Dr. phil.; Studienprofessor am Institut für Deutsche Sprache und Literatur der Universität Köln.
Arbeitsschwerpunkte: Linguistik, Sprachdidaktik, Sprache in der Politik.
Publikationen: Dichtung als verborgene Theologie. Ein dichtungstheoretischer Topos 1956; Einführung in die Analyse politischer Texte 1979, 2. Auflage 1985. Sprache der Terroristen. In: *DU* 5/1978; Fachsprache der Justiz. In: *DU* 1/1980; Rechtsradikale Sprechmuster der 80er Jahre. In: *Muttersprache* 1983; mit K. Battke: Unser gemeinsames Haus Europa. In: *Muttersprache* 1989; Probleme einer rhetorischen Analyse in aufklärerischer Mission. In: Ueding, G/Jens, W. (Hg.) Rhetorik zwischen den Wissenschaften (erscheint 1990). Außerdem: Aufsätze zur Fachdidaktik Deutsch; Mitherausgeber eines Lehrbuches für Gymnasien "Wege zur Sprache" (Schroedel).

Kathleen Battke, M.A. in den Fächern Germanistik (Schwerpunkt Linguistik), Anglistik und Theater-, Film- und Fernsehwissenschaften an der Universität Köln. Seit 1988 Lehrbeauftragte an der Linguistischen Abteilung des Instituts für Deutsche Sprache und Literatur der Universität Köln. Wiss. Angestellte der Informationsstelle Wissenschaft und Frieden e.V., Bonn. Sprecherin der 'Arbeitsgemeinschaft Sprache in der Politik'.
Arbeitsschwerpunkte: Konversationsanalyse, feministische Linguistik, Sprache und Politik (besonders Krieg/Frieden/Abrüstung)
Publikationen: Sprachliches Verhalten von Studentinnen und Studenten an Themenübergangsstellen in Diskussionen. In: A. Burkhardt/K.-H. Körner 1986 (Hg.). Pragmantax. Akten des 20. Linguistischen Kolloquiums Braunschweig 1985. Tübingen; 'Aufrüstung der Begriffe?' Bericht über ein Symposion zum Thema Sprache und Rüstung. In: LB 109/1987; mit R. Bachem: 'Unser gemeinsames Haus Europa'. Zum Handlungspotential einer Metapher im öffentlichen Meinungsstreit. In: *Muttersprache* 2/1989.

Wolfgang Bergsdorf, geb. 1941; Prof. Dr. phil., Ministerialdirektor; Abteilungsleiter Inland Presse- und Informationsamt Bundesregierung, apl. Prof. Universität Bonn, Fernsehrat ZDF.
Publikationen: Bildungs- und Wissenschaftspolitik im geteilten Deutschland 1980; Die Vierte Gewalt 1980. Die Intellektuellen: Geist und Macht 1982 (Hg.). Herrschaft und Sprache 1983. Über die Macht der Kultur 1988.

Hardarik Blühdorn, geb. 1961; Universität Erlangen-Nürnberg, Doktorand am Institut für Deutsche Sprach- und Literaturwissenschaft.
Arbeitsschwerpunkte: Funktionale Linguistik, Stiltheorie, Semantik.
Publikation: Korpuslinguistische Befunde als Ausgangspunkt für eine modifizierte Funktionalstilistik. In: *LB* 127/1990.

Karin Böke, geb. 1963; 1990 M.A. in den Fächern Germanistik (Schwerpunkt Linguistik) und Philosophie; seit 1990 wissenschaftliche Hilfskraft am Lehrstuhl für Deutsche Philologie und Linguistik an der Heinrich-Heine-Universität Düsseldorf.
Arbeitsschwerpunkte: Sprache in der Politik, Sprachkritik, Sprachgeschichte nach 1945, Feminismus.

Patrick Brauns, Dr.rer.soc.; freier Journalist-Autor-Texter; Sprachwissenschaftler (M.A.): Französisch, Soziolinguistik, Lexikologie, politische Sprache, Politologe: Länderstudien, internationale Politik.
Arbeitsschwerpunkte: geographische/landeskundliche Reportagen (Frankreich, Alpenländer, Nordafrika), politische Hintergrundberichte und Analysen, Imagestudien, touristische Konzepte und PR-Texte.
Publikationen: u.a. Harte Energie und sanfte Sprache. Zum Sprachgebrauch der Energiepolitik und der Ökologiebewegung in der BRD und in Frankreich. In: *Obst* 33, 1/1986; Die Zeiten sind hart, aber "modern". Sprachliche Inszenierung der sozialistischen Politik in Frankreich 1983-1986. Konstanz 1988; Versuch eines konstruktiven Nachrufs auf das Okzitanische. In: P.H. Nelde (Hg.): Historische Sprachkonflikte. Bonn 1989; 'Modernisation', l'"occupation" d'un mot-cle par le Parti Socialiste. In: *Mots* 22, 3/1990.

Dietrich Busse, geb. 1952; Priv. Doz. Dr. phil.; Technische Hochschule Darmstadt.
Arbeitsschwerpunkte: Linguistische Semantik (Lexikalische Semantik, Textsemantik, Bedeutungswandel), Linguistische Pragmatik, Rechtslinguistik, Sprache in der Politik, Sprachphilosophie, Sprachdidaktik (v.a. Deutsch als Fremdsprache).
Publikationen: u.a. Überlegungen zum Bedeutungswandel. In: *SuL* 57/1986; Historische Semantik. Stuttgart 1987; Konzeptuelle Strukturen in der Sprache des Vorurteils. Heidelberg 1987; Semantische Regeln und Rechtsnormen. In: R. Mellinghoff/H.H. Trute (Hg.). Die Leistungsfähigkeit des Rechts. Heidelberg 1988; "Chaoten und Gewalttäter" - zur Semantik des politischen Sprachgebrauchs. In: A. Burkhardt u.a. (Hg.). Sprache zwischen Militär und Frieden. Tübingen 1989; Was ist die Bedeutung eines Gesetzestextes? In: F. Müller (Hg.). Untersuchungen zur Rechtslinguistik. Berlin 1989; Semantic strategies as a Means of Politics. In: P. Ahonen (ed.). Tracing the Semiotic Boundaries of Politics. Helsinki 1990; Diachrone Semantik und Pragmatik (Hg.); Recht als Text - Die Arbeit mit Sprache in einer gesellschaftlichen Institution (in Vorbereitung).

Synnöve Clason, Doz. Dr. phil.; Universität Stockholm, Institut für Literaturwissenschaft.
Arbeitsschwerpunkte: Germanistik, Ideologiekritik, Feminismus, Textanalyse.
Publikationen: u.a. Schlagworte der "Konservativen Revolution". Studien zum polemischen Wortgebrauch des radikalen Konservatismus in Deutschland zwischen 1871 und 1933. Stockholm 1967/81; Die Welt erklären. Geschichte und Fiktion in Lion Feuchtwangers Roman "Erfolg". Stockholm 1975; Der andere Blick. Studien zur deutschsprachigen Literatur der 70er Jahre. Stockholm 1988.

Colin H. Good, Dr.; Hochschullehrer an der University of East Anglia, Norwich, England.
Arbeitsschwerpunkte: Germanistische Linguistik mit Schwerpunkt Soziolinguistik (bes. Sprache und Ideologie/Politik), Lexikographie, Deutsch als Fremdsprache;
Wichtigste Publikationen: Die deutsche Sprache und die kommunistische Ideologie. Bern 1975; Presse und soziale Wirklichkeit. Ein Beitrag zur "kritischen Sprachwissenschaft". Düsseldorf 1985; Pressesprache im geteilten Deutschland - exemplarische Textanalysen. München 1989.

Ulrike Haß, geb. 1954; Dr. phil.; wissenschaftliche Mitarbeiterin der Abteilung Lexik am Institut für deutsche Sprache in Mannheim. Seit Frühjahr 1990 Habilitationsstipendium (DFG) zur Bearbeitung eines Themas aus dem Bereich der Germanistikgeschichte des 19. Jahrhundert.
Arbeitsschwerpunkt: Umweltdiskussion.

Wichtigste Publikationen: Leonhard Schwartzenbachs "Synonyma". Nachdruck der Ausgabe Frankfurt 1564. Lexikographie und Textsortenzusammenhänge im Frühneuhochdeutschen. Tübingen 1986; mit G. Strauß und G. Harras: Brisante Wörter von Agitation bis Zeitgeist. Ein Lexikon zum öffentlichen Sprachgebrauch. Berlin, New York 1989; Interessenabhängiger Umgang mit Wörtern in der Umweltdiskussion. In: J. Klein (Hg.). Politische Semantik. Opladen 1989; Zu Bedeutung und Funktion von Belegen und Beispielen im Deutschen Wörterbuch von Jacob Grimm und Wilhelm Grimm. In: A. Kirkness/ P. Kühn/ H. E. Wiegand (Hg.). Studien zum Deutschen Wörterbuch von Jacob Grimm und Wilhelm Grimm (erscheint 1990).

Fritz Hermanns, geb. 1940; Dr. phil.; Lehrbeauftragter an der Universität Heidelberg.
Arbeitsschwerpunkte: Linguistische Pragmatik und Hermeneutik, Lexikalische Semantik.
Publikationen: u.a. Die Kalkülisierung der Grammatik. Philologische Untersuchungen zu Ursprung, Entwicklung und Erfolg der sprachwissenschaftlichen Theorien Noam Chomskys. Heidelberg 1977; Brisante Wörter 1982; Appellfunktion und Wörterbuch 1986; Handeln ohne Zweck. Zur Definition linguistischer Handlungsbegriffe 1987; Begriffe partiellen Verstehens 1987; Deontische Tautologien 1989.

Werner Holly, geb. 1946; Priv.- Doz. Dr.phil; Universität Trier;
Arbeitsschwerpunkte: Pragmatik, Gesprächsanalyse, Textanalyse, Sprache in der Politik, Medienkommunikation, Sprachdidaktik.
Publikationen: u.a. Imagearbeit in Gesprächen. Tübingen 1979; mit M. Schwander: Spielen im Deutschunterricht II. Heinsberg 1987; mit P. Kühn und U. Püschel (Hg.). Politische Fernsehdiskussionen. Tübingen 1986; Redeshows, Politikersprache. Berlin 1990.

Bodo Hombach, geb. 1952; Landesgeschäftsführer des SPD- Landesverbandes NRW.
Publikationen: u.a. Die SPD von innen; Die Zukunft der Arbeit; Sozialstaat 2000; Die Kraft der Region: Nordrhein- Westfalen in Europa; Vereine und Verbände in Nordrhein- Westfalen: ein Hand- und Lesebuch 1990 (Hg.).

Reinhard Hopfer, Dr. sc. phil.; Forschungsgruppenleiter am Zentralinstitut für Sprachwissenschaft (Akademie der Wissenschaften, Ostberlin); Promotion A (Kommunikationsfähigkeit), Promotion B 1983 (Verstehen und Verständlichkeit journalistischer Texte).
Publikationen: Verstehen und Verständlichkeit journalistischer Texte. Die Rolle des Alltagswissens beim Verstehen sprachlicher Äußerungen. Text und Rezeption. Die werdende Zeitgeschichte - Darstellungsgegenstand und Objekt der Einwirkung journalistischer Texte. Journalistische Texte als Spezialfall politischer Texte; mit K. Bochmann und J. Erfurt: Der politische Text, Thesen.

Franz Januschek, geb. 1949; Priv.-Doz. Dr.phil.; Universität Oldenburg.
Arbeitsschwerpunkte: Politische Sprachwissenschaft, Sprache und Erfahrung, Diskursanalyse, Sprachvariation.
Publikationen: u.a. Sprache als Objekt. "Sprechhandlungen" in Werbung, Kunst und Linguistik. Kronberg/Ts. 1976; Arbeit an Sprache. Konzept für die Empirie einer politischen Sprachwissenschaft. Opladen 1986; Politische Sprachwissenschaft. Zur Analyse von Sprache als kultureller Praxis (Hg.). Opladen 1985; so wie Hg. verschiedener Bände der "Osnabrücker Beiträge zur Sprachtheorie".

Josef Klein, geb. 1940, Priv. Doz. Dr. phil.; Germanistisches Institut der RWTH Aachen.
Arbeitsschwerpunkte: Pragmatik, Politische Sprache und Medienkommunikation, Erstspracherwerb.
Publikationen: Die Konzessiv-Relation als argumentationstheoretisches Problem 1980; mit G. Presch (Hg.): Institutionen, Konflikte, Sprache. Tübingen 1981; Die konklusiven Sprechhandlungen. Tübingen 1987; Bewertungen des Diskussionsverhaltens von Spitzenpolitikern in Fernsehstreitgesprächen durch Jung- und Erstwähler 1988; Politische Semantik (Hg.). Opladen 1989; Wortschatz, Wortkampf, Wortfelder in der Politik 1989; Der Syllogismus als Bindeglied zwischen Philosophie und Rhetorik bei Aristoteles 1989; Elefantenrunden. 'Drei Tage vor der Wahl'. Die ARD-ZDF-Gemeinschaftssendung 1972-1987. Einführung und Texttranskription. Baden-Baden 1990.

Josef Kopperschmidt, geb. 1937; Prof. Dr. phil.; Fachhochschule Niederrhein, Abt. Mönchengladbach, Fachbereich Sozialwesen.
Arbeitsschwerpunkte: Historische und Systematische Rhetorik, Argumentationstheorie, Kommunikationstheorie.
Publikationen u.a. Allgemeine Rhetorik. Stuttgart 1973; Sprache und Vernunft, Teil I: Das Prinzip vernünftiger Rede. Stuttgart 1978; Sprache und Vernunft, Teil II: Argumentation. Stuttgart 1980; mit H.Schanze (Hg.): Rhetorik und Philosophie München 1989; Methodik der Argumentationsanalyse. Stuttgart 1989; Rhetorik, Teil I: Rhetorik als Texttheorie (Hg.). Darmstadt 1990.

Fritz Kuhn, Prof. für sprachliche Kommunikation an der Stuttgarter Merz-Akademie; 1984-1988 Fraktionsvorsitzender der GRÜNEN im Stuttgarter Landtag.
Publikationen zu sprachwissenschaftlichen und medienpolitischen Themen.

Frank Liedtke, geb. 1952; Dr. phil.; Studienrat i.H. am Germanistischen Seminar der Heinrich-Heine-Universität Düsseldorf.
Arbeitsschwerpunkte: Pragmatik, Sprache in der Öffentlichkeit, Sprachphilosophie.
Publikationen: u.a. Semantik des Direktivs (Diss. 1984); Relevanz und Konversation 1986; Kommunikation und Kooperation 1987 (Hg. zsm. mit R. Keller); Representational Semantics and Illocutionary Acts 1990; Kooperation und Sprachkontakt 1991.

Andreas Musolff, geb. 1957; Dr. phil.; Lecturer am Modern Languages Department, Aston University, England.
Arbeitsschwerpunkte: Sprache und Politik, Metapherntheorie, Sprachwissenschaftsgeschichte, Theorie der Sprachfunktionen.
Publikationen: Sind Tabus tabu? Zur Verwendung des Wortes *Tabu* im öffentlichen Sprachgebrauch. In: *SuL* 60/1987; Anmerkungen zur Geschichte des Ausdrucks *Sympathisant* im Kontext der Terrorismus-Diskussion. In: *SuL* 64/1989; Kriegsmetaphorik im öffentlichen Sprachgebrauch. In: *SuL* 66/1990; Karl Bühlers Modell der Sprachfunktionen als Ansatzpunkt für eine Theorie sprachlicher Kreativität. In: P. Schmitter/H.W. Schmitz (Hg.). Innovationen in Zeichentheorien. Münster 1989; Kommunikative Kreativität. Aachen 1990.

Petra Reuffer, geb. 1952; Dr. phil.; Studienrätin am Gymnasium.
Publikationen: Die Angst vor der Mutter. In: H. Adler/ H.J. Schrimpf (Hg.). Karin Struck. Frankfurt 1984; Die unwahrscheinlichen Gewänder der anderen Wahrheit. Zur Wiederentdeckung des Wunderbaren bei G. Grass und I. Morgner. Essen 1988.

Gesa Siebert-Ott, geb. 1953; Dr. phil.; Lehrbeauftragte am Institut für Deutsche Sprache und Literatur der Universität Köln.
Arbeitsschwerpunkt: Interkulturelle Linguistik.
Publikation: Kulturverlust - Sprachverlust - Identitätsverlust. Gedanken zur Neuorientierung einer Pädagogik als Ethnopädagogik oder interkultureller Pädagogik. In: DD 114/1990.

Rüdiger Vogt, geb. 1950; Dr. phil.; Gesamtschule Mümmelmannsberg und Universität Hamburg.
Arbeitsschwerpunkte: Schriftlichkeit, Diskursanalyse, historische Textlinguistik, Sprechen und Schreiben in der Schule.
Publikationen: mit F. Januschek (Hg.): Sexualität und Sprache. Osnabrücker Beiträge zur Sprachtheorie 35/1986; Über die Schwierigkeiten der Verständigung beim Reden. Beiträge zur Linguistik des Diskurses (Hg.). Opladen 1987; Gegenkulturelle Schreibweisen über Sexualität. Textstrukturen und soziale Praxis in Leserbriefen. Wiesbaden 1989.

Martin Wengeler, geb. 1960; Doktorand und wissenschaftliche Hilfskraft am Lehrstuhl für Deutsche Philologie und Linguistik der Heinrich-Heine-Universität Düsseldorf.
Arbeitsschwerpunkte: Sprache und Politik, Sprachgeschichte nach 1945, Historische Semantik.
Publikationen: *Nachrüstung* - Von der Legitimationsvokabel zum "vorbelasteten Begriff". In: A. Burkhardt u.a. (Hg.). Sprache zwischen Militär und Frieden: Aufrüstung der Begriffe? Tübingen 1989; *Remilitarisierung* oder *Verteidigungsbeitrag*? Sprachthematisierung in der Diskussion um die westdeutsche Wiederbewaffnung. In: SuL 64/1989.

Aktuelle Literatur zum Thema

Josef Klein
Politische Semantik
Bedeutungsanalytische und sprachkritische Beiträge zur politischen Sprachverwendung.
1989. X, 328 S. Kart.
ISBN 3-531-12050-6

Dieser Band vereinigt Beiträge, in denen der politische Umgang mit Wörtern sowie bestimmte Formen des verbalen Schlagabtauschs grundbegrifflich-systematisch, im Hinblick auf aktuelle politische Phänomene und auf Entwicklungen seit 1945 untersucht werden. Stärker als in bisherigen Arbeiten zur politischen Semantik und Pragmatik werden sprach- und kommunikationshistorische Aspekte betont. Themen wie Wortverwendungen in der Umweltdiskussion, NS-Vergleiche, Godesberger Programm der SPD und „Elefantenrunde" werden hier erstmals sprachwissenschaftlich analysiert.

Franz Januschek
Arbeit an Sprache
Konzept für die Empirie einer politischen Sprachwissenschaft.
1986. VI, 196 S. Kart.
ISBN 3-531-11833-1

„Arbeit an Sprache" ist ein theoretisches Konzept. Es geht davon aus, daß beim Sprechen und Verstehen vorgefundene sprachliche Formen nicht nur angewendet, sondern auch verändert werden. Die methodologische Relevanz eines solchen Ansatzes zeigt der Autor anhand einer Analyse von Unterrichtsgesprächen, in denen unterschwellig Sexualitätstabus behandelt werden. Theoretisch fundiert der Autor sein Konzept durch eine Auseinandersetzung mit Theorien „nichtwörtlichen" Sprechens (Metaphorik, Praseologie, Indirektheit, Ironie).

Manfred Opp de Hipt und
Erich Latniak (Hrsg.)
Sprache statt Politik?
Politikwissenschaftliche Semantik- und Rhetorikforschung.
1991. 279 S. Kart.
ISBN 3-531-12239-8

Mit dem Buch „Sprache statt Politik?" gelang es erstmals, aktuelle Arbeiten politikwissenschaftlich orientierter Sprachanalyse in der Bundesrepublik zusammenzustellen, die unterschiedliche methodische Ansätze verfolgen und so einen umfassenden Überblick über den Forschungsstand zum Bereich Analyse politischer Sprache vermitteln. Dieser Sammelband dokumentiert damit einen Neubeginn der politikwissenschaftlichen Auseinandersetzung mit Sprache als zentralem und konstitutivem Moment von Politik.

WESTDEUTSCHER VERLAG
OPLADEN · WIESBADEN

MIX

Papier aus ver-
antwortungsvollen
Quellen
Paper from
responsible sources
FSC® C141904

Druck:
Customized Business Services GmbH
im Auftrag der KNV-Gruppe
Ferdinand-Jühlke-Str. 7
99095 Erfurt